Aan de overka

Rachel Hore bij Boekerij:

www.boekerij.nl

Rachel Hore

Aan de overkant

Eerste druk januari 2014
Tweede druk februari 2014

ISBN 978-90-225-6874-3
ISBN 978-94-6023-767-6 (e-boek)
NUR 302

Oorspronkelijke titel: *The Silent Tide*
Vertaling: Fanneke Cnossen
Omslagontwerp: Ann Lunniss, bewerkt door Studio Marlies Visser
Omslagbeeld: Getty Images / Lena Granefelt
Zetwerk: Mat-Zet bv, Soest

Van David

'Vrouwen wilden aan de kooi ontsnappen terwijl mannen er weer in terug klommen.'

Only Halfway to Paradise: Women in Postwar Britain, Elizabeth Wilson

'O, zonder jou ben ik niets,' zei ze. 'Ik zou niet weten wat ik zou moeten zijn. Voor mijn gevoel heb je me uitgevonden. Ik kijk toe hoe je me week na week aan het uitvinden bent.'

Elizabeth Taylor, *The Sleeping Beauty*

Proloog

De kust van Oost-Suffolk, 31 januari 1953

Isabel

Ze wist eerst niet waardoor ze wakker was geworden.

Het was donker, heel donker... En koud, een snijdende, ijzige kou. Zelfs onder de dekens lag ze nog te rillen. Er was iets veranderd; dat merkte ze met al haar zintuigen. Het waaide buiten, de wind beukte tegen de daklijsten van haar houten strandhuis, rukte aan het glas in de ramen, veroorzaakte vreemd geknars en gekreun om haar heen, alsof het huis in zijn slaap mompelde en verschoof. Er hing ook een rare lucht, vochtig en ziltig, en er klonk een druppelend geluid, als regen in de dakgoot. Ze gooide de dekens van zich af en zwaaide haar voeten naar de vloer... Maar die trok ze snel weer op toen ze voelde dat daar een paar centimeter water stond.

Ze tastte naar het knopje van haar bedlampje en toen ze dat aanknipte, kwam onmiddellijk een rampzalig tafereel in beeld. De hele kamer was ondergelopen. Het drabbige, kolkende water was tot boven de plinten gestegen. Het sijpelde door de ramen naar binnen, droop langs de muren en stroomde onder de deur door.

De lamp flakkerde hevig, ze moest snel iets doen. Ze trok haar nachtpon tot boven haar knieën op, haalde diep adem en stapte in een ijskoude zee. Ze waadde naar de deur, duwde de kruk omlaag, en moest zich er naar adem happend aan vastklampen toen hij naar binnen toe opensloeg en een golf water haar bijna omvergooide. Onder haar handen voelde ze een klaaglijke huivering door het huis heen gaan. Op dat moment flakkerde het lichtje nog één keer op en ging toen uit.

Alleen in het donker, tot aan haar knieën in het zeewater en verdoofd van de kou, schreeuwde ze het uit van angst. Even wist ze niet wat ze moest doen. Ze durfde de voordeur niet open te doen, bang als ze was dat ze dan de volle laag kreeg van het wassende water. De achterdeur misschien. Ze zocht zich op de tast een weg de hoek om naar de hal, waar stof langs haar wang veegde. Haar jas hing daar aan een haak. Ze griste hem weg, stopte vlug haar armen in de mouwen en wikkelde hem om zich heen. Daardoor vatte ze moed.

Nu ze aan de duisternis gewend was, zag ze dat de keukendeur openstond. Door het raam glinsterde een bleke straal maanlicht op het water. Meegevoerd door de kracht van de stroming haastte ze zich erheen.

Ze kreeg haar handtas in het oog, die netjes op de keukentafel stond, waar ze hem had achtergelaten toen ze naar bed ging. Ze griste hem weg en zocht vervolgens naar Penelopes brief. Daar lag hij, op het dressoir. Ze schoof hem in haar tas.

Er was geen tijd om te bedenken wat er verder te redden viel. Ze moest hier weg. Maar toen ze de achterdeur ontgrendelde en die wilde openen, was er door de druk van het water geen beweging in te krijgen. Dan maar het raam. Ze moest op het dak zien te komen. Ze greep een ronddobberende stoel, hees haar tas over haar schouder en ging op de doorweekte zitting staan. Het raam ging knarsend open en ze klauterde op de vensterbank. Ze ging op haar hurken zitten en keek verbijsterd om zich heen.

Een reusachtige, door stormwolken omfloerste maan stond boven een buitenaards landschap. Wat gisteren nog een vredig tafereel was geweest – somber moerasland dat zich tot in de verte uitstrekte, grazende koeien, een verre windmolen met traag bewegende wieken – was nu een kolkende zee met schuimkoppen op de golven. Een eindje naar rechts, goddank boven het waterpeil, was het silhouet van de stad, kerktorens, een vuurtoren die zo nu en dan het waterlandschap in een geduldige, gele lichtstraal baadde. Plotseling ging er opnieuw een stuiptrekking door het huis, als een tand die uit zijn tandvlees loskwam, toen er een grote golf tegenaan sloeg. Water spoelde tot aan de rand van de vensterbank.

Stuntelig balancerend ging ze rechtop staan, rekte zich uit om te kijken waar ze nu naartoe kon. De keuken had een plat dak. Gedreven door doodsangst klom ze erbovenop. Daar bleef ze even zitten, voelde tot haar schrik dat het huis onder haar schudde. Stukje bij beetje werd het van zijn fundamenten losgewrikt. Het land was de zee geworden en het kleine houten huis een boot.

Ze rilde nu, zowel van angst als van de kou. Het was gaan regenen, reusachtige, zware druppels sloegen tegen het dak. Een volgende golf beukte tegen het huis, dat kraakte onder de woeste aanval. Plotseling merkte ze dat het helemaal lossloeg en terwijl het over de grond stuiterde, greep ze om zich heen naar houvast. Ze zag dat er niets anders op zat dan langs het schuine dak omhoog te klimmen en er schrijlings op te gaan zitten. Dan zou ze nog verder boven het stijgende water uitkomen. Maar hoe ze dat ook probeerde, het oppervlak was te glibberig en ze gleed steeds weer terug. Het huis hotste nog een stukje verder, stootte ergens tegenaan en begon langzaam te hellen. Met het dak nu in een gunstiger hoek greep ze haar kans en kroop omhoog. Net op tijd, voordat het huis zichzelf weer rechttrok. Ze ontdekte dat ze het beste plat kon gaan liggen, met haar benen aan weerskanten van de nok, waarbij ze zich aan de bovenkant van de gevel vastklemde.

Hierboven had ze bovendien beter uitzicht, maar toen ze naar de zee keek, zakte de moed haar bijna in de schoenen. De zandduinen die ooit het huis hadden beschermd waren weggevaagd en de Noordzee kolkte met volle kracht door het moeras. Waar vroeger de rivier stroomde, was nu zee en de botenhuizen en vissershutten die langs de oever hadden gestaan, waren overspoeld of weggeslagen. Nergens was een teken van leven te bekennen. Ze was volslagen alleen.

Ze probeerde toch te schreeuwen, maar haar stem werd door de wind weggeblazen. Het huis hotste nog een laatste, ziekmakende keer, helde iets opzij en was nu helemaal op drift, overgeleverd aan de genade van de golven die het alle kanten op draaiden, terwijl de spijkers krijsend uit het raamwerk werden losgerukt. Langzaam maar zeker viel het uit elkaar. Toch klemde ze zich op haar hoge plek vast. Er zat niets anders op. Ze was nu zo doorweekt en ze had het zo ijskoud dat het eigenlijk geen doen meer was. De rillingen ratelden door haar botten, maar ze hield vol.

Ze klemde zich aan de dakrand vast, toen kwam eerst één opstaande gevelrand van het dak los en daarna nog een, ze staken breed naar opzij uit en werden als zeilen opgevangen door de wind. Vreemd dat ze het nu zo warm kreeg, warm en soezerig, zo soezerig. Het zou heerlijk zijn om los te laten en te gaan slapen, maar ze zei tegen zichzelf dat ze moest volhouden. De regen nam wat af, ze zag dat de maan weer tevoorschijn kwam en een glinsterende baan over het water trok. Wat was het mooi, dat zilverachtige licht, zo vertroostend. Ze was vast de enige persoon die nog in deze duistere, chaotische wereld over was, maar het kon haar niet meer schelen. Ze moest denken aan een plaatje in de kinderbijbel, waar ze vroeger altijd zo aandachtig naar keek. Het had een mystiek licht dat tijdens de schepping van de aarde peinzend over het wateroppervlak van de wateren scheen. Ze had dat altijd zo'n mooi beeld gevonden. Ze voelde zich er veilig bij, wist dat het licht de duisternis zou overwinnen.

Dat was haar laatste gedachte toen ze het dak losliet en in het water weggleed.

DEEL I

1

Londen, het heden

Emily

Berkeley Square, Mayfair. Een avond in november, de schemering ging langzaam over in duisternis. Straatlantaarns gloeiden op in de mist. In de tuin in het midden vormden de takken van reusachtige bomen zwart en zilveren filigreinpatronen waaruit de kreten van de vogels wedijverden met het knarsende en razende verkeer. Op dit tijdstip waren de mensen die op weg ergens naartoe het plein over liepen warm weggedoken in een jas en sjaal, of rilden in een korte rok en een te dun jasje. Degenen die onderweg waren naar metrostation of bushalte liepen doelgericht, de ogen neergeslagen, zwenkten tussen de lachende groepjes mensen die naar wijnbar of pub kuierden. Het was vrijdagavond en de Londense kantoren liepen snel leeg.

Aan de oostkant van het plein stond naast een kunstgalerie een donkerrood bakstenen, georgiaans huis van een stuk of vijf, zes verdiepingen. Als een van de passanten omhoog had gekeken, zou hij achter een raam van de tweede verdieping het tengere figuurtje van een jonge vrouw hebben zien zitten. Het licht van haar bureaulamp ving gloedvolle glinsteringen op van haar soepele, bruine haar. Ze zat een manuscript te lezen en een appel te eten. Zo nu en dan keek ze over het plein naar buiten. Maar ze zag niet de sluimerende tuin, het zachte licht van de lantaarns of de lichte regen die langs het raam streek. Haar gedachten vertoefden in een ver oord van haar verbeelding.

Er was iets tijdloos aan deze jonge vrouw, aan dit tafereel. Het zou zich in het heden kunnen afspelen, maar net zo gemakkelijk vele jaren geleden, zestig of zeventig jaar misschien wel, want je kreeg een jarenvijftiggevoel door die ronde kraag van haar ivoorkleurige blouse, het mooie vestje en haar in stijlvol model geknipte, korte pony. Ze at de appel op en wendde zich van het raam af, en even was het onmogelijk te zeggen of ze op een toetsenbord van een computer of op een ouderwetse schrijfmachine typte. Haar smalle, scherpe gezicht stond ernstig, de volle lippen weken iets vaneen, de met eyeliner omzoomde, blauwe ogen stonden dromerig terwijl ze zich met intense blik op haar werk concentreerde. Ze had een expressief gezicht: ze fronste haar voorhoofd tijdens het lezen, schudde haar hoofd, rimpelde haar korte, rechte neus alsof ze zich opnieuw verloor in een wereld die verder reikte dan de grenzen van de kantoormuren.

Maar in werkelijkheid bedacht Emily dat ze honger had.

Het kantoor van Parchment Press was uitgestorven, alleen zij zat nog op haar werkplek, in een van de paar hokjes die de vierkante ruimte met hoog plafond rijk was. Ze had geluk gehad omdat ze een bureau bij het raam had gekregen, helemaal omdat ze nog maar pas kwam kijken. De meeste andere redacteuren moesten het met kunstlicht doen en maar heel weinig mensen, die met de hoogste functie, hadden een eigen kantoor. Emily zat echter op haar vriend Matthew te wachten. Hij had beloofd er om half zeven te zijn, maar het was al over zevenen en er was nog geen spoor van hem te bekennen, wat betekende dat ze geen tijd zouden hebben om vóór de presentatie van de gedichtenbundel nog iets te gaan eten. Ze begon zich behoorlijk zorgen te maken. De laatste tijd kwam het steeds vaker voor dat Matthew zich zo gedroeg.

Ze nam nog een pakje van de rommelige stapel op de vloer en keek naar het etiket. Deze week was het haar beurt om de spontaan ingezonden manuscripten af te handelen. Tegenwoordig deden de meeste ambitieuze auteurs dat via de mail en ze vroeg zich af waarom mensen nog de moeite namen om ze per post te sturen. Misschien hadden ze het idee dat je een e-mail maar al te gemakkelijk kon wissen. Een pakketje kon je niet over het hoofd zien. Dit exemplaar was in weinig inspirerende, slordige blokletters geadresseerd aan Uitgeverij Parchment, en toen ze het manuscript uit de envelop haalde, trok ze haar neus op bij de stank van verschaalde rook. Ze bekeek afkerig de begeleidende brief van de schrijver, had een afkeer van de loftrompet die hij in fluorescerende, groene inkt over zichzelf stak, draaide toen zonder veel hoop de eerste bladzijde om en dacht dat ze misschien, heel misschien, een stem of een hartenklop uit het proza kon opvangen. Die was er geen van beide. Ze ging meteen naar het middengedeelte om zeker te weten dat het een vergeefse zoektocht was, legde het manuscript toen op het bureau en begon te typen. Vijf minuten later zat het gewraakte manuscript weer in zijn gewatteerde envelop met retouradres en al. De postzegels van de auteur leken beschuldigend naar haar terug te blikkeren.

Er kwam een beeld in haar hoofd van een ondervoede man met vingers vol nicotinevlekken, die haar beleefde, maar besliste afwijzing las en een kreet van wanhoop slaakte. Ze was nu achtentwintig en zat zes jaar in het vak, maar ze vond het nog altijd heel akelig om een boek af te wijzen. Ze wist dat sommige schrijvers er maanden, soms zelfs jaren aan werkten, kende maar al te goed het breekbare verlangen waarmee ze het de wereld in stuurden. Slechts weinigen was het echter gegeven om succesvol te zijn. Ze veegde wat stof van haar rok en pakte een volgend pakket, vastbesloten om streng te zijn.

Nadat ze het laatste manuscript had ingepakt, keek ze op haar telefoon. Half acht. Nog steeds niets van Matthew, geen antwoord op haar vragende sms'jes. Ze deed wat lipgloss op, trok een rode jas aan, liep naar het raam en liet haar voorhoofd tegen het koude glas rusten, tuurde de duisternis in, hoopte een lange, slanke gedaante met een lange, wapperende sjaal te zien die het plein over beende. Maar ze zag alleen een oude man die met een oude labrador een avondwandelingetje maakte.

Ze zuchtte, schoof haar grote tas over een schouder en klemde de pakketjes die ze op de post moest doen onder een arm, zodat ze met de andere de zware brandwerende deur kon opentrekken.

Het gedempte licht van een antieke kroonluchter flakkerde als een kaarsenvlam in de gang en wierp onheilspellende schaduwen op een rij dichte deuren. Ze was vast nog de enige in het gebouw, dacht ze met een onbehaaglijk gevoel. Een lege postkar stond verlaten bij de lift en ze legde de pakketjes erin. Als Matthew nou maar opschoot. Ze zou nog snel even naar de wc gaan en dan beneden gaan wachten. Terwijl ze door de hal liep, wierp ze automatisch een blik op de metaaldraden postbakjes, maar het bakje met haar naam erop was leeg.

Toen ze even later uit het toilet tevoorschijn kwam, was ze verbaasd toen ze zag dat de liftdeuren open waren. Voordat die dichtschoven, ving ze een glimp op van een vrouw die erin stond: van middelbare leeftijd en met heel veel tassen bij zich. Wie ze ook mocht zijn, het was duidelijk dat Emily toch niet de enige ziel was die nog zo laat aan het werk was. Dat was een troostende gedachte.

Toen ze op de terugweg naar haar bureau langs de postvakjes kwam, bleef ze even staan. Uiteindelijk was er toch iets voor haar gekomen, het lag helemaal achterin. Haar gezonde verstand zei haar dat ze het tot maandag moest laten liggen, maar er was iets waardoor ze het toch wegpakte.

Het was een klein ingebonden boekje met vergeelde, grof gesneden bladzijden en een omslag van goedkoop, sober papier. Het voelde licht en warm aan en het lag prettig in de hand. Wie had dat nou voor haar achtergelaten, en waarom? De afbeelding op de cover was een eenvoudige, witte pentekening op een donkere, gemêleerde ondergrond. Het was een afbeelding van een wapenschild waar een vliegtuig doorheen vloog. Het vliegtuig zat vast in de problemen want de letters van de titel kwamen in wervelende rook uit de romp. Nu kon ze het woord 'thuiskomst' onderscheiden, terwijl het beschadigde vliegtuig de indruk van het tegendeel gaf. Onder het schild waren behulpzaam de woorden 'Een roman' gedrukt, maar de omslag was onderaan gescheurd en de naam van de auteur was niet te lezen.

Emily begreep er niets van. Misschien was het boek voor iemand anders bedoeld. Voor haar baas Gillian bijvoorbeeld, haar postvakje bevond zich immers vlak boven dat van haar en puilde als altijd uit. Maar toen ze het boek omdraaide en de rug bekeek, wist ze met een schokje dat het toch voor haar was. De auteur was Hugh Morton.

Ze bewoog zich dichter naar de kroonluchter toe om de foto achter op de omslag beter te bekijken. Het was een zwart-witfoto van Morton als aantrekkelijke jongeman; moeilijk te geloven dat hij er ooit zo had uitgezien, als je de beelden van de verweerde, terriërachtige persoonlijkheid zag waar zijn necrologieën bol van hadden gestaan. Deze foto moest zijn genomen toen hij achter in de twintig was, voordat hij beroemd werd, misschien voordat hij zijn fenomenale bestseller *Aan de overkant* had gepubliceerd. Ze keek nogmaals naar de titel, *Thuiskomst*. Hij had zo veel romans geschreven, maar deze kon ze zich niet herinneren. Ze keek naar het logo van de uitgever op de rug: een in elkaar gevlochten m en een h, McKinnon & Holt, stond eronder. Daar had ze nooit van gehoord. Een van de vele uitgevers die door de jaren heen waren gekomen en gegaan.

Ze sloeg de eerste bladzijde om en staarde ernaar. Onder de titel en de naam van de schrijver stond iets met ferme, zwarte pennenstreken geschreven. In het vage licht duurde het even voordat ze kon lezen wat er stond.

'Voor Isabel, die alles mogelijk maakt,' las ze hardop. 'Met vriendelijke groet, Hugh Morton.'

Isabel. Toen ze de naam uitsprak, flakkerde het licht boven haar even, waardoor de schaduwen dansten. Ze vroeg zich af wie Isabel kon zijn.

Haar blik viel op de onderkant van de bladzijde waar een datum stond, 1949. Een paar jaar voor *Aan de overkant*, dat, voor zover ze zich kon herinneren, uit 1953 was. Dat was het boek dat iedereen noemde zodra Hugh Mortons naam ter sprake kwam, de roman waarmee hij naam en fortuin had gemaakt. Ze had hem een paar keer gelezen, de tweede keer nog vrij recent, toen ze bij Parchment kwam werken, omdat het een van de beroemdste werken uit hun fonds was. Het ging over een vrouw, Nanna, die haar stempel op de wereld wilde drukken, maar uiteindelijk door de omstandigheden werd ingehaald. Op de een of andere manier raakte het een snaar in de periode dat het werd gepubliceerd, en uiteindelijk werd het een enorme bestseller, wat ongebruikelijk was voor een literaire roman. Het was ook het boek dat Hugh Mortons vloek werd. Gedurende zijn hele lange literaire carrière had hij dat succes nooit meer weten te evenaren. Dat kwam wel vaker voor in uitgeversland, maar Emily kon zich niet voorstellen hoe het voor een schrijver moest zijn te weten dat zijn toekomst achter hem lag.

En nu schoten haar gedachten naar de redactievergadering van de vorige dag, in de oude regencybestuurskamer die over Mayfair uitkeek, met die afschuwelijke moderne elementen: de lange tafel van licht essenhout, het gelikte plasmascherm voor presentaties van begrotingscijfers en marketingplannen.

De uitgever, Gillian Bradshaw, een lange, pezige vrouw die een nerveuze energie uitstraalde, had de zes redacteuren aan de tafel aangekeken en gevraagd of een van hen goed bekend was met Hugh Mortons werk. 'We kennen natuurlijk allemaal *Aan de overkant*. Dat is een belangrijk boek op onze lijst met klassiekers. Maar hoe zit het met de rest?'

'Ik heb natuurlijk *Aan de overkant* gelezen, wijs me maar iemand aan die dat niet heeft gedaan,' zei een van de fictieredacteuren op die elegante, levensmoeë manier van haar. 'Er komt een tv-bewerking van, met Zara Collins als Nanna. De jaren vijftig zijn nog steeds zo populair.' Een paar andere redacteuren mompelden dat zij *Aan de overkant* ook hadden gelezen. Tenslotte stond het op de verplichte leeslijst voor school. In de jaren vijftig van de vorige eeuw werd het als baanbrekend beschouwd. 'Dat is toch de enige titel die wij hebben?' vroeg ze.

'Dat weet ik niet precies,' antwoordde Gillian. 'Het is in elk geval de enige die is uitgegeven. Morton heeft zo veel verschillende uitgevers gehad.'

'En had er vast ook voortdurend ruzie mee.' De fictieredacteur glimlachte geamuseerd en begon haar lange, blauw gelakte nagels te bestuderen.

Emily, die nog steeds het gevoel had dat ze pas kwam kijken en zich moest bewijzen, zei: 'Ik heb drie of vier andere titels van hem gelezen. Dat moest van onze leraar Engels. Een speelde in de jaren zestig, herinner ik me, en ging over een schrijver die zich op een eiland terugtrok...' Ze zweeg toen ze zag dat iedereen haar aanstaarde. Ze voelde dat ze er een warm gezicht van kreeg.

'Dat nemen we dan maar van je aan,' zei Gillian en ze keek Emily niet onvriendelijk over haar bril aan. 'Ik moet ook toegeven dat *Aan de overkant* het enige is wat ik van hem heb gelezen.' Ze pakte een knisperend, crèmekleurig vel papier van haar stapel paperassen, streek de vouwen glad en zweeg even theatraal voordat ze vervolgde: 'Jullie weten allemaal dat Morton twee jaar geleden is overleden. Hij is in besloten kring begraven, maar ik heb zijn weduwe, Jacqueline, een condoleancebrief geschreven. Ze heeft me een in mijn ogen interessant voorstel gestuurd.'

Ze las met gefronste wenkbrauwen de brief door. 'Hier is het: "Wellicht weet u dat mijn man niets te maken wilde hebben met biografen, hij minachtte de moderne, sensatiezoekende obsessie die men voor het puur persoonlijke aan de dag legt. Ik ben echter benaderd door een jongeman die naar mijn mening de juiste houding heeft ten opzichte van een schrijver van Hughs statuur, en ik heb hem toestemming gegeven om Hughs persoonlijke papieren in te kijken. Het project is inmiddels in een verder gevorderd stadium en ik zou graag een afspraak met u willen maken. Aangezien u de huidige uitgever bent van *Aan de overkant*, vind ik dat het voor de hand ligt dat uw uitgeverij onderdak biedt aan Hughs biografie.'

Gillian zweeg en keek Emily recht aan. 'Emily,' zei ze, als een kat die haar klauwen in een muis zet, 'aangezien jij meer romans van hem hebt gelezen dan wij, wil ik graag dat jij dit op je neemt. La Morton wil duidelijk dat iemand haar in Suffolk opzoekt en ik heb er momenteel domweg geen tijd voor.'

'Mortons levensloop zal toch bepaald geen bestseller worden,' zei een jongeman met blond krulhaar die met zijn pen op de tafelrand tikte. Emily ergerde zich aan zijn arrogante, slepende toon.

'Misschien heb je gelijk, George,' zei Gillian onverstoorbaar. 'Maar ik denk toch dat er meer belangstelling voor hem is dan je zou verwachten, en de tv-bewerking draagt daar nog eens toe bij. Trouwens, kan iemand zich nog dat briljante programma over Morton in de jaren tachtig herinneren?' Een aantal oudere redacteuren knikte. 'Jij, George, lag rond die tijd nog in de luiers.' Iedereen glimlachte en George gniffelde verlegen.

'Je zult het huis absoluut fascinerend vinden,' zei Gillian tegen Emily terwijl ze de brief over de tafel naar haar toe schoof. Emily pakte hem, keek even naar het adres – Stone House, Salmarsh, in Suffolk –, wist niet zeker of dit een prestigieuze klus was of een blok aan haar been, en ze vroeg zich af of George jaloers was omdat zij dit mocht doen. Aangezien hij altijd deed alsof hij het 't beste wist, was dat moeilijk te zeggen.

'Biografie van Hugh Morton, Becky,' zei Gillian tegen haar assistente, die notuleerde. 'Noteer daar Emily's initialen maar bij.' Ze schoof met haar papieren en zuchtte. 'Ik vind het vervelend dat ik zo veel van mijn werk op jullie allemaal moet afschuiven, maar ik ga binnenkort naar Australië, dus het kan niet anders.'

Nu stond Emily in de donkere hal het boek te bekijken terwijl ze zich afvroeg of Gillian dat voor haar had achtergelaten. Ze had Jacqueline Morton nog niet kunnen bereiken. Ze bedacht net dat ze het maandag opnieuw moest proberen toen haar telefoon trilde omdat er een sms was: *Ben er, Em. Waar ben jij? xx* Ze glimlachte en sms'te terug: *Kom eraan.* Met haar gedachten enkel nog bij Matthew wilde ze het boek in haar postvakje terugleggen, maar aarzelde toen. Ze moest er toch eens goed naar kijken.

Ze drukte op de liftknop en toen de deuren openschoven, moest ze terugdenken aan de korte glimp die ze van de vrouw met de tassen had opgevangen die een paar minuten geleden was vertrokken. Net als de Isabel in het kleine boek was het ook een raadsel wie zij was.

2

Londen, november 1948

Isabel

Het kleine, in sherrybruin geklede, roodharige meisje tilde op Earl's Court Road haar koffer uit de bus en huiverde toen een bitterkoude wind haar overviel. Ze bleef staan om haar sjaal dichter om haar hals te wikkelen en keek om zich heen, niet wetend welke kant ze op moest. Mensen schoten met neergeslagen blik langs haar heen, te druk met zich een weg te banen over de gebarsten stoep om voor de zoveelste vluchteling de pas in te houden. In de lucht hingen loodgrijze, naargeestige regenwolken.

Vlakbij had een magere, jonge krantenverkoper van zijn handen een kommetje gemaakt en blies erin om ze warm te krijgen.

'Sorry, maar weet je misschien waar Mimosa Road is?' vroeg ze aan hem.

'De volgende links, miss, en dan nog een stukkie verder,' mompelde de jongen terug.

Ze bedankte hem, pakte de zware koffer op en liep in de richting die hij had aangewezen, maar ze kwam in een doolhof van zijstraten terecht waar nergens een straatnaambordje was en ze moest de weg nogmaals vragen, deze keer aan een jonge moeder met een peuter die aan haar hand trok. Ten slotte stond ze op de stoep van een mooie, uit rode baksteen opgetrokken, victoriaanse stadsvilla, een van de weinige die niet beschadigd was tussen een door bommen geteisterde huizenrij. Dit moest het goede huis zijn: iemand had boven de deur, waar ooit een glazen bovenlicht moest zijn geweest, een stuk karton bevestigd en daar met de hand 32 op gekalkt.

Ze aarzelde, vroeg zich niet voor de eerste keer af of ze hier niet wat halsoverkop naartoe was gegaan. Aangezien het alternatief, namelijk naar huis terugkeren, geen optie was, pakte ze de deurklopper vast. Die viel met een luid, helder geluid terug. Terwijl ze stond te wachten, raceten de zorgen door haar hoofd. Stel dat haar tante niet thuis was? Of hier niet meer woonde? Ze wilde dat ze eraan had gedacht om eerst te bellen.

De deur vloog open, niet tante Penelope deed open, maar een pezige vrouw met platte boezem in een versleten overall met een mattenklopper in de hand. Ze was duidelijk gestoord bij haar werkzaamheden want ze hijgde behoorlijk, en lokken dun, ijzerkleurig haar ontsnapten aan een rommelig knotje in haar nek. Aan haar gezichtsuitdrukking was te zien dat ze een vreemde jonge vrouw met een koffer op de drempel maar lastig vond.

'Ja?' snauwde de vrouw.

'Ik ben op zoek naar mevrouw Tyler,' zei het meisje met besliste stem.

De vrouw keek haar wantrouwig aan. 'Wilt u soms iets verkopen?'

'Zeer zeker niet,' zei het meisje, dat zich tot haar volle een meter vijfenvijftig uitrekte, blij dat ze voordat ze de deur was uitgegaan zo veel zorg aan haar uiterlijk had besteed. Niet alleen had ze haar moeders mooiste hoed gegapt, maar ook het kostbare laatste beetje koraalrode lippenstift. Die, zo had ze met blijdschap gezien in de spiegel van het damestoilet op Charing Cross-station, perfect stond bij haar roomkleurige huid, kastanjebruine haar en bruine ogen.

De vrouw trok haar lippen in een strakke streep. 'Mevrouw Tyler woont hier wel,' zei ze, 'maar ze is niet thuis. En wie mag jij dan zijn, miss?'

'Isabel Barber. Mevrouw Tylers nichtje.' De vrouw trok verbaasd haar wenkbrauwen op. Isabel voegde er minder zelfverzekerd aan toe: 'Mag ik alstublieft binnenkomen? Het is verschrikkelijk koud.'

'Dat zal wel moeten, neem ik aan,' verzuchtte de vrouw terwijl ze de deur wijd opende. 'Wacht maar in de ontvangstkamer bij die andere.'

Zich afvragend wie 'die andere' kon zijn, liet Isabel haar koffer in de hal staan en de vrouw bracht haar naar een koele, propvolle zitkamer aan de voorkant van het huis, die sterk rook naar steenkoolstof en natte hond. Daar stond een kleine, parmantige man te worstelen met een stuk krantenpapier dat hij voor de open haard wilde bevestigen. Hij keek met een verwachtingsvolle uitdrukking op zijn gezicht achterom, maar toen hij alleen Isabel zag, plakte hij een beleefde glimlach op.

'Ik denk dat zijzelf er elk moment kan zijn,' kondigde de vrouw aan. Ze ging weg, trok de deur achter zich dicht en Isabel ontdekte tot haar schrik dat ze met de vreemdeling alleen was.

'Ik ben bang dat de kolen vochtig zijn,' legde de man met een zwaar accent uit, hij stond met de krant in de hand te wachten tot de haard beter zou trekken. Ze knikte, vroeg zich af wie hij was, maar was nog nieuwsgieriger naar de reden waarom hij om half twaalf 's ochtends een smoking droeg. Het pak moest nodig naar de stomerij en hoewel zijn gladde, donkere, ietwat grijzende haar netjes naar achteren was gekamd, had hij geen enkele kleur op zijn gezicht en was hij ongeschoren. Het schoot door haar heen dat hij zich sinds de vorige avond niet had omgekleed, een gedachte die ze zowel schokkend als opwindend vond. Ze kreeg echter medelijden met hem, want hij zag er ondervoed uit en keek vriendelijk uit zijn ogen.

'Het is heel koud, vandaag, ja?' zei hij terwijl hij over de krant naar het vuur keek, dat nu oplaaide.

'Ja,' zei ze instemmend.

Ze ging voorzichtig in een van de leunstoelen zitten, trok haar handschoenen uit, wreef in haar handen en keek om zich heen. Het was donker in de kamer, zelfs voor een zonloze dag, en dat kwam door een grote kamperfoelie die aan de buitenkant voor het raam groeide, zijn in elkaar verstrengelde takken sloegen in de wind tegen het glas.

Ze vermoedde dat haar tante dol was op opsmuk en dat ze vast een druk sociaal leven had, want op de schoorsteenmantel vochten correspondentiekaarten en uitnodigingen met porseleinen honden en herderinnetjes om wat ruimte. Tegen een muur stond een overvolle boekenkast. Een dun boekje lag open, met de rug omhoog, plat op een zijtafel. Ze reikte haar hals, maar kon niet zien wat de titel was of hoe de auteur heette.

'Zo,' zei de man, hij liet de krant zakken en deed een stap naar achteren. Met stille voldoening keken ze naar het vuur dat nu vrolijk brandde. Algauw werd het behaaglijk in de kamer en was het er niet meer zo mistroostig. Isabel knoopte haar jas los.

'Mooi zo.' De man gooide de opgevouwen krant in de kolenkit en ging balancerend op de leuning van de andere fauteuil zitten, waar hij met een zakdoek over zijn glanzende gezicht veegde. Ten slotte haalde hij een pakje sigaretten uit zijn binnenzak tevoorschijn en bood haar er een aan.

'Nee, dank u. Ik rook niet,' zei ze ontroerd, want hoewel hij het trachtte te verdoezelen, zag ze dat er nog maar één sigaret in zat.

Die pakte hij, wachtte even, en bedacht zich toen. 'Ik bewaar hem voor later,' zei hij schouderophalend en hij borg het pakje weer op.

Zijn tongval deed haar aan iemand denken. Aan het einde van de oorlog, een jaar of drie, vier geleden, was er een Pools gezin naar het kleine stadje in Kent gekomen waar Isabels familie woonde. Ze maakte kennis met de oudste jongen, Jan, een lange, tengere knul met hartstochtelijke ogen, die haar een keer een lift naar huis had gegeven, achter op zijn fiets. Ze glimlachte bij de herinnering aan de pret die ze hadden gehad toen ze heuvelafwaarts rammelden, en fronste vervolgens haar wenkbrauwen bij de gedachte aan het woedende gezicht van haar vader bij de deur, toen de fiets voor hun mooie cottage zwalkend tot stilstand was gekomen. Ze wist nog steeds niet waar hij zich nou zo aan had geërgerd, haar onbesuisde gedrag of het feit dat ze met een buitenlander was. Het enige wat ze wist was dat haar vader als een andere man uit de oorlog was teruggekeerd. Drie wrede jaren in een krijgsgevangenkamp in Beieren hadden alle goedheid omgeslagen in bitterheid en hij had last van woedeaanvallen. Sinds vorig jaar had ze Jan niet meer gezien, nadat haar vader een betere baan had gevonden en haar familie moest verhuizen naar een plek daar in de buurt. Het lelijke, met grind gepleisterde huis in de vooroorlogse woonwijk lag slechts op een slordige twintig kilometer afstand van haar oude school en de vriendinnen met wie ze was opgegroeid, maar het hadden er net zo goed honderdvijftig kunnen zijn geweest.

De vreemdeling sloeg haar nu belangstellend gade, op een vriendelijke manier; ze werd er niet ongemakkelijk van.

'Blijkbaar moeten we ons zelf maar aan elkaar voorstellen,' zei hij. 'Ik ben Berec, Alexander Berec.' Hij stond op en stak haar met een elegant buiginkje zijn hand toe, wat ze charmant vond. Van dichterbij zag ze dat zijn ogen gezwollen waren, met violetkleurige schaduwen eronder, wat minder charmant was.

'Ik ben Isabel Barber,' zei ze voor de tweede keer die ochtend. Geen Izzy, geen Izzy meer, besloot ze. 'Wacht u op mijn tante? Ja, natuurlijk doet u dat.'

'Is mevrouw Tyler uw tante?' zei Berec, die weer ging zitten. 'Ah, ze is een bewonderenswaardige vrouw, nietwaar?'

'O ja?' zei Isabel hoopvol. 'U vindt het misschien vreemd, maar ik ken haar niet zo goed.'

Ze kon zich niet herinneren wanneer ze Penelope voor het laatst had gezien. Vijf of zes jaar geleden, misschien, vlak nadat Isabels grootmoeder was overleden. Haar elegant geklede tante was per taxi aangekomen, in een wolk van geuren, en ze had papieren bij zich gehad die Isabels moeder moest tekenen. Het was duidelijk dat ze zich in de benauwde cottagekeuken slecht op haar gemak voelde en ze was niet lang gebleven. Maar Isabel moest vaak aan haar denken en zij ging model staan voor een leven waarnaar Isabel verlangde, niet zo'n doorsneeleven als dat van haar, met die huiselijke sleur en een angstige moeder die alleen maar kon beknibbelen en oppotten. Isabel was er meer gerust op nu Berec Penelope bewonderenswaardig vond. Haar ouders leken daar heel anders over te denken.

Berec keek nieuwsgierig, maar voordat ze een verklaring kon geven over de ijzige afstand die tussen de twee zussen in lag, hoorden ze op het pad buiten driftig klakken van hoge hakken, daarna sloeg de voordeur dicht en klonken er opgewonden geluiden in de gang. Berec en Isabel sprongen allebei op toen de deur van de zitkamer openvloog en een groot, kwijlend beest de kamer in stormde dat in zijn kielzog een mooie vrouw met kastanjebruin haar meesleurde. Isabel deinsde terug voor het beest en zocht de schaduw op.

'In hemelsnaam, Gelert,' riep de vrouw uit terwijl ze de riem losliet. Het dier, een soort grote, harige hazewindhond met een grappig sjaaltje om zijn nek, galoppeerde naar Berec toe en begroette hem hartstochtelijk. Isabel concentreerde haar aandacht echter op de vrouw. Door de aanwezigheid van tante Penelope lichtte de hele kamer op. Duur gekleed en perfect opgemaakt was ze in alle opzichten zoals Isabel zich haar herinnerde: een jongere, bekoorlijker versie van Pamela Barber, Isabels moeder.

Penelope, die haar handschoenen uittrok, leek Isabel niet op te merken. 'Lieve Berec, wat een heerlijke verrassing,' zei ze. 'We zijn naar de dierenarts geweest. Gelert heeft weer gevochten. Niet zijn schuld, de arme jongen, het is die afschuwelijke mopshond van nummer vier. Die viel hem zomaar zonder enige aanleiding aan.' Gelert sloeg met zijn staart op het kleed.

'Mevrouw Tyler, mijn beste Penelope, wat akelig voor het arme beest,' zei Berec en hij keek al net zo deemoedig als Gelert. 'Ik ben hier opnieuw, vrees ik, om mezelf aan je goedgunstige genade over te leveren. Gisteravond keerde ik na een etentje met vrienden heel laat naar huis terug en Myra heeft me voor de zoveelste keer buitengesloten. Als je me nog een beetje geld kunt lenen, het is maar tot vrijdag...'

'O, Berec,' zei Penelope Tyler terwijl ze haar armen over elkaar sloeg alsof ze een kleine jongen een standje gaf. 'Ik moet inderdaad zeggen, je ziet er een beetje... nou ja, heb je weer bij Gregor op de vloer geslapen?' Hij knikte en zij mompelde afkeurend. 'Je mag natuurlijk best de badkamer gebruiken.'

Op dat moment zag ze Isabel. 'Maar stel me liever even voor aan je vriendin.' Penelope bekeek haar nu pas goed en haar gezichtsuitdrukking veranderde van beleefde belangstelling via een dagende herkenning in pure verbazing.

'H-hallo,' zei Isabel en ze deed een stap naar voren.

'Ze zegt dat ze je nicht is,' zei Berec, en hij keek verbijsterd van de een naar de ander.

'Ik weet precies wie Isabel is, Berec,' zei Penelope tegen hem. 'Mijn lieve kind, wat doe je in hemelsnaam...?'

'Ik kon nergens anders naartoe,' zei Isabel haar onderbrekend, haar stem trilde van de emotie. 'Ze willen me thuis niet meer. Niet echt. Het lijkt wel of ik nooit iets goed kan doen en ze zijn altijd boos op me.'

Nu keken zowel haar tante als Berec haar verbijsterd aan. Penelope verbrak de betovering door voor Isabel te gaan staan, een vinger onder haar kin te leggen en het gezicht van het meisje aandachtig te bekijken. 'Mmm,' mompelde ze en ze liet haar weer los. 'Dus je bent naar mij toe gekomen. Ik voel me gevleid.' Ze deed een stap naar achteren om haar nog wat langer op te nemen en leek niet blij te zijn met wat ze zag. 'Dus dat was jouw koffer waar ik in de hal over struikelde. Wat zit erin? Bakstenen?'

'Boeken,' antwoordde Isabel.

'Ha!' Berec keek opgetogen.

Penelope keek hem met gefronst voorhoofd aan om hem tot stilte te manen en zei: 'Weet je moeder dat je hier bent?'

'Nee,' zei Isabel met afgemeten stem. 'Ik heb een briefje achtergelaten, maar ik heb niet gezegd waar ik naartoe ging.' Ze zouden haar terugsleuren, dat wist ze zeker. Ze dacht terug aan de schreeuwende ruzie die ze die ochtend tijdens het ontbijt met haar vader had gehad, hoe hij haar voor 'lui varken' had uitgemaakt. Nadat hij naar zijn werk was weggestormd, was zij naar boven gerend en had zich huilend op haar bed gegooid. Daar had ze liggen luisteren naar haar moeder, die Isabels tweelingbroertjes naar school dirigeerde, en toen werd de kleine Lydia huilend in haar kinderwagen vastgesjord voor de dagelijkse boodschappenronde.

Haar moeder had voordat ze het huis uit ging nog naar boven geroepen: 'Izzy, afwassen!'

Isabel was ziedend van woede rechtop gaan zitten. Ze was geen lui varken. Het huishouden, zorgen voor de kinderen, wassen! Dat was het enige waar haar ouders haar goed voor vonden. Nou, ze pikte het niet langer. Het was tijd om haar plan ten uitvoer te brengen. Ze was opgestaan en had woedend rondgerend, had kleren en boeken ingepakt en het beetje geld dat ze had bij zich gestoken. Ze wierp nog een laatste blik door het kleurloze huis waar ze zich nooit thuis had gevoeld, probeerde de vuile vaat, de toastkruimels op de vloer en de mand met strijkgoed te negeren. Eenmaal buiten had ze de voordeur zo hard dichtgeslagen dat de laatste zomerse geraniums trilden in hun bloembakken.

'Je naam stond in mijn moeders adresboek,' zei Isabel nu tegen haar tante. 'Je was de enige bij wie ik terechtkon, verder kon ik niemand bedenken.' Ze probeerde smekend te kijken, maar zag geen sympathie op het gezicht van de andere vrouw en liet het maar zitten.

Isabel had nooit goed geweten waarom haar moeder zo'n afkeer had van haar jongere zus, maar ze vermoedde dat het iets te maken had met het feit dat tante Penelope op een gegeven moment haar echtgenoot, oom Jonny, aan de dijk had gezet, maar de precieze omstandigheden waren nooit aan de Barber-kinderen uitgelegd. Ze wist wel dat Penelope in Londen woonde en dol was op kleren en uitgaan, en dat ze geen kinderen had. Het klonk allemaal zo interessant en opwindend, en door de geringschattende manier waarop haar ouders over Penelope spraken, werd ze in Isabels ogen alleen nog maar aantrekkelijker: ze hadden het dan over 'de vreemde mensen die Penelope wellicht kende' of 'Penelopes opvatting van vertier'.

'Ik dacht dat je op college zat,' zei Penelope ernstig. 'De laatste keer dat ik met je moeder belde, vertelde ze me dat je met vlag en wimpel je middelbareschoolexamen had gehaald. Hoe lang is dat geleden? Ik heb haar de laatste tijd amper gesproken.'

'Toen we verhuisden,' zei Isabel, 'was ik net klaar met school. Nu wonen we in Verweggistan en voor mij is daar niks te doen. Althans, wat ik graag zou willen doen,' voegde ze er haastig aan toe, 'Ik wil niet meer hun dienstmeid zijn, ik vertik het gewoon.' En met een schril stemmetje zei ze: 'Alsjeblieft, tante, kan ik bij jou blijven?'

'Mijn hemel, kind, hier kun je niet wonen, hoor. Geen sprake van. Maar daar gaat het nu niet om. Het belangrijkste is dat we je moeder bellen om haar te vertellen dat je in veiligheid bent.'

'Nee!' riep Isabel uit. 'Dan zeggen ze alleen maar dat ik naar huis moet komen. Ik heb een briefje achtergelaten. Ik wilde ze schrijven, over een poosje. Als ik eenmaal een baan heb gevonden en een plek om te wonen.' Ze klonk dapperder dan ze zich voelde. In werkelijkheid was ze in alle staten. Als haar tante haar niet wilde hebben, waar moest ze dan naartoe?

'En jij denkt dat al die dingen in een handomdraai geregeld zijn?' zei Penelope op rustige toon. 'Isabel, we moeten ze ten minste laten weten dat je niet bent vermoord of nog erger. Ik vind het heel naar te horen dat je zo'n akelige jeugd hebt gehad.'

Isabel wendde haar gezicht af, haar mond trilde. Even later had ze zichzelf voldoende onder controle om uit te brengen: 'Goed dan, bel dan maar. Maar ik ga niet terug.'

'Dat zien we nog wel. Bij nader inzien denk ik dat je hier wel een paar dagen kunt blijven. Een paar dagen, langer niet. Dan krijgt iedereen de tijd om tot bedaren te komen.'

'Mag dat? Ik zal heus niet...' begon Isabel, maar Penelope draaide zich al om om de kamer uit te lopen. 'Ooo,' riep het meisje uit. Ze sloeg haar armen over elkaar en zonk op de bank neer, haar kleine gezichtje een en al ellende.

'Wanhoop niet.' Ze was vergeten dat Berec al die tijd had staan luisteren. Hij zat zwijgend naast het vuur de hond te aaien.

'Wat moet ik anders? Ik kan nergens naartoe. Ik heb een baan nodig, maakt niet uit wat. Wat doet u eigenlijk?'

Berec haalde zijn schouders op. 'Van alles en nog wat,' zei hij. 'Ik moet mijn handen vrij hebben om mijn gedichten te schrijven. Mensen als je tante zijn heel vriendelijk voor me.'

'Bent u een dichter, echt waar?' hijgde ze, en even vergat ze haar narigheid. Hij wees naar het boek dat voor haar op de tafel lag en ze pakte het op. Op de omslag stond inderdaad Alexander Berec. '*Bespiegelingen over een vreemd land*,' las ze hardop voor. 'Bedoelt u dit land of het land waar u vandaan komt?'

'Als je het leest, kom je daar vanzelf achter,' antwoordde hij met een glimlachje. Ze sloeg de bladzijden om en keek naar de gedichten. Beslist melancholiek, vond ze.

'Mijn eerste bundel,' mompelde Berec. 'Moet je kijken, hier.' Hij boog zich naar voren en liet haar een bladzij voorin zien. Er stond: VEEL DANK AAN MEVROUW PENELOPE TYLER VOOR HAAR GENEREUZE HULP. 'Je tante,' zei Berec trots, 'zij is mijn beschermvrouwe.'

Isabel vormde met haar mond een o. Haar tante kende een dichter en zij, Isabel, had kennis met hem gemaakt, deze vriendelijke, charmante man. Ze keek met glanzende ogen naar hem op. 'Ik ben dol op poëzie,' zei ze. 'En boeken en lezen. Ik wilde naar de universiteit, weet u, maar mijn vader zei dat het tijdverspilling was.'

Berec klapte in zijn handen. 'Ik dacht al dat je een intellectuele jonge vrouw was,' zei hij geamuseerd. 'Weet je wat, ik zal je aan een paar mensen voorstellen. Kom vanavond maar naar me toe. Wacht.' Hij viste de krant uit de kolenkit, scheurde er een hoekje af, gebruikte zijn eigen boek als steun en krabbelde er een adres op.

'Zes uur vanavond,' fluisterde hij, toen hij het stukje papier aan Isabel gaf, terwijl op hetzelfde moment de deur openging. 'Ik zal buiten op je wachten.'

Isabel stopte het kostbare stukje papier in haar jaszak toen Penelope de kamer weer binnenkwam. Het meisje keek gretig naar haar op, maar ze schrok vanwege de sombere uitdrukking op haar tantes gezicht.

'Wat zei mijn moeder?' vroeg ze en ze stond op.

'Zij was niet degene die opnam,' zei Penelope, terwijl ze op haar vuurrode onderlip beet.

'Toch niet mijn vader?'

'Ze vond je briefje, raakte in paniek en heeft je vader gebeld dat hij van kantoor naar huis moest komen.'

'O.' Hij was vast woedend.

'Hij zei... Nou ja, ik ben bang dat je onmiddellijk naar huis terug moet. Hij is, geloof ik, een beetje van streek.'

Isabel deed een stap naar achteren. 'Ik ga niet. Hij kan me niet dwingen.'

'En als je niet teruggaat, dan – liefje, ik weet zeker dat hij het niet meent – hoef je helemaal niet meer terug te komen, dat zei hij.'

'O,' herhaalde Isabel, en haar situatie drong nu pas ten volle tot haar door.

'Ik weet niet zo goed wat ik ermee aan moet. Kun je echt niet terug?'

'Nee, echt niet, simpelweg onmogelijk.'

'Ik begrijp het. Nou, je kunt hier wel een nacht of twee blijven. Een poosje. Totdat je werk hebt gevonden, misschien.' Penelope was met zichzelf aan het overleggen.

'Kan ik niet hier wonen en kostgeld betalen? Ik zal je niet tot last zijn.'

'Isabel, dat gaat gewoon niet.'

Maar ook al ging Isabel nog zo op in haar eigen problemen, plotseling ving ze een glimp op van geheimen die haar tante voor zichzelf hield.

Het adres dat Alexander Berec haar had gegeven was op een plek ten noorden van Oxford Street, een hoog, smal georgiaans huis in Percy Street, op een hoek van een kruispunt waar de weg een soort elleboogbocht maakte. Een geschilderd bord, vaag zichtbaar in het lamplicht, kondigde aan dat dit de burelen waren van uitgeverij McKinnon & Holt. De gordijnen voor de ramen op de begane grond waren dichtgetrokken, maar straaltjes licht en flarden van stemmen en gelach verraadden dat er binnen een feestje aan de gang was. Er was nergens een spoor van Berec te bekennen, maar terwijl ze buiten rondhing en moed verzamelde om aan te bellen, kwam hij de hoek om gesneld. 'Isabel,' riep hij uit en hij kuste haar op de wangen. 'Ik ben zo blij dat je er bent. Mevrouw Tyler...?'

'Haar heb ik verteld dat ik met een vriend heb afgesproken, vrees ik.' Isabel was opgelucht te zien dat hij er nu netter uitzag dan die ochtend.

'Nou, dat klopt dan toch?' zei Berec terwijl hij het trapje op liep en op de bel drukte. 'Ik ben je goede vriend.'

'Wat is het voor feestje?' vroeg Isabel terwijl ze wachtten tot er werd opengedaan.

'Niets speciaals, geloof ik, gewoon een literair feestje,' antwoordde hij.

De deur ging open en er verscheen een stevig gebouwde, aangenaam ogende man van rond de dertig, met naar opzij gekamd, blond haar en een fris, gevoelig gezicht.

'Kom erin, allebei, kom binnen,' riep hij uit. 'Berec, de dames hadden de hoop al bijna opgegeven dat je nog kwam.' Hij bracht ze naar een grote, armoedige gang waar langs de muren stapels kartonnen dozen stonden en waar een stuk of zes mensen stonden te praten. Het rook er opwindend naar sigaretten en alcohol.

'En dit is... mevrouw Berec?' De man stak zijn hand uit om die van Isabel te schudden, en had een beleefde maar onzekere uitdrukking op zijn gezicht.

'Nee, nee,' zei Berec lachend. 'Myra laat zich verontschuldigen, ze voelt zich weer eens niet lekker. Stephen, mag ik je aan mijn jonge vriendin miss Isabel Barber voorstellen? Isabel, dit is Stephen McKinnon, mijn uitgever... De beste in Londen, mag ik wel zeggen.' Deze laatste woorden werden uitgesproken met een van die galante buiginkjes van hem.

'Miss Barber, aangenaam kennis te maken,' zei Stephen terwijl hij Isabel zijdelings aankeek.

Berec ging haastig verder. 'Ik begrijp dat ik het moet uitleggen. Stephen, miss Barber en ik hebben elkaar vanochtend bij Penelope Tyler thuis ontmoet. Zij is de nicht van mevrouw Tyler, een heel intellectueel meisje. Isabel is nog maar net in Londen gearriveerd en moet een passende baan zien te vinden. Ik dacht meteen aan jou.'

'Wat attent van je,' mompelde Stephen McKinnon.

'Sorry,' zei Isabel, die zich compleet misplaatst voelde. 'U vindt me vast verschrikkelijk onbeleefd dat ik zomaar opduik.'

'Helemaal niet,' zei Stephen. 'Ik ken je tante en vind het prima als je langskomt. Kom binnen om iedereen te ontmoeten. Neem me niet kwalijk, heren, alstublieft,' zei hij tegen wat mensen, die van een kleine, corpulente man met felle ogen en een lage, hartstochtelijke stem een lesje in politiek kregen. Stephen leidde Berec en Isabel langs hen naar een lawaaiige kamer die propvol mensen stond.

Onmiddellijk kwam een mollige vrouw van middelbare leeftijd in een jurk met lage hals en te veel poeder op haar gezicht naar hen toe. 'Ha, Berec,' zei ze. 'Je bent net op tijd om een ruzie te beslechten over grote Tsjechische dichters. Er is hier een man die beweert dat die er niet zijn.'

'Dat is perfide, mevrouw Symmonds! Isabel, excuseer me alsjeblieft,' zei Berec terwijl de vrouw hem wegtrok.

Stephen grinnikte naast haar. 'Berec kan met iedereen goed opschieten, maar vooral met de wat rijpere dames.' Hij gaf haar een glas whisky. 'Ze zijn als een moeder voor hem. Je tante is daar een goed voorbeeld van. Werkelijk een aardige vrouw en uitermate genereus voor arme schrijvers.'

'Waarom zorgt zijn vrouw niet voor hem?' vroeg Isabel. Ze mocht Stephen meteen, voelde dat er iets heel oprechts in hem zat. Ze vond het niet erg dat hij haar nu geamuseerd bekeek.

'Ik heb Myra Berec nooit ontmoet, ik weet zelfs niet zeker of ze de, eh, huwelijksgelofte wel hebben afgelegd,' zei Stephen ernstig. 'Maar ik heb niet heel grondig onderzoek gedaan naar Berecs verleden of zelfs maar naar zijn heden. Hij is een man met veel talenten en heeft een gave om vriendschappen te sluiten die bij gelegenheid heel goed uitkomen. Het is typisch iets voor hem om jou mee te nemen.' Hij glimlachte.

'Hij wilde dat ik u naar een baan zou vragen,' zei Isabel, met de deur in huis vallend en profiterend van de glimlach.

'Ik ben bang dat dat ook typisch iets voor Berec is,' zei Stephen, en de glimlach werd nu spijtig. 'Soms handelt hij eerst en denkt dan pas na. Momenteel kan ik het me niet veroorloven iemand in dienst te nemen. De zaken gaan niet best. Er zijn te veel schrijvers en niet genoeg mensen om hun boeken te kopen.'

'O,' zei ze teleurgesteld.

'Ik hoop dat er gauw iets voor je langskomt,' zei hij. 'Natuurlijk, als ik iets hoor... Ah.' Een grote man van een jaar of zestig met droevige ogen en een onverzorgde snor kwam door de deur binnen sloffen. 'Dat is de grote William Ford,' fluisterde hij. 'Althans, zo mag hij zichzelf graag zien. Ik ben bang dat je me even moet verontschuldigen.' Isabel keek hoe hij de man begroette en een drankje voor hem inschonk. Even was ze helemaal alleen. Ze vond het niet erg. Het was een lange dag geweest, een gedenkwaardige dag, en niet zonder teleurstellingen. Ze was te moe om een opgewekt praatje met vreemden aan te knopen. Ze nam voorzichtig een slokje van de whisky en trok een gezicht. Die smaakte naar wonderolie. Ze slikte hem snel door en hij brandde in haar keel, maar de warmte die hij binnen in haar verspreidde vond ze aangenaam. De tweede slok was al wat beter, ze ontspande zich een beetje en nam haar omgeving in zich op.

Dit was vroeger vast een ontvangstruimte geweest, maar die was nu als kantoor ingericht, met een grote schoorsteenmantel boven een dichtgemetselde open haard, en aan drie kanten ramen waar verduisteringsgordijnen voor hingen. Afgezien van een aantal grote bureaus, een antieke eettafel waarop flessen en glazen stonden, boekenplanken, stapels papier, potplanten en andere troepjes, pasten er niet meer mensen in dan de twintig die er nu waren. Een verrukkelijke, slordige verzameling boekomslagen en krantenknipsels prijkte aan de muur vlak naast haar. Die bekeek ze gretig, geen enkele titel kwam haar bekend voor en ze herkende amper een auteur. Er waren lijstjes en aantekeningen: mysterieuze schema's over papiersoorten en lettergrootte; handgeschreven instructies over de kleine kas en het terugbrengen van de sleutel van de toiletruimte. Er hing een poster met heldere hoofdletters, die eruitzagen alsof ze in steen waren uitgehouwen. Ze las met een hartstochtelijk gevoel van opwinding wat er stond: DIT IS EEN DRUKKERIJ, KRUISPUNT VAN DE BESCHAVING, TOEVLUCHTSOORD VOOR ALLE KUNSTEN TEGEN DE VERWOESTINGEN DES TIJDS, WAPENKAMER VAN DE ONVERSCHROKKEN WAARHEID.

'Isabel, heb je al met Stephen gepraat over een baan?' Ze draaide zich met een ruk om en zag Berec staan.

'Nou, ja,' zei ze, geroerd doordat hij niet opgaf, 'maar hij zegt dat er niets is. Hij kan me niet betalen.'

'Wat een onzin,' gromde Berec, en zijn normale goede humeur was enigszins verstoord. 'Je moet nog een keer met hem praten. We gaan sámen met hem praten.'

'Maar als hij toch niets heeft, wat heeft het dan voor zin?'

'Onzin,' zei Berec nogmaals. 'Hij heeft een paar succesjes geboekt. Misschien niet met poëzie, maar de romans van miss Briggs verkopen goed. Hij moet uitbreiden. Hij heeft nog een redacteur nodig, hij kan niet alles op Trudy Symmonds' schouders schuiven.' Hij boog zich dicht naar haar toe en fluisterde in haar oor: 'Het kan me niet schelen met wie ze getrouwd is, maar de vrouw heeft geen hart. Niet zoals jij. Jij hebt een hart. Dat zie ik altijd meteen.' Hij sloeg zichzelf met een gebalde vuist op de borst en zei iets welluidends in zijn eigen taal.

'Geen redacteur, hoor, dat kan ik niet,' zei Isabel. 'Daar weet ik niets van. Ik bedoel, ik lees veel, maar dat is het dan wel.'

'Lees een breed scala aan boeken en geloof in je oordeel. Ooit zul je een redacteur zijn. Je bent een intellectueel, let op mijn woorden. Ik heb altijd gelijk.' Hij schonk haar een brede grijns.

'U bent zo aardig voor me, meneer Berec,' zei ze met trillende stem. 'Niemand heeft ooit eerder zulke bemoedigende dingen tegen me gezegd, mijn ouders al helemaal niet.' Was het nog maar deze ochtend dat ze van huis was weggelopen, nadat haar was opgedragen om de afwas te doen? 'Waarom doet u dat? U kent me helemaal niet.'

'Ik ken mevrouw Tyler. Voor haar heb ik alles over. Je bent haar nicht. Kom, ik wil je helpen. Zodra Stephen klaar is met die bittere oude vent, die Ford, gaan we samen met hem praten. Vierentwintig romans, ha. Vierentwintig dezelfde romans, dat zeg ik je. Geef het geld aan iemand die het verdient.'

'Sst, straks hoort hij u nog,' zei Isabel giechelend, maar de grote man met de snor ratelde een eind weg tegen Stephen en liet zich niet afleiden. Ten slotte haalde Berec mevrouw Symmonds over om tussenbeide te komen.

'Stephen,' zei Berec, terwijl hij hem bij de mouw pakte, 'kom, ik moet eens ernstig met je praten. Grijp je kans. Deze jongedame, je mag haar niet wegsturen.'

Isabel, die zag dat de uitdrukking op Stephens gezicht van beleefd via geamuseerd overging in ergernis, flapte er onwillekeurig uit: 'Alstublieft meneer Berec. Meneer McKinnon is niet geïnteresseerd, dat is heel duidelijk. En ik kan niet voor iemand werken die me eigenlijk liever niet wil. Dan zou ik het besterven.' Het kwam er zo hartstochtelijk uit dat de beide mannen haar zwijgend aanstaarden. 'Sorry,' mompelde ze. Ze zette haar glas onhandig neer, zodat Stephen het moest tegenhouden. 'Misschien kan ik maar beter naar huis gaan. Ik ben echt doodmoe.'

Ze wilde weglopen, maar Stephen raakte haar arm aan. 'Wacht.' Hij bekeek haar aandachtig, alsof hij haar nu pas goed zag.

'Ik wil je best helpen,' zei hij tegen haar, 'maar ik blijf bij wat ik heb gezegd. Ik kan je momenteel geen functie aanbieden. Ik heb er eenvoudigweg geen geld voor. Ik ben afhankelijk van financiële steun van een gentleman wiens fabriek damesschoenen maakt. Elk boek dat ik uitgeef lijkt verlies te lijden.'

'Dat geldt anders niet voor de romans van miss Briggs,' merkte Berec op.

'Wat de *Daily Mail* de "ondernemende heldinnen" van Maisie Briggs noemt, kon inderdaad wel eens onze redding betekenen,' zei Stephen McKinnon met twinkelende ogen.

'Mijn moeder verslindt Maisie Briggs eenvoudigweg,' zei Isabel tegen hem, opgevrolijkt doordat zijn humeur opklaarde.

'Ze verslindt haar, hè?' grijnsde Stephen. 'Wat verslind jij, miss Barber?'

'O, ik vind alles mooi,' zei Isabel en ze draaide helemaal bij door zijn aandacht. 'Ik bedoel, ik probeer van alles en nog wat. Mijn ouders begrijpen daar niets van. Als mijn vader me ziet lezen, zegt hij tegen me dat ik iets moet gaan doen. Dan zeg ik dat ik al iets aan het doen ben, aan het lezen, maar dan vindt hij me bijdehand.'

Daarop gooide Stephen lachend zijn hoofd naar achteren, maar Berec keek haar met een blik vol afgrijzen aan. 'Arme meid,' zei hij buiten adem. 'Stephen, je moet iets doen. De krachten van de onwetendheid mogen niet triomferen.'

Stephen plakte een gemoedelijke, verslagen uitdrukking op zijn gezicht. 'Moet je horen, ik moet me met de andere gasten bezighouden,' zei hij. 'Miss Barber, alsjeblieft. Wil je morgen naar me toe komen? Dan kan ik je tenminste van advies dienen. Audrey,' riep hij. Een zelfverzekerde jonge vrouw met een flinke wipneus schoof weg van het bureau waaraan ze zat en slenterde de ruimte door. 'Audrey, wat doe ik morgenochtend?'

'Wil iemand mijn agenda even aangeven?' Audrey keek in een zwart notitieboek en las hardop voor: 'Om tien uur meneer Greenford over de kwartaalcijfers, om half elf de man van Unicorn Printing, lunch in La Scala met de agent van James Ross.'

'Elf uur, komt dat uit?' vroeg hij aan Isabel, die knikte. 'Audrey, dit is miss Isabel Barber. Schrijf maar op dat ze morgen om elf uur op gesprek komt.'

'Op gesprek?' Audrey nam Isabel koeltjes van top tot teen op en krabbelde toen iets in de agenda wat leek op *Isabelle Barba*. Isabel verbeterde haar niet.

'Zie je wel?' zei Berec later, toen hij haar in een taxi zette en het tienshillingbiljet in handen drukte dat hij net had weten te bietsen. 'Ik wist wel dat Stephen tot inkeer zou komen.'

Isabel, die in de taxi door de donkere, onbekende straten reed, was daar nog niet zo zeker van. Meneer McKinnon praatte Berec naar de mond. Het leek erop dat iedereen zwichtte voor zijn charmes. Wat haar betrof, zij was op zo'n soort intens hoogtepunt gekomen zoals alleen heel jonge mensen dat kunnen ervaren. In dat rommelige kantoor, met de interessante posters, al die mensen en hun gepraat over boeken en ideeën, dingen die er volgens haar echt toe deden, had ze iets gezien wat ze wilde. Niet zomaar wilde: ze had met elk flintertje gevoel dat ze in zich had haar zinnen erop gezet.

3

Londen, het heden

Emily

'Matthew, hoe ben jij binnengekomen?'

De voordeur van Parchment Press was na kantoortijd op slot, dus toen Emily de lift uit stapte, had ze niet verwacht Matthew in de hal te zien, zijn wijd uitstaande, dikke, zwarte haar glom van de mist. In het gedempte licht, met de schaduw van een baard op zijn kin en ogen die glinsterden als scherfjes blauwe graniet, zag hij eruit als een exotische piraat. Toen hij naar haar toe kwam om haar te begroeten, glimlachte hij op die kwetsbare, onderzoekende manier van hem waar ze zo van hield. Ze was even vergeten dat ze boos op hem was omdat hij zo laat was. Zijn kus smaakte verrukkelijk naar munt en regen.

'Een vrouw liet me binnen toen zij naar buiten ging,' verklaarde hij toen hij op de knop drukte om de deur open te maken. 'Geen idee wie ze was, maar zij leek wel te weten wie ik was.' Hij hield zijn pas in om Emily voor te laten gaan. Buiten was de wereld koud en hij glom, maar goddank was het opgehouden met regenen.

'Ze moet gek zijn geweest dat ze zulk uitschot als jij het gebouw binnenlaat,' plaagde ze.

'Ik denk gewoon dat ze een veelbelovend dichter herkent als ze er een ziet,' kaatste hij terug en Emily lachte. 'Sorry dat ik zo laat ben, Em. Ik zat in de bibliotheek en was de tijd vergeten.'

'Een uur lang?' vroeg ze op ernstige toon, maar hij stommelde de trap al af en hoorde haar niet. Zij was voorzichtiger met haar hooggehakte enkellaarsjes. Het was moeilijk om lang boos op hem te blijven.

'Kom op, als we via Bond Street doorsteken, zijn we er het snelst,' zei Matthew terwijl hij haar bij de arm nam. 'Dan kunnen we naar de kerstlichtjes kijken.'

Het evenement van vanavond, de presentatie van een poëziebloemlezing waar Matthew een bijdrage aan had geleverd, vond plaats in een oude pub in Soho. Emily, die zich altijd schuldig voelde omdat zij een fatsoenlijk salaris verdiende terwijl hij de eindjes aan elkaar moest knopen, haalde aan de bar drankjes en knabbeltjes en nam die mee een smalle trap op naar een grote ruimte helemaal bovenin. De pub liep snel vol. Terwijl Matthew ging kijken wanneer het zijn beurt was om voor te lezen, keek zij onzeker om zich heen, ze voelde zich een beetje een buitenstaander.

De ruimte was vast alleen voor de avonden bedoeld. Die was van boven tot onder zwart geschilderd, wat bij daglicht beklemmend zou zijn geweest, maar waardoor ze nu een donkere intimiteit uitstraalde. Ze bekeek de foto's die aan de muren hingen: bizarre shots van huis- en boerderijdieren uitgedost in gothic kostuums, wat haar een onbehaaglijk gevoel gaf. Iemand testte de geluidsinstallatie en boven het geroezemoes van stemmen uit werden haar oren geteisterd door elektronisch gefluit en gejank.

Ten slotte hield het lawaai op en kwam Matthew weer tevoorschijn. 'Ik ben als eerste aan de beurt,' zei hij met een grimas, 'dus ik zie je later wel.'

'Dan heb je het tenminste maar gehad,' merkte ze op.

'Dat is ook weer zo,' antwoordde hij glimlachend en hij verdween in de menigte.

Emily liep naar een tafel waar stapels van de bloemlezing lagen uitgespreid. Ze had Matthews exemplaar natuurlijk al gezien, maar ze wilde er zelf ook een kopen, hoewel er niemand bij stond die haar geld in ontvangst kon nemen. Ze pakte een van de boeken op en het deed haar beroepshalve plezier dat ze zo aantrekkelijk waren uitgestald.

'Sorry, ik kom al,' hoorde ze een hoge vrouwenstem zeggen en Emily keek op. Ze zag een notenbruin, spichtig meisje met zigeunerzwarte ogen en in haar handen een glas schuimend bier. 'Er stond een enorme rij voor de bar. Ik hoop dat niemand een boek heeft gejat. Heb je iets gezien?'

'Volgens mij niet. Ik wil er graag een kopen.'

'Vanavond maar zeven pond. Of twee voor dertien, voor sommigen een ongeluksgetal.' Ze glimlachte even. Haar witte geborduurde shirt kwam tegen haar huidskleur volmaakt uit, dacht Emily terwijl ze een bankbiljet uit haar portemonnee pakte. 'Ik neem er een. Staat er ook iets van jou in?' vroeg ze uit beleefdheid.

Het meisje wist even te knikken terwijl ze de schuimkop van haar bier af dronk en daarna het schuim netjes als een kat van haar bovenlip likte. 'Een foto. Bladzij negen. Lola Farrah, dat ben ik.' Haar glimlach onthulde kleine, regelmatige tanden. Ze zette het glas neer en rommelde in haar schoudertas naar wisselgeld. 'Onze groep heeft het boek in elkaar gezet. Het was Matthew Heatons idee. Ken je Matthew?'

'Ik ben Emily Gordon,' zei Emily. 'En ja, ik ken Matthew.'

'Hij is geweldig, vind je niet?' verzuchtte het meisje. 'Ik vind zijn gedichten zo fantastisch.'

'Ik ook,' zei Emily, een tikje bezitterig. Ze vroeg zich net af hoe ze kon laten merken wat haar relatie met Matthew was, toen er een stem door de microfoon klonk.

'Het is me een genoegen om de eerste lezer van vanavond aan te kondigen.' De spreker was Matthews docent, Tobias Berryman. Hij was lang en kalend, had priemende ogen en domineerde de ruimte.

Matthew liep naar de microfoon en terwijl hij las, concentreerde Emily zich eerder op de woorden dan op het verleidelijke timbre van zijn stem. Ze kende het eerste gedicht uit haar hoofd omdat ze het met hem had geoefend: 'Niemand zegt tegen de regen waar die moet vallen', zo begon het. Het ging erover dat het in onze aard zit om willekeurig waar lief te hebben en ze vond het altijd weer heel ontroerend.

Vanavond was hij zenuwachtig en hij las het iets te snel, maar hij kreeg een enthousiast applaus. Ze keek trots naar hem, zag hoe hij genoot van de reacties voordat hij zijn hoofd boog en bij het spreekgestoelte wegliep. Toen de volgende lezer zijn plaats achter de microfoon innam, merkte ze dat hij weer naast haar stond. 'Je was geweldig!' fluisterde ze in zijn oor en hij glimlachte.

Er werd nog meer gelezen en heel veel meer gedronken, de gesprekken werden levendiger, het gelach luidruchtiger en in de ruimte werd het warmer. Emily zag het tengere bruine meisje, Lola, die in een omhelzing haar arm om Matthew heen had geslagen, maar toen drong de grote, in moleskin jas gestoken figuur van Tobias Berryman zich aan haar op en blokkeerde het uitzicht. 'Emily, wat fijn om je te zien,' zei Tobias met zijn hartelijke, hoffelijke manier van doen. Tobias was voor in de veertig en inmiddels een gelauwerd dichter. Ze had hem vaker ontmoet, tijdens vergelijkbare gelegenheden, en Matthew had het dikwijls over hem, soms bewonderend, soms razend, afhankelijk van hoe een werkgroep of workshop was verlopen.

'Het is een fantastische avond geweest,' zei Emily tegen Tobias. 'Het is een getalenteerd stelletje, die studenten van je.'

'Dit jaar hebben we inderdaad een sterke club. En wat vind je van ons boekje? Er was natuurlijk amper geld voor maar ik vind dat Matthew en zijn team het bepaald niet slecht hebben gedaan.'

'Het is prachtig.'

'En je zult wel een paar dichters ontmoeten, denk ik zo. Zal ik je aan iemand voorstellen?'

'Nee, echt niet, ik ben hier voor Matthew. En Parchment geeft geen poëzie uit dus vanavond heb ik geen dienst.'

'Dat weet ik wel, maar ik durf te wedden dat je altijd je ogen openhoudt,' zei hij. Zijn ogen twinkelden als die van een guitige oom. Maar plotseling werd hij vertrouwelijker. 'Trouwens, ik doe nu zelf een gooi naar een roman. Ik vroeg me af of ik je mijn eerste concept mag sturen.'

'Ja, natuurlijk,' zei ze nogal verbaasd. 'Mag ik vragen wat het precies is?'

'O, het is heel *noir*. Echo's van Marlowe. Hoe dan ook, kijk maar wat je ervan vindt.'

'Intrigerend.' Emily vroeg zich af wat 'echo's van Marlowe' in hemelsnaam moest betekenen. 'Het klinkt intellectueel.' Stilletjes vreesde ze dat het onleesbaar zou zijn.

Hij lachte. 'Dat hoop ik oprecht. Maar het kan natuurlijk zo zijn dat het binnen een commercieel bedrijf als Parchment niet past.' Ze realiseerde zich dat hij onder zijn charme nerveus was.

'Ik zal er met alle liefde naar kijken,' beloofde ze. 'Ik kan je in elk geval van advies dienen.' Tobias had zich iets naar opzij verplaatst en nu zag ze Matthew weer, hoewel hij met zijn rug naar haar toe stond. Lola, zo merkte ze op, stond nog altijd dicht bij hem, maar ze maakten deel uit van een grotere groep studenten die allemaal lachten en babbelden terwijl ze elkaars boeken signeerden.

Ze deed haar best zich te concentreren op wat Tobias zei – iets over dat hij een literair agent moest zien te vinden – maar nu werd ze zich er vanuit haar ooghoeken van bewust dat iemand naar haar keek. Achter Tobias stond vlak bij de deur een man die ze nooit eerder had gezien. Hij was een jaar of twee ouder dan zij, dertig misschien, met schouderlang, geelbruin haar en zo te zien voelde hij zich best op zijn gemak. Hij stond in zijn eentje, maar kennelijk vond hij dat niet erg. Ze ontmoette zijn blik en hij schonk haar een steels glimlachje. Ze glimlachte terug en even leek het erop dat hij naar haar toe wilde komen om haar aan te spreken, maar toen pakte iemand anders hem bij de arm en knoopte hij met diegene een praatje aan.

'... ken jij misschien literair agenten?' vroeg Tobias aan haar en opnieuw trachtte Emily zich op hem te concentreren, maar ze was nog altijd geïntrigeerd door de man die naar haar had geglimlacht. Ze wist niet waarom, maar er was iets met hem. Later keek ze toevallig even op en zag ze dat hij vertrok. Interessant genoeg samen met Tobias.

Het was bijna middernacht toen ze in Matthews flat aankwamen. 'Ik ben volkomen gevloerd,' zei Emily. Ze leunde tegen het afbladderende behang van de bovenste overloop terwijl Matthew met het slot worstelde. 'En ik heb zóóóó'n honger.'

'Thee en sushi zijn in aantocht, miss,' zei Matthew en hij duwde de deur open. Onderweg waren ze vlak bij het metrostation een afhaalrestaurant binnengewipt.

Nadat ze bij de pub waren vertrokken, hadden ze gemoedelijk gekibbeld over naar wiens huis ze zouden gaan: zijn tweekamerflat boven in dat haveloze victoriaanse huisje in Zuid-Londen, of Emily's wat modernere appartement in het betere gedeelte van Hackney. Matthew had gewonnen, want het was de volgende dag weliswaar zaterdag, maar hij moest vroeg op om aan een opdracht te werken.

Hij zette zijn tassen binnen neer. 'Sorry voor de puinhoop,' zei hij tegen haar. Hij liep de kleine zitkamer door om lampen aan te doen en de gordijnen dicht te trekken die in het midden nooit helemaal sloten. Daarna nam hij de afhaalmaaltijd mee naar de keuken, waar ze hem met borden en bestek hoorde kletteren.

Emily schopte opgelucht haar enkellaarzen uit en plofte op de bank neer. Ze keek om zich heen. 'Puinhoop' was inderdaad het juiste woord. Uit alles sprak de vertederende Matthew. Op elk horizontaal oppervlak lagen stapels boeken en papieren. Naast de tv stond een opengeklapte laptop, het blauwe acculichtje knipperde. Halflege koffiekopjes. Als hij niet naar college was, gebruikte hij deze kamer als werkkamer, waar hij zijn karige beurs aanvulde met het schrijven van artikelen voor kranten en websites. Soms bedacht hij wervende marketingteksten voor een klein pr-bedrijfje, waar hij ooit bij in dienst was geweest; het betaalde beter, maar het werk boeide hem niet meer. Emily wist dat hij nog een aantal jaren na de universiteit op deze manier had doorgemodderd, totdat hij besloot om naar zijn oude college terug te keren en een parttime master in creatief schrijven te volgen. Poëzie was zijn passie, dat was altijd al zo geweest, maar de kans dat hij daar ooit van zou kunnen leven, was minimaal. Als hij goed genoeg was, zo had hij tegen haar gezegd, en gestaag doorging met naam te maken, dan kon hij tenminste rondom zijn poëzie een lappendekencarrière creëren: hier en daar wat lesgeven, de journalistiek in of iets in de zakelijke kant van een kunstorganisatie, daar zou hij al blij mee zijn. Wat hij uiteindelijk ook zou gaan doen, het was cruciaal dat hij tijd kon vrijmaken om te schrijven.

Ze ging kijken wat hij aan het uitspoken was. 'Ik wil wel theezetten als je... Mijn god, Matthew.' Ze bekeek met afgrijzen de bergen vuile borden en steelpannen waarmee het aanrecht van het keukentje vol stond. Slierten doorweekte spaghetti kronkelden uit de pedaalemmer.

Matthew maakte op het enige vrije plekje de plastic afhaaldozen open en zei schaapachtig: 'Ik was nog niet aan opruimen toegekomen.' Ze herinnerde zich dat de vorige avond twee broers van hem langs waren gekomen om op tv naar een wedstrijd te kijken.

Met een zucht zette ze de ketel uit.

'Nee, Em,' zei hij en hij nam de touwtjes in handen. 'Ik regel alles wel... Ga jij nou maar lekker zitten.'

'Ik kan afwassen,' zei ze opgewekt.

'Nee, het is midden in de nacht. Ik doe het morgen als jij weer weg bent.' Hij ging verder met eten opscheppen. 'Als ik het nou niet zo druk had gehad... Hé, wil jij wat van jouw *temaki* ruilen met mijn *nigiri*?'

'Ja, oké,' zei ze. 'Je hébt het ook druk, weet je.'

'Waar ik nu mee bezig ben, is druk,' zei hij en hij draaide zich om om de ketel aan te zetten. 'Als de komende tien maanden nou maar voorbij zijn, dan wordt het gemakkelijker.' Hij moest in september zijn eindscriptie inleveren.

'Het is jammer als die ons in de weg gaan zitten.' Tien maanden leek wel een eeuwigheid.

'Hé, je bent toch niet meer boos over afgelopen weekend, hè?' vroeg hij vriendelijk. 'Ik dacht dat we dat hadden uitgepraat.'

'Dat is het niet.' Maar voor een deel was dat het wel. Ze beet op haar lip terwijl ze aan hun ruzie terugdacht; nou ja, het was geen ruzie, zei ze tegen zichzelf, eerder een onenigheid. De vorige zaterdag was haar zus dertig geworden en hun ouders hadden een familiediner georganiseerd in een hotel vlak bij hun huis in Hertfordshire. Op het laatste moment had Matthew afgezegd omdat hij research moest doen voor een lang krantenartikel dat hij moest schrijven. Haar vader en moeder waren behoorlijk uit hun doen geweest, en zij had het ook bepaald niet leuk gevonden. Matthew had zich verdedigend opgesteld en nu voelde ze wel dat het geen zin had om erop door te gaan. Tenslotte kenden ze elkaar nog niet zo heel lang.

Het was nog maar vijf maanden geleden dat ze elkaar hadden gevonden, toen ze als uit de toon vallende singles waren uitgenodigd voor een dinertje, dat werd gegeven door een paar wel heel zelfgenoegzame, getrouwde vrienden, en ze waren de hele avond aan elkaar overgeleverd geweest. Toen hij beschreef hoe zijn leven eruitzag, vond ze hem een geweldige bohemien. Nu ze zag wat dat in werkelijkheid betekende, kon ze moeilijk van hem verwachten dat hij omwille van haar zou veranderen. Tenslotte had zij ook een ongelooflijk veeleisende baan. Ze moest 's avonds zo vaak ergens heen en in het weekend was ze altijd aan het lezen.

'Je ziet eruit alsof je er helemaal doorheen zit, liefje.' Hij legde de vork die hij vasthad neer en trok haar in zijn armen. Ze deed haar ogen dicht, voelde hoe ze met hem versmolt. Dit was altijd zo zalig. Hij duwde haar haar naar achteren, kuste haar op de oogleden en daarna vond zijn mond die van haar. Ze genoot van zijn tederheid, de manier waarop hij haar vasthield.

'Kop op, vogeltje van me,' zei hij, toen ze losliet en om adem te halen, en bij dat koosnaampje ging er een geluksgolf door haar heen. 'Kop op, alsjeblieft. Ik weet dat het niet gemakkelijk is. We proberen momenteel allebei onze plek in de maatschappij te veroveren en we doen waar we van houden. Jij bent toch ook dol op je werk?'

'Ja, natuurlijk.' Emily hield van haar baan, was opgetogen geweest toen Parchment haar bij een andere firma had weggekocht.

'Dan mogen we allebei heel erg van geluk spreken.'

'Ja,' zei ze met een zucht toen hij haar losliet. 'Sorry. Ik ben gewoon moe, meer niet. En ik heb honger.'

'Dan gaan we eten,' zei hij en hij pakte de borden. 'Wil jij de thee meenemen?'

Emily maakte ruimte op de salontafel, ze gingen samen op de bank zitten en aten met een half oog naar een late comedyshow op de tv. Daar knapte ze algauw van op.

'Dat was verrukkelijk,' zei ze en ze zette haar bord neer. 'Ik heb genoten vanavond,' voegde ze eraan toe.

'Het was cool, hè? We hebben ook een paar boeken verkocht.'

'Ik heb mijn exemplaar hier.' Ze haalde het uit haar handtas en bladerde erdoorheen. 'Je hebt geweldig voorgelezen, Matt. Je was fantastisch, echt waar.'

'Ik klonk nerveus,' zei hij vaagjes. Ze hield stil bij een paginagrote foto. Die was gemaakt door dat meisje Lola, bij wie ze haar boek had gekocht. De afbeelding was raak getroffen, in een soort romantische stijl, moest ze toegeven, een softfocus shot van een verkreukeld, met rozenblaadjes bezaaid beddenlaken. Ze dacht eraan dat Lola met Matthew stond te flirten, tastbaar, levendig, lachend. Ze sloot het boek en schoof de herinnering opzij. 'Ik heb met Tobias gepraat,' zei ze tegen hem.

'O ja? Wat had hij te zeggen?'

'Nou, moet je horen, hij is een roman aan het schrijven. Als uitgever op feestjes is het hopeloos. Mensen vragen je óf een goed boek aan te bevelen, wat dat ook mag zijn, óf ze vertellen je dat ze er een willen schrijven.'

'Ik vermoed dat dat beter is dan investeringsbankier of politieman.' Ze grinnikte. 'Een dokter is vast het ergst. Dan gaat iedereen tegen je aan zeuren over zijn kwaaltjes en pijntjes.'

'Maar in alle ernst, alles wat Tobias schrijft is waarschijnlijk goed.'

'Dan zullen we wel zien,' zei ze gapend.

Onmiddellijk nadat ze in het grote bed, dat het hele slaapkamertje vulde, hadden gevreeën, viel Matthew in slaap, maar ook al was Emily moe, ze kon de slaap niet vatten. Ergens verderop in de straat hoorde ze feestmuziek dreunen. Angstige gedachten tolden door haar hoofd. Ze had een ontevreden gevoel en kon met de beste wil van de wereld niet bedenken hoe dat kwam. Ze probeerde haar gevoelens op een rij te zetten, zoals haar beste vriendin, Megan, die zwaar in therapie was, haar altijd aanraadde om te doen. Haar nieuwe baan ging best goed, hoewel ze zich binnenkort zou moeten bewijzen door met een paar veelbelovende nieuwe auteurs op de proppen te komen. Ze ging om met deze verrukkelijke man die naast haar lag te slapen, maar ze had geen idee waar dat alles toe leidde, misschien leidde het wel nergens toe. Ergens moest de waarheid te vinden zijn. Ze had het idee dat Matthew bij de dag leefde. Hij richtte zich helemaal op zijn studie en vond het prima om geen toekomstplannen te maken. Hij was niet geïnteresseerd in geld verdienen, niet dat ze dat op zichzelf erg vond, maar hij leefde als een student, en hoewel ze in het begin gecharmeerd was geweest van zijn wereldvreemdheid, begon ze zich er nu aan te ergeren. Ze had nooit gedacht aan zoiets als zich settelen, maar de laatste tijd was er bij haar diep vanbinnen iets aan het veranderen.

Het was een koude nacht en ze nestelde zich dichter tegen de slapende Matthew aan, ademde zijn ziltige geur in, maar ze was nog altijd hopeloos klaarwakker. Ze dacht aan alles wat ze dit weekend nog moest lezen en vroeg zich af of Matthew misschien een boek van Hugh Morton op zijn boekenplank had staan. Ze moest nogmaals naar *Aan de overkant* kijken en was vergeten om te checken of er op kantoor misschien een exemplaar was. Ze had in elk geval *Thuiskomst*, waarschijnlijk zijn eerste roman, in haar tas gestopt. Ze vroeg zich af wat voor haar thuis was. Misschien haar comfortabele toevluchtsoord in Hackney, hoewel het daar soms wel eenzaam kon zijn. Ze vond het heerlijk om terug te keren naar het huis uit haar jeugd, in het semilandelijke Hertfordshire, maar het was niet langer haar thuis, niet echt, dat was ze ontgroeid. En Matthews flat was te chaotisch om zich er thuis te voelen.

Het *boem boem boem* van het feestje stopte plotseling en toen was er alleen nog de verre dreun van het Londense verkeer die nooit ophield.

4

1948

Isabel

Het was Audrey, de secretaresse met de wipneus en het voorkomen van een wildebras, die opendeed op de ochtend van Isabels sollicitatie-gesprek bij McKinnon & Holt. Ze leidde het meisje met een arrogante glimlach door het haveloze vertrek waar de bewijzen van het feestje waren opgeruimd. Daarnaast bevond zich een klein kantoortje met langs alle muren boeken, waar ze Stephen McKinnon aantroffen. Hij zat achterovergeleund in zijn stoel, de voeten op het bureau en was aan de telefoon. Hij haalde vlug zijn voeten van het bureau toen de vrouwen binnenkwamen en wees Isabel een stoel. Audrey vertrok, maar liet de deur op een kier staan. Isabel ging tegenover Stephen zitten en luisterde terwijl hij fel met iemand aan de andere kant van de lijn aan het ruziën was in een mysterieuze taal van winsten en percentages, terwijl hij op een blocnote cijfers neerkrabbelde. Ze keek het kantoor rond, merkte de boeken op, de verspreid liggende stapels manuscripten, de posters aan de muur over boekpresentaties en kunsttentoonstellingen. Op de vensterbank stond een ingelijste foto van een blonde vrouw in een trouwjurk. Die was een beetje vergeeld.

Ten slotte legde Stephen McKinnon de hoorn neer, omcirkelde een van de cijfers op zijn blocnote en slaakte een diepe zucht. Hij keek naar Isabel op en wilde net iets zeggen toen de telefoon ging. 'Neem jij die even, Audrey?' brulde hij. Audrey moest dat gehoord hebben, want het rinkelen hield op. Hij staarde naar de telefoon, alsof die in vlammen zou opgaan, glimlachte toen naar Isabel en zei op vriendelijke toon: 'Goed dan.' Hij had iets jongensachtigs over zich; dat kwam door dat open, gretige gezicht van hem en opnieuw bedacht ze hoe aardig ze hem vond.

'Je ziet eruit alsof er veel te veel op je bordje ligt,' zei ze.

'In deze tijd van het jaar is het altijd een gekkenhuis,' antwoordde hij terwijl hij door zijn haar woelde. 'De winkels willen hun kerstbestellingen en we moeten de voorjaarsaanbieding voorbereiden.' Er werd geklopt en Audrey stak haar hoofd om de deur. 'In godsnaam, wat nou weer?'

'Ik heb Harold Chisholm aan de telefoon,' zei ze. 'Hij wil me niet zeggen waar het over gaat, maar blijkbaar kan het niet wachten.'

'Poeier hem maar af, kan niet anders. Zeg maar dat ik hem later terugbel,' zei hij kortaf. Ze sloeg haar ogen ten hemel en verdween weer.

'Chisholm zegt altijd dat het niet kan wachten,' legde hij uit. 'Schrijvers hebben niet genoeg te doen, moet je weten. Ze zitten zich op hun zolderkamertje op te vreten terwijl ze eigenlijk zouden moeten schrijven. Ze vergeten dat hun uitgevers ook nog andere auteurs in hun stal hebben, andere dingen te doen hebben. Zoals het verkopen van hun verdomde boeken. Sorry.' Hij glimlachte weer opgewekt naar haar. 'Nou, hoe kan ik je helpen?'

Hij leek hun gesprek tijdens het feestje van de vorige avond te zijn vergeten en even wankelde Isabels vertrouwen. Voor haar gevoel had ze de halve nacht wakker gelegen en liggen nadenken over alles wat ze had gezien en gehoord. Ze had steeds maar weer nagedacht over wat ze tegen hem zou zeggen, tegen deze man die het zich niet kon veroorloven om haar in dienst te nemen, die zei dat hij geen baan had, maar die toch was overgehaald om vandaag met haar te praten. Ze had het gevoel dat dit haar enige kans was. Plotseling flapte ze er alles uit.

'Ik wil iets nuttigs doen, iets belangrijks en volgens mij is dit precies waar ik naar op zoek ben,' zei ze en ze durfde hem niet aan te kijken. 'Ik ben me er heel erg van bewust hoe machtig woorden kunnen zijn. Soms schrijf ik, o, stukjes van verhalen en gedichten. Ik ben nog niet heel erg goed, maar hier, ja, hier zou ik anderen met hun boeken kunnen helpen. Maakt het wat uit dat ik nog zo jong ben? Ik vind dat ik een kans moet krijgen.'

Ze zag de uitdrukking op zijn gezicht en hield op. Op de een of andere manier klonken deze woorden, die haar in haar tantes logeerkamer zo duidelijk en redelijk hadden toegeschenen, in het gewijde licht van een uitgeverskantoor mal en triest. McKinnon keek haar met een licht geamuseerde blik in zijn ogen intens aan.

'Ga door,' zei hij.

Ze deed haar ogen dicht en haalde diep adem.

'Ik kan typen, eigenlijk best snel. Dat kregen we op school voor het geval we ons eigen brood moesten verdienen, dat zeiden ze tenminste. Ik wil een baan. Ik móét een baan. Er is vast wel iets wat ik kan doen. En ik vind dit allemaal leuk. Hier, bedoel ik.'

'O, hier is echt wel van alles te doen, hoor.' Ze wachtte, ongerust dat ze hem kwijtraakte. 'En ik weet zeker dat je dat kunt. Ik kan alleen niemand betalen.'

Op dat moment kwam Audrey weer tussenbeide. 'Uw afspraak van half twaalf is er, meneer McKinnon. En ik vergat te zeggen dat de man van de *Mail* eerder vandaag heeft gebeld.'

'Verdomme. Hem moest ik nou juist wel te spreken krijgen. Bel hem terug, wil je?'

Audrey verdween weer en hij griste een krant uit een draadbakje die hij Isabel over het bureau toeschoof. 'Wat vind je hiervan?' zei hij en hij wees. De krant was gevouwen, er stond een advertentie van een biografie over een vrouwelijke filmster met ernaast de gegevens van McKinnon & Holt. Ze staarde ernaar. Alles leek netjes ontworpen en de spelling leek correct.

'Het is... heel mooi,' zei ze beleefd, zich afvragend of het wel goed was wat ze zei.

'En?' zei hij gretig.

Ze keek er nogmaals naar, en toen viel haar oog op het artikel ernaast. Plotseling besefte ze wat eraan mankeerde.

'Waarom hebben ze het op de sportpagina geplaatst?' vroeg ze.

'Precies,' zei hij. 'Met dit soort gesodemieter heb ik nou elke dag te maken. Mijn advies, miss Barber? Je wilt niet voor een uitgever werken. Je moet soms lange dagen maken en het is een onzekere business. Het komt voor dat je heel veel werk stopt in boeken die uiteindelijk in ieders ogen floppen. Aan de andere kant kan het heel irritant zijn als heel banale boeken wel een succes blijken te zijn.'

'Dat begrijp ik best,' zei ze ernstig, 'maar daar laat ik me niet door afschrikken.'

'Dat zou je wel moeten doen.' Hij stak een sigaret op en keek haar peinzend door een sluier van rook aan. Ten slotte slaakte hij een zucht en zei: 'Ik zie al dat het geen zin heeft. Moet je horen, zoals ik al zei hebben we het momenteel wel heel druk. Als je het niet erg vindt om voor de leeuwen gegooid te worden, miss Foster loopt behoorlijk achter met de correspondentie. Het is maar tot Kerstmis. Langer kan ik je niet garanderen.' Hij schoof zijn stoel naar achteren en stond op. Het gesprek was afgelopen.

'Dank u wel,' zei Isabel en ze voelde zich zo licht als een veertje. 'Ik ben zo dankbaar. Ik begin morgen. Vandaag. Ik kan nu beginnen.'

'Morgen is prima. En wat je loon betreft. Nou... Drie pond per week.' Zelfs Isabel wist dat dit wel heel karig was. Hij deed de deur voor haar open.

Buiten het kantoor was Audrey vinnig aan het typen. Iets verder in de ruimte zat mevrouw Symmonds, de mollige vrouw met de overdadige make-up die ze op het feestje had gezien, aan haar bureau met potlood opmerkingen te maken in een dik manuscript. Op een stoel naast de deur zat de vertegenwoordiger van de drukker, een naargeestige man met een aktetas en een marineblauwe regenjas. Toen hij Stephen McKinnon in het oog kreeg, stond hij verwachtingsvol op, maar niemand sloeg acht op hem.

'O, meneer McKinnon,' zei Audrey. 'De man van de *Mail* zat tot mijn spijt niet achter zijn bureau.'

'Blijven proberen. Luister Audrey, je moet hier een plekje vrijmaken zodat miss Barber ergens kan zitten. Vanaf morgen komt zij je helpen. Geen gemaar, alsjeblieft. Fijne dag nog, miss Barber.' Hij schudde Isabel de hand en richtte toen zijn aandacht op de man met de aktetas. De kantoordeur ging achter de twee mannen dicht.

Audrey schudde met wat papieren op het bureau om er een net stapeltje van te maken terwijl ze Isabel van top tot teen opnam. Ze was duidelijk niet blij met wat ze zag.

'Zo te zien heb ik onze weddenschap gewonnen, Trudy,' zei ze tegen mevrouw Symmonds. Trudy Symmonds tuurde over haar bril naar Isabel en haar kin zonk in haar vlezige hals weg toen ze donker grinnikte.

'Wat bedoel je?' vroeg Isabel en ze vond hen maar onbeleefd.

Audrey haalde haar schouders op. 'O, een onderonsje. Kom, help me hier dan maar even mee.' Tegen een muur stond een aftands bureau met dozen erop, die begon ze op de vloer te zetten en Isabel schoot haar te hulp.

Ze begreep Audreys reactie niet. Ze had gedacht dat de jonge vrouw blij zou zijn met wat hulp. Misschien dacht Audrey dat ze er een rommeltje van zou maken. Nou, dat ging niet gebeuren. Ze was vastbesloten te laten zien wat ze waard was.

Ze vond het van meet af aan fantastisch. Niet de karweitjes zelf, die waren voor het merendeel weinig interessant en vaak saai. Audrey liet haar alles opknappen waar ze zelf geen zin in had: overtikken, archiefwerk, theezetten en boodschappen doen. Audrey deed alles wat kon worden beschouwd als de meer aantrekkelijke kant van het secretaresseschap van Stephen McKinnon: ontvangen van bezoekers, auteurs en literair agenten, die ze met alle egards bejegende. Evenals de minder aantrekkelijke, maar toch nog interessante hoeveelheid vertegenwoordigers met hun koffers vol monsters en hun roddels, met wie werd geflirt of op wie werd neergekeken, afhankelijk van hun leeftijd en hoe knap ze waren.

Isabel kwam algauw te weten dat er geen meneer Holt bestond. McKinnon & Holt heette zo, zo legde Trudy uit, omdat het 'lekker bekte'. Momenteel werd de zaak overeind gehouden door Trudy's echtgenoot, Redmayne Symmonds, een sjokkende beer van een vent uit Yorkshire, die naar verluidt zeer welvarend de oorlog was doorgekomen doordat hij laarzen voor het leger was gaan produceren. Terwijl hij daarna zo slim was om op damesschoenen over te stappen, kreeg hij er aardigheid in om prestige te oogsten met het subsidiëren van boeken. 'En hij vindt het fijn als ik werk. Daardoor kan ik geen ondeugende streken uithalen, zegt hij,' grapte Trudy, wat vergezeld ging van haar donkere lach. Zij kwam ook uit Yorkshire, maar dat kon je alleen horen als ze emotioneel werd. Het duurde niet lang voordat Isabel van Berec te weten kwam dat de zoon van de Symmonds', hun enig kind, bij Duinkerken was gesneuveld.

Uit een van de ruzies die Isabel zo nu en dan door de deur van Stephen McKinnons kantoor kon horen – Symmonds had een zware, bulderende stem die bij zijn grote lijf paste – maakte ze op dat hun financier verwachtte dat boeken net zo'n gezonde winstmarge opleverden als met schoeisel het geval was en dat hij al snel uit de droom werd geholpen. Het liep naar het einde van haar tweede week, bijna iedereen had het die dag voor gezien gehouden en Isabel gaf nog snel de graslelies wat water toen ze Symmonds' frustratie uit de eerste hand meemaakte. De deurbel ging lang en hard, en toen ze opendeed en hij zich langs haar drong, blies er een winterse storm met hem mee naar binnen terwijl hij zich een weg baande naar het kantoor. Hij merkte haar amper op en stormde zonder pardon Stephens kamer in.

Toen ze de hoes over haar schrijfmachine deed, zag ze door de half-open deur dat Symmonds een cheque uitschreef en die op Stephens bureau kwakte. Stephen stond met zijn rug naar hem toe naar de donkere binnenplaats te turen alsof de vuilnisbakken die avond wel heel interessant waren. Dit tafereel voltrok zich zonder een woord, maar nadat Symmonds de deur uit was gemarcheerd en Isabel schuchter haar hoofd om Stephens deur stak om te zeggen dat zij er ook vandoor ging, zag ze dat hij aan zijn bureau zat te roken en met een ondoorgrondelijke uitdrukking op zijn gezicht naar de muur tegenover zich staarde. De cheque lag nog op het bureau, onaangeroerd.

'Hebt u nog wat nodig?' vroeg ze.

'Nee, dank je wel,' zei hij zakelijk. 'Helemaal niets.' Toen schonk hij haar die jongensachtige glimlach van hem en stond op. 'Nou, Pockmartins boek kan worden uitgegeven,' zei hij, en hij griste de cheque weg en stopte die in zijn portefeuille. Zijn normale zorgelijke houding was helemaal weg. 'We kunnen de drukker betalen. Dat is het wapenfeit van vandaag.'

Isabel had al begrepen dat het een ware meesterzet was geweest dat ze die memoires in de wacht hadden weten te slepen. Burggraaf, inmiddels Lord, Pockmartin was in de jaren dertig senior attaché op de Britse ambassade in Berlijn geweest en later krijgsgevangen gemaakt. Zijn waaghalsverhalen na zijn ontsnapping in 1943, evenals zijn politieke inzichten, wasemden aan alle kanten 'bestseller' uit. Als het boek aansloeg, zouden daarmee een paar maanden lang alle salarissen kunnen worden betaald.

Ze had er een heerlijke tijd. Isabel hield van de sfeer op kantoor, waar een stuk of zes medewerkers, die allemaal volgens een eigen, raadselachtig werkrooster op verschillende tijden kwamen en gingen, en het lawaai van andermans gesprekken en de rinkelende telefoons buiten wisten te sluiten, ieder hun eigen rol vervulden. Ondanks Berecs laatdunkende opmerkingen over Trudy mocht Isabel haar graag. Trudy combineerde een no-nonsenseaanpak van de dagelijkse redactiepraktijk van manuscripten met een moederlijke tact wanneer ze schrijvers ervan wilde overtuigen dat ze noodzakelijke wijzigingen in hun geliefde proza moest aanbrengen.

Aan het bureau tegenover haar zat Philip Houghton, een oudere man met het gezicht van een middeleeuwse jezusfiguur, droefgeestig, bleek en met baard. Hij was verantwoordelijk voor het ontwerp van de boeken, zowel het binnenwerk als de omslag, en ontving een gestage pelgrimage van ondervoede bezoekers met portfolio's vol illustraties waar commentaar op werd geleverd, die werden aangenomen of weggestuurd. Rekeningen gingen naar een ruimte zo groot als een bezemkast aan de overkant van de gang, die twee dagen per week door meneer Greenford, de bedrijfsboekhouder, werd gebruikt. Uit de felle telefoontjes van leveranciers die Isabel soms onderschepte, had het er alle schijn van dat hij zelden in staat was die op tijd te betalen.

Naast meneer Greenfords kamer bevond zich de afgiftebalie, waar vertegenwoordigers en boodschappenjongens van boekhandelaren hun pakjes ophaalden. In de kelder beneden was een ruimte die zo koud was dat de paraffinekachel die daar de hele dag brandde weinig kon uitrichten, en meneer Jones de inpakker bewoog zich tussen die ruimte en de afgiftebalie, gehuld in jas en sjaal, soms eerder gehinderd dan geholpen door zijn zoon Jimmy, een slungelige knul van vijftien zonder manieren. En dat was het hele team... O, afgezien nog van Dora, Stephens sprankelende vrijgezelle nicht, die een keer of twee per week langs zeilde om met Audrey te babbelen over feestjes in het weekend, maar die

56

eigenlijk met Philip moest werken aan een experimenteel, nieuw project: prentenboeken voor kinderen.

Het was een wereld van verschil met het claustrofobische gezinsleven in de nieuwbouwwijk, zelfs zo erg dat ze zich afvroeg of de stralende kleine miss Isabel Barber, jongste bediende bij een uitgever (tijdelijk), dezelfde persoon was als de rebelse meid die drie weken geleden haar vader had afgesnauwd en het huis uit was gestormd. Nu bestond haar leven uit één koortsachtige verrukking, van minuut tot minuut, van uur tot uur. Het enige minpuntje was dat ze met elke dag een stukje dichter bij Kerstmis kwam en dat Stephen McKinnon na Kerstmis misschien geen geld meer had om haar te houden, ondanks Lord Pockmartin.

Maar meestal stond ze daar niet bij stil. Ze had naast haar werk ook een interessant leven. Ze vond het heerlijk bij Penelope. Haar tante, die aanvankelijk nog zo moeilijk deed bij het vooruitzicht dat haar nichtje zou blijven, had er niets meer over gezegd dat ze weg moest en ze genoot van alle vrijheid die ze in dat huis had. Het leven van Penelope Tyler leek geen bepaalde regelmaat te volgen en het kwam zelden voor dat ze al op was voordat Isabel naar haar werk ging. Het meisje sloop 's ochtends vroeg in haar eentje de trap af om te worden begroet door Gelert, die met zijn staart op het keukenlinoleum klopte en haar met zijn gevoelvolle blik aankeek, terwijl ze voor zichzelf een ontbijt klaarmaakte met een kop thee en een snee brood. Ze had moeten lachen toen ze hoorde dat de hond was genoemd naar de jachthond uit de Welshe legende, die een baby van een wolf had gered. Deze moderne Gelert was zo goedig dat hij zelfs niet naar de melkboer blafte. Als Isabel 's avonds rechtstreeks van haar werk naar huis ging, was de schoonmaakster, mevrouw Pettigrew, al lang en breed weg en was de voorraadkast op wonderbaarlijke wijze gevuld met eten. Tante Penelope was er meestal niet, dus met Gelert als enige gezelschap at Isabel dan een geïmproviseerde avondmaaltijd aan de keukentafel, verloren in een of ander boek. Op dit moment was ze alle uitgaven van McKinnon & Holt aan het lezen, ze leende bij Trudy de boeken van kantoor, en werd ernstig bestraft als ze die niet terugbracht. Via de roddels op kantoor of door het lezen van recensies kwam ze te weten welke nieuwe boeken bij concurrerende uitgevers werden uitgegeven. Vaak bracht ze haar lunchtijd door met het 'ver-

slinden' van boeken in de dichtstbijzijnde bibliotheek, met een voorliefde voor fictie en die heimelijke, ondeugende romantiek van haar.
Ze had alle boeken van Maisie Briggs gelezen en had ogen zo groot
als schoteltjes opgezet bij de zwijmelscènes. In *De onbekende bruid* en
Sprookjeshuwelijk had ze zich ondergedompeld in de verlangens van
jonge vrouwen als zijzelf, die op eigen houtje hun weg in het leven hadden gevonden maar die uiteindelijk een veilige haven vonden in de armen van een sterke, echte man. Ze wist wel dat er in werkelijkheid geen
happy endings bestonden, tenslotte hadden haar ouders voortdurend
ruzie, terwijl Penelope in haar eentje volmaakt gelukkig leek te zijn.

Haar tante kwam 's avonds dan om een uur of half elf, elf uur thuis,
gewikkeld in haar bontjas, haar ogen glanzend als de parels aan haar
oren, haar huid was rozig van de warme taxi, en dan vertelde ze geanimeerd over het feestje waar ze was geweest of het toneelstuk dat ze had
gezien. Twee keer nam ze iemand mee naar huis, een man die ze aan Isabel voorstelde als Reginald, meer niet. Reginald was in de vijftig, lang en
zwijgzaam, met een neutraal, knap gezicht en hij droeg voortreffelijke
maatpakken. Tijdens hun eerste ontmoeting had hij Isabel beleefd, met
een vermorzelende greep de hand geschud, maar ze bespeurde geen
greintje warmte in die kracht, dus had ze zich verontschuldigd en was
naar boven naar haar bed gevlucht. Die avond lag ze een poosje wakker,
kon maar niet het gevoel van onbehagen over de situatie van zich afzet-
ten. Haar kamer lag pal boven de salon, dus ze kon beneden gemompel
en beweging horen. Ze moest ten slotte in een diepe slaap zijn gevallen,
want ze had niet gemerkt dat hij weg was gegaan, want toen ze de volgende ochtend door de gang liep, zag ze dat zijn hoed en jas waren verdwenen.

Isabel was natuurlijk niet elke avond thuis. Ze sloot vriendschap met
Alex Berec, die ze al snel gewoon met 'Berec' aansprak, zoals iedereen
dat deed. Hij had de gewoonte om onaangekondigd op de burelen op te
duiken, minstens een keer of twee per week, en hij werd als een familie-
lid behandeld. Soms bedelde hij bij meneer Greenford om 'een klein
voorschot', en dan verdween hij weer met een paar pond in zijn zak. En
andere keren kwam hij gewoon om wat aanspraak te hebben.

'Ik was toch in de buurt,' zei hij als hij dan met zijn onweerstaanbare glimlach opdook. Dan zette hij zijn hoed af en knikte iedereen charmant toe, hoewel Trudy, die het vervelend vond als ze in haar werk werd gestoord, hem streng aankeek. 'Ik blijf niet, beloofd, ik zie zo dat jullie het allemaal hééél druk hebben. Maar ik heb iets voor de noeste werkers meegenomen.' En dan haalde hij een doos honingcakejes tevoorschijn, en één keer, heel uitzonderlijk, een zak sinaasappels, waarna Audrey of Isabel natuurlijk een kop thee voor hem zette en hij er een eind op los babbelde tegen iedereen die het maar horen wilde.

Stephen liep soms binnen en vroeg zijn mening over een boekomslag of de laatste film van Katharine Hepburn – Berec was een enorme fan van Hepburn – maar als het te druk was, sloeg hij zijn thee snel achterover en verdween hij weer. Het was al vlug duidelijk dat hij dol was op Isabel, en ze liet hem altijd even uit, of de voordeur nou vergrendeld was of niet. Zo nu en dan vroeg hij of ze met hem meeging naar een poëzieavond of, één keer, om thuis bij een paar bevriende vluchtelingen te gaan eten.

'Myra kan niet mee – migraine, de arme ziel – maar ik denk dat je Gregor en Karin wel aardig zult vinden.'

De flat waar hij haar mee naartoe nam, bevond zich in een mistroostige straat in de buurt van Bloomsbury Square en was armoediger dan ze ooit had meegemaakt. Hij bestond uit een enkele grote kamer, waar het bed van het woongedeelte werd afgeschermd door twee legerdekens aan een stang. Karin, een verlegen vrouw van middelbare leeftijd, te mager voor haar vormeloze jurk, verdween en kwam even later terug met een stomende terrine met daarin een heerlijk geurende stoofpot van overwegend groenten, die ze met brokken grijzig brood opaten. Het gesprek ging half in het Engels en half in het Tsjechisch, omdat dat het enige was wat Karin sprak. Berec had een fles zoet smakende likeur uit zijn jas tevoorschijn gehaald. Isabels keel ging ervan branden, maar ze kreeg er zo'n intens ontspannen gevoel van dat ze bang was dat ze in zwijm zou vallen.

Zij en Karin zeiden niet veel, hoewel Gregor het Engels voor Karin vertaalde, die knikte en glimlachte, maar die nooit blij keek. Misschien deed ze dat wel nooit, bedacht Isabel, die het gevoel had dat ze zweefde boven de tafel waar ze allemaal aan zaten, verbaasd dat ze hier was, bij deze mensen, terwijl het nog maar zo kort geleden was dat ze de wereld buiten het gezinshuis en de school alleen maar uit boeken kende. Natuurlijk wist ze door het nieuws en haar vaders krant alles over vluchtelingen, maar ze had nog nooit met een van hen de maaltijd gedeeld, geluisterd naar zulke vurige gesprekken over politiek of zo'n wanhoop gezien in de blik van een vrouw. Berec had haar uitgelegd dat Gregor vóór de oorlog in Tsjecho-Slowakije was opgeleid als arts, maar dat zijn diploma's hier niet werden erkend en dat hij alleen maar arbeiderswerk had weten te bemachtigen. Hij was bovendien een welbekend communist, maar in zijn vaderland was hij in zijn eigen partij in ongenade gevallen en nu kon hij niet meer terug.

Berec klopte haar op de schouder en zei: 'Arme Isabel, je moet het me maar vergeven. Gregor en ik kunnen wel de hele nacht doorpraten. Het is tijd om te gaan, ja?' Ze namen afscheid van elkaar en liepen arm in arm door de ijskoude avond naar de dichtstbijzijnde bushalte, waar Berec erop toezag dat ze in de juiste bus stapte, de conducteur opdroeg een oogje in het zeil te houden en haar met een kus op de vingertoppen uitzwaaide.

Lieve Berec, dacht ze, en ze glimlachte naar hem toen de bus wegreed, wat een hartelijke en gulle vriend was hij toch. Bij hem voelde ze zich volkomen veilig. Veilig en ze kon zichzelf zijn bij hem. Ze bedacht dat ondanks het feit dat hij chronisch geldgebrek had Myra een heel gelukkige vrouw moest zijn. Soms vroeg ze zich af waardoor hij precies aan het begin van de oorlog in Engeland terecht was gekomen. Ze had de gedichtenbundel die hij aan Penelope had opgedragen al gelezen, een vertaling uit het Tsjechisch. Ze was ontroerd geweest bij de gedichten die over ballingschap gingen, maar sommige ervan waren somber, heel somber, over geweld en dood, die had ze overgeslagen omdat ze daar niets van wilde weten. Hij had het met haar nooit over zulk soort zaken. Net als zij probeerde ook hij het verleden achter zich te laten.

Naarmate de dagen en weken verstreken, werd Audrey gaandeweg ook een beetje aardiger tegen haar. Eerst was ze bits en gedroeg ze zich hooghartig jegens Isabel, waar het meisje niets van begreep, want ze wilde dolgraag laten zien wat ze waard was.

Ze had van Audrey zelf te horen gekregen waar de weddenschap tussen haar en Trudy over was gegaan, op die eerste dag.

'Stephen mag je duidelijk graag, dat zag ik meteen.'

'Dat is belachelijk.' Isabel bloosde een beetje toen ze doorhad wat ermee bedoeld werd. 'Hoe dan ook, hij is getrouwd.'

'Je bent ook zo'n onnozele gans.' Audrey ging zitten, sloeg haar armen over elkaar en legde een gemanicuurde vinger tegen haar wang.

'Dat ben ik niet en jij vergist je in Stephen.' Isabel stak haar neus in een dossier om te verdoezelen dat ze van streek was. Ze begreep niet waarom Audrey haar steeds zo neerbuigend behandelde.

Maar Trudy nam haar op een dag apart en wees haar erop hoe irritant het voor Audrey moest zijn om met iemand als Isabel, die jonger en ambitieuzer was dan zij, te worden opgezadeld.

'Zij denkt dat je op haar plaats zit te azen. Dring je niet zo op. Niemand houdt van een opdringerige meid.'

Opeens zag Isabel de situatie scherp voor zich. In de bus naar huis dacht ze erover na. Ze moest haar enthousiasme wat intomen. Wat zij moest leren, zo besloot ze, was dat ze zich bescheiden en gehoorzaam opstelde. Maar ze mocht ook weer niet kruiperig zijn, dat niet. Daar zat een flinterdunne scheidslijn tussen, vooral bij Audrey. Ze wist nog van school hoe dat in zijn werk ging als ze van een ouder meisje iets gedaan wilde krijgen of wanneer ze zelf de leiding had over een paar jongere meiden. Stroopsmeren was uit den boze. Maar met lef én respect boekte je resultaat. Van toen af aan zorgde Isabel ervoor dat ze alles deed wat Audrey haar vroeg, en ook dat ze het goed deed. Maar ze bood niet uit zichzelf aan om dingen te doen die ze beneden haar waardigheid achtte, zoals theezetten voor de jonge Jimmy Jones. En ze deed ook niet openlijk een gooi naar de taken waarvan men vond dat die voor haar 'te hoog gegrepen' waren. Dit betekende dat ze in het geheim moest lezen. Maar nu het al over een paar weken Kerstmis was, zou al die moeite misschien voor niets zijn geweest. O, wat wilde ze graag bij McKinnon & Holt blijven.

5

Emily

De herfstmist die van de moerassen in Suffolk oprees was zo dicht, dat toen Emily van haar boek opkeek, ze de borden op het station niet kon lezen. 'Waar zijn we?' vroeg ze de vrouw die tegenover haar in de trein zat.

'Ik denk Ipswich,' was het antwoord.

'O, dan moet ik eruit!' riep Emily uit en ze griste haar jas van het bagagerek.

Vanaf de trein haastte ze zich met de menigten mee de brug over en door de draaihekjes. Iemand van Stone House zou haar ophalen en ze wachtte bij de ingang van het station, niet zeker wat ze nu moest doen, terwijl de wereld nagenoeg onzichtbaar was in de mist. Minuten verstreken. Steeds meer mensen en voertuigen verlieten het stationsplein en het werd er stil. Ze vroeg zich af wat er mis was gegaan, misschien had ze zich wel vergist in de datum of het tijdstip, of waren ze haar vergeten. Ze was net in haar tas naar de brief aan het zoeken waar Jacqueline Mortons telefoonnummer op stond, toen ze een verlegen stem hoorde zeggen: 'Neemt u me niet kwalijk, maar bent u Emily?' Emily draaide zich om en zag een kleine vrouw die haar met lichtblauwe ogen angstig aankeek. Ze moest ongeveer zo oud zijn als Emily's moeder, misschien wel ouder, dat was moeilijk te zien want ze was van hoofd tot knieën ingepakt in een donkergroene parka.

'Ja, ik ben Emily. Dan bent u zeker...'

'Lorna, Jacqueline Mortons dochter,' zei de vrouw op verontschuldigende toon terwijl ze haar hand uitstak. Het was de hand van een tuinman, met een ruwe, eeltige huid. Lorna Morton, bedacht Emily, was wellicht ooit knap geweest, op een Engelse, blozende manier, met haar ronde gezicht, roze wangen en vragende blauwe ogen met veerachtige wimpers. Plukjes zilvergrijs haar ontsnapten vanonder haar muts. Ze had een lieve, vriendelijke manier van doen over zich die bij haar zachte stem paste.

'Gelukkig dat u hebt gewacht,' zei Lorna terwijl ze het stationsplein over liepen. 'Sorry dat ik zo laat was, maar het mist nog erger op de plek waar wij wonen – afschuwelijk gewoon – en vervolgens kon ik geen parkeerplekje vinden.'

'Ik had een taxi moeten nemen.'

'O, het geeft niet, hoor. De auto staat hier ergens. Ik heb zo'n hekel... Ah, daar is hij al.'

Het duurde even voordat de nerveuze Lorna zich met het kleine voertuig in het verkeer had gewurmd, en toen reden ze bumper aan bumper de stad door totdat ze ten slotte naar een tweebaansweg konden ontsnappen, waar ze in de langzame baan bleef rijden om na een paar minuten naar een smalle landweg af te slaan. Hier trok de mist heel even op en er waren aan weerskanten glimpen van omgeploegde akkers te zien. Ze reden een aantal kilometers over de bochtige weg, waarbij Emily amper een gesprek durfde aan te knopen voor het geval ze Lorna's aandacht van de kronkelige weg afleidde. Maar ze kwam wel te weten dat de mist 's nachts was opgekomen, dat Lorna's moeder met haar vijfentachtig jaar nog fit was en graag zo veel mogelijk vrienden opzocht, maar dat ze, als de weersomstandigheden niet verbeterden, waarschijnlijk die avond een concert in Ipswich moest missen. Lorna maakte zich zorgen dat haar moeder te veel hooi op haar vork nam.

'De laatste tijd moest er vreselijk veel worden uitgezocht,' zei Lorna. 'En ze wilde het meeste per se zelf doen.'

'Het testament en zo?' vroeg Emily, die zelf nog nooit zulke zaken bij de hand had gehad.

'Moeder zegt altijd dat als je een schrijver bent, je als het ware een klein bedrijf runt. Er komt zo veel administratie bij kijken. En geen van ons tweeën is handig met de computer. In elk geval is alles goed gearchiveerd. Daar is ze altijd heel precies in geweest.'

'Wat gaat er met de papieren gebeuren? De brieven en manuscripten, bedoel ik?'

Lorna manoeuvreerde voorzichtig door een scherpe bocht. 'Als we er zijn, zal ze je alles uitleggen. Dat is denk ik het beste.'

Emily dacht aan de punten die ze voor deze afspraak in haar aantekenboekje had opgeschreven. Ze had ook *Thuiskomst* meegenomen, dat ze inmiddels had gelezen en waarvan ze had genoten. Het was het verhaal van een jongeman die werd weggerukt van het hem zo vertrouwde platteland en een vooruitzicht op een leven als academicus, om piloot te worden bij de RAF, en over het feit dat hij bij thuiskomst ontdekte dat alles was veranderd, ook de jonge vrouw van wie hij had gehouden. Ze voelde dat er autobiografische elementen in zaten, wat in een eerste roman vaak het geval was.

Ze vervolgden hun weg, alsof ze door een schimmige onderwereld reden, terwijl ze Londen en de beschaving zorgelijk genoeg steeds verder achter zich lieten. De weg helde scherp omlaag, voerde een dikke mistbank in, zodat Lorna vaart minderde en stapvoets ging rijden. 'We zijn er bijna,' merkte ze op, en even later kwamen ze langs een dorpsbord, in een krans van mist, daarna – de lucht was hier korte tijd iets helderder – huizen, het dorpspostkantoor, de grote onverzettelijke zijkant van een kerk. Vlak daarop reed Lorna tussen een paar witte palen door, over een hobbelige weg die aan weerskanten op de grasachtige rand werd geflankeerd door de broze takken van winterse bomen. De weg voerde omlaag, waar de mist onheilspellend kolkte, en het gevoel dat ze in een andere wereld terechtkwam werd nog sterker. Ten slotte kwam de auto met een schok tot stilstand, alarmerend dicht achter een ander voertuig, dat er zwart en sportief uitzag.

'We zijn er,' zei Lorna opgelucht. Ze stapten beiden uit. De lucht was kil en rook naar houtvuren.

Lorna wees de weg langs een paar bijgebouwen, waarvan twee met staldeuren. 'Zijn hier ook paarden?' vroeg Emily, rillend.

'Niet sinds wij hier wonen,' zei Lorna, en haar stem klonk mat en een beetje triest. 'Ik had dolgraag willen leren paardrijden, maar daar deden mijn ouders niet aan. Kom. We gaan via de keuken, als je het niet erg vindt. Ik moet controleren of het goed gaat met de lunch.'

Ze maakte een zware deur open, leidde Emily een vierkante bijkeuken in en daarna door een andere deur naar de keuken van de boerderij. In het midden stond een ruwhouten tafel waar aan één kant een stapel rommel lag – een radio met kapotte antenne, kookboeken, tijdschriften en naaiwerk. Boven de open haard, die helemaal in beslag werd genomen door een reusachtig oud kachelfornuis, hingen potten en pannen. Een volgepakt houten dressoir, dat ongeveer even oud was als de tafel, was zo breed als een muur. Hoewel het er propvol stond, was het gezellig en warm in de keuken en het rook er heerlijk naar iets verrukkelijks. Een grijze kat lag opgerold in een mandje naast het fornuis. Hij bewoog zich even toen ze binnenkwamen, maar viel toen weer in slaap. Hij was stokoud, je zag de contouren van zijn ruggengraat door zijn pluizige vacht heen.

'Ik ben zo klaar, hoor,' zei Lorna. Ze had haar parka uitgetrokken, waaronder een slordige outfit van een ribfluwelen rok, een bloemetjesblouse en een trui tevoorschijn kwam. Ze pakte een dikke doek, maakte een van de ovendeuren open, inspecteerde de inhoud van een pot en roerde er even in. 'Mooi zo,' zei ze en ze deed het deurtje weer dicht. 'Ik zal je jas aannemen. Dan neem ik je mee.'

De keuken was vast Lorna's domein, want hier was ze een heel andere persoon dan de nerveuze autobestuurder, meer ontspannen, en alles om haar heen straalde huiselijkheid uit. Maar ze veranderde weer toen ze in het hoofdgedeelte van het huis kwamen. Ze ging met zachte tred lopen en kreeg iets steels over zich. Emily begreep wel hoe dat kwam. Deze grote, lichte gang was van iemand anders. Het was er kouder dan in de keuken en geschilderd in wit en lichtblauw.

Lorna klopte op een deur aan het uiteinde van de gang en wachtte. Bij het horen van een stem betraden ze een ruim vertrek met boeken langs de muren.

'Emily is er, moeder,' kondigde Lorna Morton aan. Emily liep over een enorm blauw tapijt naar de plek waar een oude dame moeizaam uit een stoel naast de open haard opstond.

'Hoe maakt u het?' vroeg Jacqueline Morton.

'Heel aangenaam kennis met u te maken.' Emily schudde de haar toegestoken hand, die licht en sterk aanvoelde, als de vleugel van een vogel. Ze bedacht hoe koninklijk en imponerend de vrouw was in haar marineblauwe mantelpak, waarvan de goudkleurige knopen van het jasje pasten bij haar oorbellen en halsketting, en hoe beheerst. Haar haar, dat ze in een vlecht naar achteren droeg, was van een chic, glanzend crèmekleurig wit. Wijd uit elkaar staande, lichtblauwe ogen namen Emily aandachtig op. Ten slotte krulde ze haar dunne lippen in een glimlachje.

'Kent u Joel Richards?' vroeg ze en ze wees naar de jongeman die van de bank was opgestaan. Hij kwam haar vaag bekend voor, maar ze wist niet waarvan.

'Ik geloof het niet,' zei Emily opgewekt toen hij een stap naar voren deed. 'Hallo.'

Joel Richards was vrij lang en had brede schouders. Zijn rossigbruine haar was weliswaar lang, maar netjes bijgewerkt, evenals zijn dag oude baard. Een paar hazelnootkleurige, hartelijke ogen ontmoetten die van haar. Hij was elegant gekleed in een lichtbruin pak en een kraagloos shirt.

'Hallo, Emily,' mompelde hij met een ongedwongen charme. Ze bespeurde iets noordelijks in zijn accent, wat haar aangenaam in de oren klonk. Haar hand werd door een stevige greep omvat. In zijn blik stond te lezen: ken ik jou soms?

'Joel,' zei mevrouw Morton, 'had het net over Duke's College in Londen. Daar bevindt zich een aantal van Hughs manuscripten.'

Duke's, dat was Matthews college. En Emily wist opeens waar ze Joel eerder had gezien.

'Was jij afgelopen vrijdag niet ook bij de poëziepresentatie in Frith Street?' vroeg ze aan hem. Ze wist nog hoe hij apart stond en de ruimte rondkeek, met datzelfde, sluikse glimlachje van hem.

'Dat is het. Ik dacht al dat ik je eerder had gezien,' zei hij en zijn gezicht lichtte op. 'Tobias Berryman is een vriend van me. Hij had me meegenomen omdat we later uit eten zouden gaan.'

'O, jullie kennen elkaar al, is dat niet geweldig,' zei mevrouw Morton een beetje sarcastisch, waardoor iedereen de aandacht weer op haar richtte.

'En dit is Hughs werkkamer.'

Mevrouw Morton opende de deur in de gang met een zekere eerbied, alsof ze de grote man aan zijn bureau stoorde. Er was daar natuurlijk niemand, hoewel het mistige daglicht de kamer een griezelige atmosfeer verleende. Een groot bureau met leren blad stond voor het raam, een stapel papieren lag erover uitgespreid en naast het vloeiblok lag een vulpen.

'Dit zijn allemaal eerste drukken.' Mevrouw Morton liet Emily de boekenkast zien. De boekwerken waren in vele talen vertaald, voor het merendeel, zo schatte Emily in, was het *Aan de overkant*. Haar oog viel op een exemplaar van de roman waarvan ze de titel was vergeten, die ze van haar docent had moeten lezen, over de schrijver tijdens een retraite op een eiland, en toen zag ze een boekje dat haar nog bekender voorkwam. Het was precies zo'n exemplaar als ze in haar tas had: *Thuiskomst*.

Mevrouw Morton maakte nu de bovenste la open van een van de grote stalen archiefkasten die zich achter in de kamer bevonden om Joel een paar dossiers te laten zien. 'De correspondentie met Kingsley Amis, ja, hier... de brieven over de onderscheiding die Hugh echt moest weigeren...' vertelde ze net. Emily had graag willen vragen waarom Hugh Morton die had geweigerd, maar mevrouw Morton was haar vergeten.

Emily pakte *Thuiskomst* van de plank en wierp er snel een onderzoekende blik in. Hierin stond geen opdracht, geen woord over een Isabel. Ze speelde met het idee om haar eigen boek aan Hughs weduwe te laten zien, maar iets weerhield haar daarvan, ze wist immers niet wie Isabel was. Ze keek naar Jacqueline en Joel, zoals ze daar samen stonden, Jacqueline leek hem te vertrouwen.

Joel had Emily al verteld dat hij zelf een keer op Hugh en Jacqueline was afgestapt, op een literair feestje in Londen, een jaar voordat Hugh stierf. Hij was een bewonderaar van al Mortons romans en wilde de geweldige man per se ontmoeten om hem dat te vertellen. Jacqueline voegde eraan toe dat toen Joel na de dood van haar man een meelevende brief had geschreven, ze zich de jongeman nog herinnerde die zo charmant met haar echtgenoot had gepraat en zo'n indruk op haar had gemaakt omdat hij zo veel van zijn boeken wist.

Sinds Mortons overlijden was Joel een aantal keren in Stone House op bezoek geweest, maar hij leek het niet erg te vinden om nu de rondleiding nog een keer met Emily te maken. Tot nu toe hadden ze zich beleefd verwonderd over het impressionistische olieschilderij van Hugh Morton in de gang, en de tafel in de ontbijtruimte waar de grote man soms op een zonnige ochtend werkte en waar zijn dierbare Perzische katten vlak in zijn buurt lagen te slapen. In de eetkamer hadden ze verschillende fotoalbums van prijsuitreikingen bekeken, van de Mortons op vakantie op diverse exotische locaties met andere eminente literaire figuren, Jacqueline koel en elegant met een sjaal om haar hoofd of een zonnehoed op. Met het verstrijken van de jaren waren er steeds minder van zulke foto's.

Nadat ze de werkkamer hadden bekeken, serveerde Lorna sherry in de zitkamer en Emily haalde haar aantekenboekje tevoorschijn om haar lijst met vragen te bekijken.

Wat had Joel verder zoal nog geschreven? Had hij al een agent? Was er een synopsis van de beoogde biografie? Hoeveel tijd had hij nodig voordat het boek voltooid was, en ga zo maar door? 'Sorry dat ik je zo met vragen bestook, maar mijn baas wil dit allemaal weten,' zei ze tegen hem.

Zenuwachtig geworden door deze ondervraging morste Joel zijn sherry toen hij zijn glas op de zijtafel wilde zetten.

'Ik heb inderdaad een agent,' zei hij, terwijl hij zijn vingers afveegde aan een tissue die Emily hem aanreikte. Hij noemde iemand die Emily niet kende, van een klein kantoor dat echter een goede reputatie had.

Emily wist dat Hugh Mortons boeken weliswaar theoretisch bij een van de grotere literaire agentschappen waren ondergebracht, maar dat Jacqueline besliste wat ermee gebeurde. Het verbaasde haar dan ook niet dat de betreffende agent hier vandaag niet was.

'Ik ben freelanceschrijver,' was Joel aan het vertellen. Hij noemde een aantal belangrijke opdrachten van zijn hand: de officiële geschiedenis van een groot bedrijf in de City; hij was ghostwriter geweest van de succesvolle memoires van een belangrijke zakenfiguur. Hij had ook het script geschreven voor een tv-serie over de jaren vijftig van de vorige eeuw die momenteel werd opgenomen. 'Dat was het moment waarop ik heel erg in Hugh Morton geïnteresseerd raakte. Ik heb zijn boeken altijd al bewonderd.'

Voor een aantal opdrachten was hij vast goed betaald, bedacht Emily. Parchment zou hem voor deze biografie niet meer dan een bescheiden voorschot kunnen bieden en dat vond ze een zorgelijke gedachte.

'Joel begrijpt de lieve Hugh echt,' zei Jacqueline Morton, hen onderbrekend. 'Hij erkent dat hij als Engelse schrijver een centrale plaats inneemt, zo is het toch, Joel?'

'Ik heb absoluut het gevoel dat Hughs reputatie op een punt is gekomen om opnieuw geëvalueerd te worden. *Aan de overkant* was eigenlijk een heel modern boek. Neem bijvoorbeeld het personage van Nanna...'

'Volgens Joel is Nanna een vrouw die haar tijd vooruit is,' zei mevrouw Morton, opnieuw tussenbeide komend, 'zoals Tolstoj en zijn Anna Karenina.'

Ze keken Emily allebei aan alsof ze haar uitdaagden hier iets tegen in te brengen. Emily aarzelde, vroeg zich af of ze werkelijk wilden weten wat ze ervan vond. *Anna Karenina* was een favoriete roman van haar en in haar beleving kon daar niets tegenop, maar Nanna uit *Aan de overkant* was een krachtige, symbolische figuur. Ze zei: 'Ik begrijp wat u bedoelt. Zara Collins is perfect als vertolkster van haar rol, vindt u niet? Hebben ze u daarover geraadpleegd?' vroeg ze aan mevrouw Morton.

De oude vrouw kreeg een harde uitdrukking op haar gezicht. 'Ze hadden nog wel het fatsoen om me het script te laten zien,' zei ze, 'maar ze hebben niet geluisterd naar mijn bedenkingen. Er is te veel uit weggelaten, maar wat doe je eraan?' Ze zuchtte. 'Ik weet zeker dat de serie heel populair wordt, maar ze zal zeker niet zijn wat Hugh in gedachten had.'

'Het betekent in elk geval dat een nieuwe generatie het boek gaat kopen,' zei Emily.

'Ik hoop echt dat je daarin gelijk krijgt.' Nu keek Jacqueline quasiverlegen. 'Weet je, sommige mensen hebben vroeger wel gezegd dat ik Hughs belangrijkste inspiratiebron was voor Nanna.' Ze lachte koket en leunde in haar stoel naar achteren. 'Belachelijk, natuurlijk, maar mensen zeggen wel vaker malle dingen.'

Emily en Joel glimlachten beleefd. Emily vond dat idee uiterst onwaarschijnlijk, maar mevrouw Morton was er duidelijk van gecharmeerd.

'Ik kan jullie verzekeren,' vervolgde mevrouw Morton vol vertrouwen, 'dat ons huwelijk heel wat gelukkiger was dan dat van Nanna.' Ze keek naar een grote zwart-witfoto die vlak bij haar stoel aan de muur hing. Emily leunde naar voren om hem beter te bekijken. Het was een gezinsfoto. Ze herkende Hugh meteen. Jacqueline was in haar bloeiperiode, een jonge moeder, gekleed in de stijl van Jackie Kennedy. Een baby zat met rechte rug op Jacquelines knie en een andere jongen van een jaar of drie, vier leunde tegen haar aan. Achter de zittende volwassenen stond een ouder meisje dat over hun schouders in de camera tuurde. Uit haar verlegen gezichtsuitdrukking maakte Emily op dat zij Lorna moest zijn. Het ideale gezinnetje!

Emily keek weer in haar aantekenboekje, waar ze Joels antwoorden had neergekalkt. Ten slotte vroeg ze aan Jacqueline Morton: 'Eh, het bronmateriaal. Ik bedoel, u hebt Joel toch toegang tot alle papieren verschaft, hè?'

Mevrouw Morton leek zich aan die vraag te ergeren. 'Ik vind het belangrijk dat er een volledig en accuraat verslag van Hughs leven en werk wordt gepresenteerd,' zei ze, en ze sprak elk woord nadrukkelijk uit, 'en ik zal Joel op alle mogelijke manieren steunen. Maar nu wil ik u ook iets vragen. Ik neem aan dat hij in staat wordt gesteld om alles over Hughs boeken in Parchments archief te bekijken?'

'Ik zou niet weten waarom niet,' zei Emily, en ze maakte er een aantekening van. 'Ik weet niet wat er allemaal is, maar dat zoek ik wel uit.' Ze was nog zo nieuw dat ze de kans niet had gehad om te bedenken waar de oude dossiers werden bewaard, maar er was vast een systeem.

'Geweldig,' zei Joel, die ook een aantekening maakte. 'Daar bel ik je nog over.'

De lunch die door Lorna in de aangrenzende eetkamer werd geserveerd, was verrukkelijk, lamsvlees in rodewijnsaus en luchtige aardappelpuree, kokendheet en je knapte er echt van op. Maar het was een stijve bedoening, waarbij Jacqueline Morton aan het hoofd van de tafel zat, alsof ze een bestuursvergadering voorzat. De arme Joel begon naar Amerikaans gebruik enkel met zijn vork te eten, totdat hij, beschaamd door Jacqueline Mortons gefronste voorhoofd, zijn mes pakte. Emily had ooit een oudtante gehad die net zo was als Jacqueline, en ze werd niet echt zenuwachtig van haar, maar ze begon te vermoeden dat de vrouw in de gaten moest worden gehouden. Er was iets aan de hand met deze biografie, en daar was ze niet gerust op. Joel mocht dan nog zo'n goed schrijver zijn, hij zou sterk in zijn schoenen moeten staan als hij iets wilde opschrijven wat Jacqueline Morton niet aanstond. Emily besloot om daar zo snel mogelijk met hem over te praten, hoewel ze niet precies wist hoe ze dat moest inkleden.

Mevrouw Morton richtte haar ijzige aandacht op Emily. Hoe lang werkte ze al voor Parchment? Met welke schrijvers had ze gewerkt? Ze leek tevreden te zijn met de antwoorden. Daarna vroeg ze in bedekte termen door over haar familieachtergrond en opleiding.

'Mijn vader is hoofd van een basisschool,' zei Emily terwijl ze een slokje rode wijn nam, 'en mam... Nou ja, vroeger werkte ze bij een bank, maar toen ze ons kreeg, is ze daar weggegaan.'

'Ons? Heb je dan broers en zussen?'

'Alleen een oudere zus. Die was mode-inkoopster voor een warenhuis, maar die baan heeft ze opgegeven toen mijn nichtje en neefje werden geboren. Die zijn nog maar drie en anderhalf, ziet u.'

'Nee, dat gaat natuurlijk niet samen,' zei mevrouw Morton op een toon die geen tegenspraak duldde. 'Kinderen hebben hun moeder thuis nodig.' Emily ontmoette Joels blik en hij haalde gegeneerd zijn schouders op.

De oude vrouw praatte over haar eigen kinderen, de jongens, James en Harry, nu mannen van middelbare leeftijd. 'Harry heeft drie kinderen en James één, nu allemaal volwassen, uiteraard. En ze hebben het allemaal héél goed voor elkaar.'

'Ziet u ze vaak?' vroeg Joel, en hij legde zijn mes en vork neer.

'Niet zo vaak als ik zou willen. Ze hebben zo'n druk leven.' Er klonk iets naargeestigs in Jacquelines stem door en Emily ontdekte plotseling een zwakke plek in haar harnas. 'Maar ik heb Lorna nog, hè, liefje?' Jacqueline glimlachte naar haar dochter, maar er zat iets bevoogdends in haar glimlach.

Lorna stond op. 'Wil je nog meer kool, Joel? Nee?' Het bovenste knoopje van haar blouse was losgegaan en toen ze zich vooroverboog om de groenteschaal te pakken, zwaaide een mooie ketting met een gouden ring naar voren. Ze duwde hem terug en maakte de knoop weer dicht, maar het was te laat, iedereen had gezien dat het een trouwring was.

Emily hielp met het stapelen van de borden, maar Lorna wilde niet dat ze die naar de keuken bracht. Terwijl Lorna de kamer uit was, drapeerde mevrouw Morton haar servet op de tafel en zei met zachte stem: 'Het was voor ons allemaal natuurlijk eenvoudigweg afgrijselijk toen Malcolm haar verliet, en ook nog in het begin van hun huwelijk, maar het was een meevaller dat ze weer thuis kwam wonen.' Emily kreeg het afschuwelijke gevoel dat de vrouw helemaal niet te doen had met het gebroken hart van Lorna. In plaats daarvan dacht ze alleen maar aan haar eigen gerief.

En op dat moment begon ze een hartgrondige hekel aan Jacqueline Morton te krijgen.

Na de lunch keerden ze naar de zitkamer terug. Omdat de toiletruimte beneden bezet was, stuurde Lorna Emily naar boven. Toen ze daarna weer op de overloop stond, zag ze dat er bijna recht tegenover een deur openstond en ze kon het niet laten om een blik naar binnen te werpen.

De kamer was in hetzelfde kille blauw en wit geschilderd als de gang en de zitkamer, maar in een slaapkamer had het een genadeloos effect. Alles was onberispelijk netjes, de gordijnen waren opengeschoven en aan weerskanten met banden vastgezet, de sprei lag perfect over het tweepersoonsbed, de borstels met zilveren rug lagen symmetrisch gerangschikt op de toilettafel. Alleen een bibliotheekboek op het nachtkastje naast een brillenkoker gaf aan dat de kamer in gebruik was. Het was duidelijk de grote slaapkamer en je kon zo wel raden dat Jacqueline er sliep. Hoe was het geweest toen Hugh nog leefde? vroeg Emily zich af, want nu droeg de kamer alleen het stempel van Jacqueline. Misschien had het echtpaar geen kamer gedeeld. Wat de verklaring ook was, er was iets verontrustends aan deze steriele atmosfeer. Op dat moment hoorde ze stemmen in de gang, dus draaide ze zich met een schuldig gevoel om en haastte zich naar beneden.

Later bood Joel aan om Emily naar het station te brengen en haar op de trein te zetten. Klaarblijkelijk bleef hij nog wat langer om een blik te werpen op wat correspondentie van Hugh.

'O, Lorna kan Emily wel brengen,' zei mevrouw Morton onmiddellijk. Arme Lorna, dacht Emily. Jacquelines dochter had afgewassen en was nog maar net bij hen komen zitten.

'Het is geen enkele moeite, hoor,' zei Joel tegen Emily en voordat hun gastvrouw aanstalten kon maken om er iets tegen in te brengen, nam Emily het aanbod aan.

Buiten was de mist wat opgetrokken en toen ze met Joel naar de sportieve zwarte auto liepen, draaide Emily zich om om naar de voorkant van het huis te kijken. De grijze stenen waren te somber naar haar smaak, maar de klassieke lijnen werden verzacht door een grote blauweregen, die in bloei prachtig moest zijn.

'Hoe oud is dit huis, denk je?' vroeg ze aan Joel.

'Vroegvictoriaans. In elk geval het grootste gedeelte.' In latere tijden was er het een en ander aangebouwd, aan één kant een redelijk nieuwe serre en aan de voorkant een betegeld terras met hier en daar kleine bloemperken.

Ze stapten in de auto en Joel keerde in een enkele, elegante bocht. 'We zijn er al in twintig minuten,' zei hij.

'Het is echt heel aardig van je,' zei Emily.

'Geen probleem, hoor.' Hij drukte op een knop en zachtjes begon er een zwoele vrouwenstem te zingen. Een tijdje deden ze er het zwijgen toe. De afrit kwam in een blinde hoek uit op het pad en het was een opluchting toen ze eenmaal op weg waren. Nadat ze het dorp achter zich hadden gelaten, drukte Joel het gaspedaal in. De auto klampte zich aan de bochten vast en Emily voelde hoe hij ervan genoot. De motor draaide als een zonnetje en met zijn lage kuipstoelen was het een comfortabele wagen. Ze voelde zich als in een cocon, afgeschermd van de sombere buitenwereld.

'Ik ben al met schrijven begonnen,' zei Joel tegen haar, toen ze op een recht stuk weg reden. 'Ik kan je nu al een synopsis opsturen.' Hij keek haar aan. 'Ik hoop niet dat je het erg vindt dat ik het vraag, maar hoe zeker is het dat Parchment met het project doorgaat?'

'Ik kan niks definitief toezeggen, maar het ziet er goed uit,' zei Emily. 'Onze uitgever, Gillian Bradshaw, wil het dolgraag. En ik ook natuurlijk.'

Ze kwamen bij een smalle brug en Joel moest zijn aandacht bij de weg houden. Daarna zei hij: 'Ik hoop niet dat ik de vertrouwelijkheid doorbreek als ik zeg dat ik een fatsoenlijk voorschot zeker op prijs zal stellen, maar ik vind het belangrijk dat het boek bij een goede uitgever als Parchment terechtkomt. Niet dat mijn agent niet keihard zal onderhandelen. Daar ziet mevrouw Morton wel op toe.'

'Dat zal best, ja,' antwoordde Emily lachend en Joel lachte ook.

Ze vroeg zich af hoe ze de vraag die ze moest stellen zou formuleren. Ze wilde hem niet beledigen. Uiteindelijk hield ze het op: 'Gezien het feit dat mevrouw Morton zo'n dikke vinger in de pap heeft, ben ik benieuwd hoe jij in dit project staat.'

'Blij dat ik het mag doen,' zei hij. 'Morton is fascinerend. Er zit zo veel in wat hij heeft opgeschreven, maar het is ook zo beheerst. Zijn vroegere boeken waren misschien krachtiger... Ik denk dat het in de hartstocht zit die eruit spreekt. Eerlijk gezegd vind ik zijn latere werk nogal droog, alsof hij de kern niet meer te pakken kon krijgen. Ik ben heel dankbaar dat Jacqueline me volledige toegang tot al zijn papieren heeft gegeven. Sorry, nu klink ik als een citaat uit een persbericht.'

'Niet echt.' Ze glimlachte. 'De biografie gaat toch niet alleen over zijn boeken, wel? Ik bedoel, de mensen zullen ook meer willen weten over de persoon Hugh Morton, zijn levensverhaal, wat hem inspireerde.'

'De dodelijke geheimen, bedoel je? De onthullingen.' Hij grinnikte.

'Als je het zo wilt stellen, ja. Vanuit publiciteitsoogpunt.'

'Veel is er niet. Zelfs aan het hele gedoe rondom het winnen van de Booker Prize blijkt geen luchtje te zitten. Hij was weliswaar bevriend met de juryvoorzitter, maar ze vonden zijn boek simpelweg het beste.'

'Waarom heeft hij bijvoorbeeld een onderscheiding geweigerd?'

'Volgens de officiële versie geloofde hij niet in dat soort dingen,' zei Joel met een wel heel schraal glimlachje, 'maar ik verdenk Jacqueline ervan dat ze de onderscheiding die hij kreeg aangeboden niet hoog genoeg vond.'

'Ze vond het zeker wel wat om lady Morton te zijn, hè?' giechelde

Emily. 'Maar dat mag je van haar vast niet opschrijven.'

'Er zijn manieren om dat tot uiting te brengen.' Joel tikte met zijn vinger op het stuur. 'En dan heb je zijn oorlogsverleden nog.'

Emily's belangstelling was meteen gewekt. 'Wat deed hij in de oorlog? Is *Thuiskomst* daar niet op gebaseerd?'

'Ja. Het kan zijn dat de redding waarvoor hij het Distinguished Flying Cross heeft gekregen niet helemaal is gegaan zoals hij die heeft beschreven, maar aan zijn moed wordt niet getwijfeld. Daarover moet ik met een paar mensen gaan praten.' Ze reden een tunnel in die onder de hoofdweg door liep en hij zweeg. Emily vroeg zich af of hij iets achterhield. Ze kwamen uit op de invoegstrook naar de tweebaansweg, en Joel was er met al zijn aandacht bij toen hij zich tussen twee vrachtwagens in wilde wurmen. Toen ze veilig op de rijbaan waren, probeerde ze het nogmaals.

'Hoe is Jacqueline eronder dat je onderzoek doet naar Mortons oorlogsverleden? Zij lijkt immers te denken dat hij een heilige is, of zo.'

Joel haalde zijn schouders op. 'Ik weet zeker dat dat wel goed komt,' zei hij resoluut, maar iets in zijn toon gaf Emily een onbehaaglijk gevoel.

De rest van de weg bespraken ze hoe ze het logistiek zouden aanpakken.

'Laat je me weten hoe het met de Parchment-archieven geregeld wordt?' vroeg hij aan haar.

'Uiteraard,' antwoordde ze en ze zette zijn contactgegevens in haar telefoon.

De auto hield stil voor het station, dat in de wegstervende middag in de schaduw lag. 'Nou, dank je wel,' zei Emily. Ze rommelde in haar tas op zoek naar haar kaartje en stuitte op een boek. *Thuiskomst*, dat had ze hem eerder moeten laten zien. Ze haalde het tevoorschijn. 'Moet je kijken,' zei ze. 'Dit heb ik op kantoor gevonden.'

'Ah, ja.' Joel stak zijn hand uit, maar voordat hij het boek kon aanpakken, schudde de auto van een dreunend geraas van achteren, waarna er piepende remmen klonken. Ze draaide zich met een ruk om en zag dat een vrachtwagen praktisch op hen in was gereden. De chauffeur leunde op de toeter.

'Wat heeft die, zeg?' mopperde Joel terwijl hij zijn hals rekte om in de achteruitkijkspiegel te kijken. De vrachtwagenchauffeur toeterde weer en liet zijn motor brullen.

'Ik kan maar beter gaan,' zei Emily, ze stopte het boek weer in haar tas en stapte uit.

'Tot gauw,' riep hij toen ze het portier dichtgooide. Een zwaai en weg was hij.

Terwijl de trein het donker wordende landschap naar Londen open ritste, dacht ze aan Joel, en dat hij zo veel indruk op haar had gemaakt. Hij had niet alleen de juiste achtergrond en bagage, maar hij was ook professioneel, rechtdoorzee, redelijk. Ze wist zeker dat hij goed werk zou afleveren en hoogstwaarschijnlijk de deadline zou halen. Ze hoopte echt dat Parchment een bod deed op het boek. Ze wist dat ze het enig zou vinden om met hem samen te werken.

Ze sprak hem pas weer na een week, maar in die tijd gebeurde er van alles en nog wat. Zijn agent mailde haar de synopsis van het boek en de inleiding, waarin Hugh Morton vermeld stond als een sleutelfiguur in de Britse naoorlogse literaire wereld. Joels benadering was zonder meer erudiet, maar hij schreef met stijl en het las als een trein.

Bij de eerstvolgende redactievergadering besloten degenen die daarbij aanwezig waren om te wachten totdat Gillian uit Australië terug was voordat ze met het voorstel verdergingen. Emily belde Joel, die ergens in een drukke straat was, en legde tegen een achtergrond van verkeerslawaai uit hoe de zaken ervoor stonden.

'Ik heb ook de dossiers opgevraagd die je wilde hebben,' zei ze tegen hem. 'Dat duurt een paar dagen, denk ik. Kennelijk moeten ze uit Gloucestershire komen.'

'Gloucestershire?'

'Daar is ons archief opgeslagen. Zal ik je bellen als ze hier zijn?'

'Ja, graag,' zei hij. 'Ik moet ophangen, ik ben al laat voor de opnamen.'

Een paar dagen later kwam Emily na een vergadering bij haar bureau terug en zag dat er een kartonnen doos op haar stoel was achtergelaten. Die was stoffig en zat vol vlekken, en hij was verzegeld met tientallen stukken tape. Ze keek er met angst en beven naar.

Sarah, die kinderboekenredacteur was en in het werkhokje naast haar zat, gluurde om de scheidingswand heen. 'Ik hoop maar dat het geen bom is.'

'Of een griezelverhaal in drie delen,' kreunde Emily. 'Handgeschreven met bloed.' Ze zwaaide vervaarlijk met een schaar. 'Ik krijg altijd de rare gevallen.'

Maar toen Emily de flappen opzij duwde, vond ze drie oud uitziende, lijvige mappen die met een lint waren dichtgeknoopt.

'Vals alarm,' zei ze tegen Sarah. 'Het zijn spullen die ik uit het archief heb opgevraagd.'

Sterker nog, ze was heel geïntrigeerd. Op de eerste map was op een vergeeld etiket getypt: AAN DE OVERKANT DOOR HUGH MORTON. Met een vreemd opgewonden gevoel maakte ze de uiteinden van het lint los, terwijl ze het verleden aan zich voelde trekken. De datum van een handgeschreven briefje van Jacqueline waarin de ontvangst van het boek werd bevestigd deed vermoeden dat deze map het recentst was, hoewel hij vol zat met brieven en flinterdunne memodoorslagen van jaren geleden over herdrukken en nieuwe uitgaven. Uit de volgende map viel een ongeregeld stapeltje oude krantenknipsels. De derde map moest het oudst zijn. Emily draaide de fluisterende, droge bladzijden om en las met een zalige eerbied een lange getypte brief die was ondertekend met *Hugh Morton*, in zijn robuuste handschrift dat ze kende van haar exemplaar van *Thuiskomst*. Het ging maar om een lijst van zetproefcorrecties die was gericht aan ene meneer Richard Snow, die Mortons redacteur bleek te zijn, maar het was een link naar de beroemde schrijver. Ze glimlachte toen er in een klaaglijke aantekening stond vermeld: *gehoopte veranderingen voor de omslag*. Hugh was niet de eerste, noch de laatste auteur die met zijn uitgever onenigheid had over dat gevoelige onderwerp.

Slechts met grote tegenzin bond Emily de linten weer vast en legde alle mappen in de doos, in afwachting van het onderzoek van Joel. Ze ging zo langzamerhand helemaal op in het levensverhaal van Hugh Morton, zo erg dat ze er zelf versteld van stond.

6

Isabel

Zoals bij de meeste andere bedrijven verwachtte men ook bij McKinnon & Holt dat je op zaterdagochtend werkte. Het was een zaterdag in december en het was het lunchtijd. Isabel was nu drie weken in Londen. Het had de laatste tijd geregend en daarna was het gaan ijzelen, dus op Earl's Court stapte ze voorzichtig uit de bus om koers te zetten naar het huis van tante Penelope, met een zware tas vol leesvoer voor het weekend. Toen ze de laatste hoek omsloeg, bleef ze plotseling verbaasd en wanhopig staan, want in het portiek van Mimosa Road nummer 32 stond een wandelwagen geparkeerd, en die kwam haar heel bekend voor. Hij was van haar zusje Lydia. Even kon ze amper ademhalen. Toen draaide ze zich om en liep vlug weer in de richting waaruit ze was gekomen. En bleef toen staan. Er was geen ontkomen aan, ze moest haar moeder onder ogen komen.

Drie weken lang had ze niet aan haar familie willen denken. Het grootste deel van de tijd was dat niet zo moeilijk geweest; ze had het zo druk gehad met haar werk en ze moest zo wennen aan een nieuw thuis en een nieuw leven. Maar soms werd ze er onverhoeds door overvallen. Twee keer was haar hart op hol geslagen, de eerste keer toen ze verderop in de straat een jongen met rossig haar zag, een jongen met diezelfde deinende tred als de tweeling had. De andere keer was toen ze in de ondergrondse tegen een vrouw op botste die net zo'n sjaal om haar hoofd droeg als haar moeder en diezelfde ongelukkige, gespannen uitdrukking op haar gezicht had, en die haar angst aanjoeg door haar even bij de arm te grijpen en haar in de ogen te staren. 's Nachts had ze een keer van haar vader gedroomd, haar vader zoals die was geweest toen ze nog heel jong was, van voor de oorlog, de zachtaardige, vriendelijke man die ze al die jaren dat hij van huis was geweest in haar hart had bewaard. Hij was als een ander mens teruggekeerd en het verdriet dat ze daarover voelde lag nog steeds als een strak gestrikte knoop in haar maag. Daar had ze nooit met iemand over kunnen praten. En zeker niet met haar moeder, die haar eigen narigheid alleen kon uiten via haar gezichtsuitdrukkingen en door afgemeten, boze bewegingen, zoals wanneer ze de etensborden ruw op tafel zette of een wanhopige trek nam van een sigaret. De tweeling leek niets in de gaten te hebben. Zij hadden elkaar en waren nog maar vier toen hun vader vertrok. Wat de kleine Lydia betrof, zij was het kind van de vreemdeling die was teruggekeerd. Ze had hem niet anders gekend dan met zijn sombere stemmingen en zijn woede. Lydia kon niet iemand kwijtraken die ze nooit had gehad. Wie had het nou beter getroffen, Isabel met haar gekoesterde herinneringen, of Lydia die ze niet had?

Langzaam en lusteloos liep ze naar het huis. Ze ging het paadje over, de wandelwagen werd troebel door onvergoten tranen. Nog voordat ze kon aankloppen, opende haar tante de voordeur al en liet haar zonder een woord te zeggen binnen. Haar ernstige gezicht sprak boekdelen. Isabel liep achter haar aan naar de zitkamer.

'Izzy.' Pamela Barbers stem trilde terwijl ze van de bank opstond om haar oudste dochter te begroeten. In haar versleten marineblauwe rok en jasje zag ze er zelfs nog magerder uit dan Isabel zich herinnerde, en haar bruine ogen stonden donker van bezorgdheid in haar smalle gezicht.

'Hallo,' mompelde Isabel. Ze liep niet naar haar toe, maar bleef bij de deur staan. Lydia had op de vloer gespeeld, een set matroesjkapoppen van de schoorsteenmantel lag verspreid om haar heen. Toen ze haar grote zus zag, krabbelde ze met een kreet van vreugde overeind en waggelde naar haar toe, terwijl ze de mal glimlachende bovenste helft van de grootste pop naar haar uitstak. Isabel zag dat haar neus moest worden afgeveegd en sloeg geen acht op het geschenk. Lydia greep Isabel bij de rok, begroef haar gezichtje erin en begon te snikken. Isabel streelde het lichte, zijdeachtige haar en probeerde haar te troosten.

'Wat ben je volwassen geworden,' zei haar moeder terwijl ze Isabel van top tot teen bekeek. 'En vanochtend was ik nog op zoek naar dat vestje. Het is echt heel vervelend dat je dat hebt meegenomen.'

'Het gaat uitstekend met me, dank je dat je ernaar vraagt,' zei Isabel. Ze begon aanstalten te maken om het vestje uit te trekken. 'Hier, je mag het best terug, hoor. Ik hoef het niet.'

'Ik wilde niet...' zei haar moeder aangeslagen, toen Isabel het kledingstuk, nog helemaal warm en binnenstebuiten, haar als een verschrompelde huid in de handen duwde.

Isabel was ontsteld over haar eigen harteloosheid, maar ze kon er niets aan doen. Het was alsof een of andere oerkracht bezit van haar had genomen. Lydia liet haar rok los en Isabel keek vol afkeer omlaag toen ze zag dat het snot van Lydia's verkoudheid een glinsterend spoor over de bruine wol had getrokken.

Toen haar moeder een zakdoek uit een mouw trok en zich bukte om het weg te vegen, stond Isabel dat toe, maar daarna deed ze een stap naar achteren zodat ze buiten haar bereik was.

Zo stonden moeder en dochter daar, de ogen aan elkaar vastgeklonken, moeder met het vestje vastgeklemd in haar handen, de zakdoek in een prop in haar opgeheven hand. Ze had een wanhopige uitdrukking op haar gezicht. Isabel keek nijdig naar haar terug.

'O, in godsnaam, zeg,' verkondigde Penelope met een hand op een heup. 'Jullie tweeën zouden je de ogen uit je hoofd moeten schamen.' Ze liep de kamer uit en de deur viel met een klik dicht.

Door de uitbrander was de spanning gebroken. Isabel kon het niet langer verdragen dat ze haar moeder zo zag lijden, barstte in tranen uit en wierp zich in haar armen. Ze klemden zich voor het eerst sinds Isabel zich kon herinneren aan elkaar vast. Haar moeders mantelpak rook vaag naar mottenballen. Wat was ze toch licht en dun, dacht het meisje, wat was ze versleten, en toch zat er nog altijd een taai soort kracht in haar.

'Het spijt me, het spijt me zo,' riep ze tussen haar snikken door uit. 'Ik wilde niet... Ik moest gewoon weg. Dat begrijp je toch wel?'

'Ja.' Haar moeder slaakte een lange, bibberige zucht, als een laatste, hoopvolle ademrochel. Ze boog zich achterover en bekeek aandachtig Isabels betraande gezicht. 'Geen zorgen, liefje, ik zal je heus niet dwingen terug te komen. Dat zou verkeerd zijn, dat zie ik best. Maar de manier waarop het is gegaan, dat was voor ons een verschrikkelijke schok.'

Isabel was verbijsterd door haar moeders reactie. Even kreeg ze het gevoel dat ze viel. Haar moeder wilde haar niet terug. Ze willen me niet, ik heb geen thuis meer. Ze proefde de egoïstische, kleine zinnetjes en probeerde medelijden met zichzelf te hebben. Dat lukte niet.

'Hoe gaat het met de jongens? En papa?' vroeg ze met een bibberstemmetje.

Haar moeder veegde Lydia's neus schoon en stopte de zakdoek weer in haar mouw. 'De jongens liggen met een zware verkoudheid in bed. Charles... nou ja, hij weet niet dat ik hier ben,' mompelde ze. 'Sterker nog, ik moet snel weer gaan. De liefdadigheidswinkel, dat heb ik hem verteld. Lydia heeft een fatsoenlijke winterjas nodig, zo is het toch, kleine dreumes van me? Ik moest de voeten van haar sneeuwpak knippen, zo groot is ze geworden.'

Mocht haar moeder haar van haar vader niet opzoeken? Isabel was doodsbang, maar het was niet nodig het te vragen, want de waarheid was duidelijk van Pamela Barbers gezicht af te lezen.

'Hij houdt heus wel van je, Izzy,' zei haar moeder ten slotte. 'Maar hij vindt het heel moeilijk. Voor hem is alles zwart-wit. Daar kan hij niets aan doen. Probeer het te begrijpen.'

'Ja,' zei Isabel met doffe stem.

'Ik moet echt gaan. Je vader heeft geen geduld om voor de jongens te zorgen. Hier, dit heb ik echt niet nodig.'

Isabel stond toe dat haar moeder haar hielp bij het aantrekken van haar vestje en dat ze de kraag van haar blouse gladstreek.

'Wil je de hoed terug?' vroeg ze schoorvoetend. Haar moeder glimlachte en schudde haar hoofd.

'Nee, hou hem maar. Nou, je ziet er heel leuk uit, liefje. Met je haar zo.' Ze wendde haar gezicht af en hees een tegenstribbelende Lydia in het toegetakelde sneeuwpak. Isabel raapte de matroesjkastukken op terwijl haar hart plotseling overliep van dingen die ze wilde zeggen, maar niet kón zeggen.

Met Lydia op de arm stond Pamela Barber op om te gaan. 'Het is vreemd, als je erover nadenkt,' zei ze tegen Isabel. 'Heel lang geleden ben ik ook van huis weggelopen, maar om een andere reden. Ik ging weg om te trouwen. Wat zijn de tijden toch veranderd.'

Isabel staarde haar moeder aan terwijl die de deur opendeed, vroeg zich af wat ze precies bedoelde. Waren dingen nou ten goede of ten kwade veranderd? Ze kreeg niet de kans om het te vragen.

In de hal gaf Penelope de vrouw haar jas en hoed. 'Dag, Pam,' zei ze. De twee zussen keken elkaar aan. Penelope maakte de voordeur open.

'Zorg alsjeblieft voor haar,' zei Isabels moeder tegen haar.

'Volgens mij kan Isabel best voor zichzelf zorgen,' antwoordde Penelope.

Nadat haar moeder en Lydia weg waren, ontsnapte Isabel naar haar kamer boven en ging op bed liggen. Daar huilde ze zichzelf in slaap. Toen ze wakker werd, was het schemerig, het was koud in de kamer en ze was uitgehongerd. Beneden ontdekte ze dat haar tante met de hond uit was. In de provisiekast was niet veel te vinden. Ze maakte een blik vleesstoofpot open en gewikkeld in een jas lepelde ze dat gulzig naar binnen. En zo trof Penelope haar aan.

'Ik heb einden gelopen,' zei ze. 'Gelert is uitgeput, zo is het toch, arm beest?' Het treurige beest lag voor apegapen op zijn kleedje.

'Wat is er in hemelsnaam aan de hand?' vroeg Isabel.

'Deze familie, als je die tenminste zo kunt noemen. Ik vermoed dat het de schuld is van mijn arme moeder.'

Isabel zette haar blik stoofpot neer, veegde haar mond met de rug van haar hand af en vroeg: 'Waarom zien we oma eigenlijk bijna nooit?'

'Heeft je moeder dat nooit verteld?' Penelope zette de ketel op het fornuis. Ze streek een lucifer af en het gas vatte met een *woesj* vlam.

Isabel haalde haar schouders op. 'Oma woont heel ver weg, dat is het enige wat ik weet.'

Penelope ging aan tafel zitten. 'Norfolk is niet ver,' merkte ze op. 'Drydens is zo'n mooi huis. Vroeger dacht ik dat het de mooiste plek op aarde was.'

'Ik heb er ooit een foto van gezien, jij en mama waren toen nog klein. Jullie hadden zo'n grappige rechte pony.'

'O, dat afschuwelijke haar! We hadden geen geld, dus gingen we naar de dorpsschool. Je grootmoeder was ervan overtuigd dat we luizen kregen van de andere kinderen, dus knipte ze ons haar heel kort. Ik heb nog nooit zo'n snob meegemaakt. Ze bestierf het gewoon dat we naar die school moesten. En we mochten absoluut geen vriendinnetjes mee naar huis nemen. Arme mam. Haar dochters werden zo'n teleurstelling voor haar. De een gescheiden, zo'n schande, en de ander getrouwd met... met...'

'Mijn vader.'

'Ja. Een man zonder familie, een wees. Pamela wilde hem per se en dat was te veel voor je grootmoeder. Je moeder lijkt eigenlijk heel erg op haar... Ze zijn trotse vrouwen, allebei, en fouten zullen ze nooit toegeven. Pam is heel loyaal, maar ik zie dat ze ongelukkig is. Daar zal ze echter nooit iets aan doen; ze zal volhouden tot ze erbij neervalt. Zo zit ze in elkaar. Ik niet.'

Isabel ging zitten, nipte van de thee die Penelope haar gaf en warmde haar handen aan de kop. Ze had haar tante nog nooit eerder zo spraakzaam meegemaakt. Nu was veel duidelijk geworden, maar op de een of andere manier wenste ze dat ze het niet wist. Na een lange stilte zei ze: 'Waarom ben je gescheiden?'

'Omdat ik de moed had om toe te geven dat ik me had vergist,' zei Penelope. 'Ik had een ellendig leven met Jonny. Maar ik heb weten te ontsnappen.'

'Ik heb ook weten te ontsnappen.'

Penelope wierp haar een vreemde, zijdelingse blik toe. 'Dat denk je maar.'

7

Isabel

'Ik wil graag weten wat je hiervan vindt,' zei Stephen McKinnon de week daarop en hij legde een kort manuscript op Isabels bureau.

'Ik? Je wilt... ja, natuurlijk,' stamelde ze. Ze kon het bijna niet geloven.

Audrey draaide zich van de archiefkast om en haalde de pen die ze tussen haar tanden hield weg. 'Als je wilt dat al die brieven vandaag nog worden uitgetypt, Stephen,' zei ze, hen onderbrekend, 'dan kun je haar dat beter niet vragen.'

'Nou, in dat geval...' Stephen keek gekweld.

'Ik kan het vanavond wel doen,' zei Isabel en ze keek Audrey nijdig aan, die haar ogen ten hemel sloeg.

Ze waren met z'n drieën in het kantoor. Het was Philips vrije dag en Trudy zat al de hele week met griep thuis. Net op dat moment ging Audreys telefoon. Ze reikte over haar bureau en griste de hoorn van de haak. 'McKinnon & Holt? Ja, meneer Watt, wat kan ik voor u doen?'

'Heb je tijd om een verslagje te schrijven?' vroeg Stephen met een smekende blik aan Isabel. 'Dan ben ik je eeuwig dankbaar. Het boek gaat over een moord op een meisjesschool. Ik ben absoluut geen expert op het gebied van vrouwelijke opleidingsinstituten, maar ik vond het behoorlijk overtuigend.'

'Meneer Watt aan de lijn over onze Maisie,' kondigde Audrey aan. Ze stak de hoorn in zo'n hoek naar voren dat ze naar haar nieuwe verlovingsring kon kijken.

'O, oké, verbind maar door.' Stephen keerde naar zijn kantoor terug en deed de deur dicht. Isabel gluurde naar de eerste bladzijde van het manuscript, las een paar regels en stopte het toen in haar boodschappentas weg. Het was voor het eerst dat haar zoiets werd gevraagd, dat ze een mening over een boek mocht geven, en ze vond het een opwindend vooruitzicht.

Hoogachtend, Stephen McKinnon Esq., typte ze zorgvuldig. Ze trok het papier uit de machine en schoof het in een vloeipapieren map bij de andere brieven die ondertekend moesten worden. In haar bakje lag nog een stapel typewerk. Die werd maar niet kleiner, want Audrey legde er steeds weer wat bij.

'Hij gaat je heus niet meer betalen, hoor, omdat je dat leest,' merkte Audrey op, op het manuscript doelend. Haar ontging ook niets, leek wel.

'Dat maakt me echt niets uit,' zei Isabel. Het was cruciaal dat ze zich voor Stephen kon bewijzen. En haar trots liet het niet toe om Audrey te vertellen dat ze na Kerstmis misschien geen last meer van haar zou hebben. Dat was al over twee weken.

Audrey was haar echter een stap voor. 'Heeft Stephen er nog iets over gezegd dat je kunt blijven?'

Isabel schudde haar hoofd.

Audrey liet het licht weerkaatsen in de kleine edelsteen aan haar vinger. 'Natuurlijk weet ik niet hoe lang ik hier nog ben,' zei ze met een katachtig glimlachje. 'Als we eenmaal getrouwd zijn, wil Anthony niet dat ik blijf werken, maar dat duurt nog eeuwen. We zijn aan het sparen voor een aanbetaling op een huis, moet je weten.'

'Wat doe je dan zoal de hele dag als je niet meer werkt?' vroeg Isabel vol ongeloof.

'Voor Anthony zorgen, natuurlijk,' zei Audrey verbaasd. 'Hij heeft er recht op om goed verzorgd te worden, de arme schat, hij werkt zo hard.' Isabel had de achtenswaardige Anthony Watkins nog nooit ontmoet, maar ze wist alles van hem omdat Audreys gesprekken voornamelijk om hem draaiden. Hij was ambtenaar en viel momenteel onder een junior minister. Hij mocht dan achtenswaardig zijn, zijn familie was zo arm als een kerkrat. Audrey vervolgde: 'Maar ik weet zeker dat ik wel tijd heb om met vriendinnen te lunchen. En natuurlijk,' ze bloosde een beetje, 'komt er vast een baby. Anthony zegt dat we ergens in de stad een huis met een mooie tuin en een kinderkamer moeten zoeken.'

De volgende ochtend liet Isabel het manuscript op Stephens bureau achter, samen met een kort verslagje dat ze twee keer had herschreven. Ze wachtte de hele dag totdat hij er iets over zei, maar dat gebeurde niet, de volgende dag evenmin en ze was teleurgesteld. Het manuscript verdween onder een stapel andere.

Op een vrijdag, negen dagen voor Kerstmis, was ze vroeg op haar werk en zat hij al omringd door paperassen achter zijn bureau als een uitzinnige te schrijven. Hij keek naar haar op, mompelde: 'Goedemorgen,' en hoewel hij glimlachte, stond zijn gezicht vermoeid en het was grauw, alsof hij niet veel had geslapen. Er ging een golf bezorgdheid door haar heen.

'Ik zal thee voor je zetten,' zei ze. Ze liep weg, maar hij riep haar terug.

'Isabel, ik heb gisteravond je verslag gelezen van dat verhaal over die schoolmoord. Ik ben blij dat je het goed vond. En je had naar mijn smaak ook een paar interessante opmerkingen.'

'O, dank je wel,' zei ze, en ze zwol op van blijdschap.

'En ik ben het met je eens over het middelste gedeelte, dat zwabbert wat heen en weer, maar Trudy kan dat wel rechttrekken. Ik ga vanochtend naar zijn agent, eens kijken wat we ermee kunnen. Het past nog net in de voorjaarsaanbieding.'

'Dat zou geweldig zijn,' zei Isabel, een beetje buiten adem.

Stephen keek haar geamuseerd aan. 'Ik ben blij dat jij blij bent,' zei hij. 'Als je wilt, mag je wel vaker iets voor me bekijken. Maar dat moet dan wel in je eigen tijd, want op kantoor gaat dat niet, daar is het gewoon te druk voor.'

'Dat geeft niet, hoor,' zei ze. 'Echt niet. Alleen...' ze beet op haar lip. 'Het is bijna Kerstmis.'

'Dat had ik gemerkt,' zei hij en zijn stem droop van de ironie. Zijn ogen stonden ernstig. 'Ik weet dat ik heb gezegd dat je baan met Kerstmis zou ophouden.'

'Ja,' zei Isabel, en ze wachtte wanhopig af.

'Nou,' zei hij en hij boog zich over zijn bureau naar voren terwijl hij met zijn lange, gevoelige vingers met een pakje sigaretten speelde. Hij haalde er een sigaret uit, stak hem aan en keek haar door een waas van rook peinzend aan. Opnieuw bespeurde ze dat hij geamuseerd was.

'Ik weet dat ik hier nog niet zo lang ben,' zei ze, 'maar ik doe mijn best en ik hou van mijn werk.'

'Je hebt het prima gedaan,' zei hij, 'en deze maand hebben we redelijk goed verkocht. We kijken het nog een paar weken aan. We zien wel hoe het gaat. Maar zorg dat je met Audrey in het gareel blijft lopen.'

'O, dat zal ik doen. Dank je wel,' zei ze en ze sprong op. 'Heel erg bedankt.'

'Goedemorgen.' Ze draaiden zich allebei om en zagen Audrey in de deuropening staan die haar jas aan het uittrekken was. Ze keek van de een naar de ander, en Isabel voelde zich onbehaaglijk bij de ondoorgrondelijke uitdrukking in haar blik.

Aan het eind van de ochtend kwam Berec op kantoor langs met een met lint dichtgebonden doos koekjes, maar Trudy was nog steeds ziek thuis en de telefoons bleven maar gaan, dus niemand had tijd om met hem te praten. 'Ga weg, Berec, we hebben het druk,' zei Audrey.

Toen Isabel tijdens de lunchpauze naar buiten ging om naar de bibliotheek te gaan, zag ze dat hij in het café aan de overkant naar haar zwaaide. Ze stak snel over om naar hem toe te gaan en onder het genot van een bord roereieren met toast vertelde ze hem haar nieuws.

'Ik heb het je toch gezegd?' verklaarde Berec opgetogen. 'Stephen is een goeie vent.'

'Het is zo aardig van hem. Hij had nog zo gezegd dat hij me eigenlijk niet kon betalen.'

'Hij mag je graag,' zei Berec, en hij zag er extreem zelfgenoegzaam uit. 'Dat wist ik wel, hoewel Stephen geen man is die gemakkelijk zijn gevoelens laat blijken. Ze zeggen dat hij het in de oorlog zwaar heeft gehad.'

'O, de oorlog,' verzuchtte Isabel terwijl ze aan haar vader dacht. 'Is die dan nooit voorbij?'

'Nee, althans, niet tijdens ons leven,' zei Berec zachtjes en deze keer glimlachte hij niet.

'Ik weet niet veel van Stephen,' gaf ze toe. 'Ik heb zijn vrouw wel via de telefoon gesproken, maar ze komt nooit naar kantoor.'

'Dat doet ze ook niet. Ze is niet geïnteresseerd in zijn werk. Ik heb haar een keer tijdens een etentje ontmoet, dat moet een jaar of twee geleden zijn geweest. Ze heet Grace. Ze is knap, op die bleke, Engelse manier van jullie, maar stilletjes, zorgelijk stilletjes. Ze hadden me naast haar gepoot, misschien omdat ik gemakkelijk praat, maar ik wist amper een woord uit haar te krijgen.'

'Wat onbeleefd van haar,' zei Isabel, en ze zette grote ogen op bij dit inkijkje in het privéleven van haar baas.

'Zo bedoelde ze het volgens mij niet,' zei Berec. 'Misschien voelde ze zich niet op haar gemak. Het was ter gelegenheid van de publicatie van het verzameld werk van James Milwards poëzie. Nou, dát is pas een onbeleefde man. Zo arrogant, zo egoïstisch.' Hij legde zijn mes en vork neer. 'Nou, als je klaar bent met eten... nog wat van deze overheerlijke thee, misschien? Nee? En wat ga je met Kerstmis doen, lieve Isabel?'

Isabel was als de dood voor Kerstmis. Haar moeder had haar geschreven en gevraagd of ze het thuis wilde vieren, en dat wilde ze dolgraag, maar ze maakte zich er ook zorgen over. Hoe zouden haar broertjes op haar reageren en, veel erger nog, haar vader? Haar moeder had op die zaterdag tijdens haar bezoek laten doorschemeren dat haar vader boos was en haar niet wilde zien, en toch kreeg ze deze uitnodiging, dus het leek erop dat hij wat ontdooid was. Ze verlangde er evengoed naar om hen te zien. En tenslotte was het alternatief, als vijfde wiel aan de wagen fungeren tijdens een lunch in Claridge's, waar tante Penelopes vriend Reginald leek te wonen, onverdraaglijk.

Toen ze eenmaal had teruggeschreven dat ze zou komen, werd ze kalmer. Op de maandag voor Kerstmis hielp ze Audrey met het optuigen van een kleine boom en het ophangen van een slinger met papieren lantaarntjes dwars door het kantoor, en ze voelde zich weer zo opgewonden als een kind. De dagen vóór Kerstmis waren dikke pret, auteurs en vertegenwoordigers kwamen op kantoor langs voor een drankje en op donderdag, de avond voor kerstavond, was er een heus feestje. Trudy, die na haar ziekte nog steeds pips zag onder haar make-up, bracht de waardige Philip compleet van zijn stuk door hem onder de mistletoe in de val te lokken, iets wat voor hen beiden zo uit de toon viel dat Isabel ervan schrok.

Ze schrok nog meer toen Stephen op weg naar buiten zijn arm om haar heen sloeg en hetzelfde deed, terwijl hij 'gelukkig kerstfeest' mompelde. En toen was hij weg.

Later die vrijdag sloot ze zich aan bij de grote menigte mensen die uit de ondergrondse over het bevroren stationsplein van Charing Cross-station stroomde, een koffer in de ene hand en een tas met cadeautjes in de andere. Ze stapte op een trein en dacht aan thuis.

Alleen was het haar thuis niet meer, zoals ze al snel merkte, en dat zou het ook nooit meer worden.

Toen ze aankwam, liet haar moeder haar binnen en haastte zich weer naar boven terwijl ze uitlegde: 'Lydia zit nog in bad.'

Isabel duwde de deur naar de woonkamer open, waaruit een blikkerig lachje opklonk. Haar vader stond onmiddellijk uit zijn stoel op en bleef onbewogen staan, zijn stevige, grote lijf vulde de kamer. Hij liep niet naar haar toe om haar te verwelkomen, maar reikte achter zich om de radio uit te zetten. 'Pap, nee!' Ted en Donald, die aan tafel over een schaakbord gebogen zaten dat tussen hen in stond, gingen verontwaardigd rechtop zitten, zagen haar en keken opgetogen, terwijl ze onzekere blikken naar hun vader wierpen. Zijn knappe gezicht keek nors. Hij duwde zijn handen in zijn zakken.

'Nou, dát is nog eens een eer,' zei hij.

'Hallo, pa,' zei ze en ze gaf hem een vluchtig kusje op de wang. Ze schonk de jongens een zusterlijke grijns en gaf hun de chocola die ze voor hen had weten te bemachtigen.

'Hartstikke bedankt!' zeiden ze in koor.

'Fijn dat je hierheen bent gekomen en ons komt opzoeken,' zei haar vader, en hij ging weer zitten. 'Ik hoop dat we niet al te saai gezelschap zijn in vergelijking met je Londense vrienden.'

'Doe niet zo mal, pap,' zei ze vriendelijk, maar ze balde haar handen tot vuisten.

'Mag de radio weer aan?' zei Ted met een mond vol chocola. 'We waren aan het luisteren.'

'Naar een hoop onzin,' zei hun vader kortaf, maar hij deed wat ze vroegen.

'Ik heb gehoord dat je werk hebt gevonden,' zei hij boven het gesnater van de komiek uit.

'Ja, ik heb echt...'

'Betaalt het goed?'

'Nee, maar het is...'

'Dan had je je de moeite kunnen besparen. Je had hier een baantje kunnen zoeken, hier kunnen blijven en je moeder kunnen helpen.'

'Hier was niets te vinden wat ik wilde.' Ze ving een glimp op van een uitdrukking op zijn gezicht die haar ontroerde, maar toen viel het masker er weer voor, met die ongelukkige blik. Ze was nu van hem bevrijd. Ze had gevochten en had zich bevrijd. Was dat soms wat hij bespeurde en wat hem niet zinde? Of was het jaloezie?

Hij pakte een krant, begon te lezen en schonk geen aandacht meer aan haar. Alles was weer zoals daarstraks. Ted deed een zet met een schaakstuk, Donald floot ongeduldig. In de haard verschoof een houtblok. Aan een lint boven de schoorsteenmantel hingen een stuk of zes kerstkaarten deerniswekkend in de hitte te dwarrelen.

'Ik ga mam wel even helpen,' zei Isabel zwakjes en ze liep de kamer uit.

Boven keek ze in haar oude slaapkamer rond, van haar stuk gebracht toen ze zag dat die niet meer van haar was. Lydia's ledikantje was naast het bed geschoven en daarin stond nu een rozige Lydia in pyjama van opwinding te stuiteren terwijl ze de rand vastklemde. De kleren die uit de laden piepten waren van Lydia en vanaf de toilettafel staarde haar teddybeer haar met glazige ogen aan. Isabel was twee maanden weggeweest, en ze zag nergens nog enig bewijs dat ze hier ooit had gewoond. Toen viel haar oog op een koffer naast de deur.

'De rest van je kleren zitten daarin,' zei haar moeder. 'Misschien kun je ze meenemen. We hebben je boeken in de schuur moeten zetten. Anders was er geen ruimte voor het ledikantje.' Lydia had vroeger bij hun ouders in de slaapkamer geslapen. 'Je vindt het vast niet erg om als je hier bent de kamer te delen.'

Zowel het gezin als de kamer had zich aangepast aan het feit dat ze was vertrokken.

Aan de twee dagen daarna leek geen einde te komen. Ze hielp haar moeder in de keuken en speelde met haar broertjes en zusje. Ze vond de sfeer drukkend. Haar vader was stuurs en haar moeder het ene moment kribbig en het andere geforceerd opgewekt. Maar wat erger was, was dat Isabel merkte dat ze zelf weer terugglipte in haar oude, opstandige manier van doen. Op tweede kerstdag wist ze door middel van een lange, eenzame wandeling over doorweekte velden een akelige stemming op afstand te houden. En toen was het avond en werd ze door haar broertjes, die haar koffer voor haar droegen, naar het station gebracht. Toen de trein wegreed, werd ze overweldigd door een mengeling van opluchting en verlies. Maar naarmate ze dichter bij Londen kwam, kreeg de opluchting de overhand.

Op Earl's Court liep ze wankelend de trappen van de ondergrondse op, verlangde naar haar kamertje bij tante Penelope en om de volgende dag weer aan het werk te gaan, om Audrey, Stephen en Trudy te zien, en Berec misschien.

Het was al laat toen ze bij haar tante aankwam. De lichten in de woonkamer waren aan, maar de gordijnen waren dicht. Toen ze de voordeur opende en haar bagage naar binnen zeulde, hoorde ze stemmen en de lach van een vrouw, en ze rook sigarenrook; vast van Reginald, maar er waren ook anderen. Gelert duwde zijn vochtige neus tegen haar hand. 'Brave hond,' zei ze en ze aaide zijn ruwe vacht. Ze vroeg zich af of ze zou melden dat ze er was of in bed zou kruipen. Gelert keek naar haar op, zijn ogen glansden in het donker. De woonkamerdeur ging in een vlaag warme lucht open en daar stond haar tante, een levendige, glanzende aanwezigheid in een wolk Franse parfum. In een hand hield ze een bekerglas vast en in de andere een sigaret.

'O, jij bent het,' zei Penelope met slepende stem. 'Ik dacht al dat ik de deur hoorde, maar ik wist het niet zeker. Alles goed met je? Kom binnen en neem wat te drinken. Er zijn een paar vrienden op bezoek.' Ze deed een stap opzij en Isabel keek langs haar heen de kamer in. Reginald was er, die onderuitgezakt in een leunstoel hing. Hij knikte haar toe, maar glimlachte niet. Ze kon soms zo moeilijk hoogte van hem krijgen, maar ze begreep wel waarom haar tante gecharmeerd was van zijn regelmatige, knappe gelaatstrekken. Er was nog een ander stel, een man van Reginalds leeftijd die in de andere leunstoel zat, en een veel jongere vrouw met netjes gegolfd licht haar die een broze uitstraling had. Maar toen Isabel aan ze werd voorgesteld, kon ze hun namen niet onthouden en algauw kwam ze verlegen met het excuus dat ze de volgende dag weer moest werken en liever naar bed ging.

Ze probeerde in slaap te komen, maar was angstig, alsof kleine duiveltjes stekelige gedachten door haar hoofd schoten. Wat waren deze afgelopen twee dagen moeilijk geweest en wat voelde ze zich alleen. Beneden hoorde ze de vrouwen lachen, het getinkel van glazen en de donkere mannenstemmen.

Nadat ze dit een half uur lijdzaam had ondergaan, stapte ze uit bed, schoot in een paar slippers en een kamerjas en glipte naar beneden. Gelert, die opgerold in zijn mand in de keuken lag, keek amper op. Er zat wat melk in een kan in de bijkeuken en terwijl ze die in een steelpan op het fornuis opwarmde, zag ze dat er op een kast een envelop lag met haar tantes leesbril erbovenop. Het handschrift trok haar aandacht. Dat kwam haar bekend voor. Ze schonk de schuimende melk in een theekop en keek toen weer met gefronste wenkbrauwen naar de brief. Het handschrift leek heel erg op dat van iemand die ze kende: haar baas, Stephen. Maar waarom zou Stephen naar tante Penelope schrijven? Ze wist dat ze elkaar kenden, tenslotte had Berec vaak genoeg tegen hem gezegd dat Penelope hem zo genereus bejegende. Misschien was het Stephens handschrift niet, misschien dacht ze het alleen maar omdat ze juist nu aan hem zat te denken, en dat ze weer naar kantoor zou gaan.

Terwijl ze door de gang terugliep, dacht ze nog altijd over de zaak na. Ze bleef staan toen ze luid en duidelijk haar naam hoorde vallen. 'De kleine Isabel.' Het was Penelopes stem. Het meisje kon niet anders dan luisteren en betaalde daar de luistervinkboete voor. 'Ik weet dat ze een lastpak is, Reginald, maar het is een lief kind. Ik kan haar toch niet op straat gooien. Ze zou niet weten hoe ze voor zichzelf moest zorgen.'

'O, wat een onzin,' zei de andere vrouw. 'Ik ben op m'n zestiende het huis uit gegaan en kijk mij nou!'

'Van jou weten we alles, ouwe taart,' sneerde de andere man, waarna een verontwaardigde kreet volgde en iedereen in lachen uitbarstte.

Isabel voelde dat haar gezicht even warm werd als de melk. O, de schaamte, nu het werkelijke plaatje haar zo glashelder voor ogen stond. Ze was een lastpak, eigenlijk wilde ze haar hier helemaal niet. In de afgelopen paar maanden was ze zo met zichzelf bezig geweest dat het echt niet bij haar was opgekomen. Maar Penelope had natuurlijk haar eigen leven, haar eigen vrienden en Isabel was een kleine koekoek in het nest.

Boven zette ze de lege kop neer en krulde zich in bed op, ze had niet langer het gevoel dat het dak dat haar onderdak bood een thuis voor haar was. Ze had geen idee hoe ze het met het schamele loontje dat McKinnon haar betaalde moest redden, maar ze moest ergens een eigen plek zien te vinden.

8

Emily

'Vlug, ze zit nu niet aan de telefoon,' zei Becky, Gillians assistente, terwijl ze aan de deur van het kantoor van haar baas stond te luisteren. Ze klopte aan, kondigde Emily en Joel aan en duwde hen naar binnen. Het was een prettige kamer die over de tuinen van Berkeley Square uitkeek. Het was nog maar begin december en nu al stond er een rijtje kerstkaarten op de vensterbank.

'Joel, wat enig om je eindelijk te ontmoeten,' zei Gillian en ze liep om haar bureau heen om hem de hand te schudden. 'Welkom bij Parchment. We zijn allemaal absoluut opgetogen om je werk uit te geven.' Ze schikte de lange, gaasachtige shawl die over haar schouder hing en wees naar de bank en stoelen waar ze plaats zouden nemen.

'Nou, anders ik wel,' zei Joel met die warme stem en die noordelijke tongval van hem.

'Het wordt een schitterend boek,' vervolgde Gillian. Ze leunde in haar stoel naar voren en schonk hem al haar aandacht. 'Heb je al een idee voor een titel? Nee? Nou, dan moeten we daar onze hersens maar eens over breken.'

Emily, die nog niets had gezegd, bewonderde Gillian stiekem omdat die zomaar kon overschakelen naar haar charmante omgang met auteurs, hen de hand schudde en ze het gevoel wist te geven dat ze speciaal waren, allemaal binnen een tijdsbestek van enkele minuten in haar krankzinnig drukke agenda. Ze merkte dat ze Gillian vaak gadesloeg en veel van haar opstak.

'En hoe gaat het met de lieve Jacqueline?' vroeg Gillian, die nu een intens bezorgde uitdrukking op haar gezicht had. 'Het moet zo moeilijk voor haar zijn. Ze zijn bijna zestig jaar getrouwd geweest, toch? Wil je haar mijn hartelijke groeten doen? Als ik tijd heb, moet ik echt een keer bij haar op bezoek.'

'Ik kan niet zeggen dat ik haar echt ken, maar volgens mij gaat het wel goed met haar,' zei Joel met een vleug humor. 'Ik denk dat ze het enig zal vinden om je te zien.'

'En heeft Emily in de tussentijd goed voor je gezorgd?' Ze wierp Emily een scherpe blik toe.

'Dat zou ik wel denken, ja,' zei Joel lachend. 'Geen klachten op die afdeling. Straks neemt ze me mee uit lunchen om het te vieren, toch, Emily?'

'Joel heeft vanochtend in de bestuurskamer zitten werken,' zei Emily tegen haar baas. 'Ik heb wat dossiers uit het archief voor hem opgevraagd die hij moest doornemen. De kritieken op *Aan de overkant* waren verbazingwekkend. Ik heb een paar recensies gelezen.'

'Wist je zeker dat niemand anders de bestuurskamer nodig had?' Gillian kneep haar ogen tot spleetjes.

'Ik heb Becky gevraagd of het goed was.' Emily was even van haar stuk gebracht. Gillian hield er niet van als haar redacteuren naast hun schoenen gingen lopen, en het klonk vast een beetje overdreven om de bestuurskamer te boeken, maar het was gewoon de enige fatsoenlijke ruimte die vrij was geweest.

'Nou, dan zal het wel goed zijn.' Gillian stond op om aan te geven dat hun tijd erop zat. 'Joel, het was echt heel aangenaam. En we popelen om het voltooide manuscript te lezen. Wanneer is dat zover, denk je?'

'Ik heb al veel in concept klaar,' zei Joel. 'De meeste research is gedaan, dus ik zou zeggen over een maand of acht, negen.'

'Dat betekent... Laten we september aanhouden. Geweldig, geweldig. Nou, dag, hoor.' En op de een of andere manier stonden Joel en Emily plotseling buiten en was de deur achter hen dichtgegaan.

Joel keek opgelucht. 'Gillian is heel aardig,' zei hij toen ze eenmaal buiten gehoorsafstand van Becky waren.

'Ja,' zei Emily voorzichtig. 'Dat kan ze inderdaad zijn.'

Tegen lunchtijd ging ze naar boven naar de bestuurskamer en trof hem daar nog altijd omringd door paperassen aan.

'Heb je soms nog een paar minuten nodig?' vroeg ze. 'Ik kan het restaurant best laten weten dat we wat later zijn, hoor.'

'Nee, ik ben klaar. Maar moet je hier eens naar kijken.'

Ze ging naast hem aan tafel zitten en hij schoof een van de dossiers, geopend op een verbleekte, getypte bladzijde, tussen hen in. Het was een brief van Hugh Morton, gedateerd in juni 1954, aan iemand die hij met 'Stephen' aansprak.

'In die tijd was Stephen McKinnon zijn uitgever,' legde Joel uit. '*Aan de overkant* moet net gepubliceerd zijn. En dit gedeelte vind ik interessant.' Hij las hardop voor: '"De reactie op het boek is beter dan ik had durven hopen na de worstelingen van de afgelopen paar jaar. Met de kleine Lorna gaat het goddank goed. Jacqueline is geweldig met haar. In deze tijd van het jaar is de tuin op zijn mooist en ik zit dan in de zon te denken dat het leven niet volmaakter kan zijn." Klinkt jou dat niet als een tevreden man in de oren?'

'Het lijkt er inderdaad op dat hij gelukkig is.' Emily kon zich voorstellen hoe mooi die tuin in Suffolk er in de zomer bij zou staan.

'Vind je ook niet?' Joel maakte ten slotte een aantekening en sloot toen het dossier. 'Uit wat ik elders heb gelezen, zou ik zeggen dat hij toen de gelukkigste tijd van zijn leven beleefde.'

'Wat bedoelt hij met zijn worstelingen? Het schrijven van het boek en de uitgave ervan?'

'Voornamelijk wel, ja.' Even dacht Emily dat Joel er nog iets aan zou toevoegen, maar het enige wat hij zei was: 'Nou, ik was blij toen ik dat vond. En ik heb een paar chronologische kwesties opgelost, dus dit is heel nuttig geweest, dank je wel.'

'Graag gedaan.' Het was kameraadschappelijk, zoals ze hier bij hem zat, en ze hield ervan hem te zien werken. Daardoor kreeg ze het gevoel dat ze deel uitmaakte van wat hij aan het doen was.

'Mag ik een kopie hebben van deze recensies?' zei hij en hij wees naar enkele die hij had aangekruist. 'Die had ik nog niet eerder gezien.'

'Natuurlijk.' Ze verzamelde de dossiers. 'Maar nu moeten we gaan lunchen. Ik kopieer ze later wel voor je en stuur je ze met de post, oké?'

'Feitelijk,' en Emily hief haar wijnglas om te proosten, 'is jouw boek een van de eerste die ik voor Parchment heb binnengehaald.'

'Nou, dan hebben we allebei iets te vieren,' zei Joel glimlachend en ze klonken met hun glazen.

Ze zaten aan een tafel bij het raam op de eerste verdieping van een restaurant dat uitkeek over Green Park, waar een paar dappere zielen op een kluitje en ineengedoken tegen de gure wind op de bankjes zaten. Het was nog maar een paar maanden open en als je zag hoe leeg het er was, dacht Emily niet dat het veel overlevingskansen had, hoewel het eten er goed was. De ober bracht voor Joel een grote schaal mosselen en voor Emily een pittige kipschotel. Omdat het een speciale gelegenheid was, had Emily de strenge regels van het bedrijf aan haar laars gelapt en een goede fles wijn besteld.

Ze kibbelden goedmoedig over hoe de omslag van het boek eruit moest komen te zien. Jacqueline, zo zei Joel tegen haar, wilde wel graag het portret dat in Stone House in de hal hing, maar Emily vond dat te impressionistisch, Hugh was daar onherkenbaar op. Ze stelde een foto-grafische benadering voor, misschien het studioportret dat ze in een overlijdensbericht van hem had gezien – was het in de *Guardian*? – met een intense en bespiegelende uitstraling. Joel zei dat hij het met Jacque-line zou bespreken.

Emily vond dat Joel veel te vaak over Jacqueline praatte. De vrouw drong erop aan dat Hughs veronderstelde affaire met zijn publiciste ste-vig werd aangepakt. Volgens haar was het gewoon een akelig gerucht dat was rondgestrooid door een roddelbladcolumnist die hij tegen zich in het harnas had gejaagd, een mening die Joel trouwens met haar deelde. Ze had het hem ook lastig gemaakt toen hij Lorna ondervroeg.

'Jacqueline kwam voortdurend de kamer binnen,' zei Joel terwijl hij een mossel in zijn mond stak. 'De arme Lorna werd er zenuwachtig van.'

'Ik maak me er eigenlijk zorgen over dat je misschien niet de vrije hand hebt met het schrijven van dit boek.'

'Volgens mij is het geen probleem,' zei hij en het was duidelijk dat hij wenste dat hij niet zo veel had gezegd. 'Waarom zou ze niet mogen zeg-gen wat ze vindt? Zij vertelt me niet wat ik moet schrijven. En voor zo-ver ik weet heeft ze me inzage gegeven in alle papieren... Ik vind het ver-velend als je zo naar me kijkt.'

'Wat bedoel je?'

'Die intense uitdrukking op je gezicht... Zo kan Gillian ook naar jou kijken. Alsof je me niet gelooft.'

'Sorry, dat had ik niet in de gaten.' Ze lachte, wist niet zeker of de vergelijking haar wel aanstond. Misschien nam ze een paar trucs van haar baas over. 'Ik geloof je best, hoor. Dit boek is alleen heel belangrijk voor me.'

'Voor mij ook,' zei Joel gevoelvol.

'Natuurlijk. Maar je moet de vrijheid voelen om het hele verhaal te vertellen, niet alleen de versie van Jacqueline Morton.'

'Daarin zul je me moeten vertrouwen,' zei hij en ze bespeurde een stalen ondertoon in de mildheid in zijn stem.

'Sorry,' zei ze en ze stapte op een ander onderwerp over. Ze begon over de brief die ze samen in de bestuurskamer hadden gelezen. 'Je zei dat hij *Aan de overkant* bedoelde toen hij het over zijn worsteling had. Dat zette me tot nadenken. Het is zo'n krachtig en volwassen werk, vind je niet? Heel anders dan zijn rustige, eerste roman. Veel mensen hebben niet eens van *Thuiskomst* gehoord.'

'Klopt, daar heb je zonder meer gelijk in. Hij heeft vast al zijn energie gestoken in *Aan de overkant*. Het was zo'n ambitieuze roman, het moet haast wel een strijd zijn geweest om die te schrijven.'

Emily had het onbehaaglijke gevoel dat hij iets achterhield.

'Door wie of wat is hij volgens jou bij het schrijven geïnspireerd?' Ze dacht terug aan Jacquelines valse bescheidenheid. 'Zeer zeker niet door háár. Dat zie ik echt niet. Jacqueline is een sterke persoonlijkheid, maar ze heeft niet de passie en charme van een personage als Nanna. Is er misschien iemand anders?'

Joel zuchtte en reikte naar de wijnfles.

'Zou kunnen,' zei hij terwijl hij hun glas bijvulde. 'Morton is eerder getrouwd geweest, moet je weten.'

'O ja? Dat wist ik niet.'

'Korte tijd. Ik heb er niet veel over kunnen ontdekken. En zeker niet via Jacqueline.'

'Hoe heette ze?' Emily was geïntrigeerd.

'Ze heette Isabel. Isabel Barber.'

'Isabel?' zei Emily verbaasd.

'Ja. Zegt de naam je dan iets?'

'Niet echt. Alleen, weet je nog dat ik je voor het station in Ipswich een exemplaar liet zien van *Thuiskomst*?'

'Ja, maar ik wilde wanhopig graag van die verdomde vrachtwagen af.'

'Dat had ik op kantoor gevonden. Hugh Morton had er een opdracht in geschreven, aan een Isabel. Ik wilde je al vragen hoe het met haar zat.'

'Er is maar heel weinig over haar bekend. In de meeste necrologieën werd ze niet genoemd. De een zei dat ze hem in de steek had gelaten en kort daarna is gestorven, verdronken tijdens de overstromingen in 1953.'

'Wat vreselijk.'

'Er zijn niet veel mensen over aan wie we dat kunnen vragen. Ik heb met een oude familievriend van Jacqueline over de kwestie gesproken, maar hij had Isabel nooit ontmoet. Hij zei...'

Op dat moment werden ze door de ober onderbroken, die hun borden weghaalde. Ze sloegen het dessert over en bestelden koffie, terwijl Joel het gesprek snel vervolgde.

'Waar heb je vóór Parchment gewerkt, Emily?'

'Bij Artemis,' zei ze. 'Ik wilde verschrikkelijk graag het uitgeversvak in, maar de concurrentie was moordend. Ik begon met een tijdelijk contract op hun juridische afdeling, en toen had iemand van de redactie een assistente nodig en wonder boven wonder werd ik dat. Een gelukstreffer.'

'Dus daar heb je je opgewerkt?'

'Ja, ik had opnieuw geluk. Een van de redacteuren kreeg een kind en kwam daarna niet meer terug en ik mocht een paar van haar auteurs overnemen. En toen ging het balletje eigenlijk rollen.'

'Het was vast meer dan alleen geluk,' plaagde hij. 'Zal hier en daar niet ook een sprankje talent hebben meegespeeld?'

Ze glimlachte. 'Misschien wel. Maar zeer zeker heel hard en veel werken. Ik woonde daar zowat.'

'Goed van je. Dat heeft duidelijk vruchten afgeworpen. En hoe ben je hier terechtgekomen?'

'Gillian was op zoek naar een tweede acquirerend redacteur. Bij Artemis had ik een aantal successen geboekt. Toen ze me belde leek het een goede zet. Maar nu moet ik mezelf bewijzen.'

'Met dit boek zal ik mijn uiterste best voor je doen.' Hij schonk haar een van die hartelijke glimlachjes van hem en ze voelde een golf van blijdschap door zich heen gaan.

Toen ze hun koffie ophadden, zei hij dat hij moest opschieten; hij had nog een afspraak.

'Ga jij maar,' zei ze. 'Ik regel de rekening hier wel.'

'Bedankt voor alles,' zei hij en hij kuste haar op beide wangen. 'Ik bel je heel snel.'

'En ik stuur jou de kopieën,' antwoordde ze. 'Pas goed op jezelf.'

Maar toen ze hem de trap af zag lopen, kwam haar onbehaaglijke ge-voel weer terug. Het kwam doordat hij haar vragen over Isabel zo had omzeild. Was het onterecht dat ze geloofde dat hij iets voor haar achter-hield?

9

Isabel

'Geen herenbezoek en om middernacht gaat de deur op slot.' Mevrouw Fortinbras, bleek, corpulent, met een laag poeder op haar gezicht en opgezwollen voeten in schoenen met halfhoge hakken, had zelf twee jonge dochters bij zich wonen en was niet het soort vrouw dat met zich liet sollen. Ze was weduwe en dat was de reden dat ze kamers aan vreemden moest verhuren, maar ze stelde wel eisen.

'Uiteraard,' mompelde Isabel. Ze liet haar blik dwalen door de kleine kamer op de begane grond, haar nieuwe onderkomen. Ze zag de tochtwerende lappen die tegen de door bommen ontzette ramen waren gepropt en de lelijke, praktische meubels. Het was duidelijk waarom de huur zo laag was. Ze bespeurde een vage stank van gas in de lucht, waarschijnlijk van de lelijke kachel die in de oude open haard was neergepoot. Maar de kamer was schoon en had 's middags zon, en het kleed dat er lag was van redelijke kwaliteit.

Uiteindelijk had Audrey de plek voor haar gevonden. Audrey, die Vivienne kende, die in dit vervallen huis in Highgate woonde, naast de begraafplaats, waar een kamer was vrijgekomen. De vorige bewoner was ernstig ziek geworden, naar het ziekenhuis overgebracht en zou niet meer terugkomen. Die gedachte zette voor Isabel een domper op de onderneming, maar ze probeerde er verder niet bij stil te staan.

Toen Vivienne haar een paar avonden geleden had meegenomen om de kamer te bekijken, had mevrouw Fortinbras twee weken huur contant vooruitbetaald willen hebben. Dit had Isabel zojuist aan haar overhandigd en nu was al haar geld op. Diezelfde ochtend had ze moed verzameld en aan Stephen een klein voorschot op haar loon gevraagd. Hij had niets gezegd, maar had ter plekke zijn portefeuille getrokken en een paar bankbiljetten in haar hand gedrukt. Hij had ook gezegd dat hij maandag met de accountant meneer Greenford zou praten om te kijken of hij 'iets beters voor haar kon regelen'. Ze vonden het allebei verschrikkelijk gênant dat ze het over geld moesten hebben, maar ze bedankte hem omstandig.

'Graag gedaan, hoor, geen moeite. Ik moet wel zeggen dat Berec groot gelijk had om jou naar voren te schuiven,' zei hij terwijl hij haar laatste verslag van het bureau pakte en dat aandachtig doorkeek. Het ging over een roman geschreven door een jonge Engelsman die in Kenia was opgegroeid. Ze bewonderde de breedvoerige beschrijvingen van het Afrikaanse landschap, maar ze vond de toon van de schrijver verontrustend.

'Ja, dat is het hele punt,' zei hij en hij las haar de laatste paragraaf voor: '"Je kunt het een ouderwetse benadering noemen. De auteur lijkt de mensen over wie hij schrijft niet echt te doorgronden en streeft daar ook niet naar. De inzichten die hij van huis uit heeft meegekregen komen voortdurend naar boven. Hij is niet nieuwsgierig." Daarmee sla je de spijker op z'n kop. Je hebt het probleem kort en bondig neergezet. We wijzen het af.'

Toen hij het verslag neerlegde, was zijn blik op een ander manuscript op het bureau gevallen en hij klaarde op. 'Maar dit is niet slecht. Heb je tijd om ernaar te kijken of zal ik iemand van buiten het laten lezen?'

'Ik doe het wel,' zei ze resoluut en ze pakte het voordat hij van gedachten kon veranderen. Ze voelde hoe hij haar nakeek toen ze zijn kantoor uit liep.

Ze pakte de sleutels aan die mevrouw Fortinbras nu naar haar uitstak en wachtte tot de vrouw naar boven was verdwenen. Toen begon ze haar schamele bezittingen uit te pakken, zette haar schoenen op een rijtje onder het gammele bed, hing haar rokken en jurken aan de kromme stang in de alkoof en zette haar boeken op de planken naast de kachel. Ze miste haar kamer bij Penelope nu al, vooral het gezelschap van Gelert. Haar tante was lichtelijk verbaasd geweest toen Isabel aankondigde dat ze een eigen plekje had gevonden. Isabel was ontroerd dat Penelope haar had willen overhalen om te blijven, maar ze voelde ook de opluchting bij de vrouw toen ze haar hoofd schudde. 'Ik kan deze kans niet laten lopen,' loog Isabel. Ze wees het aanbod van Reginald om haar te helpen af en verhuisde al haar spullen met een taxi. Tenslotte had ze niet veel.

Ze schoof haar lege koffers achter de schoenen en plofte neer op het bed, dat zo hevig kraakte dat ze weer opsprong en het opnieuw probeerde, voorzichtiger nu. Ze vroeg zich af wat ze met zichzelf aan moest. Vivienne, die Joods was, was de hele dag bij haar familie geweest. Voor het eerst sinds Isabel in Londen was, voelde ze zich echt eenzaam. Maar niet ellendig. De gordijnen in haar kamer waren open en een goudkleurige januarischemering kroop door de ruimte. Een merel zong in een hulstbosje en ze luisterde er even naar. Wat was het hier vredig. Morgen was het zondag, dan zou ze op onderzoek uitgaan. Ze kon de Highgatebegraafplaats bezoeken, waar ze met de taxi langs was gereden, en ze wist dat om de hoek een rij interessant uitziende winkels was.

Ze zette haar wekker op het nachtkastje toen er zachtjes werd aangeklopt en de deur openging. 'Hallo, ben je gekleed?' Een glimlachend sproetengezicht met een kroezige halo van blond haar piepte om de deur en een slungelachtige gedaante glipte de kamer in.

'Vivienne,' zei Isabel blij. 'Ik wist niet dat je al terug was. Hoe is het met je familie?'

'Vandaag ging het nog net,' zei Vivienne en ze ging naast haar op het bed zitten, dat klaaglijk piepte. 'Zo te zien heb je het al aardig voor elkaar. Jeetje, wat is het hier koud. Heb je geld in de meter gestopt? Ik doe het wel.' Ze stopte Isabels laatste paar muntjes in de gleuf en vond lucifers op de schoorsteenmantel. Ze kroop als een spinnig insect bij de kachel en slaakte verbaasd een gilletje toen het gas vlam vatte. Ze knielden beiden naast de kachel en wachtten tot die warm zou worden. Algauw begon het in de kamer huiselijk aan te voelen.

'Super. Ik ga een pot thee zetten.'

Vivienne en zij hadden elkaar meteen gemogen. Het andere meisje was een paar jaar ouder dan zij en was ook gedwongen geweest om uit huis te gaan en op eigen benen te staan. Vivienne zat op Duke's College en maakte sinds kort deel uit van een onderzoeksteam in een laboratorium, waar ze voor een graad studeerde terwijl ze tegelijk een beetje geld verdiende met de assemblage van instrumenten. Daar verdiende ze vast een hongerloontje mee als ze hier moest wonen. Haar ouders hadden haar aanvankelijk gesteund toen ze wilde gaan studeren, maar dat hield op toen ze een carrière als wetenschapper wilde najagen. Zij en Isabel hadden een heel verschillende achtergrond. Zo te horen waren haar ouders rijk, hoewel ze Vivienne onder de duim probeerden te houden door haar geen geld te geven. De link met Isabels wereld was maar flinterdun. 'Ik ken Audrey eigenlijk niet zo goed,' had ze tegen Isabel gezegd toen ze elkaar voor het eerst ontmoetten. 'Mijn broer werkt met Anthony, haar verloofde. Audrey is verschrikkelijk elegant, vind je niet?' Dat was nog iets wat de meisjes gemeen hadden: dat ze zenuwachtig werden van Audrey.

De verhuizing naar Highgate die winter was slechts één aspect waardoor Isabel zelfstandiger werd en meer zelfvertrouwen kreeg. Lord Pockmartins boek had rondom de kerstperiode zo goed verkocht, evenals de biografie over de filmster, dat meneer Greenford de accountant het met Stephen McKinnon eens was dat Isabel inderdaad een kleine salarisverhoging kon krijgen. De weken gingen voorbij en er werd niet meer over ontslag gerept.

Isabel en Audrey hadden nu een vast patroon in hun werk ontwikkeld. Isabel zat weliswaar nog steeds uren te typen, moest nog altijd archiveren, bezoekers binnenlaten, telefoontjes beantwoorden en eindeloze koppen thee zetten, maar ze werd steeds sneller in haar kantoortaken en las nu steeds vaker voor Stephen, net als Trudy en een freelancelezer, Percival Morris, die als persoon zo schichtig was als een mot, maar vernietigend scherp was in zijn schriftelijke verslagen.

Nu Trudy weer helemaal terug was, had Isabel het gevoel dat ze tactvol moest omspringen met verantwoordelijkheden die hen beiden aangingen, maar Trudy was sportief en leek het oprecht niet erg te vinden. Tenslotte werden alle besluiten binnen het bedrijf door Stephen genomen, alle aspecten van de onderhandelingen van nieuwe boeken en, uiteraard, alle geldzaken. Het was Trudy's taak om met de auteurs te werken en om de slordigste manuscripten om te toveren tot rigoureus geredigeerde en fatsoenlijk persklaar gemaakte boeken. Er was voor iedereen genoeg werk te doen en tegen eind januari, toen het heel druk was, vroeg ze aan Isabel of die naar een proef van haar kon kijken, waarbij ze haar liet zien hoe ze haar opmerkingen moest noteren. 'Het is de laatste proef, dus je hoeft alleen maar te controleren of alle correcties goed zijn doorgevoerd,' zei ze. 'Het is de Ambrose Fairbrother, en hij heeft met al zijn allerlaatste bewerkingen de hand gelicht.'

'Ik kan er meteen aan beginnen,' zei Isabel met een blik op Audrey, die haar schouders ophaalde. 'Stephen is er vanmiddag niet.'

Trudy was blij dat Isabel zo zorgvuldig werkte en begon haar andere taken te geven. Het duurde niet lang of ze controleerde drukproeven en voerde gesprekken met schrijvers, zetters en drukkers. Januari ging over in februari en hoewel ze nog steeds bang was dat er een moment zou komen dat Stephen haar naar zijn kantoor zou roepen om te zeggen dat het hem speet maar dat hij het zich niet langer kon veroorloven om haar te betalen, kwam dat moment niet en gleed de spanning langzaam van haar af.

Ze genoot van haar nieuwe leven. 's Avonds ging ze soms naar een feestje, naar de presentatie van een nieuwe romanschrijver wellicht, of bezocht ze met Berec een poëzielezing. Als zij en Vivienne allebei thuis waren, maakten ze samen in de koude keuken aan het eind van de gang een eenvoudige maaltijd klaar, waar ze zo nu en dan een glimp opvingen van een van hun andere huisgenoten. Er woonde een jonge vrouw met een onopvallend gezicht die secretaresse was van een kerkelijke organisatie waarvoor ze een uniform droeg en die hun met haar veel te blije glimlach een keer folders met Bijbelverzen gaf. Een vierde huurder was veel ouder, een vrouw die, zo maakte Isabel uit haar houding op – en terecht, zo bleek – een gepensioneerde schooljuf was. Ze had altijd een afkeurende uitdrukking op haar gezicht en was erg op zichzelf.

Op 10 februari vierde Isabel haar twintigste verjaardag. Ondanks het feit dat Penelope meestal haar neefjes en nichtjes vergat, had ze Isabels verjaardag altijd onthouden en dit jaar stuurde ze haar vijf pond, een onvoorstelbaar hoog bedrag. Isabel vond het vervelend dat ze twijfelde aan haar bedoelingen. Misschien voelde haar tante zich schuldig dat ze niet gastvrijer was geweest. Ze spendeerde het aan kleren, waarvoor ze al haar kostbare rantsoenbonnen opgebruikte. Tenslotte moest ze er voor haar werk goed uitzien. En zelfs Audrey keek haar goedkeurend aan toen ze haar nieuwe mantelpakjes droeg. Voor een meisje dat het wilde gaan maken, was uiterlijk alles.

10

Isabel

Isabel zat aan haar bureau en deed haar best een knallende hoofdpijn te negeren. Ze staarde naar de bladzijde in de schrijfmachine voor haar, maar de woorden dansten voor haar ogen. Het was een koude dag, zelfs voor maart, maar ze had het gevoel dat ze in brand stond. Uiteindelijk werd ze overmand door een vlaag van duizeligheid en legde ze haar gezicht op haar bureau. Wat voelde dat heerlijk koel.

'In hemelsnaam,' verzuchtte Audrey, 'val alsjeblieft niet hier in katzwijm. Ga naar huis. Het heeft geen zin om de martelaar uit te hangen als je ons allemaal aansteekt.'

Jimmy Jones, de zoon van de inpakker, stond in de deuropening uit zijn neus te eten en wachtte totdat Trudy hem een pakje zou geven om naar het postkantoor te brengen.

'Waar sta jíj naar te staren?' snauwde Audrey. 'Ga een taxi voor haar halen.'

'Goed hoor, maak je niet dik,' sputterde hij en hij slofte weg.

'Geen zorgen,' zei ze tegen Isabel, die haar best deed om haar werk af te ronden. 'Haal het taxigeld maar uit de kleine kas, verwen jezelf maar.'

Audrey hielp Isabel in haar jas. Toen het oudere meisje met haar rug naar haar toe stond, schoof Isabel een manuscript dat Stephen haar had gegeven in haar boodschappentas. Als ze toch ziek was, dan wilde ze wel iets te lezen hebben.

De daaropvolgende drie dagen was er echter geen sprake van lezen.

Ze sliep alleen maar, gewikkeld in de extra dekens die Vivienne na veel aandringen bij hun hospita had weten los te peuteren, zodat ze geen kostbare penny's aan gas hoefde uit te geven. Met haar gesprongen lippen en brandende keel kon ze niets anders verdragen dan water. Vivienne kwam elke avond na thuiskomst naar haar toe, veegde met een natte doek over haar gezicht en trok het beddengoed recht. Op de vierde dag voelde ze zich een beetje beter en op de vijfde ging het goed genoeg om zich compleet ellendig te voelen. Ze miste thuis, ze miste haar oude slaapkamer, en bovenal miste ze haar moeder. Ze snoot haar neus totdat die opzwol en brandde, en had medelijden met zichzelf. Ze was vast het eenzaamste, lelijkste meisje ter wereld; iedereen was haar vergeten en niemand zou ooit nog van haar houden. In die gemoedstoestand ging ze op zoek naar afleiding en herinnerde ze zich het manuscript in haar tas. Ze stommelde uit bed en pakte het eruit.

Een uur later was ze haar hoofdpijn en loopneus vergeten. Ze ging helemaal op in de stem van een jongeman, terwijl hij haar een verhaal vertelde van lijden en een noodlottige liefde. Ze las tot het donker werd en Vivienne op de deur klopte om te kijken hoe het met haar ging. Ze las verder toen Vivienne een poosje later weer vertrok. Ze droomde over de personages, werd 's nachts wakker en zag de ritselende bladzijden van het manuscript op haar bed. De volgende ochtend had ze het uit, ze huilde letterlijk toen de jongeman en zijn liefje, Diana, uiteindelijk van elkaar werden gescheiden doordat Diana tijdens een luchtaanval omkwam toen hij naar haar onderweg was. Maar toen ze haar ogen had gedroogd, zocht ze de bladzijden bij elkaar en voelde ze zich beter, veel beter. Ze ging met een jas om haar schouders rechtop in bed zitten en schreef een lang en enthousiast verslag. Uiteindelijk gooide ze pen en papier uitgeput opzij. De volgende ochtend moest ze beter zijn, genoeg om weer aan het werk kunnen. Als ze vroeg was, kon ze het verslag uittypen voordat ze de stapel papieren, die ongetwijfeld op haar terugkeer lag te wachten, te lijf ging, en ze popelde om Stephens reactie te horen.

Na een week gespannen afwachten vroeg ze aan Stephen: 'Je hebt zeker nog geen tijd gehad om dat verslag over Hugh Mortons boek te lezen dat ik voor je had neergelegd?'

'Ah, sorry, dat ben ik je vergeten te vertellen,' antwoordde Stephen met een schuldbewuste blik, en de moed zonk haar in de schoenen. Maar toen zei hij: 'De auteur komt volgende week hier. Ik zal zorgen dat jullie aan elkaar worden voorgesteld.'

'Gaan we het boek dan uitgeven?' vroeg ze, verrast en behoorlijk nijdig. Ze was eraan gewend dat haar niet veel werd verteld, dat ze informatie bij elkaar moest sprokkelen bij het openmaken van de post of via de correspondentie die ze moest uittypen, maar het kwetste haar dat hij niets over dit project had gezegd.

'Zijn agent belde vanochtend dat ons aanbod is geaccepteerd, dus daar lijkt het inderdaad op,' zei Stephen met een jongensachtige glimlach. En toen serieuzer: 'Ik wil graag dat je een lijst opmerkingen maakt. Een gedetailleerdere versie van de veranderingen die je in je verslag hebt voorgesteld.'

'Die over Diana, bedoel je?' Hij liet haar daadwerkelijk op creatief niveau met een auteur werken. Opeens was alles hem vergeven.

'Ja. Ik kan het wel met je eens zijn. Het ontbreekt haar aan geestkracht. Daar moet ik het met hem over hebben.'

'O ja, natuurlijk.' Ze was blij dat hij haar opmerkingen van belang vond, maar teleurgesteld dat hij degene was die haar ideeën zou gaan presenteren. Maar toch, het was een begin.

De dinsdag daarop was ze tijdens lunchtijd helemaal verdiept in het lezen van een proef toen een welluidende stem zei: 'Waar kan ik meneer McKinnon vinden?' Ze keek op. Een lange jongeman met donker, springerig haar stond bij de deur. Hij had een paraplu bij zich, maar zijn jas glinsterde van de regen. Ze wist onmiddellijk wie hij moest zijn.

'Meneer Morton?' Audrey was haar voor. Ze glipte in een soepele beweging van achter haar bureau vandaan, stelde zich voor en bracht hem naar Stephens kantoor. Hugh Morton keurde Isabel geen blik waardig toen hij langs haar liep, en hoewel ze driftig zat te typen, was zij zich wel heel erg bewust van hem. Hij straalde een intense kracht uit.

Ze hoorde Stephen tegen de nieuwkomer zeggen: 'Heel aangenaam kennis te maken,' voordat Audrey de deur dichtdeed en ging zitten. Vijf minuten later ging de deur weer open en Isabel keek op, half verwachtend dat Stephen haar binnen zou roepen, maar in plaats daarvan nam hij Morton mee naar Trudy, die hem feliciteerde, en toen naar Philip. 'De man die voor de omslag gaat zorgen,' legde Stephen uit. Ten slotte kwamen ze bij Isabel.

'En dit is Isabel Barber, die je roman al heeft gelezen.'

Audrey koos dit moment om hen te onderbreken. 'Meneer McKinnon,' zei ze, 'wilt u deze brief nog ondertekenen voordat u de deur uit gaat? Het is een begeleidend schrijven bij twee urgente contracten.'

Stephen draaide zich om om aan haar verzoek te voldoen. Isabel stond op om de uitgestoken hand van de jongeman te schudden. 'Ik ben heel blij u te ontmoeten,' zei ze, plotseling verlegen.

Hij antwoordde gretig: 'Het genoegen is geheel aan mijn kant. Dus u hebt het gelezen? Ik durf het bijna niet te vragen, maar wat vond u er nou werkelijk van?' Zijn donkere stem klonk nu charmant hees en Isabel voelde dat hij een en al aandacht voor haar was.

'O, ik vond het fantastisch,' antwoordde ze en ze voelde dat ze bloosde. 'Echt waar.'

'Ik ben zo opgelucht,' zei hij, en zo zag hij er ook uit.

Stephen gaf Audrey de brief terug. 'We moeten gaan, ben ik bang. We hebben tijdens de lunch veel te bespreken. Ik moet voor vieren terug zijn. Als die man van de groothandel weer belt, zeg dan dat we gaan herdrukken zodra hij de order heeft bevestigd.'

Hugh Morton nam afscheid van iedereen en Isabel keek hen na toen ze samen vertrokken. Ze voelde nog zijn warme hand en hoorde de klank van zijn stem. Het was buitengewoon dat ze hem door zijn boek had herkend. Als ze genoeg talent had gehad om de held uit *Thuiskomst* te kunnen schilderen, dan zou ze Hugh hebben geschilderd met een rechte rug, het donkere, springerige haar op zijn voorhoofd, het boekachtig bleke voorkomen en de bruine ogen met lange wimpers, met die intense, licht geamuseerde uitdrukking. Hij zou er volmaakt uitzien in een pilotenjasje, vooral...

'Gaat het wel met je?' Audreys stem kwam van ergens ver weg. Isabel keek op en zag dat ze haar jas aantrok. 'Je stort toch niet weer in door een of andere ziekte, hè? Je ziet er zo raar uit.'

'Misschien moet ik even een luchtje scheppen,' zuchtte Isabel. 'Ik ga nu ook lunchen, blijf jij hier, Trudy?'

'Ga jij maar hoor, liefje,' zei Trudy.

Onderweg naar buiten zei Audrey: 'Nou, Hugh Morton is wel een spetter, hè?' Ze lachte toen ze zag dat Isabel zich in verlegenheid gebracht voelde. 'Je verwachtte toch niet echt dat Stephen je zou vragen om met ze mee te gaan, hè? Je bloost. Dat dacht je wel!'

'Doe niet zo raar,' zei Isabel. Soms vond ze het vreselijk dat Audrey zo griezelig goed doorhad hoe de vork in de steel zat, om daar vervolgens de kwalijkste draai aan te geven die je je maar kon voorstellen. 'Zullen we een sandwich halen en in het park gaan zitten?'

'Het spijt me heel erg,' zei Audrey, ijzig beleefd, 'maar ik ga met een vriendin lunchen.' En weg was ze.

Isabel keek haar elegante, knappe figuurtje na en haatte haar.

Laat in de middag, toen iedereen weg was, bleef ze in de deuropening van Stephens kantoor staan dralen en keek toe hoe hij met een bezorgde uitdrukking op zijn gezicht door de papieren bladerde in een van zijn uitpuilende draadbakjes.

'Ik ga maar eens,' zei ze, en hij schrok op. 'Hoe ging je lunchafspraak met meneer Morton? Vond hij de veranderingen vervelend?'

'De veranderingen?' De bezorgdheid sloeg om in verwarring, toen klaarde zijn gezicht op. 'O, je bedoelt in zijn boek. Nee, niet echt,' zei hij. 'Tenminste, we zijn er niet in detail op ingegaan. Hij heeft de aantekeningen meegenomen en zei dat hij me zou laten weten wat hij ervan vindt.'

'Heb je hem verteld dat de opmerkingen van mij waren?'

'Ja. Ik geloof niet dat hij verwachtte... Goeie hemel, nou ja, hij zei...' Hij zweeg en woelde met zijn vingers door zijn haar.

'Heb ik iets ergs opgeschreven?' Ze moest er niet aan denken dat ze Hugh Morton had beledigd. 'Dan moet je me dat zeggen, hoor.'

'Nee, nee, zo is het helemaal niet. Het is alleen belangrijk om de zaken stap voor stap te doen. Isabel, kom binnen en ga even zitten.'

Hij ging tegenover haar aan zijn bureau zitten, trok een ernstig, maar niet onvriendelijk gezicht. 'Je moet inmiddels toch wel hebben opgemerkt dat de relatie tussen een schrijver met een redacteur op vertrouwen gebaseerd is. Een uitgever heeft het voorrecht om met de creatieve genius te mogen werken en moet dat vertrouwen verdienen. In dit vroege stadium is het van belang dat hij weet dat ik, zijn uitgever, in alle opzichten om zijn werk geef.'

'Je bedoelt dat hij verwacht dat alle commentaar via jou op hem wordt overgebracht. Ook al komt dat commentaar van mij. Ik begrijp het.' Haar stem klonk kleurloos.

'Het gaat niet om jou. Ik ben heel blij met je werk, het is alleen zo dat je niet te veel van mensen mag verwachten, en het staat mannen vaak niet aan...' Hij zweeg.

'Mannen willen niet graag van een vrouw te horen krijgen wat ze moeten doen. Wilde je dat soms gaan zeggen?'

'Helemaal niet,' zei Stephen op milde toon. 'Je weet dat ik zo niet denk.'

'Maar veel andere mannen wel,' zei ze verdrietig.

'Isabel, je bent nog heel jong en, als ik je daaraan mag herinneren, nog heel groen op dit gebied. Vertrouw me nou maar.'

Ze liet haar schouders zakken. 'Je zult wel gelijk hebben,' zei ze. 'Sorry. Maar ik wil het gewoon goed doen.'

'Je doet het ook goed, zoals jij het uitdrukt,' antwoordde hij met een zucht. 'Maar doe je best om jezelf niet zo serieus te nemen.'

Ze staarde hem verbijsterd aan. Hoe kon ze nou niet serieus zijn? Ze wilde zo graag succesvol zijn.

'Verdraaid, die cijfers moeten hier ergens liggen,' mompelde hij terwijl hij weer verder ging zoeken.

Ze kreeg een vel papier in het oog dat naast zijn bureau op de vloer lag en stond op om het op te rapen. 'Zoek je dit soms?' vroeg ze en ze gaf het aan hem.

'Ah ja, dank je wel,' zei hij en hij pakte de telefoon. Ze begreep dat hij haar alweer was vergeten en liep stilletjes de kamer uit.

Niet lang na dit ontmoedigende gesprek maakte ze Stephens ochtendpost open en zag dat er een brief van Hugh Morton bij was. Ze las die met toenemende blijdschap. Hij bedankte Stephen voor de lunch, zei dat hij had gedaan wat hem was gevraagd en dat hij lang en diep had nagedacht over de voorstellen die in de aantekeningen stonden die hij van Stephen had gekregen.

Hoewel ik eerst niet overtuigd was, zo had Morton geschreven, *ben ik nu van mening dat ze er zeer zeker toe doen. De vrouwelijke psyche is voor mij, net zoals voor de meeste mannen, immers een soort mysterie, diep, onpeilbaar en als kwikzilver. Als je ernaar raadt, is het zoiets als het gooien van een steen in een diepe put. Ik vind dat miss Barbers opmerkingen licht brengen in de duisternis en ik ben haar heel dankbaar. Ik vraag me daarom af of ze het wellicht aanvaardbaar vindt om een afspraak met me te maken zodat we de zaak verder kunnen bespreken. Over een week of drie, vier zou me goed uitkomen. Tegen die tijd heb ik een aantal revisies klaar die u beiden in overweging kunt nemen.*

Ze nam de brief een beetje opgewonden mee naar Stephen en liet hem die lezen.

'Ik neem aan dat je Morton dolgraag wilt ontmoeten?' zei Stephen en hij glimlachte naar haar.

'Ik weet zeker dat ik wel een gaatje kan vrijmaken,' zei ze luchtigjes en ze glimlachte terug.

Toen Hugh Morton deze keer op kantoor kwam, was het om Isabel op te halen. Ze had voorgesteld om in een tearoom in de buurt af te spreken en hij zei dat hij er een wist die haar wel zou aanstaan. Het was gewoon te ingewikkeld om Stephens kantoor te gebruiken als die weg was en het feit dat al haar collega's met hun gesprek konden meeluisteren, was te gênant voor woorden. Ze voelde Audreys afkeurende, nijdige blik in haar rug priemen toen ze de deur uit gingen, en wist dat ze deze keer werkelijk over de schreef was gegaan. Ze vond het zo heerlijk dat het haar niets kon schelen.

Hugh liep sneller dan zij, alsof hij te laat was, en ze moest zich haasten om hem bij te houden. Ze merkte dat mensen onwillekeurig naar hen keken, hij doelbewust, een aktetas onder zijn arm, jaspanden die achter hem aan fladderden; zij een stap achter hem, zijn nederige dienster.

Toen ze de elegante tearoom in Oxford Street betraden, was het er donker en halfleeg, de elektriciteit was uitgevallen. Een serveerster in een zwarte jurk en een wit schort stortte zich dankbaar op de nieuwe klandizie. Er was voor het raam een tafel vrij, die Hugh onmiddellijk opeiste. Isabel ving haar reflectie op in een raam toen ze erheen liepen. Haar kastanjebruinrode haar en koraalrode lippenstift, en zijn donkerrode sjaal waren de enige vrolijke noten in het etablissement, en toen ze gingen zitten, straalde de schemering een opwindende intimiteit uit.

De serveerster verzekerde hun dat ze een pot thee konden bestellen en ze maakten een keuze uit de cakejes op de theewagen. Toen ze weg was, keek Hugh Isabel aandachtig en geamuseerd aan. 'Gaat het wel?' vroeg hij en hij boog zich naar haar toe. 'Ik wil niet onaardig zijn, maar je ziet eruit... Nou ja, als Roodkapje die de wolf tegen het lijf loopt!'

Het was lastig toe te geven hoe overweldigd ze zich voelde. Hier zat ze dan, alleen met een jonge schrijver wiens werk ze bewonderde terwijl er van haar werd verwacht dat ze indruk zou maken, en toch wist ze niet goed wat ze moest zeggen. Maar door zijn opmerking werd ze weer alert. Ze ging rechtop zitten.

'Ik weet zeker dat dat niet zo is,' zei ze fel.

Hij lachte. 'Maak je geen zorgen, ik heb zeer zeker niet de gewoonte om vrouwen op te peuzelen.' Plotseling werd hij ernstig. 'Dank je wel dat je me wilt ontmoeten. Ik wilde het je persoonlijk vertellen, zie je. Je commentaar op mijn roman was heel nuttig. Bedankt dat je de moeite hebt willen nemen. Eerlijk gezegd stond het me eerst helemaal niet aan dat iemand zich met mijn werk bemoeide. Maar toen ben ik heel goed gaan nadenken over je opmerkingen en besefte ik dat er misschien toch een kern van waarheid in zat.'

'Als dat zo is, dan ben ik blij.' Hij zei het weliswaar op minzame toon, maar ze voelde zich enorm opgelucht.

'Nou, het is zo.' Hij reikte naar zijn aktetas. 'Ik heb het manuscript bij me en ben eraan gaan werken. Ik zou het fijn vinden als je er nu naar wilt kijken. Zeg me of je denkt dat ik op het juiste spoor zit.'

Tegen de tijd dat de serveerster met een volgeladen dienblad terugkwam, zaten ze met z'n tweeën over een stapel getypte vellen papier gebogen en waren diep in gesprek gewikkeld. Ze praatten door terwijl de vrouw de kop-en-schotels naast hen neerzette en luidruchtig snoof.

Isabel merkte het amper. Ze was haar verlegenheid compleet vergeten en ging op in hoe Diana zich op papier als personage kon ontwikkelen. 'Je kunt haar kledingstijl gebruiken,' zei ze tegen de schrijver. 'In het begin, als hij haar ontmoet, is ze misschien wat sjofeltjes, maar daarna wordt ze modieuzer. En dan bedoel ik modieus, niet ordinair.'

'Nee, zo'n vrouw is ze helemaal niet. Wat je zei over de manier waarop ze praat, vond ik heel goed,' vervolgde hij terwijl hij een bladzij omsloeg. 'Hier, denk je dat dit werkt?'

Ze bekeek aandachtig de wijzigingen, met de hand geschreven, maar goed leesbaar.

'Mmm, dat vind ik goed,' zei ze.

'Zal ik thee voor u inschenken voordat die koud wordt?' vroeg de serveerster, hen onderbrekend.

Onder het eten en drinken praatten ze verder, en Isabel vroeg zich af hoe ze ooit zenuwachtig bij Hugh kon zijn geweest. Hij was ouder dan zij, dertig misschien, en had al zo veel van het leven gezien – en ook van de dood, stelde ze zich zo voor, denkend aan de episodes over de oorlog in zijn boek – maar dat had zijn gevoel voor schrijven niet afgestompt. Hij beschermde zijn werk met hand en tand, maar dat respecteerde ze. Daarmee liet hij zien hoe toegewijd hij was. Zij begreep op haar beurt intuïtief hoe hij werkte, langs welke paden zijn geest reisde. Het enige wat ze hoefde te doen was vragen stellen, hier en daar een kleine hint laten vallen, die hij vervolgens oppikte. Het was als het lopen over een evenwichtsbalk, er zorgvuldig voor wakend dat hij nooit dacht dat een idee niet van hemzelf was. 'Wat slim van je,' dat was de manier waarop ze hem vleide en dan klaarde hij helemaal op. Ze vond het heerlijk te zien hoe zijn emoties over zijn gevoelige gezicht speelden.

Uiteindelijk vatte ze de moed om hem de vraag te stellen waarop ze zo graag het antwoord wilde weten. 'Is het verhaal gebaseerd op gebeurtenissen die jou echt zijn overkomen?'

Hij haalde een pakje sigaretten uit zijn binnenzak en toen hij haar er een aanbood, voelde het heel natuurlijk om die aan te nemen, hoewel ze roken meestal niet lekker vond.

'Mij en mensen die ik ken, ja,' antwoordde hij. Toen hij de sigaret voor haar aanstak, streken tot haar opwinding hun handen even langs elkaar. 'Schoolvrienden, mensen met wie ik ben opgegroeid. We zijn allemaal grootgebracht met vergelijkbare ervaringen en met vergelijkbare verwachtingen. En toen werd het oorlog.' Hij maakte een afwerend gebaar. 'Nu vragen we ons af waar het allemaal goed voor was. We krijgen het niet meer voor elkaar om als één land verder te gaan, hè? We zitten vast in het verleden, hunkeren naar een armzalige glorietijd. Deze regering denkt dat ze alles aan het hervormen is, maar in wezen zijn het dezelfde oude regels en staan nog steeds dezelfde mannen aan het roer.'

'Mijn hemel, ben je een radicaal?' vroeg ze terwijl ze door de rook met haar ogen knipperde. Ze had een aantal schrijvers uit Stephens stal ontmoet die er extreem linkse ideeën en visies op na hielden, en sommigen van hen vond ze bittere, boze mensen, maar misschien hadden ze wel redenen om bitter en boos te zijn. Berecs vriend Gregor was zo, hij zat altijd maar te jeremiëren over sociale rechtvaardigheid. De arme Karin, zijn vrouw, had daarentegen weer een bloedhekel aan politiek, wat voor soort dan ook. 'Kan me gestolen worden,' zei ze dan, en haalde een vinger langs haar keel.

Hugh Morton was echter niet zo'n onruststoker. Hij was gepassioneerd, dat zag ze wel, maar hij kon zijn passie kwijt in schrijven en leek eerder triest dan bitter.

'Ik ben geen communist, als je dat bedoelt. Ik ben trots op mijn land. Ik heb alleen schoon genoeg van steeds weer diezelfde verdomde mensen die maar doorgaan, alsof zij de wijsheid in pacht hebben. Met een hoop bombarie vragen ze wat de gewone man ervan vindt, om hem dan vervolgens te negeren. Sorry, ik zit te prediken. Dat is lomp van me.'

'Helemaal niet,' zei ze. Ze had intens zitten luisteren, met de kin in de hand en haar elleboog op tafel. 'Het is interessant. Wil je daarover schrijven, over politiek?'

'Vind je niet dat er in zekere zin overal politiek in zit? Jij en ik die hier zo zitten, alsof we ons op twee verschillende planeten bevinden en om elkaar heen draaien, dat is politiek. Het draait allemaal om menselijke relaties en dat is inderdaad het terrein van de schrijver.'

Hij nam nog een laatste trekje van zijn sigaret en doofde hem toen met een enkele, woeste beweging in de asbak. Daarna keek hij haar aan en zijn frons verzachtte.

'En jij? Schrijf je zelf ook of vertel je alleen maar aan andere mensen hoe die het moeten doen?'

Ze voelde haar wangen warm worden. 'Een beetje maar,' zei ze bescheiden. 'Krabbeltjes. Ik zou het graag willen, maar ik ben niet erg goed, ben ik bang. Voorlopig vind ik het heerlijk om met schrijvers te werken.'

'Stephen heeft me verteld dat dit je eerste baan is. Regelrecht van school?'

'Ja. Ik wilde naar de universiteit, maar dat was gewoonweg onmogelijk. Mijn vader... nou ja, er is niet veel geld en mijn moeder had me thuis nodig.' Ze vertelde hem over haar ouders, haar broers en zus, en hij vond het interessant dat haar broertjes een tweeling waren.

'Ik heb geen broers of zussen, moet je weten, en mijn ouders waren vaak weg. Toen ik een jaar of vier, vijf was, deed ik alsof ik een broer had. Hij was precies even oud als ik, als mijn spiegelbeeld, en ik praatte altijd met hem in een zelfverzonnen taal. Mijn vader heeft me wel eens naar iemand toe gestuurd om dat te laten onderzoeken, maar er bleek niet zo veel met me aan de hand te zijn. Niets wat niet op school kon worden opgelost. Ik was te veel in mijn eentje, dat was alles. En zo was het ook. Vroeger las ik heel veel, en nu ik daarop terugkijk, zijn de werkelijkheid en de verhalen die ik las in mijn hoofd door elkaar gaan lopen.'

'Dat is mij ook overkomen,' zei Isabel geestdriftig. 'De tweeling had elkaar. Zij hoefden zich niets van me aan te trekken. Op mijn dertiende wilde ik wanhopig graag Jo March uit *Onder moeders vleugels* zijn, maar ik wilde niet met de saaie ouwe professor trouwen. Ik wilde dat ze met Laurie trouwde.' Ze had ernaar verlangd om Laurie te ontmoeten. Ze keek naar Hughs donkere, korte krullen en de gedachte schoot door haar heen dat hij heel veel leek op de beschrijvingen van Jo March' afgewezen vrijer.

'Ah, dus je bent een romanticus. Heel gevaarlijk.'

'Waarom ben je meteen een romanticus als je over liefde praat? Je zei zelf dat het bij schrijven om relaties draait. En liefde is de meest intense relatie van allemaal. Niet dat ik daar al veel vanaf weet, hoor,' voegde ze er blozend aan toe.

'Mijn hemel, nu heb ik je ook nog in verlegenheid gebracht. Moet je horen, het is gevaarlijk om in happy endings te geloven. Zo zit het leven niet in elkaar, alles wordt niet keurig in een strik geknoopt, zoals jullie meisjes schijnen te denken.'

Ze dacht daar even over na en zei: 'Nee, maar er zijn altijd geluksmomenten te vinden en we moeten geloven dat die bestaan, of niet soms? Daardoor houden we het tijdens de akelige momenten vol.'

Hij lachte en zei: 'Misschien heb je wel gelijk.'

Ze zag dat hij haar vol genegenheid aankeek en merkte dat ze hem steeds aardiger ging vinden.

11

Emily

Op een vrijdag, een week of twee voor Kerstmis, kwam Emily thuis van een avondje uit met vriendinnen in een nieuwe cocktailbar die onlangs in de buurt van hun kantoor was geopend. Megan was haar beste maatje van school en ze hadden Steffi en Nell leren kennen toen ze vlak nadat Emily naar Londen was verhuisd met zijn vieren een flat hadden gedeeld. Ze waren dikke vriendinnen geworden en hoewel ze allemaal hun eigen weg waren gegaan, probeerden ze nog steeds om de paar weken of zo af te spreken om bij te praten. Emily genoot van deze avonden vol gebabbel en gelach, en nu ze de deur achter zich dichtdeed en naar de stilte luisterde, dacht ze met een beetje weemoed terug aan de gemoedelijke chaos toen ze nog bij elkaar woonden. Dat duurde echter maar kort. Ze was dol op deze flat op eenhoog met zijn hoge plafonds, waarvoor ze zo hard had gespaard om hem te kunnen kopen, met een beetje hulp van pap, en ze had ontdekt dat er voordelen zaten aan in je eentje wonen. Als ze bijvoorbeeld iets neerlegde, dan bleef het daar ook liggen. Jammer toch, dacht ze, dat het minder zeker was als je met mensen omging. Vanavond zou ze niet alleen zijn, Matthew zou naar haar toe komen, maar ze wist niet hoe laat en hij had niet gebeld.

Ze was uitgehongerd. De drankjes in de cocktailbar waren duur geweest en ze had alleen een snack genomen. Ze haalde wat sap en een pastasalade uit de koelkast en nestelde zich op de bank. Ze wilde een tijdschrift pakken om daar wat in te lezen toen ze aan de videoband dacht die Nell haar die avond had gegeven. Het was het televisieprogramma met Hugh Morton dat Gillian Bradshaw had aanbevolen, een uitzending uit 1985 ter gelegenheid van de vijfenzestigste verjaardag van de schrijver. Nell werkte in een videotheek en had een kopie voor haar opgezocht. Ze haalde de band uit haar tas en zag aan het etiket dat hij in 1991 voor het laatst door iemand was geleend.

Ze had in een oogwenk haar oude videorecorder aangesloten. Ze knielde voor het scherm neer en duwde de band in de gleuf. Hij startte meteen en daar was hij, Hugh Morton in close-up. Ze had nog nooit eerder filmbeelden van hem gezien. Ze zette het geluid harder en keerde naar de bank terug om het goed te kunnen bekijken. Hij was een sterke persoonlijkheid, dat moest ze toegeven: lang en slank, mannelijk, met zijn knappe, onverzettelijke gezicht en zijn zelfverzekerde houding. Het programma was in het typische format uit die tijd, het begon met een interview met de schrijver in diens werkkamer, die ze van haar bezoek herkende, hoewel de film in de zomer was opgenomen en niet in een mistige novembermaand, want door het raam was een bloeiende tuin te zien. Morton zat informeel in hemdsmouwen aan zijn bureau, hij rookte een sigaret alsof hij er wel een kon gebruiken.

'Dus, ook al zou ik bevriend zijn met de juryvoorzitter. Ze vonden het boek eenvoudigweg goed,' zei Morton in reactie op de vraag van de mannelijke interviewer over de verdachtmakingen rondom het winnen van de Booker Prize. 'Ik ben inmiddels doodziek van dit hele gedoe. De Londense literaire scene is een kleine wereld. Het is verdomde hatelijk, er moet een frisse wind doorheen.'

De interviewer merkte op dat er genoeg frisse lucht aanwezig was op de plek waar Morton woonde. Daarna volgde een serie beelden van Stone House met de prachtige tuinen die naar moerasland glooiden. De grauwe waterkant van de riviermonding markeerde de horizon erachter. 'Ik heb dit huis van mijn vader geërfd,' legde de schrijver in een voice-over uit. 'Generaties Mortons hebben hier gewoond. Je kunt wel zeggen dat de rivier door mijn bloed stroomt.'

Op dat moment nam een verteller het over. 'Hugh en zijn eerste vrouw, Isabel, hebben zich hier in 1951 gevestigd, maar zijn helaas nog geen twee jaar na hun huwelijk uit elkaar gegaan. Vrij kort daarna is hij met Jacqueline getrouwd, een jeugdvriendin. Ze hebben een dochter, Lorna, uit zijn eerste huwelijk, en twee zoons, allebei al lang volwassen.'

Verbijsterd drukte Emily op de pauzeknop. Had ze het goed gehoord? Ze spoelde de band terug en luisterde nogmaals. Ja, ze had het goed gehoord. Lorna was niet de dochter van Jacqueline maar van Isabel. Die onthulling bracht haar van haar stuk. Arme Lorna, dacht ze, die nog steeds thuis woonde en voor dienstbode van haar stiefmoeder moest spelen, terwijl Jacquelines eigen kinderen zich aan de greep van hun ouders hadden ontworsteld. Ze herinnerde zich de weemoedige uitdrukking op het gezicht van de oude vrouw toen ze over haar jongens vertelde en de bevoogdende manier waarop ze haar stiefdochter van middelbare leeftijd aansprak. Ze vroeg zich af of Lorna zich haar echte moeder kon herinneren. Joel wist dit vast en toch had hij er met geen woord over gerept. Waarom niet? Het bleef haar dwarszitten, maar ze speelde de film verder af.

De camera bracht Jacquelines matroneachtige figuur in beeld terwijl ze in de tuin bloemen aan het plukken was en thee inschonk voor haar man aan een tafel in de schaduw van een bruine beuk. Boven hen vlogen wilde eenden in v-formatie, hun schrille kreten doorbraken de stilte.

De rest van het programma ging over de boeken. Morton vertelde interessant over de invloeden die een rol hadden gespeeld, het effect van zijn oorlogservaringen, zijn fascinatie met de duistere kanten van de ziel van de mens en verdedigde zich tegen de feministen, die een afkeer van vrouwen in zijn boeken bespeurden.

Vlak voor het einde moest Emily opstaan om op de knop van de voordeur te drukken om Matthew binnen te laten. Hij kwam bij haar flatdeur en zag dat die openstond. Zij was weer naar Morton aan het kijken, die met gebogen hoofd langs de rivier wandelde, zo te zien diep in creatieve gedachten. Toen werd de betovering verbroken en volgde de aftiteling.

'Hallo,' zei Matthew en hij boog zich naar haar toe om haar een kus te geven, 'waar heb jij naar zitten kijken?'

'Een oude documentaire over Hugh Morton.'

'Was die goed?' vroeg hij, terwijl hij zijn tas neerzette en zijn sjaal afdeed.

'Niet slecht. Een beetje te eerbiedig. En er was iets vreemds aan zijn eerste huwelijk. Weet jij daar iets van?'

'Nee, hij is geen schrijver die mijn pad vaak heeft gekruist. God, wat heb ik een honger. Sinds het ontbijt heb ik alleen chips gehad.'

Ze bood aan om een hamtosti voor hem te maken. 'Graag. En ik zou een moord doen voor een koud biertje.' Hij wreef over zijn gezicht en gaapte. Emily merkte liefdevol op dat hij zich niet had geschoren. Hij had zeker hard gewerkt. Ze vond een blikje bier in de koelkast. Hij nam er een grote slok uit en plofte op de bank neer. 'Vind je het erg als ik het nieuws ga kijken?'

'Nee hoor.'

Terwijl ze de tosti maakte, luisterde ze in de verte naar de belangrijkste onderwerpen, maar ze dacht bovenal aan Isabel. Los van die keer dat haar naam even werd genoemd, kwam de eerste mevrouw Morton totaal niet in het programma voor. De interviewer was helemaal niet in haar geïnteresseerd geweest. En toch was Isabel Lorna's moeder. Wat was er gebeurd? Het was merkwaardig.

Ze nam de tosti mee, krulde zich naast Matthew op terwijl hij at en genoot van zijn warmte. Ze vond hem vanavond een beetje afstandelijk, in zichzelf gekeerd. Toen het nieuws was afgelopen, vroeg ze: 'Zo, hoe was je dag?' Ze herinnerde zich dat hij zenuwachtig was geweest bij het vooruitzicht van een werkgroep met Tobias Berryman.

'Gekkenhuis,' antwoordde hij en hij slikte de laatste hap tosti door. 'Om elf uur heb ik de boekrecensie geschreven, daarna haalde ik op het nippertje het seminar. Daarna ben ik de hele stad door gelopen om een pr-goeroe voor het magazine te interviewen, weet je nog dat ik over hem heb verteld? Ik vond het een interessante vent.'

'En hoe ging het bij professor Berryman?'

'Hij was in een milde bui, goddank. Vond wat ik tot nu toe had gedaan goed. Sterker nog, hij heeft een paar nuttige suggesties gedaan. O, en hij zei dat ik jou moest vertellen dat zijn roman bijna klaar is.'

'Ik hoop niet dat hij verwacht dat ik hem na de kerst uit heb.'

'Waarschijnlijk wel. Hoor eens, ik ben nog steeds uitgehongerd. Kans op nog een broodje?'

'Ja, als je het zelf klaarmaakt. Ik heb het hier te veel naar mijn zin.'

Nadat Matthew die avond in slaap was gevallen, lag Emily wakker en dacht over hem na. Het was haar opgevallen dat hij haar niet naar haar dag had gevraagd en dat kwetste haar. Hij was moe geweest, maakte ze zichzelf wijs, meer niet.

Maar zaterdag was het al niet veel beter. Matthew had een tijdje geleden Luke en Yvette uitgenodigd om te komen eten. Zij waren het stel van het feestje waar Emily en hij elkaar hadden ontmoet. Afgesproken was dat het etentje in zijn flat zou plaatsvinden, want dat was op loopafstand vanwaar zij woonden. Maar aangezien hij de hele dag aan zijn opdracht moest werken, bood Emily aan om te koken. Ze kwam ergens in de middag in zijn flat aan met twee boodschappentassen die ze in de keuken neerzette. Onder het koken wierp ze van tijd tot tijd een blik op Matthew, die in een poel van licht aan zijn bureau zat, zich niet bewust van de activiteiten om hem heen, compleet verloren in het schrijven. Hij schreef zijn gedichten altijd het liefst met de hand – hij vond het fijn om te zien wat hij had doorgehaald, zei hij – en ze vond het grappig om te zien hoe hij tijdens zijn werk zijn wenkbrauwen fronste en met zijn vingers door zijn haar woelde. Hij leek zo wel op een dichter van een aantal eeuwen geleden, die op een zolderkamertje bij kaarslicht zat te schrijven. Onder het koken glimlachte ze inwendig, koesterde dit romantische beeld van hem, maar uiteindelijk moest ze hem storen.

'Matthew, we hebben nu je bureau nodig, anders kunnen we nergens aan eten.'

Toen Luke en Yvette er waren, verklaarden ze dat ze het een allercharmantste flat vonden, maar tijdens de maaltijd moest Emily onwillekeurig denken aan het ruime huis van hun getrouwde gasten, met zijn glanzende, zilverkleurige keuken en designerbinnentuin. Matthew gaf niet om 'spullen', zoals hij het geringschattend noemde – een van de dingen waarom Emily normaal gesproken zo dol op hem was – maar deze avond merkte ze dat ze wenste dat hij er toch minstens een beetje om gaf.

'Em, ik geloof dat ik vandaag de lunch bij je ouders maar moet overslaan,' zei Matthew de volgende dag in de keuken toen hij gemalen koffie in de cafetière lepelde. 'Anders ben ik niet op tijd klaar met mijn opdracht.'

Emily, die op de bank een croissant zat te eten en in een tijdschrift zat te bladeren, was ontsteld. 'O, Matthew, ik heb gezegd dat je zou komen.' 'En ik heb gezegd dat ik hoopte dat ik kon, niet dat het zeker was.' Ze had een vaag idee dat dit wel eens kon kloppen. 'Sorry,' zei hij, en hij ging naast haar zitten. 'Momenteel heb je niet veel aan me, hè?' Hij streelde haar haar. Ze vond dat hij schuldbewust klonk. Het was moeilijk om lang boos op hem te zijn, maar ze kon ook niet altijd tegen hem zeggen wat ze dacht. Stel dat hij gewoon niet mee wilde? Die gedachte, het idee dat hij geen belangstelling had voor haar familie, was vreselijk.

'Wil je eigenlijk nog steeds wel dat ik met oud en nieuw meega naar Wales?' vroeg ze onzeker. Ze kende zijn drie broers oppervlakkig en was in september een weekend bij zijn moeder en stiefvader, die vlak bij Cardiff woonden, op bezoek geweest. Ze vond hen allemaal hartelijk en vriendelijk. De familie was van plan met oud en nieuw een feestje te geven en daar verheugde ze zich op. Ze hoopte maar dat hij er geen spijt van had dat hij haar had uitgenodigd.

'Natuurlijk wil ik dat. En denk erom: komende vrijdag lever ik mijn opdracht in, dus dan heb ik weer wat meer tijd. Op wat journalistiek werk na, althans.'

'Maar van vandaag vind ik het wel jammer,' zei ze onwillekeurig, maar dat leek hem te ergeren.

'Moet je horen, Em, ik heb gezegd dat het me speet. Hoe dan ook, ik ben niet de enige die soms dingen afzegt. Jij hebt het soms ook druk. Weet je niet meer dat je vorige maand het hele weekend moest redigeren en me helemaal niet kon zien?'

'Dat was iets anders. Daar had verder niemand last van. Mam en pap zullen teleurgesteld zijn.'

'Maar verder is iedereen er toch vandaag? De familie van je zus? Zij merken het niet eens als ik er niet ben, niet echt. Niet met al die rondrennende kinderen.'

'Maar ík merk het wel,' zei ze resoluut. 'Laat me je dit zeggen, ik geloof niet dat ik aan Mike kan uitleggen dat je moest afhaken omdat je gedichten moet schrijven.' Matthew en haar zwager, een bankdirecteur en rugbyspeler, wisten eigenlijk nooit waarover ze het met elkaar moesten hebben. Het was overduidelijk dat Mike vond dat een graad in creatief schrijven tijd- en geldverspilling was.

'Nou, zeg dat toch maar tegen hem,' zei Matthew met zo'n plotselinge hartstochtelijke uitbarsting van hem. 'Poëzie is cruciaal, hetzelfde als ademen. Je vertolkt er de kern van alles mee.'

Ze lachte. 'Ik geloof niet dat hij daar ook maar een beetje intuint. Dan krijgen we alleen maar ruzie.'

'En wat is er mis met een lekkere ruzie? Mijn familie maakt altijd ruzie. Je moet je pas zorgen gaan maken als mensen stil zijn bij elkaar.'

'Mijn familie is anders, dat weet je best.'

In de trein naar haar ouders dacht Emily hierover na. Familieruzies waren vermoeiend. De juiste stilte kon juist heerlijk zijn als je je bij iemand op je gemak voelde, zoals ze dat meestal bij Matthew was. Maar dit weekend vond ze dat ze het contact met elkaar aan het verliezen waren. Er was iets veranderd, maar ze wist niet wat.

Op maandagochtend lag er een oude kartonnen map op haar bureau en ze moest aan een ander soort stilte denken, de stilte van een verstikte stem, een toegedekt geheim.

Ze maakte hem open en trof een stapel oude papieren aan, allemaal netjes bij elkaar gebonden. Ze wist wat het was toen ze de getypte brief bovenop las. Onderaan stond Hugh Mortons karakteristieke zwarte handtekening en de datum, oktober 1949. De brief was gericht aan Stephen McKinnon, Hughs uitgever, en ging volledig over *Thuiskomst*. In de brief bedankte hij Stephen omdat hij een boekrecensie had uitgeknipt, die duidelijk lovend was geweest. Het hele dossier ging over *Thuiskomst*!

Joel moest dit zien, dacht ze opgewonden. Had iemand het in het archief gevonden? Ze keek tevergeefs of het officiële formulier erbij zat dat bij de andere stukken had gezeten. Waarom zou Parchment trouwens een dossier over *Thuiskomst* in haar bezit hebben? Het boek was gepubliceerd door een uitgever die ze niet kende, maar waarvan Stephen McKinnon duidelijk de eigenaar was.

Emily keek naar haar collega Sarah, die een Twitterbericht las en haar wenkbrauwen fronste. 'Weet jij wie deze map hier heeft neergelegd?' vroeg Emily aan haar.

'Nee, sorry,' mompelde Sarah, en ze keek amper op terwijl ze begon te typen.

'Iemand anders?' vroeg Emily aan Liz en Gabby tegenover haar. Zij zeiden dat ze het ook niet wisten.

'Wat zit erin, iets opwindends?' vroeg Sarah die zich eindelijk van haar computer afwendde.

'Dat zou best kunnen, ja,' zei Emily. 'Maar ik begrijp het niet. Hoe komen we aan een dossier over een boek dat we niet hebben uitgegeven?'

'Wie was de uitgever dan?' vroeg Sarah.

Emily keek weer naar het adres boven aan de brief. 'McKinnon & Holt, Percy Street. Enig idee wie dat waren?'

Sarah reed met haar stoel naast haar. 'Volgens mij wel. Laat me eens kijken. Van welk boek is dat dossier?'

'Hugh Mortons eerste roman, *Thuiskomst*.'

Sarah bekeek aandachtig het dossier, draaide de bladzijden om. Een paar velletjes waren losgeraakt.

'Interessant,' zei ze. 'Ik weet niets van dit boek, maar Parchment heeft in de jaren negentig een paar kleinere uitgeverijen opgekocht. McKinnon & Holt zat daar ook bij. Dat is waarschijnlijk de reden dat we de rechten van dit boek in ons bezit hebben.'

Emily keek verbaasd naar het dossier. Dus Parchment was nu de uitgever van *Thuiskomst*. Ze vroeg zich af of Gillian dat wist. Waar kwam dit dossier dan vandaan?

Liz' gezicht piepte over haar scheidingswand uit. 'Tijd voor de boekomslagenvergadering, mensen,' riep ze. Sarah schoof haar stoel naar haar bureau terug en begon papieren te verzamelen.

'Kom er zo aan,' zei Emily tegen haar. Ze wilde de papieren netjes in de map terugleggen, maar er raakten steeds meer velletjes los. Ergens achterin vertikte een vel het om op z'n plek terug gaan en ze trok het eruit om te kijken waardoor dat kwam. Het was ouder dan de brief boven in de map, een heel jaar ouder, maar uiteraard lag het dossier in tegengestelde volgorde. Haar blik viel op een naam. Boven het getypte adres stond *Miss Isabel Barber*. De brief begon met, *Geachte miss B...*

Isabel. Ze had Isabel gevonden. Ze was bijna duizelig van opwinding.

Sarah stak haar hoofd om de deur. 'Emily, ze willen jouw boeken het eerst doen,' zei ze.

'O ja?' zei Emily en ze legde met tegenzin het dossier neer. 'Oké, ik kom eraan.'

Pas veel later, toen het stil was op kantoor, had ze tijd om nogmaals de map in te kijken. Voorzichtig opende ze de stalen nietjes en maakte de papieren los. Toen draaide ze de dikke stapel om en pakte het vel papier van de rug. Het was van een literair agent, wiens naam ze niet herkende – nog een bedrijf dat in de mist der geschiedenis verloren was gegaan. Ze las het gretig.

Geachte meneer McKinnon, zo begon de brief. *Het doet me genoegen u deze roman toe te sturen, van een zekere meneer Hugh Morton die ik momenteel in verband met zijn werk vertegenwoordig.*

Ze pakte het volgende velletje papier van de stapel, nee, twee aan elkaar geniete vellen. Het was een verslag van een lezer, gericht aan Stephen McKinnon en ondertekend met de initialen IB. Isabel Barber. Isabel was heel precies geweest en had typefouten in een klein, netjes schuinschrift gecorrigeerd.

Morton schildert beelden met woorden. Hij schrijft zo gevoelig over hoe het is om jong te zijn, om hoop en dromen te hebben, die vervolgens door een oorlog de bodem in worden geslagen. Ik heb me vaak afgevraagd hoe het in een vliegtuig zou zijn, een makkelijk doelwit in de lucht, terwijl je door de vijand wordt beschoten, hoe afschrikwekkend dat moet zijn, en hij zorgt dat ik het allemaal kan zien, horen en voelen. Dit moet het verhaal zijn van zo vele jongemannen en hij vertelt het zo krachtig. Hij is een geboren schrijver. De enige zwakheid zit 'm in zijn vrouwelijke personage, Diana, die net wat te volmaakt lijkt, die als zodanig lijdzaam op hem zit te wachten. Ik weet zeker dat ik me behoorlijk geërgerd zou hebben aan hoe hij zich soms gedroeg.

Ja, dat is nou precies wat Emily zelf van *Thuiskomst* had gevonden, dat het verhaal zo levendig werd verteld, zo gevoelig. Maar ze had zich niet aan Diana geërgerd, de lijdzame vriendin van de held; sterker nog, Diana's frustraties en woede waren uitermate overtuigend geweest. En toen bedacht Emily dat Isabel in dit verslag commentaar had geleverd op een eerder concept. Misschien had Morton veranderingen in het manuscript aangebracht?

Emily sloeg de broze vellen papier om, brieven tussen Isabel en Hugh Morton. Isabel moest de redacteur van dit boek zijn geweest, concludeerde ze, vóór de man die aan *Aan de overkant* had gewerkt, hoe heette hij ook alweer? Richard nog iets.

En terwijl het buiten steeds donkerder werd, las ze verder, ging er helemaal in op.

12

Isabel

'Wat ben je de laatste tijd toch in een goed humeur,' zei Vivienne, die Isabel glimlachend van opzij aankeek. Ze liepen samen naar de bushalte. Het was een van die heel heldere, zonovergoten dagen en de lente leek eindelijk door te breken. Ze gingen altijd samen met de bus, tot aan Tottenham Court Road, waar Isabel uitstapte en vanwaar Vivienne nog een paar haltes verder moest naar de grote klassieke zuilengang van de universiteit en het laboratorium waar ze werkte.

'O ja?' zei Isabel dromerig. 'Zal wel door het weer komen, of zo. Is het niet heerlijk om niet elke nacht ongeveer dood te vriezen?'

'Nou, als ze jouw geluk in een flesje konden stoppen, dan zou ik daar ook wel wat van willen.'

Isabel vervloekte zichzelf omdat ze zo in zichzelf was opgegaan. Nu ze erover nadacht, vond ze inderdaad dat Vivienne er moe en lusteloos uitzag.

'Had je gisteravond je moeder weer aan de telefoon?' vroeg ze, zich afvragend of er misschien thuis iets aan de hand was. Onderweg naar de badkamer was ze langs Vivienne gelopen, die met een lijdzame uitdrukking op haar gezicht tegen de muur in de hal had geleund met de hoorn tegen haar oor gedrukt.

'Ja. Mijn nicht gaat trouwen.' Vivienne zuchtte. 'Ik ben dolblij voor Mary, echt waar. Maar... het is al de derde keer dat ik bruidsmeisje ben en mijn moeder vindt dat moeilijk te verteren.'

'O, ik snap het.' Vivienne, die heel lang en onhandig was, werd nooit door aanbidders belaagd, maar ze was zo'n zorgzame en interessante persoonlijkheid dat Isabel zeker wist dat ze wel iemand zou vinden die van haar zou gaan houden. Ze waren inmiddels bij de bushalte aangekomen en gingen in de rij staan, waardoor ze hun gesprek moesten afbreken.

Nu ze eraan terugdacht, viel het Isabel inderdaad op hoe stilletjes Vivienne de laatste tijd was geweest. Ze was als altijd even vriendelijk en als ze allebei thuis waren, kookten ze samen en zaten ze kameraadschappelijk in een van hun kamers te lezen of naar Viviennes radio te luisteren. Vivienne had aandacht voor Isabels gebabbel over haar werk, de nieuwe verantwoordelijkheden die ze had gekregen, maar ze nam op haar beurt Isabel niet erg in vertrouwen, behalve één keer toen ze had geklaagd over een arrogante jongeman op haar werk, die Frank nog iets heette, die haar woedend maakte met zijn commentaar en haar een keer niet had uitgenodigd voor een feestje op kantoor. Isabel bezwoer dat ze daar het fijne van wilde weten.

Wat haarzelf betrof, zij was gelukkig, wat Vivienne al was opgevallen.

Sinds ze iets had kunnen laten zien van wat ze in haar mars had doordat ze zo succesvol met Hugh Morton aan het werk was, leek Trudy haar meer te vertrouwen en die liet haar nu zien hoe ze manuscripten kon voorbereiden voor de lay-out en de zetterij. Ze was een veeleisende leermeesteres. 'Lezers hebben haviksogen. We krijgen brieven als we fouten maken,' zei ze tegen Isabel.

Het werd drukker op kantoor. Er was steeds meer te doen. Lord Pockmartins oorlogsmemoires waren nog altijd een bestseller, en de recentste Maisie Briggs was door een leesclub voor romantische boeken in de Verenigde Staten uitgeroepen tot haar beste tot nu toe, en hij liep als een trein. De nieuwe serie kinderprentenboeken deed het ook goed. Stephen zag er nog even afgemat uit als altijd, maar de perioden tussen de afschuwelijke momenten dat meneer Greenford door Stephens kantoor denderde met de klacht dat ze die en die rekening niet konden betalen duurden steeds langer. Audrey klaagde daarentegen dat aangezien Isabel nooit meer tijd had om haar te helpen, ze misschien een nieuwe administratieve assistente kon krijgen, alsjeblieft?

Tijdens lunchtijd aan het einde van maart 1949, toen het kantoor leeg was, afgezien van Isabel die een paar dringende laatste proeven moest doornemen, ging de telefoon op Audreys bureau. Isabel griste de hoorn van de haak en zei automatisch: 'Goedemiddag, met McKinnon & Holt.'

'Spreek ik met miss Barber?' Ze herkende meteen de gecultiveerde stem, zo zacht als honing.

'O, jij bent het,' antwoordde ze en ze liet zich pardoes in Audreys stoel vallen.

'Ik heb de laatste versie klaar,' zei Hugh. 'Misschien kunnen we afspreken. Wat dacht je van lunch volgende week?'

'Ik heb een flat gehuurd in Kensington,' zei hij tegen haar, nadat de ober hun soep had gebracht. 'Londen is de plek waar ik nu moet zijn.'

'Waar in Kensington? In de buurt van Hyde Park of aan de andere kant?'

'Heel dicht bij het park, vlak achter de Albert Hall. Ik volg nu een nieuw dagritme. Voor ik 's ochtends aan het werk ga, maak ik een wandeling van een half uur door Kensington Gardens. Daar wordt mijn hoofd helder van en het is daar zo prachtig dat ik het mezelf bijna kan vergeven dat ik Suffolk de rug heb toegekeerd.' Hij wachtte even. 'Ik weet alleen niet of mijn moeder dat ook kan.' Hij haalde zijn schouders op en richtte zijn aandacht op de dunne, oranjekleurige soep.

Ze pakte haar lepel, maar had eigenlijk niet zo veel trek. In plaats daarvan schoot haar blik alle kanten op. Niemand had haar ooit naar zo'n chique tent meegenomen. Ze vond de bogen en het spelonkachtige plafond van het restaurant prachtig, dat helemaal bedekt was met iets wat vast geen bladgoud kon zijn. Het gesteven linnen tafelkleed en de servetten waren een onvoorstelbare luxe en het glas met daarin de koele witte wijn was zo breekbaar dat ze bang was dat het aan scherven zou gaan als ze ervan dronk.

Ze keek naar Hugh, die haar met een geamuseerde glimlach aankeek. 'Wat is er?' vroeg ze. Hij was vandaag zo vrolijk en plagerig, waarschijnlijk blij dat hij klaar was met zijn boek. Het kostbare manuscript lag in een ruwe bruine map onder haar stoel. Ze was als de dood dat ze het zou vergeten mee te nemen of dat iemand het misschien zou stelen, en ze duwde er steeds met haar teen even tegenaan om er zeker van te zijn dat het er nog veilig lag.

'Er is iets bijzonders aan je,' zei hij terwijl hij toekeek hoe ze haar soep opat. 'Niets vervelends, hoor,' zei hij en hij moest lachen om haar behoedzame blik. 'Zoals je van elk moment geniet. Ik ben zo blij dat je niet zo'n angstaanjagende moderne jonge vrouw bent, als je begrijpt wat ik daarmee bedoel. Stephen McKinnons secretaresse, hoe heet ze ook alweer? Miss Foster. Zij is er zo eentje. Weet precies wat ze wil en hoe ze het moet krijgen.'

'Als je Audrey wat beter kent, valt ze wel mee, hoor. Nou ja...' Opeens snapte ze wat Hugh Morton bedoelde. Audrey had haar leven tot een angstaanjagend niveau uitgestippeld. Ze kende haar sterke en zwakke punten, wist wat ze redelijkerwijs kon bereiken. Ze las het soort tijdschriften dat haar vooroordelen bevestigde, wist precies wat er van haar werd verwacht en deed dat dan ook met alle liefde. Audrey was intelligent, o ja, maar het was een kortzichtig soort intelligentie. Isabel wist eigenlijk niet of ze dat allemaal wel wilde weten.

'Jij bent anders,' vervolgde Hugh. 'Fris. Dat mag ik wel bij een jonge vrouw.'

'Ik vind dat je maar malle dingen zegt, hoor,' kaatste ze terug. 'Ik weet niet of ik dat wel als een compliment moet opvatten.'

Dat vond hij ongelooflijk amusant. Een ober kwam naar hen toe en haalde hun soepkommen weg, daarna werd voor ieder een bord stoofvlees en een schaal groenten neergezet. Hun glazen werden weer volgeschonken en de ober trok zich terug.

'Dat ziet er wel degelijk uit als echt rundvlees,' mompelde Hugh, terwijl hij er met een mes in prikte.

'Dat hoop ik maar.' Welk soort vlees wel of niet op rantsoen was, was op kantoor een belangrijk gespreksonderwerp. 'Mmm, het is heel mals.'

Een poosje aten ze zwijgend, Isabel had nog nooit zo lekker gegeten. Ze zocht koortsachtig naar iets om te zeggen, wist niet goed waar schrijvers graag over praatten. Ze dacht aan iets wat haar moeder een keer had gezegd, dat mannen ervan hielden als je vroeg hoe het met hen ging.

'Besteed je al je tijd aan schrijven?' Ze had op z'n hoogst een vermoeden van hoe weinig McKinnon & Holt hem betaalde voor zijn roman, maar vermoedde dat het niet genoeg was voor zijn huur in Kensington. Hij had vast nog een andere inkomstenbron. Misschien zijn familie.

'Mijn hemel, nee,' zei hij met gefronste wenkbrauwen. 'Ik wou dat dat kon. Je leest *The Times* zeker niet, anders had je daarin mijn naam wel zien staan. Ik schrijf theaterrecensies.'

'Natuurlijk,' zei ze, en ze beloofde zichzelf dat ze beter zou opletten. 'Alleen voor *The Times*?'

'Voornamelijk. Zo nu en dan ook voor de betere literaire tijdschriften.'

'Als je klaar bent met *Thuiskomst*, waar ga je dan aan werken?' vroeg ze hem, terwijl ze met haar teen weer even voelde of het manuscript er nog was. Ze legde haar mes en vork neer en hij stak zijn wijsvinger op om de ober te roepen.

'Dan ga ik aan de volgende beginnen,' zei hij tegen haar, toen hun borden waren weggeruimd. Hij veegde zijn mond af met zijn servet en boog zich met een ernstige uitdrukking op zijn gezicht naar voren. 'Eigenlijk wilde ik je advies vragen,' zei hij. 'Hoe groot is de kans dat McKinnon de volgende keer met een beter voorschot komt?'

'Daar... Daar moet ik het met hem over hebben. Ik heb werkelijk geen idee hoe het er financieel aan toegaat.' Stilletjes dacht ze dat dat hoogstonwaarschijnlijk was, maar zij wilde niet degene zijn die hem dat vertelde.

'Nee, natuurlijk niet. Sorry als ik je in verlegenheid heb gebracht.'

'Geeft niet, hoor. Maar het is opwindend dat je al een idee hebt voor een volgend boek. Waar gaat het over?'

'Ah, in dit stadium is het nog veel te broos om het daarover te hebben,' zei hij tegen haar. 'Brengt ongeluk. Dan kan het zomaar in rook opgaan.'

Er zat een ernstige ondertoon in zijn woorden. Ze keek hem bedachtzaam aan, maar eigenlijk kwam wat hij zei haar wel bekend voor. Zo nu en dan ving ze een paar woorden op van een gesprek, of was ze geboeid door een nieuwsitem en dacht ze dat er een verhaal in zat. Dan was het ergerlijk als ze zich een poosje later niet meer precies kon herinneren wat haar te binnen was geschoten. 'Soms is het alleen maar een gevoel, hè?' zei ze tegen Hugh. 'Een hint dat iets belangrijk en waarachtig is.'

'Als een flits van de ijsvogel,' zei hij. 'Ik kan wel onthullen dat dit boek iets te maken heeft met iemand die ik ken.' Hij keek naar hoe zijn woorden bij haar vielen en glimlachte toen ze begreep wat hij bedoelde.

Ze was verbijsterd. 'Iemand?' Zijn grijns werd breder, hij wachtte af tot ze het zou begrijpen. 'Heb je het over mij? Wat kan ik er in hemels-naam mee te maken hebben?'

Hij lachte en dronk zijn wijn op. 'Dat vertel ik je nog wel een keer, maar niet nu.'

'Vertel het me nu.' Ze had plotseling een soort machtsgevoel over hem.

'Nee.'

'Hugh Morton!' Hij gooide zijn hoofd naar achteren en barstte in lachen uit.

'Je bent echt om gek van te worden, absoluut om gek van te worden!' Ze sloeg met het dessertmenu op zijn hand. Dit resulteerde er slechts in dat de wachtende ober naar voren gleed om hun bestelling op te nemen. Ze ving Hughs blik op. Hij knipoogde en ze kreeg het voor elkaar om haar lachen in te houden.

'Wenst madam nog iets?' vroeg de ober.

'O nee, ik krijg er niets meer in.'

Hugh bestelde een brandy en toen die werd gebracht, koos hij een sigaar uit een kistje dat de ober hem aanbood.

'Als je aan thuis denkt, waar denk je dan aan?' vroeg ze, terwijl ze be-dacht dat hij door de rokerige kringen die hij maakte een betoverende man-van-de-werelduitstraling kreeg. 'Ik weet dat een deel van *Thuis-komst* zich in Suffolk afspeelt.'

'Ja, van die plek houd ik het meest, daar hoor ik thuis. Het is een woest gedeelte van de kust, aan de monding van een rivier. In de winter kan het er heel somber zijn, maar ik vind het er prachtig.'

Hij vertelde over het familiehuis, dat terugging tot het begin van de negentiende eeuw. Hughs grootvader, een succesvol bankier, had het huis vóór de Eerste Wereldoorlog van een neef geërfd en had daar zijn oude dag doorgebracht. Nu was het van Hugh, zijn vader was een paar jaar geleden plotseling overleden, maar zijn moeder woonde er nog met een huishoudster voor overdag. Ze hadden ook een huis in Londen gehad, maar dat moest verkocht worden om de successierechten te kunnen betalen.

Ze luisterde aandachtig toen hij over zijn moeder vertelde. 'Ze is een overlever, dat moest ze wel zijn. Ik ben bang dat ik haar teleurgesteld heb. Ik ben wat betreft mijn carrière niet in de voetsporen van mijn vader getreden; hij heeft rechten gestudeerd en is uiteindelijk rechter geworden. Ik zou dat ook zijn gaan doen als ik niet onder de wapenen was geroepen, maar dat werd ik wel, en daarna, nou ja, na de demobilisatie was ik zesentwintig. Ik merkte dat mijn interesses ergens anders waren komen te liggen. Ik wilde niet verder met mijn studie. Toen ik op de universiteit zat, was ik al met schrijven begonnen – korte verhalen, dat soort dingen – maar toen ik uit de RAF vertrok, raakte ik geobsedeerd door *Thuiskomst*. Toen ik alles helemaal had uitgewerkt, bleek het gemakkelijk om het op te schrijven.'

'Maar je moeder is nu toch wel blij dat het wordt uitgegeven?'

'Dat is ze ook. Ik heb het gevoel dat mijn leven nu eindelijk is begonnen. Sterker nog, ik ga het de komende zaterdag vieren. Niet heel groots, gewoon met een paar vrienden, meer niet. Het zou geweldig zijn als je ook kon komen.'

'O, wat jammer.' Ze had beloofd om zaterdag met Vivienne naar de film te gaan.

'Heb je dan al iets?'

'Ik heb afgesproken met een huisgenoot van me. We gaan vaak samen uit.'

'Waarom neem je haar dan niet mee, misschien vindt ze dat wel leuk?'

'Ik zal het haar vragen. Dank je wel.'

Corton Street nummer 22 was een elegant, wit gestuukt rijtjeshuis in een rustig straatje tussen de wirwar aan straten achter de Albert Hall. Isabel en Vivienne bleven aarzelend onder het flakkerende licht van een oude straatlantaarn staan, terwijl ze overlegden of ze hier wel aan het juiste adres waren. Het leek veel deftiger dan Isabel zich had voorgesteld. Nuchter als ze was, waagde Vivienne het er ten slotte op om op de bovenste van de twee elektrische deurbellen te drukken.

'Ik ga wel, Hugh, komt goed,' hoorden ze een rollende vrouwenstem binnen zeggen. Daarop klakten hoge hakken een trap af en de voordeur vloog open. Er stond een lange, zelfverzekerde vrouw in de deuropening. Ze had een vierkant gezicht met wijd uit elkaar staande, blauwe ogen, dat werd omlijst door stijlvol, golvend blond haar. Ze staarde hen aan en er was iets aan de twee meisjes wat haar leek te verbazen. 'Hallo,' zei ze ten slotte. 'Ik vermoed dat een van jullie miss Barber is?'

'Dat ben ik,' zei Isabel, opgelucht dat ze het uiteindelijk toch hadden gevonden. 'Dit is mijn vriendin Vivienne Stern. Meneer Morton had gezegd dat ik haar mee mocht nemen.'

'Ja, natuurlijk,' zei de vrouw en ze deed een stap naar achteren om hen binnen te laten. Daar schudden ze elkaar de hand. 'Ik ben Jacqueline Wood,' zei ze tegen hen. 'Een oude vriendin van Hugh.'

'Sorry dat we zo laat zijn,' haastte Isabel zich te zeggen. 'Het was niet gemakkelijk...'

'De eerste keer is het een nachtmerrie om het te vinden,' zei Jacqueline. Ze was ouder dan Isabel, misschien achter in de twintig. Moeilijk te zeggen. De welvingen van haar weelderige lichaam werden geaccentueerd door de getailleerde snit van haar tweedelige mantelpak, gemaakt van stugge zijde die ruiste als ze zich bewoog. 'Kom mee naar boven,' zei ze tegen hen. 'Hugh is met de drankjes bezig, de stakker, anders had hij zelf wel opengedaan.'

Ze nam Isabel en Vivienne mee naar boven. Isabel, die vlak achter haar liep, bedacht dat uit elke beweging van haar welgevormde, in nylons gestoken kuiten en haar klassieke pumps rust, bekwaamheid en vrouwelijkheid spraken. Misschien was het een vergissing geweest om een felgroene jurk aan te trekken en was dat hier een beetje misplaatst? Nou ja, nu was het te laat, er viel niets meer aan te doen.

'Werk je echt bij Hughs uitgeverij?' vroeg Jacqueline en ze keek achterom toen ze bij de overloop aankwamen. 'Ik hoop niet dat ik je beledig, maar eigenlijk had ik, nou ja, een ouder iemand verwacht.' Ze schonk haar een beschaafd glimlachje.

'Je bedoelt mevrouw Symmonds zeker,' zei Isabel, die wel begreep waar dat vandaan kwam. 'Zij is de andere redacteur, maar ik ben degene die met Hugh samenwerkt.'

'Je moet vooral niet denken dat ik suggereerde dat je je werk niet goed aankunt,' zei Jacqueline koeltjes. Ze stak haar hand op om de deur van het appartement open te duwen en Isabel merkte de glinstering van een trouwring op. Misschien was Jacqueline inderdaad degene die ze zei dat ze was: een oude vriendin.

Jacqueline nam in het kleine portaal van de flat hun jassen aan waarna ze hen meenam naar een charmante zitkamer, die schaars gemeubileerd was en waar het naar verf rook. In de haard knapperde een vrolijk vuur. In de kamer bevonden zich een stuk of zes mensen, die rustig zaten of stonden te praten. Ze draaiden hun hoofd om en enkele mannen stonden beleefd op. Hugh zette het dienblad dat hij vasthad neer en haastte zich naar hen toe.

'Isabel, wat enig dat je kon komen,' zei hij en hij nam haar beide handen in de zijne. Hij draaide zich zwierig om en kondigde aan: 'Iedereen, dit is Isabel Barber, mijn redacteur. Verdraaid, wat is dat toch een mooi woord,' voegde hij er in een gemaakt Amerikaans accent aan toe. 'En dit is Vivienne... Sorry?'

'Stern,' zei Vivienne, 'ik ben Vivienne Stern.'

Isabel begon zich steeds ongemakkelijker te voelen en kreeg meer en meer het idee dat ze verkeerd gekleed was, terwijl Hugh Vivienne en haar meetroonde naar twee conservatief geklede jongemannen. Een werd voorgesteld als James Steerforth en de ander als Victor nog iets, wat ze niet goed kon verstaan. Het bleek dat ze schoolvrienden van Hugh waren. De meisjes begroetten ook de echtgenote van de een en de verloofde van de ander. De vrouwen schoven allebei op de bank op zodat Vivienne tussen hen in kon zitten. Deze groep, die de enige comfortabele zitplaats bezet hield, zat iets afzijdig van de andere twee mensen in de kamer, allebei man en wat losser gekleed, die aan de zijkant stonden. Hugh trok Isabel naar hen toe om haar voor te stellen.

Een van hen bleek hoofdredacteur van een klein literair tijdschrift waar Hugh voor schreef en de ander, in de veertig, zo schatte ze, was een sjofel ogende vent die al wat aangeschoten was van de drank. Hugh stelde hem voor als een ongelooflijk getalenteerd schrijver van korte verhalen. De man leek door deze introductie nog ongelukkiger te worden en nam een fikse slok van zijn whisky.

'Zoals je ziet, is het hier nog een puinhoop,' zei Hugh tegen haar. 'Ik ben bang dat we te weinig stoelen hebben.'

'O, maar is prachtig,' zei Isabel terwijl ze rondkeek. Aan weerskanten van de open haard waren alkoven met daarin boekenplanken, die nog halfleeg waren. Melancholiek blije klanken van een jazztrompet zweefden van een grammofoon naast het schrijfbureau voor het raam, waarvoor dikke gordijnen waren dichtgetrokken. In het flatteuze, zachte licht van twee identieke tafellampen oogde Jacqueline zachter en eleganter, toen ze achter Hugh opdook en hem op de schouder tikte. Hij draaide zich om.

'Heb je nog meer glazen?' vroeg ze zachtjes.

'O, hemel,' antwoordde hij. 'Ik geloof in een van de keukenkastjes.'

'Blijf maar hier, ik ga ze wel zoeken,' zei ze, en ze klopte hem op zijn arm en glipte weer weg.

Isabel vroeg zich af hoe het zat met hem en Jacqueline. Ze wist zeker dat Hugh haar nooit eerder als een van zijn vriendinnen had genoemd, wat vreemd was als je bedacht hoe ongedwongen ze met elkaar omgingen. Of misschien was het helemaal niet vreemd, ze had geen idee wat in deze kringen normaal was.

Hugh vroeg aan de tijdschriftredacteur of hij Stephen McKinnon kende. Die kende de man zeer zeker en nadat hij een sigaret had opgestoken, begon hij Isabel te ondervragen over boeken die binnenkort uitkwamen. De deurbel ging en Hugh verdween om open te doen.

'Jullie geven ook Alexander Berec uit, hè?' vroeg de tijdschriftredacteur. 'Nou, dat is pas een dichter met een apart geluid. Ik heb hem een paar keer ontmoet. Wat is zijn achtergrond? Enig idee? Ik ook niet. Niemand, trouwens. Een man van mysteries, die Berec.'

'Vind je dat? Ik vind dat hij juist zo zichzelf is,' zei Isabel. Zij dacht altijd met een hartelijke genegenheid aan Berec, en dat iedereen op kantoor dol op hem was, met zijn roddels en kleine geschenkjes. Hij was een van de aardigste en vriendelijkste mensen die ze ooit had ontmoet en ze mocht deze man niet met zijn vage insinuaties. 'Hij is een goede vriend van me,' zei ze met samengeperste lippen.

'Ik wilde absoluut niemand voor het hoofd stoten,' zei de man terwijl hij as in de richting van een asbak op de zijtafel tikte zodat schilfertjes ervan op het kleed dwarrelden. 'Eerder om aan te geven dat hij niet veel over zichzelf loslaat. Wat weet je eigenlijk van hem?'

'Niet heel veel,' zei ze. Ze dacht aan Myra, Berecs vrouw, die ze nog nooit had ontmoet; niemand wist of hij eigenlijk wel getrouwd was. En dan waren er Gregor en Karin, en ze wist dat Berec net als zij uit Tsjechië kwam. Ze had hem nooit naar zijn oorlogservaringen durven vragen. Berec praatte niet graag over zichzelf.

'Misschien weet mijn tante het wel,' vroeg ze zich hardop af. Als Penelope geld gaf aan Berec, en volgens Isabel was dat het geval, dan wist zij misschien iets meer van hem.

'Je tante? En wie, als ik vragen mag, is je tante?' De tijdschriftredacteur keek geïntrigeerd en Isabel durfde niets meer te zeggen, wilde hem niets wijzer maken over het geld.

In plaats daarvan boog ze zich naar voren en richtte zich tot de ellendig ogende schrijver, die boeken van de planken trok, ze bestudeerde en vervolgens weer op de verkeerde plek terugzette. Hij negeerde haar, maar net op dat moment dook Hugh weer op en nam haar mee naar een ander stel in de kamer, een vrouw met felrode wangen en glinsterende ogen die zich vastklampte aan een jongere man met wie ze samen was, terwijl ze kletste over een ander feestje waar ze zojuist waren geweest, met een dansende aap die iemand had gebeten.

Wat kent Hugh bizarre lui, dacht Isabel, terwijl ze nog een drankje van Jacqueline aannam. Afgezien van de oude schoolvrienden en Jacqueline, die deze avond als gastvrouw fungeerde, leek geen van hen een echte vriend. Het waren zakelijke contacten, vage kennissen. Isabel voelde zich tot geen van hen in het bijzonder aangetrokken, dus uiteindelijk zocht ze Vivienne maar weer op.

Vivienne, wier gezicht verveelde beleefdheid uitstraalde, wierp haar een dankbare blik toe. Een van de mannen – hij heette James Steerforth, herinnerde Isabel zich – hield een verhandeling over dat het zo moeilijk was om aan benzine te komen. Er werd min of meer beweerd dat dat de schuld was van de Labour-regering, hoewel Victor ervan overtuigd leek te zijn dat de koers van de dollar er iets mee te maken had.

'Hoe dan ook,' zei Joan, Steerforths vrouw, 'het is allemaal heel vervelend. Wanneer wordt alles weer normaal?'

'Ik weet niet eens meer wat normaal is!' bracht Victors verloofde Constance in het midden. Ze had een hoog, lief kinderstemmetje en eindigde elke zin met een nerveus lachje.

Daarna viel er een stilte en toen vroeg Constance beleefd aan Vivienne: 'Werk jij bij miss Barber, liefje?'

'Nee,' zei Vivienne bedaard. 'Ik ben natuurkundig wetenschapper aan de universiteit van Londen. Ik onderzoek de structuren van steenkool en ben met mijn promotie bezig.' Dit bracht heel wat meer consternatie in het groepje teweeg dan het feit dat Isabel in de uitgeverswereld zat.

'Dat is ook merkwaardig werk voor een meisje,' zei Joan Steerforth. Ze sprak het woord 'werk' op een rare manier uit – 'wark' – alsof ze dat niet vaak in de mond nam. 'Ik kan me niet herinneren dat we op school ooit iets met natuurkunde hebben gedaan, jij, Constance?'

'Niet veel,' zei Constance en ze glimlachte. Van de twee was zij veruit de aardigste, vond Isabel. 'Ik ben bang dat ik op school nogal traag was.'

Victor glimlachte toegeeflijk naar haar. 'Dan zal ik voor ons beiden slim genoeg moeten zijn,' zei hij hartelijk.

'De dochter van mijn oudste broer zit in Oxford,' zei Steerforth, naar het plafond kijkend. 'Hij vindt het geldverspilling, maar daar wil ze niets van weten.'

'Ze is anders wel heel intelligent, James,' zei zijn vrouw.

'Daar is geen twijfel over, het jonge ding. En nog een mooie meid ook. Ik vraag me af hoeveel tijd ze werkelijk aan haar studie besteedt.' Hij wiegde nu van voor naar achter, als een soort reusachtig stuk speelgoed, met een snaakse grijns op zijn gezicht.

'James is ondeugend,' zei zijn vrouw tegen Vivienne. 'Hij houdt wel van een grapje.'

Isabel zag hoe Vivienne haar best deed er een glimlachje uit te persen.

'Steenkool lijkt me wel vies om mee te werken,' zei Constance tegen Vivienne. 'Waarom heb je dat gekozen?'

'Omdat het een interessante moleculaire kristalstructuur heeft,' zei Vivienne, nu levendiger. 'Uiteindelijk vinden we misschien zelfs toepassingen voor het gebruik van brandstof.'

'Aha, ik snap het.' Constance knikte met een ernstige uitdrukking op haar gezicht.

'Als je het onder een...'

Maar mevrouw Steerforth had meer huishoudelijke toepassingen in gedachten.

'Gisteren hebben we de rekening van de kolenboer gekregen,' zei ze, hen onderbrekend. 'Het is om in tranen uit te barsten.'

'Na al dat gedoe over nationalisatie zou je denken dat de klant beter af was,' voegde haar man eraan toe. Isabel zag dat hij graag het middelpunt was van het gesprek, om het even welk.

'Zullen we het over iets anders hebben dan over politiek?' kwam Victor tussenbeide, terwijl hij achter zijn verloofde ging staan, die op de bank zat. 'De dames vinden dit maar saai.' Hij legde een hand op Constances schouder en ze legde die van haar eroverheen terwijl ze bewonderend naar hem opkeek.

Isabel staarde naar hem, er kwam van alles in haar hoofd op en ze vroeg zich af wat ze daar daadwerkelijk van zou zeggen, en zei uiteindelijk maar niets. Intussen zag ze tot haar ontzetting dat Vivienne zat te schudden. Het duurde even voor ze zich realiseerde dat het kwam omdat ze stilletjes zat te lachen, niet omdat ze huilde.

Gelukkig kwam net op dat moment Jacqueline naar hen toe met een bakplaat in een in ovenwant gestoken hand. 'Iemand zin in toast met sardines?' vroeg ze opgewekt. 'Meisjes, willen jullie hier even mee rondgaan?'

Na afloop bracht Isabel de lege plaat naar de keuken en trof daar Jacqueline aan, ze had een schort voor en strooide kaasvlokken op droge toastjes.

'O, dank je wel,' zei Jacqueline en ze klonk een beetje zenuwachtig. 'Zet hem maar ergens neer.'

'Kan ik verder nog iets doen?' vroeg Isabel, terwijl ze bezorgd naar de stapel vuile vaat keek.

'Nee, nee, echt, dit is het enige nog. Hughs huishoudster ruimt alles wel op, die komt morgen.'

'O, hemeltje, ja,' zei Hugh die de keuken in slenterde. 'Ontzettend lief van je, Jacks, dat je dit allemaal doet.' Hij glimlachte naar Isabel. 'Dat hoeft ze niet te doen, weet je. Wij vrijgezellen zijn geen volslagen onbenullen.'

'Jij moet voor de drank zorgen, Hugh. Dat is jouw taak,' zei Jacqueline kordaat, terwijl ze een verdwaalde kaasvlok op het laatste toastje plantte. Ze zag er opeens moe uit, moe en verdrietig. 'En natuurlijk kon ik je niet in de steek laten. Het moest een heus feestje worden,' zei ze tegen Isabel. 'Hij heeft echt iets te vieren, of niet soms? Vanwege zijn boek en omdat hij hiernaartoe is verhuisd.'

'Absoluut,' antwoordde Isabel. Ze wist nog steeds niet hoe het nou precies zat tussen die twee. Als Jacquelines echtgenoot hier was geweest, dan zou ze inmiddels wel aan hem zijn voorgesteld, dat stond als een paal boven water.

'Jacks was altijd al een bovenste beste, toch?' zei Hugh. 'We kennen elkaar van kleins af aan,' zei hij tegen Isabel.

Jacqueline klaarde op. 'Onze families zijn buren in Suffolk,' voegde ze eraan toe.

Hugh zei: 'Ik kwam eigenlijk om een doekje te halen. Iemand heeft zijn glas omgegooid.' Hij pakte een theedoek en haastte zich naar de woonkamer terug. Jacqueline draaide zich naar de gootsteen om, maar Isabel had haar gezichtsuitdrukking al gezien en was ontsteld. De vrouw had de grootste moeite om niet in huilen uit te barsten.

'Kan ik ergens mee helpen?' vroeg Isabel nogmaals, en ze wrong haar handen.

Jacqueline schudde haar hoofd terwijl ze een handdoek nat maakte en uitwrong. 'Hugh heeft deze ook nodig,' was het enige wat ze zei.

'Zal ik die naar hem toe brengen?' zei Isabel, terwijl ze de doek van Jacqueline wilde overnemen, maar de verontwaardigde blik die de andere vrouw op haar richtte gaf haar het gevoel dat ze een klap in haar gezicht had gekregen.

Op dat moment kwam Hugh weer terug en verruilde de handdoek voor de vochtige doek. 'Isabel, kom mee, ik moet je aan een nieuwe gast voorstellen. Hij heeft net iets geweldigs afgerond, maar zijn uitgever is op de fles en kan het niet uitgeven. Ik vroeg me af of Stephen ernaar wil kijken.'

Isabel wilde niets liever. Ze had geen idee wat ze had gedaan waardoor Jacqueline haar niet mocht.

Kort daarna vroeg ze waar het toilet was. Toen ze in de zitkamer terugkeerde, stond Vivienne op haar te wachten. 'Vind je het erg als we zo gaan?' fluisterde ze. 'Het is best al laat. Straks komen we er niet meer in.'

'Jeetje, is het al zo laat?' vroeg Isabel, en toen zag ze Viviennes terneergeslagen blik en vroeg: 'Gaat het wel met je?'

'Ja, ik ben alleen een beetje moe.'

Hugh was heel attent, haalde hun jassen voor hen, bood aan om mee naar buiten te gaan en een taxi aan te houden, maar Isabel stond erop dat ze de bus zouden nemen. Ze zeiden iedereen gedag.

Jacqueline was in geen velden of wegen te bekennen. 'Wil je haar de groeten doen en haar namens ons bedanken?' vroeg Isabel aan Hugh.

'Natuurlijk,' zei hij. 'Ze zal wel ergens haar neus aan het poederen zijn.'

Ze daalden de trap af en toen ze de nachtlucht in liepen, leek het wel een gelukzalige ontsnapping. Ze haastten zich naar de hoofdweg en hoopten dat daar een bus reed.

'O, die mensen,' zei Isabel tegen Vivienne, die naast haar liep. 'De Steerforths en hun afgrijselijke vrienden. Vond je niet dat...?' Ze keek Vivienne nu aandachtiger aan. Die schermde haar gezicht met een hand af en Isabel zag dat ze deze keer niet lachte, maar huilde.

'Wat is er aan de hand?' vroeg ze. 'O, Viv, wat is er gebeurd?' Ze legde een arm om haar vriendin. Dit was te veel voor Vivienne en ze begon te snikken. Ze stonden midden in een lege straat, dus Isabel nam haar bij de hand en leidde haar naar een donker gebouw met een paar traptreden. En daar gingen ze zitten totdat Vivienne wat tot zichzelf was gekomen.

'Het gaat wel,' snifte ze. 'Zullen we verdergaan?'

'Als je denkt dat dat lukt, vind ik het prima.'

Ze liepen een poosje in stilte verder, en toen Vivienne begon te praten, klonk haar stem eerst als hees geblaf. 'Sorry,' zei ze, en toen vervolgde ze met normale stem: 'Het komt door wat die mensen zeiden. De meesten van hen denken allemaal hetzelfde, hè? Dat ik maar een rare kwibus ben omdat ik dit werk doe. Niemand laat me met rust.'

'Dit heeft toch niet weer met je moeder te maken, hè?' vroeg Isabel.

'Nee, met haar kan ik nu wel omgaan. Het gaat om andere mensen. En, Isabel, er is nog iets wat ik je niet heb verteld. Ik dacht dat het iets met mij te maken had, dat ik onhandig met de situatie omging, dat het misschien vanzelf zou weggaan.'

'Waar heb je het over?' vroeg Isabel.

'Ik heb je al verteld van die man in mijn onderzoeksteam. Nou ja, mal om te zeggen, want het zijn bijna allemaal mannen, hè? Ik bedoel Frank Williams.'

'Dat weet ik nog,' zei Isabel. Deze Frank had iets onaangenaams geflikt. 'Was hij niet degene die was "vergeten" om je ergens voor uit te nodigen?'

'Ja, hoewel ik veronderstel dat dat te verwachten was. De mannen gaan elke dag naar de kantine en daar mogen natuurlijk geen vrouwen komen. Nee, het is nog veel erger. Het gaat om de opmerkingen die hij maakt, verschrikkelijke dingen, smerig, laag-bij-de-gronds. En een paar van de anderen gaan het van hem overnemen. Hoe dan ook, mijn onderzoekssupervisor gaat weg en Frank krijgt promotie. Hij wordt mijn nieuwe supervisor en ik geloof niet dat ik dat aankan.'

'Is er dan niemand met wie je daarover kunt praten? Als je het uitlegt...'

'Een stuk of twee voelen wel met me mee, maar ik weet dat ze zich er liever niet mee willen bemoeien. O, Isabel, dit gebeurt niet met het andere meisje dat op het lab werkt, dus het komt vast door iets wat ik fout doe.' Haar stem sloeg over.

'Ik durf te wedden van niet,' zei Isabel. Ze waren nu bij de hoofdweg aangekomen. 'Kijk, daar komt net een bus aan!' Een ijzige wind blies door het park en ze trokken hun jas dichter om zich heen terwijl ze het op een rennen zetten en net op tijd bij de bushalte aankwamen.

Het duurde een poosje voordat Isabel die avond in slaap viel. De alcohol gierde door haar bloed en de vreemde gesprekken die ze had gehad tuimelden door haar hoofd. Ze maakte zich zorgen om Vivienne, maar had geen idee wat ze haar moest aanraden. Ze had geen ervaring met het soort omgeving waarin haar vriendin werkte; die wereld lag heel ver van de hare af. De situatie was lastig, er werkten immers maar zo weinig vrouwen in haar vakgebied aan de universiteit. Vivienne zei dat ze het maar moest ondergaan, totdat ze over twee jaar haar onderzoekskwalificaties had gehaald, dan kon ze een andere baan gaan zoeken.

Hoewel het allemaal een beetje raar was gegaan, had Isabel wel van het feestje genoten. Het was interessant geweest om een kijkje te nemen in Hugh Mortons wereld. Ze wist niet of ze Jacqueline wel mocht, die weliswaar een trouwring droeg, maar duidelijk stapelgek was op Hugh. Ze vroeg zich af of de vrouw daardoor zo ongelukkig was. Maar aan de andere kant kon de vrouw net zo goed weduwe zijn, en Hugh wist absoluut meer van Jacquelines gevoelens dan hij liet blijken. Hoe dacht hij in dat geval dan over háár, over Isabel? O, het was allemaal zo'n warboel. En toch werd ze zich ervan bewust dat het antwoord op deze vragen ongelooflijk belangrijk was.

Ze had de laatste versie van Hughs roman gelezen, en ervan genoten. Hij had haar toelichtingen volkomen begrepen en subtiele veranderingen in het boek aangebracht, waardoor de personages levendiger, ontroerender en geloofwaardiger werden. Ze zou hem meteen schrijven. Hoe zou ze hem aanspreken, nu ze bevriend raakten? Niet met 'Geachte meneer Morton', zeer zeker niet. 'Beste Hugh'.

'Beste Hugh,' fluisterde ze tegen zichzelf toen ze in slaap viel. Mijn beste, allerbeste Hugh...

13

Emily

Beste Hugh, zo begon een brief in het oude dossier.

*Nogmaals bedankt voor de lunch van vorige week en voor het leuke
feestje van zaterdag. Wat heb je toch fascinerende mensen in je ken-
nissenkring. Vivienne heeft zich ook uitstekend vermaakt.*

Ik heb Thuiskomst *nu in laatste versie gelezen en het valt me op
dat alles is gelukt wat je van plan was. Elke toon van het boek klinkt
nu zuiver. Je hebt Diana meesterlijk neergezet; ze is zo'n gevoelig, de-
licaat schepsel, maar door jouw aanpassingen kan ik helemaal begrijpen hoe ze door haar claustrofobische opvoeding moet zijn beschadigd, hoe angstig ze moet zijn geweest om belangrijke beslissingen te
nemen. Ik hoop dat je het niet erg vindt dat ik nog een lijstje van aan-
dachtspunten bijvoeg dat ik tijdens het lezen van het boek heb gemaakt. Misschien wil je daar nog even naar kijken voordat ik aan de
allerlaatste correctieronde begin voor de zetter...*

Daarna volgde een aantal pagina's met gedetailleerd commentaar, waar
niets interessants tussen zat, dus Emily ging naar het volgende document en had nu een juweeltje te pakken. Het was een brief aan Isabel die
met dikke zwarte inkt was ondertekend: *Als altijd, Hugh.*

Lieve Isabel,

In reactie op de brief van 9 juni tref je hierbij mijn antwoord aan op je commentaren en verbeteringen, evenals een aantal bladzijden die je moet vervangen. Sorry dat het zo lang heeft geduurd, maar ik moest nog enkele details controleren, niet in de laatste plaats de datums die jij ter sprake bracht, die nog wat aanpassingen behoefden. Volgens mij is het nu opgelost, maar ik weet zeker dat je me het zult laten weten als je er anders over denkt. Ik sta bij je in het krijt dat je dit probleem boven tafel hebt gekregen, anders zou ik wellicht ernstig in verlegenheid zijn gebracht.

Je kunt aan het poststempel zien dat ik voorlopig weer in Suffolk verblijf. Mijn moeder heeft last van astma-aanvallen en ik maakte me een poosje zorgen om haar. De dokter verzekert me dat het nu goed met haar gaat, maar ik blijf nog even hier om van het prachtige weer te genieten. Wil je meneer McKinnon alsjeblieft laten weten dat ik popel om de omslag van Thuiskomst *te bekijken, waarvan hij onlangs zei dat die onderweg was...'*

Op 25 juni schreef Isabel terug:

Lieve Hugh,

Met opluchting kan ik je melden dat Thuiskomst *nu bij de zetter ligt en dat we over een paar weken de proeven verwachten. Ik ben zo verschrikkelijk blij dat je de omslagafbeelding mooi vindt. Ik vind ook dat ze tot de verbeelding spreekt en goed is uitgevoerd, en dat ze de toon van het boek heel goed neerzet. Op kantoor gaat alles goed. Audrey Foster heeft de datum van haar bruiloft aangekondigd, dus hier wordt alleen maar gepraat over jurken en gastenlijsten, het is een wonder dat er nog werk wordt verzet. Ik vind het zo naar te horen dat je moeder onwel is geweest en hoop dat ze wat aansterkt doordat de zon nu weer vaker schijnt...*

Deze brief markeerde een verandering. Isabels toon, die voordien nog eerbiedig was geweest, werd steeds vertrouwelijker. Ze maakte ironische grapjes. Hugh nam zichzelf daarentegen een beetje te serieus, vond

Emily, en ze vond het geweldig hoe Isabel hem daar soms heel voorzichtig op wees, maar slechts heel voorzichtig.

Brieven en memo's deden verslag van de rest van de procesgang van het boek. *Thuiskomst* werd in oktober 1949 uitgegeven. Hugh schreef naar Stephen McKinnon met de vraag waar geadverteerd zou worden. In zijn antwoord ontweek McKinnon de vraag. Emily merkte meesmuilend op dat er ook al weinig geld was voor publiciteit, evenals nu. Ze las twee lovende krantenrecensies. De man van de *Telegraph* noemde het een 'ongebruikelijk onderhoudend verhaal over de hunkeringen van de jeugd' en de recensent van de *Mail* kon niet wachten tot de volgende pennenvruchten van Morton gepubliceerd zouden worden.

In de overige documenten van het dossier ging het over saaie administratieve zaken: een herdruk was overwogen maar van de hand gewezen, een brief van een legerofficier die fouten had opgemerkt over de knopen op een militair uniform.

Isabels stem zweeg echter.

Teleurgesteld bond Emily de map weer dicht. Ze overwoog om Joel te bellen om hem van deze laatste vondst op de hoogte te brengen, maar het was laat, na zevenen al, en ze bedacht zich. In plaats daarvan belde ze Matthew, maar zijn telefoon stond uit, dus sms'te ze: *Ik ga nu naar huis. Spreken we elkaar straks? Em xxx.*

Na het eten probeerde ze wat te lezen, maar ze kon zich maar moeilijk concentreren.

Ze belde Matthew, maar opnieuw werd er niet opgenomen. Het was voor het eerst sinds tijden dat ze elkaar een dag niet hadden gesproken. Ze sms'te snel: *Hallo? Maak me zorgen om je. Alles oké? Em xxx* en wachtte, terwijl ze naar het schermpje staarde alsof ze een antwoord wilde afdwingen. Maar dat kwam niet. Ze ging naar bed, kon de slaap echter niet vatten, achtervolgd door de gedachte dat er iets mis was.

14

Isabel

De eerste signalen dat er problemen op til waren, staken in november 1949 de kop op, een keer rond lunchtijd, toen Isabel alleen op kantoor een archiefachterstand aan het wegwerken was en tussendoor een sandwich verorberde. De deur ging open en een elegant geklede blondine kwam binnen. Grace McKinnon was mooi, op een bleke, ingetogen manier, zoals op de foto op Stephens vensterbank, maar ze leek wat geagiteerd. Iets aan haar, een vormelijk optreden, de manier waarop ze schuchter het kantoor rondkeek, deed haar aan Berecs omschrijving denken. Isabel had Stephens vrouw nog nooit ontmoet.

'Neem me niet kwalijk, ik ben op zoek naar meneer McKinnon. Is hij er?' vroeg ze aan Isabel, en ze deed geen moeite om aardig over te komen. 'Het is nogal belangrijk, ben ik bang.'

'Misschien zit hij in de Fitzroy,' antwoordde Isabel en ze wees door het raam naar de pub. 'Met William Ford.'

'William Ford?' vroeg Stephens vrouw en ze keek haar niet-begrijpend aan.

'Ja, het gaat om die afschuwelijke recensie in *The Times*. Meneer McKinnon dacht dat hij getroost moest worden.'

'Geen idee. Ik lees geen kranten,' zei mevrouw McKinnon terwijl ze haar handschoenen uittrok. 'Daar staat toch nooit iets vrolijks in. Vind je het erg als ik blijf wachten?'

'Nee, hoor. Jimmy is vast ergens in de buurt. Ik stuur hem wel met een boodschap naar de overkant. Wilt u misschien een kop thee of iets anders? Geen moeite, hoor.'

'O, nee,' zei mevrouw McKinnon.

Isabel stuurde Jimmy weg en toen ze weer terug was in het kantoor, zag ze dat Grace McKinnon een poster aan de muur bestudeerde, een advertentie voor abstracte schilderkunst, alsof ze zoiets nog nooit eerder had gezien.

'Jimmy gaat even kijken waar hij blijft.'

Mevrouw McKinnon bekeek Isabel nu pas voor het eerst goed. 'Je bent heel vriendelijk,' zei ze. 'Jij bent zeker Isabel.'

'Ja.'

'Stephen heeft het over je gehad. Hij zegt dat je het heel goed doet... Je zou je gevleid moeten voelen.' De vrouw krulde haar lippen in een vaag glimlachje en keek uit het raam. Ze zagen Jimmy uit de Fitzroy Tavern komen, maar in plaats van dat hij naar kantoor terugging, sloeg hij rechts af de straat in en verdween uit het zicht.

'Volgens mij was hij daar niet. Denk je dat hij lang wegblijft?'

'Ik hoop het niet, maar meneer Ford kan heel... tijdrovend zijn.'

Uiteindelijk zette ze mevrouw McKinnon in Stephens kantoor met een glas water, het enige wat de vrouw wilde aannemen. Het duurde nog twintig minuten voordat Stephen opdook, die naar de pub stonk.

'Heeft Jimmy je gevonden? Je vrouw is hier,' fluisterde Isabel tegen hem.

'Nee, dat heeft hij niet,' antwoordde Stephen en hij keek verschrikt. Hij ging onmiddellijk naar zijn kantoor en deed de deur achter zich dicht. Nu gooide Grace McKinnon haar koele houding zeker overboord, want ze kon hun harde stemmen duidelijk horen. Isabel was te nieuwsgierig om weg te gaan, maar om elke beschuldiging dat ze aan het afluisteren was uit te sluiten, begon ze luidruchtig te typen alsof haar leven ervan afhing. Er verstreken een paar minuten voordat de deur openvloog en Stephen naar buiten stormde, op de voet gevolgd door zijn vrouw.

'Het heeft geen zin, Stephen. Papa wil het gewoon niet hebben.'

'Ik moet ergens naartoe om een misverstand op te lossen,' zei Stephen tegen Isabel terwijl hij zijn jas weggriste. 'Ik zie je morgen.'

Hij haastte zich weg en botste onderweg bijna tegen Jimmy op. Grace McKinnon en Isabel staarden hem na.

De volgende dag verscheen Stephen helemaal niet op kantoor, maar hij belde naar Audrey en gaf haar verschillende instructies die ze aan meneer Greenford moest doorgeven. In de daaropvolgende paar weken was hij vaak weg en er heerste een intense sfeer van onzekerheid. Redmayne Symmonds marcheerde een keer binnen en sloot zich met meneer Greenford op in Stephens kantoor, waar ze de boeken doornamen. Iedereen ging gewoon door met zijn werk, hoewel Philip aanhoudend bezorgd leek en Trudy ongebruikelijk stil was voor haar doen.

'Wat is er aan de hand?' vroeg Isabel aan Audrey toen ze haar even voor zichzelf had.

'Geld,' zei Audrey kortaf. 'Hij is op zoek naar nieuwe geldschieters. Redmayne Symmonds draait de geldkraan dicht.'

'Nee!' zei Isabel vol afgrijzen. 'En ik dacht nog wel dat de zaken zo goed gingen.'

'Dat dacht ik ook, maar wie zal het zeggen. Breek je mooie hoofdje er maar niet over. Het is vaker gebeurd. Hij lost het wel op.'

En dat gebeurde inderdaad. Na nog een slordige week klaarde Stephens gespannen, ongelukkige blik op. Op een ochtend liep hij zelfs fluitend het kantoor binnen. Dat was de dag waarop hij zijn kleine staf bij zich op kantoor riep, waar iedereen zich met nerveuze verwachting verzamelde. Alleen Trudy was er niet.

Er was goed nieuws, zei Stephen tegen hen. 'Jullie hebben misschien geruchten gehoord dat de uitgeverij op apegapen lag. Maar feitelijk is 't het tegendeel: we gaan uitbreiden.' Hij legde uit dat hoewel Trudy's echtgenoot had besloten om zich als directeur terug te trekken, Stephen twee zakenlui uit de City had weten over te halen om in de zaak te investeren. Isabel was verbaasd toen ze hun naam hoorde. Eén naam zei haar niets, maar de ander was van Reginald Dickson, Penelopes vriend. Van wat Isabel eruit begreep, had Penelope Stephen bij hem geïntroduceerd.

Stephen verzekerde hen ervan dat Trudy bij hen zou blijven werken, en bovendien, zo kondigde hij aan, had hij een kleine boekenuitgeverij met een nieuw fonds kunnen kopen: psychologie. De redacteur en zijn assistent zouden naar hun pand verhuizen. 'We gaan het appartement hierboven erbij huren en alles komt goed. En we nemen een salesmanager aan!'

Terwijl iedereen zijn bureau weer opzocht, riep Stephen Isabel terug.

'Geen zorgen,' zei hij toen hij geamuseerd naar haar angstige gezicht keek. 'Wees maar niet bang. Trudy heeft me verteld dat ze minder dagen wil gaan werken. Ik wil haar niet kwijt. Ze beheert de schema's als geen ander. Maar we hebben nog een redacteur nodig.'

'Nog een redacteur?' Er doemde een visioen van deze nieuwe redacteur voor Isabel op. Het zou wel een man worden. Maar Stephen ging verder.

'Je bent nog steeds heel nieuw, maar je bent een snelle leerling. Ik wil graag dat jij die rol op je neemt, als je dat wilt tenminste. Natuurlijk onder begeleiding van Trudy.'

'Ik? O ja, dank je wel.' Ze glimlachte schaapachtig naar hem, maar hij zei niets meer, dus ze dacht dat ze klaar was en stond op om te gaan. Maar op het laatste moment schoot haar nog iets te binnen. 'Ik heb meer geld nodig,' zei ze resoluut. 'Je kunt niet van me verwachten dat ik het nog langer red met wat je me nu betaalt.'

Stephen barstte in lachen uit. 'Ik dacht dat je het nooit zou vragen,' zei hij. Hij stak een sigaret op en keek haar door toegeknepen ogen aan. Ze kreeg het gevoel alsof ze de greep verloor.

'Wat dacht je van honderd erbij,' zei hij. 'Dan zit je op tweehonderdvijfig.'

Tweehonderdvijftig pond per jaar! Ze zei bijna ja, maar iets weerhield haar ervan. Ze had geen idee wat de andere vrouwen in het bedrijf verdienden, niemand was zo onfatsoenlijk om dat onderwerp aan te snijden. Maar misschien hadden zij het geld niet zo hard nodig als zij. Trudy was getrouwd en de flat waar Audrey woonde werd door haar vader betaald.

'Ik wil graag driehonderd,' zei ze op dezelfde toon alsof ze een kilo aardappels bij de groenteboer bestelde.

Hij keek haar verbaasd aan en dacht toen even na.

'Uitstekend, driehonderd,' zei hij ten slotte.

Die avond was Vivienne er om haar het sommetje voor te rekenen.

'Het is duidelijk,' zei ze. 'Hij verplaatst het geld dat hij op Trudy bespaart naar jou. Audrey krijgt zeker geen nieuwe assistente?'

'Daar heeft hij niets over gezegd.'

'En als hij een man had aangenomen, was hij meer kwijt geweest.'

'Dat is waar.' Maar toch kon ze niet anders dan blij zijn met het feit dat ze dat bedrag eruit had weten te slepen.

In februari 1950 belde Hugh Morton haar op kantoor. 'Ik heb kaartjes voor een show aanstaande vrijdag,' zei hij. 'Het nieuwe toneelstuk van Tom Eliot. Kun je dan toevallig?' Ze drukte de hoorn intenser tegen haar oor.

'Dat lijkt me uitstekend,' zei ze behoedzaam, zich bewust van Audreys gespitste oren. Eerlijk gezegd hadden Hugh en zij de laatste tijd alleen over zakelijke aangelegenheden gecorrespondeerd en ze verwachtte zo'n soort uitnodiging niet. Ze wist niet precies wat ze ermee aan moest en of ze die wel kon aannemen. Maar tegelijk wilde ze *De cocktailparty* dolgraag zien. Berec had het altijd over T.S. Eliot.

Aan de andere kant van de lijn moest Hugh lachen. 'Ik ben blij dat je dat zegt! Zal ik om vijf uur naar kantoor komen? Dan kunnen we misschien eerst wat in een bar gaan drinken en een hapje eten.'

'O nee,' zei ze en ze boog zich over de telefoon. 'Zullen we daar afspreken?' Geen sprake van dat ze elkaar op kantoor konden ontmoeten. Ze had nooit verteld dat ze naar Hughs feestje was geweest, wat trouwens samen met Vivienne was geweest. Ze zou het niet kunnen verdragen als ze allemaal zouden merken dat ze met Hugh ergens naartoe ging. Dat zou ze heel gênant vinden. Uitgaan met Berec was op de een of andere manier anders. Het leek gewoon bij niemand op te komen dat zij en Berec meer zouden zijn dan gewoon vrienden. Berec was met iedereen bevriend, zo was dat gewoon.

'Wil je dan liever bij het theater afspreken?' zei hij geduldig. 'Ook prima. Een uur of half zeven dan?'

Toen ze ophing, keek Audrey haar nieuwsgierig aan. 'Wie was dat?' vroeg ze.

'Gewoon een vriendin.'

'Gewoon een vriendin, m'n neus,' antwoordde Audrey lijzig.

Isabel was zelden in het theater geweest en had daar alleen Shakespeare-producties of één keer een toneelstuk van J.B. Priestley bijgewoond. Niets had haar voorbereid op *De cocktailparty*. Het begon met een zitkamertafereel waar een getrouwd stel ruziede over het feit dat de echtgenoot er een minnares op na hield en de vrouw razend van woede vertrok op het moment dat er in hun huis in Londen gasten een borrel zouden komen drinken.

'Ik moet zeggen dat ik niet snap waar al dat gedoe over gaat,' bekende Hugh tussen twee aktes in. 'Ik vind het allemaal niets bijzonders.'

Maar toen gingen de coulissen weer open en het toneelstuk kreeg een duistere en ingewikkelde wending. De vrouw werd door een ongenode gast thuisgebracht. Die bleek psychiater te zijn en hij onthulde niet alleen hoogst onaangename dingen over de relatie van het echtpaar, maar wees hen er ook op hoeveel erger die zouden worden als ze uit elkaar zouden gaan.

'Aan het eind had ik te doen met Celia, de minnares,' zei Isabel na afloop. 'Waarom moest zij nou zo lijden? De manier waarop zij doodging was afschuwelijk.' De afgedankte minnares was missionaris geworden, maar werd vermoord door de inheemse bevolking die ze wilde gaan bekeren.

'Ze moest opgeofferd worden,' zei Hugh ongeduldig. 'Het is triest, maar symbolisch. Door haar liep het huwelijk bijna op de klippen.'

'De echtgenoot is even schuldig,' antwoordde Isabel woedend.

'Dat kan wel zijn, maar hier stonden belangrijker zaken op het spel. Celia had geen wig mogen drijven tussen een echtgenoot en zijn vrouw. Uiteraard komt het instituut van het huwelijk op de eerste plaats.'

'En toch begrijp ik niet waarom meneer Eliot haar zo aan haar eind liet komen. Dat verdiende ze niet.'

'Je weet zeker niets van de Griekse tragedie, hè? In het toneelstuk wordt duidelijk verwezen naar Euripides. Maar je moet niet zo van streek raken door het stuk. Ik had je nooit moeten meenemen.'

'O, maar ik heb ervan genoten,' zei ze met glanzende ogen.

'O ja?'

'Ja. Ik werd wel boos, maar dat vind ik juist fijn.'

'Je bent een gekke meid.' Hij glimlachte teder waardoor er een opgewonden warmte in haar loskwam. 'Gek, maar lief. Je haar zit leuk zo,' zei hij, 'zo opzij en naar achteren geborsteld. Waarom heb je dat gedaan?'

Ze haalde haar schouders op. 'Dat weet ik niet. Het is een probeerseltje. Audrey doet het ook.'

'Hemel, je wordt toch geen Audrey, hè?'

Ze schudde haar hoofd, blij dat hij haar graag mocht om haarzelf. Ze wist dat Audrey het van haar won als het aankwam op schoonheid en afkomst – en, nou ja, stijl, veronderstelde ze – maar misschien was zij uiteindelijk op haar eigen manier aantrekkelijk. Malle dingen zoals haar familieachtergrond leken Hugh niet te hinderen. Tegelijkertijd voelde ze zich wat beschaamd dat ze het over het grote huis van haar grootmoeder in Norfolk had gehad alsof dat een deel was van haar leven. En dan te bedenken dat ze de plek zelfs nog nooit had gezien.

Ze probeerde zich even voor te stellen dat Hugh haar ouders begroette in het lelijke, met kiezels gepleisterde huis. Een ondraaglijke gedachte. Haar vader zou absoluut zijn afschuwelijke oude vest dragen en iets lomps zeggen om Hugh te kleineren. Maar ze liep nu op de zaken vooruit, keek al in de toekomst. Snel toomde ze haar gedachten in.

'Eigenlijk hoopte ik,' zei Hugh nu, 'dat je een hoofdstuk zou willen bekijken dat ik heb geschreven. Ik moet zeker weten dat ik de juiste toon te pakken heb.'

'Natuurlijk, als je dat graag wilt.' Ze was opgetogen.

Hij reikte in de binnenzak van zijn colbert en haalde er een opgevouwen bruine envelop uit. 'Ik heb nog geen kans gehad om het netjes uit te typen,' zei hij, en hij trok zijn voorhoofd in een frons. 'Ik hoop dat je dat niet erg vindt, maar volgens mij is mijn handschrift goed leesbaar. Wil je dat even controleren? Lees het niet in mijn bijzijn, dat zou ik niet kunnen verdragen, maar de eerste paar regels misschien.'

Hij trok een paar vellen papier uit de envelop en gaf die aan haar. Toen ze een blik op de eerste regel wierp, zag ze dat er *Lieveling* stond. Haar hart ging even sneller slaan, maar toen zag ze dat deze tekst natuurlijk door een van de personages werd gezegd, de man, dacht ze toen ze de volgende paar regels las.

Ze voelde dat Hugh zijn hand over die van haar legde, warm en zachtjes. 'Zo is het genoeg,' zei hij smekend.

Even bleven ze zwijgend zitten, hij met haar hand in de zijne, zij met de papieren, gevangen in zijn blik in het zachte licht van de bar. Toen liet hij haar los en zij verborg haar warme gezicht terwijl ze de kostbare bladzijden in haar tas stopte.

Het was laat toen ze bij Highgate uit de taxi stapte – deze keer had hij erop gestaan om een taxi te betalen – en ze trok haar nachtjapon aan en stapte in bed, niet om te gaan slapen, maar om te lezen wat hij haar had gegeven. Opnieuw ging haar hart sneller slaan bij *Lieveling...* Het was het openingshoofdstuk van een roman.

Lieveling, ik zal je nu een heel lange tijd niet zien. Uit wat ik heb gehoord, heb ik begrepen dat je misschien wel nooit meer komt. Maar ik moet je heel veel vertellen, uitleggen...

Ze las verder, helemaal in de ban. Het was duidelijk dat de verteller ergens gevangenzat, maar ze kon er onmogelijk uit opmaken of het in een soort gevangenis of een gesloten inrichting was. Ze wist echter heel zeker dat hier een man aan het woord was, een geschoolde, welbespraakte man, en er was een afschuwelijke kloof tussen hem en de vrouw tot wie hij zich richtte, die hij met dit schrijven hoopte te dichten. De man vervolgde met een beschrijving van hoe hij het had beleefd toen hij haar voor het eerst zag. Ze was in Marva-uniform gekleed, stond met een zware koffer op een station te wachten, terwijl er nergens een kruier te bekennen was geweest.

Je zag er zo verloren uit, ging de verteller verder, *maar wat was je ijzig toen ik aanbood om je te helpen, zo uit de hoogte als een godin. Maar ik vermoed dat je wel een paar mannen zoals ik had gekend. We zijn slechts stervelingen, stuk voor stuk.*

Ze stapte uit bed, vond een pen en noteerde in de marge: *meer fysieke beschrijving om het aanschouwelijk te maken.* Ze las door, krabbelde zo nu en dan commentaar neer of corrigeerde een klein detail. *Een vrouw maakt zoiets niet mee terwijl vervolgens na afloop haar haar en make-up nog keurig netjes zitten!* schreef ze op een bepaald moment, nadat de verteller zijn geliefde in een dampende keuken had overvallen.

Ze las het hoofdstuk uit en ging nadenkend in de kussens liggen. Ze was dol op de stem van de man, sterk, verleidelijk, en toch zat er een gevaarlijke ondertoon in, opwindend maar waarschuwend tegelijk. Ze was ervan overtuigd dat hij geen betrouwbare verteller was. Dit was slechts zijn invulling van de verschillende mogelijke versies van dit verhaal. Maar de kern, het meisje Nanna... Nou, zíj was pas fascinerend, maar dan moest Hugh haar wel levendig neerzetten. Was het boek helemaal vanuit het perspectief van de man geschreven, vroeg ze zich af, of zou Nanna de kans krijgen om haar kant van het verhaal te vertellen? Nou, dat zou ze aan de auteur vragen.

Ze voelde zich echter nu al met Nanna verbonden, en dacht terug aan het gesprek dat zij en Hugh die eerste keer hadden gehad, in het restaurant met het gouden plafond. Nee, Nanna leek in geen enkel opzicht op haar. Hughs heldin was eerder blond dan kastanjebruin, om te beginnen. Het zal wel een plagerijtje zijn geweest. Ergens was ze teleurgesteld.

15

Emily

De hele volgende ochtend keek Emily voortdurend naar haar telefoon en vroeg zich af waarom ze niets van Matthew had gehoord. Het enige wat ze ontving was een lange sms van haar zus over haar kerstplannen: ondanks het feit dat ze twee kleine kinderen had, nodigde Claire iedereen op eerste kerstdag bij haar thuis uit. Matthew ging echter naar zijn ouders in Wales, waar Emily zich met oud en nieuw bij hem zou voegen.

Verder kreeg ze ook nog een e-mail van Matthews docent, Tobias Berryman. *Ik hou je aan jo woord, zo stond er, en hoop dat je het niet erg vindt om mijn concept te lezen en me te vertellen wat je ervan vindt.* Ze zuchtte, dacht terug aan zijn verwijzing naar 'echo's van Marlowe', maar ze klikte toch meteen op de bijlage en las vlug de eerste paar alinea's door. Tot haar verbazing was het goed geschreven: donker, thrillerachtig en scherp. Daarna mailde ze hem kort terug dat ze alles had ontvangen, zag het dossier van *Thuiskomst* op haar bureau liggen en belde Joel op zijn mobiele nummer. Hij nam meteen op.

'Op dit moment ben ik met hoofdstuk 5 bezig,' zei hij tegen haar. 'Ik hoop dat dat indruk maakt.'

'Absoluut. Ik heb nog een dossier over Morton gevonden. Nou ja, het heeft zich min of meer aangediend.'

'Wat bedoel je?'

Emily legde uit dat ze het op haar bureau had aangetroffen.

'En gaat het over *Thuiskomst*? Ja, dan moet ik ernaar kijken.'

'Het gaat helemaal over Isabel. Hoe zij en Hugh elkaar hebben ont-moet. Wist je dat zij zijn redacteur was bij McKinnon & Holt?'

'Ja.' Hij zweeg even en zei toen: 'Natuurlijk kom ik naar je toe om het te bekijken, maar dat kan pas na Nieuwjaar. Wat ga jij trouwens doen met de kerstdagen?' Ze babbelden een tijdje. Hij, zo begreep ze, had een nogal afstandelijke relatie met zijn ouders en hij kon er niet echt onder-uit om tijdens de kerstdagen bij hen te zijn. Zo te horen waren ze veel ouder dan haar ouders, en hij had geen broers of zussen.

Terwijl ze de hoorn op de haak legde voelde ze medelijden met hem, maar ze was ook een beetje teleurgesteld over hoe hij op haar vondst had gereageerd. Kennelijk was Isabel voor hem lang niet zo intrigerend als voor Emily.

Tijdens de lunch sloot Emily zich bij de door Oxford Street zwermende mensenmenigten aan in een poging wat kerstinkopen van haar lijst te kunnen afvinken. Ze wist een bouwpakket voor haar neefje te scoren en koos badspeeltjes voor haar drie jaar oude nichtje, maar voor de man-nen bleek ze zoals gewoonlijk onmogelijk iets te kunnen bedenken en ze kon niet beslissen wat ze voor Matthew moest kopen. Ze stond in de lift op weg naar haar kantoor en vroeg zich af of hij ooit de zilveren man-chetknopen in de vorm van een kroontjespen zou dragen die ze voor hem op het oog had, toen haar telefoon zachtjes overging. Ze keek en zag dat hij haar een sms'je had gestuurd. Als ze vrij was, wilde hij graag na haar werk afspreken. Was zes uur goed? Iets aan de formele toon er-van bezorgde haar een onbehaaglijk gevoel.

Ze was van plan geweest om later met Megan uit te gaan, maar na-tuurlijk wilde ze best met hem afspreken, en hij stelde een wijnbar voor vlak bij Bond Street. Ze wist waar die was. Waarschijnlijk was het er rus-tig, zelfs vlak voor kerst. Ze hoopte dat hij niet te laat was.

Maar toen ze aankwam, zat hij al aan een van de ronde tafeltjes, half verborgen achter een scherm. Aan de bezorgde blik op zijn gezicht wist ze dat hij iets op zijn lever had. Hij gaf haar een trage kus op de mond, alsof hij extra belang aan de kus hechtte. Ze ging tegenover hem aan het kleine tafeltje zitten en hij schonk een glas rode wijn voor haar in uit de fles waar hij al aan was begonnen. Ze namen zwijgend een slok. De wijn was donker en koppig, smaakte zurig.

'Wat is er aan de hand?' Ze keek hem recht in de ogen en hij sloeg zijn blik neer. Hij zette zijn glas weer op de tafel en veegde met de rug van zijn hand zijn bovenlip af.

'Ik heb vannacht niet veel geslapen.' Hij sloeg zijn armen over elkaar en leunde ermee op tafel, hij keek ernstig. 'Ik voelde me rot over het weekend, dat ik je van streek had gemaakt. Ik wilde dat je dat wist.'

'Het lag ook een beetje aan mij, dat weet ik best...' – er ging een golf van verdriet door haar heen – 'maar...'

'Het was niet een van de fijnste momenten. En daar wil ik het met je over hebben. We zijn beiden momenteel heel erg gestrest. Ik denk... ik vind dat we een adempauze moeten nemen.'

Zijn woorden vielen als een kiezel in een diepe vijver.

'O,' zei ze. Ze had nooit gedacht dat hij dit zou gaan zeggen, maar nu het eruit was, viel er wel iets op zijn plaats. Ze kreeg een brok in haar keel.

'We werken voortdurend op elkaars zenuwen,' ratelde hij verder. 'Jij wilt me steeds maar veranderen...'

'Matthew, dat is niet zo!'

'Dat wil je wel. En ik heb het gevoel dat ik jou in allerlei opzichten teleurstel. Het is alsof... je wilt dat ik iemand anders ben. Iemand die ik niet ben. En daar word ik ongelukkig van.'

Ze plukte aan een losse draad van het tafelkleed en ze wist helemaal niets te zeggen. Ze kon wel janken. En nu huilde ze ook. Ze haalde een tissue uit haar zak. Even kon ze geen woord uitbrengen.

'Sorry,' zei hij toen ze zich weer enigszins in de hand had. Hij schoof met zijn hand over het tafelkleed en raakte haar vingertoppen aan.

Wat klonk hij kalm en beslist, maar toen ze hem aankeek, zag ze spanning in de rimpels om zijn ogen, een gespannen tederheid in zijn blik.

'Ik weet niet hoe het allemaal zo gekomen is,' fluisterde ze hoofdschuddend. 'Ik ben het met je eens dat het niet goed voelt, maar...'

'Jij werkt zo hard en ik moet die verdomde studie afmaken. Het is gewoon de verkeerde tijd voor ons, oké?'

Ze depte haar ogen met haar tissue en knikte. Hij had zijn besluit genomen, dat was duidelijk en zij was niet van plan te gaan smeken. Ze nam hem nu aandachtig op, probeerde hem in haar geheugen te verankeren, haar Matthew, zo dierbaar en knap. Maar zijn houding was al aan het veranderen; ze voelde hoe hij zich van haar terugtrok.

'Hé,' zei hij glimlachend tegen haar. 'Kop op, we blijven elkaar heus wel zien, hoor.'

'Ja,' zei ze en ze deed haar best terug te glimlachen, en toen beslister: 'Ja, natuurlijk doen we dat.'

'Red je het wel?' vroeg hij toen ze bij het metrostation kwamen waar ze ieder een andere kant op moesten.

Ze knikte, vastbesloten niet in zijn bijzijn te huilen. Ze bleven samen staan, keken naar de slierten twinkelende sneeuwvlokken die hoog boven hun hoofd, kriskras door de winkelstraat waren opgehangen.

'Het spijt me,' zei hij, 'dat het net met kerst moest gebeuren.'

'We waren Kerstmis niet doorgekomen,' zei ze snel. 'Of oud en nieuw.' Het zou ondraaglijk zijn geweest als ze bij zijn familie waren geweest en hij de relatie daar had beëindigd.

'Nee, dat klopt,' zei hij instemmend. 'Maar ik heb wel een cadeautje voor je.' Hij tilde de flap van zijn tas op en haalde er een in zilverpapier gewikkeld pakje uit. 'Het is een boek,' zei hij met een scheef glimlachje, 'voor het geval je dat nog niet had geraden.'

Ze wist een lachje tevoorschijn te toveren. 'Ik heb bijna iets voor jou,' zei ze. 'Ik stuur het wel met de post. Gelukkig kerstfeest.' En een beetje aarzelend boog ze zich naar voren en kuste hem op de wang. 'Doe de groeten aan je familie.'

'Jij ook,' zei hij. Ze omhelsden elkaar een lang ogenblik. Toen liet hij haar gaan.

De laatste keer, dacht ze toen ze hem het metrostation in zag lopen. Ze wist niet of hij omkeek. Dat kon ze door haar tranen heen niet zien.

Ze lag in puin, compleet in puin, maar het hielp dat het er met kerst dit jaar een beetje anders aan toeging. Haar zus Claire woonde drie kilometer van hun ouders vandaan en kon op eerste kerstdag alle voorbereidingen voor de kerstlunch niet aan. Dus Emily ging er met haar moeders auto al vroeg heen om te helpen. Claires man Mike nam de kinderen mee naar de speeltuin terwijl de vrouwen kookten, en Emily kon nu echt met haar zus over Matthew praten. Aangezien Matthew bepaald niet goed lag bij Emily's familie, had ze half verwacht dat Claire op hem zou foeteren, maar in plaats daarvan toonde haar zus voor hen beiden verrassend veel compassie.

'Wat jammer, ik mocht hem graag,' zei Claire terwijl ze kruidnagels uit de broodsaus plukte. 'Pap en mam vonden hem ook aardig.'

'Ja, dat zeiden ze al,' zei Emily mistroostig onder het spruiten pellen.

'Maar jullie hebben het allebei zo druk met je eigen carrière. Misschien heeft hij gelijk en is dit gewoon het verkeerde moment.'

Emily herinnerde zich de pijnlijke uitdrukking op Matthews gezicht toen ze afscheid namen: vriendelijk, bezorgd, maar niet meer liefdevol. 'Maar hij was zo bijzonder,' fluisterde ze terwijl ze per ongeluk wat spruitjes op het aanrecht liet vallen. De waterlanders kwamen weer en ze veegde ze woedend weg. Claire liet de lepel in de saus vallen, liep naar haar toe en nam haar in haar armen.

'Je weet wat ze zeggen, Em, als het zo moet zijn, dan moet het zo zijn... Nou, nu de kinderen ons nog niet voor de voeten lopen, kunnen we mooi die vogel uit de oven halen. Als zij eenmaal terugkomen en pap, mam en oma er ook zijn, is het hier een janboel.'

Toen oma arriveerde, trok ze Emily tegen haar zachte boezem en streek haar over de haren alsof ze een klein meisje was en niet een jonge vrouw die een hoofd groter was dan zij. 'Er zwemt meer dan genoeg andere vis in de zee,' zei ze teder, zoals ze elke keer had gezegd als het uit ging met een vriendje van Emily of Claire, maar deze keer zat er een vermoeide ondertoon in haar stem. 'En wacht niet te lang met weer uit vissen te gaan, hè,' voegde ze eraan toe terwijl ze haar bevrijdde. 'Ik weet hoe jullie moderne jonge vrouwen zijn. Op een ochtend worden jullie wakker en wil je een kind, en dan ontdek je dat het te laat is.'

'Ik ben nog maar achtentwintig en op dit moment hoef ik nog geen kind, oma,' zei ze, dapper glimlachend. 'Met mij komt het prima in orde, maakt u zich maar geen zorgen.'

En het zou met haar ook prima in orde komen. Maar ze miste Matthew evengoed.

Haar bloed ging sneller stromen toen hij die middag een sms naar haar stuurde, maar daarin bedankte hij haar alleen maar voor de man-

chetknopen en vroeg haar of het goed met haar ging. Ze sms'te hem terug, negeerde de vraag, maar bedankte hem voor zijn cadeau.

Het was het eerste pakje dat ze had uitgepakt op de ochtend dat ze
wakker werd in de veilige omgeving van haar oude kinderkamer. Het
was inderdaad een boek: *Poëzie voor het leven*. Je weet dat ik niet geloof
in die oplichterij van poëzie-als-therapie, had hij op het bijgevoegde
kaartje geschreven, maar ik hoop dat er iets in staat wat je mooi vindt.
Hij had het ondertekend met 'Liefs'. Er stonden gedichten in die van
toepassing waren op levensgebeurtenissen. Ze bladerde het door, sloeg
de pagina's over die het vinden van de ware liefde beschreven en las
melancholiek eentje over wat er gebeurde als de liefde was uitgedoofd.
Het hielp geen zier.

Ze legde het boek met een zucht in haar koffer, uit het zicht. Misschien zou ze er opnieuw naar kijken als ze zich sterker voelde.

Op tweede kerstdag had ze afgesproken met haar vriendin Megan,
die de kerstdagen bij haar familie doorbracht, en ze gingen de hond van
haar moeder bij de rivier uitlaten. Het was Megan geweest die haar een
week geleden had getroost nadat Matthew het had uitgemaakt. Ze hadden het geplande etentje laten zitten en waren meteen naar Megans huis
gegaan, waar Emily die nacht was gebleven omdat ze niet in haar eentje
wilde huilen.

Megan, een lange en buitengewoon knappe jonge vrouw met lang,
zilverblond haar, was waarnemend manager van een internetbedrijf dat
designermeubels verkocht. Ze woonde sinds een jaar op zichzelf, na een
pijnlijke breuk met de vriend bij wie ze vanuit hun gedeelde flat was in-
getrokken, en Emily wist dat zij bij uitstek de persoon was bij wie ze terechtkon: hartelijk en begrijpend, die kon luisteren zonder iemand de
schuld te geven.

Nu liepen ze samen over het modderige jaagpad waarlangs het donkere wateroppervlak huiverde in een vlijmscherpe wind. De kleine
hond stormde voor hen uit, bleef soms even staan om te blaffen naar de
riviervogels die op de tegenoverliggende oever dwaalden, hun veren
donzig tegen de kou.

'Stom beest,' zei Megan. 'Hé, dat haalt toch niks uit, ze weten dat je ze
niet te pakken kunt krijgen.'

Emily lachte halfhartig.

Megan vroeg: 'Hoe gaat het met je? Heb je nog iets van Matthew gehoord?'

'Ja,' zei Emily en ze vertelde over het sms'je. 'Denk je dat het iets betekent?'

Megan zuchtte. 'Misschien is hij alleen maar bezorgd. Probeer er maar niet te veel achter te zoeken.' Ze keek haar vriendin scherp aan.

'Het komt door de wind,' zei Emily en ze snoot haar neus. 'Daar gaan mijn ogen van tranen.'

Met oud en nieuw ging ze naar het oudejaarsfeestje van Luke en Yvette in Londen in plaats van naar Wales. Het was vreemd om niet meer deel uit te maken van een stel.

'Het heeft tenminste maar een paar maanden van je leven geduurd,' zei een schoolvriendin van Yvette verbitterd. Zij vertelde Emily een lang verhaal over het feit dat ze vijf jaar met iemand had samengewoond en dat aan die relatie een einde was gekomen. Daarmee wilde ze eigenlijk zeggen dat haar leed erger was dan dat van Emily. Emily kreeg het gevoel dat haar verdriet niet serieus werd genomen en wist niet hoe gauw ze van haar af moest komen.

'Ik vind het zo jammer, jullie waren zo'n goed stel samen,' merkte Luke op toen ze haar glas voor de vierde keer volschonk. Daardoor voelde ze zich weer anders beroerd, alsof zij en Matthew op de een of andere manier gefaald hadden. Daarna telde ze de glazen niet meer en uiteindelijk belandde ze in een dure taxi die haar terugbracht naar Hackney, liever dan te riskeren dat ze in het openbaar vervoer in zwijm zou vallen. Ze vroeg zich af of ze Luke en Yvette in de toekomst nog vaak zou zien. Alle mensen op het feestje, op haarzelf en Yvettes schoolvriendin na, hadden een partner.

Het werd januari en hoewel de scherpe kantjes van de pijn afsleten, miste ze Matthew nog steeds. Er kwamen steeds maar dingen in haar op die ze hem wilde vertellen, moest steeds maar aan zijn glimlach denken, zijn enthousiasme over het leven, hun gekibbel over alles en nog wat, van mode tot politiek. Matthew mocht graag de waarheid in twijfel trekken, wat doodvermoeiend kon zijn, maar nu koesterde ze dat.

Op haar werk had ze Liz verteld dat de relatie over was. En daarmee had ze natuurlijk ongeveer de raderen van de sociale media in gang gezet, want algauw wist de hele afdeling het en wierp iedereen haar een aantal dagen lang meevoelende blikken toe. Zelfs Gillian, die erom bekendstond dat ze niet al te toeschietelijk was, vroeg of het wel goed met haar ging. 'Ja,' haastte ze zich resoluut te zeggen, met een rode kleur. Niemand leek iets te weten van Gillians privéleven. Voor zover iedereen wist, had ze alleen maar haar werk.

Er waren nog andere nadelen als je single was. George, de redacteur aan wie ze zo'n hekel had, vooral aan zijn stem en manier van doen, ging op een avond toevallig op hetzelfde tijdstip van kantoor weg als zij en stelde voor 'een vriendschappelijke borrel' te gaan pakken. 'Sorry,' zei ze resoluut, 'ik moet ergens naartoe,' wat voor een deel ook zo was, ze ging naar een proefles sambadansen, maar dat was pas later op de avond. Volgens de kantoorroddels was Georges opvatting over wat wel en niet vriendschappelijk was op zijn minst vaag te noemen, en het lokte haar bepaald niet aan om het mikpunt te zijn van zijn lompe avances.

George, blond en teddybeerachtig, stond met zijn grote voeten te schuifelen. 'Wat dacht je dan van een lunch?'

'Ik zit de komende paar weken vol,' zei ze tegen hem. 'Misschien daarna.' Ze gaf hem een kusje op de wang, zodat hij niet beledigd zou zijn.

Die avond zat een bejaard echtpaar op een bank tegenover haar in de bus naar huis, hand in hand. De oude man glimlachte naar de oude dame en het schoot door Emily heen dat hij haar misschien nog steeds zo zag zoals hij haar altijd had gezien, hoe ze werkelijk was onder het ingevallen gezicht en het plukkerige, grijze haar. Dit vond Emily zo ontroerend dat ze haar blik moest afwenden.

Thuis lag de video over Hugh Morton nog steeds op tafel te wachten om aan Nell terug te geven zodra ze haar zou zien. Ze moest Joel aan het *Thuiskomst*-dossier herinneren. Door al dat gedoe met Matthew waren Hugh en Isabel uit haar gedachten geweest, maar nu herinnerde ze zich weer hoe belangrijk het was.

16

Isabel

'Het is schitterend,' zei Isabel terwijl ze de bladzijden uit de envelop haalde en ze gladstreek. 'Je bent echt slim.' Zij en Hugh zaten aan een tafel in de hoek van een tearoom in Charlotte Street, vlak bij McKinnon & Holt. Het was een tintelende vrijdagmiddag in februari 1950; buiten baadde de straat in de winterse zonneschijn.

Hugh keek heel blij. 'Meestal laat ik mijn werk aan niemand zien,' zei hij, 'maar deze keer is het anders. Nanna moet overtuigen.'

'Natuurlijk, je schetst een beeld van haar door de ogen van een man,' zei Isabel angstvallig tactvol. 'Ik neem aan dat je bedoelt dat ze nog steeds levensecht moet overkomen?'

'Ja, inderdaad, hoewel er een ontwikkeling moet zijn van de vrouw die hij wil dat ze is naar de vrouw die ze werkelijk is.'

'Dat snap ik,' zei Isabel. Ze schoof de opengevouwen bladzijden naar hem toe. Hij trok zijn stoel dichterbij zodat ze er allebei naar konden kijken. 'Misschien kun je haar in een later stadium wat meer dramatiseren, zodat we ook haar kant van de relatie leren kennen. Mag ik wellicht een paar kleine suggesties doen? Kijk, hier, en daar. Bedenk dat ze op hoge hakken geen al te grote passen kan nemen.'

'Hmmm,' zei hij terwijl hij de bladzijden omsloeg en met gefronst voorhoofd naar de in potlood geschreven opmerkingen keek. 'Nee, kijk hier eens, ik heb met opzet het woord "hysterisch" gebruikt. Zo zou een man als hij haar zien.'

'Terwijl hij weet dat hij haar heeft beledigd? Haar reactie is toch zeker heel begrijpelijk.' Terwijl ze zich over het papier heen bogen, was ze zich bewust van zijn warme aanwezigheid. Hij keek haar aan alsof hij nadacht over wat ze had gezegd en ze voelde zijn adem op haar wang. Ze zag smaragdgroene vlekjes in zijn hazelnootbruine ogen, de beschaduwde, ruwe, kaaklijn. De hoeken van zijn welgevormde mond krulden iets op, waardoor zijn intense gezichtsuitdrukking iets kwetsbaars kreeg. Hij staarde weer naar de bladzijden, woelde door zijn stugge, donkere haar terwijl hij twijfelde over wat hij had opgeschreven, en hij fluisterde de woorden voor zich uit. Uiteindelijk stopte hij de pagina's in de envelop terug en borg die weer in de binnenzak van zijn colbert op.

'In elk geval bedankt,' zei hij. 'Daar heb ik veel aan.' Ze wilde beleefd haar stoel naar achteren schuiven, maar hij hield haar met een hand op haar arm tegen. 'Wat gaan we nu doen, jij mag het zeggen.'

'Wat we nu gaan doen? Ik moet terug naar kantoor,' antwoordde ze. 'Ik heb Trudy gezegd dat ik maar even weg zou blijven.'

'Ik weet zeker dat ze het wel begrijpt. Ik leg het wel uit.'

'Dat hoeft niet,' zei ze, stekeliger dan ze bedoelde. Ze had heus niemand nodig die op haar werk voor haar opkwam.

'Natuurlijk niet,' zei hij en hij liet haar arm los. 'Nou, als je erop staat.'

'Ik moet wel.' Ze glimlachte. 'Niet boos zijn.'

'Dat ben ik niet,' zei hij afgemeten. Hij zocht naar zijn portemonnee en wenkte de serveerster, en even was Isabel bang dat ze hem had beledigd. Maar toen ze weer buiten in de zonneschijn stonden, was zijn stemming opgeklaard.

'Ben je zaterdag vrij?' vroeg hij. 'Misschien kunnen we dan samen ergens een hapje gaan eten. Ik wil je graag fatsoenlijk bedanken voor je raad.'

'Dat hoeft niet, hoor, maar ja, graag,' zei ze, en er stroomde een geluksgevoel door haar heen.

Hij liep het korte stukje naar kantoor met haar op, waar zij zich de trap op haastte en zich even omdraaide om te zwaaien. Binnen stond alleen Jimmy bij de balie, waar hij onder het fluiten van een onbekend deuntje een doos boeken openmaakte. Trudy zat niet aan haar bureau, maar er lag wel een manuscript op uitgespreid, dus ze zou zo weer terug zijn. Er was ook geen spoor te bekennen van Audrey. Door het raam zag ze dat Hugh bleef staan om een sigaret op te steken en zich over een gekromde hand boog om de vlam tegen de wind te beschutten. Ze keek naar hem, vond dat hij zo een mooie aanblik bood, en toen beende hij weg in de richting van Oxford Street.

Ze voelde dat iemand achter haar kwam staan en draaide zich snel om in de veronderstelling dat het Audrey was, maar het was Stephen.

'Was je met Morton weg?' vroeg hij.

'Ja. Hij wilde redactioneel advies.'

'Ik begrijp het.' Stephen leek iets te willen zeggen, maar hij wist het niet goed onder woorden te brengen. Ten slotte zuchtte hij.

'Was dat goed?' vroeg ze angstig. 'Dat vind je toch niet erg?'

'Of ik het erg vind dat je Morton adviseert bij het schrijven? Nee, helemaal niet, waarom zou ik? Dit is zeker het volgende boek, hè? Hoe ziet het eruit?'

'Heel veelbelovend,' zei ze en ze liep naar haar bureau. 'Maar het verkeert nog in een beginstadium.'

'Nou, ik kan niet wachten om er meer over te horen. Ik moet zeggen dat de recensies over *Thuiskomst* eersteklas waren. Hij heeft iets, die Morton, we moeten hem zien vast te houden. Maar, Isabel...' Stephen keek haar nu ernstig aan. 'Ik wil me er niet graag mee bemoeien, maar je bent nog heel jong en, nou ja, pas goed op jezelf, hè? Het valt me op dat hij je... aantrekkelijk vindt. Dat verbaast me natuurlijk totaal niet, maar als je ooit, je weet wel...'

'Wat bedoel je?' vroeg Isabel, een beetje van haar stuk gebracht.

'Niet dat ik degene ben die je op dat gebied raad kan geven. Maar pas in elk geval goed op jezelf. Ik zie niet graag dat je gekwetst wordt.'

'Wat sta je nou allemaal tegen die arme meid te bazelen?' zei Trudy, die met een kop thee het kantoor binnenkwam. 'Natuurlijk kan ze op zichzelf passen. Dat kunnen alle meisjes tegenwoordig.' Stephen keek beschaamd en blies haastig de aftocht naar zijn kantoor. Trudy nam een slokje van haar thee en vervolgde: 'Isabel, liefje, ik zat te bedenken dat je misschien aan de nieuwe Maisie Briggs moest beginnen. Lieve hemel, ongelooflijk dat er sinds het vorige boek alweer een heel jaar om is.'

Isabel, die aan haar bureau was gaan zitten, kon zich maar moeilijk concentreren met al die verwarrende gedachten die al buitelend een plekje in haar hoofd zochten. Ze mocht Hugh Morton, ze mocht hem heel graag, en ze keek ernaar uit om met hem uit eten te gaan.

Ze was verbaasd en ontroerd door Stephens bezorgdheid – dat was lief van hem – maar wat bedoelde hij nou met dat hij niet de juiste persoon was om haar raad te geven? Hij was toch zeker getrouwd, en hij hield vast veel van Grace, die zo mooi en elegant was, hoewel ze hen die keer wel had horen ruziemaken. Ze wist dat ze geen kinderen hadden en vroeg zich af of ze dat erg vonden, maar sommige mensen kregen ze gewoon niet, punt uit.

Ze probeerde zich te concentreren op Maisie Briggs' heldin en haar korenblauwe ogen, terwijl ze een zin met potlood onderstreepte die zelfs voor Maisies doen te wulps was.

Toen ze die zaterdagavond de bar van het Ritz in liep, zag ze dat Hugh bij de receptie op haar stond te wachten; door de manier waarop zijn gezicht oplichtte toen hij haar zag, voelde ze zich heel speciaal. Hij kuste haar teder op de wang en vroeg wat ze wilde drinken. Ze genoot van zijn nabijheid.

'O, graag zo eentje,' zei ze en ze wees naar zijn cocktailglas met berijpte kraag.

'Een margarita voor de dame,' zei hij tegen de barman en hij keek Isabel goedkeurend aan. 'Wat een mooie jurk is dat,' zei hij. 'Nieuw?'

'Inderdaad,' antwoordde ze. Ze had hem gekocht van het geld dat haar ouders haar voor haar eenentwintigste verjaardag hadden gestuurd. Roodbruin en goudkleurig, met een brede ceintuur en een bolero, die perfect paste bij het mooie gouden polshorloge dat ze van tante Penelope had gekregen.

'Je houdt van bruin, hè?' zei Hugh. 'Dat is me opgevallen.'

'Bruin op zich klinkt heel saai. Maar in werkelijkheid zijn er zo veel prachtige tinten. Abrikoos, sherry en dat warme roodbruin.'

'Je hebt natuurlijk gelijk. Die passen allemaal goed bij je ogen en je haar. Wat slim van je.'

'Dank je wel. Bruin komt door mijn moeder. Ze dacht dat er niet veel bij kastanjebruin paste. Ik mocht geen rood dragen, weet je, of roze. En ze heeft iets tegen groen. Mijn grootmoeder zei dat het ongeluk bracht.'

'Ik heb je groen zien dragen, op mijn feestje. Toen zag je er schitterend uit, als ik dat zo mag zeggen.'

'Nou maak je me verlegen,' zei Isabel lachend. 'Ik draag soms groen om te bewijzen dat mijn moeder zich vergist. Maar gelukkig is bruin momenteel in de mode, dus ik vind het niet echt erg.'

Toen ze klaar waren met hun cocktails verlieten ze de Ritz en liepen naar een klein Italiaans restaurant in Soho, waarvan Hugh de eigenaar kende, die hij in het Italiaans begroette. 'In 1944 heb ik een tijdje in Napels gezeten,' legde hij uit toen ze daar een opmerking over maakte, en hij vertelde iets over zijn ervaringen in het kielzog van de aftocht van de Duitsers.

'Dat is waar ook, daar heb je in *Thuiskomst* over geschreven,' zei Isabel, zich stilletjes afvragend of de vrouw uit die plaats, die in dat tafereel ten tonele was gevoerd, ook op waarheid berustte. Een tenger, donker meisje met grote zwartomrande ogen, die de held had helpen ontsnappen en hem toen had gesmeekt met hem mee te mogen. Hij had nee tegen haar moeten zeggen. Isabel voelde een onredelijke steek jaloezie jegens deze fictieve vrouwspersoon.

Ze kreeg een gerecht voorgeschoteld dat ze nooit eerder had geproefd. Wafeldunne plakken gekruide ham, daarna een zoutachtig mengsel van rijst en vis. 'Het is verrukkelijk,' zei ze.

'Eigenlijk hoort er meer boter in.'

'O, boter,' verzuchtte ze. 'Daar is nooit genoeg van. Ongelooflijk dat mijn moeder voor de oorlog boter én jam op haar brood kon smeren.'

Hij lachte. 'En cake van boter, jam en room, met suikerglazuur erop. Ik kan me de smaak nog herinneren!' En daarmee drong het tot haar door dat hij bijna tien jaar ouder was dan zij. 'Ik weet zeker dat die tijd wel weer terugkomt. Nou, probeer een van deze toetjes eens, ik verzeker je dat ze heerlijk zijn.'

'Hemeltje,' zei ze toen ze van een lichte en romige suikerachtige pudding proefde. 'Hierna kan ik nooit meer met poedereieren bedekte custard eten.'

'Volgens mij zit er zelfs echte vanille in. Joost mag weten waar Luigi dat vandaan heeft weten te sprokkelen.'

'Vivienne houdt van vanille. Ze zal het hier geweldig vinden.'

'Ah, je wetenschappelijke vriendin. Ik zweer je dat de Steerforths en Robinsons nog steeds niet over haar uit kunnen. Hoe gaat het met haar?'

'Heel goed, alleen is ze niet erg gelukkig. Ze werkt voor een man die haar erbarmelijk behandelt,' legde ze uit.

Hugh fronste zijn wenkbrauwen. 'Sommige kerels zijn niet gewend aan vrouwen om zich heen. Ze zullen wel afgeleid worden, vermoed ik, hoewel ze zich toch echt zullen moeten aanpassen.'

'Ik weet niet of dat het wel is. Er werkt daar nog een meisje, en klaarblijkelijk wordt zij door die man met rust gelaten.'

'Misschien is zij mooier,' zei Hugh schouderophalend. 'Of weet ze beter met hem om te gaan. Je vriendin neemt geen blad voor de mond. Niet alle mannen houden daarvan.'

'Je bedoelt dat ze een mening heeft, neem ik aan.' Wat maakte het nou uit dat Vivienne zei wat ze vond? Dat was nou juist een van de dingen die volgens Isabel zo mooi aan haar waren.

'O, ga me niet vertellen dat ik je nu beledigd heb. Ik zeg alleen maar wat me is opgevallen.' Hij pakte haar hand. 'Vergeef me, alsjeblieft.' Ze leunden nu dicht naar elkaar toe, hun voorhoofden raakten elkaar bijna.

'Natuurlijk,' zei ze plagerig. 'Maar je moet je wel gedragen.'

'Ik zal een brave jongen zijn. Daar zorg jij wel voor.' Hij keek haar gevoelvol aan.

'O ja? Echt?'

'Door jou wil ik me beter gedragen. Dat vind ik zo fijn aan je. Sterker nog, ik vind alles fijn aan je.'

Hij pakte nu ook haar andere hand, bracht ze beide naar zijn lippen en kuste haar vingers. Ze hield haar adem in, verward door de opgewonden gevoelens die door haar heen joegen. Hij keek haar aan, met in het kaarslicht een zachte uitdrukking op zijn gezicht.

'Kom,' zei hij. 'Ik kan je maar beter naar huis brengen, voordat ik m'n hoofd verlies.'

In de taxi legde hij een arm om haar heen, verder niets, en toen ze bij Highgate waren, kuste hij haar heel teder op de wang terwijl hij voor haar langs boog om de deur open te doen.

Nadat hij met de taxi was weggereden, moest ze steeds aan hem denken. Ze wist niet precies wanneer ze binnen hun relatie de grens over waren gegaan, maar dat was wel gebeurd. Misschien al tijdens die avond in het theater. Nu ze er echter over nadacht, was die spanning tussen hen er altijd al geweest, vanaf hun allereerste ontmoeting. Deze avond was hemels geweest.

Maisie Briggs' laatste roman, *Het einde van de regenboog*, speelde zich af in een afgelegen dorp in de Yorkshire Dales. De heldin was verliefd geworden op de zoon van een schapenboer, maar de jongeman had het er alleen maar over dat hij niets van zijn erfenis wilde weten en naar de stad wilde vertrekken. Na een aantal pogingen daartoe besloot hij toch te blijven, want hij besefte dat als hij vertrok, hij haar zou verliezen.

Isabel, die een paar dagen later nog laat aan haar bureau zat te werken, legde de laatste hand aan de redactie, met een licht waas voor haar ogen, gevangen als ze was in Maisies beroemde, magische gloed die ze voor haar overwegend vrouwelijke lezers wist op te roepen. Ze mocht dan kasteelromans schrijven, ze leverde wel uitstekend werk af. Haar personages waren compleet en complex, en namen realistische en intelligente beslissingen. Maar ze leerden ook de liefde op de eerste plaats te zetten en hoewel je de gelukkige stelletjes oprecht alle goeds toewenste, maakte Isabel zich soms zorgen over de offers die ze brachten, zowel de mannen als de vrouwen. Zou de schapenboer in *Het einde van de regenboog* spijt krijgen dat hij zijn ambities opzijgeschoven had om vervolgens zijn frustraties op zijn nieuwe, jonge vrouw af te reageren? Het had geen zin om te speculeren over wat er na het einde van het boek zou gebeuren, dus zolang de romance nog voortduurde, kon ze er maar beter van genieten. Terwijl ze de korte lijst opmerkingen uittypte – Maisie was de nauwkeurigste en meest professionele van alle schrijvers – merkte ze dat haar gedachten gelukzalig afdwaalden naar haar eigen versie van een romantische held. Een aantal jaren was dit denkbeeldige personage aan veranderingen onderhevig geweest, met vage gelaatstrekken, maar onlangs had hij zich het heel donkere haar en de hazelnootbruine ogen van Hugh Morton aangemeten.

Ze was eraan gewend dat mannen haar geïnteresseerd nakeken, dat kon ze niet ontkennen, en ze had best een paar scharrels gehad, maar tot nu toe niets serieus, niemand zoals Hugh. Ze moest denken aan de Poolse jongen die ze op haar zeventiende had gekend. Na de vrolijke, opwindende rit op zijn fiets, waar haar vader zo boos over was geworden, had Jan soms na schooltijd op haar staan wachten en was hij met de fiets aan de hand met haar meegelopen. Maar hoewel ze zich een poosje in zijn aandacht had gekoesterd, en de andere meisjes jaloers op haar waren, had ze uiteindelijk toch niet het gevoel gehad dat ze met hem verder wilde. Hij was een leuke knul, en zag er ook goed uit, maar er was geen vonk geweest. Nadat ze in Londen was gaan wonen, was ze een paar keer met Freddie uit eten geweest, een levendige, spraakzame vriend van Viviennes broer. De eerste keer was hij de volmaakte gentleman geweest, maar de tweede keer had hij zich in de taxi naar huis op haar gestort, had ruw haar borsten betast en haar gezicht onder geslobberd met zijn zoenen. 'Het was bijna alsof hij wanhopig was,' zei ze later tegen Vivienne, die geschokt was. 'Hij liet me pas los toen ik hem – je weet wel – een knietje gaf.'

Hugh was een compleet ander verhaal. Ze waardeerde de vriendelijke, ouderwetse manier waarop hij haar het hof maakte. Hij flirtte, zeker, hij maakte complimentjes, maar altijd hoffelijk; zo anders dan de onbeholpenheid van haar vorige bewonderaar. Hugh behandelde haar met respect; hij aanbad haar met zijn ogen. En toch zat er iets in die ogen waar ze de vinger niet op kon leggen. Soms vroeg ze zich af hoe hij werkelijk was, diep vanbinnen. Zijn levenservaring lag mijlenver van die van haar. Hij had de oorlog echt meegemaakt, had heel waarschijnlijk moeten doden. En als *Thuiskomst* op de werkelijkheid gebaseerd was, had hij ook hartstochtelijk bemind en een tragisch verlies geleden. Door dit alles had hij vast geleerd om dingen te verhullen. Zijn merkwaardige relatie met Jacqueline was daar een voorbeeld van. Daar werd ze onzeker van, ze begreep het niet. Maar in deze tuin van duistere verbijstering was een nieuwe, jonge loot ontsproten en ze wist dat ze heel veel van Hugh Morton begon te houden.

Ze zat met een lok haar te draaien, mijmerde over hoe hij eruitzag, met een profiel als op dat beroemde portret van de jonge Byron. Ze was dol op zijn gevoelige gezicht, zoals zijn glanzende haar over zijn voorhoofd viel, donker tegen zijn witte huid, zijn expressieve ogen, de manier waarop hij de hoeken van zijn welgevormde lippen teder opkrulde. Soms verlangde ze ernaar een hand uit te steken en die lippen aan te raken, de vorm ervan met haar vingers te leren kennen, misschien zelfs wel...

'Isabel, wat doe je hier in hemelsnaam nog?' Ze had niet gemerkt dat Stephen zijn kantoor uit was gekomen. 'Kom op, ik sluit af.'

'Jeetje, ik schrik van je.'

'Je zat ook te dagdromen,' zei hij terwijl hij zijn jas aantrok. 'Aan het kwijlen over Maisies held, zeker? Dat is vast een goed boek.'

'Onze Maisie heeft het absoluut weer klaargespeeld,' antwoordde ze met een grijns. 'Ik ben net klaar met de redactie dus ik stuur het haar morgen toe.'

'Wat mij betreft een perfecte timing. Wat dacht je ervan om wat te gaan drinken om het te vieren? Ik moet om acht uur in Chelsea zijn voor een etentje, maar ik was van plan voor die tijd nog even ergens heen te gaan. Tenzij je natuurlijk andere plannen hebt?'

'Nee, helaas moet ik zeggen dat ik regelrecht naar huis wilde gaan om een gekookt ei te eten en mijn haar te wassen.'

Hij had haar nog nooit alleen uitgenodigd, maar ze probeerde te doen alsof het heel gewoon was en nam de tijd om een stapeltje te maken van het manuscript, haar aantekeningen uit de schrijfmachine te halen en de hoes eroverheen te doen. Hij hielp haar in haar jas.

De waard van de Fitzroy Tavern bekeek haar nieuwsgierig toen ze binnenkwamen, maar als hij zich al afvroeg wat deze jonge vrouw in het gezelschap van Stephen deed, dan liet hij zich daar wijselijk niet over uit. Hij was, zo vermoedde ze, vast gewend aan allerlei soorten en combinaties hier in de Londense bohème. Ze was dol op de gezellige donkerbruine kroeg, waar Stephen zich kennelijk volkomen thuis voelde. Hij begroette een van de stamgasten, een man die alleen aan een tafeltje zat, lang over zijn drankje deed en in een schrift aan het schrijven was.

'Als het je uitkomt, voor mij een dubbele whisky,' zei Stephen tegen de waard, 'en een gin-tonic voor de dame.'

Het was vroeg en nog betrekkelijk rustig in de kroeg. Stephen bracht Isabel naar een tafeltje bij het raam. Buiten baadde de straat in het lamplicht. De waard bracht hun de drankjes.

'En een pint voor de gentleman, wil je.' Stephen knikte naar de eenzame schrijver en gaf de waard een bankbiljet. Het bier werd meteen bezorgd en de schrijver hief het glas in een zwijgende toost naar Stephen.

'Wat aardig van je,' fluisterde Isabel tegen Stephen. 'Ken je hem?'

Stephen nam een fikse slok whisky. 'Ik heb een keer een verhaal van hem gelezen. Ik heb zo'n idee dat hij op een dag met iets komt waar we allemaal versteld van staan.'

Hij dronk zijn whisky op en bestelde onmiddellijk nog een. Isabel herinnerde zich niet dat ze hem eerder zo had zien drinken. Alsof hij zich moed indronk.

'Dus Audrey stapt nu echt in het huwelijksbootje,' zei hij. 'Ik neem aan dat jij zaterdag ook naar de bruiloft gaat?'

'Ja, natuurlijk.' Isabel had het idee dat ze elke bijzonderheid kende van deze waarschijnlijk betoverende gebeurtenis, waar zo reikhalzend naar werd uitgekeken, en die zou plaatsvinden in een landelijke gemeente in Surrey waar de familie Foster een huis had. 'Jij ook?'

'Alleen naar de kerk, niet naar de receptie. Mijn vrouw... het gaat momenteel niet zo goed met haar.'

'Wat akelig,' zei Isabel beleefd.

'Ze is nu bij haar moeder in Hampshire en ik moet dit weekend echt naar haar toe om te zien of alles goed met haar is.'

'Toch niets ernstigs, hoop ik?'

'Kennelijk kan niemand me dat vertellen,' zei hij met een melodramatische blik in zijn ogen.

'O, wat akelig,' zei Isabel nogmaals.

'Ik denk dat ze verdrietig is. We hebben vorig jaar nogal teleurstellend nieuws gehad. Het schijnt dat we geen kinderen kunnen krijgen. Het is vreselijk te moeten meemaken dat iemand anders ongelukkig is door jouw toedoen.' Hij zette zijn glas heel weloverwogen op de tafel en staarde in de verte.

'Wat triest,' mompelde Isabel, een beetje verbaasd dat hij haar zoiets persoonlijks vertelde.

Klaarblijkelijk had Stephen daar dan ook spijt van, want hij zei bars: 'Ik hoop dat je dat niet verder vertelt.'

'Natuurlijk niet,' verzekerde ze hem. Ze zwegen een hele poos.

'En,' zei hij en hij keek haar bedachtzaam aan, 'wanneer zie je Morton weer?' Er zat iets in zijn toon wat haar niet aanstond. Lachte hij haar soms uit?

'Geen idee,' antwoordde ze zo koel als ze kon. 'Ik merk dat je het er niet mee eens bent.'

'Ik zou niet wagen iets te zeggen over met wie je wel of niet mag afspreken,' zei hij. 'Alleen, als ik je vader was, zou ik je adviseren niet te hard van stapel te lopen.'

Bij het noemen van haar vader werd ze onmiddellijk razend. 'Maar dat ben je niet,' kaatste ze terug.

'Nee, inderdaad. Maar ik heb wel wat meer van het leven gezien dan jij.'

Ze dacht hierover na en besloot dat dat inderdaad zo was. 'Wat heb je tegen Hugh?' vroeg ze hem ten slotte.

'Eigenlijk niets. Ik ken de man amper. Vergeet het alsjeblieft maar.' Hij keek op zijn horloge. 'Moet je horen, ik moet er weer vandoor. Zal ik een taxi voor je aanhouden?'

'Nee, bedankt, ik ga met de bus.'

In Oxford Street namen ze afscheid en ze keek hem na toen hij wegbeende om een taxi aan te houden.

Terwijl de bus naar het noorden hobbelde, dacht ze na over hun gesprek. Onder zijn zelfverzekerde, onderhoudende manier van doen leek veel erop te wijzen dat Stephen McKinnon een diep ongelukkig man was.

'Vertel me over de bruiloft,' smeekte Berec terwijl hij suiker door zijn koffie roerde. Ergens in de week daarop zaten hij en Isabel tijdens lunchtijd in hun favoriete café in Percy Street. 'Audrey, was ze strálend, zoals jullie Engelsen dat graag uitdrukken?'

'Heel stralend, Berec,' zei Isabel tegen hem. 'Ze had zo'n mooie jurk aan. En de bloemen, die kwamen uit de tuin van de familie Foster. Narcissen, lentelelies, de geur was eenvoudigweg goddelijk.'

'En de arme, achtenswaardige Anthony?'

'Helemaal niet arm. Hij leek heel ingenomen met zichzelf. Maar ik weet niet hoe hij het met al die kennissen van Audrey gaat redden. Ze heeft er zo veel.'

'Met haar leven getrouwd, hè? Inderdaad, arme man.'

Isabel moest lachen. Ze was er samen met Vivienne met de trein naartoe gegaan, en ze hadden allebei genoten van de dag, maar voor deze tijd was het een ongebruikelijk overdadige toestand geweest, en weemoedig bedacht ze dat zij nooit zo'n bruiloft zou kunnen krijgen. Niet dat ze binnenkort zou gaan trouwen, zei ze vermanend tegen zichzelf. Ze zuchtte. Het kantoor had wel heel stil geleken nu Audrey weg was en de opwinding voorbij.

'Weet je, Isabel, ik zie je tegenwoordig bijna nooit meer,' klaagde Berec. 'En Gregor en Karin, ze vragen naar je.'

'Hoe gaat het met ze?' vroeg Isabel. 'Ik moet ze gauw weer eens zien.'

'Ze willen dat ik je een keer meeneem om bij ze te gaan eten. Karin heeft last gehad van haar oude kwaal, reumatische koorts, moet je weten, maar ik geloof dat ze nu weer goede moed heeft. Vooral sinds Gregor een baan heeft gevonden als portier in een ziekenhuis, wat wel heel goed nieuws is.'

Wat moest dat een vernedering zijn voor een dokter. Maar nu hadden ze tenminste een regelmatig inkomen.

'En jij, vermaak jij je een beetje?' vroeg Berec aan haar. Ze kon niet om de twinkeling in zijn oog heen en ze glimlachte ondeugend terug.

'O, Berec, ja. Ik moet je wel duizend keer bedanken omdat je me deze baan hebt bezorgd.'

Hij wuifde de dankbaarheid weg als was ze een vlieg. 'Je weet best dat ik de baan niet bedoel, maar het geeft niet. Ik zag vanaf het begin dat je daar zou passen.'

'Ja, hè? Dat was hartstikke slim van je.'

'Ik wilde je helpen, je was zo stralend en onbesuisd toen je bij je tante aanbelde. Dat stond me wel aan. Je was van huis weggelopen om je fortuin te zoeken. Zoals in de sprookjes.'

'En jij was mijn sprookjespetemoei.'

Hij rimpelde zijn twinkelende ogen in een lach. 'Je sprookjespeetvader. Inderdaad. En Penelope was de petemoei, neem ik aan.'

'Je zou kunnen zeggen dat ze dat was. Ik heb haar in geen tijden gezien. Jij?'

'Niet zo vaak, nee.'

'Ik ga haar opzoeken, dat moet wel.' Ze voelde er een mengeling van schuldgevoel en weerstand bij. Schuldgevoel omdat ze wist dat ze Penelope uit beleefdheid een bezoekje verschuldigd was en weerstand omdat Penelope, die Isabel weliswaar genereus had geholpen toen die in nood zat, niet de rol van de liefhebbende tante op zich had genomen. Reginald Dickson, de geliefde van haar tante, had daar een stokje voor gestoken. Het schoot door haar heen dat ondanks het feit dat Reginald de nieuwe financier was van McKinnon & Holt, ze hem daar nog nooit had gezien. Hij bemoeide zich er niet zo mee zoals Redmayne Symmonds altijd deed, maar leek het prima te vinden dat Stephen alle zaken naar eigen goeddunken regelde.

'Ik neem aan dat Penelope nog steeds met Reginald is?' vroeg ze, omdat dat in haar opkwam.

'Ja,' zei Berec kortaf. 'Ik wilde dat ik kon zeggen dat ik warmliep voor de man.'

'Hij is een koele kikker,' zei Isabel instemmend. 'Denk je dat ze met hem gaat trouwen?'

'Niet zolang hij nog met iemand anders getrouwd is,' zei Berec en hij drukte zijn sigarettenpeuk uit in een kleine asbak. 'En zelfs dan weet ik het niet. Ik weet nog dat ze een keer tegen me zei dat één huwelijk genoeg was in een mensenleven. En Reginald, nou, volgens mij vindt hij het helemaal prima zoals het nu gaat.'

'Dat zou ik verschrikkelijk vinden,' zei Isabel verwonderd. 'Als ik van iemand hield, zou ik de hele tijd bij hem willen zijn.'

Berec begon in zijn portemonnee naar munten te zoeken en ze kon zijn gezichtsuitdrukking niet zien. 'Een mooie gedachte, Isabel,' zei hij, 'en bovenal wens ik je toe dat je dat geluk vindt, maar bedenk alsjeblieft dat dat niet voor iedereen is weggelegd. Sommigen zijn op rantsoen gezet als het om liefde gaat, anderen vinden haar al helemaal niet. Word alsjeblieft niet blind als je zelf het geluk wel hebt gevonden.'

'Wat zeg je dat ernstig, Berec,' zei ze aarzelend. Zoiets ernstigs had hij nog nooit tegen haar gezegd en even wist ze niet hoe ze erop moest reageren. Was hem soms iets overkomen? Ze moest meteen aan Myra denken, maar ze had al lang geleden geleerd geen vragen over Myra te stellen; die vraag leek Berec van zijn stuk te brengen en ze respecteerde zijn privacy. Ze had zich wel eens afgevraagd of hij misschien van Penelope hield, maar was tot de conclusie gekomen dat als dat ooit al het geval was geweest, dat nu niet meer zo was. Over haar sprak hij slechts met dankbaarheid en vriendschappelijke warmte.

'Ik wilde je niet bang maken,' zei hij. 'Zeker niet als ik zie dat je zo gelukkig bent.' Zijn ogen dansten ondeugend en ze voelde haar gezicht rood aanlopen. 'Nee, ik bemoei me nergens mee,' voegde hij er haastig aan toe. 'Maar ik merk wel dat je tegenwoordig niet veel tijd meer hebt voor je oude vriend Berec.'

'Berec, doe niet zo mal, voor jou heb ik altijd tijd. En vandaag moet je mij laten betalen, echt. Ik ben degene met de baan, weet je nog. Hier, pak aan.' Ze schoof een bankbiljet naar hem toe.

'Ah, en ik wilde je om een boek van kantoor vragen. Dat kan ik niet doen als je voor me betaalt.'

'Natuurlijk wel. Van die Russische dichter? Stephen hoopt dat je dat boek een keer wilt beoordelen. Als je nu met me meegaat naar kantoor, geef ik je een exemplaar.'

Later die middag dacht ze terug aan hun gesprek over Penelope en in een opwelling pakte ze de telefoon. Er was niemand thuis.

'Ik heb een auto gekocht.' Hughs stem klonk triomfantelijk door de telefoon.

'Er loopt een andere lijn doorheen,' zei Isabel. Een vrouwenstem snerpte: 'Hallo, hallo, Bernard?' Toen klonk er een klik en viel het stil. 'Ben je er nog, Hugh?' vroeg Isabel. 'Even dacht ik dat je zei dat je een auto hebt gekocht.'

'Dat heb ik ook. Ga je zondag mee een ritje maken? Ik kan je rond tienen oppikken.'

'Ja,' zei ze meteen, 'dat lijkt me enig.' Toen hij had opgehangen, wist ze even niet waar ze het zoeken moest van opwinding. Ze ging een hele dag met hem weg! Betekende dit dat hun relatie serieus werd? Misschien zocht ze er te veel achter. O, verdorie, als ze nou maar wat eleganter was, zoals Audrey. Audrey zou weten hoe je met zulke dingen moest omgaan. Ze zuchtte en ging op zoek naar iets om aan te trekken. De oude goudkleurige jurk met die lieve ronde kraag, misschien. Daar had Audrey haar een complimentje over gegeven.

Zondag was het stormachtig, en plukken grijzige wolken schoten langs een mistige lucht. Ze hoopte dat het niet ging regenen. De auto was een schatje, klein en rood, met een vouwdak. Hij was verre van nieuw, maar hij vertegenwoordigde vrijheid en toen ze de voorsteden eenmaal door waren en vaart konden maken, merkte je het gepiep en de trillingen amper boven de brullende motor uit. Hugh reed snel, maar kundig, en de typische dorpjes van Surrey vlogen voorbij. Ze stopten voor een vroege lunch in een pub in Haslemere en vervolgden toen hun weg naar Brighton, waar ze halverwege de middag aankwamen. Hij parkeerde de auto op de strandboulevard.

Isabel ging pootjebaden in een ijskoude zee terwijl Hugh, die weigerde om zelfs maar zijn schoenen uit te trekken, op het rotsachtige strand bleef staan. Nadat ze haar voeten met zijn zakdoek had gedroogd, liepen ze de pier over, waar een stuk of vijf kinderen een ijsje aten en naar een rommelige poppenkastvoorstelling zaten te kijken. Het spektakel werd interessanter toen het door een bende kinderen werd verstoord en de poppenspeler uit de tent kwam rennen en schreeuwde dat ze moesten opsodemieteren. 'Die ouwe Hitler had jullie eens moeten meemaken,' riep hij terwijl hij zo met zijn vuist schudde dat Jan Klaassen er nog een puntje aan kon zuigen.

Hugh lachte en trok Isabel met zich mee. Ze kuierden naar het uiteinde van de pier en bleven daar een tijdje staan kijken naar de zeemeeuwen, die rondcirkelden en doken in het kielzog van een plezierboot die de baai overstak.

'Waarom doen ze dat?' vroeg Isabel. Haar hart hunkerde nu ze hem zo dicht naast zich voelde.

'Ik denk dat mensen eten naar ze gooien, of misschien wordt er door de schroef van de boot vis omhoog gewoeld. Het zijn aaseters, toch? Ze leven van ons, daarom gedijen ze zo goed.'

Ze bedacht dat de vogels op afstand gracieus leken, maar van dichtbij hardvochtig en boosaardig. Er was een scherpe wind opgestoken; ze huiverde en trok haar jas dichter om zich heen. 'Je hebt het koud,' zei hij en hij nam haar bij de arm. 'Sorry. Laten we thee gaan drinken.'

Ze liepen over de pier terug en vonden de laatste vrije tafel in een benauwd, propvol café, waar de serveerster thee en toast met boter bracht en ze stilletjes naar de gesprekken om hen heen luisterden. Eén keer moest Hugh glimlachen om iets wat een oude vrouw zei, haalde een aantekenboekje tevoorschijn en schreef het op, waarna hij het zonder een woord te zeggen weer opborg. Hij leek ergens op te broeden wat misschien niets te maken had met Isabel, het café of dat moment, ze wist het niet. Soms trok hij zich in zichzelf terug, dat idee had ze in elk geval. Ze merkte dat ze dan in paniek begon te raken. Misschien deed ze er voor hem eigenlijk niet toe. Misschien had ze hem toch helemaal verkeerd begrepen.

'Alles goed met je?' vroeg ze hem na een poosje, ze voelde zich een beetje verwaarloosd.

'Wat? Ja, natuurlijk,' antwoordde hij nogal kortaf. 'Sorry, ik was in gedachten.'

'Dat heb ik gemerkt,' zei ze en ze probeerde niet te laten merken dat ze gekwetst was. 'Ik was al bang dat ik je van streek had gemaakt.'

'Liefje van me.' Hij greep haar bij de hand en vlocht zijn vingers door die van haar. 'Dat mag je niet denken. Hoe kun jij me nu van streek maken?' Hij keek haar zo teder aan dat ze amper een woord kon uitbrengen.

'Dat weet ik niet,' zei ze moeizaam. 'Ik wist het gewoon niet, dat is alles.'

En nu het moment was gekomen, wist ze niet wat ze ermee aan moest. Ze wilde hem van alles vragen, maar dat kon ze niet, niet hier.

'Soms heb ik het gevoel,' mompelde ze, 'dat ik niet weet waar ik met je aan toe ben.'

'Isabel, is dat dan niet duidelijk? Zie je dan niet wat ik voor je voel? Je vertrouwt me toch wel, hè?'

Vertróúwen.

En nu, in de nabijheid van al die vreemden, voelde ze tot haar afgrijzen dat haar ogen prikten van de tranen. Ze wilde haar handtas pakken, maar Hugh haalde zijn zakdoek al tevoorschijn, waarmee hij overal zand rondstrooide. Hij depte haar wangen met een schoon puntje droog.

'Zullen we gaan?' vroeg ze. Mensen begonnen haar nieuwsgierig aan te staren.

'Natuurlijk.' Hij hielp haar met haar jas en gooide bij hun vertrek een paar munten op tafel.

Buiten op de boulevard keken ze twijfelachtig naar het schemerige daglicht. Donkere wolken hadden zich boven hun hoofd samengepakt. Scherpe regendruppels prikten op hun gezicht. Aan de overkant stond een indrukwekkend, okerkleurig gepleisterd gebouw dat aan een overdekte zuilengalerij grensde, en hij stak snel met haar de weg over om daar te schuilen. Aan één kant was een soort uitsparing waar niemand hen kon zien. Daar leek het de natuurlijkste zaak van de wereld te zijn dat hij haar eindelijk dicht tegen zich aan trok. Hun monden ontmoetten elkaar in een hete, smachtende kus. Zijn lippen waren zacht en smaakten naar kaneel.

'Lieve meid van me, ik wilde je niet aan het huilen maken,' fluisterde hij in haar oor. Toen ze naar zijn gezicht keek, zag ze diepe bezorgdheid, en om de een of andere reden ontroerde haar dat enorm. Wat voelde ze zich nu dicht bij hem, en ook sterk. Ze vond het ontzagwekkend dat ze zo'n effect op hem kon hebben. Uiteindelijk deed ze wat ze al zo lang had willen doen, ze stak een hand op en volgde met haar vingers de vorm van zijn mond, veegde toen over zijn ruwe wang en kuste hem weer. En, in elk geval op dit moment, leek alles wat haar dwars had gezeten er niets meer toe te doen.

Ze kusten elkaar heel lang terwijl de regen met bakken naar beneden kwam, daarna keken ze hoe de hen omringende gebouwen en de pier in silhouetten veranderden en het licht van de wolken overging in een donkere goudkleur boven de zee.

'Volgens mij moeten we gaan,' mompelde Hugh uiteindelijk. 'Kun je op die schoenen rennen?'

'Ik zal het proberen.'

Met de armen nog om elkaar heen stoven ze strompelend door de plassen en de regen de glanzende promenade over naar de auto.

Terwijl ze naar Londen terugreden, voelden ze zich door het weer alleen maar nog meer met elkaar verbonden. Hugh boog zich over het stuur in een poging de weg te kunnen onderscheiden, de ruitenwissers voerden een ongelijke strijd tegen de vloedgolf die over het raam stroomde. De kachel stond op z'n hoogste stand en voor Isabel voelde het ongelooflijk veilig en intiem aan.

Ze waren net over de top van de South Downs en raceten nu over een open weg naar huis toen er een onheilspellend knallend geluid weerklonk en de auto ging slingeren.

'De voorband is naar de ratsmodee, verdomme,' kreunde Hugh en hij omklemde het stuur met beide handen om het voertuig in het gareel te krijgen. Hij minderde vaart en wist de auto aan de kant van de weg te zetten, vlak langs de berm. Hij stapte uit en bekeek het wiel aan zijn kant.

'Zo plat als een dubbeltje,' riep hij naar Isabel met een spijtig gezicht. 'Ik vind het heel vervelend, maar je moet uitstappen.' Ze opende haar deur en zag daar een greppel vol brandnetels.

'Ik moet aan jouw kant uitstappen,' zei ze, maar hij had de motorkap al opengemaakt en hoorde haar niet. Ze klom uit de auto en ging naast hem staan.

'Ga jij maar onder die bomen staan terwijl ik dit oplos,' zei Hugh tegen haar, terwijl hij de reserveband loswurmde.

'Nee, ik help wel.' De regen was al door haar jas heen gedrongen.

'Doe niet zo belachelijk, je bent niet sterk genoeg. Ik wil niet dat je je bezeert.'

'Ik weet zeker dat er wel iets is wat ik kan doen.'

'Ga dan maar op de uitkijk staan of er andere auto's aankomen,' zei hij terwijl hij de band naar de juiste plek rolde.

Ze gaf hem de krik aan uit de gereedschapstas en verzamelde de bouten toen hij de lekke band demonteerde en de andere bevestigde.

'Laat me je handen zien,' zei ze op bevelende toon toen hij klaar was, en met een oude doek uit de kofferbak veegde ze de ergste olie weg. Ze stapten half verzopen weer in de auto en meteen mengden de geuren van natte wol, aarde en leer zich met de gebruikelijke stank van benzine en autobekleding.

Na een paar pogingen sloeg de motor aan en ze glimlachten opgetogen naar elkaar. 'Bingo!' riep hij uit, toen draaide hij zich naar haar toe en omhelsde haar. 'Je bent een kei, liefste van me, weet je dat?' En een enorme blijdschap spoelde door haar heen.

Het was laat op de avond toen hij voor haar huis stilhield en beiden waren uitgeput.

'Het was een fantastische dag,' zei ze.

'Inderdaad, ondanks alles.' Hij nam haar in zijn armen en kuste haar. 'Ik kan het beter niet riskeren om de motor uit te zetten.' Ze opende het autoportier. 'Ik bel je,' zei hij. 'Doei.'

De volgende dag hoorde ze niets van hem, en de dag daarna ook niet, terwijl ze op kantoor elke keer met een verwachtingsvol steekje de telefoon opnam als die overging. 's Avonds thuis kwam ze in opstand wanneer een van haar huisgenoten wilde telefoneren, voor het geval hij haar probeerde te bereiken. Waarom belde hij niet? Eerst begreep ze het niet, toen was ze gekwetst en daarna wanhopig. Vertrouw me nou maar, had hij tegen haar gezegd. Hoe kon ze dat nou als hij haar zo aan het lijntje hield?

Haar gedachten dwarrelden alle kanten op. Misschien was er iets aan de hand. Misschien had ze hem verkeerd ingeschat of had ze hem op de een of andere manier tegen de haren in gestreken. En toch had ze zich zo zeker bij hem gevoeld. Ze belde een keer of twee naar zijn flat, maar daar werd niet opgenomen. Waar was hij? Ze ging op in een maalstroom van woede en verlangen, eerst het een en toen het ander.

Na drie dagen, die zich eindeloos voortsleepten, liep ze op donderdagochtend het kantoor in en nam de rinkelende telefoon aan.

'Isabel!' Hij was het. Even kon ze niet ademhalen. 'Hallo?' zei hij.

'Hallo Hugh.'

Hij hoorde de matheid in haar stem en zei: 'Je bent boos op me.'

'Nee, hoor,' loog ze.

'Je bent boos, dat weet ik zeker. Moet je horen, ik zit nu in Suffolk, maar ik kom later vandaag terug. Ben je vanavond vrij? Ik wil graag met je uit eten.'

'Ik heb vanavond al iets.' Toevallig was dat waar. Ze ging met Berec bij Gregor en Karin eten. Eigenlijk wilde ze dat wel afzeggen, maar dat was haar eer te na. Hij moest maar wachten.

'Morgen dan? Verdomme, je bent echt boos. Ik kan het je niet kwalijk nemen.' Ze zweeg. 'Ik ben hier de hele week. Mijn moeder heeft in het ziekenhuis gelegen.'

'Wat akelig,' zei ze, meteen bezorgd. 'Wat was er aan de hand?'

'Ze heeft een ernstige astma-aanval gehad. Haar huishoudster belde me maandag op, ze was heel erg van streek. Ik ben onmiddellijk op de trein gestapt. Het waren een paar angstige dagen, maar ze is nu een heel eind opgeknapt. Sorry dat ik je niet heb gebeld. Ik had mijn adresboekje niet bij me. Ik heb gisteren tijdens lunchtijd naar kantoor gebeld en een boodschap achtergelaten bij hoe heet-ie ook alweer, die onnozele knul?'

'Jimmy?' Ze zou Jimmy's nek omdraaien omdat hij niks had gezegd.

'Inderdaad. Alsjeblieft, Isabel. Kan ik je zien? Ik moet je iets heel belangrijks vertellen.' Hij smeekte nu en ten slotte gaf ze toe. Bovendien was ze nieuwsgierig naar wat hij haar te vertellen had.

'Morgen dan,' zei ze.

Hij nam haar mee naar een restaurant waarvan je het bestaan nooit zou ontdekken, zo weggestopt was het in een zijstraat midden in St. James. Op de grond lagen dikke tapijten, het was er luxueus gemeubileerd en het licht was gedempt, meer als een weelderige huiskamer dan een commercieel etablissement. Hier liepen de obers stilletjes rond en spraken met zachte stem, en er stonden geen prijzen op het menu, dat helemaal in het Frans was. De hoofdober begroette Hugh geestdriftig, maar keek nieuwsgierig naar Isabel toen hij hen naar hun tafel begeleidde, ergens in een hoekje.

'*Le champagne ce soir, m'sieur?*' vroeg de man aan Hugh.

Hugh aarzelde. 'Misschien niet. Wat dacht je van een gin-tonic, Isabel?' Ze knikte. 'Doe maar twee dubbele.'

'En *tranquillement* met de tonic?' zei de man met een scheef glimlachje.

'Precies.'

'Ben je hier vaker geweest?' vroeg Isabel toen ze alleen waren.

'Een keer of twee,' zei hij. 'Jacqueline vindt het hier geweldig.' Hij glimlachte. 'Ze zegt dat ze hier het gevoel krijgt dat het nooit oorlog is geweest. De man weet zeker nog dat we toen champagne hebben besteld.'

'O.' Nu onverwacht de naam van Jacqueline viel, kwamen al Isabels onzekere gevoelens weer terug.

'Wat is er?' vroeg hij bezorgd. 'Ben je nog steeds boos op me?'

'Hugh, ik hoorde maar niets van je en ik maakte me ongerust,' fluisterde ze fel. 'En nu... nu vertel je me dat je hier andere meisjes mee naartoe neemt. Om champágne te drinken.'

Ze raakte in de war toen hij lachte en zei: 'Is champagne dan immoreel? Dat wist ik niet. Hoe dan ook, Jacqueline is geen méísje, ze is een getrouwde vrouw. Nee, dat klinkt ook niet echt goed, hè? Moet je horen, ze zit vast aan die kerel, Michael, die werkt voor de militaire inlichtingendienst, wist je dat niet? Hij is heel veel weg en zij voelt zich dan alleen. Ik zou een beroerde vriend zijn als ik haar niet zo nu en dan mee uit nam om haar op te vrolijken.'

Zoals hij het uitlegde, klonk het heel redelijk en ze voelde iets van opluchting. En toch moest ze terugdenken aan hoe Jacqueline zich op het feestje had gedragen, hoe ze Hugh praktisch had overspoeld met haar aandacht. Isabel keek naar hem en vroeg zich af of ze de moed had om daarover te beginnen, maar ze zag alleen maar onschuld in zijn hazelnootbruine ogen, en tederheid, dus ze zei niets.

'Geloof je me, lieveling?' zei hij smekend en ze knikte. Ze geloofde hem.

Op dat moment werden hun drankjes gebracht. Vervolgens kwam de beproeving van eten bestellen, Franse gerechten waar ze nog nooit van had gehoord, maar die Hugh voor haar uitkoos, daarna het uitvouwen van hun servet en het neerleggen van het bestek. Er werd een dikke soep gebracht in borden met een brede rand, vergezeld van witte broodjes in een zilverkleurig mandje. Ten slotte werden ze met rust gelaten.

Hugh roerde zijn soep amper aan. Hij zei ernstig: 'Ik moet dat van mijn moeder beter uitleggen. De aanval was ongebruikelijk heftig. De artsen denken dat het een reactie op stof was. Van de voorjaarsschoonmaak.'

'Arme vrouw,' mompelde Isabel. 'Hoe gaat het nu met haar?'

'Veel beter.' Hij glimlachte. 'Ze heeft me voortdurend als loopjongen gebruikt. Ik had amper een gaatje om te kunnen bellen.'

Isabel knikte, stond zichzelf toe een beetje bij te komen, tot bedaren te komen, want dat wilde ze wanhopig graag. Hij had haar niet verwaarloosd, niet echt; logisch dat hij zich om zijn moeder bekommerde. Hij had geprobeerd te bellen. Jimmy had toegegeven dat hij was vergeten om het aan haar te vertellen en ze had hem een fikse uitbrander gegeven. Plotseling kreeg ze trek. Ze nam wat van de soep, die warm en verrukkelijk was.

'Ik had nog een keer moeten proberen om je op kantoor te bereiken,' gaf Hugh toe. 'In Suffolk glipt de tijd op de een of andere manier gemakkelijker door je vingers weg.'

'Voor mij glipte die niet weg, Hugh,' zei ze tegen hem. 'Ik dacht dat je van gedachten veranderd was, dat je spijt had van onze dag samen.'

'Nee, verre van dat,' zei hij. Hij legde zijn lepel neer en keek haar ernstig aan. 'Ik heb de hele tijd aan Brighton gedacht, hoe lief je was. En toen die toestand met de lekke band; je was zo vastberaden, zo geduldig. Ik heb moeder er alles van verteld.'

'En wat zei ze?' vroeg Isabel gretig, ze voelde aan dat mevrouw Morton belangrijk was in zijn leven.

'Ze was onder de indruk. Ze wil je graag ontmoeten,' zei hij luchtigjes. 'Maar echt, niet ieder meisje zou zo'n situatie zo opgewekt ondergaan als jij hebt gedaan.'

'Misschien onderschat je onze sekse,' zei ze met een guitige blik in haar ogen.

'Nee, voor mij was dat het bewijs dat je bijzonder bent,' zei hij. 'Ik heb het gevoel dat ik lang heb gewacht om je te vinden. Sinds ik haar... nou ja, over haar heb je in *Thuiskomst* gelezen.'

'De jonge vrouw Diana?' Ergens was ze nieuwsgierig naar de gestorven vrouw, maar aan de andere kant vond ze het ook een inbreuk als ze haar ter sprake bracht.

'In het echt heette ze Anne. Anne Sinclair. Sinds haar ben ik natuurlijk wel vaker met vrouwen uit geweest, maar ik heb nooit iemand ontmoet... O, die zo stralend, mooi en intelligent is als jij bent.'

'Hou op, zeg,' zei ze lachend. 'Straks moet ik nog zijwaarts door de deur omdat mijn hoofd te groot wordt.'

'Het is anders een prachtig hoofd. Je bent helemaal prachtig.'

'Sst, straks horen de mensen je nog!'

'Kan me niet schelen. Ik hou van je, Isabel.' Hij pakte haar hand en hield die in de zijne gevangen, terwijl hij haar aankeek met zo'n oprechte adoratie dat het allerlaatste spoortje twijfel werd weggespoeld. Al die keren dat ze in de war was geweest of niet zeker van hem was, de misverstanden, deden er niet meer toe. Nu was alles goed.

'O, Hugh,' fluisterde ze blij. 'Ik hou ook van jou.' Ze had hem nog nooit zo gelukkig gezien. Hij kuste haar hand, leunde toen naar voren en streek met zijn vingers langs haar wang.

'Isabel, mijn liefste meisje,' mompelde hij. 'Ik weet dat dit allemaal wel heel plotseling is. Misschien denk je wel dat we elkaar nog niet lang genoeg kennen, maar deze week heb ik ontdekt dat ik het zeker weet. Ik heb zo lang op je gewacht en nu ben je er. Ik hou zo veel van je. Je bent zo lief en grappig en, o, je hebt zo veel passie voor dingen.' Hij haalde adem. 'Denk je dat je het met me wilt proberen, Isabel?'

Met hem wil proberen? Wat bedoelde hij?

'Kijk me niet zo bevreemd aan. Ik vraag of je met me wilt trouwen.'

Even was ze zo verbaasd dat ze wel haar mond opendeed maar niets uit kon brengen. Het was allemaal zo snel gegaan. Was het nog maar amper een week geleden dat hij haar voor het eerst had gekust? Ze wist natuurlijk al een hele tijd dat ze van hem hield, maar toch...

Ze kon nauwelijks helder nadenken. Een stemmetje in haar hoofd waarschuwde haar dat ze nog geen antwoord moest geven, maar dat negeerde ze en in plaats daarvan hief ze haar gezicht als een bloem naar hem op en sprak recht uit haar hart.

'Ja,' zei ze en ze zag dat zijn ogen vol verwondering waren, en hij was opgetogen. Ze staarden elkaar aan, de handen over de tafel, en het leek wel alsof ze een eeuwigheid stompzinnig naar elkaar glimlachten. Ze had zich nog nooit zo volmaakt, zo verrukkelijk gelukkig gevoeld.

'Wil m'sieur de champagne dan nu?' vroeg de hoofdober toen hij de volgende gang serveerde en zag dat de mooie mademoiselle verwonderd naar een fonkelende ring aan haar vinger zat te staren.

Ze besloten dat ze niet lang verloofd zouden blijven. Hugh wilde niet wachten. Financieel gesproken waren er geen echte problemen en zijn flat was groot genoeg voor hen beiden, in elk geval voorlopig.

Uiteindelijk verwierpen ze het idee om in een krankzinnige spurt naar de burgerlijke stand te rennen. Isabel vond dat niet eerlijk tegenover haar ouders. Pamela wilde dat haar dochter 'fatsoenlijk' in een kerk in het huwelijk zou treden, niet dat ze hoe dan ook een kerkelijk gezin waren, maar zo had haar familie in Norfolk dat gedaan en Isabel herinnerde zich dat haar moeder dat was ontnomen.

Isabel ging zo op in de opwinding van dit alles dat ze vergat dat ze ooit haar twijfels over Hugh had gehad. Ze was dolgelukkig. Ze had er bovendien van genoten om haar collega's te verbazen, die allemaal dolblij voor haar waren, zelfs Audrey, die uiteindelijk leek te denken dat het een 'slimme zet' van Isabel was geweest om Hugh in haar netten te strikken. Ze was niet gewend om bewondering van Audrey te krijgen, maar aan de andere kant was Audrey sinds haar eigen huwelijk wat milder geworden, volwassener, en dat wilde Isabel stiekem zelf ook.

De zondag na hun verloving had ze Hugh meegenomen naar haar ouders. Het was geen gemakkelijk bezoek geweest. Meneer en mevrouw Barber waren natuurlijk verbaasd geweest en hadden Hugh bestookt met vragen, die hij graag wilde beantwoorden, maar ze zag dat haar vader op hete kolen zat. Haar moeder, die uit een vergelijkbaar milieu kwam als Hugh, was hoffelijker, maar beiden maakten zich zorgen over het idee dat ze in juli gingen trouwen. Niet zozeer omdat de bruiloft al heel binnenkort was, maar ook omdat het stel elkaar nog niet zo lang kende.

'In de oorlog trouwden mensen om het minste geringste,' bracht Hugh hun in herinnering.

'En sommigen hebben dat moeten bezuren,' antwoordde mevrouw Barber vriendelijk, maar met een waarschuwende ondertoon. En toch wilde Isabel het doorzetten, hartstochtelijk zelfs. Haar ouders konden slechts hun schouders ophalen en erin meegaan.

Nu zou ze zijn moeder moeten ontmoeten. Ze vroeg zich zenuwachtig af wat Lavinia Morton van haar zou vinden. Hugh was tenslotte haar enige kind en Isabel had al zo'n idee dat moeder en zoon heel belangrijk voor elkaar waren.

De zaterdag daarop reden ze naar Suffolk.

Isabel was verbaasd dat hij op de deur van de zitkamer klopte voordat hij naar binnen ging. 'Moeder,' zei hij, 'dit is Isabel.'

Mevrouw Morton stond langzaam op uit haar stoel bij het vuur en Isabel stak een eindeloze vlakte tapijt over om haar toekomstige schoonmoeder te begroeten.

'Hoe maak je het.' Hughs moeder sprak met deftige stem terwijl ze Isabels hand even vasthield. 'Welkom in Stone House.'

'Dank u wel.' Isabel keek in een paar hazelnootbruine ogen, Hughs ogen, in een ovaal gezicht omlijst door grijs, met haarlak bewerkt, golvend haar. Mevrouw Morton mocht dan bijna zestig zijn, ze was vastbesloten zich er door de tijd niet onder te laten krijgen. Ze was uitstekend opgemaakt, haar wenkbrauwen waren getekende boogjes, haar uitdijende figuur zat strak in een korset. Haar gemanicuurde hand rustte elegant op een heup terwijl ze haar blik liet gaan over wie haar zoon als zijn bruid had gekozen. Iets zei Isabel dat ze teleurgesteld was door wat ze zag.

Hugh leek het niet te merken. Hij was een aan hem geadresseerde envelop aan het openmaken die hij in de hal had gevonden. 'O, verdorie,' zei hij, 'een of andere plaatselijke vereniging wil dat ik een praatje bij ze kom houden.'

'Ik hoop dat je dat gaat doen, Hugh. Ik ben bang dat ik je naam heb laten vallen.'

'Ik wilde dat je dat niet deed, moeder.'

'Maar liefje, als je in je carrière verder wilt komen, moet je je laten zien. Nou, wil je Isabel haar kamer wijzen? Ik heb haar de magnolia gegeven.'

Toen ze eenmaal alleen was in een slaapkamer achter in het huis, die een rozeachtig-wit uitstraalde als was het een ziekenkamer, kreeg Isabel eindelijk de kans om haar omgeving in zich op te nemen. Aan de hand van zijn beschrijvingen had ze zich een beeld gevormd van Hughs dierbare huis uit zijn jeugd, maar Stone House was op de een of andere manier groter dan ze zich had voorgesteld, kil vanbinnen en alarmerend afstandelijk. Ze liep naar het raam en keek uit over een enorm grasveld met aan weerskanten een grindpad en bloembedden. Achter de tuin was een veld, en daarachter, zo had Hugh haar verteld, lagen de moerassen. Een streep glinsterend zilver in de verte moest de rivier zijn. Ze duwde het raam open en er waaide een koude wind naar binnen. De volle geuren van aarde en groen, de troosteloze kreten van zeevogels bereikten haar zintuigen. Ze leunde over de vensterbank en trok zich meteen huiverend weer terug. De flagstones beneden lagen in een steile diepte onder haar.

Ze genoot bepaald niet van het weekend. Hugh hield zich in, was totaal niet zijn normale zelf, en ze voelde dat mevrouw Morton een soort machtsspel met haar speelde, waarvan ze de regels niet kende en ze had ook geen zin om eraan mee te doen. Een typisch voorbeeld hiervan was de discussie tijdens het diner over hoe Isabel haar moest noemen.

'Ze is nog zo jong, ik vind het te familiair als ze me Lavinia zou noemen,' zei mevrouw Morton mechanisch. 'Daar zou ik me hoogst onprettig bij voelen.'

'Isabel kan je geen mevrouw Morton noemen,' zei Hugh. 'Geen sprake van. Wat dacht je van "moeder"?'

'Maar ik ben haar moeder niet, Hugh, je weet wel beter.' Soms praatte Lavinia tegen hem alsof hij nog steeds een puber was. 'Wat dacht je van "schoonmoeder"? Ja, ik denk dat dat nog het beste is.'

Schoonmoeder? Isabel probeerde het een paar keer uit, maar het klonk idioot. Ze besloot het te omzeilen door haar niets te noemen. Daarna dacht ze altijd aan haar als gewoon 'Hughs moeder'.

Die avond stond mevrouw Morton erop om bij het verloofde stel te blijven zitten, dus Isabel verontschuldigde zich en ging vroeg naar bed, in de hoop dat Hugh niet veel later zou volgen. Ze las wat in haar boek, deed toen het licht uit en wachtte in het donker terwijl ze naar de wind buiten luisterde. Het duurde niet lang of er klonk een zachte klop op de deur en Hugh stak zijn hoofd naar binnen.

'Ben je nog wakker?' fluisterde hij.

'Ja, natuurlijk... Kom erin,' antwoordde ze en hij vond op de tast zijn weg naar het bed.

'Waar ben je?' zei hij.

'Hier,' zei ze en ze trok hem naar zich toe. Hun monden vonden elkaar in het donker. Ze trok hem dichter naar zich toe, maar dat weerstond hij.

'Beter van niet,' zei hij.

'Mij maakt het eigenlijk niet uit.'

'Nee, verleidster van me, we moeten wachten. Dan is het alleen maar fijner, dat zul je zien.' Ze vroeg zich vaagjes af hoe hij dat wist, maar dat zou ze nooit vragen.

'Ik wou dat je bleef. Ik ben niet van porselein, hoor.'

'Dat weet ik wel, en ik wil jou ook dolgraag, maar je zult zien dat ik gelijk krijg. Welterusten, liefste,' mompelde hij en een ogenblik later was hij weg.

Ze miste hem nu al. Toen ze het 't vorige weekend erover hadden, had hij hetzelfde gezegd. Voor het huwelijk hoorden ze niet met elkaar naar bed te gaan. Zo lang duurde dat niet meer. Ze was nog zo jong, zei hij tegen haar, en hij wilde haar beschermen. Zo hoorde dat.

Nadat hij weg was, dacht ze hier lang over na. Ze wilde hem zo graag, maar ze kon hem moeilijk gaan smeken, wel? Ze stelde zich zo voor dat hij meer ervaring had, hij was immers zo'n stuk ouder. Moest ze hem dan toch vertrouwen, ook al verlangde haar lichaam zo naar hem? Ze sloeg haar armen vertroostend om zich heen terwijl ze wachtte tot ze in slaap viel.

17

Emily

Het was Valentijnsdag. Op het bovendek van de bus naar haar werk keek Emily naar tieners die in hun schoolblazers elkaar treiterden. Een meisje, knap en flirterig, zwaaide met een kaart in een roze envelop, die de jongens weggristen en elkaar toegooiden. De meisjes slaakten gilletjes en giechelden terwijl ze hem probeerden terug te pakken. Een jongeman in een pak uit de City rende de trap op met een bos rode rozen in cellofaan waar het prijskaartje nog aan hing. Emily moest onwillekeurig glimlachen om zijn zelfbewuste houding, maar vanbinnen voelde ze zich verloren. Voor haar zou er vandaag niets zijn. 'Het is alleen maar een stomme verkooptruc,' had Matthew haar een keer verteld, zo herinnerde ze zich. Zelfs als ze nog samen waren geweest, zou hij haar waarschijnlijk toch niets hebben gestuurd. Hij had er een bloedhekel aan om mee te lopen met de massa. Ze deed haar best zich te herinneren wanneer ze voor het laatst van iemand een valentijnsverrassing had gekregen. Niet sinds ze van school af was, dat was wel zeker.

Op kantoor was het natuurlijk een gekkenhuis vanwege Valentijnsdag. Een bestsellerauteur stuurde een reusachtige doos met hartvormige cupcakes, die rondging. Iemand drapeerde roze vlaggetjes langs de spiegels in het damestoilet. Zelfs het chagrijnige meisje dat de royaltybetalingen regelde, had een grote bos bloemen op haar bureau. Door haar gelukzalige glimlach werd ze een ander mens.

Emily's e-mailbox zat vol verschrikkingen. Een overenthousiaste marketingassistent bestookte haar ieder uur met een e-mailbericht over een boek over internetdating. De financieel directeur koos uitgerekend die dag uit om een aantal formulieren over jaarlijkse budgetten rond te sturen. Emily zou uren bezig zijn om die nauwkeurig in te vullen. En niemand scheen Big Brother, alias de directeur bedrijfsvoering, te hebben verteld dat vandaag een dag vol welwillendheid zou moeten zijn. Want rond de middag kreeg iedereen een uitermate onaangename aankondiging in zijn mail, met als onheilspellend onderwerp: winstmaximalisatie. Overal in de ruimte was zacht gezucht en gekreun te horen toen haar collega's die openden. De organisatieadviseurs waren in aantocht. Het woord 'bezuinigingen' viel, wat betekende dat er ontslagen zouden vallen, dat wist iedereen. Plotseling was de blijdschap vanwege de cakejes, de vlaggetjes en de bloemen bekoeld. Iedereen was angstig.

'De klootzakken,' mompelde Liz.

'Ik weet me geen raad als ik mijn baan kwijtraak,' zei Sarah met grote, angstige ogen tegen de anderen. 'Jules moet ook al salaris inleveren.'

'Zo'n vaart zal het heus niet lopen, hoor,' zei Emily in een poging haar te troosten. 'Het Young Adult-fonds loopt fantastisch. Ik zie trouwens toch niet hoe ze in de redactie zouden moeten snijden. We komen nu al handen te kort.'

'Dat houdt ze heus niet tegen, hoor,' mompelde Liz. 'Let maar op. Wat kan het hun nou schelen?'

Emily was even bezorgd over zichzelf – het schoot door haar heen dat ze als laatste was binnengekomen, dus zou ze er als eerste uit vliegen – en ze moest een hypotheek aflossen. Maar ze had eerdere ontslagrondes bij haar vorige werkgever overleefd en Gillian had haar persoonlijk gerekruteerd, dus ze probeerde er filosofisch naar te kijken. Bovendien had ze het gevoel dat ze bezig was zichzelf te bewijzen. Haar collega's van de afdeling marketing waren dolenthousiast over een historische roman die ze had binnengehaald en ze mocht een bod doen op Tobias Berrymans literaire thriller. Die speelde zich af in een soort duistere, alternatieve elizabethaanse wereld waarin de echo's van het heden doorklonken, heel knap neergezet, de rillingen liepen ervan over je rug, intellectueel en leesbaar tegelijk. De verkoopdirecteur liep ermee weg. Dan zouden ze haar nu toch zeker niet de laan uit sturen. En ze dacht oprecht dat ze Sarah nodig hadden. Iedereen leunde op alles wat ze van de uitgeverij wist, kennis die tot heel ver terugging.

'Ze kunnen jou onmogelijk laten gaan, Sarah. Niemand anders kan Jack Vane in het gareel houden.' Als een van de best verkopende auteurs van de uitgeverij was Jack een notoire klager.

Sarah sloeg haar ogen ten hemel. 'Dan heb ik in elk geval niets meer met die verwaande kwast te maken. Als ik word ontslagen, is dat tenminste nog een troost.'

Ze zei het luchtigjes, maar Emily zag hoe zenuwachtig ze was.

Emily bracht een late lunch door in de met tapijt belegde gangpaden van een reusachtige boekwinkel op Piccadilly, terwijl ze probeerde te bedenken welke instructies ze moest geven voor de omslag voor Tobias' roman. Ze liep graag in de boekwinkel rond, waar ze nuttige tips opdeed over wat en hoe er werd uitgegeven. Ze was dol op nieuwe boeken, hoe ze eruitzagen en het gevoel dat ze erbij kreeg, de geur van het papier en de wonderbaarlijke mogelijkheden die uit elk ervan spraken.

Ze pakte een paperback op van een tafel met debuutromans, aangelokt door de illustratie op de cover: een silhouet van een meisje dat een vogelkooi opent waaruit een lijster wegvliegt. Misschien, zo zei het tafereel tegen haar, kun je door mij te lezen ontsnappen naar een wereld waarover je nog nooit eerder hebt gedroomd en zal je leven erdoor veranderen. Ze las de flaptekst en vroeg zich af of ze het zou kopen toen een vrouwenstem zei: 'Hallo, Emily. Het is toch Emily, hè?' en toen ze opkeek, schrok ze toen ze Lorna Morton zag. Misschien gebruikte ze haar trouwnaam nog en noemde ze zich geen Morton, maar Emily dacht nog steeds aan haar als Hughs dochter.

'Lorna, wat een verrassing!'

'Ik dacht al dat jij het was, maar ik wist het niet zeker,' zei Lorna stralend. 'Het zou net wat voor mij zijn om een volslagen vreemde aan te klampen. Ik ben zo slecht in namen en gezichten.'

Emily vond het vertederend zoals Lorna zichzelf wegwuifde, maar had tegelijk medelijden met haar. Lorna's provinciale uiterlijk viel vandaag nog meer op en ze had een enigszins verhit gezicht door de warmte van de winkel. In plaats van haar parka droeg ze een jasje in een oranjeachtige tint die niet goed paste bij de rood- en blauwtinten van haar katoenen Liberty-blouse, en ze had een heel onflatteuze trekkershoed op.

'Ik heb net met Joel Richards geluncht,' biechtte Lorna op. 'Hij wilde met me praten zonder dat mijn moeder in de buurt rondhing. Maar ik voel me daar wel een beetje schuldig over.'

'Waarom? Ging het goed?' vroeg Emily, die het boek dat ze had bekeken was vergeten.

'Ik weet niet of ik iets heb kunnen bijdragen, hoewel hij vriendelijk zei van wel. Hij had zo'n afschuwelijke taperecorder bij zich en daardoor klapte ik een beetje dicht. Ik schaam me als ik bedenk dat hij nogmaals naar mijn gewauwel moet luisteren.'

'Wat heeft hij je dan allemaal gevraagd?' wilde Emily weten.

'O, je weet wel, mijn herinneringen aan mijn vader, niets moeilijks, hoor. Ik had gehoopt...' begon ze, maar ze zweeg toen. 'Nee, het maakt niet uit.'

Emily dacht aan het dossier van *Thuiskomst*, dat Joel onlangs had ingekeken. Ze wilde daar net over beginnen toen Lorna op haar horloge keek en zei: 'Ik moet deze gaan betalen. Ik heb een afspraak met mijn petekind, zie je.'

Tot Emily's verbazing waren de paperbacks die Lorna vastklemde niet, zoals te verwachten was, tuin- of kookboeken, of zelfs romans, maar sciencefictionfantasy. 'Die zijn voor haar oudste dochter,' legde Lorna uit. 'Hoewel ik moet zeggen dat ik ze zelf ook goed vind.'

Emily keek Lorna na toen die achteraan in de rij ging staan, een beetje rood aangelopen, terwijl haar tas van haar schouder viel toen ze haar geld wilde pakken. Emily vond het wel grappig dat ze sciencefiction had gekozen. Lorna, zo concludeerde ze, kon wel eens een grote verrassing blijken te zijn.

Toen Emily op kantoor terugkwam, zag ze dat er een schitterend boeket rozen op haar toetsenbord lag.

'Bof jij even,' zei Liz jaloers, toen ze haar hoofd met vlechtjes over de scheidingswand stak.

'Het is Jules alleen gelukt een kaart te sturen,' zei Sarah tegen hen. 'Het is alweer jaren geleden dat hij me bloemen heeft gegeven.'

Emily pakte het boeket op om het beter te bekijken. De rozen waren prachtig, roken heerlijk, zoals ze hoorden te zijn, roze, rood en wit, niet die donkere, opgekweekte bloemen die je in elke bloemenstal van de stad kon krijgen. Ze snoof met haar ogen dicht de ouderwets geurende lucht op: heerlijk. Op het cellofaan was een kleine envelop geniet, die ze voorzichtig openmaakte terwijl ze van het moment genoot.

'O,' zei ze, geïntrigeerd en teleurgesteld tegelijk. 'Er staat geen naam bij.' Alleen de instructies hoe je ze moest verzorgen.

'Een echte valentijnsverrassing!' Liz' zette ogen zo groot als schoteltjes op van opwinding. 'Kom op, doe een gok. Denk je dat ze van George komen?'

'Ik mag hartelijk hopen van niet,' zei Emily, en door die gedachte verloren de bloemen iets van hun glans. Maar veel andere mogelijkheden waren er niet.

'Dit is zo romantisch,' Sarah slaakte een diepe zucht.

'Nee, dat is het niet, het is griezelig,' zei Emily.

'Misschien zijn ze wel van een dikzak.' Liz' ogen glinsterden nu ondeugend. 'Dat is het probleem. Beter dat je het niet weet.'

'Je wordt bedankt, Liz,' zei Emily. 'Heeft iemand van jullie gezien wie ze heeft bezorgd?'

Ze schudden hun hoofd.

'Vraag het bij de receptie,' zei Liz. Dat deed Emily, maar daar wisten ze ook van niets. Die dag waren er zo veel bloemen bezorgd.

Op een van de kasten stond een vaas, daarin schikte ze de bloemen, liep naar haar bureau terug en verschoof een stapel tijdschriften om ruimte te maken voor de vaas.

Onder de tijdschriften lag een platte kartonnen doos die ze niet eerder had opgemerkt. Hij was heel mooi, versierd met een soort Orla Kiely-dessin en er zat een dik groen lint omheen gestrikt.

Dit is een dag vol verrassingen, dacht ze terwijl ze de vaas neerzette en de doos oppakte.

Er stond helemaal niets op. Voorzichtig trok ze aan de uiteinden van het lint dat met een zijden zucht opengleed. Het deksel ging gemakkelijk open. In de doos lag iets plats en rechthoekigs, verpakt in tissuepapier.

Ze haalde het eruit, wikkelde het papier er behoedzaam af en staarde ernaar.

'Sarah?' zei ze, zich amper verroerend.

'Mmm?' Sarah keek op,

'Heb jij gezien wie dit hier heeft achtergelaten?'

'Sorry, nee. Wat is het?'

'Liz?'

'Wat?' Liz gluurde over de scheidingswand. 'Een foto?' zei ze niet onder de indruk. 'Geen idee. Je bent populair vandaag. Van wie is hij?'

'Buitengewoon,' fluisterde Emily. Het was een ingelijste zwart-wit-trouwfoto. Ze herkende de man onmiddellijk als Hugh Morton; Hugh toen hij nog jong en knap was. Maar de vrouw? Jacqueline was het niet. Het haar van deze vrouw glansde helder, ze had een levendige uitdrukking in haar grote donkere ogen. Ze zagen er beiden zo gelukkig uit. Ze wist, en daar was ze absoluut zeker van, dat dit Isabel was.

'Wie stuurt jou die spullen toch steeds?' riep Sarah uit. Ze liep naar Emily toe en nam de foto van haar over. 'Het is maar raar.'

'Vind je ook niet?' antwoordde Emily. Iemand probeerde haar iets te vertellen. Iets belangrijks, maar wie dat deed en wat het dan was, daar had ze geen idee van.

Ze wilde de foto weer opbergen toen ze op de bodem van de doos een grote envelop zag liggen. Ze haalde hem eruit en zag dat haar naam erop stond, in gedrukte hoofdletters. Er zat een stapeltje papier in dat ze uitvouwde, en ze zag dat het fotokopieën waren van een aantal handgeschreven documenten, brieven misschien, of een dagboek, het was niet gemakkelijk te lezen. Wat vreemd. Ze draaide de envelop om, maar verder stond er niets op, en er was ook geen begeleidend briefje of zo bij. Was dit allemaal achtergelaten door degene die de bloemen had gestuurd? Opnieuw had ze geen enkele aanwijzing. Ze ging zitten en probeerde de eerste regel van het handschrift te ontcijferen. Het was een beetje vervaagd, maar ze dacht dat er stond: ... *schrijft zijn boek, dus schrijf ik het mijne.* Wat merkwaardig.

Ze las verder: *Als zijn manuscript wordt gepubliceerd, dan zal iedereen denken dat het over ons huwelijk gaat, en misschien hebben ze wel gelijk, maar dan enkel vanuit zijn gezichtspunt. Ik moet mijn kant van het ver-*

haal vertellen, anders word ik weggepoetst, onzichtbaar gemaakt. Ik heb het gevoel dat dat nu al aan de hand is. Als ik alles opschrijf, word ik misschien weer Isabel, niet deze gerafelde lege huls die geen leven heeft.

Isabel. Dit was Isabels handschrift, waarom had ze dat niet meteen gezien? Er waren voorbeelden van geweest in de brieven in het *Thuiskomst*-dossier, handgeschreven veranderingen in de getypte tekst, haar handtekening. Maar toen was het klein, netjes en vloeiend geweest. Hier was ze minder zorgvuldig geweest, maar toen Emily een bladzij omsloeg, zag ze dat het netter werd, dat de zinnen samenhangender werden, alsof de auteur in een ritme kwam. Emily las nogmaals de eerste regels. Dat eerste woord was natuurlijk *Hugh. Hugh schrijft zijn boek, dus schrijf ik het mijne.* Welk boek was ze aan het schrijven? Natuurlijk kon dat om het even welk boek zijn, maar aangezien Isabel zo jong was gestorven, bedoelde ze waarschijnlijk *Aan de overkant.* Dus als dat boek tenslotte toch door Isabel geïnspireerd was, dan leek het erop dat ze er niet vrijwillig aan had meegewerkt. Zij had een ander verhaal te vertellen en dat was dit.

Die avond had Emily yogales, dus ze liet de bloemen op haar bureau staan maar stopte de fotokopieën in haar tas om ze te lezen. De doos met de foto borg ze in een la achter slot en grendel op.

Veel later haalde ze de bladzijden tevoorschijn en begon te lezen. Het was een fascinerend verslag. Isabel beschreef hoe ze van huis was weggelopen en werk vond bij McKinnon & Holt, daarna dat ze Hugh ontmoette en verliefd op hem werd. Opnieuw hoorde Emily de stem van deze jonge vrouw die ze nooit had ontmoet, maar die voor haar gevoel zo dicht bij haar was terwijl ze haar verhaal las.

DEEL II

18

Isabel

De parochiekerk waar Isabel en Hugh trouwden, stond buiten zijn tijd en plaats. St. Crispin's was ooit omringd geweest door het platteland, gebouwd in de veertiende eeuw ten behoeve van een kleine feodale gemeenschap. Maar nu, terwijl hij de randen van zijn begraafplaats beschermend dicht tegen zich aan klemde, torende hij slecht op zijn gemak boven een zee van rode daken uit. Waaronder het dak van de Barbers. Maar tot op de dag van Isabels huwelijk had geen van de Barbers ooit een voet in het vochtige stenen portaal en door de wormstekige eiken deur van St. Crispin's gezet. Vandaag was daar de hele familie aanwezig. Ted en Donald hingen op de voorste kerkbank, hun haren grof geknipt en plat geplamuurd, hun sproeten er bijna afgeschrobd. Lydia zat op de plaats naast hen te stuiteren, verkreukelde haar lichtblauwe jurk, die een tegenwicht vormde voor haar lichte voorkomen. Hun moeder Pamela, die met een hand Lydia's jurk vastklemde om haar in toom te houden, droeg een nieuw, getailleerd mantelpak, en haar zenuwen waren zo strakgespannen dat ze op knappen stonden. Achter in de kerk wachtte Isabel ongeduldig met haar vader en haar bruidsmeisje, Vivienne, totdat de dienst zou beginnen.

Isabel had de voorbereidingen van die ochtend ondergaan met een toenemend gevoel van hysterie, dat zich ontlaadde in woedende kreten toen haar moeder haar bij het vastmaken van de sluier per ongeluk met een haarspeld prikte. Nu stond ze roerloos, maar zag bleek. Ze probeerde er niet aan te denken dat iedereen naar haar zou staren door al haar aandacht te richten op de rug van haar dierbare Hugh, die elegant gekleed in jacquet bij het altaar stond, met zijn getuige, James Steerforth, naast zich. Ten slotte vond de kleine predikant de juiste bladzijde in zijn boek, draaide zich om en knikte naar de organist. Het oude pijporgel proestte rommelige marsmuziek uit en de gemeente stond als één man op. Isabels vader trok haar naar voren.

Toen ze vooraan aankwamen, hielp Vivienne haar bij het optillen van de sluier en haar vader gaf haar met een grom weg; toen staarde ze in Hughs opgetogen gezicht en plotseling deed niets er meer toe.

'Ik verzoek en beveel jullie beiden...' De stem van de predikant bleek verbazingwekkend donker en vol. 'Hugh William, neem je deze vrouw, Isabel Mary... zul je haar liefhebben, haar troosten, haar eren en beloof je haar trouw in voor- en tegenspoed, bij gezondheid en ziekte, tot de dood jullie scheidt?'

Als er al een stilte viel, duurde die waarschijnlijk zo lang als Hugh nodig had om in te ademen en 'ja' te zeggen, maar voor Isabel duurde het te lang. Hij klonk angstig, vond ze, helemaal niet zichzelf, maar toen het haar beurt was om het jawoord te geven, kon zij ook alleen maar een schor gefluister uitbrengen. Ze zag achter Hugh een beweging, op de eerste rij: zijn moeder boog zich naar voren om haar antwoord op te vangen.

Toen was het even stil, terwijl de getuige met de ring prutste. Ten slotte had Hugh hem te pakken en schoof hem resoluut aan haar vinger. Wat voelde dat vreemd, Hugh die haar hand nog steeds vasthield en wiens warme adem over haar gezicht streek terwijl hij zijn belofte deed. En nu knielden ze samen neer en er werd verklaard dat ze zijn vrouw was, waarna de stemming opklaarde. Lydia babbelde door de gebeden heen en moest mee naar buiten worden genomen, een oude man achterin had een hoestaanval en algauw zongen ze 'Geloofd zij de Heer' en was het voorbij.

Ze liepen door het gangpad, en in de zee van mensen – die aan haar kant althans – zag ze eindelijk bekenden. Tante Penelope en Reginald stonden met zijn tweeën in een bank achter de Barbers, daarna kwamen er wat lege rijen waarna ze tot haar blijdschap Stephen, Berec, Trudy en Trudy's beer van een echtgenoot, Redmayne, zag staan. En Audrey was er, chic gekleed in marineblauw en wit, met de slanke, aristocratisch ogende Anthony naast haar. Aan Hughs kant van de kerk zag ze een aantal mensen die ze nog nooit eerder had gezien. Daarna kreeg ze Joan Steerforth in het oog, bij het andere stel, Victor en Constance. En hoewel ze de blik van de vrouw vermeed, ving ze een glimp op van Jacqueline die naast een donkere, heel correct ogende man van rond de veertig stond, gekleed in het uniform van een leger-officier. Dat moest de mysterieuze majoor Michael Wood MC zijn, die met verlof thuis was. Het was min of meer een opluchting dat hij wer-kelijk bleek te bestaan.

Het was Hugh die had voorgesteld om in het hotel in een nabijgelegen stad de receptie te houden; Hugh betaalde blijkbaar ook het grootste deel van de rekening. Haar vader was hier echter woedend over, wat hij Isabel ook duidelijk had laten merken; als het aan hem had gelegen had iedereen in het kerkportaal een kop thee en een plak cake gekre-gen.

Haar ouders leken nog altijd een beetje in de war door dit overhaas-te huwelijk en gedroegen zich in de buurt van Hugh zenuwachtig. Hij was precies het soort man waar haar vader zo'n hekel aan had: hoffe-lijk, hoogopgeleid, iemand die eigenlijk nooit geldzorgen had gehad. 'Gemakkelijk officiersmateriaal,' zo hoorde ze hem geringschattend over zulke mannen praten, wat meneer Barber ondanks zijn korpo-raalsstrepen nooit was geweest. Aangezien Hugh met zijn dochter trouwde, moest meneer Barber wel een slot op zijn mond zetten, maar Isabel wist evengoed hoe hij erover dacht. Wat haar moeder betrof, Pamela Barber kwam uit een vergelijkbaar milieu als Hugh, maar ze schaamde zich voor hun sombere huis en het feit dat ze vanuit hun woonkamer naar de was van de naaste buren keken. Het haalde niets uit dat Isabel tegen haar zei dat Hugh dat soort dingen niet belangrijk vond. Maar haar moeder had toch zeker gemerkt dat het hem was op-gevallen?

'Hij is een schrijver, mam, hem valt van alles en nog wat op.'

'En dat komt dan ongetwijfeld in zijn boeken terecht,' mompelde haar moeder. 'En mevrouw Morton, haar kan ik onmogelijk hier ontvangen.'

Isabel vond dat haar moeder in dat opzicht gelijk had en uiteindelijk spraken haar ouders de avond voor het huwelijk met Hughs moeder af om een drankje te drinken in de lounge van het hotel waar zij en Hugh logeerden en waar de receptie zou plaatsvinden. Dat ging eigenlijk allemaal best goed, maar niemand had er iets aan gevonden. Isabel stond stijf van de zenuwen, en niet voor niets. Haar vader hield bijna de hele tijd zijn mond. De moeders waren zo behoedzaam als een stel katten; Pamela Barber zat op het puntje van haar stoel en spreidde een ellendige waardigheid tentoon, terwijl Hughs moeder met de rug stijf rechtop en strakgetrokken lippen op de stoel tegenover haar zat.

'Ik geloof dat mijn grootvader een neef in de eerste graad was van hen,' mompelde mevrouw Barber toen Hughs moeder het had over een paar deftige buren in Oost-Engeland, en Hughs moeder trok aarzelend goedkeurend haar wenkbrauwen op.

Later zei Hugh: 'Volgens mij hebben ze allebei van de strijd genoten, denk je ook niet?'

Over één ding waren de moeders het roerend eens.

'Natuurlijk,' zei Hughs moeder, alsof Isabel er niet bij was, 'hoeft Isabel nu niet meer te werken. Hugh kan haar prima onderhouden; daar mogen we de familie van mijn man wel dankbaar voor zijn.'

'Het is een opluchting te weten dat ze onder de pannen is,' zei mevrouw Barber. 'U zult merken dat ze heel pittig is, maar een huis en, mogen we hopen, kinderen, zullen een fantastische uitwerking op haar hebben.'

Isabels vader merkte grommend op: 'Pittig, dat kun je wel zeggen, ja,' terwijl Isabel op datzelfde moment zei: 'O, mam!'

'Ik ga nog wat te drinken bestellen,' zei Hugh en hij stond op. 'Iedereen hetzelfde?'

Aangezien haar baan nog altijd onderwerp van discussie was tussen haar en Hugh, raakte Isabel steeds geagiteerder, maar het enige wat ze tegen de moeders kon zeggen zonder grof te worden was een mild: 'Ik hou van mijn werk. Ik zou het moeilijk vinden om dat op te geven.

Bovendien kan ik er daardoor op toezien dat Hughs boeken goed uit-gegeven worden.'

'Ik ben zo trots op hem,' kirde Hughs moeder, en ze wierp een blik naar haar zoon die bij de bar stond, en Isabel probeerde niet stil te staan bij wat Hugh haar had verteld: dat zijn moeder zo teleurgesteld was geweest dat hij niet net als zijn vader rechten was gaan studeren, of medicijnen. 'Ik verwacht heel veel van hem, weet u. En het is voor een man zo belangrijk om een goede echtgenote te hebben. Ik heb er altijd voor gezorgd dat ik de behoeften van mijn man vooropstelde, mevrouw Barber. En ik weet zeker dat hij dat wist en waardeerde.'

Isabels vader maakte een geluid alsof hij zijn keel schraapte, maar dat eindigde in een kuchje.

'U mist uw man zeker heel erg,' zei Isabels moeder terwijl ze angstig naar haar eigen man keek.

'Elke dag, mevrouw Barber, elke dag.' Haar geloken ogen leken in-derdaad wat vochtig. Als ze toneelspeelde, dan ging haar dat uitste-kend af.

Na de huwelijksinzegening keerden ze terug naar het hotel. De recep-tie vond plaats in de vergane glorie van een grote ruimte aan de ach-terkant, die uitkwam op een fruittuin. Isabel sloeg snel achter elkaar twee glazen zoete sherry achterover om opgewassen te zijn tegen de vele handen die ze moest schudden en alle complimenten over hoe ze eruitzag in ontvangst te nemen. Toen moesten ze van de fotograaf naar de tuin. Het gras glinsterde van de druppels van een pas gevallen regenbui. Een frisse bries blies dreigende wolken langs de hemel.

Vivienne zette de wapperende bruidssluier vast en stopte een lok haar onder de hoofdband naar achteren, daarna klemde Isabel zich vast aan de arm van haar echtgenoot en glimlachte, en glimlachte nog eens naar de camera, totdat haar mond ging trillen van de spanning. Dit is de gelukkigste dag van mijn leven, zei ze tegen zichzelf. Dat heb-ben ze altijd tegen me gezegd. Ik moet elk moment ervan koesteren.

Toen het opnieuw begon te regenen, verplaatste iedereen zich weer naar binnen. De tafel was nu gedekt met een buffet van belegde broodjes en salades, en iedereen liep erlangs om er wat van te nemen.

De bruid nam alleen een blaadje sla en wat kip, ze was te gespannen om ook maar iets door haar keel te krijgen. Isabels moeder had de twee verdiepingen tellende taart die in het midden stond gemaakt, hoewel ze hardop klaagde dat hij waarschijnlijk niet lekker was omdat ze niet alle ingrediënten had kunnen krijgen, waardoor ze het voor Isabel bedierf.

Ze vond het overweldigend om voor het eerst van haar leven het middelpunt van de belangstelling te zijn en dat iedereen tegen haar zei hoe mooi ze eruitzag. Een oude schoolvriendin, die Susan heette, kwam naar haar toe om haar met een jaloerse ondertoon te feliciteren; Susan, die ze vroeger goed had gekend en die ze van haar moeder per se moest uitnodigen omdat Isabel het arme meisje als bruidsmeisje had gepasseerd ten gunste van Vivienne, die Isabel slechts 'een paar minuten' kende, zoals mevrouw Barber het formuleerde. Ten slotte schoof Susan door om met mevrouw Barber te gaan praten en omdat Hugh haar in de steek had gelaten om met de Steerforths aan de andere kant van de kamer te babbelen, was Isabel even aan zichzelf overgelaten. Plotseling was ze uitgehongerd. Ze griste een loempia weg die zelfs de tweeling over het hoofd had gezien en at die hongerig op terwijl ze de kamer rondkeek. Ze was blij dat ze even wat respijt had.

Tante Penelope en Reginald stonden met z'n tweeën apart bij het raam een borrel te drinken en staarden naar de verregende tuin. Isabel had hen natuurlijk eerder al gesproken, en nu hoopte ze maar dat ze zich vermaakten, want ze bemoeiden zich amper met de andere gasten. Ze had haar ouders wel met hen zien praten, haar vader en Reginald hadden elkaar stijfjes de hand gedrukt. En nu ze naar hen keek, zag ze dat Berec naar hen toeliep terwijl Reginald een van zijn sigaren tevoorschijn haalde.

Ze veegde de kruimels van haar jurk en vroeg zich net af waar ze haar drankje moest neerzetten toen iemand haar elleboog aantikte en zei: 'Isabel.' Het was Stephen, die haar glimlachend aankeek. Zijn ogen schitterden, misschien door de alcohol, of omdat het een bruiloft was. Meestal stelde hij zich gereserveerd op, maar nu verbaasde hij haar door haar een klinkende zoen te geven.

'Voor de blozende bruid. Laten we hopen dat de bruidegom het niet erg vindt,' zei Stephen ondeugend, terwijl hij Hughs blik verder-op in de ruimte ontmoette. Hugh trok slechts een wenkbrauw op en ging verder met zijn gesprek. Isabel zag dat hij met Jacqueline en haar man stond te praten. Ze was al voorgesteld aan majoor Michael Wood, en vroeg zich af of ze hem verveelde, want tegen haar had hij bijna geen woord gezegd. Maar het ontroerde haar dat hij zo zorgzaam was voor Jacqueline, die hij voortdurend met zijn blik nakeek zodra ze bij hem wegliep. Ze vond Jacqueline vandaag maar stilletjes, en hoewel ze zich met poeder had opgemaakt, zag ze er moe uit.

Stephen keek haar met een ernstige uitdrukking op zijn gezicht aan. 'Liefje, ik ben zo blij dat het allemaal goed gekomen is met je,' zei hij. 'Ik vrees alleen dat we je nu gaan verliezen.'

'Wees daar maar niet bang voor,' zei ze. 'Daarvoor hou ik te veel van mijn werk.'

'Vindt Hugh dat dan niet erg?'

Ze zuchtte. 'Hij weet dat het me gelukkig maakt. Wat zou ik de hele dag moeten doen? Uit m'n neus eten, vermoed ik.'

'Gelukkig. Vanuit Kensington hoef je tenminste niet meer zo ver te reizen.'

'Ik hoop niet dat je verwacht dat ik 's ochtends heel vroeg op kantoor zit,' kaatste ze met fonkelende ogen terug en hij moest lachen.

'Dat zou te veel gevraagd zijn.'

Zij en Hugh hadden in de flat het een en ander aangepast. Ze hadden een groot koperen ledikant en een matras gekocht, allebei tweedehands. Hugh had tegen haar gezegd dat ze de boel konden opknappen zodra er meer verf en behang verkrijgbaar waren.

'Ik vind het prima zoals hij nu is,' zei ze tegen hem en toen hij verbaasd keek, voegde ze eraan toe: 'Waarom zouden we veranderen om het veranderen? Maar misschien is een toilettafel wel fijn,' zei ze in tweede instantie. 'Die heb ik altijd al gewild.' De enige spiegel was die in de grote dubbele garderobekast en ze kon nergens wat zij haar 'brouwsels' noemde kwijt.

'Wat jammer dat je vrouw vandaag niet kon komen,' zei ze tegen Stephen. Ze hadden het niet meer gehad over de kwestie die hij haar al die maanden geleden in de Fitzroy in vertrouwen had opgebiecht, hoewel ze wist dat Grace naar Londen was teruggekeerd en weer bij hem woonde.

Hij keek peinzend naar zijn glas. 'Dit soort gelegenheden kan ze niet altijd aan. Te veel mensen die ze niet kent.'

Terwijl hij dit zei, viel het Isabel op dat als je dagelijks nauw met iemand samenwerkte je weliswaar allerlei dingen over diegene te weten kwam, bijvoorbeeld hoe zo iemand met drukte omgaat of op welke momenten hij lacht of boos wordt, maar dat je eigenlijk helemaal niets van hem wist, niet als het ging om de belangrijke, dieper gaande dingen van zijn persoonlijk leven, zijn hoop en zijn dromen. Stephen was zo iemand. Ze was zo dol op hem, hem zo dankbaar dat ze hem wel kon omhelzen.

In plaats daarvan zei ze voorzichtig: 'Dat begrijp ik wel, hoor,' hoewel ze het voor hem heel verdrietig vond dat hij in zijn eentje had moeten komen. 'Ik wil je bedanken, moet je weten. Het komt allemaal door jou,' ging ze snel verder, 'doordat je me deze baan hebt gegeven. Ik weet dat Berec zo slim en aardig was om ons aan elkaar voor te stellen, maar je had me niet in dienst hoeven nemen.'

'Maar dat moest ik wel, hoor. Die toespraak die je in mijn kantoor hield. En toen ik de brief van je tante kreeg...' Hij hield plotseling op.

'Heeft mijn tante je dan geschreven?' Die envelop met Stephens handschrift in Penelopes keuken.

'Vraag haar er maar een keer naar,' zei hij. 'Kijk, volgens mij eist je echtgenoot je weer op.'

Hugh had zich van de Woods weten los te weken en liep hun kant op.

'Ik denk dat het tijd is voor het volgende programmapunt,' zei hij tegen Isabel toen hij bij hen was. 'Denk je dat je vader zover is om een paar woorden te spreken?'

Eerst sneden ze de cake aan, daarna waren er speeches. Isabel hield haar hart vast tijdens die van haar vader, maar Charles Barber sprak geestig en vol genegenheid over haar jeugdige opstandigheid en wenste Hugh meer geluk met haar toe dan hij had gehad. Hugh antwoordde met complimentjes over de schoonheid en intelligentie van zijn bruid en maakte een grapje over het feit dat hij met een 'insider' was getrouwd om zijn uitgever bij de les te houden. Ze zag dat Stephen en Berec hierom moesten lachen, maar Hughs moeder, die vlakbij stond, sloeg haar ogen ten hemel.

Daarop draaide Hugh zich naar haar toe en zei: 'Ik heb zo veel aan mijn lankmoedige moeder te danken,' en hij bracht een speciale toost op haar uit, voordat hij het glas op de bruid hief, wat Isabel om de een of andere duistere reden een beetje het gevoel gaf dat ze buitenspel werd gezet.

Ten slotte gaf James Steerforth een speech, waar Isabel helemaal niets aan vond, over koude douches op school en onaangename practical jokes. Hij vertelde een verhaal over een schunnig feestje, waar de aanwezige mannen allemaal om moesten lachen, maar waarbij de vrouwen zich ongemakkelijk voelden. Toen gaf James Vivienne nog galant een compliment, die bloosde en onbeholpen glimlachte.

Het was tijd voor Isabel om zich terug te trekken en reiskleding aan te trekken. Het plan was dat ze straks naar Kensington zouden vertrekken, waar ze hun huwelijksnacht zouden doorbrengen. De volgende ochtend zouden ze dan de trein naar Suffolk nemen en een paar dagen in een strandhuis logeren dat van Penelopes Reginald was, wat wel zo goed uitkwam. Hughs moeder werd die avond door een van Hughs neven naar huis gebracht.

'Het is zo'n prachtige jurk,' babbelde Vivienne terwijl ze de knopen langs Isabels rug losmaakte en haar eerst de ene en daarna de andere mouw hielp afstropen. 'Zo jammer dat je die maar één keer draagt, hoewel je hem natuurlijk kunt inkorten en verven.'

De jurk viel met een ruisend geluid om Isabels voeten en ze stapte eruit. Vivienne hielp haar bij het over haar hoofd uittrekken van de lange petticoat en bukte daarna om de jurk op te rapen. Terwijl ze hem zachtjes uitschudde, werd er op de deur geklopt en aan de deurknop gedraaid. Beide meisjes keken op en zagen Hugh de kamer binnenkomen. Hij was nog altijd in jacquet en rookte een sigaret. Zijn ogen schitterden.

'Wat kom jij doen?' vroeg Vivienne op een spottend vermanende toon.

Hugh negeerde haar. Hij leek als aan de grond genageld door Isabel, die verlegen haar petticoat weer aantrok. Wat had hij toch een vreemde glimlach op zijn gezicht. Hij leek helemaal niet zichzelf. Misschien had hij meer gedronken dan ze in de gaten had gehad.

'We komen zo beneden,' zei ze beslist tegen Hugh. 'Moet jij je niet omkleden?'

'Alles op zijn tijd,' antwoordde hij. 'Ik wilde naar mijn vrouw komen kijken.' Hij doofde zijn sigaret en zei tegen Vivienne: 'Ik help haar wel. Ga jij maar vast naar beneden.'

'Hugh, lieveling...' begon Isabel, maar hij hield wachtend de deur open.

Vivienne keek even naar Isabel, die haar een spijtig glimlachje toewierp, waarop ze haar handtas pakte en zich met een vuurrood gezicht de kamer uit haastte. Hugh deed de deur dicht en op slot.

'Lieveling,' fluisterde hij en hij overbrugde de ruimte tussen hen. Zijn handen voelden koud op haar huid, maar toen hun lippen elkaar ontmoetten, waren die van hem warm en hij kuste haar hard en hongerig. Hij bewoog zijn handen over haar borsten en rug, frummelde aan de bandjes van haar petticoat. De knopen van zijn colbert schaafden pijnlijk over haar huid, maar ze beantwoordde hartstochtelijk zijn kussen. Ze hadden hier zo lang op gewacht.

Hij liet haar even los om zijn colbert uit te trekken en zij zei, ietwat buiten adem: 'Dat kunnen we niet doen, Hugh, niet nu. Mensen staan te wachten.' Maar hij ging op het bed zitten en trok zijn schoenen uit.

'Ze kunnen allemaal naar de hel lopen,' zei hij en hij rolde zich naar haar toe. 'Laat ze maar wachten. Ik wil mijn vrouw en ik zal haar krijgen ook.' Ze hapte naar adem van genot toen hij haar weer vastgreep. Hij pakte haar vast, trok de haakjes van haar beha los en bevrijdde haar witte borsten.

'Au!' Hij had met zijn nagel over haar sleutelbeen gekrabd. 'Sorry,' zei hij terwijl ze toekeken hoe de schram rood werd en er zich druppeltjes bloed vormden. Hij boog zijn hoofd en likte het op, en daarna verplaatste hij zijn mond naar haar tepels en ze schreeuwde het uit. Nu rolde hij haar op het bed en pinde haar daar vast terwijl hij zijn kleren losmaakte. Ze voelde dat hij met zijn hand tussen haar dijen kwam en haar onderbroek wegtrok. Daarna stootte hij tegen haar zachtste delen. Nu lag hij met zijn volle gewicht boven op haar en ze schreeuwde het uit van de pijn toen hij bij haar naar binnen drong.

'Sorry,' gromde hij, maar hij hield niet op. In plaats daarvan begon hij zich wild op en neer te bewegen, zijn heupbenen schuurden over die van haar en ze vocht nu tegen hem, ze stond in brand van de pijn. De tranen sprongen haar in de ogen en stroomden over haar wangen. Ze staarde naar zijn gezicht, maar hij keek niet naar haar; alleen naar het stuiterende hoofdeinde. Het bed zelf schudde en kraakte alsof het op instorten stond, en de intense uitdrukking op zijn gezicht veranderde in een alarmerend martelende blik. Hij stootte steeds harder in haar, hijgde toen hartstochtelijk en schreeuwde het uit. Ten slotte viel hij boven op haar neer, zijn hart roffelde tegen haar borst, zijn adem ging in horten en stoten.

'God,' fluisterde hij na een ogenblik, terwijl hij heet in haar nek ademde, 'mijn god, wat had ik dat nodig. Sorry, hoor.'

Ze lag onder hem gevangen, zich ervan bewust dat hij nog steeds in haar was. De pijn brandde nog steeds, maar er was ook een warm, teder gevoel, niet onaangenaam.

Voorzichtig trok hij zich terug, gaf een klopje op haar billen, ging van het bed af en pakte een handdoek van de stang.

De pijn schroeide nog altijd, dus ze bleef even liggen met haar gezicht naar het raam gewend, waar ze regenwolken langs de latemiddaghemel zag voortjagen. Ze ging zitten. Meteen voelde ze iets tussen haar dijen stromen. Ze voelde er met haar hand aan en toen ze naar haar vingers keek, zag ze dat ze rood van het bloed waren. Ze ging helemaal rechtop zitten en zag dat haar dijen onder het bloed zaten.

Ze slaakte opnieuw een kreet, want een grote rode vlek verspreidde zich over de chenille beddensprei.

'O god, ga gauw weer liggen,' zei hij geschrokken en hij spreidde een handdoek onder haar heupen uit. Ze hoorde water stromen in de wasbak en voelde daarna een koude handdoek. 'Christus!' zei hij toen hij die weghaalde. 'Wat moet ik doen?'

Ze lag nu te snikken.

'Sst, sst,' zei hij terwijl hij haar onhandig omhelsde. 'Zal ik je moeder halen?'

'Nee!' Ze schudde driftig haar hoofd. Minuten gingen voorbij. Uiteindelijk hield de vloeiing op en hij hielp haar opruimen. Haar reiskleren lagen op de vloer waar hij ze had neergegooid. Hij schudde zo goed mogelijk de kreukels eruit en hielp haar met aankleden. Ze keken vertwijfeld naar de bedenkelijke toestand waarin het beddengoed verkeerde. Hugh maakte er een prop van, zodat de schade uit het zicht was.

Isabel was moe en bibberig toen ze met hun koffers beneden kwamen. Koud water en een dikke laag make-up konden niet verdoezelen dat haar gezicht was opgezet en ze bewoog zich voorzichtig, bang als ze was dat ze weer zou gaan bloeden.

De gasten waren het wachten duidelijk beu. Stephen en Berec waren noodgedwongen al vertrokken. James keek nadrukkelijk op zijn horloge en knipoogde uitdagend naar Hugh, wat Hugh negeerde.

Iemand had hun auto voorgereden. Het was tijd om te gaan. 'Waar is je boeket?' riep haar moeder en Isabel besefte tot haar afgrijzen dat ze het boven op de vensterbank had laten liggen. Voordat ze iets kon doen stuurde haar moeder Vivienne naar hun kamer om het op te halen. Toen het meisje met de bloemen terugkwam, was er niets van haar gezicht af te lezen. Ze zei geen woord toen ze de bloemen aan Isabel gaf, die bij de auto stond. Isabel keek omlaag naar de verleppende bloemen.

'Dag hoor!' riep iedereen.

'Gooi het dan!' zei Joan Steerforth met luide stem. Isabel keek om zich heen naar de gasten die daar bij elkaar stonden en haar oog viel op Vivienne. Ze maakte een zwaai met haar arm en gooide het boeket lichtjes terug naar haar bruidsmeisje, dat automatisch haar hand opstak en het opving. Toen ze daar zo bleef staan en het vasthield, veranderde haar gezichtsuitdrukking in een uitdrukking van grauwe wanhoop.

'Nee,' zei ze en ze gaf het aan Isabel terug. 'Dat is niet voor mij bestemd. Laat iemand anders het maar hebben.'

De gasten mompelden afkeurend en een mannenstem zei: 'Wat jammer.'

Diep in verlegenheid gebracht keek Isabel nogmaals rond en zag Susans gretige gezicht aan het einde van de rij, en ze gooide het naar haar toe. En ze was ontroerd door de blije blik die zich over het smalle gezicht van het meisje verspreidde toen ze het opving en dicht tegen haar borst hield.

'Nou, iemand zal waarschijnlijk wel met Susan trouwen,' zei ze tegen Hugh toen ze wegreden. 'En dan is ze ongetwijfeld heel gelukkig.'

'Rare meid, hoor, die Vivienne,' zei Hugh. 'Ik begrijp haar totaal niet.'

Isabel zei daar niets op. Zij begreep haar maar al te goed.

19

Emily

Isabels verslag eindigde abrupt na twintig bladzijden, midden in een regel, net toen ze iets over Vivienne wilde zeggen. Het was vreemd en frustrerend. Was er nog meer geweest? Daar kon Emily met geen mogelijkheid achter komen, aangezien ze geen idee had wie haar dit epistel uit het verleden had gestuurd. Ze ging hierover zitten nadenken. Ze kreeg deze mysterieuze pakketjes natuurlijk alleen maar omdat ze betrokken was bij Hughs biografie. Er moest iemand zijn die wilde dat Isabels verhaal werd verteld, maar ze had geen flauw idee wie dat was.

Ze vroeg zich af wat ze moest doen, of ze er met Jacqueline over moest praten, of met Joel. Niet met haar baas, Gillian, die had het momenteel te druk. Uiteindelijk koos ze voor Joel. Hij was tenslotte de schrijver en ze wist trouwens toch niet hoe Jacqueline erop zou reageren. Nee, Joel was hiervoor de aangewezen persoon, dan kon hij zo nodig met Jacqueline praten en de zaak verder zelf onderzoeken.

De volgende dag belde ze zijn mobiele nummer en luisterde naar zijn warme, donkere stem die haar uitnodigde om een bericht achter te laten.

Toen hij terugbelde, vertelde ze hem wat Isabel had opgeschreven en hij leek geïnteresseerd. 'Maar deze week heb ik het een beetje druk,' zei hij. 'Wil je het voor me op de post doen?'

'Ja, natuurlijk. Ik moet er toch kopieën van maken.'

Er viel even een stilte en toen zei hij: 'Je hebt zeker geen zin om volgende week donderdag naar de South Bank te komen om naar me te luisteren? Ik heb "een gesprek", zoals ze dat uitdrukken, over de angry young men uit de jaren vijftig. Daar heb ik vorig jaar een documentaire over gemaakt.'

'Ik geloof dat ik wel kan, dus ja, ik zal er zijn. Misschien kunnen we het dan meteen over Isabels verslag hebben.'

De donderdag daarop liep Emily vanaf het Embankment-station met de mensenmassa's mee de voetgangersbrug over, vanwaar ze de rivier in het vroegeavondlicht zag schitteren en waar de treinen over de spoorbrug ernaast reden. Het was druk op de wandelpromenade aan de tegenoverliggende oever, mensen zaten ondanks de kou aan cafétafeltjes buiten, grasduinden in de stallen naar tweedehandsboeken of kuierden gewoon te voet vanaf hun werk naar huis.

Emily moest in een van de concertzalen zijn. Ze zigzagde tussen de slenterende toeristen door, betrad via een paar glazen deuren een grote foyer en volgde de bordjes naar een kleine zaal waar lezingen werden gehouden.

Ze was een beetje vroeg, de ruimte was nog lang niet vol, dus zocht ze een zitplaats op een van de voorste rijen. Ze vond het helemaal niet erg om te wachten. Ze was dol op dit soort gebeurtenissen; vaak waren er zo veel verschillende mensen en ze genoot ervan om naar ze te kijken, zich voor te stellen hoe hun leven eruitzag en zich erover te verwonderen hoe ze hen door middel van boeken bij elkaar kon brengen. Ze moest echter toegeven dat het in dit geval heel goed iets te maken kon hebben met het feit dat ze Joel thuis op de buis hadden gezien.

En nu kwam Joel in levenden lijve binnen, babbelde met een trendy geklede jongeman, die vóór hem het podium op stapte en een blocnote vasthield. Ze gingen aan weerskanten van een lage tafel zitten en klipten hun microfoon vast. 'Goedemiddag,' schalde de stem van de interviewer. Iemand paste het volume aan en iedereen werd stil. 'Ik ben Lucan O'Brien,' zei de jongeman, 'en ik ga vandaag met de hier aanwezige Joel Richards praten over schrijvers die in de media de angry young men worden genoemd. Joel heeft een boek geschreven dat bij de onlangs uitgezonden tv-serie hoort, die door hem gepresenteerd en door mij geproduceerd is. We hopen u in deze uitzending meer te kunnen vertellen over een aantal van deze fascinerende schrijvers.'

Emily had naar Joel zitten staren, bedacht hoe goed hij eruitzag in zijn gesteven, witte overhemd en zwarte, katoenen broek, heel beheerst nu. Ineens keek hij haar recht aan en schonk haar een discreet glimlachje, dat ze beantwoordde.

Het was een informatief gesprek, soms heel grappig, en het publiek vond het fantastisch. Joel hield een kort praatje, zonder aantekeningen, over zijn boek, waarna hij welsprekend de vragen van de interviewer beantwoordde. Deze kant van hem had Emily nog niet eerder gezien. Professioneel gezien was dit voor haar goed nieuws, natuurlijk, aangezien hij ongetwijfeld veel gevraagd zou worden wanneer het boek over Morton werd gepubliceerd, maar door zijn zelfverzekerdheid ging ze ook als persoon anders over hem denken. Het verleende hem een glamoureus tintje. Ze luisterde vooral aandachtig toen hij beschreef hoe bij deze schrijvers de nadruk lag op het masculiene, en ze was nieuwsgierig naar de vrouwen en vriendinnen achter de schermen, wat zij toen vonden van de mening van hun man over seksuele vraagstukken, en hoe ze er zelf over dachten.

Ze was jaloers op iedereen die voor een publiek kon gaan staan en dat in zijn ban kon houden. Ze kreeg nog altijd een beetje zweethanden als haar werd gevraagd om tijdens een vakconferentie of boekpresentatie een praatje te houden. Maar ze popelde om meer over de vrouwen te weten te komen, dus toen het publiek werd uitgenodigd om vragen te stellen, stak ze haar hand op.

'Ja, de jonge vrouw met de groene hoofdband,' zei Lucan en hij wees naar Emily.

'Waren er in de jaren vijftig,' zo vroeg Emily, 'ook angry young women?' Verschillende andere vrouwen mompelden instemmend, en daaruit maakte ze op dat ze de brandende vraag gesteld had.

Joel glimlachte, maar bracht haar niet in verlegenheid door te laten merken dat hij haar kende. 'Ik had wel verwacht dat iemand dat ter sprake zou brengen,' zei hij. 'Ik weet zeker dat die er achter de schermen wel waren, maar bijna geen van hen wist haar werk voor het voetlicht te krijgen, noch in druk, noch op het toneel. Er was er één in 1958, Shelagh

Delaney. Heeft iemand van haar toneelstuk *De smaak van honing* gehoord?' Emily zag verscheidene mensen knikken. 'Ze heeft eerst een poging gedaan om het als roman te schrijven, maar dat is haar niet gelukt.'

'Er is nog tijd voor één vraag,' zei de interviewer, die ongeduldig op zijn horloge keek. Emily had Joel graag willen vragen waaróm er niet meer van die vrouwen waren, maar nu was iemand anders aan de beurt.

Na afloop werd Joel naar een tafel in de foyer geleid om boeken te signeren en hoewel de overgrote meerderheid van het publiek vertrok, blij doordat ze zich een uur lang hadden geamuseerd, bleven een paar mensen achter om een boek te kopen en hem vragen te stellen. Emily bleef al lezend in de buurt wachten.

'Emily?' Ze keek op en zag dat Joel klaar was. 'Lucan heeft ons mee uit eten gevraagd. Pippa Hartnell gaat ook mee. Zij is degene die *Aan de overkant* voor de BBC produceert. Vind je dat niet vervelend?'

'Absoluut niet,' antwoordde ze terwijl ze haar spullen verzamelde. 'Ik vind het enig om kennis met haar te maken.' Het was een niet te missen kans om te ontdekken hoe de bewerking van *Aan de overkant* eruit zou komen te zien.

Ze gingen naar een Thais restaurant achter Waterloo-station, helemaal geen deftige bedoening, maar juist gezellig en knus. Zij zat met Joel aan een kant van de tafel terwijl Lucan, Joels interviewer, en Pippa tegenover hen zaten. Stiekem vond ze Lucan een beetje egocentrisch, want hij trok het gesprek steeds naar zich toe, maakte geen geheim van zijn ambities, de ideeën die hij had voor boeken en televisiedrama's, had het over plannen om naar New York te vertrekken, of naar Berlijn, want dáár was het op dit moment pas cool. Ze moest echter niet vergeten om hem later haar kaartje te geven. Net zoals bij Tobias Berryman wist je nooit waar het volgende schitterende boek opdook.

Het eten arriveerde met een verrukkelijk geurend aroma van citroengras en koriander. Ze deelden het rond en aten met smaak.

Emily sloeg Joel tersluiks gade. Hij voelde zich bij de televisiemensen heel erg op zijn gemak, terwijl zij wat onzekerder was. Hij wist de weg, herinnerde zich de namen van degenen die ertoe deden en sprak het jargon. Hij luisterde zelfs beleefd naar Lucan, die Pippa evenmin als zij, zo bespeurde ze, graag mocht, maar ook zij was te hoffelijk en professioneel om dat te laten merken, en ze kibbelden allemaal gemoedelijk over de laatste Scandinavische thriller en of het publiek dat genre niet al zat was. Lucan wist waar hij het over had en bracht een aantal goede punten naar voren over kijkcijferstatistieken. Emily kreeg zelfs een beetje medelijden met hem, een jongeman die het in moeilijke tijden moest zien te maken.

Om elf uur verlieten ze het restaurant. Lucan en Pippa namen afscheid bij Waterloo-station en gingen ieder huns weegs.

Joel en Emily liepen samen naar de rivier en over de voetgangersbrug naar Embankment terug. Ze bleven halverwege de brug staan om naar het uitzicht te kijken, waar in de verte de St. Paul's Cathedral, zilverachtig glansde. Tijdens deze wandeling kregen ze voor het eerst de kans om samen te praten.

'Hoe ver ben je met je boek?' vroeg ze. 'Met de tv-bewerking wordt al fantastisch voorwerk gedaan.'

'Ja, hè? Ik hoop nog steeds dat ik het in september bij je kan inleveren, ik ben nu bij 1999. In die fase ging hij misdaadromans schrijven. Dat was bepaald geen succes, helaas. Hij kon niet echt een plot verzinnen, onze arme Hugh.'

Ze lachte. 'Wat vond je van de fotokopieën die ik je heb gestuurd?'

'God, ja, die heb ik gelezen. Hoe kwam je er ook alweer aan?'

'Ze lagen op mijn bureau. Uitgerekend op Valentijnsdag. Joel, ik weet niet wie die dingen daar neerlegt. Ze hebben ook een foto achtergelaten, van hun trouwdag... Van Hugh en Isabel, bedoel ik dan.'

'Daar heb ik er een paar van gezien, in fotoalbums in Stone House.'

'Deze is ingelijst.'

'Interessant. Ik kan me niet herinneren dat ik die in huis heb gezien.'

'Ik ook niet. Het is allemaal heel raadselachtig.'

Hij zweeg even. 'Eerlijk gezegd weet ik niet,' vervolgde hij, 'wat ik met wat je me hebt gestuurd aan moet. Van wie het ook af komt...'

'Van Isabel,' zei Emily beslist.

'Hoe kunnen we nou zeker weten dat het van Isabel is? Het handschrift is schots en scheef.'

'Joel, ik weet zeker dat het van haar is.'

'Wie het ook is, ze klinkt een beetje krankzinnig. Al dat hoogdravende gedoe over Hughs boek.'

'Dat gaat vast over *Aan de overkant*.'

Hij zuchtte. 'Misschien moet ik het gewoon aan Jacqueline laten zien.'

'Misschien wel. Wat heeft ze je verder nog over Isabel verteld?'

'Bedroevend weinig. Ze zegt dat ze dat niet meer wil oprakelen. Kennelijk raakt Lorna erdoor van streek.'

Daar had Emily niet aan gedacht. 'Dat is inderdaad lastig,' gaf ze toe. 'Maar je kunt Isabel niet negeren. Ze was Hughs vrouw en de moeder van zijn oudste kind.'

'Ik beloof je dat ik haar niet zal negeren,' zei hij kortaf en ze merkte dat hij geïrriteerd raakte.

Ze zagen dat een zware sloep hard op hen af voer en onder de brug verdween. Een koude tocht steeg in zijn kielzog op en Emily rilde in haar korte jasje en plooirok.

'Zullen we verder lopen?' vroeg Joel. Emily knikte. Ze dacht aan de foto van Hugh en Isabel, hoe stralend en levenslustig de bruid eruit had gezien, de donkere ogen in haar hartvormige gezicht schitterden van intelligentie. Ze geloofde eerder dat Isabel de inspiratiebron was geweest voor Nanna in *Aan de overkant* dan de meer onbewogen overkomende Jacqueline.

Toen ze bij de trap kwamen die naar Embankment omlaag liep, bleef ze met haar hoge hak in een spleet steken en struikelde. Joel greep haar bij de arm om haar te redden.

'Dank je wel,' zei ze. Toen hij haar losliet, voelde ze nog steeds de warmte van zijn aanraking.

In het metrostation liepen ze door het draaihekje en bleven even onbeholpen bij elkaar staan.

'Jij gaat die kant op, toch?' zei hij. 'En ik die kant.'

'Het was een heerlijke avond, dank je wel,' zei ze tegen hem. Ze kusten elkaar ernstig op de wang.

'Het was fijn,' zei hij. Hij stond dicht bij haar en hield zijn blik op haar gericht. 'Dit smaakt naar meer.'

Ze zag zijn lange gedaante om de hoek verdwijnen en probeerde niet aan Matthew te denken.

Een week ging voorbij en toen Emily op een ochtend op kantoor kwam, lag er opnieuw zo'n raadselachtige envelop in haar postvakje. Ze maakte hem voorzichtig open en hield haar adem in toen ze er een volgende dikke stapel papieren met Isabels handschrift uithaalde.

Het verhaal begon halverwege een zin, zag ze, de zin die was afgebroken aan het eind van de vorige lichting. Ze nam het met een verschroeiend gevoel van opwinding mee naar haar bureau. Ze had nu geen tijd om er een blik op te werpen, dus stopte ze het veilig in haar tas om het thuis te lezen. Zo nu en dan dacht ze er die dag aan, zoals het op haar lag te wachten.

20

Isabel

De herfst van 1950 was een intens gelukkige periode voor Isabel, maar ze had het zo druk dat ze elke dag steeds het gevoel had dat ze iets was vergeten. Vanaf het moment dat om half zeven de wekker ging, zelfs in november, als het nog zo donker was dat het voor haar gevoel nog midden in de nacht was, moest ze opstaan en meteen aan de gang. Maar soms duurde het een paar minuten voordat Hugh haar het bed uit liet gaan.

Aangezien Hugh meestal weer in slaap viel, was zij degene die het water opzette, en zich haastig waste en aankleedde terwijl dat aan de kook kwam. Daarna dronk ze een eenzame kop thee bij het keukenraam terwijl ze uitkeek over de berijpte daken van de huizen aan de achterkant, naar de lucht die steeds lichter werd en de buurtkatten die na een nacht jagen hun weg naar huis zochten voor het ontbijt. Dan maakte zij het ontbijt klaar – voor Hugh bacon en eieren, als ze die kon krijgen, en toast voor zichzelf – voordat ze de deur uit ging om naar haar werk te gaan.

Het leven op kantoor was nog even jachtig als altijd. Sterker nog, het grootste deel van de dag stond ze er helemaal niet bij stil dat ze mevrouw Hugh Morton was, want ze was druk bezig om Isabel te zijn, die manuscripten redigeerde, proeven las, lijsten met opmerkingen voor auteurs uittikte of een tekst schreef voor een boekomslag. Maar soms werd ze er toch aan herinnerd, want dan belde Hugh haar op om haar te vertellen dat hij tussen twee alinea's was blijven steken en gewoon haar stem even wilde horen. Dan moest ze een minuut of twee geduldig met hem praten, totdat ze vriendelijk een einde maakte aan het gesprek.

Audrey had eindelijk haar baan verruild voor een leven van huishoudelijke gelukzaligheid, hoewel ze als ze ging winkelen zo nu en dan nog wel het kantoor binnenzeilde om gedag te zeggen. Stephen had een nieuwe secretaresse, Catherine, kortweg Cat, die iets te maken had met de literair redacteur van de *Herald* en op zoek was naar een baan in de uitgeverij. Cat had zijdeachtig haar en ogen met lange wimpers, als van een aantrekkelijke bushbaby. Stephens geduld met haar begon op te raken, want hoewel ze een aanwinst was doordat ze zo gemakkelijk in de omgang was, was de samenwerking met anderen moeizaam omdat ze in huilen uitbarstte als ze bruusk een opdracht kreeg of het werk te veeleisend werd. Isabel kreeg er ook genoeg van dat ze haar steeds moest redden als ze er weer eens een puinhoop van had gemaakt. Trudy beschouwde Cats aanstellerij als 'malle onzin' en liet de boel compleet de boel. Helaas was de literair redacteur van de *Herald* geen man die je zomaar tegen de haren in kon strijken, dus de weken gingen voorbij terwijl Stephen maar niet de moed kon opbrengen om haar te ontslaan. Er was sprake van om haar door te schuiven naar de redacteur psychologie boven, die nog wel een assistente kon gebruiken, maar die was daar bepaald niet blij mee, en er ontstond een ordinaire, maar goedmoedige oorlog, waar Cat goddank niets van in de gaten leek te hebben, dus uiteindelijk raakte iedereen aan haar gewend en ze bleef.

Tegenwoordig had Isabel stipt om half zes haar jas aan en vertrok ze van kantoor, met in de ene hand een tas manuscripten om te lezen en in de andere hand haar boodschappen, om vervolgens terug te keren naar haar leven als mevrouw Hugh Morton. Hun hulp in de huishouding kwam maar twee keer per week en ze wist nooit zeker of Hugh aan het avondeten had gedacht. Tenslotte was er vlak bij kantoor een slager waar de rijen meestal niet al te lang waren, dus het was logisch dat zij daar tijdens haar lunchpauze even langsging in plaats van dat Hugh moest ophouden met wat hij aan het doen was en de deur uit moest.

Dat alles had wel tot gevolg dat ze aan zo veel dingen moest denken dat ze nooit tijd leek te hebben om zich tijdens het verorberen van haar lunchbroodje te ontspannen of in de bibliotheek rond te hangen, zoals ze dat vroeger deed.

Maar ze vond het heerlijk om in hun kleine flat thuis te komen waar hij op haar wachtte. Ze miste haar oude zitslaapkamer geen moment, hoewel ze wel graag wilde dat ze Vivienne wat vaker kon zien. Haar kamer was inmiddels verhuurd aan een strenge oudere dame, dus ze vreesde dat Vivienne nu zelfs nog eenzamer was dan vroeger. Elke keer dat ze haar vriendin zag, foeterde ze zichzelf uit dat ze dat niet vaker deed, maar het huwelijksleven bleek haar bijna helemaal op te slokken.

Was er nog iets mooiers, zo vroeg Isabel zich af, dan een kleine maaltijd bereiden voor je echtgenoot, die met hem te gebruiken terwijl ze samen de dag doornamen? Natuurlijk deed ze in het begin van alles en nog wat fout, ze had bijvoorbeeld een kip klaargemaakt die vanbinnen praktisch rauw was of ze bakte een victoriacake die mislukte. De arme Hugh probeerde er altijd om te lachen en het niet erg te vinden, hoewel hij beter verdiende.

Ze wist dat Hugh het niet gemakkelijk had met zijn werk. Hij zat een groot deel van de dag in zijn eentje – tenzij hij ging lunchen met iemand van een krant die hem een schrijfopdracht zou geven, een bibliotheek bezocht of de uitgever van een literair tijdschrift – en hij keek altijd reikhalzend uit naar het moment dat ze thuiskwam.

'Ik heb vanochtend duizend woorden geschreven,' zei hij dan zodra ze de flat binnenliep. 'Ik zal ze vanavond uittypen, dan kun je ernaar kijken,' en nadat ze als een haas door de keuken had geredderd, de vaat had gedaan en opgeruimd, een paar kleren had gewassen die ze vóór de volgende wasdag misschien nodig had, werkten ze kameraadschappelijk samen in de zitkamer , waar zij las en hij zuchtte boven een of ander boek dat hij moest recenseren, met een glas whisky naast zijn elleboog en de radio die zachtjes op de achtergrond aanstond, totdat het tijd was om naar bed te gaan.

Op sommige avonden moesten ze naar een cocktailparty, of gingen ze uit eten met vrienden en vaker niet dan wel naar het theater, en als ze dan thuiskwamen, was er weinig tijd meer voor wat dan ook en rolden ze het bed in. En dan nog vielen ze niet altijd meteen in slaap. Die eerste rampzalige keer had een domper gezet op hun korte huwelijksreis aan zee, want de bloeding die in het hotel was begonnen, had nog een dag of twee aangehouden, alleen minder hevig. Na hun terugkeer in Londen was ze naar de dokter gegaan en hij wist haar gerust te stellen. Misschien, zo zei hij met enige bezorgdheid, moest haar man zijn enthousiasme met haar wat intomen. Ze had er een klein scheurtje aan overgehouden, maar dat was snel genezen.

Er waren ook tijden dat Isabel thuiskwam en wist dat Hugh geen goede dag had gehad zodra ze de deur van de flat opendeed. Dan was hij stuurs of deed hij sardonisch, en dan kreeg ze een afschuwelijke brok in haar keel, bang dat ze hem op de een of andere manier boos had gemaakt, dat het door haar kwam dat hij zo uit zijn humeur was.

'Wat is er?' vroeg ze dan herhaaldelijk, maar het kon best zo zijn dat hij in zijn hoofd worstelde met een of ander dilemma uit zijn boek, of dat de muze hem die dag in de steek had gelaten. Gaandeweg raakte ze gewend aan dit soort momenten, maar ze was er wel elke keer weer door van slag.

Dan kwam er het verrukkelijke moment dat ze het weer goedmaakten nadat ze had gehuild en hij zich verontschuldigde omdat hij zich zo monsterlijk had gedragen, en op de een of andere manier belandden ze dan uiteindelijk in elkaars armen. Maar dan waren er weer tijden dat het schrijven zo ongelooflijk goed ging dat hij 's nachts opstond, het licht in de zitkamer aandeed en tot de dageraad zat te schrijven. Vervolgens waren ze dan allebei de volgende ochtend zo moe en knorrig dat ze wilde dat hij dat niet meer deed. Maar als hij dan inderdaad in bed bleef en ze hem rusteloos en gekweld naast zich wakker hoorde liggen, kon ze evengoed niet slapen. Dat kruis droeg je nu eenmaal met trots als je met een schrijver getrouwd was.

De herfst ging over in de winter en de winter werd lente. In mei 1951 werd met veel bombarie het Festival of Britain geopend.

'Het hangt gewoon in de lucht, hè?' fluisterde Isabel. 'Ongelooflijk. Het is precies zoals ze zeggen, net een reusachtige ijspegel.' Hugh en zij waren aan het schuilen voor de zware regen en staarden naar het Skylon omhoog, probeerden te ontdekken hoe het nou kon dat het in de lucht leek te hangen.

'Of een rechtopstaande vliegende schotel,' zei Hugh. 'Het is absoluut een stuk groter nu je hem van dichtbij ziet.'

'Maar wat jammer dat het zulk slecht weer is.'

Het was de openingsdag van de tentoonstelling. Ze waren door het draaihek gegaan en keken verbijsterd naar het buitenaardse landschap dat zich voor hen ontrolde. Ten zuiden van de rivier, vlak bij Waterloostation, waren kilometers door bommen bestookte gebouwen omgetoverd tot een speeltuin voor ontwerpers. De nieuwe Festival Hall stond er, een en al somber, modernistisch beton, het Skylon, een sculptuur dat ogenschijnlijk als een pseudokerktorenspits in de lucht zweefde, maar die in werkelijkheid aan kabels hing. Het buitengewoonst was echter wel het witte koepeldak van de Dome of Discovery.

'Goeie hemel, waait dat daar niet weg?' zei Isabel terwijl ze er verschrikt naar wees. En inderdaad, het reusachtige, ronde dak was als een grote overkapping zonder muren, die in de neergutsende regen schudde, op- en neerging en aan haar kabels trok.

'Een triomf van illusie boven het praktische aspect,' mompelde Hugh, terwijl hij zijn blocnote tevoorschijn haalde en die zin opschreef. Hij had van een krant de opdracht gekregen om zijn indrukken van die dag te noteren.

Isabel had de grootste moeite om haar paraplu te openen, maar de wind kreeg hem in zijn greep en zwaaide haar in de rondte, dus ze gaf het op en strikte haar regenkapje vast. Aan een kant van het tentoonstellingsterrein waren reusachtige gekleurde ballen uitgestald, die wel een kindertelraam leken te vormen en de lelijke lijnen van de spoorbrug maskeerden. 'O, die vind ik mooi,' zei ze. 'En de fonteinen.' De waterspuwers spoten in de harde wind alle kanten op, dus iedereen die er in de buurt kwam, riskeerde een nat pak.

Dit is het nieuwe Groot-Brittannië, dacht ze. Eindelijk laten we de verloedering achter ons. Ze deed haar best niet te denken aan de lelijke oude buitenwijken van Londen, aan de tobbende kolos van Waterloostation die in de gaten tussen de vrolijke festivalgebouwen te zien was, met daarachter de kilometerslange straten vol met roet bedekte huizen en hun ellendig rokende schoorstenen.

'Waar zullen we beginnen?' vroeg Hugh en hij bood haar een arm aan. 'Zullen we eerst de Dome doen, voordat ze met de trucages beginnen? Daaronder zijn we in elk geval droog.'

Ook al had Isabel daar nog zo veel plezier, ze voelde zich moe. Op kantoor was het een lastige week geweest en ze had niet goed geslapen. Nu klemde ze zich aan Hugh vast om te voorkomen dat ze uitgleed terwijl ze het grote terrein overstaken dat glansde van de regen.

Het was verschrikkelijk jammer dat het op de openingsdag, met al zijn ceremoniële vertoon, zulk slecht weer was. Enorme hoosbuien woeien over de mensenmassa heen, het soort regen waar je kletsnat van werd en dat de heldere plastic kleuren van de gestreepte strandpaviljoens, de automaten en de draaimolens dof maakte. Ze liepen langs een troep half verzopen ezels, die met de volhardendheid van hun soort op klandizie stonden te wachten. 'Kijk die nou!' riep Isabel uit. 'In dit weer gaat toch zeker niemand een ritje maken?'

'Een overdreven vertoon van Brits stoïcisme,' gaf Hugh toe toen ze in de beschutting van de Dome of Discovery waren aangekomen.

'Gaan die arme beesten echt in dit weer hun rondje lopen? Wij hebben het lang niet zo zwaar als de ezels.'

Ze dwaalden ongeveer een uur door de door de wind geteisterde koepel, en keken naar een tentoonstelling van Britse ontdekkingen, beroemde mensen en hun prestaties. Het was alsof ze zich in de ingewanden van een enorm schip bevonden, boven hen verschoof en zuchtte het dak met de bewegingen van de wind en de zee, en Isabel werd er duizelig van. Na een poosje leek Florence Nightingale over te vloeien in Sir Isaac Newton en Charles Darwin, en geen van hen kon haar ook maar een snars schelen. Ze merkte dat ze niets ziend naar een lege vitrine staarde, waarvan de planken onopvallend met gekleurd papier waren bedekt.

'Ze hebben nog niet alles klaar gekregen, hè? Lieverd, wat zie je er koud uit,' zei Hugh. 'Zullen we iets warms gaan eten?' Ze haastten zich naar een grote tent waarin een café gevestigd was. Daar aten ze soep en een omelet, waar ze een beetje van bijkwam.

'Je ziet wat pips, lieverd van me. We blijven niet heel lang meer, maar ik moet echt nog snel een rondje doen om een idee van alles te krijgen.

Wil je soms liever hier blijven, zodat ik je later kom ophalen?'

'Nee, ik ga mee. Ik voel me nu echt wel wat beter.'

Het weer klaarde iets op en het begon druk te worden. Terwijl Hugh en Isabel langs de bezienswaardigheden liepen, liet zelfs de zon zich even zien, zodat alle felle kleuren fonkelden en de gebouwen en extra attracties iriserend reflecteerden op het glanzende terrein. De indeling was wel heel apart, vond Isabel, helemaal niet groots. Sterker nog, het had iets intiems, zoals de verschillende bouwwerken dicht bij elkaar waren neergezet. Hugh en zij konden door een onvermoede doorgang een gebouw uit lopen om te merken dat die uitkwam op een reeks binnenplaatsen met vrolijke muurschilderingen. Het was een reis van voortdurende ontdekkingen.

Ze vond het heerlijk om naar de mensen te kijken. Groepen schooljongens drongen zich langs hen heen, de aandacht gericht op geheime zaken waar alleen zij iets van wisten, voor hen was dit alles één reusachtig speelterrein. In één ruimte keek Isabel bewonderend naar een groep vrouwen, modieus gekleed in jasjes met brede schouders en bijpassende kokerrokken, waar ze meer belangstelling voor had dan de textielmachines die werden gedemonstreerd. In een ander gebouw proefden toeschouwers van gebak, dat een chef-kok gloeiend heet tevoorschijn toverde uit ovens die het modernste van het modernste waren.

Mensen waren hier vanuit de hele wereld op afgekomen. Op de roltrap waarmee ze weer naar de Dome omlaag gingen, zag Isabel op de omhooggaande roltrap een acht leden tellende Indiase familie, van vader tot aan het jongste kind, hun donkere ogen groot van verwondering. Ze glimlachte naar hen, maar vond het alarmerend dat hun felkleurige gedaanten vervaagden en weer scherp werden, de schrille kinderstemmen schalden door haar hoofd. Ze kreeg het gevoel dat ze zweefde als een ballon, naar het dak van de Dome omhoogdreef en dat ze neerkeek op alles en iedereen die zich daaronder verspreidden.

'Isabel,' hoorde ze haar echtgenoot roepen, en het klonk alsof het van heel ver kwam. 'Isabel!' En daarna wist ze helemaal niets meer.

'Isabel!' Toen ze weer bijkwam, lag ze te midden van een kakofonie van geluid en had ze een kloppende pijn in haar zij. Iemand riep haar naam. Hugh, het was Hugh. Haar ogen fladderden open, maar ze kon niet scherp zien.

'Stil blijven liggen, mevrouw Morton.' Het was een vrouw die dat zei, kalmerend, maar tegelijk resoluut. 'De dokter kan hier elk moment zijn. Hij moet controleren of u niet iets hebt gebroken.'

'Dat is volgens mij niet zo,' zei ze, en ze richtte zich op een paar intelligente blauwe ogen. Ze probeerde te gaan zitten. Ze was een beetje misselijk en haar heup deed pijn, maar ze dacht dat die alleen maar gekneusd was.

'Isabel, goddank.' Hughs gezicht kwam in beeld en ze liet zich in zijn armen vallen.

'Ben ik flauwgevallen?'

'Ja, op de roltrap,' zei hij en hij kuste haar gezicht. 'Als het niet zo vol was geweest, ik moet er niet aan denken hoe ver...'

'Het helpt niet erg om daar bij stil te staan, mijnheer.' De verpleegster weer, nu wat kribbig omdat haar patiënte duidelijk niet echt iets mankeerde. 'Het was maar een heel lichte flauwte, en als de dokter er is en naar uw vrouw heeft gekeken, stel ik voor dat u haar regelrecht meeneemt naar huis. Het komt wel vaker voor dat vrouwen in haar toestand flauwvallen.'

'In mijn toestand?' Isabel staarde de vrouw aan, die nogal in verlegenheid gebracht leek.

'Sorry. Het was maar een gok, maar u hebt die uitstraling over u.'

Het begon Isabel te dagen wat ze bedoelde.

'Dat kan niet,' zei ze, en ze viel bijna weer flauw van verbazing. 'Onmogelijk gewoon.'

'Gefeliciteerd, mevrouw Morton,' zei de jonge arts tien dagen later in zijn spreekkamer in Kensington. 'De uitslag is binnen en ik kan het goede nieuws bevestigen. Het komt eind december, als uw datums kloppen. Een kerstkindje. Hoe speciaal is dat wel niet?'

Isabels gezicht was een masker van ellende. Ze wilde geen kind. Niet nu, dat zou alles bederven.

'Nou, kom kom,' zei hij, en hij klopte op haar knie. 'Ik weet dat u zich niet goed voelt, maar ik verzeker u dat alles heel normaal zal verlopen. Elke dag krijgen duizenden vrouwen zonder veel moeite een kind.' Hij zweeg, merkte dat zijn woorden niet tot haar doordrongen.

'Ik begrijp niet hoe het is gebeurd,' zei ze verbijsterd, en toen ze zijn man-van-de-wereldglimlach zag, zei ze snel: 'Nee, nee, ik begrijp wel hoe het in zijn werk gaat, maar ziet u, mijn man is heel voorzichtig geweest. Hij gebruikt condooms.'

De dokter leek wat ongemakkelijk te worden, nu hij zag dat zijn patiënt het echt heel vervelend vond.

'Die zijn helaas niet honderd procent betrouwbaar,' zei hij vriendelijk. 'Maar kop op. Het mag dan wat eerder zijn gebeurd dan u lief is, uiteindelijk zouden er toch kinderen zijn gekomen, hè? U raakt er wel aan gewend, dat verzeker ik u. Of is uw man er zenuwachtig over? Hij kan altijd een afspraak met me maken. Zo is dat.'

Ze dacht terug aan Hughs gezicht toen ze van het festival thuiskwamen en ze hadden besproken wat de verpleegster daar had bedoeld. Hij was even verbaasd geweest als zij, maar aan de andere kant vermoedde ze ook dat hij trots was, ze had zijn gezichtsuitdrukking niet anders kunnen beschrijven. Ja, hij had beslist trots gekeken, en terwijl de dagen verstreken en haar zwangerschap werd bevestigd, zei hij herhaaldelijk hoe opgetogen hij was. Alleen zij werd ondergedompeld in somberheid, en dat kwam niet alleen maar door de ochtendmisselijkheid en de duizelingen waar ze zo nu en dan last van had, en waar ze de daaropvolgende veertien dagen steeds door werd geplaagd. Het was alleen al het idee dat ze een kind ging krijgen. Dat zou alles in de weg staan, vooral haar werk. Ze had zich vaagjes voorgesteld dat ze ooit wel eens kinderen zouden krijgen, maar dat dat nog jaren zou duren. Ze had niet voor deze baby gekozen. Hij had zich zonder toestemming in haar lichaam genesteld, en als hij geboren werd, zou hij haar leven overnemen, zoals ze dat met Lydia had gezien, die ook niet was gepland en het leven van haar moeder had overgenomen.

Het licht van de dageraad dat door de gordijnen heen kwam, trof haar steevast klaarwakker aan, haar geest alert en angstig terwijl ze worstelde met deze nieuwe werkelijkheid. Haar lichaam voelde anders; het was niet meer van haar. Het had zijn gebruikelijke, heimelijke melodieën de rug toegekeerd en zong nu een nieuw lied, waar ze niet van gediend was. Haar lichaam was niet in harmonie met haar geest: ze voelde de hele tijd tintelingen in haar borsten, haar zenuwen gonsden van elektrische energie.

In verschillende opzichten walgde ze van haar zwangerschap. Ze had constant een scherpe ijzersmaak in haar mond. Een andere keer stond ze vroeg op en maakte een kop thee, in de hoop de misselijkheid te verdrijven, om vervolgens de eerste slok weer uit te spugen. Die smaakte naar vis. Tijdens een boekpresentatie waar ze met Berec naartoe ging, nipte ze van een glas wijn en haar hele gezicht vertrok. Vanaf dat moment hield ze het bij gin. Maar het ergste van alles was dat ze zo moe was. Ze sleepte zich door de dagen heen en elke keer dat ze in een spiegel een glimp opving van haar gezicht, dat zo grijs was als havermout, wist ze niet hoe gauw ze haar poederdoos tevoorschijn moest halen. Natuurlijk had ze niemand nog iets verteld, maar ze wist dat in elk geval Trudy zo haar vermoedens had. De oudere vrouw was te bescheiden om er iets van te zeggen, maar soms zag Isabel dat ze haar nieuwsgierige blikken toewierp.

Een paar weken nadat de dokter had bevestigd dat ze inderdaad twee maanden zwanger was, brachten Hugh en zij een bezoek aan haar familie. Ze waren op de terugweg van een lunch met de Steerforths, die onlangs naar Kent waren verhuisd. Constance en Victor, die kort na het huwelijk van de Mortons getrouwd waren, waren daar ook en Constance kondigde tijdens de lunch aan dat zij en Victor in blijde verwachting waren. Haar overduidelijke geluk, die etherische glans die ze uitstraalde, de manier waarop Victor beschermend naar haar hand reikte toen ze het nieuws vertelde, ontroerden Isabel en vervulden haar tegelijk met afgrijzen omdat het in zo'n schril contrast stond met haar eigen gevoelens, en ze kon hen slechts met de grootste moeite gelukwensen. De mannen rookten een sigaar op het terras terwijl de vierjarige dochter van de Steerforths, Sally, met een speelgoedgietertje door de tuin rende om de planten onder te sproeien en de vrouwen Chinese thee dronken in de zitkamer, waar de tuindeuren openstonden. Joan Steerforth bedolf Constance onder raad over van alles en nog wat, van vitamines tot de babyuitzet, en Isabel luisterde ernaar met een opgeplakte glimlach op haar gezicht.

'Ik hoop niet dat we je vervelen, Isabel,' zei Joan, die het in de gaten had. Zij en Constance waren nog altijd slecht op hun gemak bij Hughs nieuwe, onafhankelijk denkende vrouw. Ze wisten nooit wat ze tegen haar moesten zeggen, hoewel ze voor hun gevoel wel hun best deden. 'Ik weet zeker dat jij binnenkort ook zwanger raakt.' Isabel knikte en zei liever niets dan dat ze iets zei waar ze later spijt van kreeg.

Toen de mannen terugkwamen uit de tuin, ging Hugh achter haar stoel staan en masseerde haar nek. Hoewel ze een hekel had aan dit uiterlijk vertoon van genegenheid, dwong ze zichzelf het te ondergaan.

Ze had de smart in zijn ogen gezien toen ze zich in de afgelopen paar weken in zichzelf had teruggetrokken. Ze vond het verschrikkelijk dat zij daar de aanstichtster van was, maar ze kon er niets aan doen. Ze deed haar best om eerder dan hij naar bed te gaan, wat niet moeilijk was als je bedacht hoe moe ze was. Dan krulde ze zich op en zodra hij bij haar in bed stapte, deed ze alsof ze al sliep, maar nadat hij in slaap was gevallen, raakte haar kussen doorweekt van haar stille tranen. De vorige avond had ze echter toegelaten dat hij haar naar zich toe rolde en had ze haar gezicht in zijn hals begraven toen hij teder met haar vrijde. Die tederheid hielp, maar de vloedgolf van woede en frustratie over het komende kind werd er niet minder om.

Toen ze bij het huis van haar ouders kwamen, hielp ze haar moeder in de keuken met het klaarmaken van de sandwiches en het rangschikken van de broodjes op een schaal. Pamela wierp haar voortdurend bezorgde blikken toe.

'Gaat het wel met je? Je wordt toch niet ziek, hè?'

Isabel staarde naar de vispastei die ze aan het smeren was, die grijs was en stonk, en haar maag draaide zich om.

'Je kunt wel raden wat er aan de hand is.'

Haar moeder legde haar mes neer en liep naar haar toe, pakte haar bij de schouders en keek haar recht aan. 'Lieve meid van me,' zei ze. Er verspreidde zich een glimlach over haar gezicht, maar die stierf weg toen ze Isabels ellendige gelaatsuitdrukking zag. Ze drukte haar dochter tegen zich aan toen die in tranen uitbarstte.

'Ik wil het niet,' snikte Isabel op haar moeders schouder. 'Het bederft alles. Ik moet mijn baan opgeven om ervoor te zorgen. Ik ben te jong. Ik heb nog niet geleefd.'

Haar moeder wreef haar zachtjes over haar rug. 'Doe niet zo mal, het komt best goed. Ik voelde me met Lydia ook gevangen, dat weet je wel, maar toen ze er eenmaal was, was het heerlijk. Het was niet gemakkelijk om na jullie nog een nakomertje te krijgen – ik dacht dat ik na de tweeling wel klaar was – maar ze is een lieverd en zo zacht. Jouw kindje wordt ook een prachtmensje, dat zul je zien.'

Zo had Isabel er ook al over gedacht. Daar zit een kindje in, een persoontje, zei ze dan tegen zichzelf, wanneer ze op die vroege ochtenden wakker lag en haar best deed te voelen waar het dan was, maar ze merkte amper enig verschil. Ze kon zich gewoonweg niet voorstellen dat daarbinnen een kindje aan het groeien was. De dokter had gezegd dat het nog heel klein was, had haar een schematische voorstelling laten zien. In het boek leek het helemaal niet op een baby, maar op een garnaal. Er groeide een garnaal in haar, met starende ogen zonder oogleden, en haar hersens weigerden een verband te zien met de mollige baby's met een rozige huid en grote blauwe ogen op de posters in de wachtkamer bij de dokter.

Een week of twee slaapwandelde ze door het leven, uitgeput vanwege haar kwellende nachten terwijl ze de waarheid probeerde te ontkennen van wat haar overkwam.

'Belachelijk,' zei ze hardop toen ze de hoorn op de haak legde na een gesprek met een drukker waarmee ze in het afgelopen half uur in de clinch had gelegen. 'Volkomen belachelijk.'

'Wat is belachelijk?' informeerde een bekende vrouwenstem, en toen ze opkeek zag ze haar tante staan, die er uitermate elegant uitzag in een zacht, duifgrijs jasje met bijpassende vilthoed. Een broche met roze edelstenen, in de vorm van een bloem, fonkelde op een van de revers.

'Wat een leuke verrassing,' zei Isabel en ze stond op om haar te begroeten. Toen ze haar kuste, ving ze een vleug op van een geur die haar altijd verlangend deed denken aan betoverende avondjes uit.

'Ik ga met Stephen lunchen,' zei Penelope, en Isabel vroeg zich meteen af waarom.

'O, wat vervelend, mevrouw Tyler,' zei Cat, 'maar dat staat voor morgen in zijn agenda.'

'Ik weet zeker dat het vandaag was,' zei Penelope met gefronst voorhoofd. 'Voor morgen heb ik een andere afspraak staan, die heb ik al lang geleden gemaakt.'

Cat keek steun zoekend naar de anderen in de ruimte. 'Ik heb hem voor morgen opgeschreven. Ik weet zeker dat we dat hebben afgesproken.'

Isabel beet op haar lip en zei niets. Het zou niet voor het eerst zijn dat Cat zo'n fout maakte.

'Maakt niet uit,' zei ze tegen Penelope. 'Stephen is de hele dag weg, maar ik kan wel. Zullen wij dan gaan? We kunnen in het café aan de overkant gaan zitten.'

'Zo heerlijk dat we eindelijk wat zon hebben,' zei Penelope toen ze de deur uit gingen. 'Je hebt me nog niet verteld wie er volgens jou zo belachelijk was?'

'O, dat,' antwoordde Isabel lachend. 'Die lieve ouwe Harold Chisholm wilde een, laten we zeggen, onfatsoenlijk woord gebruiken in zijn roman en de drukker weigerde dat te zetten. Chisholm is koppig en wilde er geen ander passend woord in hebben, dus heb ik het heft in handen genomen en hem gezegd het dan maar open te laten. Het boek wordt nu tenminste wel gedrukt.'

Ze hield de deur van het café open en Penelope volgde haar naar binnen. De serveerster wilde maar wat graag twee prachtig geklede dames een plaats wijzen in een straal zonneschijn vlak bij het raam.

'Lieve hemel. Wat gebeurt er als meneer Chisholm gaat klagen?'

'Dan zegt Stephen tegen hem dat we niet kunnen publiceren en dan zal hij wel uitbarsten in een van die indrukwekkende woedeaanvallen van hem over het feit dat hij gecensureerd wordt.' Isabel zuchtte. 'Eerlijk gezegd denk ik dat Stephen opgelucht zal zijn als Chisholm vertrekt, maar aangezien hij waarschijnlijk nergens anders terechtkan omdat hij zo'n lastpak is, vermoed ik dat we aan hem vastzitten.'

Penelope moest lachen. 'Hemeltjelief,' zei ze terwijl ze haar handschoenen op haar tas legde, 'waar jij allemaal niet mee te maken hebt. Ongelooflijk dat je ooit dat onschuldige kleine ding was dat ik op mijn drempel aantrof.'

Ze bestelden toast, maar Isabel kreeg niet meer dan een korstje naar binnen. Toen ze er een toestand van maakte dat ze geen melk in haar thee wilde, keek Penelope haar aandachtig aan.

'Het antwoord is ja. En zeg maar niets,' mompelde Isabel bij het zien van die aandacht.

'Lieve meid, toch,' zei Penelope en ze legde haar hand over die van Isabel.

Isabel was ontroerd door het meegevoel op haar tantes gezicht. Het viel haar op dat onder Penelopes perfecte make-upmasker duidelijk te zien was dat ze ouder werd. Haar tante voerde een strijd die ze uiteindelijk zou verliezen.

'Hoe is het met Reginald?' vroeg Isabel om van onderwerp te veranderen. Penelope haalde haar hand weg.

'Het gaat heel goed met hem, dank je,' zei ze en ze nam een slokje van haar thee.

'Stephen is heel dankbaar voor zijn investering in het bedrijf. Daar heb jij hem zeker toe weten over te halen.'

Haar tante schonk haar een glimlachje. 'Reginald doet me inderdaad graag een plezier, maar ik verzeker je dat hij zijn geld alleen ergens in steekt als hij denkt dat het wat oplevert.'

Er was hier iets mee waardoor Isabel zich onbehaaglijk voelde. Schaarde Penelope zichzelf ook onder die categorie? Wat leverde haar tante haar geliefde op?

'Nou, ik hoop dat McKinnon & Holt het naar zijn tevredenheid doet,' zei Isabel gladjes. 'Mag ik vragen waarom je met Stephen zou gaan lunchen?'

Penelope haalde haar schouders op. 'We zijn oude vrienden. Waarom zouden we niet samen lunchen?'

'Zomaar.' Ze dacht aan wat Stephen een keer had gezegd, dat hij min of meer had aangegeven dat Penelope iets te maken had met het feit dat zij was aangenomen. Wat maakte het nu nog uit? Het was al zo lang geleden.

'Weet je moeder het van... je weet wel?' vroeg Penelope en ze zei het op ongebruikelijk dringende toon.

Isabel knikte en keek naar de broodpuinhoop op haar bord. Tranen welden ongewild op, zoals tegenwoordig zo vaak gebeurde. Nog zo'n bewijs dat haar lichaam haar had verraden.

'Liefje toch.' Penelope tilde met haar vinger Isabels kin op. 'Kijk me aan. Hoe lang moet je nog?'

'Rond kerst,' wist Isabel uit te brengen. De tranen liepen nu als dauw van een bloem omlaag.

Penelope las op haar gezicht wat ze dacht. 'Mmm,' zei ze, terwijl ze haar losliet. Ze keek snel om zich heen om te controleren dat niemand luisterde, boog zich toen naar voren en zei zachtjes: 'Je hoeft het niet te krijgen, weet je.'

Isabel staarde haar aan, eerst niet-begrijpend en toen verbijsterd.

'Er zijn manieren voor. Ik ken een arts die heel discreet is.'

Isabel kon nog altijd niets uitbrengen.

'Ik neem aan dat Hugh het weet?'

'Ja.'

'Dat hoeft natuurlijk geen probleem te zijn. Soms gaan er gewoon dingen mis met baby's.'

'Tante...' De schok ebde weg, ervoor in de plaats kwam een afschrikwekkend gevoel dat er een mogelijkheid was.

'Als je mijn hulp wilt, hoef je die alleen maar te vragen,' zei Penelope terwijl ze weer naar achteren leunde. 'Denk erover na, maar niet te lang.'

Na dit gesprek was Isabel volkomen van de kaart, ze kon amper geloven dat dit ter sprake was gekomen. Ze was geschokt dat ze er sowieso naar had geluisterd. Terwijl ze die middag haar taken als een automaat afhandelde, speelde een deel van haar gedachten met die mogelijkheid. Vrijheid. Ze kon terugkeren naar hoe alles was geweest.

Maar toen ze die nacht wakker lag, ging het door haar heen dat ze het niet kon. Dingen konden nooit meer worden zoals ze geweest waren. Ze was al veranderd, voor altijd veranderd. Ze wist dat ze niet in staat was om doelbewust datgene wat in haar groeide te vernietigen. Ze was een gelukkig getrouwde vrouw die het zich kon veroorloven om een kind groot te brengen. Zoals de dokter al had gezegd, kregen vrouwen aan de lopende band kinderen aan wie ze hun leven wijdden. Dat deed je nu eenmaal en het was egoïstisch en onnatuurlijk om er anders over te denken.

Ze wist niet precies wat ze van het leven verwachtte, maar ze had zich wel voorgesteld dat er vroeg of laat kinderen zouden komen. Het kwam alleen zo ongelukkig uit dat ze nog zo jong was, nog maar tweeëntwintig, en ze wilde nog zo veel andere dingen doen. Maar om het weg te laten halen? Nee, dat kon ze niet. En als ze dat deed om vervolgens tegen Hugh te zeggen dat ze de baby had 'verloren', daar kon geen sprake van zijn. Het zou alle integriteit tussen hen vernietigen, hun huwelijk zou verruïneerd zijn.

Haar gedachten dwaalden naar Penelope. Door het feit dat haar tante precies wist wat ze eraan kon doen, ging ze haar in een nieuw daglicht zien. Misschien had Penelope het zelf wel laten doen, had ze een arts bezocht, tijdens haar huwelijk of... misschien wel erna. Misschien was dat wel de reden waarom haar huwelijk mislukt was. Isabels gedachten tolden tevergeefs rond. Er was zo veel dat ze niet wist.

Uiteindelijk, toen ze had besloten de baby te houden, viel ze in een diepe sluimering.

Toen ze de volgende ochtend naar het toilet ging, zag ze tot haar schrik dat ze bloedde. Hugh stuurde haar weer naar bed en belde de dokter, die kort na de lunch langskwam en haar onderzocht.

'Misschien is het wel helemaal niets,' zei hij, terwijl hij zijn stethoscoop opborg, 'de tijd zal het moeten uitwijzen. U moet in bed blijven en rusten, mevrouw Morton. Uw man heeft me verteld dat u buiten de deur werkt.' Hij zei het op afkeurende toon. 'Ik denk dat ze het voorlopig even zonder u moeten stellen.'

'Dat heb ik haar al eerder aan het verstand willen brengen,' zei Hugh vanuit de deuropening. Toen hij de geërgerde gezichtsuitdrukking van zijn vrouw zag, haalde hij zijn schouders op.

'Maken jullie je nou maar niet zo druk,' zei ze tegen hen beiden. 'Ik neem wel rust.' Het verbaasde haar te merken dat nu ze het kind misschien kon verliezen, ze het wanhopig graag wilde houden. Het had niet in haar macht gelegen om het begin ervan te voorkomen, maar ze zou er alles aan doen om te zorgen dat het in leven bleef.

Er kwamen geen bloedingen meer, zo bleek, en na een week bedrust ging de dokter er schoorvoetend mee akkoord dat ze mocht opstaan. Een paar dagen daarna ging ze weer voor halve dagen naar kantoor.

Haar collega's lieten niet blijken dat ze wisten wat er aan de hand was, en daar was ze hun dankbaar voor. Ze besefte alleen wel dat ze het onmogelijk níét geraden konden hebben.

21

Isabel

Een paar weken later, het was halverwege juni, vroeg Hugh of ze het nieuws bekend konden maken.

'Nee,' zei Isabel paniekerig. 'Het is echt nog te vroeg.' Ze was de laatste tijd wat opgewekter. De misselijkheid ging langzaam over en haar huid was niet meer zo vlekkerig en papachtig.

'Je ziet er welvarend uit,' zei hij terwijl hij naar haar jurk keek, 'helemaal rond en zacht, liefje van me. Kunnen we het dan tenminste aan mijn moeder vertellen?'

Je moeder is wel de laatste aan wie ik het wil vertellen, dacht Isabel, maar ze zei het niet. 'Misschien gaat ze me aardiger vinden als ze weet dat wij samen een kind krijgen,' zei ze voorzichtig en toen ze zijn geërgerde gezichtsuitdrukking zag: 'Nee, echt, Hugh, ik weet zeker dat ze het gevoel heeft dat ik je van haar heb afgepakt.' Ze was onlangs tot de conclusie gekomen dat Lavinia Morton niet alleen een hekel aan haar had, maar dat ze een hekel had aan iedere vrouw met wie Hugh had willen trouwen.

'Wat een onzin. Jullie moeten elkaar alleen wat beter leren kennen. Dit is daar een mooie gelegenheid voor.' Hij zei dit op een manier die geen tegenspraak duldde, reikte naar de blocnote die altijd naast zijn bed lag en krabbelde iets neer.

'Wat schrijf je nu op?' vroeg Isabel terwijl ze een ladder bestudeerde in een van de kousen die ze net had aangetrokken. 'O, verdorie,' mopperde ze.

'Niets om je druk om te maken,' zei hij afwezig.

Ze pakte zeep van de wastafel en wreef daarmee over de ladder om die een halt toe te roepen. 'Ik heb liever niet dat je opschrijft wat ik heb gezegd, daar raak ik van in de war.'

'Het gaat niet over jou, liefje. Het gaat over het leven. Voor een schrijver is alles in de wereld om ons heen ruw materiaal.'

'Ik vind het vervelend als ik onderzoeksmateriaal voor je ben.'

'Dit is belachelijk. Ik kan er niets aan doen dat als jij iets zegt, ik een idee krijg. Zo werkt het creatieve proces nou eenmaal.'

Ze staarde hem nijdig aan terwijl ze de rits van haar rok dichttrok, die strak begon te zitten, maar ze besloot niets meer te zeggen. Hugh leek tegenwoordig in een opperbest humeur te zijn. Hij was opgetogen over de baby en het ging goed met zijn boek. Het zou jammer zijn om dat te bederven. Bovendien dreigde ze te laat op haar werk te komen.

Een week later vertelde ze stamelend het nieuws op kantoor en ze werd aangenaam verrast door ieders reactie.

'Gefeliciteerd!' Stephen kuste haar teder en deed een stap terug om haar te bekijken. 'Je ziet er zonder meer stralend uit, moet ik zeggen.'

Ze lachte, voelde heel tedere gevoelens voor hem. Het moest zo moeilijk zijn dat hij en zijn vrouw geen kinderen konden krijgen en toch blij te zijn voor andere mensen, maar in zijn ogen was niets anders te lezen dan oprechte blijdschap voor haar.

Het was echter niet allemaal rozengeur en maneschijn.

'We vinden het jammer dat we je moeten missen,' zei Trudy.

'Inderdaad,' zei Philip, die naar voren kwam en Isabel ernstig de hand schudde.

'Je kunt in elk geval voor ons op Hugh passen,' zei Stephen. 'Daar mogen we al dankbaar voor zijn.'

'Wie zei dat ik ergens naartoe ging?' vroeg Isabel aan hen terwijl ze zichzelf tot haar volle lengte van een meter vijfenvijftig uitrekte.

Trudy trok haar wenkbrauwen op, maar zei niets.

Alleen Cat feliciteerde haar niet, ze keek enkel bedachtzaam. Later, toen Isabel haar in haar eentje aantrof terwijl ze met de archivering modderde, zei Cat verlegen: 'Ik ben echt heel blij voor je dat je een kindje krijgt.'

'Dank je wel,' antwoordde Isabel.

'Voel je je ook anders? Ik bedoel, als je trouwt en kinderen gaat krijgen, houd je dan op met andere dingen te willen?' Er vielen een paar papieren uit de map die ze vasthield, die op de grond dwarrelden.

'Wat bedoel je?' vroeg Isabel, bezorgd om wat het meisje allemaal in haar hoofd haalde. Ze bukte zich te snel om de papieren op te rapen en werd duizelig.

'Bedankt. Ik kan me gewoon niet voorstellen dat ik iets anders zou willen doen dan met boeken werken,' zei Cat. 'Ik weet dat ik fouten maak terwijl Audrey altijd zo efficiënt was, maar ik wil het graag. Ik wil er ook graag goed in worden. Hoe kun je het verdragen om weg te moeten?'

'Dat weet je pas als het je overkomt,' zei Isabel en ze draaide zich om.

Ze wilde het zelf aan Berec vertellen, voordat iemand anders het zou doen, maar hij was al een paar weken uit beeld gebleven, wat niet alleen bijzonder was, maar ook nog nooit eerder was voorgekomen.

'Heeft hij gezegd dat hij ergens naartoe ging?' vroeg Isabel aan Trudy, die hem het laatst gesproken had.

Vorige maand was hij op een middag van straat komen aanwaaien en had meneer Greenford om een klein voorschot op zijn volgende gedichtenbundel gevraagd, zei Trudy, maar hij had onverrichter zake weer moeten vertrekken.

'Ik hoop dat alles in orde is,' voegde ze eraan toe.

Niemand had een telefoonnummer van hem.

'We hebben wel een nummer, maar dat is van een pub in East End,' zei Trudy. 'Ik weet nog dat ik hem een keer te pakken moest krijgen en dat het meisje achter de bar toen zei dat ze de boodschap zou doorgeven. Weet je nog, Philip, dat was toen die vreemde snuiter hier was en naar hem vroeg.'

'Nou, dát was pas een buitenissig type,' zei Philip en hij keek op van zijn loep. Hij was een paar fotonegatieven aan het bestuderen, die op een lichtbak lagen.

'Over wie hebben jullie het?' vroeg Isabel.

Trudy leunde een beetje theatraal naar voren. 'Nou, ik ben heus wel gewend aan nichten, maar deze had zich wel heel excentriek uitgedost. Als een acteur, helemaal geschminkt. En dat om tien uur 's ochtends.'

Philip kuchte en zei: 'Inderdaad,' en hij boog zich weer over zijn loep.

'Hij wilde niet zeggen wat hij van Berec wilde, dus heb ik hem niets verteld. En toen ik het kort daarna aan Berec vertelde, leek die van streek. Zei dat hij de man geld schuldig was en of ik er met niemand over wilde praten. Dat heb ik gedaan en we hebben er niets meer over gehoord.'

'Wat intrigerend,' zei Isabel. 'Hebben we Berecs adres? Vast wel, toch?'

Trudy bladerde door de kaartjes in haar Rolodex. 'Hier heb ik het,' zei ze en ze schreef het over. Het was een adres in Bethnal Green, een buurt die Isabel helemaal niet kende. Ze beet op haar lip, vroeg zich af of ze er wel naartoe moest om hem te spreken, maar besloot toen van niet. Hij was heel terughoudend over zichzelf en misschien vond hij het vervelend.

'Ik schrijf hem wel,' zei ze. 'En we kunnen altijd die pub nog proberen.'

Ze moest aan het gesprek terugdenken dat ze met de redacteur van het literaire tijdschrift had gehad, tijdens Hughs housewarmingparty al die tijd geleden. Hoe weinig ze eigenlijk van Berec wist, zelfs nu nog. Hij was geen man die tijd verspilde aan treuren over het verleden. Zijn belangstelling lag in het leven om hem heen, literatuur, roddels over dichters en publiceren. Ze had ook nooit kunnen ontdekken waarvan hij haar tante kende, behalve dan dat haar kwikzilverachtige tante overal een vinger in de pap bleek te hebben. Reginald had klaarblijkelijk op grote schaal zakelijke belangen, dus misschien had die er wel iets mee te maken.

Ze had haar tante niet meer gezien sinds dat gesprek in het café. Op de een of andere manier kwam ze er maar niet toe om haar te bellen met de verwachting dat ze haar zou feliciteren met de baby, na wat er tussen hen was voorgevallen.

Ze schreef een kort briefje aan Berec, informeerde naar zijn gezondheid en naar die van Gregor en Karin, maakte haar nieuws bekend en smeekte hem om binnenkort contact met haar op te nemen, aangezien ze niet wist hoe lang ze nog op kantoor zou zijn. Ze deed de brief op de bus en wachtte op een antwoord.

Nu ze wat optimistischer was over de baby, nodigde Isabel Vivienne te eten uit. Ze had haar vriendin amper gesproken, want ze kwamen elkaar niet meer spontaan tegen en moesten veel meer moeite doen om elkaar te zien. Toen ze naar Viviennes kosthuis belde, kreeg ze de gepensioneerde schooljuffrouw aan de lijn.

Isabel vertelde wie ze was en de vrouw hijgde van verontwaardiging.

'Sinds jij weg bent is het hier heel erg veranderd, Isabel. Ik weet niet of ik hier nog kan blijven.'

'Hoezo? Wat is er dan?' vroeg ze aan de schooljuf, maar de vrouw aan de andere kant van de lijn zei iets tegen iemand anders en toen kwam Vivienne aan de telefoon. Op de achtergrond kon ze duidelijk het geluid van een dichtslaande deur horen.

'Wat is er in godsnaam met haar aan de hand?' vroeg ze aan Vivienne, nadat ze haar had uitgenodigd.

'Dat vertel ik je wel als ik bij je ben.' Ze vervolgde: 'Isabel, vind je het heel erg als ik iemand meeneem?'

Die 'iemand' heette Theo. Hij was lang, slank en elegant, met haar dat zo zwart en dik glansde als de nacht, en een smetteloze, olijfkleurige huid. Vivienne en hij waren duidelijk verrukt van elkaar, en die fonkelende liefde maakte haar tot een schoonheid.

'Theo komt uit Kasjmir,' legde ze aan Isabel uit terwijl Hugh de drankjes inschonk.

'Ik studeer medicijnen aan Viviennes college,' zei Theo. 'Ze was zo vriendelijk om me er wegwijs te maken.'

Isabel vond zijn zangerige stem prettig, die zacht en helder was. Hij wilde geen gin, maar had liever limonade. Hij was niet alleen overdreven beleefd, maar had ook de moeite genomen om een exemplaar van *Thuiskomst* te kopen, waarin hij al was begonnen. Terwijl hij enthousiast de loftrompet over Hugh stak en hem naar zijn schrijven vroeg, liep Isabel naar de keuken om te kijken hoe het met de stoofpot ging.

Vivienne liep achter haar aan en hield de ovendeur open terwijl zij de schaal eruit haalde en op het fornuis zette.

'Sorry van die narigheid met miss Milliband aan de telefoon. Die arme vrouw was in alle staten. Ik had van de week met Theo bij mij thuis afgesproken en om de een of andere reden was ze daar helemaal door van streek.'

Isabel zei: 'Hij lijkt heel aardig. Heb je... Zijn jullie...?'

Viviennes ogen dansten ondeugend. 'We lijken elkaar inderdaad heel graag te mogen, als je dat bedoelt.'

'Maar...' Isabel maakte een hulpeloos gebaar. 'Wat vindt je familie ervan? Is hij niet... ik bedoel, Kasjmir... Dan is hij waarschijnlijk... wat zijn ze daar eigenlijk? Hindoe?'

Vivienne knikte en trok haar magere schouders in een hopeloos gebaar op. 'Mijn ouders weten het nog niet. Ik vertel het ze wel als ik zover ben. Wat ze ook zeggen, hij is niet joods, dus het wordt een drama.'

'O, Viv,' zei Isabel. Ze gooide de ovenwanten neer en keek haar vriendin met ontstelde blik aan. 'Gaat hij je heel erg aan het hart?'

'Ja,' zei Vivienne, en haar geestdriftige gezicht kreeg een kleur. 'Ja, heel erg. Isabel, ik had nooit gedacht dat ik de kans zou krijgen om zo gelukkig te zijn. Zeg alsjeblieft tegen me dat we altijd vriendinnen blijven, wat er ook gebeurt.'

'Natuurlijk,' zei Isabel en ze omhelsde haar. 'We blijven altijd vriendinnen, altijd.'

De zondag na dit etentje reden Hugh en Isabel vroeg naar Suffolk om bij Hughs moeder te gaan lunchen. Het was juni en het huis en de tuin zagen er na de recente regen weelderig uit. De lunch bestond uit een koude, lichte maaltijd, die ze in de koele eetkamer nuttigden, want mevrouw Catchpole, de kok-huishoudster, was op zondag altijd vrij. Op deze dag konden Hugh en Isabel geen goed doen. Mevrouw Morton klaagde dat ze overal alleen voor stond, maar wees Hughs aanbod van de hand om buiten de deur te gaan lunchen.

'Ik heb vandaag geen zin om de deur uit te gaan,' zei ze geïrriteerd, en ze zag er inderdaad wat pips en uit haar doen uit.

Na het koude vlees en de salade uit de tuin, bracht Isabel de frambozen binnen die ze op verzoek van haar schoonmoeder voor de lunch had geplukt. Mevrouw Morton wendde zich tot Hugh en zei: 'Je hebt Jacquelines nieuws zeker al gehoord? Haar man wordt naar Korea uitgezonden. Hij zit bij de inlichtingendienst, hè?'

'Zoiets, ja,' zei Hugh terwijl hij room over zijn fruit schonk.

'Dat moet afschuwelijk voor haar zijn. Het is daar zo gevaarlijk. Je weet het toch nog wel van de Japanners?'

'Hij zit daar heus niet aan het front, moeder.'

'Ik hoop maar dat je gelijk hebt. Ik weet toevallig dat ze dolgraag een gezin wil stichten, en dat kan natuurlijk niet als haar man weg is.'

'Nee, dat zal wel niet.' Hugh knipoogde naar Isabel, die daar niet op reageerde. Ze nam een hap frambozen. Die smaakten houtachtig en bitter.

'Ik hoop dat jullie tweeën niet te lang wachten met een oma van me te maken.' Hughs moeder lachte geforceerd.

'Nou...' wilde Hugh zeggen, maar Isabel had er genoeg van. Ze stond abrupt op, gooide haar servet neer en haastte zich de kamer uit.

Voor haar gevoel duurde het heel, heel lang, maar waarschijnlijk was er slechts een kwartier verstreken toen Hugh haar helemaal achter in de tuin vond, waar aan de andere kant van het hek twee ezels op een veldje stonden. Ze aaide de neus van de dieren en huilde zachtjes.

Hugh was kregelig. 'Isabel, wat is er in godsnaam aan de hand? Mijn moeder is verschrikkelijk van streek.'

'Is zíj van streek?' bracht Isabel met moeite uit. Een van de ezels trok met zijn tanden aan haar vestje, maar ze wist zich los te wurmen en stapte buiten zijn bereik.

'O, lieveling, je weet toch dat ze het goed bedoelt,' zei hij, en hij sloeg een arm om haar schouder. Hij trok haar naar zich toe en kuste haar op haar kruin. 'Ik heb haar verteld dat we een kindje krijgen en ze is helemaal opgetogen. Je moet meekomen en je excuus aanbieden.'

Ze rukte zich van hem los. 'Moet ík m'n excuses aanbieden?' zei ze met een verbijsterde blik. 'En zij dan? Zij probeert je leven te dicteren.'

Hugh zuchtte. 'Ik weet dat vrouwen heel erg last hebben van stemmingswisselingen als ze zwanger zijn, maar je mag niet zomaar wegrennen. Als je het had uitgelegd... Moeder kan heel irritant zijn, dat zie ik best, maar ik sta erop dat je haar respectvol behandelt.'

Ze merkte een spanning bij hem op, hoe stijf rechtop hij stond, de hartstocht in zijn ogen, en alle strijdlust sijpelde uit haar weg. Hij hield van zijn moeder, dat zag ze wel, en nu zag ze zichzelf opeens door zijn ogen: een hysterisch, egocentrisch klein meisje. Ze draaide zich weer naar het hek. Een van de ezels was weggekuierd, maar de andere stond vlakbij gras en distels te eten en ze streelde zijn ruwe achterhand.

Ten slotte zei ze zachtjes: 'Je hebt gelijk. Het spijt me. Ik ga nu met je mee en zal meteen mijn verontschuldigingen aanbieden. Ik weet niet wat me bezielde.'

Hugh glimlachte verrukt naar haar. 'Je bent een fijne meid,' zei hij, en hij pakte haar hand en nam haar mee terug naar het huis.

Achter hen bogen de ezels hun kop en aten verder.

Hoewel Hugh hierna elke zondag met zijn moeder belde, gingen ze niet meer bij haar op bezoek. Er werd niet meer over het voorval gerept, maar Hugh leek in de gaten te hebben dat zijn vrouw al genoeg spanning te verduren had met de zwangerschap en het drukke leven dat ze had. Bovendien had hij zo een concreet excuus om in Londen te blijven. Hij schoot nu goed op met zijn nieuwe boek en probeerde daar zo veel mogelijk tijd aan te besteden.

Dus zij ging bijna elke dag naar kantoor en probeerde totaal niet aan de toekomst te denken, aan wat er ging gebeuren als de baby er was.

Er was enige tijd verstreken en ze had nog niets van Alex Berec gehoord. Op een dag belde ze het nummer van de pub dat Trudy voor haar had opgediept, maar de vrouw die de telefoon opnam wist niets van hem. Isabel had het sterke gevoel dat er iets mis was. Dit had geen zin, ze moest ernaartoe en zelf uitzoeken wat er aan de hand was. Ze koos een dag waarop het rustig was op kantoor en ging tijdens lunchtijd weg.

Nadat ze de erbarmelijke omstandigheden had gezien waarin Gregor en Karin moesten leven, verwachtte ze er niet veel van, maar toen ze het sombere bakstenen huurpand in Bethnal Green zag waar de eigenaar van de pub haar naartoe stuurde, schrok ze toch. Een paar ondervoede kinderen speelden stilletjes op straat en de meesten van hen waren smerig. Ze hield een jonge vrouw staande, die met een uitpuilende baal vuil wasgoed zeulde, om te vragen waar ze nummer 52 kon vinden. In het huizenblok dat de jonge vrouw haar had gewezen liep ze via een mistroostige, naar urine stinkende, betonnen trap naar de eerste verdieping. Dit was toch zeker niet goed? vroeg ze zich af toen ze langs de rij deuren liep. Nummer 52 bleek de laatste te zijn. Ze haalde diep adem en klopte aan.

Een hele tijd deed niemand open, en ze overwoog het net op te geven toen ze binnen een geluid hoorde. Ze drukte haar oor tegen de deur. Daar was het weer. Schuifelende voetstappen, toen stilte. Iemand stond vlak achter de deur, wachtte. Ze klopte opnieuw en deze keer hoorde ze een bekende stem: 'Al goed, ik hoor je. Wie is daar?'

'Ben jij dat, Berec?' antwoordde ze. Daarop ging de deur open en stond ze oog in oog met iemand die ze amper herkende.

'Berec,' zei ze, en ze deinsde terug. Want het was inderdaad Alex Berec, maar niet de opgewekte, hoffelijke persoon die ze kende en op wie ze zo dol was. Deze man leek een wrak. Hij was ongewassen, had vet haar en droeg een gerafelde kamerjas met daaronder een pyjama. Eén mouw hing leeg langs zijn zij, want zijn arm zat in een mitella. Om een van zijn bloeddoorlopen ogen was het wegtrekkende bewijs te zien van de ergste blauwe plek die ze ooit had aanschouwd.

'Isabel. Ik dacht dat het... Je kunt niet...' Hij wilde de deur weer dichtdoen, maar bedacht zich toen. In een moedeloos gebaar legde hij zijn voorhoofd tegen de deurpost en sloot zijn ogen.

'Berec,' hijgde ze. 'Wat is er met jou gebeurd?'

Hij stak een hand op en zuchtte. 'Maakt niet uit, het gaat al wat beter. Een paar mannen hebben dit gedaan.'

'Een paar mannen? Welke mannen? Waarom?'

'Ze waren dronken, meer niet,' mompelde hij. 'Verkeerde tijd, verkeerde plek.'

Zijn adem dreef naar haar toe, die was scherp en zurig, en ze wist dat hij ook had gedronken.

'Mag ik binnenkomen?' vroeg ze.

'Nee, liever niet.' En in zijn zwakke glimlachje ving ze een glimp op van de Berec die ze kende. 'Je zou geschokt zijn.'

Ze aarzelde en zei toen: 'Kan ik dan iets doen om je te helpen? Ik kan misschien wat boodschappen voor je doen.'

'Nee, echt niet,' zei hij. 'Er woont een vrouw in de buurt, een buurvrouw, die me eten brengt. Maar het is wel heel vriendelijk van je.'

Ze deed een stap achteruit, kreeg nu heel duidelijk het idee dat hij wilde dat ze wegging, maar het voelde gewoon niet goed om hem zo achter te laten.

'Heeft de politie ze te pakken gekregen, die mannen die dit met je gedaan hebben?'

'Dat weet ik niet,' antwoordde hij en plotseling wist ze zeker dat hij geen aangifte had gedaan. 'Dank je wel dat je bent gekomen, lieve Isabel,' zei hij. 'Dit zal ik niet vergeten. Maar vertel het alsjeblieft aan niemand. Ik zou me doodschamen als iedereen het wist. Dit moet tussen ons blijven, beloof je dat? Ik heb liever dat je het aan niemand vertelt, ook niet aan je man.'

Na een ogenblik knikte ze. Opeens kreeg ze een idee. Snel maakte ze haar tas open en haalde haar portemonnee tevoorschijn. 'Hier,' zei ze, terwijl ze er een paar bankbiljetten uit haalde. 'Pak aan, anders ga ik niet weg. Alsjeblieft, ik kan het me veroorloven.' Ze duwde het geld in zijn hand.

'Ach, dank je wel,' zei hij met stille waardigheid, en ze voelde dat ze een kleur kreeg.

Ze wilde door de gang teruglopen, maar hij riep haar na: 'Isabel,' en ze bleef staan.

'Doe je tante de groeten. Misschien kun je haar vertellen dat ik... niet helemaal in orde was. Meer niet.'

'Ja,' zei ze opgelucht, want ze wist wel dat haar tante zou weten wat er gebeuren moest. 'Natuurlijk.'

Ze merkte amper iets van de busrit terug naar Oxford Street, zo werd ze in beslag genomen door haar gedachten aan Berec. Het idee dat er mensen bestonden die andere mensen zoiets aandeden, ze in elkaar sloegen omdat ze anders waren, uit een ander land kwamen, terwijl iedereen wist hoe sommigen van die vluchtelingen geleden hadden... dat ging dwars tegen alles in wat ze ooit had gekend en waardevol had gevonden. Die arme Berec. Ze wilde dat ze nog iets anders voor hem kon doen. En opeens wist ze het.

Toen ze die avond uit kantoor thuiskwam, was ze verbaasd te merken dat haar man niet thuis was. In de tijd dat ze op hem wachtte schreef ze de brief die ze in haar hoofd al had geformuleerd. Die was aan haar tante en daarin citeerde ze Berecs woorden letterlijk, dat hij 'niet helemaal in orde was' en ze zette zijn adres erbij. Ze moest er maar op vertrouwen dat haar tante begreep wat dat betekende en er ook naar zou handelen. Ze deed de brief meteen op de bus.

Later die avond belde Hugh. 'Ik zit in Suffolk. Heeft dat stomme kind mijn bericht niet doorgegeven?' vroeg hij verward.

'Welk kind, Cat soms? Misschien heeft ze het wel geprobeerd, maar ik ben vandaag bijna niet op kantoor geweest.'

'Het gaat om moeder, ze is ziek. Mevrouw Catchpole belde me rond lunchtijd.'

'O, Hugh. Weer een astma-aanval?'

'De dokter wist het niet zeker, dus hij heeft haar naar het ziekenhuis laten overbrengen. Daar ben ik nu. Ze heeft hoge koorts. Misschien is het een longontsteking.'

'Hugh!' Ze had de angst in zijn stem gehoord. 'Wat moet ik doen? Wil je dat ik naar je toe kom?'

'Blijf voorlopig maar thuis, denk ik zo. We zien morgen wel hoe de zaken er dan voor staan.'

Door dit alles gleed de kwestie-Berec naar de achtergrond.

'Ik zie geen andere mogelijkheid,' zei Hugh veertien dagen later. 'Het is heel moeilijk voor je. Sorry.'

Ze stonden in Hughs oude slaapkamer in Stone House. Isabel had een vestje om haar schouders geslagen en staarde met over elkaar geslagen armen uit het raam, over de tuin naar het veld met de ezels en de onherbergzame moerassen daarachter. Ze probeerde tot zich door te laten dringen wat hij haar zojuist had verteld, hoewel ze diep in haar hart wist dat het de enige verstandige beslissing was en dat ze die moest accepteren.

Zij en Hugh zouden hierheen verhuizen om voor zijn moeder te zorgen, die nu uit het ziekenhuis was en in haar kamer verderop in de gang in bed lag. Het was inderdaad een longontsteking geweest. Lavinia Morton was daar echter heel zwak en verward uit gekomen, en de dokter kon niet zeggen hoe snel ze weer zou opknappen. Hughs moeder was nog maar zestig jaar, maar door het feit dat ze astma had, was ze niet zo flink als andere vrouwen van haar leeftijd, dus het kon wel eens een traag proces worden.

De flat in Londen zouden ze voorlopig aanhouden, zei Hugh. Die was voor langere tijd gehuurd en hij zou zo nu en dan toch in Londen moeten zijn. En zij wellicht ook, probeerde ze zichzelf wijs te maken, zij wellicht ook.

'Kunnen we ons geen gezelschapsdame veroorloven?' vroeg ze en ze draaide zich naar hem toe, terwijl ze op voorhand het antwoord wel wist.

'Daar heb ik aan gedacht. Dat kan ik haar niet aandoen, Isabel.' Hugh ging op het bed zitten en bekeek zijn handen: het waren sterke handen, maar zacht, gevoelig. 'Ze is tenslotte mijn moeder, ik ben het aan haar verplicht.'

Maar ik niet, wilde Isabel zeggen, maar ze zei het niet.

'Ze zal zeer waarschijnlijk heel goed herstellen, maar ik wil haar liever niet alleen laten. En aangezien je binnenkort toch ophoudt met werken, lijkt dit de voor de hand liggende oplossing.'

'Ik hoopte nog een tijdje naar kantoor te kunnen, Hugh. Het is pas over vijf maanden Kerstmis. Per slot van rekening ben ik niet ziek, ik krijg alleen een kind.'

'Je weet dat ik er niet blij mee ben als je dat doet. Je put jezelf alleen maar uit. En we hebben het niet nodig. We hebben geld genoeg. Kan McKinnon niet werk hierheen laten sturen. Leeswerk en zo?'

Daar dacht ze over na en ten slotte knikte ze. 'Zou kunnen,' zei ze, voorlopig verslagen.

Terwijl ze die avond op de slaap lag te wachten, luisterde ze naar de uilen, het geruis van de wind vanaf de rivier, en bedacht hoe fijn het hier misschien kon zijn. Je moest uiteindelijk overal het beste van zien te maken. En alsof het erop had gewacht, voelde ze voor het eerst diep vanbinnen een kleine beweging, als de fladdering van een vlindervleugel. Ze hield haar adem in. Daar was het weer.

'Hugh,' zei ze en hij antwoordde slaperig. Ze pakte zijn hand en legde die op haar buik. 'Moet je voelen,' beval ze. Het was de baby die zich
binnen in haar bewoog.

22

Emily

In haar flat legde Emily de bladzijden die ze aan het lezen was neer. Ze moest zo veel tot zich laten doordringen: het rijke en afwisselende leven van Isabel in Londen, haar gelukkige huwelijk met Hugh. Emily dacht eraan hoe blij ze met elkaar leken te zijn, hoewel het haar opviel dat Isabel twee banen had: haar werk bij de uitgeverij en zodra ze 's avonds thuiskwam de zorg voor Hugh. En dan al die andere dingen die er nog bij kwamen: de ontdekking dat ze in verwachting was, dat ze voor Hughs moeder moest gaan zorgen. Isabels leven ging een kant op waar ze geen controle meer over had. De meeste vrouwen zouden blij zijn met een kind, maar uit Isabels verhaal sprak een bittere en wanhopige toon. Ze had duidelijk het gevoel dat haar jonge leven op slot ging. En dan had Emily nog lang niet alles gelezen.

Emily stond op, liep naar de koelkast en schonk zichzelf een glas vruchtensap in, en ging toen weer zitten om te ontdekken wat er nu ging gebeuren.

Isabel

De zomer van 1951 had de meest idyllische uit Isabels leven moeten zijn. Ze zat in het tweede trimester van haar zwangerschap, de misselijkheid van de eerste maanden was helemaal weg en iets van haar vroegere energie keerde terug. Ze had Londen met zijn uitzicht op de gebombardeerde huizen verruild voor een groot en prachtig huis midden in het weelderige landschap van Suffolk. Het was vaak warm en zonnig weer. Aangezien ze nog niet zo heel lang van school af was, was het voor haar gevoel nog altijd heel normaal dat ze in juli en augustus niet veel hoefde te doen. Niet dat ze nu bepaald weinig deed, maar ze hoefde niet heel vroeg van huis weg om op tijd op het kantoor in Percy Street te zijn.

Stephen en Trudy hielden zich aan hun belofte en voorzagen haar ruimschoots van lees- en redactievoer. Minstens één keer per week bracht de postbode een goed ingepakt manuscript, vergezeld van netjes uitgetypte instructies van Trudy of een haastig neergekrabbelde opmerking van Cat. Isabel verslond die aantekeningen, hoopte op een snipper roddel uit de literaire wereld zodat ze het gevoel kreeg dat ze daar nog altijd deel van uitmaakte. In de eerste paar weken belde Cat soms in paniek op, wilde iets weten over de tekortkomingen van een of andere auteur of om haar door te verbinden met Stephen die een vraag had. Isabel verlangde naar het idee dat ze gemist werd. Maar hoewel ze die gesprekken in het begin verwelkomde, verlangde ze er des te sterker door naar kantoor en ze was bijna blij toen de perioden ertussen langer werden. Ze hoefde alleen maar gewend te raken aan haar nieuwe leven, zo zei ze tegen zichzelf, dan zou haar rusteloosheid wel overgaan.

Terwijl zij zich met de grootste moeite aanpaste, leek Hugh die zomer zijn geluk niet op te kunnen, want hij had een ritme gevonden dat hem precies paste. Eens per week bracht hij een nacht of twee in hun Londense flat door, waardoor hij zijn opdrachtgevers kon ontmoeten – mensen die vrienden van hem waren geworden –, naar toneelstukken of tentoonstellingen kon gaan en naar feestjes, hoewel er tijdens de zomer niet veel feestjes werden gegeven. En in Suffolk sloot hij zich in zijn werkkamer op, ver weg van de bedrijvigheid in het huis dat, hoewel het technisch gesproken van Hugh was, eigenlijk van Lavinia Morton was.

'Laat dat!'

Isabel liet het gordijn vallen alsof ze zich eraan had gebrand. 'Sorry,' fluisterde ze terwijl ze het gezicht van de vrouw in het bed trachtte te onderscheiden. Ze wreef nerveus in haar handen. 'Het is hier ook zo donker.'

'Dat moet ook,' mompelde haar schoonmoeder.

'Ik... Ik kwam kijken of ik iets voor u kon halen. Of wat voorlezen, misschien.'

'Je hoeft niets te doen. Die verpleegster – hoe heet ze ook alweer – waar is die nu naartoe?'

'Zuster Carbide. Dat weet ik niet. Ik weet zeker dat ze zo terug is.' Isabel ging op de stoel naast het bed zitten. Haar ogen raakten aan de schemering gewend en ze vond dat Hughs moeder er afschuwelijk oud uitzag, strengen tinkleurige haar lagen in een wirwar op het kussen, haar huid had een geelachtige teint. Isabel had medelijden met haar. Geen wonder dat Lavinia Morton liever in het donker lag.

De vrouw lag nog altijd over de zuster te klagen. 'Struint hier maar wat rond, is helemaal niet aardig, en ze is er nooit als je haar nodig hebt.'

'Weet u zeker dat ik niet kan helpen?'

'De zuster, haal de zuster. Ik heb de steek nodig, dom wicht.'

'Ja, natuurlijk,' zei Isabel en ze stond vlug op. Ze vond zuster Carbide en vluchtte de kamer uit, opgelucht dat iemand anders het toiletgebeuren voor haar rekening nam. Hughs moeder was bepaald geen gemakkelijke patiënt en het lag niet in Isabels aard om voor haar te zorgen.

In de eerste paar weken hoefde ze dat ook niet, want nadat de zieke vrouw uit het ziekenhuis was ontslagen, was ze bedlegerig en nam Hugh een gepensioneerde verpleegster in de arm, die elke dag op haar piepende fiets aan kwam rijden en voor haar medicijnen en persoonlijke behoeften zorgde. Mevrouw Catchpole, de bezadigde kok en huishoudster, kwam als altijd na het ontbijt uit het dorp naar hen toe gewandeld. Ze maakte schoon, bereidde de maaltijden en regelde de was. Nadat ze had verklaard dat ze met de komst van Hugh en Isabel meer werk te doen had, was haar vrolijke zestienjarige dochter gevraagd om haar te komen helpen.

Maar ondanks dit alles kwam Hughs moeder 's ochtends vroeg voor rekening van haar schoondochter, evenals in de avonden en een deel van het weekend. Ze moest het ontbijt samenstellen en met een dienblad naar boven brengen, pillen uittellen en aan haar geven. Er waren tientallen kleine taakjes te doen. Na de eerste week kon Hughs moeder zelf naar de badkamer, hoewel ze zich één keer 's nachts verkeek op de ongelijke vloer, viel en gered moest worden. Ze sterkte aan en stuurde de verfoeilijke zuster weg. Hoewel ze een deel van de dag op kon zijn, raadde de dokter haar toch aan bedrust te nemen.

En nu stond er een grote koperen handbel op haar nachtkastje: die overal in huis te horen was. 'Vind je het erg om...' zei Lavinia dan als Isabel daarop haar kamer binnenkwam, maar hoewel haar woorden beleefder waren dan in het begin, klonk de toon waarop ze die zei nog altijd als een bevel. Het karweitje kon van alles zijn: de kussens opschudden, een bepaalde bril opzoeken, iets opruimen wat ze had gemorst, een gordijn tegen de zon dichtschuiven, tussen de doolhof medicijnen zoeken naar iets om haar piepende ademhaling te verhelpen, een telefoontje plegen.

Isabel voerde deze instructies zo bereidwillig als ze kon uit, en probeerde geen verontwaardiging te tonen. Het moest vreselijk zijn om ziek te zijn, zo verweet ze zichzelf, en je zo hulpeloos te voelen, en Hughs moeder, die altijd alles zelf kon, vond het vast afschuwelijk. Zij kon zelf ook humeurig zijn en klagen, en ze herinnerde zich beschaamd hoe zij Hugh had gecommandeerd toen ze zelf aan bed gekluisterd was geweest, na de dreigende miskraam van twee maanden geleden.

Wat naar verwachting een kortetermijnprobleem zou zijn – Hughs moeder helpen om te herstellen van een acute ziekte – werd bijna zonder dat iemand het in de gaten had een langetermijnprobleem.

Juli werd augustus. De dokter vond nu dat de patiënt 's ochtends op mocht en schreef een programma met lichte activiteit voor. Als het een warme dag was, moest Isabel haar schoonmoeder met boeken en een krant buiten zetten. De patiënt kreeg een looprekje en werd aangemoedigd om met hulp van iemand door de tuin te lopen. 's Middags moest ze een dutje doen en later opnieuw genieten van een stimulerende activiteit, zoals bezoek van een vriendin. Hughs moeder had veel kennissen, maar weinig goede vrienden. Er waren slechts een paar brave zielen die trouw langskwamen. De vrouw van de dominee was een van hen, een vrouw met een alledaags gezicht maar opgewekt van karakter. Ze leek niet te merken hoe bedillerig Hughs moeder haar behandelde.

Na het ontbijt wilde Isabel, als Hughs moeder het toestond, aan de eetkamertafel gaan zitten, haar potlood slijpen en een manuscript redigeren of een boekverslag schrijven. Het was echter slechts een kwestie van tijd voordat ze werd onderbroken door het geklingel van de handbel. Als Isabel geluk had, riep mevrouw Catchpole: 'Laat maar, liefje, ik ga wel,' maar zelfs dan zat Isabel gespannen te wachten voor het geval ze toch nodig was, totdat ze zich kon ontspannen en verder kon met haar werk.

Maar soms was mevrouw Catchpole buiten de deur of met een of ander karweitje bezig, en dan slaakte Isabel boos een zucht, schoof haar stoel naar achteren en ging kijken wat er aan de hand was. Dan kon het vijf minuten of een halve ochtend duren voordat ze weer aan het werk kon.

Eind augustus was Hughs moeder bijna weer haar normale competente zelf. Maar gek genoeg weerhield haar dat er niet van om Isabel te blijven storen. Tijdens haar ziekte had ze langzamerhand de overhand gekregen. Inmiddels had Isabel het gevoel dat het niet meer dan eerlijk was om weerwoord te geven en zo zaten ze opgesloten in een bittere, stilzwijgende oorlogvoering.

Zo hoorde ze Lavinia Morton piepend ademhalen lang voordat de vrouw zelf de eetkamer binnenkwam; háár eetkamer, vond ze. 'Sorry dat ik je stoor,' zei ze dan heel doelbewust, 'maar vind je het erg om je boeken uit de zitkamer weg te halen? De dominee komt zo langs en ik wil het graag netjes hebben.'

Of: 'Heb jij de krant of heeft Hugh hem?' Waarmee ze bedoelde dat Isabel die dan moest gaan zoeken. Merkwaardig genoeg viel Hughs moeder haar zoon nooit lastig met die vragen.

Hugh ging altijd voorzichtig met zijn moeder om, lette erop dat ze het naar haar zin had. Als Isabel in de afzondering van hun slaapkamer zich beklaagde, fronste hij zijn voorhoofd.

'Ik weet zeker dat ze je liever niet stoort,' zei hij dan. 'Het is een beetje lastig omdat het haar huis is.' Of: 'Ik weet zeker dat ze alleen maar probeert te helpen.'

'Jij kiest altijd partij voor haar,' riep Isabel een keer uit.

'Volgens mij is het geen kwestie van partij kiezen,' zei hij. 'Er zijn geen partijen. Ik kan nauwelijks geloven dat ze kwaad in de zin heeft.'

Zijn moeder was niet langer uitgesproken grof, maar ze verwachtte dat de zaken gingen zoals zij het wilde. Voor Hugh was dit het normale leven.

Soms keek zijn moeder toe terwijl Isabel de boeken opruimde of de krant opzocht en dan zei ze iets als: 'Je werkt momenteel heel hard, liefje, denk je nou echt dat dat goed voor je is?' Of ze probeerde haar af te leiden met klusjes in het dorp waar vrijwilligers voor gevraagd werden. Zo moesten er, leek wel, een eindeloze hoeveelheid zitkussens geborduurd worden voor de kerk, of cakes gebakken voor een liefdadigheidsbazaar. 'Ik heb de dominee gezegd dat jij wel wilt helpen. Dan maak je meteen kennis met een paar andere dames, weet je.'

Isabel vroeg zich af of ze dit moest willen, of dat zo hoorde, maar feit bleef dat ze het niet wilde. Ze ging op een zondag naar de kerk, maar niemand van de jongere vrouwen met wie ze een praatje maakte leek zo te zijn als zij. Toen Hugh haar enigszins geërgerd vroeg waarom dat zo was, kon ze hem geen bevredigend antwoord geven. 'Ze hebben nergens belangstelling voor,' zei ze. 'Althans niet voor de dingen die ik interessant vind.'

Ze miste Vivienne verschrikkelijk, evenals haar vrienden van kantoor. Vivienne ging veertien dagen met haar familie weg en stuurde een ansichtkaart vanuit een badplaats ergens in Cornwall. *Ik schrijf je nog een keer met meer nieuws,* stond erop, maar er kwam geen brief en toen Isabel in een opwelling op een avond naar het huis in Highgate belde, nam niemand op. Ze vroeg zich af hoe de zaken er met Theo voor stonden. Ze hoopte dat er niets akeligs aan de hand was. Ze maakte zich ook heel erg zorgen om Berec, en schreef naar hem, maar er kwam geen antwoord.

'Misschien moet je helpen met de voorbereidingen voor de herfstbazaar,' zei Hugh vertwijfeld. 'Dan kom je nog eens buiten de deur.'

Isabel weigerde. Ze ging een wandeling maken langs de moerassen naar de riviermonding, waar ze peinzend over het wilde landschap uitkeek en naar de roep van de vogels luisterde. Het was een weerslag van haar melancholieke stemming.

Op een woensdagochtend was ze klaar met het redigeren van een manuscript voor Trudy en pakte het op, popelend om de korte wandeling naar het postkantoor te maken voordat het tussen de middag dichtging. Toen ze daar kwam, stond er tot haar ergernis een rij. De postmeester, die met zijn opvliegende karakter iedereen tiranniseerde omdat hij nooit meer dezelfde was geworden nadat ze een stalen plaat in zijn schedel hadden geplaatst omdat hij in Normandië op een mijn was getrapt, had de gewoonte om op woensdag stipt om half een het loket te sluiten, en iedereen die dan nog niet was geholpen, kon de klere krijgen.

Gelukkig wisten de mensen die voor haar waren dit en die handelden hun zaakjes dan ook efficiënt af. De stuurse postmeester had Isabels pakje in de postzak laten vallen en ze wilde zich net omdraaien om te vertrekken, toen een vrouw een stukje achter haar in de rij 'hallo' zei. Ze keek op en zag een bekend stel wijd uit elkaar staande, blauwe ogen.

'Jacqueline,' zei ze verbaasd, en daarna met gedempte stem, want de hele rij luisterde gretig mee. 'Wat doe jíj hier?'

'Volgende,' blafte de postmeester, en hij drukte op zijn bel met de rubber vingerhoed die hij aan zijn wijsvinger droeg voor het tellen van bankbiljetten, en iedereen schuifelde naar voren.

'Postzegels kopen, natuurlijk,' antwoordde Jacqueline en ze liet de envelop zien die ze in haar gehandschoende hand vasthield. Ze was te elegant gekleed voor een plattelandspostkantoor, in een mantelpak met een kokerrok die haar weelderige heupen goed deed uitkomen, een hoedje dat zich aan haar perfecte krullen vastklampte en een toffeekleurige handtas met bijpassende schoenen. Isabel, zich bewust van haar stoffige wandelschoenen, voelde zich bij haar vergeleken een slons.

'Ik bedoelde dat ik niet wist dat je in Suffolk was,' zei ze vriendelijk.

'Half één,' riep de postmeester toen degene vóór Jacqueline wegliep. Hij begon alles in de kast achter de balie op te bergen.

'Zeg eens, kan ik geen...?' Jacqueline boog zich naar voren en zwaaide met haar envelop op een manier waarvan Isabel wist dat het de man zou ergeren.

'Sorry, mevrouw,' zei hij en hij wees naar een onofficieel briefje over de openingstijden op de muur achter zich. Hij verliet zijn plaats, drong zich langs een paar nog altijd wachtende mensen en hield de deur open. Iedereen liep gehoorzaam in een rij naar buiten. De deur ging resoluut achter hen dicht en het slot klikte op zijn plaats. Terwijl Isabel en Jacqueline toekeken, draaide een hand met vingerhoed en al het GESLOTEN-bordje om.

'Wat een onuitstaanbare vent,' verzuchtte Jacqueline. 'Zeg, kun jij me geen postzegel verkopen?'

'We hebben thuis nog wel een paar,' zei Isabel, ze herinnerde zich dat er een boekje in het schrijfbureau lag. 'Is dat van jou?' vroeg ze toen ze een mooi autootje met open dak zag staan. 'Als je me even afzet, zoek ik er wel een voor je op.'

Ze kon de lift wel gebruiken. Het was zo'n warme en soezerige late-zomerdag en de wandeling was wat vermoeiend geweest. Haar zwaartepunt was veranderd en ze had een zeurende pijn in haar onderrug gekregen.

'Je bent toch niet hiernaartoe gelopen, hè?' zei Jacqueline met een verschrikte blik op Isabels opzwellende taille. 'Hoe krijg je het voor elkaar. Ik breng je wel naar huis. Als ik tante Hilda's verjaardag mis, draagt ze me dat de rest van m'n leven na.'

'Ik wou dat Hugh me leerde rijden,' zei Isabel tegen Jacqueline toen ze in de auto stapten, 'maar dat wil hij niet.'

'Heel verstandig van hem,' zei Jacqueline toen ze wegreden. 'Je moet aan de baby denken.'

Isabel reageerde daar met een grimmig glimlachje op. Ze deed haar ogen dicht, genoot van de bries op haar gezicht, de geur van gemaaid gras.

Jacqueline was van het soort dat vrouwelijke autobestuurders een slechte naam bezorgde. Ze reed midden op de weg en zwierde met een royale bocht de oprit op. Toen ze een hand van het stuur weghaalde om haar ogen tegen de oogverblindende zon af te schermen, slingerde de auto alarmerend en Isabel moest zich aan de deur vasthouden. Ze voelde de baby verschrikt schoppen.

Toen ze veilig langs de stallen reden, vroeg Isabel: 'Blijf je lang in Suffolk?'

'Dat weet ik nog niet,' antwoordde Jacqueline. 'Ik vind Londen verschrikkelijk als Michael weg is. Ik wilde dat we hier konden gaan wonen, maar hij zegt dat hij in de stad moet zijn.' Ze glimlachte treurig naar Isabel. 'Ik vind echt dat je zo'n geluk hebt. Deze plek is een paradijs om een gezin groot te brengen.'

'Dat zal wel, ja,' zei Isabel. Ze duwde het autoportier open en hees zichzelf uit de wagen. 'Maar ik ben toch liever in Londen.' Ze lachte. 'Misschien moesten we maar van plaats ruilen.'

Jacqueline beet op haar lip. 'Dat soort dingen mag je niet zeggen.' Ze tilde haar handtas van de achterbank. Toen ze het portier dichtdeed, staarde ze naar het huis omhoog. Je kon haar gelaatsuitdrukking niet anders omschrijven dan als hunkerend.

In het huis was het beschaduwd en koel. Uit de keuken kwamen de vredige geluiden van het klaarmaken van de lunch.

'Schoonmoeder?' riep Isabel. Er kwam geen reactie. 'Misschien is ze in de tuin,' zei ze tegen Jacqueline, die op dat moment haar hoedje in de spiegel van de staande kapstok goed zette. 'Wacht, ik haal eerst die postzegel voor je, voordat ik het vergeet.'

In de zitkamer deed ze de scharnierende klep van het oude schrijfbureau omlaag en hoorde op dat moment Hughs stem in de hal. 'Jacqueline, lieverd van me. Wat een enige verrassing.'

Ze hoorde Jacqueline iets terugzeggen, maar kon het niet verstaan. Ze scheurde een postzegel uit het boekje en voegde zich bij hen.

'Nou zeg, geweldig,' zei Jacqueline en ze telde ondanks Isabels protesten de muntjes uit.

'Wat slim van je dat je Jacqueline hebt gevonden,' zei Hugh tegen Isabel. Hij ging achter zijn vrouw staan en legde zijn handen in een bezitterig gebaar op haar schouders. Jacqueline concentreerde zich op het likken van de postzegel en het opplakken ervan op de envelop.

'Je wilt vast wel iets drinken,' zei Isabel, en toen draaiden ze zich allemaal om omdat ze werden onderbroken.

'Jacqueline, wat enig. Ik zal tegen mevrouw Catchpole zeggen dat ze de lunch wat later moet serveren.' Hughs moeder, een beetje buiten adem, was vanuit de tuin de hal in gekomen. 'Hoe gaat het met je, liefje?' vroeg ze met een hartelijkheid die Isabel nog nooit eerder van haar had gezien.

'Mevrouw Morton, wat ziet u er goed uit.' Jacqueline stapte naar voren en de twee vrouwen schudden elkaar de hand. 'Ik was zo bezorgd toen ik hoorde dat u ziek was.'

'Lief van je dat je me die hartelijke kaart hebt gestuurd,' antwoordde Hughs moeder. 'En Hugh zei dat je hebt gebeld. Ik voelde me zo in de watten gelegd.'

'Dat was wel het minste wat ik kon doen,' zei Jacqueline. 'En Hugh was heel geruststellend.'

'Moeder heeft vast de constitutie van een os,' zei Hugh. 'De dokter was eerst heel bezorgd. Ik merkte aan hem dat hij dacht dat er een begrafenis aan zat te komen.'

'O, Hugh,' zei zijn moeder, 'over zulke dingen moet je geen grapjes maken.'

Maar iedereen lachte.

Isabel herinnerde zich niet dat Jacqueline had gebeld, maar wel dat Hughs moeder hoog had opgegeven over een kaart met bloemen erop.

'Isabel, neem jij Jacqueline mee de tuin in. Het is daar zo prachtig. Ik ga even met mevrouw Catchpole praten. Heb je al geluncht, liefje?'

'Nog niet, mevrouw Morton,' zei Jacqueline, 'maar die staat thuis op me te wachten. Als een glas water niet te veel moeite is...'

'O, volgens mij kun je wel wat sterkers gebruiken,' zei Hugh, tussenbeide komend, en hij ging cocktails maken.

In de schaduw van de kersenboom stonden een tafel en stoelen, en daar gingen ze zitten. Rond deze tijd kreeg Isabel altijd een razende honger en de martini, waar ze niet aan gewend was, steeg meteen naar haar hoofd. Bijen zoemden rondom de wilde bloemen in het gras en de zon scheen met schuine stralen door de donkergroene bladeren. IJs tinkelde tegen glas en ze liet het gesprek om haar heen doorkabbelen terwijl ze zich afvroeg wanneer ze ooit zouden gaan lunchen.

'Hij is nog steeds in Korea,' zei Jacqueline in reactie op een vraag van Lavinia Morton over haar man. 'Ze zeggen dat er ongelooflijk fel wordt gevochten, maar ik luister niet naar het nieuws en doe mijn best me geen zorgen te maken. Denk jij dat het wel goed met hem komt, Hugh?'

'De militaire inlichtingendienst opereert toch achter de linies? Ik weet zeker dat hij heel goed op zichzelf kan passen.'

'Je hebt natuurlijk gelijk,' zei ze. 'In zijn brieven mag hij er natuurlijk helemaal niets over zeggen.'

'Je bent heel dapper,' zei Hugh, en hij legde zijn hand op de hare.

Isabel sloot haar ogen voor dit tafereel en zag twee kleine zonnetjes aan de binnenkant van haar oogleden draaien. Ze opende ze weer. Hugh had zijn hand weggehaald.

'Ik kwam je vader van de week bij de brigadier tegen,' zei mevrouw Morton tegen Jacqueline. 'Ik ben blij dat hij nog steeds bridge speelt.'

'Ja,' zei Jacqueline een beetje verdrietig. 'Die arme pap. Het is nu twee jaar geleden, maar hij mist mama nog verschrikkelijk.'

'Jij vast ook, dat weet ik zeker,' zei mevrouw Morton vriendelijk. 'Die lieve Dorothy, ze was altijd zo'n goede vriendin. Vooral toen Hughs vader overleed.'

'Dat weet ik nog,' zei Jacqueline met trillende stem. 'Dat was toen Hugh weg was, hè, Hugh? We vonden het zo verdrietig voor u, mevrouw Morton, dat u het in uw eentje moest rooien.'

'Jullie hebben allemaal fantastisch voor moeder gezorgd,' zei Hugh en hij haalde een pijp en een pakje tabak tevoorschijn.

Isabel fronste haar wenkbrauwen. De pijp was een gril van de laatste tijd en als hij hem binnen opstak, had ze er een bloedhekel aan, omdat de rook achter in haar keel brandde. Hierbuiten maakte het niet uit, hoewel het alle andere geuren, van de bloemen en de aarde, waar ze zo intens van genoot, bedierf.

'... in haar toestand.' Hugh had het nu over haar.

'Wat?' vroeg ze.

'Je dromerigheid, liefje. Ik zei net dat ik zo blij ben dat Jacqueline hier een tijdje blijft. Zij kan je gezelschap houden.'

'O ja?' Ze wendde zich tot Jacqueline. 'Wat leuk.'

'Ik weet zeker dat Jacqueline je met een uitzet voor de baby zal helpen,' zei Hughs moeder. 'Natuurlijk heb ik nog wel wat uit de tijd dat Hugh klein was. Herinner je je dat matrozenpakje nog, Hugh?'

'O, echt, moeder, dat heb je toch niet bewaard, hè?' Hugh lachte en blies tegelijk rook uit. 'Hoe dan ook, daar hebben we alleen wat aan als het een jongetje wordt.'

'Ik weet zeker dat het een jongen wordt,' zei Lavinia en ze sloeg haar handen in elkaar. 'Mortons krijgen altijd jongens. Je vader, je grootvader, je overgrootvader. Daar zit geen enkele dochter tussen. Een zoon en erfgenaam, dat gaat het worden.'

'Je kunt een truc uithalen met je trouwring,' zei Jacqueline en ze sperde haar ogen open. 'Het zal wel een hoop onzin zijn, maar het heeft gewerkt bij een vriendin van me. Hoe dan ook, het lijkt me best leuk om te proberen.'

'Dat heeft geen zin,' zei Isabel. 'Mijn schoonmoeder heeft altijd gelijk. Het wordt een jongen. Hij schopt in elk geval wel zo.' Ze verschoof een beetje zodat ze lekkerder zat.

'Ik heb niet altijd gelijk, Isabel,' was de reactie. 'Jacqueline, Isabel werkt nog steeds te hard. Het zou geweldig zijn als je vaak bij ons op bezoek kwam. Dan wordt ze wat uit zichzelf getrokken en je weet dat ik altijd dol ben op onze babbeltjes.' Ze glimlachte.

Isabel deed haar best niet te snauwen. 'Ik ben zo gelukkig als wat, dat moeten jullie allebei goed weten. Niet dat het niet enig is om je te zien, Jacqueline.' Of het nu de honger was, haar hormonen of een gevoel van onrechtvaardigheid, maar er ging een enorme vlaag woede door haar heen die ze onder controle probeerde te houden. De wereld behandelde haar anders, en alleen maar omdat ze een kind ging krijgen. Niet als de kundige redacteur Isabel Barber, maar als een zwakke imbeciel.

'Als de baby er eenmaal is, zul je wensen dat je meer had gerust, liefje,' zei Hughs moeder tegen haar, terwijl ze naar een wesp sloeg.

Door de tuindeur was de gedaante van mevrouw Catchpole te zien.

'Wat ik het meeste nodig heb,' zei Isabel terwijl ze zichzelf opduwde, 'is lunch. Ik heb het gewoon niet meer van de honger.'

Het liep tegen eind september toen er eindelijk een brief van Vivienne kwam. Daarin stond het nieuws dat Isabel al half en half had verwacht: dat er een einde was gekomen aan haar omgang met Theo, niet alleen doordat Viviennes familie erop tegen was, maar ook doordat die van Theo bezwaar maakte.

Viviennes verhaal was hartverscheurend, maar het was duidelijk dat ze zich er dapper doorheen probeerde te slaan.

Ik weet dat ik zo mijn problemen met mijn vader en moeder heb, maar ik was er zeker van dat als ze Theo eenmaal zouden ontmoeten en hem net zo zouden leren kennen als ik, ze zouden zien wat een geweldige vent hij was. Maar het bezoek verliep niet goed en Theo voelde zich helemaal niet op zijn gemak. Ze zeggen altijd tegen me dat ze willen dat ik gelukkig word, maar als ik dan iemand kies met wie ik volgens mijzelf gelukkig kan worden, willen ze hem niet accepteren.

Maar dat begrijp ik eigenlijk wel. Zo velen van ons soort mensen zijn zo bekrompen, en in mijn familie aan moederskant is natuurlijk in de concentratiekampen zo veel narigheid geweest dat ik ze niet verder van streek wil maken, maar ik hoopte toch dat ze gaandeweg wel zouden bijtrekken. Maar die tijd was ons niet gegund.

Theo schreef naar zijn familie over mij, zie je. We hadden allemaal plannen: dat ik nu ik klaar was met mijn studie met hem mee zou gaan naar India om ze te ontmoeten, maar ik weet nu dat dat een naïeve gedachte was. Twee weken geleden kwam Theo me opzoeken, heel lief en beschroomd, en hij bekende dat hij de relatie moest beëindigen. Hij hield van me, zei hij, hij zou altijd van me blijven houden, en ik geloofde hem, maar zijn vader had hem met van alles en nog wat gedreigd, dat hij hem buiten zou sluiten en geen geld meer zou sturen voor zijn studie. Ik zag wel in dat er niets anders op zat dan hem te laten gaan. Maar nu, lieve Isabel, voel ik me verschrikkelijk gekwetst en heb medelijden met mezelf.

Mama heeft me naar mijn tante Rosa in Bath gestuurd, waar het zo prachtig en helend is dat ik er zeker van ben dat ik gauw genoeg weer mijn oude zelf zal zijn. En dan moet ik besluiten wat ik met mijn leven wil. Maar dat is nu allemaal veel te veel voor me, en ik zou moeten vragen hoe het met jou gaat en hopen dat jij genoeg rust en frisse lucht krijgt. Suffolk is in deze tijd van het jaar vast schitterend...

Ze vouwde de brief op en legde die bij een aantal andere die ze moest beantwoorden. Arme, arme Vivienne. Het leek zo oneerlijk dat zij, Isabel, zo veilig hier zat, terwijl Vivienne zo veel problemen in haar leven had. Daarmee vergeleken verdwenen haar eigen moeilijkheden even naar de achtergrond.

23

Isabel

'Weet je zeker dat het geen kwaad kan voor de baby?' vroeg Hugh.

'Laat die baby maar zitten,' zei Isabel hijgend. 'Het voelt goddelijk. Ga daarmee door. O...'

Na afloop lagen ze als lepeltjes in de donkere slaapkamer, hij had zijn hand over haar buik gelegd.

'Ik moet zeggen dat ik momenteel amper van je af kan blijven,' gromde hij terwijl hij zijn neus in haar hals begroef. 'Al die vrúchtbaarheid, grandioos is dat.'

'Ik weet zeker dat het geen kwaad kan,' zei Isabel. 'Het is niet bepaald iets wat je aan dokter Bridges zou vragen. Hij zou wel eens heel geschokt kunnen reageren.'

De plaatselijke dokter was nogal jong en niet getrouwd. Hij had een bleke huid met sproeten, bloosde snel en elke keer dat ze voor haar zwangerschap bij hem kwam, kreeg hij steevast een rood hoofd. Gelukkig moest ze meestal bij de vroedvrouw zijn.

Ze vond het vervelend dat zij en haar schoonmoeder dezelfde huisarts hadden. Ze geloofde niet echt dat hij haar gezondheid met Hughs moeder besprak, maar ze vond het alleen al een onsmakelijk idee dat hij intieme delen van hun beider lichaam had gezien, en de zwakheden ervan kende.

Ze was bezig in slaap te vallen toen Hugh in haar oor zei: 'Ik vraag me af of je iets voor me wilt doen terwijl ik in Londen ben.'

'Mmm,' zei ze doezelig. 'Wat dan?'

'Ik zit met een lastig stukje in mijn roman. Mag ik jou dat laten zien?'

'Ja, natuurlijk,' zei ze en ze werd weer een beetje wakker.

Hij had al een poosje niet met haar over zijn boek gesproken, had vragen erover weggewuifd en ze had zich gekwetst gevoeld. Tenslotte was dat juist hetgeen waarin ze elkaar om te beginnen hadden gevonden. Ze was bang geweest dat hij nu ze zijn vrouw was minder hoog opgaf van haar professionele mening. Keek hij soms anders tegen haar aan? Ze had niet het gevoel dat ze dit met hem kon bespreken, dus zweeg ze erover. In een bepaald opzicht was het volkomen natuurlijk dat hun relatie gaandeweg anders was geworden. Ze had zichzelf wijsgemaakt dat hij nu emotionele steun van haar wilde en geen kritiek.

'Weet je wel zeker dat je dat wilt?' vroeg ze.

'Ja, zeker wel,' zei hij. 'Ik moet weten of ik met bepaalde dingen goed zit.'

De volgende dag, nadat hij was vertrokken, vond ze de uitgetypte vellen papier op de ontbijttafel. Aangezien ze niets dringends te doen had voor McKinnon & Holt, zei ze resoluut tegen Hughs moeder dat ze had beloofd iets Heel Belangrijks voor Hugh te doen, en sloot zichzelf de hele ochtend op in haar slaapkamer, waar ze in bed zat, appels at en las.

Net als de vorige keren raakte ze meteen in de ban van de tekst. De titel van de roman was *Aan de overkant*, en hij had de beginhoofdstukken herschreven aan de hand van haar suggesties van al die maanden geleden, voor hun huwelijk. Nanna werd nu door de ogen van een mannelijke verteller als een levendig geschetst personage ten tonele gevoerd, sterk, gepassioneerd en autonoom, maar ook ongekunsteld, zonder zich iets aan te trekken van de verwachtingen die anderen van haar hadden. Geboeid las Isabel hoe ze voor zichzelf een carrière als krantenverslaggever wist te creëren, een neus had voor het harde nieuws, terwijl ze tegelijk op tegenstand van haar mannelijke collega's stuitte. En toen – Isabel sloeg een bladzijde om – werd ze verliefd op een van hen, op de verteller.

Even later las Isabel iets wat aan haar geheugen trok, een zin: 'Ik heb het gevoel alsof ik twee mensen ben,' zei Nanna. 'De ene ben ik echt en de andere is degene die mannen verwachten dat ik ben. Waarom kan ik niet gewoon mezelf zijn?'

Ze wist nog dat ze een keer zoiets tegen Hugh had gezegd, nadat ze had ontdekt dat ze zwanger was. Het maakte niet uit, zo origineel was het nou ook weer niet. Ze las verder.

Zo nu en dan hield ze op met lezen, stond ze stil bij iets wat Nanna zei of deed, een detail in haar leven dat haar vaag bekend voorkwam, hoewel de feitelijke woorden waren veranderd en deel waren geworden van de naadloze stem van het verhaal. En toch gingen ze over haar, over Isabel zelf, zo realiseerde ze zich gaandeweg. Hugh was iets volkomen schitterends en belangrijks aan het schrijven, maar had háár als zijn voorbeeld gebruikt.

Ze kwam bij een gedeelte waarin werd beschreven dat Nanna 's ochtends opstond om naar haar werk te gaan, en Isabel herinnerde zich dat moment nog glashelder, het was in het begin van haar zwangerschap geweest en ze had precies hetzelfde gedaan: ze had haar kousen op ladders gecontroleerd en geklaagd over haar schoonmoeder, en het was haar opgevallen dat Hugh wat aantekeningen maakte.

Bij dit besef golfde een scala aan emoties door haar heen, maar ze was bovenal geschokt. Ze had er niet om gevraagd om deel uit te maken van zijn boek – sterker nog, hij had niet eens gevraagd of ze het wel goedvond – maar het was nu wel duidelijk dat hij haar al die tijd had geobserveerd en stiekem zijn indrukken had vastgelegd. Het drong allemaal nog niet echt tot haar door.

Niet in staat om op dat moment verder te lezen, legde ze de bladzijden in twee stapels op de beddensprei, de grootste stapel had ze al gelezen en de kleinere moest nog, en ze stapte uit bed. Ze dwaalde door de kamer, pakte voorwerpen op en zette ze weer neer, ging toen op de kruk voor de toilettafel zitten en staarde naar haar spiegelbeeld.

Ze had al een poosje niet de moeite genomen om zichzelf goed te bekijken, maar nu deed ze dat wel en ze stelde zich voor hoe Hugh haar zag, hoe hij haar nu zou beschrijven. Dik en bleek, dacht ze. Ze moest nodig naar de kapper en het kastanjebruine, springende haar was moeilijk in toom te houden. Ze pakte een borstel en begon het zo goed mogelijk te borstelen. Waarschijnlijk wist Jacqueline wel een kapper, bedacht ze, toen ze wanhopig naar het resultaat keek. Ze gooide de borstel neer, niet in staat haar gedachten van Hughs roman af te houden.

Als hij aantekeningen had gemaakt, dan moesten die ergens zijn. Hij had zijn kleine zwarte aantekenboekje altijd bij zich en zou nu de recentste bij zich hebben. Maar de oude exemplaren lagen vast in zijn werkkamer. Ze stond op en snelde naar beneden, struikelde bijna in haar haast.

Ze liep de werkkamer in en had het gevoel dat ze een indringer was, maar toen schoot het haar te binnen dat hij bij haar een indringer was geweest, door over haar te schrijven. Ze liep regelrecht naar het bureau. Dat had aan weerskanten drie lades en in het midden zat een langwerpige la, waarin hij vloeipapier en briefpapier en dergelijke bewaarde. In een van de onderste laden lag een fles brandy, halfleeg. Een kleinere la zat volgepropt met allemaal brieven en bonnen. Maar daar was ze niet naar op zoek, dus ze haalde ze eruit om eronder te kijken, en stopte ze weer terug, in de hoop dat hij niet zou merken dat ze verplaatst waren. Ze moest glimlachen toen ze in een andere la een doos winegums aantrof, een zwakheid van hem maar het deed er niet echt toe. Ze draaide zich om en keek de kamer rond. Achter de deur stond een grote archiefkast. Die was op slot, maar ze herinnerde zich dat ze de sleutel had gezien en haalde die uit het bureau.

In de bovenste la van de archiefkast bevond zich een stapel bankafschriften en, eindelijk, een stapeltje van zijn oude aantekenboeken. Ze haalde het eerste eruit en bladerde erdoorheen. Zijn steno was niet altijd gemakkelijk te ontcijferen, maar tussen de losse aantekeningen over toevallig opgevangen gesprekken en beschrijvingen van vreemde mensen stonden stukken over 'N'. 'N' werd uiteenlopend omschreven als 'dat ze glanzende, koraalrode lippen had, die iets uit elkaar weken, weelderig verleidelijk', of 'dat ze een woedeaanval kreeg toen ze een gebraden kip liet aanbranden'. Dat was niet eerlijk, het was geen woedeaanval geweest, ze had alleen maar een beetje gevloekt. Ze las met toenemend afgrijzen verder. Op elke periode van hun leven samen had hij commentaar, en dat was lang niet altijd even vleiend.

Toen ze met dat aantekenboek klaar was, liet ze het in de la vallen en pakte er een ander uit. De eerste bladzij viel open bij een giftige kleine

opmerking over Alex Berec, dat hij 'een oud wijf' was. Hugh had bovendien een kleine cartoon van Berec getekend, waarop hij zijn haakneus
had uitvergroot. Het was raak getroffen, maar ook wreed, dacht ze, en ze
moest terugdenken aan hoe ze de arme Berec voor het laatst had gezien.

Na twee aantekenboekjes kon ze het plotseling niet langer verdragen.
Ze legde alles in de la terug zoals ze het had aangetroffen en legde de
sleutel weer op zijn bergplaats. Ze zonk neer in de uitgezakte leren leunstoel, waar ze troost zocht bij een kussen, en vroeg zich af wat ze nu
moest doen. Door de ontdekking had ze een heel andere kijk op haar
huwelijk gekregen. Hugh had haar geobserveerd, als een schepsel in een
glazen stolp. Ze herinnerde zich hoe ze soms grapjes met hem maakte
als ze naar een of ander saai feestje gingen, of als er iets onvoorziens gebeurde, zoals met de bus in het verkeer vastzitten, dat zelfs wanneer ze
er niets aan vonden, er toch nog 'goed materiaal' uit te halen viel. Voor
een schrijver konden alle menselijke relaties hetzelfde zijn als een fonkelende schat voor een ekster. Dat wist ze wel, maar het ironische was
dat zijzelf nu de schat was, en dat stond haar helemaal niet aan. Hoe kon
zij zich nou natuurlijk gedragen, de wederhelft zijn van haar echtgenoot, terwijl hij haar zo voor het oog van de wereld in een boek dat besproken zou worden, neerzette als universele moderne vrouw? Ze kreeg
er een besmeurd gevoel door.

Ze had juist besloten dat ze weer naar boven zou gaan en het manuscript uit zou lezen, toen er werd geklopt, de deur piepend openging en
het hoofd van haar schoonmoeder verscheen. Lavinia zag Isabel eerst
niet, maar toen ze helemaal binnenkwam, zei ze met een argwanende
uitdrukking op haar gezicht: 'O, wat doe jij hier?'

Isabel voelde zich onwillekeurig schuldig. 'Ik zocht iets op voor Hugh
en voelde me moe,' legde ze uit. Dit was min of meer de waarheid. Het
gezicht van haar schoonmoeder werd milder.

'En geen wonder. Ik wou je vragen of je naar wat spulletjes voor de
baby wilde kijken, maar misschien moet je maar weer naar bed gaan.
Mevrouw Catchpole kan je dan een kop thee brengen.'

'Het gaat nu wel weer. Wat wilde u me laten zien?'

'Kom mee,' zei Hughs moeder, en Isabel werkte zich uit de stoel en
liep achter haar aan.

Mevrouw Morton liep stijfjes voor haar uit de trap op en de overloop over, en opende aan het einde ervan een deur van een kamer die Isabel nog niet eerder had gezien, maar waarvan ze wist dat die vol rommel stond. Er stonden een oude staande lamp met een zware kap met kwastjes, verschillende vreemdsoortige stoelen met kapotte armleuningen of rafelige zitting, een paar oude hutkoffers. Ze rilde. In deze kamer was het een stuk kouder. Hughs moeder zocht zich een weg tussen de chaos door naar een reusachtige ingebouwde kast in de achterwand.

'Er zijn een paar dingen die misschien van pas kunnen komen,' zei ze terwijl ze de dubbele deuren openmaakte. 'Ah, Hughs oude ledikantje. Dat kan hij er voor ons uit halen.' De delen waren netjes tegen de achterkant van de kast opgestapeld. Aan één kant bevond zich een rij planken en Hughs moeder begon te rommelen in de inhoud van een kartonnen doos.

'Kan ik iets doen?' bood Isabel aan. Haar schoonmoeder moest hoesten van het stof.

'Nee, nee,' antwoordde de vrouw. 'Ik moet kijken wat hier is.'

Bij het raam achter hen begon iets te zoemen. Isabel draaide zich om en zag dat het een hommel was. Arm dier. Ze liep erheen, wist het raam open te krijgen en liet hem vrij. Toen ze terugliep, kreeg ze een groot geschilderd haardscherm in het oog dat tegen de muur stond tegenover de deur waardoor ze naar binnen waren gegaan. Vanuit deze hoek zag Isabel dat het half voor een tweede deur stond. Waarschijnlijk kwam die uit op een binnenkamer. Ze liep erheen om hem van dichterbij te bekijken.

'Wat is hierachter?' vroeg ze en ze wilde de deurknop al vastpakken.

'Die is op slot. Dat is privé.' Hughs moeder zei het zo fel dat Isabel haar hand prompt terugtrok.

De vrouw hield iets in haar armen wat leek op een doos waar jurken in werden opgeborgen. 'Nou,' zei ze terwijl ze het deksel optilde. 'Hierin zitten wat ledikantlakentjes. En ik weet zeker dat in die koffer daar,' ze knikte naar de bovenste plank van de kast, 'een stel babypakjes zitten. Nu maar hopen dat de motten die niet te pakken hebben gekregen. Kun jij erbij?'

Isabel haalde de kleine koffer die ze aanwees van de plank. De kleine pakjes, die in papier gewikkeld waren, waren nog heel, maar ze stonken onaangenaam naar mottenballen.

'Ik heb geen idee wat ik met dat matrozenpakje heb gedaan waar Hugh zo'n hekel aan heeft. Het stond hem zo schattig toen hij twee was.'

'De baby heeft dat niet meteen nodig,' zei Isabel. Ze wist dat ze dankbaar moest zijn voor dit alles, maar in plaats daarvan voelde ze zich neerslachtig. Niets van die ouwe spullen had naar haar gevoel ook maar iets te maken met haar of het kind dat ze zou krijgen.

Ze moesten allebei hoesten van het stof en de stank van mottenballen.

'Voorlopig is het wel goed zo,' wist Hughs moeder uit te brengen.

Toen ze de kamer uit gingen, bleef Isabels blik rusten op de afgesloten deur. Wat zou daarachter zijn, waar haar schoonmoeder niets over kwijt wilde?

De rest van de ochtend was ze bezig met het wassen van de kleine wollen jasjes en bijpassende broekjes in een warm sopje, waarna ze die voorzichtig uitspoelde. Toen ze ze buiten te drogen hing, keek ze naar het huis. Er schoot haar iets te binnen. Ze begon de ramen van de bovenste verdieping te tellen. De kamer van Hugh en haar keek op de voorkant uit. Aan de achterkant waren twee slaapkamers met een badkamer ertussen en dan een blinde muur die zich onder de dakrand naar rechts uitstrekte. Het raam van de rommelkamer was aan de voorkant. Ze friemelde met de mouw van het laatste babyjasje en hing die op met de knijper die ze tussen haar tanden vasthad. Merkwaardig, hoe bevredigend het was om de kleine pakjes aan de lijn te zien dansen. De kwestie van de geheime kamer zat haar nog steeds dwars. Ze keek naar de ramen van de begane grond om er zeker van te zijn dat haar schoonmoeder haar niet in de gaten hield, liet toen de rieten wasmand staan en kuierde om het huis heen naar de voorkant om de ramen aan die kant eens goed te bekijken.

Ja, naast Lavinia Mortons kamer bevond zich het raam van de opslagkamer. Maar waar was het raam van de kamer achter de gesloten deur?

Er groeide een oude blauweregen aan deze kant van het huis, die zich om het raam van de opslagkamer slingerde. De bloemen waren al lang uitgebloeid, maar het groen was nog weelderig en ertussenin ving ze een glimp op van iets wat ze niet eerder had gezien, een klein rond raam als een patrijspoort. Het glas glinsterde, was ondoorzichtig. Vanaf dat moment werd Isabel steeds nieuwsgieriger naar wat zich in de kamer daarachter bevond.

Na de lunch trok ze zich in haar slaapkamer terug, nam Hughs manuscript weer ter hand en vond een stompje potlood om aantekeningen mee te maken. Opnieuw was het verontrustend om over zichzelf te lezen. Net als zij was Nanna kort na haar huwelijk zwanger geraakt en had ook met de grootste moeite haar normale werkroutine kunnen handhaven, hoewel Nanna geen meegevoel van haar mannelijke collega's ondervond. De verteller, Nanna's echtgenoot, was betrokken geraakt bij een of andere politieke intrige waar ook Russische spionnen een rol speelden, een verwikkeling die in Isabels ogen goed was uitgewerkt en die ze oversloeg. In plaats daarvan merkte ze dat ze steeds vaker vergissingen in zijn observaties van Nanna markeerde. Het manuscript eindigde nogal abrupt, op een moment dat Nanna praktisch uit haar baan werd ontslagen. Isabel ging achteroverliggen en dacht erover na hoe Hugh die scène overtuigender kon maken. Daarna begon ze weer van voren af aan te lezen, terwijl ze meer gedetailleerde aantekeningen maakte voor Hugh. Ze was nog steeds boos op hem, maar tegelijkertijd was ze in de ban geraakt van Nanna's verhaal en wilde wanhopig graag dat het personage sympathiek overkwam. Ze werkte er de hele middag aan.

Toen Hugh die avond uit Londen terugkwam, was hij wat uit zijn doen. Tijdens de maaltijd van schapenvlees deed hij vragen naar wat er aan de hand was af met: 'Niks, hoor.'

'Kom nou, Hugh,' zei zijn moeder terwijl ze haar servet uitrolde. 'Ik merk het altijd aan je.'

'O, het is gewoon... Herinner je je mijn verhaal nog over die ouder wordende impresario? Nou, het tijdschrift wil op het laatste moment dat er nog wijzigingen in worden aangebracht, anders publiceren ze het niet. Dat is geen manier, als je het mij vraagt.'

'Ik vind dat je voet bij stuk moet houden, liefje,' zei Hughs moeder tegen hem. 'Nog wat aardappels, Isabel? Je weet dat je voor twee moet eten, hè.'

Isabel, die al drie aardappels op haar bord had, schudde haar hoofd. 'Maar het is wel jammer als ze het dan niet plaatsen,' zei ze tegen haar schoonmoeder. 'Wat wil de redacteur precies van je, Hugh?'

'Dat is nou juist het probleem. Het is niet dezelfde redacteur, het is een nieuwe. Hij vindt dat het een duidelijker einde moet krijgen. Hij zegt dat de lezers het zo gewoon niet snappen.'

'Ik zou geen krimp geven,' zei Hughs moeder, die royaal zout op de rand van haar bord strooide.

'Moeder,' zei Hugh, 'zo werkt dat niet.'

'Wat vind je nou echt van het einde?' hield Isabel aan.

'Dat het als vanzelf uit het verhaal voortvloeit,' antwoordde hij schouderophalend. 'Het leven kent geen keurig einde.'

'Misschien moet je daarover nadenken. Onderhandel met hem,' zei Isabel geduldig. 'Ik weet zeker dat er een oplossing is waar jullie allebei mee kunnen leven, als je er maar naar zoekt.'

'Belachelijk,' snauwde Hughs moeder. 'Hugh moet kunnen schrijven wat hij wil en ze zouden dankbaar moeten zijn dat ze het krijgen.'

'O, moeder,' zei Hugh snibbig, 'alsof jij alles kunt beslissen.'

'Als echtgenotes en moeders doen we dat ook,' zei ze koket. 'De vrouw achter de man, dat zijn we toch, Isabel?'

Isabel had haar mond vol aardappels en kon niets zeggen.

Na het eten gingen ze naar de zitkamer, waar Hughs moeder patience ging spelen en naar de radio luisterde en Isabel een oude jurk vermaakte voor haar uitdijende figuur. Algauw vertrok Hugh naar zijn werkkamer om een recensie te schrijven en zij, moe en het zat, ging vroeg naar bed.

Ze was een bibliotheekboek aan het lezen toen Hugh boven kwam. De baby was deze avond druk en ze streek over haar buik om hem te kalmeren, terwijl ze toekeek hoe haar man voor het naar bed gaan door de slaapkamer rondscharrelde.

'Ik heb vandaag je manuscript gelezen,' zei ze.

Hij keek haar gretig aan. 'O ja? Dank je wel. En, wat vind je ervan?'

'Het is schitterend, Hugh.'

'Vind je dat echt?'

'Ja. Natuurlijk zijn er delen waar nog wat aandacht aan besteed moet worden.'

'O?' Minder gretig.

'Heel, heel kleine puntjes,' zei ze.

'Ik ben je heel dankbaar,' antwoordde hij. Verbeeldde ze zich nou dat zijn stem scherp klonk?

'Sorry,' zei ze. 'Ik nam aan dat je om die reden wilde dat ik het las. Om je te helpen.'

'Ja... Ja, natuurlijk. Zolang je het over het geheel genomen maar goed vindt,' zei hij. Hij klonk nog steeds defensief en dat bracht haar in de war. Vroeger vond hij het altijd belangrijk wat ze over zijn werk zei. Dat was veranderd. Dat besefte ze nu. Hij wilde haar alleen maar horen zeggen dat het geweldig was, hij wilde geen kritiek.

'Maar er was wel iets wat me niet aanstond,' zei ze, geprikkeld toen ze zich dat realiseerde. 'En dat is dat je mij ten tonele hebt gevoerd.'

'Jou? Nee, hoor, dat is niet zo.'

'Dat heb je wel gedaan, Hugh. Dingen die ik heb gezegd, dingen die ik heb gedaan. Ik...' Ze liet zich bijna ontvallen dat ze in de aantekenboeken had gespiekt, maar ze wist dat dat rampzalig zou zijn.

'Een schrijver heeft materiaal nodig, lieve schat van me, maar dat betekent niet dat ik jou ten tonele heb gevoerd. Nanna is gewoon een bepaald soort moderne vrouw. Sterker nog, ik ken verschillende vrouwen zoals zij. Ik heb over anderen gelezen. Ik verzeker je dat ik geen echte mensen in mijn boeken hoef te gebruiken. Uitgerekend jij zou moeten begrijpen hoe een schrijver werkt.'

'Dat doe ik ook. Maar, Hugh...' Iets in zijn gezichtsuitdrukking waarschuwde haar dat ze moest ophouden. Als ze ertegenin ging, kon hij wel eens echt kwaad worden... Kwaad zoals haar vader kon zijn. En daar was ze bang voor.

'Laat maar zitten,' zei ze. Ze pakte haar boek weer en probeerde te lezen, maar de letters dansten voor haar ogen. Er zat een brok in haar keel en ze slikte hem weg.

'Nou heb ik je van streek gemaakt,' zei hij. Hij liep snel naar haar toe en knielde naast haar op het bed. 'Dat was niet m'n bedoeling.'

'Sorry,' zei ze terwijl ze haar uiterst best deed om niet te huilen.

Tegenwoordig kwamen de waterlanders zo gemakkelijk.

'Mijn arme schat,' zei hij en hij ging naast haar liggen en trok haar naar zich toe. 'Je moet je niet zo druk maken over van alles en nog wat. Ik had je het boek niet moeten geven, daardoor ben je uit je doen.'

'Nee, Hugh, dat is niet zo,' zei ze. 'Ik wilde het lezen. Het is alleen dat...' Haar stem viel tot een fluistering terug. 'Dat je niet meer naar me luistert.'

Er viel een stilte en toen zei hij: 'Zo bedoel ik dat niet. Misschien moeten we het niet over mijn werk hebben.'

'Hugh! Natuurlijk moeten we dat wel.'

'Sst,' zei hij. 'Nou, ik moet je het volgende vertellen. Ik ben vandaag even langs McKinnon & Holt gegaan. Om een boek op te halen dat Trudy voor me had klaarliggen.'

'O, hoe gaat het met ze?' zei Isabel, die een beetje opklaarde.

'Ze wilden allemaal weten hoe het met je gaat,' zei hij. 'Ik ben voorgesteld aan meneer Snow, je opvolger.'

'Mijn opvolger?' echode ze gekwetst. Ze stelde zich een schimmige man voor, die aan haar bureau zat en haar typemachine gebruikte.

'Ja, natuurlijk, malle meid. Ze hebben toch zeker een andere redacteur nodig. Ik denk dat we het wel met elkaar kunnen vinden... Hij leek me een fatsoenlijke vent.'

Richard zou Hughs redacteur worden. Het tweede besef golfde pijnlijk door haar heen. Ze was haar baan kwijt, net als Nanna.

24

Isabel

Eind september 1951, terwijl de appels in de boomgaard aan het rijpen waren en de nachten frisser werden, kwam er een brief van Isabels vader. Dat was al een gebeurtenis op zichzelf – ze had nog nooit een brief van hem gehad – en toen Hugh die bracht terwijl ze nog in bed lag, maakte Isabel de envelop met een angstig voorgevoel open. Ze las het enige velletje papier dat erin zat snel door.

'Waar gaat het over?' vroeg Hugh toen hij zag dat ze haar hand op haar mond legde.

Ze las hem nogmaals en gaf hem zonder iets te zeggen aan hem.

Charles Barbers boodschap was kort en zakelijk.

Lieve Isabel,
Je moeder weet niet dat ik je schrijf, ze is immers een trotse vrouw en wil van niemand gedoe of medelijden. Feit blijft dat ze de laatste tijd niet in orde is en korte tijd naar het ziekenhuis moet. Ik vond dat je dat moest weten. De operatie vindt komende dinsdag plaats en mevrouw Fanshawe van de overkant neemt Lydia een paar dagen in huis. De jongens en ik redden het prima samen en je hoeft je verder helemaal geen zorgen te maken. Ik verwacht trouwens toch niet dat je in je huidige toestand kunt reizen.

Ik hoop dat dit schrijven goed aankomt en dat je je niet ongerust maakt.

Lieve groeten, je vader

Hugh keek van de brief op.

'Wat akelig,' zei hij en hij ging naast Isabel op bed zitten. 'Die arme moeder van je. Ik vraag me af wat haar mankeert?'

'Ik moet ernaartoe om te helpen,' zei Isabel ellendig terwijl ze het beddengoed van zich af schudde.

'Ik begrijp wel dat je dat wilt,' zei Hugh omzichtig, 'maar je vader zei...'

'Het kan me niet schelen wat hij zei,' zei Isabel, hem onderbrekend, en ze trok haar peignoir aan. 'Dinsdag is morgen. Wil jij me erheen brengen of zal ik de trein nemen?'

'Wat... Nu? Vandaag?'

Op Hughs gezicht streed een heel scala aan tegenstrijdige emoties om voorrang. Ten slotte won het fatsoen. Hij zei gladjes: 'Ja, natuurlijk breng ik je. Vind je het erg als ik niet blijf? Ik heb momenteel vreselijk veel te doen.'

'Nee. Nee, dat geeft helemaal niks,' antwoordde Isabel, maar ze voelde onwillekeurig een steek van teleurstelling.

De week die ze in het huis van haar familie doorbracht was een en al ellende, maar uiteindelijk heel gedenkwaardig door een gesprek dat ze met haar moeder had.

Charles Barber was weer in een van zijn lastige buien, duidelijk doodsbang door de ziekte van zijn vrouw. De jongens waren nerveus en slopen door het huis, en ze moest ze commanderen om te zorgen dat ze haar hielpen. Ze was nu bijna zeven maanden zwanger en merkte dat ze uitgeput raakte van het koken en schoonmaken. Het ziekenhuis bevond zich ruim zeven kilometer verderop en omdat haar vader gewoon naar zijn werk ging, kon hij haar niet brengen en kon zij er alleen maar met de bus en tijdens het middagbezoekuur naartoe.

Ze zag haar moeder heel even op de avond voor de operatie, waarbij, zo had ze van haar vader begrepen, een knobbeltje uit een borst zou worden weggehaald. Mevrouw Barbers bed stond aan het einde van de zaal, apart achter een pilaar, waardoor ze nog een beetje privacy had. Isabel, die zonder dat haar moeder haar zag naar haar toe liep, schrok toen ze zag hoe haar moeder was veranderd. Die was altijd al mager, maar was nog meer afgevallen en haar gezicht had een gespannen uit-drukking, hoewel ze een glimlachje tevoorschijn wist te toveren toen ze haar dochter zag. 'Liefje toch, ik had geen idee dat je zou komen!'

Isabel ging naast haar zitten en pakte haar hand. 'Pap heeft het me verteld,' zei ze. 'Dan kon ik toch zeker niet wegblijven.'

Pamela Barber was bang, hoewel ze haar best deed dat niet te laten merken. Ze had het knobbeltje een paar weken geleden ontdekt toen ze een bad nam, vertelde ze haar dochter. Er was niets definitiefs uit de tests naar voren gekomen, dus dit deden ze om het zekere voor het on-zekere te nemen. Maar het klonk alsof ze zichzelf moest overtuigen.

Op dat moment werden ze door een zuster onderbroken. 'Ik begrijp dat u van ver bent gekomen, maar het bezoekuur is afgelopen,' zei ze, waarmee het bezoek werd afgebroken.

Isabels vader ging de avond daarop met haar mee, na de operatie. De gordijnen waren om het bed getrokken en haar moeder was soms bij kennis en viel dan weer weg. Charles raakte vreselijk van streek van alle slangen en apparaten, en na een paar minuten kon hij er niet meer tegen en stond op, zei dat ze weer naar de jongens moesten.

Ted en Donald, die de angst bij hun vader hadden aangevoeld, had-den niet met hen mee gewild en de vijfjarige Lydia was natuurlijk veel te jong, ook al vroeg ze steeds maar naar haar moeder, dus de zware taak om haar moeder te bezoeken kwam op Isabel neer. Ze vond het niet echt zwaar, maar ze kon niet ontkennen dat de reis ernaartoe vermoeiend was en ze vond het verschrikkelijk zoals andere vrouwen in de bus haar aanstaarden en opdringerige opmerkingen maakten over haar toe-stand, terwijl ze haar normaal gesproken niet eens zouden hebben op-gemerkt.

Op vrijdagmiddag trof ze haar moeder rechtop zittend in bed aan, haar haren waren geborsteld, ze had wat meer kleur op haar gezicht en de infusen en apparaten waren allemaal weg. Er lag niemand in het bed naast haar, dus het voelde heel privé. Isabel ging dicht naast haar zitten en vroeg hoe het met haar ging, vertelde dat ze de groeten kreeg van de jongens en verzekerde haar dat Lydia heel gelukkig was bij mevrouw Fanshawe.

'Fijn dat je de moeite hebt genomen om te komen,' zei haar moeder.

'Ik was een beetje boos op je vader. Ik vond dat hij je niet ongerust mocht maken.'

'Doe niet zo mal, natuurlijk moest ik het weten.'

'Hij vindt dit allemaal afschuwelijk, weet je. Ziekte, ziekenhuizen. Het is niet zo dat het 'm niets kan schelen.' Ze glimlachte. 'Ik moet zeggen dat je er blakend uitziet,' zei ze tegen Isabel. 'Huwelijk, een kind, het past wel bij je.'

Isabel aarzelde en zei toen: 'Het is niet wat ik ervan verwachtte.'

Haar moeder dacht daarover na. 'Er is een hoop waar je aan moet wennen,' zei ze ten slotte. 'Mannen hebben andere dingen van ons nodig. Dat kun je maar het beste accepteren.'

'O ja?' fluisterde Isabel. 'Maar hoe zit het dan met mij? Doen míjn behoeften er dan niet toe?'

Haar moeder zuchtte, stak een hand uit en raakte Isabels hand aan.

'Natuurlijk wel. Het is niet altijd gemakkelijk,' zei ze, 'maar je moet het volhouden.' Ze zweeg even, zocht naar de juiste woorden. 'Je vader... het is niet zijn schuld wat hem is overkomen. Hij is tenminste levend thuisgekomen. Ik zeg steeds weer tegen mezelf dat ik een van de geluksvogels ben.'

Isabel liet dat tot zich doordringen, zoals haar vader heen en weer schommelde tussen perioden van diepe depressies en latente woedeaanvallen. Diep vanbinnen wist ze dat hij van haar moeder hield. Daar had ze van de week een glimp van opgevangen, de dag na haar moeders operatie, de tederheid en kwetsbaarheid onder zijn stugge buitenkant. Misschien was dat de reden waarom hij niet had gedaan wat zijn vrouw wilde en Isabel toch had geschreven. Hij was degene die er net als haar moeder behoefte aan had dat Isabel naar hen toe kwam. Isabel kon de dingen tegen haar zeggen die hij niet kon zeggen.

'We waren zo verschrikkelijk gelukkig samen,' mompelde haar moeder, haar gedachten waren mijlenver weg. Ze glimlachte. 'Hij had zo'n lieve manier over zich, zo charmant.'

'Hoe hebben jullie elkaar eigenlijk ontmoet? Dat heb je me nooit verteld.' Isabel had dat niet eerder gevraagd, maar haar moeder was dan ook nog nooit zo geweest als nu, een angstige patiënte in een ziekenhuisbed met tijd om te praten.

'In Norfolk, op een pier in de regen.' Haar gezicht lichtte op toen ze eraan terugdacht. 'Je tante Penelope en ik hadden een neef met een zeil-bootje en hij nam ons soms mee naar de Broads. Nou, één keer, ik was toen negentien, meerde een andere boot naast de onze af, en er zaten vier jongemannen op. Ze kwamen uit Londen, waren daar een week op vakantie. Een van hen was je vader.' Ze moest even lachen. 'Ik wist met-een dat hij me wel mocht. Elke keer als hij naar me keek... bloosde hij onwillekeurig.'

'Maar durfde hij je dan zomaar mee uit te vragen?'

'De middag daarop kwamen we ze weer tegen, we bleven als groep bij elkaar en praatten wat. Een van Charles' vrienden had medelijden met hem en we gingen samen naar de film terwijl die arme Penelope als vier-de werd meegesleurd. Daarna glipte ik weg om je vader in mijn eentje te ontmoeten, niet dat we iets deden wat niet hoorde' – hierom glimlachte Isabel naar haar moeder – 'maar hij was helemaal niet verlegen. O, wat hebben we een pret gehad. En daarna schreef hij me vanuit Londen. Mijn moeder vond een brief van hem en daar kregen we een geweldige ruzie over. Hij had geen geld, connecties of wat dan ook. Mij maakte dat natuurlijk niets uit, maar mijn moeder vond het afschuwelijk en pro-beerde er een eind aan te maken. Dat was een beetje dom van haar, want daardoor wilde ik hem alleen maar meer. Ik zeg niet dat ik van gedach-ten zou zijn veranderd over je vader,' verzekerde ze Isabel, 'maar als ze redelijker was geweest, zou er geen breuk in de familie zijn ontstaan. Jouw generatie mag van geluk spreken. Afkomst is niet meer zo belang-rijk, maar in die tijd deed die er alles toe.'

'En hoe zit het met Penelope? Oom Jonny deugde volgens oma toch ook niet?'

'O, Penelope heeft hem pas veel later ontmoet. Nadat ik het huis uit ging moet ze zo eenzaam zijn geweest. Ik voelde me best schuldig dat ik haar in de steek had gelaten.' Pamela keek naar haar dochter. 'Penelope was altijd heel gesloten, je wist nooit wat ze in haar schild voerde, maar als ik daar was gebleven, dan had ze misschien niet zo veel verkeerde keuzes gemaakt.'

Haar moeder zag er nu zo gekweld uit dat Isabel spijt had dat ze over de vroegere problemen was begonnen. Tegelijkertijd had ze haar nog zo veel te vragen. Waar hadden haar moeder en Penelope dan ruzie over gemaakt? Wat was er misgegaan met Penelopes huwelijk?

Op dat moment kwam een jonge zuster met een vriendelijke uitdrukking op haar gezicht aan het bed. 'U hoeft niet weg te gaan,' zei ze tegen Isabel, 'maar ik moet u vragen even buiten te wachten terwijl ik naar de wond kijk.' Ze begon de gordijnen rondom het bed te trekken.

'Ik denk dat ik maar ga,' zei Isabel, toen ze zag dat haar moeder moe was, 'maar ik kom morgen met papa mee om je op te halen.'

Ze merkte amper iets van de rit naar huis. Haar gedachten waren volledig bij haar moeders verhaal. Waarom had ze deze dingen nooit geweten? Omdat je er nooit naar hebt gevraagd, zei ze tegen zichzelf. Je ging altijd helemaal op in je eigen sores.

'Volgens mij wordt alles nu wel weer normaal,' zei Isabel tegen haar man tijdens het ontbijt op een ochtend twee weken later, en ze legde een brief van haar moeder neer.

'O, mooi, dus je hoeft niet nog een keer in Kent op te draven,' was Hughs antwoord terwijl hij zijn krant opvouwde en van tafel opstond. Hij was met zijn gedachten duidelijk bij zijn werk van die ochtend.

Toen hij de deur opendeed, was Lavinia Morton in de hal te horen, ze was aan de telefoon.

Isabel richtte zich weer op de brief. *Ik word langzaam beter,* had haar moeder geschreven, *maar ben nog steeds heel moe. Die lieve Joyce Fanshawe is een fantastische buurvrouw, zoals ze elke dag het zware werk komt doen.* Verder was er weinig nieuws. Lydia zou na de kerstperiode naar school gaan, de tweeling was in de zomer klaar met hun opleiding, of misschien zouden ze nog doorleren, dat wist niemand nog precies. Isabel stopte de brief weer in de envelop. Haar moeder mocht het dan misschien zonder haar wel redden, ze voelde zich toch schuldig. Ze slikte haar laatste hap toast door en haalde het koord van een pakje waar Cats handschrift op stond. Na het ontbijt zou ze een warm plekje zoeken en de inhoud lezen.

Precies op dat moment kwam Hughs moeder binnen. 'Ik weet niet of je plannen hebt voor vandaag,' zei ze, 'maar dat was Jacqueline. Ze komt vanochtend koffiedrinken. Misschien is het iets om een begin te maken met de babyvoorbereidingen.'

'Dat is heel aardig van jullie,' zei Isabel neerslachtig. Ze klemde het manuscript als iets kostbaars tegen haar borst. Hughs moeder wendde haar blik niet af. Na een ogenblik legde Isabel met tegenzin het manuscript weer op de tafel. Daar zou ze een ander moment naar moeten kijken.

'Ik dacht dat Isabel de rozenkamer wel mooi zou vinden als babykamer,' zei Lavinia Morton en ze duwde de deur naar de kleinste logeerkamer open.

Isabel liep naar het raam waar gordijnen met rozenopdruk hingen en keek uit over het doorweekte grasveld. De halfkale bomen dropen van de regen en de moerassen erachter verscholen zich in een sluier van mist. Ze huiverde en draaide zich om, zag dat mevrouw Morton en Jacqueline haar gadesloegen.

'Ja...' zei ze aarzelend. 'Dit is vast wel goed. Het maakt eigenlijk niet uit.'

'We moeten Cooper vragen om de boel op te knappen, als we tenminste ergens behang kunnen krijgen,' zei Hughs moeder.

'Een vriendin van me kent een man die een heel mooi design voor haar heeft weten te vinden,' zei Jacqueline, en ze keek de kamer rond. 'Zal ik eens informeren?'

'Dan is hij vast een tovenaar,' antwoordde Hughs moeder. 'Wil je dat doen, liefje?'

'Natuurlijk. Ik zal zijn naam opschrijven... Voor het geval dat, weet u wel.' Ze klonk een beetje melancholiek, wat Isabel ertoe aanzette om haar te bedanken.

'Fijn om te zien dat jullie het samen zo goed kunnen vinden,' mompelde Lavinia.

Isabel stapte op een ander onderwerp over. 'Was dit Hughs kinderkamer toen hij klein was?'

'Nee,' zei haar schoonmoeder. 'Daar slapen jij en Hugh nu in. Dit is altijd een gastenkamer geweest. Echt, een fatsoenlijke wastafel zou niet verkeerd zijn.' Ze keek peinzend naar de gebarsten wasbak. 'Ik vermoed dat er geen kans bestaat dat we zo een kunnen vinden, wel?'

'De badkamer is in elk geval hiernaast,' zei Jacqueline. 'En heb ik een tijdje terug geen klein tinnen badje in de grote schuur zien staan?' Natuurlijk, dacht Isabel, zij kende het huis zo goed omdat ze hier als kind had gespeeld.

Ze wilde dat ze Jacqueline aardiger vond, maar merkte dat haar dat niet lukte; haar afkeer was bijna tastbaar. De stelligheid van de vrouw, het doffe, perfect zittende haar en haar jurk, zelfs de geur van talkpoeder die om haar heen hing, ze vond het allemaal weerzinwekkend. Isabel had in allerlei opzichten een aversie tegen haar. Jacqueline liet geen gelegenheid voorbijgaan om te laten merken dat zij Hugh zo veel beter kende dan Isabel. Hughs moeder was ook duidelijk dol op haar en Jacqueline speelde in op die genegenheid. Wat Hugh betrof, hij was alleen maar vriendelijk en galant naar Jacqueline toe, zich niet bewust van het feit dat de jonge vrouw hem met haar blik volgde, en ogenschijnlijk had hij niet in de gaten hoe gespannen de relatie was tussen zijn jeugdvriendin en zijn vrouw.

'Hoe is dat boek?' vroeg Isabel aan Hugh die avond na het eten, toen ze in de zitkamer bij het vuur zaten. Lavinia was de deur uit om te bridgen. Het kwam niet vaak voor dat Isabel en Hugh een avond voor zich alleen hadden.

Hugh haalde de pijp uit zijn mond en keek op. Hij zat een roman te lezen die hij moest recenseren en hield zo nu en dan op om in de marge een opmerking te noteren.

'Beter dan jouw breisel,' mompelde hij en hij redde een weggerolde kluwen. Mevrouw Catchpole had Isabel een blad met breipatronen gegeven en ze probeerde met wol van een oud vest sokjes voor de baby te breien.

'Dat zou best eens kunnen,' zei ze en ze keek met gefronste wenkbrauwen naar haar wanstaltige inspanningen, 'maar ik wil weten wat je van je boek vindt.'

'Wat? Ja, ja,' zei hij en hij sloeg nog een bladzijde om.

'Waar gaat het over?'

Hugh keek op en zuchtte. 'Partijpolitiek. Ik moet zeggen dat die vent wel een punt heeft. Maar een paar socialisten zullen wel boos zijn. Ze zullen denken dat hij de draak met ze steekt.'

'En, doet hij dat?'

'Waarschijnlijk wel, ja.' Hij las verder. De socialisten. Hugh had het tegenwoordig zelden nog over politiek. Ze dacht terug aan de levendige discussies die ze vroeger hadden. Nu klonk hij minachtend.

'Verdorie,' zei ze toen ze weer een steek liet vallen. Ze legde haar brei-werk neer. Ze was er gewoon niet goed in. Het manuscript dat ze die ochtend had gekregen, lag naast haar. Ze had geen tijd gevonden om er vandaag aan te beginnen en nu was ze er niet voor in de stemming.

'En hoe zit het met je eigen schrijfwerk, Hugh? Ging dat vandaag een beetje?'

'O, prima, prima,' zei hij afwezig. Hij schreef iets in de marge.

'Had je iets aan mijn opmerkingen?' hield ze aan. Uiteindelijk had hij haar commentaar gelezen.

'Mmm, o, ja, zeker.'

'Als je wilt, wil ik er best nog een keer naar kijken, hoor.'

'Dat is heel lief.' Hij glimlachte naar haar. 'Weet je, je ziet er vanavond mooi uit. Dat is een nieuwe jurk, hè?'

'Dank je wel, maar nee, hij is niet nieuw,' zei ze verdrietig. 'Het is een oude die ik heb vermaakt. Hugh?'

'Mmm?'

'Het gaat een stuk beter met je moeder,' zei ze voorzichtig. 'Kunnen we nu niet naar de stad terugverhuizen? Ik bedoel, voor een deel van de tijd. Misschien kunnen we hier in de weekenden naartoe.'

Hij sloeg het boek dicht maar hield zijn vinger tussen de bladzijden.

'Ben je hier dan niet gelukkig?' vroeg hij. 'Ik weet dat moeder het heerlijk vindt dat je er bent. En je lijkt het steeds beter met Jacqueline te kunnen vinden.'

'Ik geloof niet dat ik het daarmee eens ben,' zei ze langzaam. 'Hugh, ik denk niet dat ze me erg aardig vindt... Jacqueline, bedoel ik.'

'Ik weet zeker van wel. Hoezo?'

'O... ze kan heel nors tegen me doen.'

'Ik weet zeker dat ze je graag mag. Waarom zou ze niet?'

'Dat weet ik niet. Nu ik het heb gezegd, vind ik mezelf een beetje mal.'

'Nee, niet mal, maar ik denk echt dat je het je verbeeldt. Je niet graag mogen...' Hij fronste zijn wenkbrauwen en schudde zijn hoofd. 'Jacqueline is een goeie meid. Het zou jammer zijn als je niet je best deed om goed met haar op te schieten.'

'Dat doe ik wel. Maar hoe zit het met Kensington? Kunnen we terugverhuizen?'

Hugh legde zijn boek neer en schoof met zijn stoel wat naar voren. Hij glimlachte haar liefhebbend toe en ze bedacht hoe dierbaar hij haar was, met die levendige ogen en zijn opkrullende mond. Hij knielde voor haar neer en legde zijn hoofd op haar buik. Ze streek over zijn haar, boog zich ernaartoe en kuste het, terwijl ze zijn rokerige, mannelijke geur inademde.

'Ik dacht dat je hier gelukkig was,' zei hij. 'Ik ben in elk geval zeker gelukkig, nu ik je hier helemaal alleen voor mezelf in huis heb. En het voelt goed om hier te zijn en voor moeder te zorgen. Dat ze zo goed is hersteld komt feitelijk daardoor. De dokter zegt dat ze een stuk opgewekter is.'

'O,' zei Isabel en ze dacht daarover na. 'Natuurlijk vindt ze het heerlijk om haar zoon terug te hebben.'

'En ik denk dat je in Kensington lang niet zo opgetogen bent als de baby er is. Denk om te beginnen eens aan de trap.'

'Dat zal wel, ja,' zei ze vertwijfeld. 'Maar ik mis mijn vrienden, daar komt het ook door. Ik heb Vivienne in geen maanden gezien. Of Berec.'

'Dat weet ik. Maar ook al zou je daar wonen, zíj werken de hele dag. Berec misschien niet, maar, nou ja, op de een of andere manier zie ik Berec niet met een baby voor me.'

Bij dat idee glimlachten ze naar elkaar.

'Ik denk dat je hier het beste af bent, Isabel.' En in de manier waarop hij het zei zat iets definitiefs. 'Na de geboorte van de baby zul je me dankbaar zijn. Dat zul je zien. Volgens mij is er in de hele wereld geen betere plek.'

Ze dacht na over hoe het was om een kind op het platteland op te voeden, de voordelen van de kinderkamer boven. Als die was opgeknapt, zou hij er heel mooi uitzien en het ledikantje zou uit de opslagkamer tevoorschijn gehaald zijn.

'Hugh?' Hij zat weer in zijn boek.

'Mmm?'

'Je weet de rommelkamer toch, aan het eind van de overloop?'

'Wat is daarmee?'

'Wat is er in de kamer daarachter, die je moeder op slot houdt?'

'Oude spullen van haar, ik weet het niet. Ik heb er nooit in gekeken.'

En hij keerde weer naar zijn boek terug.

Jacqueline kwam langs met wat kostbare behangmonsters en Lavinia Morton koos een nieuw ontwerp: een klein meisje met grote ogen dat een reverence maakte voor een jongetje dat zijn hoed afnam. Isabel vond heimelijk een met giraffen leuker, maar haar schoonmoeder verklaarde dat dat er 'idioot' uitzag, en zij betaalde, dus dat was dat.

De papierrollen arriveerden wonder boven wonder tegen het einde van november en Cooper, de plaatselijke klusjesman, werd erbij gehaald. Een grote man van weinig woorden, die gewend leek te zijn aan de voortdurende bemoeizucht van mevrouw Morton, want hij knikte eenvoudigweg en ging onverstoorbaar zijn eigen gang. Nadat hij het behang had geplakt en de verf had bijgewerkt, werd er een groot tapijt, dat in verbazingwekkend goede conditie verkeerde, uit de opslagkamer gehaald, evenals het ledikantje. Ten slotte dook Jacqueline op een dag op met een rieten wieg die ze had geleend. 'Deze heb je nodig zolang de baby nog heel klein is,' legde ze Hugh uit, die vragend keek. 'Hij kan niet meteen in het ledikantje, want dan rolt hij tussen de spijlen door.'

Isabel had weinig in te brengen, maar op een middag, toen ze de trap op liep om een boek te halen, liep ze naar de deur van de nieuwe kinderkamer en gluurde naar binnen. In het middaglicht zag die er echt heel leuk uit, ze was echter bang dat het er voor een baby te koud was. Bij de haard stond wel een elektrisch kacheltje klaar, maar ze vroeg zich af of dat genoeg was. Na Londen vond ze het in de winter steenkoud in huis. Dat kwam vast doordat het zo dicht bij de riviermonding stond, en de grote watervlakte van de Noordzee.

Het begon haar dwars te zitten. Naast een ladekast stond de wieg klaar op zijn standaard. Waar waren de dekens die Hughs moeder in de opslagkamer had gevonden? Ze trok de laden een voor een open, maar daar lagen alleen stapels kleine kleertjes in. Misschien lagen ze in de droogkast op de overloop?

Ze duwde de laatste lade dicht en liep naar de badkamer, waar ze de grote deuren van de droogkast openmaakte en de planken vol keurig gesteven linnen bekeek. Ze dacht dat ze op een plank boven haar hoofd de dekens zag liggen. Als ze op de badkamerstoel ging staan, kon ze er gemakkelijk bij.

De schreeuw die ze slaakte toen ze ten val kwam bracht het hele huishouden in rep en roer.

Gemompel van stemmen in de verte. 'Ze komt bij,' zei iemand hardop en ze opende haar ogen. Ze zag een vrouwengezicht – dat van Jacqueline – dicht bij dat van haar. Het was donker en er lag iets zwaars over haar voorhoofd. Ze stak een hand op en voelde een natte doek.

'Laat liggen,' commandeerde Jacqueline en ze legde de doek weer goed. Vloeistof drupte in Isabels ogen en ze knipperde die weg.

'Is ze in orde?' Nu doemde Hughs gezicht voor haar op en zijn moeder gluurde langs hem heen. Isabel lag op bed en de gordijnen waren dicht. Haar hoofd deed pijn. Ze probeerde anders te gaan liggen, maar Jacqueline beval haar zich niet te verroeren.

'De baby,' zei Isabel, en ze legde haar hand op haar buik.

'Liefje, we wachten op de dokter,' zei Hugh tegen haar. Hij zat naast haar op bed. 'Je hebt waarschijnlijk je hoofd gestoten.' Hij boog zich naar haar toe en kuste haar op de wang. 'Waarom was je eigenlijk op een stoel aan het klimmen?'

Ze begon zachtjes te snikken. Haar hoofd deed pijn en ze was bang vanwege de baby. Ze streek over haar buik en bad dat ze beweging voelde. Die was er niet.

De dokter kwam en onderzocht haar, de stethoscoop voelde koud op haar huid. Ze had een zwelling op een slaap, waar hij zachtjes in prikte. Toen hij haar alleen liet in de kamer, hoorde ze op de overloop stemmen mompelen, maar kon niet verstaan wat ze zeiden. Vlak daarna kwam Jacqueline binnen met een glas water en een aspirine. 'Stil blijven liggen, alles is in orde,' zei ze en ze ging weer weg. Isabel vroeg zich vaag af wanneer Jacqueline was gekomen. Ze was zo verward, zo wanhopig. Waarom bewoog de baby niet en waar hadden ze het daarbuiten over gehad? Ze probeerde rechtop te zitten, maar daardoor ging haar hoofd verschrikkelijk bonzen en ze liet zich weer in het kussen terugzakken.

'Je hebt behoorlijk je hoofd gestoten, liefje, en een fikse smakkerd gemaakt,' zei de dokter toen hij terugkwam. 'Maar ik zie niet in waarom je je niet zou mogen verplaatsen.'

'En de baby?'

'Daar hoor ik een prachtige hartslag. Een beetje snel, maar hij heeft ook een schok gehad.'

'Waarom beweegt hij niet?'

'Dat gebeurt vast gauw weer, je moet je geen zorgen maken. Maar er wordt niet meer geklommen, jongedame.'

Pas later, toen ze het kind voelde bewegen, kon ze huilen van opluchting.

Daarna werd alles anders. Het was alsof ze met z'n allen tegen haar samenzwoeren. De drie dagen dat ze op doktersadvies in bed moest blijven, kwam Jacqueline elke ochtend. Kennelijk was ze tegen het einde van de oorlog opgeleid als verpleegster en ze wist precies wat ze moest doen, terwijl ze Isabel naar de badkamer hielp en de kamer netjes en vrolijk hield. Gaandeweg ebde de hoofdpijn weg, maar Isabel was nog steeds moe en sliep heel veel. Op de derde ochtend voelde ze zich een stuk beter en besloot op te staan.

Jacqueline koos wat kleren voor haar uit.

'Ik kan het nu wel weer zelf, dank je,' wierp Isabel tegen.

'Natuurlijk kun je dat,' zei Jacqueline en ze trok zich terug. Isabel probeerde een kous over haar voet te trekken en wenste dat ze haar niet had weggestuurd.

Beneden ontdekte ze dat Hugh zich in zijn werkkamer had opgesloten en dat haar schoonmoeder de deur uit was. Ze herinnerde zich dat McKinnon & Holt haar wat redigeerwerk had gestuurd dat ze moest afmaken, maar dat lag niet in de eetkamer waar ze het had achtergelaten. Ze zocht ernaar in de zitkamer, terwijl Jacqueline achter haar aan dwaalde en haar vroeg of ze misschien kon helpen. Ten slotte klopte ze op de deur van de werkkamer en ging naar binnen.

'Isabel, liefje,' zei Hugh en hij stond van zijn bureau op. 'Is het wel goed dat je alweer op bent?'

'Ik ben nog best heel moe,' zei ze terwijl ze haar haar uit haar gezicht duwde, 'maar ik kan niet eeuwig in bed blijven liggen.'

'God, wat een blauwe plek!' riep hij uit toen hij haar voorhoofd aandachtig bekeek.

'Die doet niet zo'n pijn, hoor' zei ze tegen hem. 'Het ziet er alleen akelig uit. Heb je dat manuscript gezien waar ik nog aan moet werken?'

Jacqueline was in de deuropening verschenen en Hugh wierp haar een hulpbehoevende blik toe. Hij zei: 'Daar hoef je je geen zorgen over te maken. Dat hebben we allemaal geregeld.'

'Wat heb je geregeld?' vroeg Isabel. Ze begreep niets van wat hij bazelde.

'Ik heb gisterochtend Stephen aan de telefoon gehad,' zei Hugh. 'Ik heb hem gezegd dat je dat werk onmogelijk meer kunt doen.'

'Ik heb het naar zijn secretaresse teruggestuurd,' zei Jacqueline. 'Dat was toch goed, hè, Hugh?'

'Uitstekend zelfs,' zei Hugh.

'Maar dat is van mij,' zei Isabel. 'Je hebt mij niets gevraagd.'

Nu werd Hugh ongeduldig. 'Echt, Isabel, ik zie werkelijk niet hoe je daarmee door kon gaan. Het is maar iemands boek, hoor. Ik heb er zelf even in gekeken. Erg verdienstelijk was het niet. Ik vond het nogal zwaar op de hand.'

'Maar ik werkte er met de auteur aan. Hugh...' Ze wierp een blik op Jacqueline. Ze had het gevoel dat ze niet bepaald vrijuit kon spreken met de andere vrouw erbij.

'Ik moet nog wat boodschappen doen,' zei Jacqueline, die vertrok en de deur achter zich dichtdeed.

'Hugh, het is mijn werk... Ik wilde dat.'

'Dat weet ik wel, dat weet ik,' zei hij en hij stak zijn handen in een gespeeld gebaar van overgave omhoog. En toen: 'Luister naar me. Je bent niet fit genoeg om te werken. En als jouw echtgenoot zijnde heb ik besloten dat je rust nodig hebt. Stephen was heel redelijk. Hij begrijpt ook wel dat dit het verstandigst is. En als de baby er is, heb je er trouwens toch geen tijd meer voor.'

'Wat heb je tegen Stephen gezegd?' vroeg ze boos.

'We waren het er simpelweg over eens dat ze je geen werk meer zouden sturen. Liefje, je moet op jezelf passen en uitrusten, precies zoals de dokter heeft gezegd. Je hebt nog maar een maand te gaan.' Hij liep naar haar toe en sloeg zijn armen om haar heen. 'Denk je toch eens in, ons eigen kleine kindje.'

25

Emily

Als Emily aan het zwemmen was, voelde ze zich gelukzalig vrij. Het zwembad was doorstreept van het licht dat door het glazen koepeldak viel en zij had ook het gevoel dat ze licht was terwijl ze soepel door het fonkelende water gleed. Ze ging helemaal op in het ritme van haar slag en merkte de andere zwemmers slechts als langsglijdende schimmen op. Ze trok het ene baantje na het andere en als het moest keerde ze met een trage draai van haar lichaam. Haar gedachten tolden niet angstaanjagend door haar hoofd, maar gingen rustig hun eigen gang.

Ze had dit korte respijt nodig. Volgens de geruchtenmachine zou de volgende dag een reorganisatie binnen het bedrijf worden aangekondigd. Er hing een afschuwelijke sfeer op kantoor. Emily geloofde niet dat al dat gepraat en je zorgen maken iets uithaalden. Zij kon er het beste mee omgaan door weg te blijven. Zwemmen was heerlijk.

Ze dacht met plezier aan de komende avond: na haar werk ging ze met Joel Richards naar een feestje. Hij had altijd iets interessants te doen – een boekpresentatie of de laatste film – en ze merkte dat ze zijn gezelschap stimulerend vond. Hij had heel veel vrienden en een zwart boekje dat vol mediacontacten stond, dus zei ze tegen zichzelf dat het waarschijnlijk niets bijzonders was dat hij haar mee uit vroeg. Hij was altijd ontspannen tijdens sociale gelegenheden, had een goeie babbel, maar ze bespeurde een intensere kant van hem die haar intrigeerde en die ze opwindend vond. Hij keek naar mensen alsof hij zich met hen mat. Ze veronderstelde dat het ambitie was, maar een heel ander soort dan die van Matthew. Nee, het had geen zin om aan Matthew te denken, zei ze resoluut tegen zichzelf toen ze klaar was met haar veertig baantjes, onder de touwen door dook en naar de trap zwom. Matthew had geen contact met haar opgenomen en ze moest proberen hem uit haar hoofd te zetten.

'Jij bent mijn plus één,' zei Joel glimlachend tegen haar toen hij die avond zijn uitnodiging bij de Guildhall liet zien. Ze werden door een meterslange gang geleid naar een enorme hal met hoog plafond, die al afgeladen was met mensen die praatten, champagne dronken en sandwiches aten. Het was ter gelegenheid van het zoveeljarig bestaan van een tijdschrift waar Joel voor schreef en dit moest wel het betoverendste feest van de zomer zijn. Iédereen was er, dacht Emily toen ze George in het oog kreeg, die opgewekt terugzwaaide voordat hij verder babbelde met een tengere blonde vrouw, die hij praktisch aan de muur had vastgepind. Niet dat ze zich gedroeg alsof ze gered wilde worden.

De speeches begonnen, waar geen einde aan leek te komen. Emily kende geen van de namen die uit het verleden werden genoemd of de inside jokes van het tijdschrift, en het werd er ook niet koeler op, dus ze glipte tussen de menigte door naar achteren, waar meer ruimte was en waar ze zachtjes een praatje maakte met een jonge vrouw die een baby'tje in een draagzak probeerde te troosten. Ze had een vreemde, wanhopige blik in haar ogen terwijl ze het heen en weer wiegde.

Daar vond Joel Emily na afloop van de speeches toen er een lauw, uitgeput applaus opklonk en de mensen zich verspreidden.

Emily stelde hem aan de jonge moeder voor en hij schonk haar een flauw glimlachje. 'Zullen we gaan?' vroeg hij en Emily nam afscheid van haar.

'Waarom neemt iemand in godsnaam een baby mee hiernaartoe?' merkte Joel op, toen ze op weg gingen naar de garderobe. 'Het is veel te heet voor het arme ding.'

'Ze wist niet dat het zo erg zou worden,' zei Emily. 'Ze zei tegen me dat ze nog maar net freelance voor het tijdschrift werkte, maar dat ze het feestje niet wilde missen. Ik had met haar te doen.'

'Ze zagen er absoluut niet uit alsof ze ervan genoten.'

'Nee,' zei Emily instemmend, 'maar ik zou me net zo voelen als zij. Ik zou thuis in mijn eentje volkomen mesjogge worden. Ik weet niet hoe mijn zus dat doet.' Ze keek hem zijdelings aan, vroeg zich af of hij geïnteresseerd was, maar hij reageerde niet.

In de koele avondlucht buiten zei Joel: 'Heb je zin in een hapje eten?'

'Lijkt me heerlijk,' zei Emily. 'Ik moet niet aan morgen denken. Dat wordt wel bijna zeker een zenuwslopende toestand.'

Terwijl ze van hun wijn nipten en op pasta en salade wachtten, legde ze uit hoe het zat met de komende ontslagronde. En de hele tijd was ze zich bewust van de warme blik in zijn ogen terwijl hij zat te luisteren.

'Met jou komt het wel goed, dat weet ik zeker,' zei hij en hij raakte haar arm even aan. 'Ik denk niet dat het helpt als ik je baas bel en zeg: "Waag het niet mijn redacteur te ontslaan, anders ga ik met het boek, dat ik nog niet eens af heb, naar een ander!" Zal ik dat zeggen?'

'Waag het niet om wie dan ook te bellen,' zei ze lachend tegen hem. 'Ik zou me doodschamen.'

'Ze laten jou heus niet gaan, Emily,' zei hij, 'je bent te goed in je werk.'

'Dat is lief van je. Ik weet alleen niet of ze in de directiekamer daar wel rekening mee houden. We zijn gewoon werkbijen, statistieken.' Diep in haar hart geloofde ze niet dat het er bij besluitvorming zo basaal aan toeging, maar ze merkte dat ze tegenwoordig binnen een minuut van een optimistische kijk kon omslaan naar het ergste scenario.

'Hoe dan ook, het heeft geen zin erover te piekeren. Hoe gaat het met het boek dat je nog niet af hebt?'

'Ah, het grote werk. In de komende maand heb ik tijd ingeruimd om het af te maken. Daarna komt er een revisie en moeten er nog wat feiten gecontroleerd worden. Vervolgens moet Jacqueline het lezen.' Hij trok er een gezicht bij waaruit ze begreep dat hij naar dat laatste bepaald niet uitkeek.

'Heb je haar Isabels memoires al laten zien?' vroeg ze.

'Nog niet,' verzuchtte hij. 'Dat is één onderwerp op mijn heel lange lijst.'

'Maar dit is nogal wat.'

'Je bent een heel veeleisende redacteur,' zei hij en hij zwaaide met een vinger naar haar.

'Is dat dan niet goed?' Ze glimlachte.

'Waarschijnlijk wel. Hé, zo te zien komt ons eten eraan. Ik weet niet hoe het met jou zit, maar ik ben uitgehongerd.'

Later bracht hij haar naar de bushalte, waar een lange rij mensen stond te wachten. De bus kwam er bijna meteen aan en iedereen haastte zich naar voren.

'Ik kan maar beter instappen. Bedankt voor de leuke avond,' zei ze en ze keek naar hem op. Hij stond heel dicht bij haar en toen ze hem een kus op de wang wilde geven, trok hij haar naar zich toe en kuste haar stevig op de mond.

'Bel me morgen als je weet wat er met je werk gaat gebeuren,' mompelde hij. Hij kneep zijn ogen toe en ze knikte glimlachend terwijl een aangenaam warm gevoel zich in haar verspreidde. 'Lig er vannacht maar niet wakker van. Ik weet zeker dat het prima in orde komt.'

'Bedankt,' zei ze en ze trok een gezicht. 'Ik hoop dat je gelijk hebt.'

Toen ze in de bus stapte, had ze amper in de gaten waar ze ging zitten terwijl de deuren dichtgingen, de bus wegreed en ze een laatste glimp opving van Joel, die wegliep. Deze avond was het begin van iets, dacht ze. Ze leunde met haar voorhoofd tegen het koude raam en dacht terug aan de aanraking van zijn lippen, warm en doelbewust; daar was geen sprake van enige aarzeling, hij wist precies wat hij wilde, schatte het moment in en greep zijn kans. En zij wilde het ook; ze kon niet ontkennen dat ze hem ongelooflijk aantrekkelijk vond. Maar ze moest toch onwillekeurig denken aan het moment dat Matthew haar voor het eerst had gekust, een verlegen, onhandig gedoe op de avond dat ze elkaar voor het eerst hadden ontmoet, nadat hij haar naar het metrostation had gebracht.

26

Isabel

Wanneer je op een baby moest wachten leek de tijd trager te verstijken dan anders. Kerstmis, had de dokter gezegd, maar 1951 werd 1952 en elke dag sleepte zich voort. Het kind was in de baarmoeder ingedaald, en nu voelde Isabel zich als een overrijpe vrucht die op barsten stond. Buiten regende het aanhoudend en de donkere lucht en dompige tuin buiten het raam creëerden een gevoel dat haar wereld was ingedikt tot dit beperkte bestaan.

Op een dag werd ze wakker en was ze niet zichzelf. De baby bewoog zich niet en daardoor, gecombineerd met het feit dat haar bulk regelmatig een stuiptrekking kreeg, werd ze chagrijnig. Tussen haar benen voelde het kleverig, waar ze zich zo voor schaamde dat ze het Hugh niet durfde te vertellen, hoewel ze zich er wel zorgen over maakte.

Na het ontbijt sloot haar man zich zoals gebruikelijk in zijn werkkamer op. Zijn moeder liet weten dat ze kou had gevat en in bed bleef. De hele ochtend was mevrouw Catchpole buiten adem van het op en neer lopen om aan haar bevelen tegemoet te komen. Rusteloos en slecht op haar gemak neusde Isabel rond in het sombere huis. Ze ging een keer in de kinderkamer kijken, waar alles nu klaarstond, de wieg op zijn standaard met drie zachte dekentjes erin. Het was schemerig in de kamer. Zelfs toen ze het plafondlicht aandeed, hielp het zwakke peertje niets om het beklemmende gevoel dat ze had te verjagen. Ze deed het weer uit en ging weg. Toen ze haar arm optilde om de deur dicht te doen, trok haar buik zich opnieuw samen, deze keer heviger. Ze hapte naar adem van het akelige gevoel en schreeuwde het uit toen dat gevoel overging in pijn. Uiteindelijk ebde de stuiptrekking weg en wist ze beneden te komen voordat er een volgende wee kwam.

'Hugh,' hijgde ze, terwijl ze tegen de werkkamerdeur viel. Hij opende de deur en zag zijn vrouw krijsend als een dier op handen en knieën zitten.

'Hemeltjelief, wat moet ik doen?' riep hij uit. 'Mevrouw Catchpole, mevrouw Catchpole. Kom alstublieft hier.'

Mevrouw Catchpole had net een kip de nek omgedraaid en in vieren gehakt, en later zou Isabel zich herinneren dat ze uit de keuken kwam aanrennen terwijl ze het bloed van haar handen veegde. Op aanwijzingen van de vrouw tilde Hugh zijn echtgenote op de een of andere manier op en droeg haar naar boven naar haar slaapkamer, waar ze moest blijven staan wachten totdat mevrouw Catchpole oude lakens en handdoeken over het bed had uitgespreid. Hugh werd weggestuurd om de vroedvrouw te halen. Dat was het laatste wat ze gedurende vele uren van hem zou zien.

Ze ging op bed liggen, zette zich schrap tegen het moment dat de volgende pijn haar in zijn greep nam, terwijl ze door de paniek oppervlakkig ging ademen. Ze had wel geweten dat het pijn zou doen, maar was het normaal dat het zo erg was? Terwijl de pijn haar opnieuw overspoelde, probeerde ze zich op haar buik te rollen, maar mevrouw Catchpole zorgde dat ze op haar rug bleef liggen en duwde een dot badstof tussen haar tanden. 'Hier, bijt daar maar op, dat helpt.'

Eindelijk arriveerde een van de vroedvrouwen – een korte, stevige vrouw in uniform met een versleten Gladstone-tas bij zich – die de leiding nam. Haar bevelen, die ze met een zacht, landelijk accent uitdeelde, duldden geen tegenspraak en Isabel gaf zich maar wat graag aan haar over.

De weeën volgden elkaar in een steeds sneller tempo op en werden almaar heviger, en nu betrad ze een lange tunnel van pijn waaruit ze voor haar gevoel geen uitweg zag. De bevelende stem van de vroedvrouw werd iets waar ze zich in de nachtmerrie aan vastklampte. Ze ademde wanneer haar dat werd opgedragen, spreidde verstomd haar benen zodat er in haar teerste delen kon worden geprikt en geduwd. Het daglicht stierf weg en ze zonk weg in een soort ijltoestand toen de uitputting haar in haar greep kreeg. Het ergste moest nog komen.

'Ze is aan het persen,' hoorde ze de vroedvrouw zeggen. Tegen wie had ze het? 'Misschien duurt het nu niet lang meer.' Maar daar vergiste ze zich in. Het elektrische licht flakkerde. De weeën gingen vruchteloos door. De vroedvrouw onderzocht haar opnieuw en liep toen naar de deur.

'Bel de dokter en zeg hem dat hij zich moet haasten,' hoorde ze haar tegen iemand buiten zeggen. Ze was zich er vaag van bewust dat de deur steeds maar openging en dat de slaapkamer zich vulde met starende gezichten. Het maakte haar niet uit, als de pijn maar ophield. De jonge arts kwam binnen, duwde haar knieën uit elkaar en toucheerde haar pijnlijk. Gespreksflarden dreven om haar heen en klonken steeds dringender. Ze hoorde de dokterstas openklikken, water stromen en het schrapen van metaal op metaal, en toen legde de dokter nogmaals zijn handen op haar. Er volgde een scherp, brandend gevoel, daarna gilde ze het uit vanwege de meest onvoorstelbare pijn die je je maar kon indenken toen de verlostang bij haar naar binnen drong. 'Persen, liefje,' zei de vroedvrouw resoluut, terwijl ze in haar hand kneep. 'Zo hard als je kunt.' Isabel haalde diep adem en perste.

Ze moest even buiten bewustzijn zijn geweest, want het volgende dat ze wist was dat er een scherpe geur haar neusvleugels verschroeide. 'Lieve mevrouw Morton,' zei de vroedvrouw, 'het hoofdje is eruit maar als ik het zeg moet u nogmaals persen, niet eerder... Zo gaat het goed.' En ze probeerde te gehoorzamen, hoewel ze geen kracht meer had. Nú. Ah. Ze voelde iets draaien en de baby kwam naar buiten.

Ze bleef liggen, te uitgeput om te praten, hoorde mompelende stemmen, en uiteindelijk het zachte gehuil van een baby. De tijd verstreek. Ze vroeg zich vaag af wat er gebeurde toen haar buik opnieuw door een wee werd gegrepen. En nu verscheen het angstige gezicht van de vroedvrouw, die met haar warme hand op haar buik drukte. Iemand bleef haar naam maar roepen, maar ze voelde zich zo ontspannen en doezelig dat ze geen antwoord kon geven. Het enige wat ze wilde was slapen.

Toen ze weer bij bewustzijn kwam, was het donker en de lucht rook anders. In de verte mompelden stemmen, maar ze kon niet horen wat ze zeiden. Ze bewoog haar lippen om te roepen, maar er kwam geen geluid uit. Opnieuw glipte ze in de duisternis terug.

Daarna werd ze wakker van een kloppende pijn in haar onderbuik. Ze opende haar ogen. Daglicht sijpelde door een grijs gordijn. Een hoog wit plafond. Was ze wakker of droomde ze? Wakker, besloot ze ten slotte, en ze realiseerde zich dat ze in een ziekenhuisbed lag. En nu kwam het langzaam allemaal weer terug. De baby... Ze wilde zich bewegen, maar iemand hield haar linkerhand omlaag. Ze probeerde haar andere arm op te tillen, maar het duurde even voordat die gehoorzaamde. Ze voelde onhandig aan haar buik onder het laken. De vertrouwde harde ronding was weg; er was nu alleen nog een bolling van haar eigen zachte vlees en de kloppende pijn. Ze kreunde en probeerde in een comfortabeler houding te liggen.

Het gordijn ging open en het gezicht van een jonge vrouw verscheen. 'Mevrouw Morton? O, mooi zo, u bent wakker. Ik ga de zuster halen.' Ze trok zich terug en het gordijn viel weer op zijn plaats.

Een oudere verpleegster kwam nu tevoorschijn en deelde bevelen uit aan de jongere. Isabel werd verzorgd, haar temperatuur werd opgenomen, en toen werd het laken omlaaggetrokken en haar nachthemd iets omhoog, wat ze beschamend vond. Het laken werd weer ingestopt waardoor ze werd neergedrukt.

'Is alles goed met mijn kindje?' vroeg ze met hese stem.

'De dokter komt later,' was het enige wat de jonge zuster zei. 'Nou, slikt u dit maar door, goed zo. Dat helpt tegen de pijn.'

'Is mijn man hier ook?'

'Daarstraks nog wel, maar de zuster heeft hem naar huis gestuurd. De arme man was uitgeput.'

'O jeetje,' zei ze en ze voelde zich schuldig omdat zij die vermoeidheid had veroorzaakt.

'Zo. Probeer maar niet te bewegen. Ik ben zo terug.'

Ze bleef voor haar gevoel heel lang liggen, de pijn werd nu minder en ze zweefde tussen waken en slapen in. Ze wist dat ze zich zorgen moest maken over wat haar mankeerde, over de baby, maar op de een of andere manier was het gemakkelijker om dat niet te doen. Terwijl de medicijnen hun werk deden, viel ze terug in een gelukzalige vrede.

Ze werd weer wakker doordat metalen gordijnringen met geweld over de stang schoven en ze knipperde met haar ogen tegen het plotseling felle licht. Ze tilde haar hoofd op en zag tot haar afgrijzen dat een groep mannen in witte jassen naar haar omlaag staarden.

'Hoe gaat het met u, mevrouw Morton?' De oudste en grijste van de mannen had een sombere uitdrukking op zijn gezicht. 'U vindt het toch niet erg dat mijn studenten meekijken, wel?' De drie jongere mannen staarden naar haar alsof ze een eigenaardig specimen in een glazen pot was. Een van hen had een akelige wildgroei van acne. Een ander bleef maar aan zijn kraag plukken en zijn keel schrapen. De derde was spookachtig bleek met roodomrande ogen en trilde nog licht van een kater. Ze plukte met haar vingers aan het laken.

'Wat is er met me aan de hand?' vroeg ze aan de oudste dokter. 'Waar is mijn kind?'

'U hoeft nergens bang voor te zijn.' De dokter ging op het bed zitten en voelde haar pols. 'Het gaat nu heel goed met uw dochter, hoewel ik moet zeggen dat we wel even bezorgd zijn geweest.'

'Een... meisje?'

'Ja,' zei hij verbaasd. 'Heeft niemand u dat verteld?'

Ze schudde haar hoofd. Een meisje, ze had zich nooit een meisje voorgesteld. Haar schoonmoeder had gezegd dat de Mortons alleen jongens kregen.

'Ik vermoed dat ik moet vragen of ik haar mag zien.'

'Natuurlijk moet u dat,' zei hij en hij kneep door de dekens heen in haar dij. 'Alles op zijn tijd. Het was even heel slecht met haar, maar ze herstelt zich uitstekend. Hoe voelt u zich? Het is nogal een veldslag geweest. Verlostang, bloedingen. U hebt iedereen een hoop last bezorgd.' De studenten giechelden nerveus.

'Dat was niet mijn bedoeling,' zei ze, niet zeker of hij het echt meende. 'Ik zou nu graag mijn man willen zien. En ik heb een beetje honger.'

Hugh mocht 's middags bij haar. Hij had een paar vroege narcissen uit de tuin meegebracht, die door een zuster weggegrist en in een vaas gezet werden.

'O, Hugh,' zei ze toen hij zich over haar heen boog om haar te kussen en hij zijn gezicht tegen haar wang hield. Ze was zo opgelucht om hem te zien dat ze begon te huilen. Alles deed pijn en ze voelde zich zo zwak, en ook min of meer leeg.

'Mijn lieve, lieve meid,' fluisterde hij in haar haar. 'Ik dacht dat ik je kwijt was.'

'Ik herinner me niet wat er is gebeurd,' zei ze gekweld en dus vertelde hij het haar.

Na de geboorte had het even geduurd voordat de baby was gaan ademen en toen die eindelijk tot leven kwam, had de vroedvrouw moeite gehad met het uitdrijven van de placenta. Liever dan op een ambulance uit Ipswich te wachten, had de dokter met zijn eigen auto moeder en baby naar het ziekenhuis gebracht. Zij lag op Hughs schoot op de achterbank terwijl de vroedvrouw voorin het kind vasthield.

'Het was het ergste moment van mijn leven. Ik dacht echt dat je dood zou gaan,' zei hij stilletjes terwijl hij haar knuffelde.

'Het enige wat ik nog weet is dat ik wilde slapen,' zei ze en ze streelde over zijn haar.

Die middag mocht ze uit bed en Hugh duwde haar in een rolstoel naar een kamer verderop in de gang, die vol wiegjes stond. Een zuster bracht het kleine meisje, dat in een laken gewikkeld was, naar hen toe. Isabel was ontzet. Het hoofdje van de baby had een bos zwart haar, maar was in een rare vorm gedrukt, en op de plek waar de verlostang haar bij de slapen had beetgepakt, zaten blauwe plekken. Ze stak haar hand uit om het kleine rode gezichtje aan te raken, maar de zuster hield haar tegen.

'Vanwege de ziektekiemen,' legde ze uit. 'Maar dat duurt niet lang meer. Ze doet het heel goed, drinkt genoeg melk, zo is het toch, liefje?' De baby gaapte met een scheef mondje. Haar ogen rolden ongericht. Isabel dacht dat ze nog nooit zo'n lelijk schepseltje had gezien.

'Ze ziet er een beetje raar uit,' zei Hugh vertwijfeld.

'Als ze met de verlostang zijn gehaald, is dat niet ongebruikelijk, het arme wichtje,' zei de verpleegster en ze bracht het kindje weer weg.

Toen Hugh Isabel naar de afdeling terugreed, deed ze haar best een afschuwelijke gedachte buiten te sluiten: ze kon maar met de grootste moeite snappen dat dat misvormde mensje ook maar iets met haar te maken had.

'Hugh, weet je zeker dat er niets aan mankeert?'

'Je bedoelt zeker dat er niets aan háár mankeert,' zei Hugh en hij keek haar bevreemd aan. 'Nee, waarschijnlijk niet, dat zeggen ze tenminste.'

Toen Isabel de volgende ochtend wakker werd, schrok ze omdat ze merkte dat haar borsten barstten van de melk, en na enig overleg met de staf werd de baby naar haar toe gebracht. Een van de zusters deed voor hoe ze het moest doen, maar Isabel vond het verschrikkelijk zoals dit kleine buitenaardse wezen zich aan haar tere borst vastklampte. En hoewel de baby koortsachtige pogingen deed om te zuigen, leek ze er geen melk uit te kunnen krijgen en ze begon te huilen. Op de een of andere manier was het hele gedoe pijnlijk en weerzinwekkend.

'Geeft niets, hoor,' zei de zuster troostend. 'Ik heb een heerlijke fles warme melk voor haar.'

Isabel gaf de baby opgelucht terug.

Ze bonden haar borsten af, zodat ze wat prettiger aanvoelden, maar het duurde nog een paar dagen voordat de stuwingen ophielden. Intussen werd de baby met regelmatige tussenpozen naar haar toe gebracht zodat ze haar de fles kon geven en ze keek gealarmeerd toe hoe gulzig de baby van de melk dronk.

Hugh wilde haar Lorna noemen, een personage uit een van zijn lievelingsromans, *Lorna Doone*. Isabel vond het goed, vond de naam mooi klinken: Lorna. Het klonk als verloren, en zo voelde ze zich ook.

Op de dag dat Hugh zijn vrouw en dochter ophaalde om ze mee naar huis te nemen, was het zulk grimmig weer dat Isabel zich dat nog lang zou heugen. Het stroomde zo hard van de regen dat de ruitenwissers er niet tegenop konden. De hele rit lang lag de baby zachtjes op haar schoot te huilen, en Isabel was doodsbang dat ze een ongeluk zouden krijgen en zei herhaaldelijk tegen Hugh dat hij langzamer moest rijden.

'We rijden al met de snelheid van een begrafenisstoet,' snauwde hij terug.

Hughs moeder stond met mevrouw Catchpole en haar dochter Lily in de hal te wachten om ze te begroeten. Ze bleven daar allemaal staan alsof ze niet wisten wat ze nu moesten doen.

'Het is een grappig klein ding,' zei mevrouw Catchpole vertwijfeld toen ze in het bundeltje dekens gluurde. De kreten van de baby waren niet zachtjes meer, maar klonken steeds harder en dringender.

'Ze heeft honger,' zei Isabel wanhopig. 'Maar de komende twee uur mag ze nog niets hebben.'

'Het arme dier,' zei mevrouw Catchpole. 'Nou, als u het niet erg vindt, ga ik verder met de lunch.'

'Zullen we haar naar boven brengen?' stelde Hughs moeder voor. 'Leg haar in haar wiegje. Ze bedaart wel als je haar daar laat. Baby's moeten weten wie de baas is.'

Maar Lorna bedaarde niet.

Een uur huilen later werd mevrouw Catchpole gevraagd een fles klaar te maken. Lorna dronk die snel op, maar bleef huilen. Met het wegsterven van het daglicht huilde ze nog meer en harder. Isabel gaf haar nog een fles, liet haar een boertje doen, verschoonde haar luier en legde haar weer in de wieg. Ze huilde. Isabel pakte haar weer op. Ze bleef huilen. Mevrouw Catchpole vulde het babybadje. Misschien zou het warme water haar troosten.

De kleine Lorna zag er in haar nakie sinister uit, zo ging het door Isabel heen, ze leek wel op de ledenpop van een heks terwijl haar huid de kleur had van ongebakken worst. Ze was niet mollig zoals op de plaatjes van de blonde baby's in de spreekkamer van de dokter in Lon-den. Haar ogen waren marineblauw, niet lichtblauw. Toen Isabel haar voor het eerst in het ziekenhuis in bad had gedaan, had er een vachtje van fijn, donker haar op haar rug gezeten, en hoewel het meeste er god-dank vanaf was gevallen, zaten er hier en daar nog wat plukken, waar-door het leek alsof ze schurft had. De blauwe plekken waren aan het ge-nezen en het hoofdje was niet meer zo heel erg ingedeukt, hoewel het nog altijd een vreemde vorm had. Nu ze zo naar haar keek, had Isabel medelijden met dit kleine schepseltje. Ze wachtte tot er een golf liefde door haar heen ging. Maar er gebeurde niets.

Dit was haar geheim, het geheim dat ze gedurende de twee weken na Lorna's geboorte had moeten bewaren. Ze hield niet van haar kind. Ze wist niet wat haar mankeerde, wat ze eraan moest doen. Ze kon het niet eens aan iemand vertellen. In die veertien dagen was ze aan alle kanten in de watten gelegd. Verpleegsters hadden geholpen bij het voeden van Lorna. Hadden Isabel geleerd hoe ze haar na de fles een boertje moest laten doen, hoe ze haar in bad moest doen en aan moest kleden. Ze hadden Lorna met wieg en al meegenomen naar een andere ruimte, zodat moeder kon uitrusten of met de andere vrouwen kon babbelen en zich in het algemeen kon koesteren in het heerlijke aura van het pas verworven moederschap. Het leven was heel aangenaam voorbijgegaan en toch had ze een compleet verdoofd gevoel over de hele gebeurtenis.

Hugh was tijdens de bezoekuren bij haar op bezoek geweest en haar schoonmoeder ook een keer of twee. Tijdens haar tweede bezoek had ze Jacqueline meegenomen, wier Londense couture de belangstellende blikken trok van de andere nieuwbakken moeders. Eén keer was haar eigen moeder op bezoek gekomen, die was helemaal met de trein uit Kent naar haar toe gereisd, had een nacht bij de Mortons gelogeerd en was de volgende dag weer teruggegaan. Isabel vond dat ze er grauw en afgepeigerd uitzag en durfde niet haar eigen ellendige geheim ter sprake te brengen. Nadat haar moeder afscheid had genomen, voelde Isabel zich zo volkomen alleen dat ze een uur lang lag te huilen.

De waarheid was dat ze het gevoel had dat er iets ontbrak. Ze was vast geen echte vrouw als ze niet van haar kind hield, of wel soms?

Ze keek om zich heen naar de andere moeders, die voor hun baby's zorgden of die in hun armen hielden om ze aan oudere broertjes en zusjes te laten zien. Ze had gezien dat een aantal van hen bang was of ze alles wel goed deden, of huilerig waren van de hormonen en vermoeidheid, maar ze had geen onverschilligheid gezien. Waarom voelde zij, Isabel, helemaal niets voor haar kind, behalve medelijden?

'Waarom had je de pech dat je met mij wordt opgezadeld?' fluisterde ze nu tegen het kindje op de handdoek op de badkamervloer. De baby staarde vragend naar haar omhoog. Dit kind keek voortdurend vragend uit haar ogen.

O jeetje, ze krijgt het koud. Isabel wikkelde haar zorgvuldig in haar handdoek, pakte haar op en bracht haar naar de kinderkamer om haar aan te kleden. Terwijl ze daarmee bezig was, ontdekte ze dat haar luier opnieuw moest worden verschoond en moest ze met haar terug naar de badkamer.

Maakt niet uit, zei ze dof tegen zichzelf. Het is niet haar schuld. Het moet gewoon gebeuren.

Eindelijk had Lorna haar luier, nachtpon en jasje aan en werd ze in haar wieg te slapen gelegd. Isabel ging de kamer uit, deed de deur dicht, liep naar haar eigen kamer en ging op bed liggen. Ze was niet echt moe, ze had alleen geen energie. Ze lag enkele ogenblikken naar het plafond te staren en dacht nergens aan.

Er klonk een korte kreet uit de andere kamer, maar ze merkte het amper. Toen hoorde ze nog een kreet, deze keer langer, iets later klaagde de baby stevig en daarna werd de volumeknop helemaal opengedraaid. Isabel bleef nog steeds liggen.

Hugh opende de deur en stak zijn hoofd naar binnen. 'De baby huilt,' zei hij.

'Dat moeten we laten gaan,' antwoordde ze. 'Dat hebben ze in het ziekenhuis gezegd.'

Hij fronste zijn voorhoofd. 'Hoe lang?' vroeg hij.

'Dat weet ik niet.'

'O,' zei hij en hij ging weg. De baby bleef huilen. Isabel hoorde het op het laatst niet meer en viel in slaap.

'In godsnaam, zeg.' Hugh kwam weer binnen. 'Ik probeer te lezen, Isabel, het is een afschuwelijk geluid.'

Isabel tilde slaperig haar hoofd op. Ze had geen idee hoeveel tijd er was verstreken, maar de baby huilde nog steeds.

'Ik kan er niets aan doen,' zei ze. 'Misschien weet je moeder er iets op.'

'Mijn moeder zegt dat ze niets meer van baby's weet,' zei hij en hij woelde door zijn haar. 'Ik vrees dat jij er iets mee moet.'

'Dat zal ik dan maar gaan doen,' zei ze en ze zwaaide haar voeten naar de vloer.

'Oké. Dank je wel,' zei hij. Hij hield de deur voor haar open en terwijl zij over de overloop naar de kinderkamer liep, haastte hij zich naar beneden.

Ze maakte de deur open. Het geluid klonk meteen twee keer zo hard. Ze staarde in de wieg. Lorna had haar beddengoed van zich af getrapt en lag met gebalde vuistjes naast haar hoofd te schreeuwen met een mond zo groot als een afgrond in een paarsrood gezicht. Haar hele lichaampje stuiptrekte.

Isabel stond maar te kijken, de armen over elkaar geslagen, voelde zich compleet afgesneden. Zo vond Hughs moeder haar een paar minuten later.

'In hemelsnaam,' zei Lavinia. Ze pakte Lorna op, legde haar tegen haar schouder en wreef over haar rug. Lorna liet een enorme boer, jammerde nog even en viel in slaap.

27

Emily

De dag dat bekend werd gemaakt wie ontslagen zouden worden, was afschuwelijk, alsof er een engel des doods over hen heen vloog. Niemand wist wie het slachtoffer zou zijn. Iedereen zat aan zijn bureau te doen alsof hij het druk had. Alle afspraken waren afgezegd. Op kantoor gonsde het van de geruchten. Twee mensen van de verkoopafdeling waren hun baan kwijt, zo werd gefluisterd. Tegenwoordig hoefden er minder boekwinkels bezocht te worden. In Emily's kantoor keken vier paar ogen angstig op toen Gillians assistente Becky binnenkwam, haar smalle, jonge gezicht was bleek van schrik. Ze kwam niet om een van hen naar Gillians kantoor te roepen, maar om hun te vertellen dat George ontslagen was.

'O nee, arme George!' Emily was in de war en vond het oprecht erg. George was de rijzende ster geweest, de charmante vent. Ze vroeg zich af wie hij tegen de haren in had gestreken, of misschien werkten de dingen zo niet. Het had geen zin om te speculeren, maar als George weg was, was zij misschien de volgende.

Maar dat was niet zo. Toen ze later met de rest van de afdeling in de bestuurskamer stond, voelde ze een ongelooflijke opluchting, ja, maar ook woede en schuldgevoel omdat zij het had overleefd. Ze bekeek aandachtig een diagram op het plasmascherm, vol vakjes waarin ieders naam stond vermeld, de nieuwe gezagsstructuur van het bedrijf. Naslagwerken van beneden was het zwaarst getroffen. Emily kende de mensen niet die daar werkten. In zeker opzicht was het heel logisch, omdat lezers nu hun informatie online opzochten, maar voor het personeel moest het afschuwelijk zijn en ze vroeg zich af waar die een andere baan moesten vinden.

Ze zocht George op in zijn kantoor – hoe hij het voor elkaar had gekregen om een eigen kamer te regelen was haar altijd een raadsel geweest – en hij deed zijn best het van een filosofische kant te bekijken. Hij hing in zijn stoel, voeten op het bureau, praatte met zijn gebruikelijke bluf over nieuwe kansen en ijzers in het vuur, maar langzamerhand stokte zijn gebral.

'Ik ben blij dat jij goed zit,' zei hij tegen haar terwijl hij door zijn blonde krullen woelde. 'Jij weet jezelf wel op de kaart te zetten, hè?'

'O ja?' zei ze, op haar hoede, niet zeker of er een sarcastische ondertoon in zijn woorden zat, maar ze was ook verbaasd. Ze had de zaken geen moment van die kant bekeken.

'Je hebt een paar goede auteurs binnengehaald. Mensen zoals jij.' Hij klonk oprecht. Toen bedierf hij het door eraan toe te voegen: 'Ik veronderstel dat ze me niet meer konden betalen.'

Typisch George. Waarom moest hij zichzelf altijd zo op de borst kloppen? Maar toch, waarschijnlijk was het nog waar ook. Ze hadden ongeveer dezelfde baan, zij en George, maar ze had al lang vermoed dat hij meer betaald kreeg dan zij. Niet dat ze dat kon bewijzen. Ze had altijd het gevoel dat ze een ongeschreven regel van Parchment overtrad als ze haar salaris met anderen besprak. Maar sommige mensen lieten wel eens een hint vallen. Maar goed, van hun tweeën was zij degene die mocht blijven.

'Hoe lang blijf je hier nog?' vroeg ze.

'Tot het einde van de maand,' zei hij en hij begon te spelen met een irritant speelgoedklikballetje op zijn bureau.

'Nou, ik vind het erg voor je. Ik hoop dat je met een goed pakket kunt vertrekken.'

'Ik mag niet klagen,' zei hij. 'Toen ik eenmaal met het magische woord "advocaat" schermde, althans. Ik houd het wel een tijdje uit. Misschien een vakantietje of zo.' De ballen klikten langzamer en ze zag dat hij onder zijn bravoure angstig was. Maar hij hoefde haar meegevoel niet. 'Ik kom later nog wel even langs,' zei hij terwijl hij zijn mobieltje oppakte. Ze knikte en opende de deur.

Iets bleef nog hangen. 'Trouwens,' zei ze, 'jij was het niet, hè, die me op Valentijnsdag die bloemen heeft gestuurd?'

Hij glimlachte naar haar terwijl hij de telefoon tegen zijn oor legde. 'Dat zou nog eens veelzeggend zijn geweest, hè?'

Toen ze in haar kantoor terugkwam, zag ze dat een aantal van haar auteurs had gebeld. Ze belde ze terug om ze gerust te stellen dat haar baan veilig was en daarna sprak ze met Joel.

'Poeh!' zei hij, toen ze hem het nieuws vertelde. 'Ik zei je toch al dat het in orde kwam, maar het is evengoed een opluchting dat het nu bevestigd is.' Ze hadden het erover om af te spreken, maar de volgende paar dagen hadden ze het allebei druk en Joel zou vrijdag vertrekken naar wat hij een 'schrijfweek' noemde.

'Een vriend van me heeft een cottage in Gloucestershire. Ze hebben een kat die allergisch is voor het kattenpension, dus ik ga in hun huis zitten om dat beest te eten te geven terwijl zij weg zijn. Er is geen Wi-Fi en het bereik van de mobiele telefoon is erbarmelijk, dus moet ik me wel op schrijven concentreren.' Hij zei tegen haar dat hij van plan was om in die tijd twee hoofdstukken te schrijven en het laatste in concept, wat in Emily's ogen een indrukwekkende prestatie was.

'Ik ben volgende week zondag weer thuis,' vervolgde hij. 'Vind je het leuk om als ik terug ben te komen eten? Dinsdag misschien?'

'Dinsdag is prima,' zei ze.

'Je hebt mijn adres, hè? Ik geef je wel een routebeschrijving. Het is heel gemakkelijk te vinden.'

Emily had genoeg afleiding in de tijd dat ze op Joels terugkomst wachtte. Tobias leverde wat wijzigingen in zijn roman in. Er was een veiling van de briljante nieuwe memoires van een Koreaans-Amerikaanse schrijver, waar veel discussie over was en waarvoor de balans aangepast moest worden, maar die ze uiteindelijk in een golf van opwinding voor Parchment wist binnen te halen. Doordat ze zich daarop moest richten, stapelde het gewone werk zich op en moest ze tot laat doorwerken om dat af te krijgen.

Voorlopig vond ze geen raadselachtige pakketjes meer.

Emily staarde met open mond naar de enorme open loft, Joels huis, bewonderde de hoge victoriaanse ramen, het hoge gewelfde plafond.

'Unicorn House was vroeger een drukkerij,' legde Joel uit terwijl hij witte wijn in grote bokalen plensde en een daarvan aan haar gaf. De wijn was koel, fruitig en verrukkelijk, het glas was zo verfijnd dat het tinkelde toen ze er per ongeluk met haar nagel tegenaan stootte. 'Die is een paar jaar geleden gesloten en ze hebben er appartementen van gemaakt.'

'Dat verklaart dus de decoraties in het trappenhuis!' riep ze uit. Stukjes oude metalen lettersoorten waren in patronen op de muren van de toegangshal aangebracht en ook helemaal langs de trap naar de eerste verdieping. 'Ik vroeg me al af of er ook echt iets stond.' Terwijl ze de trap op liep had ze geprobeerd woorden te vormen, maar was tot de conclusie gekomen dat de letters willekeurig waren aangebracht.

'Ik vermoed dat dat te ingewikkeld werd,' zei hij, 'maar een of ander citaat over het verstrijken van de tijd was best toepasselijk geweest, vind je ook niet?'

'Mmm,' zei ze terwijl ze een slokje wijn nam. Ze stonden in het keukengedeelte, dat de helft van één kant van de flat besloeg. Halogeenlicht reflecteerde op grijs metaal en graniet. Een smalle eettafel en zes licht askleurige stoelen met hoge rug stonden in de andere helft. Verder was er een loungegedeelte dat werd afgescheiden door een lange L-vormige bank. Aan de muren hingen boekenplanken, rijen en rijen ervan, van onder tot boven vol boeken. In een hoek was in een scheidingswand een werkplek ingebouwd.

'En daar is mijn slaapkamer,' zei hij en hij liet haar een nette, spartaanse ruimte zien met een grote geometrische schildering boven een laag wit bed. Even veegde hij met een hand over haar schouder, op zo'n manier dat het wel of niet per ongeluk kon zijn. 'Daarnaast is de badkamer,' zei hij terwijl hij snel verderging, 'en dit is de logeerkamer.'

'Het is echt schitterend, alles,' verzuchtte ze, terwijl ze zich naar de keuken omdraaiden. Ze vond de daklichten met het zonnefilterglas prachtig. Terwijl hij bij het fornuis kip aan het braden was, ging zij op een barkruk zitten, dronk van haar wijn en keek naar de betoverende patronen van het avondlicht.

'Zo, hoe was het in Gloucestershire? Heeft de kat zich gedragen?' Ze vond dat hij er vanavond goed uitzag, in een zacht linnen overhemd, half beschermd door een slagersschort, zijn mouwen opgerold waardoor zijn gebruinde armen bloot waren. Dan had hij dus toch niet de hele tijd in de cottage zitten werken.

'Ik heb het onvolprezen beest amper gezien,' zei hij. 'Het at wel van het voedsel dat ik neerzette, tenzij het een ander dier was dat elke avond door het kattenluik binnenkwam. Ik heb echt lekker kunnen schrijven. Ik begon elke dag om acht uur 's ochtends, werkte door tot de lunch, liep anderhalve kilometer naar de winkel en weer terug, en ging na het eten nog een paar uur door.'

'Dus je hebt je hoofdstukken klaar?'

'Inderdaad,' zei hij met een tevreden grijns. 'Ik lig keurig op schema.'

'Wauw!' Ze was echt onder de indruk.

Op dat moment ging de voordeurbel en ze keken beiden op. 'Wie kan dat nou zijn?' zei Joel toen hij de deur ging opendoen. Een jonge vrouw met een bos glanzend blond haar dat in een mooie kam verstrikt zat, stapte naar binnen.

'Hoi, ik ben Anna.' Haar lichte stem klonk trans-Atlantisch. 'O, mijn god, jullie zijn aan het koken. Ik vind het heel vervelend, maar ik heb heel erg hulp nodig,' zei ze tegen Joel terwijl ze een verdwaalde haarlok in de kam terugstopte. 'Ik ben net hierheen verhuisd en er is iets mis met de kraan in de keuken. Die wil niet meer dicht en de boel kan elk moment overstromen.'

'Ik kan wel even komen kijken,' zei Joel. 'Vind je dat erg, Emily?'

'Nee, natuurlijk niet,' antwoordde Emily. 'Arme jij, ik hoop dat hij het kan maken,' zei ze tegen Anna.

'Wat ontzettend aardig,' zei Anna. 'Maar kun je alsjeblieft een beetje opschieten?'

'Ben zo terug,' zei Joel tegen Emily terwijl hij de deur achter zich dichttrok.

Alleen in de flat controleerde Emily de kip, die zo te zien bijna gaar was, en ze deed een afgepaste hoeveelheid rijst in zacht kokend water in een steelpan. Een groene salade stond al klaar. Die nam ze mee naar de tafel, die al gedekt was. Daarna dwaalde ze wat door de ruimte rond, raakte de boeken aan en bekeek aandachtig een paar afbeeldingen van hedendaagse architectuur die aan de scheidingswand hingen. Het was vreemd dat er geen foto's van familie of vrienden waren, dacht ze, terwijl ze om zich heen keek, alleen een van Joel, in zijn eentje in afstudeertoga.

Op een plank naast Joels werkplek stond een rij boeken waar op de rug *Joel Richards* afgedrukt stond. Ze wist niet dat hij al zo veel had geschreven: er was er een over de angry young men, een aantal over de geschiedenis van grote bedrijven, één exemplaar was in leer gebonden. Ze herkende een boek dat hoorde bij een televisieserie over Groot-Brittannië tijdens oorlogstijd van een paar jaar geleden. Hierop stond de naam van de auteur niet vermeld, dus pakte ze het op en vond *Joel Richards* op het titelblad binnenin. Dit was voor haar nog eens het bewijs dat Hugh Mortons boek belangrijk was voor zijn carrière, absoluut een verbetering ten opzichte van al deze andere publicaties. Hierdoor kreeg ze het idee dat ze hem beter begreep. Hij was met zijn ambities verder gekomen dan Matthew. Het enige wat Matthew tot dusverre had bereikt, waren een paar gedichten in wat bloemlezingen. Ze wist dat hij dolgraag een eigen bundel wilde uitbrengen, maar dat zat er voorlopig nog niet in. Ze zette het boek op de plank terug. Joel bleef wel lang weg, dacht ze. Misschien was de boel toch ernstig ondergestroomd.

Ze kwam bij zijn bureau en leunde eroverheen om de etiketten te lezen van een paar archiefdozen die op een plank erboven stonden. MORTON, stond op elk ervan in nette blokletters geschreven, en er stond een datum of een onderwerp bij: JEUGD, CORRESPONDENTIE MET K. AMIS, FOTO'S, JAPAN. Wanneer was Morton in Japan geweest? Op het bureau stond een opengeklapte laptop en er lag een stapel aantekeningen in Joels keurige handschrift. Onwillekeurig stak ze haar hand ernaar uit, maar tegelijk stootte ze per ongeluk tegen de laptop, waardoor het donkere scherm oplichtte. Ze wist niet dat hij nog steeds aanstond.

Tussen de rij icoontjes op het bureaublad stond er een die *Mortonbiografie, eerste versie* heette. Het was heel verleidelijk om even te gluren.

Net toen ze de cursor erheen wilde brengen, klikte de flatdeur open en ze draaide zich op heterdaad betrapt om. Maar het moest een tochtvlaag zijn geweest, want er was niemand. Haar opluchting duurde niet lang, want ze hoorde stemmen in het trappenhuis, de lage stem van Joel en Anna's hoge, lijzige Amerikaanse toon, en daarna naderende voetstappen.

Vliegensvlug liep ze bij het bureau vandaan en toen Joel binnenliep, stond ze bij het fornuis de rijst af te gieten.

'Alles is klaar,' zei ze rustig tegen hem.

'Bedankt,' zei hij, ietwat buiten adem. 'Missie volbracht. Sorry dat ik je heb laten wachten.'

Ze prikte in de kip en zei niets.

'De kraan draaide heel stroef, dat was alles, dus dat had ik zo voor elkaar, maar Anna's verhuizers hadden een ladekast op een onhandige plek neergezet, dus die moest ik voor haar verplaatsen.'

'Ik durf te wedden dat ze heel dankbaar was.' Ze had zo'n vermoeden dat het niet de laatste keer zou zijn dat Anna om hulp zou vragen.

Hij kwam nu vlak achter haar staan, waardoor ze zijn warmte voelde, en opeens was haar lichaam zo licht als een veertje, opgewonden. Even was ze er zeker van dat hij haar zou aanraken en ze was teleurgesteld toen hij alleen de wasemkap uitzette, daarna langs haar liep, een kast opende en borden pakte.

Ze gingen tegenover elkaar aan tafel zitten en schepten salade op. Hij schonk nog wat wijn in en de spanning die ze voelde trok weg. Misschien had ze het zich verbeeld. Joel was aan het vertellen dat hij was uitgenodigd om een nieuwe televisieserie te schrijven en Emily bracht hem op de hoogte van de situatie op haar werk, en algauw ontstond er tussen hen een spel van blikken, aanrakingen en gebaren die geen woorden nodig hadden. Onder de tafel streek hij met zijn voet langs haar enkel. Het eten was heerlijk, hoewel ze er niet veel van at. Er zat iets pittigs in de kip waardoor haar lippen heet en zacht aanvoelden.

Ergens was ze niet zeker van Joel; hij vertelde niet veel over zichzelf, maar ze vond hem waanzinnig aantrekkelijk, dus misschien werd het toch nog wat. Ze moest over Matthew heen zien te komen, ze kon niet haar hele leven in haar eentje blijven. En op haar werk hoefde niemand het te weten. De gedachte dat alles zich in het geheim afspeelde, was opwindend.

'Zullen we het toetje later nemen?' zei hij terwijl hij de borden wegruimde. 'Dat is alleen maar iets kant-en-klaars, hoor.'

'Je bedoelt dat je je niet hebt uitgesloofd om het helemaal zelf te maken?'

'Nee, had dat dan gemoeten?' Hij kwam met gefronst voorhoofd weer bij de tafel terug.

'Het was maar een grapje, hoor,' haastte ze zich te zeggen. 'Later is prima.'

'Sorry,' zei hij. 'Ik zit met m'n gedachten ergens anders. Met al dat schrijven, en het feit dat ik een week lang niemand heb gesproken, daar ga je van piekeren.' Hij wreef over zijn gezicht. 'Zullen we op een comfortabeler plek gaan zitten? Ik wil je een paar foto's laten zien voor het boek.'

Ze namen de wijn mee naar de bank. Joel deed een lamp aan en haalde een archiefdoos van de plank boven zijn werkplek. Hij ging naast haar zitten, zette de doos op de salontafel voor zich en maakte hem open. Hij zat voor de helft vol met foto's, sommige los, andere in een plastic mapje of een envelop.

'Deze zou ik graag willen gebruiken,' zei hij terwijl hij er een plastic mapje uit trok. 'Veel zijn van Jacqueline, maar niet allemaal. Deze ken je, natuurlijk.'

Hij zat nu dicht naast haar en hun vingers raakten elkaar toen ze de foto van hem overnam. Het was een kleinere versie van het familieportret dat aan de muur van Jacquelines zitkamer hing.

'Ze zien eruit als het ideale gezin, hè?' zei ze, terwijl ze hem nogmaals aandachtig bekeek.

'Uit het boekje,' zei Joel instemmend. 'Hier is de oorlogsheld.' Het was een foto van Hugh Morton als heel jonge man in een pilotenjack. Tussen de andere zat ook een kiekje van een baby in een reusachtige ouderwetse kinderwagen – opnieuw Hugh – en daarna een paar van hem op middelbare leeftijd. Op weer een andere droeg hij een corduroy colbert en een overhemd met brede revers terwijl hij een speech gaf voor een microfoon. 'De reis van de British Council naar Japan in 1975,' legde Joel uit. Een andere was een foto van een interview tijdens een welbekende talkshow uit de jaren tachtig van de vorige eeuw. Er waren verschillende afdrukken van Jacqueline: een in avondjurk, op een andere zat ze met een sjaal om haar hoofd en een donkere bril op op een café-terras, waar achter haar met gletsjers bedekte bergen oprezen. Emily bestudeerde enkele ogenblikken een studioportret van Jacqueline als meisje van een jaar of twintig. Ze was leuk om te zien, maar haar kleren waren saai, en er was iets stijfs en onderontwikkelds aan haar. Wie zou hebben voorspeld dat ze zou veranderen in de blakende echtgenote en moeder op het familieportret?

'Dat is het geloof ik wel,' zei Joel terwijl hij de andere stapeltjes uit de doos nakeek.

'Geen enkele van Isabel?' vroeg Emily. 'Je gebruikt de trouwfoto toch zeker wel?'

'Als ik Jacqueline kan overhalen. Ik wilde je deze ook nog laten zien.' Uit een kleine bruine envelop haalde hij een zwart-witafdruk. Hij draaide hem om om te kijken wat er achterop geschreven stond en hield hem toen tussen hen in. 'Een kantoorfeestje, denk ik.' Hij wees naar een heel jonge vrouw aan de rand van de foto. Emily pakte die van hem aan en hield hem schuin in het licht.

Het moest rond 1950 zijn geweest, te oordelen naar de kleding en het haar. Isabels mond ging deels schuil achter het glas dat ze vasthield, maar haar ogen waren groot en levendig. Ze was behoorlijk klein van stuk, zag Emily, en heel stijlvol, met fijne gelaatstrekken. Haar haar golfde springerig om haar hartvormige gezicht. Naast haar stond Hugh, on-miskenbaar, ernstig, heimelijk glimlachend. Aan haar andere zijde stond een man met blond haar en een intelligent, jongensachtig gezicht.

'Dat is Hughs uitgever, Stephen McKinnon,' vertelde Joel haar. 'En hij...' De derde man op de foto had een scherpzinnig, buitenlands ogend gezicht, mogelijk Oost-Europees. Hij sprak geanimeerd met een oudere vrouw met dubbele kin. 'Alexander Berec. Hij was een dichter. En ik denk dat dat Trudy Symmonds is, die werkte bij McKinnon.'

Het was verbazingwekkend om al die mensen te zien over wie ze had gelezen. Emily staarde opnieuw naar Isabel. Ze bedacht hoe mooi ze er-uitzag, belangstellend en vrolijk. Hier stond een jonge vrouw die wist wie ze was en wat ze deed. Ze leek zich volkomen thuis te voelen tussen deze literaire mensen.

'Het is de enige foto van Isabel die Jacqueline me heeft gegeven, dus die kunnen we er maar beter in opnemen. En afgezien van de trouwfoto die jij hebt gevonden is dit alles wat ik heb.'

'En hoe zit het dan met Isabels familie? Zouden zij niet wat hebben?'

'Van de tweelingbroers is er één dood en ik heb de ander niet kunnen traceren,' zei Joël. 'Haar zus, Lydia, is waarschijnlijk te jong om haar zich nog te herinneren, dus ik heb geen pogingen gedaan om haar te vinden.' Hij deed de foto's weer in de doos terug en maakte de klep dicht. 'Vergeet niet dat er toen een tekort was aan filmrolletjes en ze waren bovendien duur.'

'Maar het blijft vreemd,' zei Emily. 'Je zou toch denken dat iemand nog iets zou hebben.'

'Laten we daar ons het hoofd nu maar niet over breken.'

Ze merkte dat ze hem in de ogen keek, die hartelijk waren en passie uitstraalden. Hij pakte voorzichtig haar wijnglas, boog zich naar haar toe en kuste haar op de mond. Ze sloot haar ogen en toen hun kus dieper werd, tuimelden al haar twijfels over elkaar heen.

28

Isabel

Het was maart, maar het kon Isabel niet veel schelen. Na de lunch stond ze bij het raam in de kinderkamer te kijken naar de bomen die zwaaiden in de wind. De tuin was een lappendeken van lentebloemen, goudkleurig, indigo en wit. Op het veld achter het hek stonden de ezels onwrikbaar, met hun kop in de wind. Achter haar was de baby na een hoop gedoe in slaap gevallen en dat betekende voor Isabel een kort respijt van de grimmige uitputtingsslag die ze voerde om voor haar te zorgen, om voortdurend te doen alsof. Ze wendde zich van het raam af en bukte om een verdwaald kledingstuk op te rapen. Door de beweging bewoog de kleine Lorna zich in haar slaap en Isabel verstarde, wachtte angstig totdat het kind in een diepere slaap wegzonk.

Lorna was nu twee maanden. Haar hoofd had weer een normale vorm, het zwarte haar was uitgevallen en er was een blonde toef voor in de plaats gekomen. Haar lijfje was ook glad en zonder haar, en hoewel ze molliger was geworden, bleef ze bleek, lang en pezig. De marineblauwe ogen waren opgelicht naar het blauw van vergeet-mij-nietjes.

'Ze is een Morton ten voeten uit,' zei Hughs moeder trots, terwijl ze haar kleindochter in haar armen hield, en Isabel kon het daar niet mee oneens zijn. Het verbaasde haar te zien hoe de gezichtsuitdrukking van mevrouw Morton verzachtte als ze naar de baby keek en ze wenste dat zij die warmte ook bij zichzelf kon oproepen. Maar als ze naar Lorna

keek, was het brok dat ze in haar keel kreeg niet van moederlijke tederheid maar van een intens verdriet.

Ze probeerde haar best te doen. Ze sprak liefdevol over het kind, beantwoordde Lorna's verrukkelijke glimlachjes. Ze was altijd lief voor
haar, maar de droefheid die ze voelde drukte haar in toenemende mate
zo terneer dat alles haar te veel werd en ze niet meer wist wat ze moest
doen. Als Lorna huilend uit haar middagslaapje wakker werd, stond Isabel soms als aan de grond genageld en dan duurde het even voordat ze
zichzelf ertoe kon zetten om naar haar toe te gaan. Ze had ooit in een roman van Maisie Briggs gelezen over een moeder die werd verteerd door
een verlangen om haar kind in de kamer naast haar te zien slapen, en ze
vroeg zich af waarom ze dat nooit bij Lorna had gevoeld. Ze durfde er
nog steeds niet met iemand over te praten, vooral niet met de jonge
dokter, die vrijgezel was, uit angst dat ze als tegennatuurlijk werd beschouwd, als een monster. Misschien namen ze Lorna wel van haar af,
en dat wilde ze ook weer niet.

Een monster. Twee, misschien wel drie keer, waren er momenten geweest die haar nog de meeste schrik hadden aangejaagd, wanneer haar
wanhoop overging in woede op de baby. Eén keer was ze zo uitgeput dat
ze het huilende kind weggriste, haar door elkaar wilde schudden, maar
haar innerlijke stem weerhield haar ervan. Nee, daar was ze als de dood
voor geweest.

Nu was alles tenminste vredig. Ze glipte langs de slapende Lorna de
kamer uit naar de trap. Omdat ze een geluid hoorde keek ze de overloop
af, waar ze iets vreemds zag. De deur aan het einde ervan, de deur naar
de opslagkamer, stond open en hij piepte omdat hij door een tochtvlaag
heen en weer bewoog. En door de deuropening zag ze de rug van Hughs
moeder, die de deur van de binnenkamer dicht en op slot deed, de kamer die Isabel nooit had gezien.

Isabel dook de deuropening van haar eigen slaapkamer in en keek
rond, trok zich terug toen Hughs moeder uit de opslagkamer kwam. Ze
hoorde dat de vrouw haar eigen kamer binnenging, daarna het geluid
van een la die open en dicht werd geschoven waarna ze weer tevoorschijn kwam. Isabel hoorde haar piepende ademhaling toen ze langs
Isabels schuilplek kwam en naar beneden ging. Isabel wachtte een paar

ogenblikken voordat ze haar slaapkamerdeur dichtdeed. Daarna ging ze een poosje op bed liggen en dacht na. Haar nieuwsgierigheid naar dat achterkamertje was gewekt en deze keer wist ze waar ze de sleutel kon vinden.

Ze hoefde niet lang te wachten voor die gelegenheid zich aandiende. Hugh was weg en de volgende dag kondigde Hughs moeder aan dat ze op bezoek ging bij een paar vriendinnen. Halverwege de middag arriveerde er stipt op tijd een taxi die haar meenam. Lorna sliep en Isabel was klaar met het helpen van de jonge Lily Catchpole met het ophangen van een lading babywas. Lily was altijd opgewekt en onvermoeibaar als het om werk ging. Ze wisten niet hoe ze het zonder haar moesten redden, placht Hughs moeder te zeggen, met een betekenisvolle blik naar Isabel. Nu dat klaar was, kwam het goed uit dat Isabel een stapel gestreken lakens kon meenemen om die op te bergen in de droogkast, als smoes om naar boven weg te glippen.

Sinds Hughs moeder de vorige zomer was hersteld van haar ziekte, was Isabel nog maar zelden in haar kamer geweest. Maar ze herkende alles: het kille lichtblauw van de muren en gordijnen, de o zo nette kamer, de oude zijden beddensprei zo perfect uitgespreid dat je je amper kon voorstellen dat daar iemand sliep. Er was een raam opengelaten en ze rilde van de koude lucht. Als een kamer ooit een weerspiegeling was van de persoonlijkheid van de bewoner, dan was deze dat wel, dacht ze terwijl ze om zich heen keek en over haar armen wreef, zowel om warm te worden als om zich meer op haar gemak te voelen.

Ondanks Lavinia Mortons vrome sentimenten over haar dode echtgenoot was er geen spoor te bekennen van dat hij ooit had bestaan. Toen ze in de beide kledingkasten gluurde, zag ze alleen maar vrouwenkleren. Op een kanten kleedje op de toilettafel lagen twee borstels met zilveren rug en een bijpassende handspiegel, maar er stonden geen foto's. Er stond er slechts één, op de mahoniehouten ladekast, maar die was van Hugh in RAF-uniform.

Ze keek zenuwachtig van schuldgevoel om zich heen, vroeg zich af in welke la ze de sleutel misschien had weggestopt. Eerst de toilettafel. Twee diepe laden, aan elke kant van de spiegel een, waarin haar schoonmoeders uitgebreide verzameling astmamedicijnen en andere geneesmiddelen waren opgeborgen. Daar was geen spoor van een sleutel te bekennen. De kleine bovenlades van de mahoniehouten kast bevatten handschoenen en juwelenkistjes, netjes op elkaar gestapeld. Ze tastte met haar vingers naar de onderkant, maar voelde alleen de bodem van de la. Ze probeerde een paar van de grotere laden, die zaten vol kleren van intieme aard en ze deed ze gauw weer dicht, terwijl ze de moed begon te verliezen. Ze wilde net haar queeste opgeven toen ze iets zag wat ze over het hoofd had gezien. Onder de schuine bovenrand van de ladekast bevond zich een extreem ondiepe la, van het soort dat geen handvatten had. Ze greep de onderrand en trok eraan. Hij kwam met een piepend geluid in beweging, precies het geluid dat ze de vorige dag had gehoord.

Daarin bevond zich een bakje met vakjes. In sommige ervan lagen kettingen van namaakkralen, opgerold als slapende slangen, in andere zaten make-up, haarspelden of iets wat erop leek. En in een langwerpig, smal vakje vooraan lag een grote sleutel. Ze sloot haar vingers eromheen. Hij was zwaar en koud, maar ze bleef hem vasthouden en in haar hand werd hij al snel warm. Ze duwde de la met een vreemd gevoel van opwinding dicht.

De rommelkamer zelf was niet op slot, dus ging ze er naar binnen en sloot de deur achter zich. Nu stond ze voor de deur van de verborgen kamer. De sleutel draaide gemakkelijk om. De deur ging naar binnen toe open. Met een heel angstig gevoel duwde ze ertegen en ze hoorde dat hij met een zucht over het tapijt schraapte.

Tot op dat moment had ze eigenlijk niet nagedacht over wat ze er zou kunnen aantreffen. Ze vermoedde niet dat er echt iets afgrijselijks zou zijn, maar misschien wel iets waardevols, wat je niet zomaar onbewaakt liet rondslingeren. Of een geheime opslag van iets waardoor je in de oorlog in problemen kon komen, zwartemarktspullen wellicht. Maar daar was allemaal geen sprake van. Het was donker in de kamer, een gordijn was voor het kleine raam getrokken en er hing een lucht van muffe kleren vermengd met een vage bloemengeur. De kamer was leeg, op kasten, een grote hutkoffer onder het raam en een rechte stoel met armleuningen na. Ze bleef even staan om de sfeer te proeven. Misschien was het de zucht van de deur over het tapijt waardoor ze aan fluisterende stemmen moest denken.

Ze deed een stap naar voren en haalde de grendel van de dichtstbijzijnde kast. Meteen barstte de deur open en iets ruisends puilde eruit. De kast hing vol jurken, schitterende dansjurken, zag ze, terwijl ze haar hand naar de hangertjes uitstak en ze er een voor een uit haalde. Tule en zijde, satijn en organza, allemaal riepen ze beelden op van walsen, orkesten en knappe jongemannen in elegant kostuum. En opnieuw die bloemengeur, het eenvoudige parfum dat wellicht werd gedragen door een jong meisje tijdens haar eerste bal. Ze maakte een andere kast open. Opnieuw kleren, maar deze keer waren ze exotischer: kleding voor een gekostumeerd bal. Een Spaanse flamencojurk in kobaltblauw; een lang, recht gewaad gemaakt van kleurige stroken als een regenboog, met een cape van gaas met een stiksel van parelkralen in de vorm van regendruppels; een lange japon met lage taille en een gordel als van een dame op een middeleeuws wandkleed. Ze haalde ze een voor een tevoorschijn, keek aandachtig hoe mooi ze waren, het voortreffelijke borduurwerk bij een ervan, op een andere de duizenden lovertjes op wat wel een zeemeerminnenstaart leek. Ze waren schitterend. Gretig nu opende ze nog meer kasten met nog meer kleren en toen viel haar oog op de hutkoffer onder het raam. Ze maakte de grendel los en opende het deksel.

Daarin lagen nog meer geheimen: een stapeltje brieven met een rood lint eromheen, geadresseerd aan miss L. Osbourne, de meisjesnaam van haar schoonmoeder: Lavinia Osbourne. Ze bekeek er een van. Hij was ondertekend met *Veel liefs, Arthur*. Foto's in een lijstje van een verlegen jonge vrouw met grote ogen als van een hert, geen klassieke schoonheid, maar met alle liefalligheid en hoop van de jeugd. Had Hughs moeder er werkelijk ooit zo uit kunnen zien, zo teder, zo stralend? Er waren ook foto's bij van een jongeman, jongensachtig, met een lichte snor. Op een ervan droeg hij het uniform van een legerofficier. Onder dat alles trof Isabel een schoenendoos aan, en de inhoud daarvan vertelde de rest van het verhaal. Opnieuw een verzameling brieven, deze keer met een zwarte rand. Een gedroogde bloem, de foto van een eenvoudig houten kruis dat in een berg aarde stond te midden van andere, net zulke kruisen. Isabel werd zo diep getroffen door het ontroerende ervan dat ze haar hand over haar mond klemde om te voorkomen dat ze een kreet slaakte.

Dit was dus het geheim van haar schoonmoeder: dat ze ooit jong en gelukkig was geweest, dat ze had bemind en werd bemind, en dat ze had verloren. Hier, misschien wel in deze stoel waar Isabel zich in liet zakken, ging Lavinia Morton, geboren Osbourne, zitten om zich in het verleden te verliezen. Isabel was nieuwsgierig naar Arthur, die in de Eerste Wereldoorlog was gesneuveld, maar iets weerhield haar ervan om de brieven te lezen. En nu ze uit haar mijmeringen bijkwam, schaamde ze zich diep over zichzelf, dat ze hier zo was binnengedrongen. Waar haalde ze het recht vandaan om rond te snuffelen in de meisjesjaren van een oude vrouw?

Snel maar zorgvuldig legde ze alles in de hutkoffer terug en hing daarna de kleren weer netjes in de kasten. Toen ze klaar was, verzekerde ze zich ervan dat alles precies zo was als daarstraks, behalve... Ze stopte een stukje blauw fluweel in de kast terug, liep de kamer uit en deed de deur achter zich dicht.

Onmiddellijk hoorde ze de baby huilen, en toen ze uit de rommelkamer kwam, liep ze mevrouw Catchpole tegen het lijf met een krijsende Lorna in haar armen.

'O, hier ben je dus,' zei mevrouw Catchpole bezorgd. 'Ik krijg haar maar niet stil. Ze ligt maar te huilen en huilen.' Ze legde Lorna in Isabels armen. Lorna stopte prompt met huilen en nestelde zich tegen Isabels schouder.

'Wat doe je hier trouwens?' vroeg mevrouw Catchpole toen ze de sleutel in haar hand zag. 'Mevrouw wil niet hebben dat je daar naar binnen gaat.'

'U zegt toch niets tegen haar, hè?' vroeg Isabel angstig, maar mevrouw Catchpole perste haar lippen tot een besliste streep. 'Mevrouw Catchpole,' zei Isabel, 'alstublieft, ik bedoelde er niets kwaads mee.'

De vrouw keek haar recht aan. 'Misschien bedoelde je er niets kwaads mee,' zei ze zachtjes, 'maar sinds jij in dit huis bent, is hier niets meer hetzelfde. Als je het mij vraagt, mag je je wel een beetje in acht nemen, jongedame. En laat me nu m'n gang gaan, ja?' En ze snelde de trap af.

Geschokt en verschrikt ging Isabel, nog altijd met Lorna op de arm, de slaapkamer van Hughs moeder binnen en legde de sleutel terug in zijn bergplaats. De la ging piepend dicht, maar sloot niet helemaal, zag ze geërgerd. Ze kon dat echter niet verhelpen zonder Lorna neer te leggen, dus gaf ze het maar op.

Veel later, toen ze in bed lag om te gaan slapen, peinsde ze over de geheimen in de binnenste opslagkamer. Ze vroeg zich af of Hugh iets wist van de jonge, gesneuvelde soldaat, en speculeerde over de omstandigheden waaronder zijn moeder zijn vader had ontmoet, een Londense advocaat, vlak na de oorlog, toen veel vrouwen die hun verloofde hadden verloren geen kans hadden om een andere te vinden. Had haar schoonmoeder echt van haar man gehouden, of had hij eenvoudigweg een gat opgevuld? Ze had niet het idee dat ze Hugh kon vragen: 'Hield je moeder van je vader?' En hoe kon ze het sowieso inkleden, zonder argwaan te wekken over de reden waarom ze die vraag stelde? Maar nu spookte de jonge Lavinia Osbourne door haar hoofd, haar feestjes en bals, haar verloren grote liefde. Het leek alsof er geen enkele relatie bestond tussen dit meisje en de onberispelijke vrouw met het harde gezicht die de scepter zwaaide in het huis dat Isabel maar niet haar eigen huis kon noemen. Nee, de jonge Lavinia Osbourne was niet meer, een herinnering om op te halen, naar te kijken en over te treuren. Wat tragisch, dacht Isabel, wat ongelooflijk tragisch, om in één tel door een granaatontploffing of een steek van een bajonetzwaard alle hoop en dromen te verliezen.

Het grootste deel van de afgelopen zes weken, feitelijk al vlak na de geboorte van de baby, was Jacqueline in Londen geweest, om weer bij haar man te gaan wonen, die uit Korea terug was, voorlopig althans. Eerst had ze tussen Londen en Suffolk heen en weer gereisd, omdat Hugh haar om hulp had gesmeekt. In de eerste dagen nadat Isabel uit het ziekenhuis was ontslagen, merkte ze dat er op gedempte toon werd gepraat en dat er angstige blikken op haar werden geworpen in verband met haar gezondheid en of ze het wel aankon, maar het kon haar niets schelen of Jacqueline er wel of niet was. De andere vrouw hielp haar in praktisch opzicht, maar Isabel merkte dat haar sympathie opdroogde en dat er verwarring over Isabels gedrag voor in de plaats kwam, die op haar beurt weer plaatsmaakte voor regelrechte frustratie.

'Doe vooral geen moeite,' barstte ze op een dag uit toen Isabel niet uit bed wilde komen om de huilende baby op te vangen, en hoewel Isabel daarop reageerde door zich er met geweld toe te zetten op te staan, wierp ze Jacqueline in het voorbijgaan zo'n opstandige blik toe dat de andere vrouw haar bij de arm greep en zei: 'Wat mankeert jou?' Maar Isabel schudde haar van zich af en liep naar de kinderkamer. Jacqueline kwam daarna een week lang niet opdagen, totdat Hugh haar overhaalde om terug te komen.

De avond na het incident met de opslagkamer kwam Hugh na twee nachten in Londen te zijn geweest terug om te zeggen dat hij had gedineerd met Jacqueline en haar echtgenoot. 'Die arme Jacqueline,' zei hij tegen Isabel terwijl hij zichzelf een whisky inschonk. 'Michael kan daar weer elk moment naartoe gestuurd worden. Ze trekt het zich verschrikkelijk aan. Ik zei dat ze hier dan maar een tijdje moest logeren. Ik neem aan dat je het gezelschap wel op prijs stelt.'

'Ik heb geen behoefte aan gezelschap,' zei ze tegen hem. Ze zat op de bank, deed een poging om een boek te lezen, maar op de een of andere manier kon ze tegenwoordig haar hoofd er niet bij houden. Als ze onder aan een bladzijde was, realiseerde ze zich dat ze weer helemaal opnieuw moest beginnen.

Hij zweeg even en keek naar haar. 'Volgens mij wel,' zei hij. 'Isabel, je lijkt momenteel jezelf niet. Kijk nou eens naar jezelf... Ik bedoel...' Hij maakte een hulpeloos gebaar.

'Wat?' zei ze kribbig.

'Nou, ik wil niet onaardig zijn, maar je haar. En vroeger besteedde je zo veel aandacht aan je kleding.'

Ze sloeg het boek dicht en gooide het naast zich neer. 'Hugh, ik heb een kind. Ik heb geen tijd voor kappers en gedoe. En trouwens, er is toch zeker niemand meer die naar me kijkt?'

'Ik misschien?' zei hij vriendelijk. Hij zette zijn drankje neer en ging naast haar zitten. Hij pakte haar hand en trok haar zachtjes naar zich toe. Ze begroef haar hoofd in zijn schouder en begon te huilen.

'Ik weet niet wat me mankeert,' wist ze tussen het snikken door uit te brengen. 'Ik had niet gedacht dat het zo zou zijn.'

'We moeten absoluut Jacks erbij halen,' mompelde hij.

29

Isabel

Jacqueline arriveerde twee weken later op een van die warme dagen die de wereld doen geloven dat het zomer is geworden. Hugh haalde haar van het station en Isabel keek gemelijk uit het slaapkamerraam toen ze uit de auto stapten. Een struise figuur, vandaag gekleed in een gele jurk met wijde rok en een vilthoedje. Net een narcis, dacht Isabel hardvochtig en ze wendde zich af. En ving een glimp van haar gezicht met de opgezwollen ogen op, dat in drievoud werd weerspiegeld in de driedelige spiegel van haar toilettafel. Ze beet op haar lip, pakte een borstel en begon die door haar haar te halen, gaf het toen op en ging op bed liggen.

Er stond een raam open en vanaf de binnenplaats beneden hoorde ze Hughs moeder duidelijk zeggen: 'Ze slaapt in de tuin, het arme wurm,' daarna stierven de stemmen weg omdat ze waarschijnlijk allemaal door het huis naar de achtertuin liepen om naar Lorna in haar kinderwagen te kijken. Isabel rolde zich op en verloor zichzelf in het veilige, warme landschap van het beddengoed. In de afgelopen zes of zeven dagen voelde ze zich achtervolgd door slaap, was amper in staat om überhaupt op te staan. De dokter was geweest en had verklaard dat ze 'oververmoeid' was, maar de pillen die hij had voorgeschreven maakten het alleen maar erger. Hugh stond erop dat ze ze bleef innemen en ze een kans te geven om hun werk te doen. De angst voor zijn gezichtsuitdrukking was genoeg om te doen wat hij zei. Ze wist diep vanbinnen dat er iets mis was met haar, een zich verspreidende duisternis die energie en gevoel verdoofde.

Jacqueline, zo legde Hugh haar uit, zou voorlopig bij hen komen wonen. Ze zou in de magnoliakamer slapen, die mevrouw Catchpole voor haar in orde had gemaakt. Dat was voor haar gemakkelijker dan bij haar vader te moeten logeren. Dan hoefde ze niet elke dag heen en weer te reizen. 'Waarom moet ze eigenlijk elke dag komen?' had Isabel boos aan Hugh gevraagd, maar dit was voordat ze zich zo beroerd voelde en nu accepteerde ze de situatie. Iemand moest helpen om voor Lorna te zorgen en Hugh had Jacqueline gesmeekt dat te doen. 'Daardoor krijg jij de kans om beter te worden,' zo zei hij tegen Isabel. Lily Catchpole zou ook helpen, maar ze kon niet van hem en zijn moeder verwachten dat die 's nachts opstonden als Lorna huilde.

Naarmate de lentedagen verstreken, kwam het huishouden in een nieuw soort ritme. Jacqueline ging fantastisch om met Lorna, met vaste tijden voor haar voedingen en slaapjes, hoewel mevrouw Catchpole, misschien wel uit een soort scheve loyaliteit jegens Isabel, opmerkte dat op deze leeftijd baby's toch wel hun eigen ritme volgden. Ze was weliswaar blij met Jacquelines hulp, maar de vrouw vertrouwde het niet dat ze bij hen logeerde en kreeg medelijden met Isabel, die nog maar een paar weken eerder zo afkeurend door haar was bejegend.

Isabel voelde wel dat Jacqueline tactvol probeerde te zijn. Soms bracht ze Lorna naar haar toe en zei dan: 'Waarom ga jij niet even met haar spelen?' en Isabel hield haar dan plichtsgetrouw vast en verwonderde zich over haar reuachtige blauwe ogen en haar glimlachjes, maar als de baby rusteloos werd, raakte ze in paniek en gaf ze haar terug. 'Wat is er met haar aan de hand?' vroeg ze een keer aan Jacqueline toen ze in de kinderkamer stonden. 'Heb ik soms iets gedaan waardoor ze zo knorrig is?'

'Ze krijgt waarschijnlijk tandjes, het arme lammetje.' Jacquelines ogen glansden zacht terwijl ze het jengelende kind van haar moeder overnam, en toen trok ze haar neus op. 'O jee, volgens mij ligt het aan haar kleine derrière.'

Ze knielde om Lorna neer te leggen en verschoonde haar behendig en teder, waarna ze haar beentjes weer in haar kleren stopte. Dat kan ik niet, dacht Isabel met een scherpe steek jaloezie en, erger nog, dat wil ik niet.

'Je bent geweldig met haar,' zei ze verbitterd terwijl ze naar Jacquelines vaardige handen keek.

'Ze is een braaf klein baby'tje,' zei Jacqueline en ze streek over het haar van het kind. 'Hè, liefje?'

'Ik veronderstel dat het een goede oefening is voor als je zelf een kind krijgt.' Het kwam er zonder nadenken uit en ze schaamde zich, want Jacqueline hield even haar hand stil.

'Ja, nou ja,' antwoordde Jacqueline. 'Als je een echtgenoot hebt die altijd van huis is, gaat dat waarschijnlijk niet gauw gebeuren.' Haar stem trilde licht en Isabel begreep dat het diep zat, en dat er niet over gepraat werd. 'Je hebt zo veel geluk dat Hugh het grootste deel van de tijd thuis is.'

'Ja, dat zal wel,' zei Isabel en ze liep naar het raam om naar buiten te kijken. Ze dacht aan Hugh, opgesloten in de werkkamer beneden. Nu Jacqueline er was, was hij zichtbaar opgelucht. Hij kon zich weer terugtrekken en schrijven zonder zich zorgen te hoeven maken over wat er in het huis gebeurde.

Soms vroeg ze zich af hoe de roman vorderde, want daarover sprak hij niet meer met haar. Misschien dacht hij wel dat ze het niet wilde weten, of dat ze er niets zinnigs over te zeggen had. Ze wist dat ze de laatste tijd weinig belangstelling had getoond. Vandaag voelde ze zich een beetje beter, maar andere dagen bleef ze in bed, wilde ze niet opstaan, voelde ze zich alsof ze helemaal aan het eind van een lange, donkere tunnel stond. Misschien bestond de rest van de wereld wel niet. Ze was niet eens meer nieuwsgierig of Hugh nog aantekeningen over haar maakte. Als hij dat deed, zouden die doodsaai zijn. Eigenlijk viel er helemaal niets meer te schrijven.

'Is het goed als ik haar meeneem naar beneden?' Jacqueline tilde Lorna op en ging staan. 'Misschien kunnen we met de kinderwagen naar het dorp wandelen. We hebben nog wat desinfecteermiddel nodig.'

'Maakt mij niet uit.'

'Ach, kom op, je knapt ervan op als je de deur uit gaat. Het is een heerlijke ochtend.'

Dit was nu het hoogtepunt van haar dagen, dacht Isabel toen ze een vestje ging halen. Met de kinderwagen naar de dorpswinkels wandelen. Ze dacht zelden meer aan haar leven in Londen. Dat was slechts een kleurrijke droom die met de realiteit van huwelijk en moederschap was vervlogen. Ze was nu mevrouw Hugh Morton, niet miss Isabel Barber, en ze had andere verantwoordelijkheden. Waarschijnlijk zouden er nog meer baby's komen. Misschien kwam er een tijd dat ze dit wanhopige gevoel van zich af kon werpen en de truc leerde hoe ze gelukkig moest worden. Andere vrouwen leken dat wel te kunnen. Ze had geluk, ze wist dat ze geluk had. De arme Jacqueline had geen kind maar wilde er wel een. Praktisch gezien had Jacqueline het grootste deel van de tijd ook geen echtgenoot en ze was eenzaam. Slechts één keer in de afgelopen paar weken had Isabel gemerkt dat er een brief van Michael was gekomen. Jacqueline had hem meegenomen om hem in haar eentje te lezen. Isabel had er niet aan gedacht om haar ernaar te vragen.

Rond deze tijd kwam er een brief voor Isabel met een Franse postzegel erop. Het handschrift kwam haar bekend voor, maar ze kende niemand in Frankrijk, dus toen ze hem openmaakte besefte ze pas dat hij van Vivienne was. Ze las hem met opperste verbazing.

Hij begon met *Ma chère Isabelle* en ging opgewekt verder:

Dat is ongeveer al het Frans dat ik op dit moment kan schrijven, maar ik stel me zo voor dat ik snel zal bijleren. Je zult wel versteld staan, maar ik woon nu in Parijs. Het is allemaal zo snel gegaan dat ik geen tijd heb gehad om het je te vertellen. Zoals je weet, kreeg ik een baan bij King's College in Londen en hoopte dat ik het daar beter zou treffen dan op het college waar ik mijn doctorsgraad heb behaald, maar ik vond het er verschrikkelijk, Isabel. Het werk was interessant, veel interessanter dan op mijn vorige werkplek, maar de mannen waren niet wat je bepaald vriendelijk zou kunnen noemen. Ik maakte me vreselijke zorgen dat alles weer van voren af aan zou beginnen en dat ik uiteindelijk een soort zenuwinzinking zou krijgen. Hoe dan ook, ik moest op het Royal Institution een praatje houden over de ontwikkelingen rondom röntgenstralen en er zaten twee Fransen in

het publiek die kristallograaf waren bij een Frans overheidslaborato-
rium. Een vriendin van me uit Cambridge stelde ons aan elkaar voor
en we hebben zo inspirerend over ons werk gepraat! Het volgende wat
ik wist was dat ze me schreven en me een baan in Parijs aanboden, en
daar ben ik dan! Op dit moment heb ik slechts een tijdelijk onderko-
men, maar als ik een vast adres heb, zal ik je dat laten weten. Intussen
kun je maar het beste naar het laboratorium schrijven, zie het adres
bovenaan. Isabel, ze zijn hier zo aardig voor me, het is een compleet
andere sfeer. Ik weet zeker dat ik hier gelukkig zal zijn. Je moet een
keer komen en bij me logeren...

Isabel was zowel verbaasd als opgetogen toen ze dat las. De arme oude
Vivienne, verguisd als ze was in Engeland terwijl ze zo veel te bieden
had, leek eindelijk haar plek te hebben gevonden. Isabel vroeg zich af of
ze haar ooit nog zou zien. Op dit moment leek Parijs wel de andere kant
van de wereld te zijn. Ook al was ze nog zo blij voor haar vriendin, ze
voelde ook een steek jaloezie.

Begin juli stormde Hugh Morton op een vrijdagochtend de keuken binnen om te worden begroet door wat hij mompelend formuleerde 'een
tafereel uit de hel'. Door omhoog wervelende stoom en rook kon hij bij
het fornuis zijn vrouw onderscheiden, gekleed in een schort en met
een uiterst onflatteus kapje op haar hoofd, terwijl ze in een grote pan
– en hij trok zijn neus op – met kokende luiers roerde. De jonge Lily
Catchpole was een eend aan het plukken en de veren vlogen alle kanten
op. Op dat moment kwam Lily's moeder binnen met een mand groenten die ze in de tuin had geplukt, ze had een grote veeg aarde over haar
gezicht. Buiten begon Lorna in haar kinderwagen te krijsen.

'De baby is wakker,' zei mevrouw Catchpole overbodig tegen Isabel.
'En miss Jacqueline is de deur uit.'

'Ik ga al.' Isabel legde de grote wasknijper over de pan en tilde een
emmer pasgekookte en uitgespoelde luiers op.

Hugh stond in de deuropening, werd compleet genegeerd, waar hij
niet aan gewend was.

'Hallo?' zei hij luid. Drie hoofden draaiden zich om en drie paar ogen knipperden naar de ongebruikelijke aanblik van een man in de keuken.

'Sorry dat ik stoor. Ik kwam vertellen dat ik klaar ben,' zei Hugh tegen Isabel. Hij keek triomfantelijk.

'Waarmee?' riep Isabel, halverwege de achterdeur met de emmer in de hand.

'Met mijn roman, natuurlijk.'

Ze staarde hem uitdrukkingsloos aan. 'Nou, dat is gewoon geweldig,' zei ze ten slotte en ze verdween naar buiten.

Buiten werd het krijsen onmiddellijk een stuk luider en intenser. Isabel zette de druipende emmer op de tegels bij de wringer, veegde haar handen aan haar jurk af en liep naar de kinderwagen. Ze deed de mousselinen kap naar achteren en maakte het kinderwagendekje los. Lorna had haar lakentje afgeschopt en haar lange, magere lijfje stond strak van woede.

'Hou je kop,' zei Isabel tussen opeengeklemde tanden. 'Hou gewoon nou eens je kop.' Ze greep de kinderwagen bij de stang en weerhield zich er met de grootste moeite van om hem heen en weer te schudden. Woede scheurde door haar heen. Woede waarop? Ze wist het niet. Die had de hele dag al gebroeid, sinds ze wakker werd en zich herinnerde dat Jacqueline naar Londen ging om een paar vrienden te ontmoeten. Vrienden! Wanneer kon Isabel afspreken met vrienden? De druk werd groter en ze ging aan de slag met de luiers. De stank was walgelijk en wat ze ook gebruikte, Milton's, blauwsel, ze kreeg ze nooit helemaal schoon. En tot slot was Hugh in de keuken opgedoken en had in een paar woorden samengevat hoe groot de kloof tussen hen tweeën was.

'Wat is er in godsnaam aan de hand?' Ze hoorde Hughs stem achter zich, afkeurend, boos. 'Het enige wat ik zei was...'

'Ik weet wat je zei.'

Lorna hield op met krijsen, haalde toen diep adem en begon opnieuw.

'O, pak dat kind toch op.'

Ze boog zich over de kinderwagen, maakte het tuigje los en tilde Lorna eruit. Het krijsen hield op, maar de baby bleef op de arm van haar moeder doorsnikken en keek om zich heen. Toen ze haar vader zag, trok ze haar mond in een brede, kleverige glimlach.

'Sst, stil maar,' zei Isabel en ze legde haar wang tegen het haar van het kind.

'Nou, ik dacht dat je blij zou zijn,' zei Hugh. 'Natuurlijk zei ik wel dat het boek klaar is, maar ik bedoel de eerste versie. Het is helemaal uitgetypt, maar ik moet er nog doorheen om kleine wijzigingen aan te brengen. Maar toch,' en hij begon rond te lopen, 'ik kan je niet vertellen hoe opgelucht ik ben dat het grootste deel nu klaar is. Ik heb er ik weet niet hoe lang mee geleefd.'

'Ik ben blij dat je het af hebt,' zei Isabel. Ze drong haar woede terug. 'Je hebt hard gewerkt, dat heb ik wel gezien.' Het is ook mijn boek, dacht ze. Zonder mij had hij het niet geschreven. Al die aantekeningen die hij over Nanna heeft gemaakt, de suggesties die zij hem over haar had aangereikt. Niet dat ze daar ook maar met een woord over kon reppen, natuurlijk niet. Hij zou het ontkennen, zeggen dat hij niet begreep wat ze bedoelde.

'*Aan de overkant.* Vind je dat een mooie titel?' vroeg hij, en ze knikte. 'Ik heb er al mijn schrijfkunst in gelegd. Elke laatste druppel bloed. Ik weet natuurlijk niet wat Stephen zal zeggen, maar als hij het niet goed vindt, ga ik naar een andere uitgever.'

Door het noemen van haar oude baas zakte Isabels stemming naar een dieptepunt. Ze wist dat het boek goed was. Althans, de delen die zij had gelezen waren schitterend. McKinnon & Holt zou het uitgeven, ze zouden gek zijn als ze dat niet deden. Maar Isabel zou het niet zelf redigeren. Dat zou Trudy doen of die nieuwe vent, hoe heette hij ook alweer, Richard of zo. En zij zou hier luiers staan wassen.

'Natuurlijk vindt hij het goed,' zei ze. 'Wil je dat ik het lees?'

'Mmm? O, ja, dat zou je wel kunnen doen. Maar nu nog niet. Ik werk er nog aan.' En zo poeierde hij haar met een paar achteloze woorden af. Hij, die altijd op haar advies had vertrouwd. Zij was nu alleen nog maar zijn vrouw, hij wilde niet dat ze iets anders was. Dat waren de gedachten die door haar heen gingen, en ze werd ondergedompeld in ellende.

30

Emily

Emily was aangenaam verrast door de toenemende opwinding bij Parchment rondom Tobias Berrymans roman. Toen ze klaar was met het doornemen van zijn revisies stelde ze voor om even bij hem op Duke's College langs te gaan en ze bij hem af te geven, na de lunch kwam ze toch in de buurt van Bloomsbury. Ze kon haar opmerkingen natuurlijk ook per e-mail sturen, maar ze was nieuwsgierig naar zijn eigen territorium, en er was ook nog iets anders. Een klein stukje van haar, dat ze tevergeefs probeerde te negeren, hoopte stilletjes dat ze een glimp van Matthew zou opvangen.

Ze beklom de marmeren trap van het college naar een sierlijke Korinthische hal waar een paar glazen deuren naar binnen toe opengingen om haar toegang te verlenen. De receptieruimte kende ze wel: daar had ze vroeger wel eens met Matthew afgesproken en die herinnering ging gepaard met een scherpe steek van verdriet. Ze wist niet waar Tobias' kantoor was, dus dat vroeg ze aan de jonge vrouw met een hoofddoekje die achter de balie zat. Op haar aanwijzingen liep Emily een lange gang door en kwam door een deur in een kloostergang die aan een vierkant grasveld grensde. Aan het einde van de gang betrad ze het gebouw en volgde de bordjes naar de Engelse faculteit.

Tobias' kantoor was een waar toevluchtsoord voor de wetenschapper, het rook er heerlijk naar oude boeken en verse koffie. Ze gingen in comfortabele stoelen zitten met het manuscript op een lage tafel voor hen.

De roman was nu af, maar Emily vond dat er nog een laatste schaafronde moest komen.

'Meestal is het andersom, begeleid ík andere mensen bij het schrijven,' zei Tobias spottend terwijl hij koffie inschonk. Ze was verbaasd te zien dat hij zenuwachtig was, hoewel hij dat niet wilde laten merken.

'Maak je geen zorgen,' zei ze tegen hem. 'Het boek is zo al schitterend, maar er zijn een paar dingen die je in overweging zou kunnen nemen om het helemaal perfect te maken.'

Terwijl ze haar aantekeningen bespraken, was ze onder de indruk van zijn reacties. Hij beschermde zijn werk, ja, was zelfs een beetje arrogant als het ging om hoe verdienstelijk het wel niet was, maar dat was prima, dat respecteerde ze wel. Ze begreep dat hij gewend was aan het harde geploeter dat nu eenmaal gepaard ging met schrijven, de discipline om te herschrijven. Hij verstond de kunst om de lezer te verschalken en de taal te laten zingen.

'Ik zou dolgraag stiekem willen meeluisteren tijdens een van je workshops creatief schrijven,' verzuchtte ze toen ze klaar waren en ze hem het manuscript met haar aantekeningen gaf. 'Dat zou ik echt heel interessant vinden.'

'Schrijf je dan zelf ook?' vroeg hij en ze schudde haar hoofd.

'Ik geloof niet dat ik dat kan. Hoe dan ook, ik heb er nooit tijd voor.'

'Dat is geen excuus. Echte schrijvers maken tijd,' zei hij. Opnieuw ving ze een glimp van die passie op, dezelfde passie die Matthew ook had. Het gevoel dat ze had over Tobias' boek, en ook over hem, raakte haar tot in haar botten, en ze was opgelucht dat de anderen op kantoor daar ook zo over dachten. Niemand kon in de uitgeverswereld ook maar iets garanderen, of critici en lezers een boek goed vonden, of dat het prijzen zou winnen, een gelukstreffer zou worden... Of spoorloos in de vergetelheid zou verdwijnen. Het enige wat ze kon zeggen was dat dit boek een kans verdiende.

Nadat ze afscheid hadden genomen, dacht ze hier nog steeds over na: tijd maken voor waar je passie naar uitgaat. Ze zag Matthews gezicht voor zich terwijl ze dezelfde weg terugliep als ze was gekomen, door de deur de kloostergang in, terwijl een deel van haar naar hem zocht. Dus was ze niet echt verbaasd dat ze, als bij een of ander merkwaardig toeval, hem zag toen ze over het vierkante grasveld uitkeek.

Hij kuierde haar kant op, zijn oude koerierstas hing over zijn schouder. Ze bleef staan, als aan de grond genageld. Er was zoiets dierbaars en vertrouwds aan hem. Ze was dol op die deinende tred van hem, de peinzende uitdrukking op zijn gezicht, alsof hij in beslag werd genomen door een of ander diepzinnig filosofisch probleem, wat – en ze glimlachte bij de gedachte – waarschijnlijk ook zo was. Ze wachtte in de kloostergang, wist dat hij haar zo in het oog zou krijgen, hij hoefde alleen maar op te kijken.

Toen riep iemand: 'Matthew!' en hij draaide zich om, opgeschrikt door het meisje dat over het gras naar hem toe huppelde. Ze droeg een zwierige groene tuniek op een spijkerbroek. Haar lange donkere haar wapperde achter haar aan. Het was Lola, het meisje dat de gedichtenbundels had verkocht tijdens het feestje waar ze Joel voor het eerst had gezien. Matthew bleef op haar staan wachten. Emily kon zijn gezicht niet zien, maar ze stelde zich voor dat hij glimlachte. Lola stond nu naast hem, hijgde, haar gezicht vol leven. Ze sloeg haar armen om hem heen en kuste hem, daarna liepen ze gearmd samen weg, terug in de richting vanwaar zij vandaan was gekomen. Geen van beiden zag Emily. Ze had net zo goed een geest kunnen zijn geweest.

Eerst was ze geschokt en in de war, en toen golfde er een ontstellend gevoel van verlies door haar heen. Ze wist amper nog hoe ze het gebouw uit kwam en op straat belandde. Toen ze naar kantoor terugreisde, anoniem te midden van de menigte in de ondergrondse die door de donkere tunnels raasde, was ze dankbaar dat ze in een verdovende roes verkeerde.

Die avond probeerde ze thuis in Hackney haar gevoelens te rationaliseren. Waar was ze eigenlijk mee bezig, omgaan met Joel terwijl ze duidelijk nog niet over Matthew heen was? Ze wist het eigenlijk niet, alleen dat het leven verder was gegaan en dat zij zich heel erg tot Joel aangetrokken voelde. Ze had hem over Matthew verteld, natuurlijk, dat leek niet meer dan eerlijk. En hij had gezegd: 'Arme jij. Het kost tijd om over dit soort dingen heen te komen,' dus ze dacht dat hij het wel begreep.

Ze waren nu een paar weken samen, maar hij was nog maar één keer in haar flat geweest. Dat was deels omdat die in vergelijking met zijn appartement heel klein en hokkerig aanvoelde, maar voor een ander deel vond ze het nog steeds vreemd om daar een andere man over de vloer te hebben. Ze was niet met Joel naar bed geweest, maar als en wanneer ze dat deed, kon ze zich niet voorstellen dat ze dat hier zou doen, met alle herinneringen aan Matthew. Ze was altijd bezig de mannen met elkaar te vergelijken en besloot dat ze als dag en nacht van elkaar verschilden.

Dat gold ook voor hoe ze over hun schrijven dachten. Matthew was een romanticus, in die zin dat hij móést schrijven, voor hem was dat even natuurlijk als ademhalen. Vroeger dacht ze wel eens dat hij het niet zou overleven als het hem verboden zou worden. Joel stond er veel pragmatischer in. Hij verdiende de kost met zijn pen en was er goed in. Maar hij genoot vooral van alles wat schrijven met zich meebracht: de roem, de levensstijl, de mensen met wie hij omging. Hij hield van goede restaurants, lekkere wijn. Hij wilde graag weten wat er in de wereld gebeurde en zeker zijn van de plaats die hij daarin innam. En zij ging nu met hem mee, ontmoette interessante mensen, hoorde de mediaroddels, zijn glans straalde op haar af. Met Joel leefde ze in het heden, en daar was ze op dit moment gelukkig. Ze was wijs genoeg om te weten dat deze toestand niet voor eeuwig kon doorgaan. Zo was dat nu eenmaal. Maar voorlopig was het genoeg. Op haar werk had ze het niet over de relatie gehad. Dat nieuws zou als een lopend vuurtje rondgaan. Nee, ze kon het maar het beste stilhouden.

Ze dacht aan Isabel, zo lang geleden, een heel leven geleden, getrouwd met een schrijver, terwijl ze zich voorstelde dat haar leven zich zou verbreden. Hoe klein en eenzaam was het in plaats daarvan geworden. Ze had Joel nog steeds niet het recentste deel van Isabels relaas gestuurd, dat op haar salontafel lag. Ze had nog amper tijd gehad om het zelf te lezen en daarna was ze zo van streek geweest over Matthew dat ze zich niet had kunnen concentreren. Maar nu nam ze het ter hand en ondanks haar angsten werd ze al snel weer in beslag genomen door Isabels verhaal.

31

Isabel

In juli 1952 viel er drie weken lang geen regen. De dagen sleepten zich voort, het was heet en vochtig, de nachten brachten weinig soelaas. Elke ochtend had Isabel de grootste moeite om wakker te worden en zich door de dagelijkse routine heen te slepen. Lorna kreeg warmte-uitslag door haar plastic broekjes en ze was zeurderig. Het hele huishouden was chagrijnig. Hughs moeder nieste de hele tijd en op de een of andere manier werd haar astma door de hooikoorts verergerd. Hugh bleef de hele dag in zijn werkkamer met de enige elektrische ventilator die het huis rijk was en bracht wijzigingen in zijn roman aan. Verschillende keren pakte mevrouw Catchpole een picknickmand in en dan reed Jacqueline met Isabel en de baby naar de oostkust, één keer naar het kleine kustplaatsje waar Isabel en Hugh hun korte huwelijksreis hadden doorgebracht in het houten strandhuis van tante Penelopes Reginald.

Isabel keek altijd uit naar dit soort dagjes. Niet alleen verlichtte de zeebries de hitte en was ze even verlost van het claustrofobische gevoel dat ze in Stone House had, maar ze was ook zo schaamteloos om Lorna bij Jacqueline achter te laten en in haar eentje langs de kust te gaan wandelen, waar de dramatisch dreunende golven en de desolate kreten van de zeevogels haar geest in slaap wiegden. Het was alsof de zee alle gedachten en zorgen uit haar wegschepte, het *ssst* van het water over de kleischalie schraapte haar geest net zo schoon en leeg als een van de sint-jakobsschelpen die ze opraapte en vanbinnen met haar duim gladwreef. Dan waadde ze tot haar knieën door het ijskoude water en was blij met het verdovende gevoel dat daarmee gepaard ging. Het kon haar dan niet schelen dat de golven haar rok doorweekten zodat Jacqueline, die zich tijdens een dagje strand beschermde met hoofdsjaals, windschermen, kleedjes en een zonnebril, haar bij terugkomst uitfoeterde omdat ze haar kleren vernielde, alsof ze een kind was.

Op een van die dagen liep ze verder dan anders en kwam ze op een plek waar een smalle rivier de zee in stroomde. Ze bleef naar het water staan kijken, dat snel en diep kolkte. Verderop langs de kust strekte zich uitnodigend nog meer strand uit, maar je kon niet goed zien hoe je daar moest komen. Ze draaide zich om om terug te gaan, maar bleef toen staan. Ergens daarboven, achter de duinen, moest parallel aan het strand een zandpad lopen. Als ze dat volgde in de richting vanwaar ze Jacqueline en Lorna had achtergelaten, zou ze het huis vinden waar zij en Hugh hun huwelijksreis hadden doorgebracht. Nieuwsgierig om het nogmaals te zien en met die gelukkige tijd in gedachten, liep ze met haar schoenen in haar handen het strand op en waadde over heuveltjes los wit zand, waarbij ze het taaie zeegras waaraan ze haar voeten kon bezeren vermeed.

Uiteindelijk was ze er, een witte houten bungalow in een vierkante, verwaarloosde tuin achter een hek. Het was nog net zo mooi als ze zich herinnerde, zelfs nog mooier, want sinds zij het voor het laatst had gezien, had het een nieuwe lik verf gekregen. De deur van de serre stond open. Misschien was Penelope er nu wel, dacht ze. Ze bleef op het pad staan om haar sandalen aan te trekken terwijl haar haren in haar ogen waaiden.

Toen ze weer opkeek, zag ze een man in de serre naar haar staan kijken die zijn arm op de open deur liet rusten. Hij zwaaide, riep haar naam en ze staarde hem verward aan. Toen herkende ze hem.

Even stond ze als verlamd van verbijstering, en toen riep ze blij: 'Stephen!' En ze liep snel naar hem toe.

'Isabel, wat ontzettend leuk, wat doe jij in hemelsnaam hier?' vroeg hij lachend toen hij haar de hand schudde.

'Ik kan jou hetzelfde vragen,' zei ze en ze duwde haar wilde haar naar achteren. Terwijl zijn blik over haar heen gleed, werd ze zich opeens bewust van haar blote benen, haar ruwe gezicht, de spatten zeewater op haar oude katoenen jurk. Hij had daarentegen wellicht net in het dorp rondgekuierd, want hij was gekleed in een flanellen broek en een wit overhemd met een losjes gestrikte halsdoek. Zijn jongensachtige gelaatstrekken waren zo veel rustiger dan in Londen, zijn normaal bleke voorkomen gebruind door de zon. Maar zo te zien bekeek hij haar uiterlijk niet afkeurend, maar lag er juist bewondering op zijn gezicht te lezen.

'Wil je niet even binnenkomen? Je tante heeft me deze plek voor een paar weken geleend. Althans, Reginald.'

'Jij op vakantie?' zei ze en ze ging naar binnen. Ze wist niet beter dan dat hij het altijd te druk had voor vakanties.

'Philip neemt de zaken waar. Dat zal ongetwijfeld een ramp worden, maar ik denk dat de zaak het wel overleeft.'

'Is Grace niet bij je?' vroeg ze hem. 'Ik wil haar graag gedag zeggen.'

'Nee, ze is er niet,' zei hij kortaf. Hij liet haar binnen in de kleine zitkamer. Het voelde er nog even prettig aan als ze zich herinnerde, met een venster met weids uitzicht over de duinen en een met boeken volgepropte alkoof; op een plank boven de haard lagen her en der schelpen en geluksstenen, sommige met een gat erdoorheen. Op de bank lag een manuscript uitgespreid. Zelfs tijdens een storm had dit huis knus aangevoeld.

'Ik kan niet te lang blijven,' zei ze plotseling, zich Lorna en Jacqueline herinnerend.

'Is Hugh hier ook?' vroeg hij. 'Misschien moeten jullie samen een kop thee komen drinken.'

Ze schudde haar hoofd en legde uit dat ze Lorna bij een vriendin op het strand had achtergelaten. Hij zei: 'In dat geval loop ik met je mee. Ik wil die dochter van jou wel eens zien.' Hij pakte een jasje en een hoed van een rij haken in de gang en hield de deur voor haar open. Ze liepen samen over het pad in de beschutting van de duinen naar de promenade, waaronder ze Jacqueline had achtergelaten.

'Hoe gaat alles?' vroeg ze. 'Ik moet vaak aan jullie denken.'

'We vroegen ons al af hoe het met jou ging. We hebben je allemaal zo lang niet gezien. Maisie Briggs blijft maar naar je vragen en niemand weet ooit waar alles ligt. En Cat...' Hij fronste zijn voorhoofd. 'Je kunt niets tegen haar zeggen zonder dat ze in huilen uitbarst.' Hij keek haar even aan en glimlachte. 'Maar jij hebt het zo druk gehad met de baby en we vinden het heel naar dat je niet in orde bent geweest.'

'Niet in orde... is dat wat Hugh jullie heeft verteld?'

'Nou ja. Tussen de regels door merk je wel dat hij zich heel erg zorgen over je heeft gemaakt.'

'Wat mankeer ik dan volgens hem?'

Stephen leek wat in verlegenheid gebracht. 'O, ik weet het niet,' zei hij. 'Ik zit er duidelijk faliekant naast. Ik heb hem maar een paar keer gezien, als we voor dezelfde gelegenheden werden uitgenodigd. Ik verwacht dat dat wel zal veranderen als het boek eenmaal klaar is. Daar kijken we allemaal erg naar uit, weet je. Iedereen heeft het erover dat je man een aanstormend talent is.'

'O ja?' zei ze blij. 'Dat is geweldig. Dat wist ik niet.'

'Ik neem aan dat je het boek al hebt gelezen. Hoe is het?'

'Ik heb er iets van gelezen,' zei ze voorzichtig. 'Ik weet wie het zegt, maar ik denk werkelijk dat het heel goed is.'

'Fantastisch.' Stephen stopte zijn handen in zijn zakken en zag de wereld in een glorieus daglicht, terwijl hij een vals deuntje floot. Toen brak hij dat af en zei: 'Hoe gaat het nou echt met je? Ik moet zeggen dat je er helemaal niet ziek uitziet. Het moederschap doet je zeker goed.'

'Lief van je om dat te zeggen,' zei ze mat, 'maar dat is niet zo. Je hoeft niet galant te zijn. Ik zie er absoluut rampzalig uit.' Ze liepen nu via een betonnen talud de promenade op en daar was een trap die op het strand uitkwam. Ze bleef staan, opeens ontbrak het haar aan de wil om verder te lopen. En ze voelde zijn hand op haar arm.

'Niet rampzalig, liefje,' zei hij vriendelijk en hij keek naar haar gezicht. 'Maar je lijkt wel... nou ja, anders, als je het niet erg vindt dat ik het zeg. Een beetje verloren, als dat niet onbeleefd klinkt.'

'Ja, dat is het, verloren,' verzuchtte ze en ze bedekte haar gezicht met haar handen. Ze moest eraan denken hoezeer dat woord leek op de klank van Lorna's naam.

Vlakbij stond een oude bank, daar trok hij haar naartoe en hij plantte haar naast zich neer. Even waren haar gedachten zo'n warboel dat ze geen woord kon uitbrengen. Verloren, zo voelde ze zich precies, maar ook boos. Boos en rusteloos.

Ten slotte zei ze: 'Laten we het daar maar niet over hebben. Vertel me wat er in Londen gebeurt, Stephen. Vrolijk me op. Ik ben zo'n provinciaal geworden. Hoe gaat het met tante Penelope? Ik ben steeds van plan om haar te schrijven of te bellen...' Eerlijk gezegd had ze in geen tijden zelfs maar aan Penelope gedacht. Vandaag pas, toen ze het huis weer zag. Ze had haar tante eigenlijk maar net zo kort gekend als de periode waarin ze bij haar had gewoond. Het was altijd overduidelijk geweest dat de vrouw haar eigen leven had, en ze zou echt niet plotseling veranderen in de ideale genereuze tante. Die kans, als die er ooit al was geweest, moest zijn verkeken toen Isabel nog heel klein was.

Stephen zei: 'Je tante is als altijd heel vrijgevig. En ze weet ongelooflijk goed met Reginald om te gaan. Hij bemoeit zich amper met de zaak.'

'Denk je dat hij ooit van zijn vrouw gaat scheiden en met mijn tante trouwt?' vroeg Isabel.

'Hij heeft twee kinderen. Het komt zijn vrouw bepaald niet goed uit om te scheiden. Maar er zit meer achter. Uit wat ik van Penelope heb begrepen, is ze volkomen gelukkig met de huidige situatie.'

'O ja?' vroeg Isabel geïnteresseerd.

'Je kijkt verbaasd. Misschien ken je het verhaal van haar eerste huwelijk niet. Dat is bepaald geen geheim.'

'Dat heeft niemand me ooit verteld,' zei Isabel. 'Ik weet dat mijn ouders er schande van spraken dat ze ging scheiden, meer weet ik niet.'

Stephen zei zachtjes: 'Ze is jong getrouwd. Jonny Tyler was een dronkaard en een bullebak. Je tante ontdekte dat pas toen het te laat was.'

'Ze tartte haar moeder door met hem te trouwen. Dat weet ik wel.'

'Volgens mij was de reden heel gecompliceerd. En als het om de liefde gaat, denken we altijd dat we het 't beste weten. Ik ben bang dat ik niet anders was.' Hij zag er plotseling onmetelijk triest uit en Isabel wist niet wat ze moest zeggen, maar hij ging onmiddellijk verder: 'Ik leerde Penelope pas goed kennen nadat het huwelijk op de klippen was gelopen. Maar Jonny kende ik wel. Hij was redacteur bij Ward & Atkins, waar ik mijn eerste salesbaantje kreeg, vlak voor de oorlog. En de verhalen die de ronde deden. Tegen die tijd was hij een puinhoop, die ouwe Jonny. Sloeg voortdurend de plank mis. Ze hebben hem moeten laten gaan.'

Stephen haalde een pakje sigaretten uit zijn zak, nam er een uit en stak hem op. De lucifer viel brandend op de grond. Isabel zag dat hij een droog grassprietje verschroeide en toen uitging.

'Ik ben bang dat ik me hem amper kan herinneren,' zei ze. 'Tante Penelope en mijn moeder gingen weinig met elkaar om, dat was zelfs vóór de scheiding al zo.'

'Dat heb ik begrepen,' zei hij. 'Ik heb Penelope voor het eerst tijdens een literair feestje ontmoet. Ze ging toen om met een van Jonny's schrijvers, wat voor haar en Jonny de laatste druppel was. En toen ging de man dood – de schrijver, bedoel ik – en hij liet haar het huis in Earl's Court en een aardig sommetje na. Het beste wat haar ooit is overkomen, zo heeft ze me een keer verteld. Het betekende dat ze onafhankelijk kon zijn. Dus je begrijpt dat ze het prima vindt om niet met Reginald te trouwen. En ze hoeft toch niet alleen te zijn. Ze heeft het beste van twee werelden.'

'O.' Dit was allemaal nieuw voor Isabel en het beantwoordde een aantal vragen die ze niet had weten te stellen. Het verklaarde iets van haar tantes afstandelijke houding, de achtergrond van Penelopes vriendschap met Stephen en hoe ze in de literaire kunstenaarswereld was beland. Maar uiteraard begrepen Isabels ouders daar geen sikkepit van. Hoe hecht ze in hun jeugd ook waren geweest, de kloof die nu tussen Penelope en Pamela gaapte was diep, mogelijk onoverbrugbaar.

'Ze is een geweldige vrouw, je tante. Ze heeft me in zo veel opzichten geholpen en nu al dat gedoe rondom die arme Berec...'

'Berec!' zei Isabel meteen. 'Is er dan iets gebeurd?'

Stephen kreeg een vreemde uitdrukking op zijn gezicht. 'Sorry, ik had gedacht dat je het misschien had gehoord, dat Hugh het je had verteld.' Hij leek niet precies te weten hoe hij verder moest gaan. 'Moet je horen, het is het beste als je Hugh ernaar vraagt. Je moet het niet van mij te horen krijgen.'

'Wat te horen krijgen? Stephen, dit kun je niet maken. Vertel op. Ik moet het toch een keer te horen krijgen.' Ze dacht terug aan de laatste keer dat ze Berec had gezien, nadat hij in elkaar was geslagen. Had het daar soms iets mee te maken?

'Misschien is het Hugh ontgaan,' vervolgde Stephen met gefronst voorhoofd. 'Nee, dat kan niet. Isabel, Berec zit in de gevangenis.'

Ze stond verstomd, was geschokt, probeerde het tot zich door te laten dringen. 'Waarom?' hijgde ze. 'Had het iets met geld te maken?'

'Nee, was dat maar zo. Dan hadden we hem misschien beter kunnen helpen. Ik hoop niet dat je erg geschokt bent, liefje, maar het is vanwege flagrant onfatsoenlijk gedrag. Met een andere man. Klaarblijkelijk woonde Berec met deze man samen en een of andere bemoeizieke schoft had het idee opgevat daar werk van te maken. De politie is op een avond de flat binnengevallen en, nou ja, nu zitten ze allebei achter slot en grendel.'

Isabel legde een hand op haar gezicht. 'Die arme Berec,' mompelde ze. 'Daar had ik geen idee van.' Toen zei ze: 'Myra, ik had al zo mijn twijfels of Myra wel bestond. We hebben haar nooit ontmoet, wel?'

'O, Myra bestond wel hoor. Bestaat nog steeds, bedoel ik. Alleen bleek ze in werkelijkheid een hij te zijn. Mikhail, zo heet de man. Hij werkte als ober in een van de grote hotels op Hyde Park, ik ben vergeten in welk. Naar verluidt moesten ze van heel weinig rondkomen. Penelope wist het, of liever gezegd, ze vermoedde het. Penelope stelt nooit vragen, dat weet je wel.'

'Ze is de enige van wie hij hulp aanvaardt,' zei ze en ze vertelde Stephen over haar bezoek aan de flat in Bethnal Green.

'Dat heb ik gehoord, ja,' zei Stephen. 'Penelope zei dat hij per se niet wilde vertellen wie dat op zijn geweten had. In mijn duisterste momenten denk ik wel eens dat het misschien Mikhail zelf is geweest. Van wat ik heb gehoord, is hij een heel lastig portret.'

'Wat weerzinwekkend,' fluisterde Isabel, ze kon er amper met haar hoofd bij. Penelope, Berec. Wie was er nog meer? Waar had haar opvoeding haar nog meer voor behoed? Berec was een echte vriend voor haar geweest, had haar uit pure edelmoedigheid op zo veel manieren geholpen. Ze had nooit anders aan hem gedacht dan als vriend, en hij beschouwde haar als een vriendin, dat begreep ze nu wel, terwijl haar gedachten rondtolden. Wat deden mannen met elkaar? vroeg ze zich af en ze merkte dat ze een kleur kreeg, alsof Stephen haar gedachten zou kunnen lezen. Ze wist dat sommige mannen flikkers werden genoemd, maar had daar nooit verder bij stilgestaan. Anderen waren duidelijk geen flikkers, maar die hielden niet van vrouwen of waren bang voor hen. Zoals William Ford, de bejaarde schrijver, of die vent, hoe heette hij ook alweer, in het laboratorium van haar vriendin, Vivienne, die haar zo dwars had gezeten. Vivienne. Nog iemand die ze verwaarloosd had. Ze was nutteloos, voor iedereen, zoals ze opging in haar eigen kinderachtige probleempjes.

'Isabel!' De boze stem sneed door haar ellende heen. Ze keek op en zag Jacqueline zwoegend over de promenade naar hen toe komen lopen. Lorna klampte zich vast aan haar heup, met grote ogen, het haar in een pluizige halo, als een babyaapje. Terwijl ze dichterbij kwamen, hijgde Jacqueline zwaar en Isabel zag dat de make-up op haar boze gezicht doorstreept was van het zweet.

'Hoe kón je?' riep Jacqueline uit toen ze bij hen was en Isabel Lorna van haar overnam. De oudere vrouw zocht onhandig in haar zak naar een zakdoek en depte haar voorhoofd. 'Je hebt geen idee hoe bezorgd ik was. Ik heb je overal gezocht. Heb volslagen vreemden het strand op gestuurd om je te zoeken.' Ze keurde Stephen amper een blik waardig. 'Die arme Lorna was helemaal buiten zichzelf, hè, liefje? Isabel, je bent ook zo egoïstisch.'

De baby leek helemaal niet van streek en legde alleen een slaperig hoofdje op haar moeders schouder. 'Dit is meneer McKinnon,' zei Isabel tegen Jacqueline. 'Mevrouw Wood, Stephen. Jullie hebben elkaar waarschijnlijk op onze bruiloft ontmoet. Jacqueline, het spijt me heel erg, maar...'

'En dit is zeker Lorna.' Stephen glimlachte naar de baby. 'Wat is ze lief, en ze lijkt heel erg op jou, Isabel.' Toen keek hij Jacqueline recht aan. 'Volgens mij kennen we elkaar al, hè?' zei hij tegen haar met zachte, gevaarlijke stem. 'We hebben elkaar absoluut in Londen ontmoet.'

Jacqueline bekeek hem nu aandachtiger, met een vragende uitdrukking op haar gezicht, en toen daagde het haar. En Isabel zag tot haar verbijstering dat de vrouw rood werd.

'We hebben elkaar misschien een keer op een feestje ontmoet,' zei ze met doffe stem. 'Ik kan het me niet echt goed herinneren.'

Stephen opende zijn mond om weer iets te zeggen, maar Jacqueline negeerde hem en wendde zich in plaats daarvan tot Isabel. 'Kom mee, ik heb alles op het strand achtergelaten en het wordt vloed. Goedemiddag, meneer McKinnon.' Ze draaide zich om en liep weg.

'Dag, Stephen,' zei Isabel. 'Je moet ons een keer komen opzoeken. Alsjeblieft.'

Stephen knikte alleen maar. Hij leek zo triest, dacht Isabel toen ze achter Jacquelines boze figuur aan liep. Toen ze achterom keek om hem nog een laatste blik toe te werpen, stond hij haar nog steeds na te kijken, draaiend met zijn pakje sigaretten in zijn handen.

'Hebben jullie een leuke middag gehad?' vroeg Hugh later toen hij de ontbijtkamer binnenkwam, waar de middagthee klaarstond.

'Ja,' zei Isabel beslist, en ze wierp een blik op Jacqueline, die goudvisgezichten trok naar Lorna in de kinderstoel terwijl ze haar pap uit een kom voerde.

'Lorna heeft heerlijk staan pootjebaden, hè, liefje?' was het enige wat Jacqueline zei.

'Mooi zo.' Hugh glimlachte naar Lorna, ging zitten en begon zijn theebordje vol te stapelen met sandwiches en cake.

'We kwamen Stephen McKinnon tegen,' zei Isabel en ze nam een slokje van haar thee. Jacqueline wierp haar een nijdige blik toe, wat Isabel voldoening schonk. Op de rit naar huis hadden ze amper een woord gewisseld. Jacqueline was woedend omdat Isabel was verdwenen en Isabel was boos omdat ze ten overstaan van Stephen was vernederd. En er dwarrelde nog iets rond, iets duisterders, en er was geen sprake van dat een van beiden dat ter sprake zou kunnen brengen.

'O ja?' zei Hugh vriendelijk en hij nam een hap van een scone. Van hem kon je soms ook geen hoogte krijgen, dacht Isabel geërgerd.

'Hij logeerde in Reginalds chalet,' zei ze.

'Werkelijk? Heb je hem verteld dat ik het boek af heb?'

'Nee.' Ze was boos op hem, om meer redenen dan ze kon opnoemen.

Hugh keek verbaasd. 'Nou, waar hebben jullie het dan over gehad?'

'Van alles en nog wat.' Ze wilde niet dat Jacqueline iets hoorde over Penelope en Berec en iedereen. En in een hatelijke opwelling voegde ze eraan toe: 'Ik wist niet dat je Stephen kende, Jacqueline. Afgezien van het feit dat je hem op de bruiloft hebt ontmoet, bedoel ik.'

'Ik weet niet wat hij insinueerde...' begon Jacqueline.

Op dat moment ging de deur open en kwam Hughs moeder binnen.

'Ah,' zei ze, 'de reizigers zijn terug. Jacqueline, liefje, volgens mij ben je een beetje verbrand.'

'Waarom heb je me dat van Berec niet verteld?' vroeg Isabel later aan Hugh, en ze keek naar hem in de toilettafelspiegel terwijl ze haar haar borstelde. Hij lag al in bed te lezen. 'Hij zit in de gevangenis. Het is eenvoudigweg afschuwelijk.'

'O, dat heeft Stephen je zeker verteld,' zei Hugh terwijl hij een opmerking in de marge van zijn boek noteerde. 'Ik wilde dat hij dat niet had gedaan.'

'Hugh, ik moest het weten,' zei ze en ze legde de borstel neer. Ze bekeek aandachtig haar spiegelbeeld, haar gezicht was afgetobd en mager, de donkere schaduwen onder haar ogen zagen er door het karige licht nog erger uit. 'Hij was mijn vriend. Is mijn vriend,' verbeterde ze zichzelf.

'Het is allemaal buitengewoon kwalijk. Het staat me niet aan dat je iets over dat soort dingen te horen krijgt.'

'Maak je maar geen zorgen. Ik ben behoorlijk naïef. Maar ik weet wel dat Berec een goed mens is. Hij heeft me geholpen en ik wil hem helpen.'

'Nou, dat kun je niet. Niemand kan hem helpen. Dat soort moet de gevolgen van hun daden onder ogen zien.'

Isabel was verbijsterd. Ze had niet geweten dat hij zo'n uitgesproken mening over dat onderwerp had. 'Dat is nogal wreed, vind je niet?' wist ze met moeite uit te brengen.

'Dat vind ik niet. Nou, kunnen we over dit vervelende onderwerp ophouden?' Hij klonk behoorlijk boos en Isabels ogen prikten van de tranen. Sinds ze het nieuws van zijn arrestatie had gehoord, had ze steeds aan Berec moeten denken en Hugh deed hem af alsof hij er niet toe deed. Ze vroeg zich af in welke gevangenis hij zat en of ze hem kon bezoeken, maar ze had geen idee hoe ze daarachter kon komen. Dat was een wereld waar ze niets van wist. Hoe dan ook, als ze inderdaad zou proberen om bij Berec op bezoek te gaan, dan zou Hugh duidelijk woedend worden. Waarschijnlijk zou hij haar proberen tegen te houden. Wat moest ze doen?

Uiteindelijk deed ze wat voor de hand lag en belde Penelope, om te ontdekken dat Berec in de Wormwood Scrubs-gevangenis in West-Londen zat. Penelope vertelde haar dat ze bij hem was geweest en dat hij uiterlijk opgewekt was, maar mager, en hij had holle ogen, waar ze zich zorgen over maakte. Nadat ze er een dag of twee over had nagedacht, pakte Isabel een pakketje met levensbehoeften in en stuurde dat naar hem op met een brief vol nieuwtjes. Ze hoopte dat het veilig was aangekomen, want ze hoorde niets terug.

Tegen het einde van oktober 1952 was Hugh klaar met de revisie van zijn roman en was die helemaal uitgetypt. Het origineel stuurde hij naar zijn agent, Digby Lane, de doorslag hield hij zelf.

Isabel bood opnieuw aan om het boek te lezen.

'Alles op zijn tijd,' antwoordde Hugh. 'Ik wil eerst weten wat Lane en McKinnon ervan vinden.' Hij klonk niet enthousiast en een tijdlang vroeg Isabel er niet nogmaals naar.

Hij ging een paar dagen naar Londen en bij terugkomst had hij een fles heel goede wijn bij zich, hij had zo'n zelfvoldane uitdrukking op zijn gezicht dat Isabel nog voordat hij iets zei wist dat hij goed nieuws had.

'Lane is bang dat een van de pikante scènes de aandacht zal trekken van de voorzitter van het Hogerhuis, maar belangrijker nog is dat de woorden "een geniaal werk" zijn gevallen,' vertelde hij trots aan hen allemaal toen zijn moeder tijdens het diner informeerde of er een respons was geweest. 'Al was het alleen maar in Stephen McKinnons leesverslag. We moeten wachten en kijken wat McKinnon op de spaarbank heeft staan. Ik heb Lane gezegd dat hij niet lager mag gaan dan vijfhonderd, maar hij denkt niet dat dat geld er is. "Vijfhonderd," zei ik, "anders ga ik naar een andere uitgever."'

Isabel vond dit een buitengewoon ambitieus bedrag, maar ze wilde de uitbundige atmosfeer niet bederven door dat te zeggen. Ze nam een grote slok van de verrukkelijke wijn en keek naar haar eten, opeens kon ze niets meer binnenkrijgen.

Na het eten maakte ze een van haar eenzame wandelingen in de avondschemering, langs de ezels en door de moerassen naar de riviermonding, waar ze lange tijd bleef staan terwijl ze keek hoe het licht uit de hemel verdween en ze naar de roep van de vogels luisterde. Het tij kwam nu op en de rivier stroomde stilletjes als altijd naar de zee.

En toen ze thuiskwam en niemand haar vroeg waar ze was geweest, vond ze wat papier in Hughs werkkamer en kroop ze als een geest naar boven. Daar ging ze op bed zitten en begon te schrijven. Haar gedachten tuimelden op het vel papier.

Ik heb het gevoel dat ik vervaag, doorzichtig word, dat ik binnenkort helemaal verdwijn. In de lichtkring van haar bedlampje bewoog ze haar hand over het papier. Toen ze eenmaal was begonnen, merkte ze dat ze niet meer kon ophouden. Ze schreef het ene na het andere vel papier vol. Alleen als ze iemand de trap op hoorde komen, legde ze haar pen neer en verstopte ze de papieren in de la van haar nachtkastje. Op de overloop hoorde ze de bekende piep van de kinderkamerdeur. Het was waarschijnlijk Jacqueline maar, die even bij Lorna ging kijken.

Ze was nu slaperig. Het leek haar te vermoeiend om uit bed te stappen, naar beneden te gaan en de anderen welterusten te zeggen. Te vermoeiend om zelfs op te staan en de gordijnen dicht te doen. Ze trok bijna al haar kleren uit en nestelde zich onder de dekens, krulde zich op in het warme holletje dat ze had gemaakt. En daar viel ze in slaap.

Ze werd even wakker toen Hugh naar bed kwam en merkte dat hij vreemd, onsamenhangend mompelde, terwijl hij zich door de kamer bewoog, maar toen ze opnieuw wakker werd, was het donker in de kamer en had ze het koud zonder haar nachtpon. Ze schoof in de richting van Hugh om warm te worden en merkte tot haar verbazing dat hij er niet was. Ze wikkelde de dekens om zich heen en wachtte, maar het duurde lang voordat hij terugkeerde.

'Gaat het wel met je?' fluisterde ze toen hij in bed stapte. Zijn hart ging als een razende tekeer en hij leek een beetje geagiteerd.

'Ja,' zei hij. 'Ik moest naar het toilet en toen hoorde ik moeder roepen. Haar ademhaling ging moeizaam, dus ik heb haar een glas water gebracht.'

'Gaat het nu beter met haar?'

'Ja, ze heeft iets ingenomen. Sorry dat ik je wakker heb gemaakt.'

'Als het met haar maar goed is.'

'Ja. Ga nu maar slapen.'

Hij ging liggen, draaide zijn rug naar haar toe en leek meteen in slaap te vallen, maar zij bleef nog een poosje in het donker liggen staren, niet in staat het gevoel uit te bannen dat er iets mis was.

De volgende ochtend liet Hughs moeder weten dat ze haar ontbijt graag op bed wilde. Isabel zei tegen mevrouw Catchpole dat zij het haar zou brengen.

Toen ze binnenkwam, trof ze de oude dame rechtop zittend en moeizaam ademend in bed aan. Later kwam de dokter en die schreef efedrine voor. In de paar dagen daarna verbeterde haar toestand en week de spanning in huis.

Zoals Isabel al had verwacht, kon of wilde Stephen McKinnon in de verste verte geen voorschot van vijfhonderd pond ophoesten voor Hughs roman, hoe schitterend hij die ook vond. Maar het toegezegde bedrag, tweehonderd pond, was twee keer zo veel als hij voor *Thuiskomst* had betaald en McKinnon schreef zo'n complimenteuze brief dat Hugh zijn dreigement dat hij naar een andere uitgever zou gaan leek te zijn vergeten. Of misschien had de concurrent-uitgever het wel gelezen maar het niets gevonden, of was niet blij geweest met de prijs, maar daar zei Hugh verder niets over. Drie weken later keerde hij op een dag uit Londen terug met de aankondiging dat McKinnon & Holt *Aan de overkant* in het voorjaar zou publiceren.

'Die nieuwe vent, Richard Snow, wil dat ik nog een paar aanpassingen aanbreng,' zei hij tegen Isabel, toen ze liet vallen dat ze hoopte dat ze het binnenkort kon lezen. 'Het zijn maar heel kleine dingetjes. Laat me dat maar eerst doen.'

Gedurende de maand november sloot hij zich in zijn werkkamer op en werkte dagelijks aan het manuscript.

Zonder dat hij het wist schreef Isabel ook, boven. Bladzij na bladzij borg ze op in het laatje van haar nachtkastje. Ze schreef over alles: haar familie, haar vertrek naar Londen, de mensen die ze had ontmoet. Alles stroomde met een nieuw elan en gepassioneerd uit haar pen.

32

Emily

Ze was nu bij de laatste bladzijde beland en Isabels stem, die de kamer had gevuld, leek het wel, zweeg. Opnieuw was het verhaal abrupt afgebroken en Emily was teleurgesteld dat er niet meer was. Ze schoof de kwetsbare bladzijden tot een stapeltje en legde dat bij de andere papieren, sommige nog in hun envelop, op de slordige stapel op de salontafel.

Met de armen om haar knieën zat ze in de lichtpoel van haar tafellamp, volkomen in beslag genomen door de wereld van een vrouw zestig jaar geleden. Hoe levendig en hoopvol was Isabel ooit geweest, een leven vol beloften strekte zich voor haar uit, maar haar heldere vlam was nagenoeg gedoofd. Emily wist niet precies wat er uiteindelijk met Isabel was gebeurd, en ook niet hoe ze daarachter kon komen. Als ze nu maar kon ontdekken waar deze delen van het manuscript vandaan kwamen, dan kon het raadsel misschien opgelost worden. Ze had hier heel veel over nagedacht. De bron was zeer waarschijnlijk binnen het Parchment-gebouw te vinden, maar waar? Iemand die bij de archieven in Gloucestershire werkzaam was? Maar wie interesseerde zich in hemelsnaam voor Hugh Morton of wist zelfs maar dat Emily de redacteur was die de biografie onder haar hoede had? Misschien had het feit dat ze de dossiers had opgevraagd iemand erop geattendeerd. Ze peinsde over dat idee. Nee, het exemplaar van *Thuiskomst* was vóór haar verzoek aan het archief in haar postvakje gelegd. Er moest een andere reden zijn.

Ze overwoog manieren waarmee ze duidelijk kon maken dat de mysterieuze persoon contact met haar moest opnemen, maar wat ze ook bedacht – aan iedereen op kantoor een e-mail sturen of briefjes ophangen in de lift –, het had ook nadelen. Daardoor zou iedereen gaan denken dat ze een beetje gek, paranoïde werd. Misschien moest ze het spelletje maar gewoon meespelen en zien wat er nu ging gebeuren. Uiteindelijk zou diegene vast wel boven water komen.

Ze pakte haar mobieltje, glimlachte even om een opgewekt sms'je van Megan en deed de tafellamp uit. De rest van haar woonkamer kwam somber in beeld. Een vies eetbord op de tafel. Haar kantoortas bij de deur, waar nog steeds ongelezen manuscripten in zaten. Problemen voor morgen. Ze zuchtte, bracht het bord naar de gootsteen, schoof het in het afwaswater en keek toe hoe het naar de bodem zonk. Ze was nog altijd in een peinzende stemming toen ze in bed stapte. Ze droomde ervan dat ze in diep, zwart water dook en dat ze zich weer een weg terugvocht naar de oppervlakte terwijl haar longen door een tekort aan lucht uit elkaar dreigden te barsten.

De dagen verstreken en er kwamen geen mysterieuze pakjes meer. Op zondag gaf ze Joel een kopie van de laatste zending toen ze na een lunch met vrienden in een restaurant in de buurt naar zijn huis gingen.

'Bedankt, ik zal ernaar kijken,' zei hij. Hij wierp er amper een blik op en legde het op zijn bureau. Hij haalde mokken thee en ging naast haar op de bank zitten.

'Bedankt. Welke indruk kreeg jij van dat laatste stuk? Heb je het wel gelezen?' informeerde ze.

'Natuurlijk heb ik dat. Het bevestigt wat ik zelf al had ontdekt,' zei hij. 'Isabel was geestelijk labiel. Dat moet de reden zijn geweest waarom het huwelijk uiteindelijk misging.'

Dat vond Emily vreemd. 'Labiel? Dat zie ik niet zo. Ze was waarschijnlijk depressief. Mijn zus heeft dat na de geboorte van Harry ook gehad. Iedereen maakte zich zorgen totdat de dokter het ontdekte.'

'Al die hormonen die maar rondklotsen,' zei Joel met een twinkeling in zijn ogen. 'Die arme Hugh moet ten einde raad zijn geweest.'

'Doe niet zo neerbuigend,' zei ze. 'Hoe dan ook, volgens mij was het in Isabels geval meer dan dat. Ze merkte dat ze in een rol zat die ze niet kon vervullen.'

Daar dacht hij zorgvuldig over na. 'Dat rollengedoe moet in die tijd voor een hoop vrouwen aan de hand zijn geweest. Zo was de cultuur nou eenmaal. Vind je niet dat je er dan maar gewoon het beste van moest zien te maken?'

'Dat klinkt niet bepaald meevoelend.'

'Ik ben een en al meegevoel. Maar als Hughs biograaf probeer ik de zaak vanuit zijn gezichtspunt te bekijken. Hij moet zich gevangen gevoeld hebben in een situatie die zijn ervaring ver te boven ging. Aan die dokter hadden ze kennelijk niet veel. Jacqueline en Hughs moeder leken ook volkomen hulpeloos. Wat kon hij nou uitrichten? Zo gingen de dingen toen.'

'Ik begrijp wat je bedoelt.' Emily bedacht hoe eenzaam Isabel zich moest hebben gevoeld. Ze was nog zo jong, zo gespeend van elke raad of van welk perspectief ook, terwijl haar eigen moeder met gezondheidsproblemen tobde en ze zat opgescheept met een rigide schoonmoeder die haar veroordeelde. 'Dus in je boek ga je niet – laten we zeggen, objectief – dieper op het huwelijk in?'

Ze voelde dat Joel zich ongemakkelijk voelde. Hij stond op en ging rondlopen. 'Ik vind dat ik dat al heb gedaan,' zei hij. 'Ik heb niet het idee dat je zelf onbevooroordeeld bent, Emily. Jij lijkt je zinnen erop te hebben gezet om van Hugh de schurk van het stuk te maken.'

'Nee, echt niet. Ik begrijp best dat Hugh een man van zijn tijd was.'

'Precies, zo dachten mensen als hij toen. Dat kun je hem toch moeilijk kwalijk nemen, wel?'

'Hij was anders behoorlijk egoïstisch.'

'Misschien moet je daar zijn moeder de schuld van geven.' Joel glimlachte.

'Ze was afschuwelijk, hè? Nee, wat ik bedoel was dat je nog steeds Isabels verhaal kunt vertellen.'

Hij zuchtte. 'Waar dat relevant is, ja, en als ik voldoende bewijs heb. Dat allegaartje van die memoires is onbetrouwbaar, vooral omdat die geschreven zijn toen Isabel depressief was. En ik ga er zeer zeker geen hedendaags feministisch standpunt op loslaten.'

'Joel, je weet best dat ik dat niet bedoel.' Emily stond op en liep naar het raam, deed haar best haar frustratie te verbergen. Hier moest een onrechtvaardigheid worden rechtgezet. Isabels verhaal was niet algemeen bekend en het werd haar steeds duidelijker dat Jacqueline Morton en Joel dat het liefst zo hielden.

Joel zei: 'Natuurlijk zal ik dat nieuwe materiaal dat je me hebt gegeven lezen. En erover oordelen. Maar ik ben degene die dit boek schrijft en ik moet de lijn volgen die ik het beste acht.' Er klonk een scherpte in zijn stem door en ze merkte dat hij in zijn trots gekrenkt was.

'Uiteraard,' zei ze vermoeid en ze keek hem aan. 'Ik wilde me er niet mee bemoeien, maar...'

'Maar, wat?'

'Ik weet het niet.' Het klopte dat het zijn boek was, maar zij was zijn redacteur. Ze vond het niet meer dan terecht dat ze hem van advies diende en ze had oprecht het gevoel dat Isabel in Joels biografie een prominentere rol toebedeeld moest krijgen. Maar het was meer dan dat. De queeste ter wille van Isabel was een persoonlijke missie van haar geworden en Joel leek haar daarbij in de weg te staan; hun hele relatie werd een strijdtoneel van dat gevecht. Wat moest ze doen? Ze keek uit het raam. In de straat beneden zat een jongeman op zijn hurken een krijsende peuter te troosten, die alles in het werk stelde om uit zijn wandelwagen te komen.

Ze voelde Joel achter zich bewegen, hij sloeg zijn armen om haar middel, trok haar terug de kamer in. Hij snuffelde in haar hals en ze rilde van verlangen. 'Laten we nou geen ruzie meer maken,' fluisterde hij in haar oor. 'Dat is het niet waard.'

'Ik maak geen ruzie,' mompelde ze. Ze draaide zich in zijn armen om en wendde haar gezicht naar hem omhoog. 'Ik ben aan het discussiëren. Dat is iets anders. Discussiëren kan prima zijn.' *De stilte, die is juist erg.* Wie had dat ook alweer tegen haar gezegd? Toen Joel haar op de mond kuste, gaf ze zichzelf over aan de verrukkelijke gevoelens die door haar lichaam stroomden, maar toen hij met zijn handen door haar zachte kasjmieren truitje over haar borsten streelde, wat haar opwond, wist ze het plotseling weer. Het was Matthew.

'Zullen we...?' Joels adem voelde heet in haar oor.

'Mmm...' zei ze, terwijl ze haar ogen dichtdeed en haar lichaam naar hem toe boog. Hun monden ontmoetten elkaar in een diepe, onderzoekende kus die alle gedachten buiten het hier en nu uitbande, en hij tilde haar op en droeg haar naar de slaapkamer.

Ook al was hun vrijpartij nog zo fantastisch geweest, die avond in de bus naar huis vroeg ze zich af waarom ze toch op twee gedachten hinkte. Er waren al maanden verstreken sinds zij en Matthew uit elkaar waren en nu was Joel er, die ze zo aantrekkelijk vond, met wie ze onbekommerd samen kon zijn, wat ze ook wilde. En toch bleven de herinneringen haar in de weg zitten. Matthew. Stel dat ze nooit over hem heen kon komen, nooit meer van iemand anders kon houden? Ze moest er niet aan denken.

De onenigheid die zij met Joel over Isabel had gehad, zat haar ook dwars. Ze kende Joel niet heel goed, maar had ook zo haar twijfels over hem. Ze vroeg zich af wat hij voor haar voelde, afgezien dan van een duidelijke fysieke aantrekkingskracht. Hij leek zo autonoom, zelfs tijdens het vrijen, fluisterde geen moment haar naam... O, het was allemaal zo verwarrend.

Dit alles hield haar nog steeds bezig toen ze de volgende dag op kantoor kwam. Maar toen ze een nieuw gedeelte van Isabels verhaal in haar postvakje zag liggen, griste ze dat gretig weg. Tijdens lunchtijd, toen het rustig was op kantoor, las ze het tijdens het verorberen van een sandwich, en al snel ging ze helemaal op in Isabels wereld.

33

Isabel

Op een ochtend begin december 1952 vertrok Hugh naar Londen en Jacqueline reed met hem mee. Hij ging erheen voor zijn werk, zo zei hij, en zou een aantal nachten in Kensington blijven. Jacqueline zou maar één nacht wegblijven, om haar huis te controleren en wat kerstinkopen te doen. Later die dag deed Isabel de voordeur open voor een jongeman met een telegram voor Jacqueline.

'Mevrouw Wood is momenteel niet thuis, maar ik zal het aan haar geven,' zei ze tegen hem. Gedurende die dag belde ze een paar keer naar Jacquelines huis in Londen, maar er werd niet opgenomen.

's Avonds lag het telegram nog altijd onheilspellend en ongeopend op de tafel in de hal en Hughs moeder was bezorgd over de inhoud. 'Stel dat het nieuws is over majoor Wood? Een mens voelt zich ook zo verantwóórdelijk,' zei ze steeds maar.

Ten slotte belde Lavinia Morton naar Hugh om te vragen wat ze moesten doen. Pas laat die avond nam hij de telefoon op. Isabel, die op weg naar bed door de gang liep, hoorde haar zeggen: 'O ja? Ja, dat is misschien maar het beste.' Ze legde de hoorn neer en zei tegen Isabel: 'Hugh gaat meteen naar haar toe om te kijken of hij haar kan vinden.'

Niet veel later ging de telefoon. Hughs moeder nam op. 'Jacqueline, goddank dat je belt.' Vanuit de zitkamer hoorde Isabel de klap waarmee de hoorn op de tafel werd gelegd en de schorre ademhaling toen de oude vrouw de envelop openmaakte.

'O!' zei ze opgelucht, ze pakte daarop de hoorn weer op en zei tegen Jacqueline: 'Goddank. Hij komt thuis, liefje. Ik ben zo blij. *Lang verlof stop. Dat is alles.* Je man is op de terugweg naar Engeland.'

Toen Isabel in bed lag te wachten tot de slaap zou komen, echode de opluchting die ze in Lavinia's stem had gehoord in haar eigen hoofd na. Nu haar man thuiskwam, zou Jacqueline waarschijnlijk weer echt naar Londen terugverhuizen. Dan zou de beklemming die Isabel voelde als ze er was ook weggaan. Dan zouden ze met z'n allen weer verder kunnen met hun eigen leven.

's Nachts werd ze een keer wakker omdat ze Lorna zachtjes hoorde jengelen. Ze wachtte een paar minuten, maar het huilen hield op. Terwijl ze de slaap weer trachtte te vatten, merkte ze dat haar gedachten een duisterder pad insloegen. Het was alsof een vormeloze schim van een nachtmerrie over haar heen veegde en al haar hoop en geluk verstikte. Een poosje kon ze amper ademhalen, maar ten slotte week de schaduw en viel ze opnieuw in een onrustige slaap. Daar werd ze uit gesleurd door de dringender kreten van haar kind, de dageraad was bleek en koud aangebroken.

Die dag belde Jacqueline nogmaals om te zeggen dat ze die avond niet, zoals gepland, zou terugkomen maar dat ze in Londen zou blijven om op haar man te wachten.

Hugh zou de komende twee dagen niet thuiskomen en hij belde die avond ook. Hij had een afspraak met zijn redacteur, zo zei hij tegen Isabel, en als het even kon, wilde hij wat kennissen bezoeken en ook nog naar een paar kerstfeestjes. 'Het is hier heel erg mistig,' vervolgde hij. 'Het verkeer staat nagenoeg stil. Het is heel moeilijk om ergens te komen.'

De volgende ochtend vroeg, voordat iemand op was, werd Isabel gewekt door de rinkelende telefoon. Slaperig pakte ze de hoorn. Het was Hugh.

'Jacqueline heeft net gebeld,' zei hij. 'Ik ben bang dat ik slecht nieuws heb. Er is een ongeluk gebeurd.'

Hij vertelde dat majoor Woods vliegtuig de vorige avond laat was geland op een legerbasis in Norfolk, maar in plaats van tot de volgende ochtend te wachten, wilde Michael Wood per se onmiddellijk naar Lon-

den gebracht worden. De auto was in centraal Londen in de mist terechtgekomen, bij Piccadilly van de weg af geraakt en over de kop geslagen. Majoor Wood lag ernstig gewond in het ziekenhuis. De bestuurder
was ter plaatse overleden.

Emily

Zestig jaar later keek Emily van Isabels verslag op en staarde uit het
raam. Het ongeluk moest zijn gebeurd vlak in de buurt van de plek waar
haar kantoor zich bevond. Ze keek weer naar de bladzijden. Er waren er
niet veel meer, maar tijdens het lezen kreeg ze het gevoel dat ze dichter
bij de duistere kern van Isabels huwelijk kwam. Isabels stem weerklonk
in haar hoofd, gepassioneerd, dringend. Ze had geschreven:

*Ons kleine huishouden was in een gelaten stemming ondergedom-
peld en het kreeg wat hulp van een lijkwade van mist. Later belde
Hugh opnieuw en hij kondigde aan dat hij in Londen bleef om Jacqueline bij te staan, en hoewel ik wist dat het goed was dat hij dat
deed, schreeuwde ik inwendig dat hij naar huis moest komen. De dag
kroop in een ijskoude somberheid voort. Niemand ging naar buiten.
We staken het vuur in de woonkamer aan, maar de vochtige mist
moest door de schoorsteen naar beneden zijn gekomen, want het vuur
brandde met horten en stoten, en rookte. Lorna speelde vrolijk in haar
box. Zelfs Hughs moeder was het ermee eens dat het weer te slecht
was om een baby buiten te zetten.*

*Ik ruimde de boel boven een beetje op en dekte de tafel voor de
lunch, en al die tijd werd ik terneergedrukt door die afschuwelijke
wetenschap dat er niets anders op zat dan bij Hughs moeder en Lorna te gaan zitten en op nieuws te wachten. We probeerden niet te let-
ten op een walgelijke stank van verbrande kippenbotten. Door alle
emoties was mevrouw Catchpole met haar hoofd niet bij de soep geweest, en toen die op tafel kwam, zat er alleen groente in.*

*Om zes uur die avond, ik schonk Hughs moeder net een glas sherry
in, ging eindelijk de telefoon. Maar er viel niet veel te melden. Michael
Wood had een harde klap op het hoofd gehad en de dokters deden wat
ze konden.*

Nadat Lorna naar bed was gebracht, aten we de sobere maaltijd die mevrouw Catchpole voor ons had klaargezet, en na de afwas luisterden we naar een komedie op de radio, maar geen van ons had zin om te lachen en er leek geen eind aan de avond te komen. Hughs moeder zat te tobben en het viel me op hoe ze ademde, duidelijk hoorbaar in de stilte. Ik bespeurde haar frustratie over onze situatie, het wachten en de zorgen om die arme Jacqueline, maar wij tweeën hadden niet de gewoonte om het met elkaar over onze gevoelens te hebben. Ik vind het jammer dat onze relatie altijd zo moeizaam ging, maar ze had dan ook altijd een sterke afkeuring jegens mij getoond. We kunnen niet altijd iets aan onze gevoelens doen, maar het was niet eerlijk van haar dat ze zo overduidelijk liet blijken dat ze meer om Jacqueline gaf dan om mij.

'Ik weet zeker dat u best naar bed kunt gaan, hoor,' zei ik tegen haar. 'Ik denk niet dat we voor morgen nog nieuws te horen krijgen. Arme Jacqueline.'

Ik mocht Jacqueline dan wel niet, maar je moest wel heel hardvochtig zijn als je nu geen medelijden met haar had.

'Ja, zeg dat wel, die arme Jacqueline,' zei Hughs moeder met een vreemde, zachte stem. 'Zij zou hier nou moeten zitten, niet jij.'

Ik was even zo geschokt dat ik geen woord kon uitbrengen, maar ze zat niet op een reactie te wachten, want ze vervolgde: 'Ze waren voor elkaar gemaakt, zij en mijn zoon. Weet je, toen ze nog klein waren, hij was acht en zij nog maar vier, zei hij tegen haar dat hij met haar zou trouwen.' Ze grinnikte om iets wat in haar gedachten duidelijk een dierbare herinnering was. 'Later zagen ze elkaar heel vaak, wanneer Hugh in de vakanties thuis was. Er was hier toen een leuke groep jonge mensen. Maar de oorlog kwam en die heeft natuurlijk alles bedorven... Alles. Ik veronderstel dat het me niet had moeten verbazen toen hij iemand anders tegenkwam. Hugh zal je wel over Anne hebben verteld, de jonge vrouw van wie hij hield en die bij een luchtaanval was omgekomen.'

'Ja, natuurlijk,' zei ik. Ik wist niets meer dan die naakte feiten, maar ik was niet van plan haar dat te laten merken. Want alleen doordat ik Thuiskomst had gelezen en het daar kort met Hugh over had gehad, wist ik dat Anne in het boek Diana heette.

'Hij was dol op Anne, die op haar eigen manier een lieve meid was. Maar toen stond Jacqueline natuurlijk in de kou. Na de dood van Anne moest Hugh weer terug naar zijn eenheid, en intussen kwam Jacqueline Michael tegen. Ik had nooit echt de indruk dat ze heel erg verliefd op hem was, maar hij was ongetwijfeld een passende partij... En Michael was altijd dol op haar, heel erg.' Ik merkte dat Hughs moeder al in de verleden tijd over de arme man sprak.

'Dus je begrijpt dat de tijd voor Hugh en Jacqueline nooit rijp was... En toen, uiteraard, ontmoette hij jou.'

Ze zei dat op zo'n beschuldigende toon dat het was alsof er een koud mes in me werd gestoken. Ze ademde nu heel zwaar en ik was bang.

'Hoe kunt u deze dingen zeggen?' fluisterde ik.

'Jij,' ging ze verder. 'Met je zelfzuchtige ideeën, die haar plichten verzaakt.'

'Hou op!' zei ik. We keken elkaar boos aan en haar ademhaling ging steeds moeilijker.

Uiteindelijk zei ze met afgeknepen stem, heel verstikt: 'Geef me wat water... en... mijn pillen.'

Ik was blij dat ik de kans kreeg de kamer uit te gaan, want ik kon het niet verdragen dat ze zag hoe erg ze me van streek had gemaakt. Terwijl ik met trillende handen water uit de keukenkraan in een glas liet stromen, probeerde ik wijs te worden uit wat ze allemaal tegen me had gezegd, maar dat lukte me niet, niet helemaal. Het was alsof ik een vage foto zag die maar niet scherp wilde worden.

Ik dacht terug aan de avond waarop ik Jacqueline voor het eerst had ontmoet, op dat feestje in de Londense flat, vlak nadat Hugh daarin was getrokken. Michael was toen weg en het was me opgevallen hoezeer Jacqueline haar best had gedaan om er een succesvol feestje van te maken, maar ook hoe slordig Hugh met haar omging. Als Jacqueline mijn echtgenoot inderdaad zo aanbad als zijn moeder leek te zeggen, dan was hij zich daar totaal niet van bewust, of het kon hem niet schelen. De belofte van een kind. Die nam toch zeker niemand serieus? Zou Jacqueline werkelijk al die jaren een kalver-

liefde hebben gekoesterd? Het leek me sterk, want ze was nu een vol-
wassen vrouw, en toch was er geen enkele twijfel dat ze hem nog altijd
loyaal was. En hij, wat voelde hij voor haar? Het was moeilijk om hel-
der te denken.

Ik keerde met het glas naar Hughs moeder terug en besefte dat ik
in mijn ontsteltenis de pillen was vergeten. 'Waar zijn ze?' vroeg ik.
Ze nam een slok water en zei: 'Toilettafel.' Ik rende naar boven.

Eerst zag ik niet welke ze moest hebben, want er waren zo veel poe-
ders en drankjes in de laden van de toilettafel. Maar er stond een
klein bruin flesje op de tafel naast haar bed en toen ik dat oppakte en
de dop losdraaide, zag ik dat daar de gelige tabletten in zaten die ik
haar vaak had zien nemen. Dit moesten ze zijn.

Ik keerde naar de zitkamer terug en zag dat ze het niet gemakkelijk
had, en toen ik de pillen uit het flesje schudde, pakte ze er snel twee en
slikte ze door, zonder er goed naar te kijken. Daarna leunde ze in de
stoel achterover en sloot haar ogen. Toen ik vroeg hoe ze zich voelde,
gebaarde ze dat ik stil moest zijn.

'Zal ik de dokter bellen?' vroeg ik, maar ze schudde haar hoofd.

We bleven nog een poosje zo zitten, totdat tot mijn opluchting
haar ademhaling rustiger werd. Uiteindelijk wist ik haar over te halen om naar bed te gaan. In de slaapkamer zette ik de pillen weer
naast haar bed. Ze stond niet toe dat ik haar in haar nachtpon hielp,
dus ik liet haar aan zichzelf over en ging naar beneden om het vuur
te temperen en de achterdeur op slot te doen. Toen ging ik even bij
Lorna kijken, die vredig lag te slapen. Maar al die tijd piekerde ik
over wat mijn schoonmoeder had gezegd. Ik wilde het afdoen als de
kletspraat van een verbitterde vrouw met waanideeën, maar te veel
van haar relaas klopte in mijn ogen. Ik begon Jacqueline als een be-
dreiging voor mijn huwelijk te zien.

Het was al laat, maar ik was te rusteloos om te slapen. Dus in
plaats van naar mijn eigen kamer te gaan, deed ik iets wat ik nooit
eerder had gedaan. Ik opende de deur van Jacquelines kamer en deed
het licht aan.

De magnoliakamer, waar ik had geslapen toen ik hier voor ons
huwelijk was geweest, zou prettiger zijn geweest zonder de kille roze

atmosfeer die van het behang en de gordijnen afstraalde. In de tuin was het een prachtige kleur, tegen frisse groene bladeren en donker knoestig hout van de boom in het late voorjaar, maar minder in een slaapkamer, zeker niet in de gele gloed van het plafondlicht. Het bed was netjes opgemaakt en hoewel Jacqueline met een koffer en beauty-case naar Londen was vertrokken, had ze overal de sporen van haar aanwezigheid achtergelaten: een kantachtige sjaal over de rugleuning van een stoel, een stapel populaire damesbladen onder het nachtkastje.

Op de toilettafel lag wat talkpoeder. Ik ging er met mijn vinger doorheen en er kwam een vage, zoete geur vanaf, Jacquelines geur. Op de ladekast stond een trouwfoto van haar en Michael. Ik pakte hem op en hield hem schuin naar het licht. Ze keek recht in de camera met een flauw glimlachje op haar gezicht, een trieste glimlach, zo wist ik nu. Ik zou met Jacqueline te doen moeten hebben, zei ik tegen mezelf. Voor haar was het leven heel anders gelopen dan ze had verwacht. Een echtgenoot die haar tweede keus was en die haar na een aantal huwelijksjaren nog geen kind had geschonken. En toch kon ik dat niet.

Misschien had ze het niet zo bedoeld, maar haar aanwezigheid in dit huis, het willen goedmaken van mijn vele fouten, voor mijn kind zorgen, had over alles een lijkwade geworpen. En toch leken mijn man en mijn schoonmoeder daarin mee te willen gaan, konden ze niet begrijpen waarom ik er niets van moest hebben. Aan de ene kant wist ik dat ik het in dit afgelopen jaar zonder Jacqueline niet had gered, maar ik kon het niet opbrengen om dankbaar te zijn.

Toen ik de kamer uit wilde gaan, hoorde ik een geluid op de overloop, er ging een deur open. Bang te worden betrapt in de verkeerde kamer, deed ik het licht uit en bleef roerloos staan wachten. Ik hoorde Hughs moeder langs schuifelen, daarna de badkamerdeur die openging en de raadselachtige geluiden van water in de buizen. Ik durfde me niet te bewegen voor het geval ze plotseling naar buiten zou komen en me zou zien, dus bleef ik staan, ademde de geuren in van talkpoeder en oud hout, en nog iets anders... Een olieachtige, chemische geur, niet onaangenaam, sterker nog, heel bekend. Ik streek met een hand langs stof; het was een kamerjas, die aan de achterkant van de deur hing. Die andere geur kwam daar vandaan, maar ik kon niet bedenken waar het naar rook.

Nadat Hughs moeder naar haar slaapkamer was teruggekeerd, ontsnapte ik naar mijn bed, waar ik uitgeput ging liggen, kalm probeerde te worden door me in Hughs kussen te nestelen. Daar was die bekende geur weer. En toen ik in slaap viel, besefte ik wat het was: de geur van de haarcrème van mijn man.

Het was na zevenen en nog donker toen Lorna me wakker maakte omdat ze riep. Ik verschoonde haar luier en nam haar mee naar beneden om haar melk op te warmen, maar toen ik langs de telefoon kwam, ging die over. Het was Hugh, met het nieuws dat Jacquelines man de nacht had gehaald.

Toen het om half acht nog steeds stil was boven, ging ik er met een kop thee naartoe om het nieuws aan Hughs moeder te vertellen.

Toen ik de deur opende, schrok ik omdat ze in haar nachtpon op de grond lag, in het niets starend terwijl haar lichaam zo koud en stijf was als marmer.

Zestig jaar later en geschokt door dit drama las Emily verder.

Hugh was onmiddellijk naar Suffolk teruggekeerd, Jacqueline aan het bed van haar man achterlatend. Toen Isabel vlak na de lunch zijn auto hoorde, ging ze naar buiten om hem met Lorna op de arm te begroeten. Ze schrok van zijn gezicht, dat bloedeloos en uitgeput was, geschokt. Hij legde zijn hand even op haar arm en woelde door Lorna's pluizige bos haar, maar verder merkte hij hen beiden amper op.

'Waar is ze?' vroeg hij terwijl hij naar het huis omhoogkeek, alsof het gezicht van zijn moeder achter een van de ramen te zien was.

'O, Hugh, ze hebben haar al meegenomen,' fluisterde Isabel. Kort tevoren was er een ambulance gekomen en Hughs moeder was op een brancard en met een laken over zich heen weggehaald. 'Dokter Bridges is weg en de nieuwe dokter is gekomen. Ik ben bang dat hij de overlijdensakte niet wilde tekenen. Hugh, ze gaan een lijkschouwing doen.'

Hij sloot even zijn ogen toen dit nieuws tot hem doordrong. 'Vertel me, vertel me precies wat er is gebeurd,' zei hij en hij keek haar nu indringend, gealarmeerd aan. Lorna jengelde en kronkelde in Isabels armen en Isabel suste haar.

'Laten we eerst maar naar binnen gaan. Ze is aan haar slaapje toe.' Ze gingen het huis in, waar mevrouw Catchpole hen in tranen tegemoetkwam en meelevende woorden mompelde. Isabel gaf haar de baby waardoor ze haar handen vrij had.

In de zitkamer begon Hugh over het tapijt te ijsberen terwijl Isabel zo kalm als ze kon de gebeurtenissen van de vorige avond vertelde: Hughs moeder die met haar astma worstelde, de pillen die Isabel haar had gegeven, hoe ze de vrouw die ochtend had gevonden. Zorgvuldig liet ze alles weg wat te maken had met het gesprek dat ze hadden gehad, evenals waar ze was geweest toen ze hoorde dat haar schoonmoeder naar de badkamer ging.

'De andere dokter wilde het pillenflesje zien en dat heb ik aan hem gegeven. Volgens mij waren het haar gebruikelijke pillen, de efedrine.' Ze legde uit hoe behoedzaam de man had gereageerd, de vragen die hij daarna had gesteld. 'Hij vroeg of ook bekend was dat ze wellicht hartproblemen had en, Hugh, daar wist ik niets van. Daar heeft ze nooit iets over gezegd.'

'Heb je haar pillen gegeven zonder dat je precies wist wat ze waren?'

'Ik wist het wel zeker. Het etiket op het flesje was alleen vervaagd.' Ze was verbaasd dat hij plotseling zo boos deed en zoals hij haar woorden verdraaide.

'Waarom heb je gisteravond de dokter niet gebeld of geprobeerd haar in het ziekenhuis te krijgen?'

'Hugh, doe nou niet zo. Nadat ze de pillen had genomen, ging het beter met haar en ze wilde van geen dokter weten. Dat leek niet nodig. Daar heb ik me duidelijk in vergist.'

'Ze nam allerlei rommel. Weet je absoluut zeker dat je haar de goede pillen hebt gegeven?'

'Volgens mij wel, ja. De dokter zei er niets over. Hoe dan ook, misschien hebben de pillen er wel niets mee te maken. O, Hugh, dat zal toch niet?' Ze was vol afgrijzen omdat hij zo bruusk tegen haar praatte, de beschuldiging die op zijn gezicht te lezen was, ze zag niets terug van de vertrouwde Hugh die van haar hield.

Het duurde een aantal dagen voordat de uitslag van de lijkschouwing bekend werd. Lavinia Morton was aan een hartaanval gestorven, mogelijk veroorzaakt door langdurig gebruik of verkeerd gebruik van haar astmamedicijnen, waarvan kleine hoeveelheden in haar lichaam waren teruggevonden. Een onderliggende hartaandoening was tijdens haar leven onontdekt gebleven.

Een politierechercheur kwam Isabel ondervragen, maar haar overduidelijke ontzetting, haar verhaal over wat er gebeurd was en Hughs volharding dat zijn vrouw niet op deze manier een kruisverhoor mocht worden afgenomen, leidden ertoe dat haar relaas werd geaccepteerd. Tijdens het gerechtelijk onderzoek, een week na haar dood, ondervroeg de rechter-commissaris haar en oordeelde dat Hughs moeder een natuurlijke dood was gestorven, mogelijk verergerd door haar medicijnen. De dokter die na haar dood bij haar was geweest zei dat meer onderzoek nodig was naar de mogelijke bijwerkingen van langdurig gebruik van efedrine. Isabel werd van alle blaam gezuiverd, publiekelijk althans. Persoonlijk wist ze dat Hugh geërgerd was door haar warrige relaas over zijn moeders medicijnen en boos omdat ze de dokter er niet bij had gehaald. Kortom, diep vanbinnen was hij ervan overtuigd dat zij verantwoordelijk was voor zijn moeders dood, of in elk geval dat ze die had kunnen voorkomen.

Majoor Michael Wood zweefde nog vele dagen in het grijze gebied tussen leven en dood, maar het hersenletsel dat was veroorzaakt door zijn hoofdwond was ernstig en hij kwam niet meer bij bewustzijn. Op dezelfde dag dat Hughs moeder naast haar man werd begraven op de begraafplaats bij de parochiekerk, kwam het nieuws dat Jacqueline nu weduwe was.

34

Isabel

Eerste kerstdag 1952 brak naargeestig aan.

Het voelde niet eens als Kerstmis, dacht Isabel en ze wendde zich van het raam af. Buiten waaide vanaf de riviermonding een stormachtige wind en de lucht was staalgrijs. Om de traditie van zijn moeder hoog te houden, was Hugh naar de ochtenddienst gegaan, maar Lorna was zeurderig en verkouden, dus Isabel bleef bij haar thuis. Nu ze het kind weer te slapen had gelegd, was ze blij dat ze een poosje alleen thuis was.

Jacqueline en haar vader, een gepensioneerd plattelandsadvocaat, die Isabel pas voor het eerst op de begrafenis had ontmoet, werden verwacht met de lunch. Gelukkig waren mevrouw Catchpole en Lily de afgelopen dagen zo efficiënt geweest om een koppel fazanten en verschillende pannen groenten klaar te maken, en ze hadden bovendien de tafel in de eetkamer gedekt, dus Isabel hoefde niet veel meer te doen. Ze had kort geleden de vogels in de oven gezet, zoals mevrouw Catchpole haar had laten zien, en de aardappels voorgekookt zodat ze gebakken konden worden. Ze hoefde de pudding het komende uur nog niet uit de stoomkoker te bevrijden. Ze kon van dit korte respijt gebruikmaken om een pakje te openen dat haar moeder haar had gestuurd.

Ze ging het halen van de plek waar ze het had neergelegd, onder de grote kerstboom in de zitkamer, tussen een klein aantal andere pakjes, voornamelijk cadeautjes voor Lorna. Ze wilde het in haar eentje openmaken, want ze had er een voorgevoel bij. Van de Barbers was al een groter pakket gearriveerd, bestemd voor Hugh, Lorna en Isabel, dus met dit extra cadeau moest iets bijzonders aan de hand zijn.

Het bruine papier viel weg en ze zag dat ze een vierkant, plat, met fluweel bekleed doosje in haar hand hield. Er was ook een envelop bij, waarop alleen maar in slordig schuinschrift 'Isabel' stond. Ze opende het kistje en staarde naar de parelketting die daarin lag, de drie snoeren glinsterden in het winterse licht. Hij was prachtig, maar haar bekroop een gevoel van wanhoop bij wat dit betekende. Haar moeder gaf haar het kostbaarste bezit dat ze had, het enige waardevolle voorwerp dat ze ooit van haar eigen moeder had gekregen. Waarom gaf ze het aan Isabel? Waarom nu, terwijl het zo veel voor haar betekende? Isabel herinnerde zich dat Pamela het bij verschillende gelegenheden had gedragen, haar huwelijk met Hugh was de recentste. Ze haalde het snoer uit het doosje en hield het in het licht omhoog, herinnerde zich hoe het om haar moeders nek had geglansd. De sluiting was ook prachtig, ingewikkeld gesmeed en ingelegd met kleine diamantjes. Impulsief maakte ze het om haar nek vast waar het warm en zwaar bleef liggen. Toen richtte ze haar aandacht op de brief.

Die bestond uit een aantal kantjes, met potlood geschreven op goedkoop papier en het adres dat bovenaan stond verraste haar. Het was een ziekenhuisafdeling, hetzelfde ziekenhuis waar Pamela ruim een jaar eerder was geweest, en waar Isabel bij haar op bezoek was geweest. Opeens zag ze haar moeder voor zich zoals ze in bed lag, met een grauw en afgetobd gezicht.

Haar eerste opwelling was om de bladzijden weer op te vouwen, zo bang was ze om te lezen wat er stond, maar toen vermande ze zich en begon het wijde handschrift te ontcijferen, dat zo anders was dan haar moeders normale, keurige schuinschrift.

Mijn allerliefste Izzy,
Je zult wel verbaasd zijn te ontdekken dat ik weer in het ziekenhuis lig. Het spijt me dat ik je niet heb gewaarschuwd. Ik dacht dat ik er nog niet naartoe hoefde, maar toen ging alles zo snel, je moet je vader maar vragen naar het hoe en wat. Ik ben bang dat het probleem van vorig jaar in de zomer is teruggekomen en ik lig nu hier omdat ze een aantal tests willen doen.

Vergeef het me maar als ik een beetje warrig klink, liefje, maar ik word een beetje raar van de medicijnen die ze me geven. Ik hoop dat je dit kunt lezen. Je vader neemt de brief mee en doet hem samen met de halsketting op de post. Ik weet zeker dat ik nog een hele tijd bij je zal zijn, maar ik wil graag dat je die nu krijgt, met alle liefde die ik voor je voel. Je bent altijd heel speciaal voor me geweest, en bovendien mijn oudste, en voor mijn gevoel is dit het beste wat ik kan doen.

Penelope is gisteren bij me op bezoek geweest. Het is voor het eerst in jaren dat we fatsoenlijk met elkaar hebben gepraat en ik kan je niet vertellen hoeveel we samen te bespreken hadden. Penelope is heel erg dol op je, liefje, en ik heb haar gevraagd met jou te gaan praten over een kwestie die ons allebei heel na aan het hart ligt.

Er hangt hier een echte kerstsfeer. De verpleegsters hebben voor kerstversieringen, kerstliedjes en een schattig klein kerstboompje gezorgd. Je vader komt op eerste kerstdag met Lydia en de jongens naar me toe, en ik weet zeker dat we een heel fijne tijd zullen hebben. We denken vol liefde aan jou, Hugh en Lorna. Ik hoop dat ons cadeau al aangekomen is. Je hoeft geen haast te maken om me te komen bezoeken. Het gaat heel goed met me, maar als ik na Kerstmis thuis ben, zou ik het wel fijn vinden als je me belde.

Met heel mijn hart, lieveling,
je moeder

Toen ze was uitgelezen, bleef Isabel nog een hele tijd zitten, probeerde zichzelf een plaats in dit alles te geven. Haar moeder had het niet met zo veel woorden gezegd, maar tussen de regels door was het zo duidelijk als wat. Ze was ernstig ziek. Isabels eerste reactie was woede, woede op haar ouders omdat ze haar niets hadden verteld. Ze stond op, liep naar de hal en draaide het nummer van hun huis. De telefoon ging over en over, maar er werd niet opgenomen. Misschien waren ze naar het ziekenhuis. Ze legde de hoorn langzaam weer neer, daarna liep ze naar boven om haar adresboek te halen. Ze belde tante Penelope in Londen, maar weer was er niemand.

Toen Hugh uit de kerk thuiskwam, trof hij haar liggend op de bank aan, met de brief in haar handen geklemd en huilend. Boven was Lorna wakker geworden, ze lag te huilen.

Toen Jacqueline met haar vader kwam, moest ze de fazanten redden want ze waren bijna aangebrand. Zoals wel voor te stellen was, was het kerstdiner een bedeesde bedoening. De kleine Lorna zeurde zich een weg erdoorheen, vertikte het om te eten terwijl haar ogen onnatuurlijk schitterden.

'Had je haar niet beter weer in bed kunnen leggen?' vroeg Hugh.

Isabel voelde aan Lorna's gezicht. 'Ze heeft koorts,' antwoordde ze.

'Het arme wurmpje,' zei Jacqueline. 'Eet jij maar af, dan breng ik haar wel naar boven.' En ze tilde het kind uit haar kinderstoel. 'O, ze voelt zich helemaal niet goed.'

'Laat mij haar brengen,' zei Isabel, 'alsjeblieft.'

'Nee, echt, ik ben al klaar met eten,' zei Jacqueline en ze liep met Lorna weg. Isabel wilde er in het bijzijn van de mannen liever niet tegenin gaan, dus ging ze weer zitten, maar ze had geen trek meer.

Toen Jacqueline weer beneden kwam nadat ze Lorna te slapen had gelegd, wachtten ze met de afwas om via de radio te luisteren naar de eerste kerstrede van de pas aangetreden koningin. Isabel probeerde haar vader weer te bellen, maar er werd nog steeds niet opgenomen. Ze werd steeds rustelozer. Ze glipte weg naar boven, zag dat Lorna onrustig sliep en vroeg zich af of ze de dokter moesten bellen.

Toen ze in de zitkamer terug was en het aan Hugh vroeg, zei die dat ze de arme man niet met Kerstmis moesten lastigvallen. 'Volgens mij is het alleen maar een akelige verkoudheid,' stelde Jacqueline haar gerust. Niet lang daarna werd Lorna opnieuw wakker.

Nadat Isabel haar naar beneden had gebracht, deelde Hugh de cadeautjes uit die onder de boom lagen. Voor Lorna hadden ze een houten wandelwagen gekocht, vol blokken. Hoewel ze nog geen jaar oud was en nog niet zonder hulp kon lopen, deed ze haar best om overeind te komen, bleef even wankelend staan, klemde zich aan de stang vast, totdat de wagen naar voren schoot en ze met een kreet viel. Dit weerhield haar er niet van om het nog een keer te proberen, waarbij ze elke keer vermoeider en huileriger werd.

Jacqueline had handschoenen voor Isabel gekocht, een stropdas voor

Hugh. Isabel gaf haar het cadeautje van haar en Hugh, nog meer van haar favoriete talkpoeder. Heimelijk was ze woedend over het cadeau dat Hugh aan haar had gegeven: een mooi schort. Aangezien ze aardig wat moeite had gedaan om vier ons dure tabak voor hem te krijgen, was ze gekwetst dat hij zo weinig moeite voor haar had gedaan. Maar ze klaarde op door een klein pakje van haar vriendin Vivienne: een stukje roomzachte zeep dat exotisch rook. Het briefje dat erbij zat was een en al blijdschap en ze stopte het in haar tas om het later te lezen.

De schemering sijpelde al de kamer in en Hugh stookte het vuur op om de avondkilte te verdrijven toen ze het geluid van een auto op de oprit hoorden.

'Wie kan dat nou zijn?' vroeg Isabel zich af en ze liep naar het raam. Ze herkende de blauwzwarte auto niet, met de vloeiende lijnen en zilverkleurige randen, en evenmin zag ze meteen wie de bestuurder was, een breedgeschouderde man in een dikke overjas en een hoed op die hij laag over zijn voorhoofd had getrokken, die omliep naar de passagiersdeur. De elegante dame in een modieuze cape die uitstapte kwam haar echter onmiddellijk bekend voor. Penelopes gerande hoed werd in een windvlaag opgetild en zeilde over de binnenplaats. Isabel lachte voor het eerst die dag toen de man, Reginald, zag ze nu, er in een waardige jacht achteraan ging.

'Het is Penelope!' en ze snelde weg om de voordeur open te doen. 'Tante Penelope,' riep ze uit, zich naar haar toe haastend. Haar tante begroette haar met een elegante zwaai en opende de achterdeur van de auto. En daar sprong Gelert naar buiten en galoppeerde met zijn lijn vliegend achter zich aan over de tegels naar Isabel.

'We hebben in het strandhuis gelogeerd,' legde Penelope uit toen ze Hugh haar cape overhandigde. 'Het is verrukkelijk knus met die huilende wind buiten.'

'We hebben een heel fatsoenlijke maaltijd in The Boar genomen,' zei Reginald. 'Ken je dat?' Hij was ongebruikelijk spraakzaam vandaag.

'Reg heeft de arme man net zolang op zijn huid gezeten tot hij ham en aardappels voor ons had.'

'Onzin, Pen, hij was blij dat hij ons van dienst kon zijn.'

Het was alsof er een vlaag frisse lucht door het huis was gewaaid, dacht Isabel, toen ze hen aan Jacqueline en haar vader voorstelde. De oude man probeerde overeind te komen, maar Reginald weerhield hem daarvan, ging bij hem zitten en begon een hartelijk gesprek over jachthonden, waarover hij verbazingwekkend veel leek te weten. Hugh stond in de buurt, stopte zijn pijp met de nieuwe tabak en luisterde. Penelope schonk beleefde aandacht aan Lorna, met wie Jacqueline op de vloer met de blokken aan het spelen was. Isabel ging naast haar tante op de bank zitten en aaide Gelert.

'Ik had geen idee dat jullie deze kant op zouden komen,' zei Isabel. 'Het is een heerlijke verrassing.'

'We zijn eergisteravond aangekomen,' zei Penelope.

'Je bent bij mijn moeder geweest,' zei Isabel met zachte stem. 'Ze heeft me geschreven. Vertel, hoe is het met haar?'

Het was alsof er een schaduw over Penelopes gezicht viel. 'Daar hebben we het later wel over,' fluisterde ze, 'maar nu niet, niet hier,' en Isabel voelde een soort doodsangst.

'Ongelooflijk hoe dat kind op haar lijkt,' vervolgde Penelope terwijl ze naar Lorna staarde.

'O ja?' antwoordde Isabel. 'Soms vind ik dat ze op babyfoto's van Hugh lijkt, maar ik zie niets van onze familie in haar.'

'O, ze lijkt echt op Pam. Zo vreemd.'

'Zo vreemd lijkt me dat eigenlijk niet.' Penelope was in een stemming die Isabel wel eerder bij haar had gezien: verdrietig, minder nonchalant. Ze was verbaasd dat ze zo blij was om haar tante te zien.

Ze keek de kamer rond. Wat leek het huis opeens vrolijk. Met het dansende vuur in de open haard was de sfeer heel opgewekt. Ze waren de laatste tijd allemaal zo somber geweest. Jacqueline had een stoel naast het vuur gezet en had een slapende Lorna in haar armen. Hugh stond aan een kant van de schoorsteenmantel zwijgend te roken.

'Zal ik theezetten?' vroeg ze aan Penelope, en ze zag dat haar tante met een geconcentreerd gefronst voorhoofd onderzoekend naar Hugh en Jacqueline keek. 'Er is nog wat kerstcake.' En nu zag Isabel het ook. Hugh, Jacqueline, Lorna. In de halo van licht die de oude tafellamp op de schoorsteenmantel wierp, vormden ze een tableau als van een gezinnetje. Er gleed een troosteloos gevoel over haar heen.

In de keuken concentreerde ze zich op het oppakken van de ketel en die te vullen. Ze zette hem op de kookplaat en veegde daarna haar handen af aan de handdoek. De theepot, zei ze tegen zichzelf. Ze opende het theeblik en het muffe aroma van de thee was vertroostend. Alles viel nu op zijn plek. Hoe was het mogelijk dat ze het niet eerder in de gaten had gehad?

Het geluid van trippelende voetstappen. Ze keek op en zag haar tante, haar nog altijd mooie gezicht vertoonde een bezorgdheid die ze nooit eerder had gezien. Penelope keek haar even aan en mompelde toen: 'Arme meid.' Ze liep naar Isabel toe en streek haar over de wang.

Isabel greep de hand vast en snikte hevig bibberend. Zo bleven ze even staan en toen maakte Penelope zich zachtjes los en zei: 'We moeten kalm blijven en proberen na te denken.'

'Dat kan ik niet.'

'Dat kun je wel. Ik vind dat ik je het moet vertellen. Stephen heeft ze vaak samen in Londen gezien,' zei Penelope. Toen ze zag dat de waterlanders langzaam over Isabels wang liepen, haalde ze een kanten zakdoek uit haar handtas tevoorschijn.

'Ik weet niet wat ik moet doen,' zei Isabel en ze veegde over haar ogen.

'Je moet hem ermee confronteren.'

'Hij doet de laatste tijd zo kil tegen me. Alsof hij mij de schuld geeft.'

'Waarvan geeft hij je dan de schuld?' Penelope bleef koel, afstandelijk, maar haar stem klonk heel vriendelijk en ze had een meelevende uitdrukking op haar gezicht. Isabel merkte dat ze helderder kon denken.

'Ik kon nooit goed met zijn moeder overweg, zie je. En hij vindt dat het mijn schuld is dat ze is gestorven, dat weet ik zeker.'

'Maar dat is bespottelijk.'

'Ik had moeten beseffen hoe ziek ze was. Echt. Maar dat was het niet alleen. Ik ben nooit het soort echtgenote geweest dat hij wilde. Ik had meer als zíj moeten zijn. Zíj wilde dat hij Jacqueline had genomen.'

'Dat is toch zeker onzin.'

'Nee, dat is het niet. Dat heeft ze me verteld. En dan is Lorna er nog.

Ik wist niet dat het zo zou zijn, een kind krijgen. Dat het je compleet overneemt. Ik ben heel dol op Lorna...'

'Natuurlijk ben je dat,' zei Penelope. Haar lange, gemanicuurde nagels maakten een zijdeachtig geluid toen ze ze langs elkaar wreef.

Isabel moest terugdenken aan het gesprek dat ze met Penelope had gehad in het café in Percy Street. Penelope had nooit een kind gewild. Ze vroeg zich nogmaals af of dit iets te maken had met datgene wat de relatie tussen de twee zussen zo had aangetast.

'Hoe gaat het met mijn moeder?' vroeg ze.

'Moeilijk te zeggen. Ze wordt weer geopereerd.'

'O.'

Het water kookte nu dat het een lieve lust was en terwijl ze de theepot met heet water omspoelde om die voor te verwarmen, vertelde ze haar tante over de brief en de parels. Penelope zette kop-en-schotels op een dienblad en luisterde.

'Misschien zijn ze tijdens de kerstdagen bij de buren geweest,' zei ze toen Isabel opmerkte dat ze de telefoon niet opnamen.

'De Fanshawes?' vroeg Isabel terwijl ze de cake uit de etenskast pakte en de theewagen vol laadde.

'Die mollige mevrouw die op je zusje past.' Penelope keek haar nu intens aan. 'Isabel, liefje,' zei ze. 'We moeten praten. Reginald en ik zijn op de terugweg, maar ik maak binnenkort een afspraak met je. Zal ik hier nog een keer komen en je dan mee uit lunchen nemen?'

'Dat lijkt me heerlijk,' zei Isabel. 'Als Lorna een beetje beter is.'

'Neem het kind mee, als je dat wilt. Zeelucht is goed, veronderstel ik. Ik bel je.'

'Dank je wel,' zei Isabel en ze vroeg zich af wat haar tante haar in hemelsnaam te vertellen had. 'Heeft Stephen gezegd dat we hem daar in de zomer hebben gezien?'

'Inderdaad, de arme man,' zei ze.

'Waarom arm?'

'Zijn vrouw heeft hem verlaten. Haar vader wil het huwelijk nietig laten verklaren op basis van het feit dat er geen kinderen komen. Hoe hij dat voor elkaar moet krijgen, weet ik niet.'

Isabel dacht hierover na en ook hoe goed Stephen haar altijd had behandeld. Het zou wel door haar bedrukte stemming komen, maar wat was er toch veel ongeluk in de wereld.

'Berec was heel blij met je pakketje. Ik ga zo nu en dan bij hem op bezoek. Die lieve Berec. Er zit geen greintje zelfzuchtigheid in hem. Zijn grootste zorg gaat uit naar zijn vrienden, Gregor en Karin.'

'Is hun dan iets overkomen?'

Penelope boog zich samenzweerderig naar voren. 'Gregors naam is opgedoken op een of andere lijst van ongewenste politieke elementen. Hij wordt het land uitgezet en Karin gaat met hem mee. Berec heeft mij gevraagd of ik naar Binnenlandse Zaken wil schrijven. Dat doe ik ook, maar dat heeft natuurlijk geen enkele zin.'

Isabel herinnerde zich Gregor nog, zijn intense gevoel voor rechtvaardigheid. Hij was absoluut niet gevaarlijk en Karin was zo'n vriendelijke vrouw. Hoe kwam het toch dat niemand was wat hij leek?

Gelert was achter Penelope aan gelopen naar de keuken. Hij duwde met zijn neus de deur van de etenskast open.

'O, verdikkie, de ham,' zei Isabel en ze sprong op om die te redden. 'Willen jullie niet blijven eten? We hebben verschrikkelijk veel eten.'

Penelope schudde haar hoofd. 'Reginald wil naar Londen terug.' Ze stond op. 'Isabel,' zei ze, 'je bent een Lewis. En onze moeder zei vroeger altijd tegen Pamela en mij dat Lewis-vrouwen het er niet bij laten zitten en niet opgeven. Je moet een manier zien te vinden, maar ik kan je niet vertellen welke. Daar moet je zelf achter komen.'

Isabel had het idee dat ze nergens anders toe in staat was dan het erbij te laten zitten en op te geven, maar ze knikte.

'Nog één kop thee,' zei Penelope, 'en dan moeten we echt gaan.'

Die nacht werd Lorna ernstig ziek. Haar temperatuur schoot de hoogte in en haar ogen schitterden van de koorts. Het ergste was dat ze begon te hoesten, een vreemde droge hoest, als het blaffen van een zeehond, en ze kreeg het benauwd. De dokter werd erbij geroepen en verklaarde dat ze kroep had. Er werd een stoomketel opgediept en Isabel bracht met Lorna een angstige nacht door in een badkamer vol stoom opdat ze gemakkelijker kon ademhalen. Tegen de ochtend was het ergste voorbij, maar er was nog een aantal dagen en nachten zorgvuldige verpleging nodig voordat het kind helemaal uit de gevarenzone was. Isabel was uitgeput. Toen moeder en kind sterk genoeg waren om naar Kent te reizen, was haar moeder uit het ziekenhuis, voorlopig althans. Isabel nam Lorna mee, waar haar familie blij mee was, maar ze schrok toen ze haar moeder zag: Pamela was zo mager en bleek dat het leek alsof het licht dwars door haar heen scheen.

Kort na haar terugkeer verzamelde ze moed om Hugh aan te spreken op de kwestie die haar het meest bezighield.

'Ik heb liever niet dat ze hier komt, Hugh.'

'Jacqueline? Waarom niet?'

'Ik... ze probeert tussen ons te komen.

'Wat onaardig om dat te zeggen. Volgens mij is ze een geweldige hulp. Kijk toch eens wat ze je met Lorna allemaal uit handen heeft genomen, vooral toen je... niet in orde was.'

'Ze heeft geholpen, dat klopt, maar ik ben nu een stuk opgeknapt en ze hoeft hier nu niet meer te zijn.'

'Isabel, ze is een vriendin en heeft pasgeleden haar man verloren. Je wilt toch zeker niet zeggen dat we haar in de steek moeten laten nu zij op haar beurt ons nodig heeft?'

'Ik vind het heel erg voor haar. Maar vind je het niet een beetje vreemd dat ze zo aan ons klit?'

'Dat is onzin, Isabel.'

'Niet waar, ik weet zeker van niet. Je moeder zei...' Ze zweeg.

Hugh sloeg zijn armen over elkaar. 'En wat zei mijn moeder? Wacht, ik denk dat ik het wel kan raden. Ze heeft altijd een zwak voor Jacqueline gehad. Absolute onzin, natuurlijk.'

'Is dat zo? De hele zaak laat me niet los. En ik weet dat je in Londen regelmatig met haar uit bent geweest.'

'Uit geweest? Wat bedoel je daar in hemelsnaam mee? Als je bedoelt dat ze zo nu en dan met me mee is geweest naar een etentje of een feestje, ja, dan ben ik met haar uit geweest. Maar we zijn allebei getrouwd, althans toen was ze dat nog. Iemand heeft wel een heel boosaardige geest om daar iets van te denken. Wie is dat? Zeg op.'

'Het maakt niet. En daar gaat het niet om.'

'Je tante, zeker, hè? Zij doet alsof ze zich op de vlakte houdt, maar ze geniet ervan om de boel wat op te stoken.'

'Wat gemeen om dat te zeggen. Zo is ze helemaal niet.'

'En Jacqueline is evenmin degene die ze volgens jou is. Voor mijn familie is ze altijd een vriendin geweest, al van jongs af aan. Ze is loyaal, vriendelijk en behulpzaam, en nu haal je naar haar uit terwijl ze al geveld is. Dat is niet erg christelijk van je.'

'Hugh! Ik heb niet gezegd dat ze dat allemaal níét was. O, je begrijpt er helemaal niets van, hè? Als zij hier is, kan ik mezelf niet zijn. Ze neemt de boel over. Dan krijg ik het gevoel dat ik nutteloos ben... nutteloos, snap je het dan niet? En mensen praten erover. Er moet een eind aan komen.'

'Je bent onredelijk. Waarom moet alles voor jou zo'n enorm drama zijn? Dat je mensen van van alles en nog wat beschuldigt zonder een greintje bewijs. Je slaat er maar een slag naar.'

'Ik sla er géén slag naar, Hugh. En ik ben ook niet onredelijk. Ik heb dat gevoel nou eenmaal.'

'Als we allemaal ons gevoel achternaliepen, zouden we net beesten zijn. Luister naar me. Nu mijn moeder is overleden, staat Jacqueline dichter bij mij dan wie ook van mijn familieleden. Zij heeft ook voor moeder gezorgd. Dat was zo'n troost na het overlijden van mijn vader.'

'Dan wie ook van je familieleden? En ik dan... Doe ik er niet toe?'

'Natuurlijk wel, malle meid. Maar ik ga niet mijn vrienden de rug toekeren omdat jij een gevoel over ze hebt. Dat is nonsens.'

Ze keek hem strak aan. 'Hugh, ik vind het jammer dat je zo neerkijkt op mijn gevoelens. Ik ben tenslotte je vrouw. En ik moet je iets vragen. Heb je een verhouding met Jacqueline?'

'Hoe kun je dat zelfs maar vragen? Vertrouw je me dan totaal niet?'

'Geef gewoon antwoord op de vraag. Alsjeblieft, ik moet het weten.'

'Ik vind niet dat ik dat hoef. Het is een monsterlijke beschuldiging.'

'Betekent dat dat het antwoord nee is? Alsjeblieft, Hugh, het is belangrijk.'

Hij opende zijn mond, deed hem weer dicht en keek met een verwilderde blik de kamer rond. 'Ik zie geen enkele noodzaak om dit gesprek voort te zetten,' zei hij. Hij liep rond, pakte willekeurig wat kleren op, zijn borstel en kam, en legde ze weer neer. Toen gooide hij het kussen opzij en griste de pyjama die daaronder lag weg.

'Vannacht slaap ik in mijn moeders oude kamer. Dat geeft jou de kans om te kalmeren.'

'Hugh, alsjeblieft,'

Maar hij was al zonder nog een woord te zeggen de deur uit. Ze ging achter hem aan. 'Hugh,' riep ze, 'dat bed is niet opgemaakt.' Maar hij negeerde haar, liep zijn moeders slaapkamer in en deed de deur dicht. Ze ging erheen en wilde net de kruk vastpakken toen ze de sleutel in het slot hoorde omdraaien.

'Hugh,' kreunde ze, en ze gooide zichzelf tegen de deur. Ze snikte. Binnen was het stil. Na een poosje keerde ze naar haar slaapkamer terug, liet zich op bed vallen en barstte in huilen uit.

Het gevoel dat ze alles had bedorven was overweldigend. Ze had haar man beschuldigd van iets waar ze geen bewijs voor had, alleen een intense verdenking. Misschien vergiste ze zich in Jacqueline, die in het afgelopen jaar zo genereus haar tijd en energie aan hen had besteed. Misschien had ze haar huwelijk onherstelbaar beschadigd. Ze herkende haar dierbare Hugh amper in de harde, kille man die deze avond zo tegen haar tekeer was gegaan. Misschien had hij gelijk en was ze hysterisch, irrationeel, maar dat vond zij zelf niet. Hij had haar zulk onrecht aangedaan, terwijl ze alleen maar liefdevol gerustgesteld wilde worden. Ze kon zich niet herinneren dat ze zich ooit zo ellendig had gevoeld. Bij die gedachte moest ze nog meer huilen.

Toen ze de volgende ochtend met Lorna beneden kwam, zat hij in zijn eentje te ontbijten. Hij glimlachte naar Lorna, maar keek Isabel amper aan. 'Ik heb besloten om vanmiddag naar Londen te gaan,' zei hij op uitermate kille toon. 'Onder de huidige omstandigheden lijkt me dat het beste.'

'O, Hugh, moeten we niet praten?' zei ze, niet in staat om een snik uit haar stem te weren.

'Voorlopig hebben we beiden genoeg gezegd. Ik ben aan rust toe. Misschien wil je liever nadenken over wat je hebt gezegd.' Hij at zijn toast op, pakte zijn thee en sloot zichzelf in zijn werkkamer op.

Die middag vertrok hij met slechts een koud 'dag' naar Londen.

35

Emily

Op een vrijdag in juli was Emily 's ochtends heel vroeg de deur uit gegaan met de bedoeling eerst te gaan zwemmen en dan aan het werk te gaan. Maar toen ze bij het zwembad kwam, hing er een briefje dat ze dicht waren omdat het verwarmingssysteem kapot was. Daar werd ze chagrijnig van en ze troostte zichzelf met een bak romige havermout-pap uit een broodjeszaak. Ze was zo vroeg op kantoor dat de receptioniste nog niet op haar plek zat en Emily was de enige in de lift toen die schuddend naar haar verdieping omhoogging.

Toen de liftdeur daar openging, zag ze tot haar verbazing dat er iemand stond te wachten om in de lift te stappen: een kleine, oudere vrouw in een smaakvolle maatblouse en rok. Ze leek te schrikken bij het zien van Emily, maar beantwoordde haar 'goedemorgen' vriendelijk terwijl de liftdeuren tussen hen dichtschoven. Emily vroeg zich vaag af wie ze was. Ze had een paar keer eerder een glimp van haar opgevangen.

Ze keek in haar postvakje, maar het was nog te vroeg voor de post. Ze draaide zich om en zag aan het paneel boven de lift dat die op de eerste verdieping was gestopt, wat betekende dat de vrouw op de etage onder haar was uitgestapt.

Dat was de etage waar Naslagwerken gevestigd was, herinnerde ze zich. Misschien werkte de vrouw daar wel. Emily vroeg zich even af wat ze op deze verdieping te zoeken had.

Ze opende de deur van haar kantoor en zag dat ze weliswaar de eerste was, maar voelde onmiddellijk dat iemand anders haar vóór was geweest. Op haar bureau lag een envelop die geadresseerd was aan 'Miss Emily Gordon', net als bij alle andere mysterieuze enveloppen het geval was geweest. Ze maakte hem open, terwijl ze in haar hoofd allerlei verbanden legde. Plotseling viel alles op zijn plek. Die vrouw die ze net had gezien moest hem hier hebben achtergelaten.

Snel keek ze de bladzijden met Isabels handschrift door, onderwijl een paar lepels pap verorberend, ze stopte de pagina's toen terug in de envelop en snelde ermee naar de deur, precies op het moment dat Sarah binnenkwam.

'Jij bent ook vroeg,' zei Sarah tegen haar.

'Sorry,' hijgde ze bij wijze van antwoord. 'Zie je straks. Ik moet iemand te pakken zien te krijgen.'

Voor een buitenstaander lijkt het misschien vreemd dat Emily al bijna een jaar bij een bedrijf werkte en nog nooit een voet op de andere verdiepingen had gezet. Maar haar afdeling had niets met de afdeling Naslagwerken te maken, en ze had nooit reden gehad om daar iemand op te zoeken. Het portaal van de eerste verdieping zag er in de meeste opzichten hetzelfde uit als dat op de tweede, ontdekte ze, en toch hing er een andere sfeer. Hier hingen verschillende posters aan de muur, grafieken over vogels en vissen, maar die waren triest en haveloos, de hoeken krulden om. Een paar alomtegenwoordige plastic kratten hadden de ruimte onder de postvakjes gekoloniseerd, waar oude naslagwerken in opgestapeld waren die niemand meer nodig had in de heldere pixelwereld van het internet.

Hoewel het inmiddels bijna negen uur was, was het er stil. Hoe moest ze naar iemand vragen van wie ze slechts een glimp had opgevangen en de naam niet kende? Maar toch ging ze hoopvol op onderzoek uit en ze werd al snel beloond. Helemaal aan het einde van de hal, weggestopt achter de liftschacht, viel een streep daglicht op het tapijt, en ze werd naar een open deur toe getrokken. Ze gluurde naar binnen maar daar was niemand, hoewel degene die daar werkte duidelijk bezig was met het inpakken van boeken in kratten. Het was een klein kantoor, waarvan het raam uitkeek op de achterkant van andere gebouwen, maar iemand had er iets gezelligs van gemaakt.

Verrukt deed Emily een stap naar binnen om het prachtige oude bureau te bewonderen, evenals de staande lamp met de kap met franjes en de mooie kussens op de stoelen. In een boekenkast naast haar stond een reeks gidsen over in het wild levende dieren, de ruggen waren prachtig geïllustreerd en er ging een vlaag van herkenning door haar heen. Ze stak een hand uit om er een tussenuit te trekken die altijd al haar favoriet was geweest. Die ging over zeeschepsels.

'Dat zijn eerste drukken.' De stem achter haar klonk zachtjes en muzikaal. Ze keek verbaasd om en zag een paar intelligente, geamuseerde ogen. Het was de vrouw die ze boven in de lift had zien stappen. Ze was elegant, onopvallend gekleed en haar grijze haar was geknipt in een kort schoolmeisjeskapsel dat haar hartvormige gezicht omlijstte.

'Sorry dat ik zo binnenval,' stamelde Emily, en ze liet het boek zien dat ze vasthield. 'Ik ben dol op deze reeks. Mijn vader heeft hem ook. Hij vertelde ons altijd dat hij hem had gekocht met geld dat hij als jongen met een krantenwijk verdiende.'

'Ze zijn schitterend, vind je niet?' zei de vrouw terwijl ze er nog een uitkoos en het boek op een prachtig titelblad opensloeg. 'Ik ben heel trots dat ik deze heb uitgegeven.'

'O ja?' Deze boeken maakten deel uit van Emily's jeugd en hier stond de vrouw die dat mogelijk had gemaakt. Ze vond het verbazingwekkend.

'Ja, ik was de redacteur,' zei de vrouw tegen haar. 'Destijds was het behoorlijk liefdewerk, en we hadden enorme problemen met de foto's, maar uiteindelijk was het de moeite waard. Ze worden jaar na jaar herdrukt, zelfs nu nog. Kan me niet voorstellen waarom iemand van die vermaledijde e-boeken zou willen hebben. Die kun je niet in de boekenkast zetten waar je ze kunt bekijken hè?'

'Nee,' zei Emily recht uit haar hart. Ze keek de kamer rond. 'Het is vast een akelige klus om dat allemaal in te pakken.'

'Ja,' zei de vrouw. 'Het raakt me diep in mijn hart. Mijn hele arbeidzame leven, veertig jaar en nog wat, staat in deze kamer. De dossiers en manuscripten gaan naar het archief, en sommige boeken ook, maar ik mag alles houden waar ze al een exemplaar van hebben.'

'Dan vertrek je dus,' zei Emily en ze gaf haar het boek, 'geen verhuizing naar een ander kantoor?'

'Ik ga inderdaad weg, ja.' De vrouw schonk haar een weemoedig glimlachje. 'Ik vermoed dat de tijd rijp is. Ik was toch al van plan om over een jaar of twee met pensioen te gaan. Dat gebeurt nu eerder dan ik dacht, dat is alles.'

'Ik ben bang dat ik niet weet hoe je heet,' zei Emily en ze stak haar hand uit. 'Ik ben Emily Gordon.'

'Ik weet wie je bent,' zei de vrouw ernstig terwijl ze haar de hand schudde. 'En ik weet waarom je hier bent. Ik heb op je gewacht.'

'Dan had ik dus gelijk. Jij was degene die me alles over Isabel heeft gestuurd, hè? Waarom? Ik begrijp het niet.'

'Dat was ik, ja. Kom even zitten.' Ze tilde wat boeken van een stoel zodat Emily kon zitten en nam toen zelf plaats achter het bureau.

'Maar hoe...?' vroeg Emily.

De vrouw vouwde in een kalm gebaar haar handen op het bureau samen. 'Ik weet niet goed waar ik moet beginnen.'

Emily glimlachte. 'Mijn oma zegt altijd dat je bij het begin moet beginnen.'

'Dat is een goede raad als je weet waar het begin is. Nou, eens kijken.' Ze keek Emily even bedachtzaam aan. 'Misschien weet je dit niet, maar ik sta op de verzendlijst van de notulen van jullie redactievergaderingen en ik zag jouw naam naast Hugh Mortons biografie staan. De biografie zelf was niet bepaald een verrassing. Ik wist dat die een keer zou komen en toen het zover was, waarschuwde Lorna me.'

'Lorna? Ken je Lorna dan?'

'Hemeltje, ja. Je bent verbaasd. Ik dacht dat je inmiddels meer verbanden had gelegd.'

Emily raakte steeds meer in de war. 'Sorry, kunnen we een stap teruggaan? Ik weet nog steeds niet wie je bent.'

'Lieve help, heb ik me nog niet voorgesteld? Ik ben Lydia Hardcastle.' Emily herkende de naam slechts vaag, mogelijk van een of andere getypte lijst, maar zeker niet in relatie tot Isabel. Ze keek duidelijk nietbegrijpend, want Lydia zei: 'Misschien helpt het als je weet dat mijn meisjesnaam Barber is.'

'Lydia Barber? Dan ben je...?'

'Ik ben Isabels kleine zusje.'

'De kleine Lydia?' Het duurde even voordat het tot Emily doordrong. Een klein meisje in een wandelwagen, ver weg in de tijd... Dat was Isabels zusje, niet deze beschaafde volwassen vrouw die tegenover haar aan het bureau zat in het kantoor van een moderne uitgeverij.

'Sorry,' verzuchtte Lydia. 'Ik weet dat het heel wat is om te kunnen bevatten. Er is nogal wat uit te leggen en ik moet je vragen geduld te hebben.'

'Geduld?' flapte Emily er onwillekeurig uit. 'Ik wil niet onbeleefd zijn, maar ik heb lang genoeg gewacht. Het is behoorlijk griezelig en stressvol om anonieme pakjes te krijgen, moet je weten.'

Er viel een schaduw over Lydia's gezicht en Emily zag dat ze haar had gekwetst, maar ze kon moeilijk spijt hebben van haar woorden. Deze afgelopen paar maanden waren in een aantal opzichten werkelijk stressvol geweest, en nu was Lydia hier plotseling en moest ze zich maar herinneren dat ze Isabels zus was. Plotseling werden het stiekeme gedoe en de spanning haar te veel. 'Waarom, in godsnaam?'

'Geef me alsjeblieft de gelegenheid om het uit te leggen,' zei Lydia. Ze leek nu verdrietig, te verschrompelen, en Emily had nu wel spijt van haar uitbarsting. Lydia Hardcastle had vast ook een moeilijke tijd achter de rug, zoals haar leven hier werd ontmanteld en ze in het reine moest komen met het feit dat ze met pensioen ging.

Ze zwegen beiden even. Lydia keek naar de chaos om haar heen terwijl ze moeite had om de juiste woorden te vinden. 'Heb je daar nu tijd voor?' zei ze. 'Het enige wat ik hoef te doen is verdergaan met inpakken.'

'Dat vind ik prima,' zei Emily. 'Ik heb pas om elf uur een vergadering. En dit is belangrijk.'

Lydia ontspande zich in haar stoel en zei aarzelend: 'Heb je het materiaal dat ik je heb gestuurd gelezen?'

'Alles. Behalve de portie van vandaag. Daar heb ik alleen een vluchtige blik op geworpen.'

Lydia keek opgelucht. 'En wat vond je tot nu toe van het verhaal?'

'Wat ik ervan vond?' Emily dacht even na. Voor haar geestesoog doken beelden op van een jonge vrouw, intelligent, ambitieus, een en al energie, wier leven na haar huwelijk en het krijgen van een kind dramatisch veranderde. Een gewoon verhaal, het verhaal van zo veel vrouwen, veronderstelde ze, hoewel elk verhaal ook heel persoonlijk was. 'Het was heel triest,' gaf ze toe. 'Het leven bleek niet te zijn wat ze ervan had verwacht.'

'Uiteindelijk geldt dat voor de meesten van ons,' mompelde Lydia. 'Verder niets?'

'Ik denk dat ik me afvroeg voor wie het belangrijk is. Doet Jacqueline Morton niet haar best om alle herinneringen aan Isabel weg te poetsen?'

'Ja,' zei Lydia prompt. 'Dat doet ze.'

'Ik begrijp eigenlijk wel waarom. Van wat ik heb gelezen, voelde Isabel zich onderdrukt, maar Hugh hield duidelijk wel van haar. Ook al sliep hij waarschijnlijk met Jacqueline. Wat deed Jacqueline trouwens steeds bij hen? Dat moet zo vernederend zijn geweest.'

'Dat ben ik met je eens. Liefde, vermoed ik. Wat is je nog meer opgevallen?'

'Verder niets,' zei Emily, en ze zweeg toen even. 'Ik neem aan dat er nog iets moet zijn, hè? Iets wat ik nog niet heb gelezen. Is er dan nog meer?'

'Dat staat niet in haar memoires, ben ik bang.'

Emily keek vast teleurgesteld want Lydia zei: 'Maar we weten iets van wat er daarna gebeurde.'

'We? Bedoel je jij en Jacqueline?'

Lydia zei rustig: 'Nee, ik bedoel Lorna en ik.'

'Lorna?' Op de een of andere manier was zij de laatste persoon die Emily had verwacht. Lorna, zo stilletjes en volgzaam, zo onder de duim van Jacqueline.

Lydia keek Emily recht aan. 'Toen Jacqueline aan Lorna vertelde dat er een biografie kwam en wie die zou schrijven, waren we eerst wanhopig. Het was duidelijk dat Joel Richards naar de pijpen van Jacqueline danste.'

'Volgens mij is hij een beetje bang voor haar,' zei Emily, die het gevoel had dat ze Joel moest verdedigen, ook al had Lydia zojuist haar eigen vermoedens bevestigd.

'Dat denk ik ook. Het zag ernaar uit dat mijn zus nooit recht gedaan zou worden.'

'Recht gedaan? Dat is wel heel sterk uitgedrukt.'

'Als je het hele verhaal kent, zul je het begrijpen. Lorna heeft ambivalente gevoelens jegens Isabel, tegelijk is ze op haar eigen manier dol op haar stiefmoeder en wil ze haar niet beledigen. Ondanks dit alles wil ze van ganser harte, echt van ganser harte, dat haar echte moeder niet zomaar uit welk relaas over Hugh ook wordt weggepoetst. Ze wil dat de waarheid wordt verteld.'

'Maar welke waarheid dan precies?' vroeg Emily, maar Lydia had nog meer te zeggen.

'Lorna had het gevoel dat ze zich niet kon uitspreken en ze wilde niet dat ik het deed, dus uiteindelijk bedachten we het idee om jou, als redacteur van het boek, het verhaal van Isabel te geven, zodat jij het aan Joel kon doorspelen. Ik zeg nou wel dat het ons idee was, maar eigenlijk is het van oorsprong mijn idee geweest. Toen ik die notulen met jouw naam erin zag, wilde ik eerst met je gaan praten, maar ik kon niet bedenken wat ik moest zeggen. Waarschijnlijk zou je me voor gek verslijten als ik met een warrig verhaal kwam aanzetten over het rechtzetten van een onrecht uit het verre verleden.'

Emily nam dat even in overweging. 'Ik zou misschien wel hebben gedacht dat je een beetje vreemd was.'

'Precies. Dus legde ik in een opwelling Isabels exemplaar van *Thuiskomst* in je postvakje, als een soort lokkertje, zal ik maar zeggen. En toen Lorna kennis met je maakte, mocht ze je heel graag, ze vond je een integer mens. Dus waren we het eens. We zouden Isabels verhaal stukje bij beetje aan je doorspelen. Ik had het dossier van *Thuiskomst* al in mijn kantoor. Een tijdje geleden heb ik de archivaris gebeld om me te helpen met mijn eigen onderzoek naar Isabel.'

'En Isabels memoires, waar komen die dan vandaan?'

'Ah, nou, dat is intrigerend. Die hadden het bijna niet overleefd, weet je. Lorna vond ze na de dood van haar vader, samen met de trouwfoto. Ze was diep ontroerd door het verslag en liet het mij ook lezen. Vond je het interessant?'

'Natuurlijk, dat kan toch niet anders?' Lydia en Lorna hadden het slim gepland. Emily was precies zo gefascineerd geraakt als ze hadden gehoopt. Ze keek naar de envelop in haar hand.

'Je hebt natuurlijk nog niet de kans gehad om dat deel te lezen,' zei Lydia.

'Nee.'

'Nou, als je dat hebt gedaan, praten we weer. Ik ben hier nog wel de komende paar weken.'

Emily knikte. Ze stond op, maar aarzelde toen.

'Te veel informatie,' zei Lydia glimlachend. 'Sorry.'

'Er is iets wat je moet weten,' zei Emily. 'Ik heb al deze informatie weliswaar aan Joel gegeven, maar als het de bedoeling is dat ik ervoor zorg dat hij alles in zijn boek opneemt, dan vrees ik dat ik je moet teleurstellen.'

Lydia's gezichtsuitdrukking versomberde. 'Daar was ik al bang voor. Hoe we dat gaan aanpakken is een van de dingen waarover we moeten praten.'

'Nog één ding.' Emily keek weer naar de envelop. 'Zei je dat dit het laatste deel was?'

'Dit is alles wat we hebben gevonden,' zei Lydia zachtjes. 'Sorry. Dat zijn waarschijnlijk de laatste woorden die Isabel heeft opgeschreven.'

'O.'

'Maar hier heb ik nog iets.' Lydia liep naar een archiefkast en opende de bovenste la. Uit een van de mappen haalde ze een vel papier.

'Dit heb ik zelf uitgetypt,' zei ze terwijl ze het aan Isabel gaf. 'Het is gebaseerd op een gesprek dat ik met mijn tante Penelope heb gehad voordat ze tien jaar geleden overleed, een heel oude dame van vijfennegentig. Zij was degene die me een baan in de uitgeverij bezorgde, moet je weten. Ze dacht dat ze daarmee iets goedmaakte. Voordat zij me het verhaal vertelde, kende ik alleen maar de naakte feiten, maar ze wilde dat ik alles te horen kreeg. Ze voelde zich altijd schuldig, zei ze, na al die jaren nog steeds.'

'Schuldig? Waarover?'

'Je zult het moeten lezen om daarachter te komen. Het is me nogal een verhaal. Lees het en daarna bespreken we dan onze volgende stap.'

Ze kwam achter het bureau vandaan om Emily de hand te schudden.

Lydia, dacht Emily, terwijl ze de hartelijke blik van de vrouw ontmoette. Het was nog steeds moeilijk te bevatten dat zij het was. Ze mocht de vrouw nu al erg graag; ze had het gevoel dat er een band tussen hen was. Als je erover nadacht, was het verbijsterend. Hier was ze dan, ze werkte hard aan haar carrière, in gezelschap van een vrouw wier werk als redacteur er bijna op zat. En tussen hen in was er nog een andere aanwezigheid: Isabel, een jonge vrouw, die in haar carrière, ja, in haar hele toekomst, was gedwarsboomd.

36

Isabel

Penelope hield zich aan haar woord en belde halverwege januari op. Reginald, zo zei ze tegen Isabel, ging naar de bruiloft van zijn oudste dochter in Hampshire, dus ze had tijd. Ze spraken af dat ze Isabel zou ophalen en haar een nacht mee zou nemen naar het strandhuis, waar het in de winter lekker warm was, zo verzekerde Penelope haar. Ze hadden het er even over of Lorna ook met hen meeging, maar uiteindelijk bood Lily Catchpole aan om op haar te passen, dus met een zeldzaam gevoel van vrijheid zat Isabel naast Penelope in haar glanzende blauwzwarte auto en reden ze over het winterse platteland. Ze draaiden de smalle weg op die door de moerassen naar het kleine kustplaatsje voerde en over het pad naar het eenzame, witgeschilderde huis achter de zandduinen.

Eenmaal binnen ging Penelope koffiezetten in de keuken, terwijl Isabel ging zitten en Gelerts ruwe vacht aaide.

'Die hond is te groot voor dit huis,' mopperde Penelope, en ze drong zich langs hen heen om kopjes uit een kast te pakken, maar ze zei het op liefdevolle toon.

Isabel bedacht hoe anders Penelope hier was, meer ontspannen en spraakzamer. Wie had nou ooit gedacht dat haar elegante, heerlijk geurende tante met haar voorliefde voor mooie kleren en stadsgenoegens, zich in deze desolate omgeving zo thuis zou voelen, met als enige gezelschap het geluid van de golven, de zuchtende bries over de moerassen en de kreten van de zeevogels.

'Ik heb Gelert,' zei Penelope, toen Isabel daar iets over zei. 'We kunnen het samen heel goed vinden als hij me niet voor de voeten loopt, hè, brave hond van me? Als je zin hebt, kunnen we wel een strandwandeling met hem maken.'

Het was vloed en ze liepen langs de brede golven van een staalgrijze zee. Het was koud maar rustig weer, zodat hun stemmen tegen de kliffen weerkaatsten, helder en duidelijk... Niet dat ze veel zeiden. Penelope liep voorop, haar hoofd gebogen alsof ze onder een last gebukt ging. Isabel stopte haar handen diep in haar jaszakken in een poging warm te blijven, en lachte om de komische fratsen van de hond in de zee. En ondertussen nam haar onrust toe. Haar tante had haar hier niet voor niets mee naartoe genomen, de reden moest echter nog op tafel komen.

Ze liepen over de betonnen promenade en langs de lege pier, tot ze bij een wilder stuk strand kwamen waar zich weinig mensen vertoonden. Hier brokkelden de bruine aardranden van de kliffen af en grote dode boomtakken lagen op het okerkleurige zand waar ze waren neergevallen om door de genadeloze zee te worden schoongeschrobd.

'Het lijkt wel een bomenkerkhof,' merkte Isabel op een bepaald moment op. Het was voor het eerst sinds een poosje dat een van beiden iets zei.

'Het komt ook wel voor dat het resten zijn van een ingestort huis,' zei Penelope. Ze veegde het zand van een boomstronk en ze gingen er allebei op zitten, keken langs het afgebrokkelde klif omhoog terwijl Gelert rondrende totdat hij naar hen toe kwam en bij hun voeten neerplofte. 'Alles en iedereen wordt uiteindelijk door de getijden van de tijd weggespoeld. En dan doen onze inspanningen er niets meer toe.'

Isabel hoorde de verbitterde toon en keek haar tante verbaasd aan. Ze wist niet waar ze het zoeken moest toen ze tranen in Penelopes ogen zag, hoewel de vrouw haar best deed ze te verbergen.

'Ah, sorry,' zei Penelope. 'Ik dacht aan Pamela.'

Ze haalde een pakje sigaretten uit haar jaszak tevoorschijn en stak er een op, waarna ze zei: 'Ik weet dat je je afvraagt waar dit allemaal over gaat.'

'Dat kun je wel zeggen, ja.'

Penelope zuchtte. 'Zoals je weet, ben ik vlak voor Kerstmis bij je moeder in het ziekenhuis op bezoek geweest. Ze had me geschreven met het bericht dat ze weer ziek was en met me wilde praten.'

'Ik wilde dat ze mij dat ook had laten weten.'

Penelope legde even haar hand op Isabels arm. 'Het is heel moeilijk voor haar. Ze is een vechter, die moeder van je. Maar laat me verdergaan.'

Ze praatte door, eerst aarzelend en daarna kwamen de woorden vloeiender.

'Pamela en ik hebben elkaar een heel lange tijd weinig te zeggen gehad. Ze vindt sommige dingen in mijn karakter gewoonweg afgrijselijk. En op mijn beurt vond ik haar en je vader hard en rancuneus. We zijn weliswaar zussen, maar tegenwoordig hebben we niet veel meer gemeen.'

'Maar ooit waren jullie toch hecht? De foto uit jullie kindertijd,' zei Isabel, daaraan terugdenkend. 'Jullie recht geknipte pony. Jullie leken zo op elkaar.'

'Ja, hè? Ook al schelen we bijna drie jaar. Ja, er is een tijd geweest dat we een hechte band hadden. Dat moest ook wel. Het was altijd wij tegen de wereld, vooral op school. Ik weet nog dat ik een keer met je over je oma heb gepraat,' zei Penelope. 'Ik zal eerst iets over haar vertellen. Van daaruit komen we vanzelf in het verhaal. Haar vader is jong gestorven en omdat ze enig kind was, erfde zij het boerenland van de familie. Toen we opgroeiden, was daar het herenhuis. Niet het originele huis, natuurlijk, maar gebouwd op de plek van het oude. Ze had uiteraard met een of andere plaatselijke landeigenaar moeten trouwen die de plek onder zijn hoede nam, maar in plaats daarvan volgde ze haar hart. Onze vader was de jongste zoon van een zakenman uit Norwich. Hij was geen kwaaie ziel, maar hij was ook niet erg verstandig. Hij had niets geërfd van zijn eigen vaders scherpe verstand. Nadat hij een aantal verkeerde investeringen had gedaan, moesten mijn ouders uiteindelijk het boerenland verkopen om zijn schulden af te betalen. Toen werd hij in 1916 opgeroepen voor het leger, net op tijd voor de Slag om Passchendaele. Tijdens zijn eerste week aan het front bezweek hij aan zijn verwondingen. Mijn moeder bleef als weduwe met een pensioentje en twee kleine dochters achter, en moest bij de familie van haar echtgenoot smeken om een aalmoes. De reden waarom ik je dit allemaal vertel, is om je inzicht te geven in hoe we zijn opgevoed. Mamma was altijd heel strikt en fatsoenlijk. Hoewel we het nooit aan iemand mochten vertellen, had ze altijd geldzorgen. Die trots van haar maakte alles nog erger. Ze was een verschrikkelijke snob. We mochten buiten school om nooit omgaan met de kinderen uit de buurt; hun ouders dachten dat we verwaand waren, en natuurlijk hadden we daardoor een ellendig leven. We waren heel vaak aan elkaars gezelschap overgeleverd. Je kunt je voorstellen welke invloed dit alles op ons had: de heimelijkheid, dat we zo geïsoleerd leefden.'

Isabel dacht over dit alles na. Ze kon zich haar moeder voorstellen als een heel jonge vrouw, trots, de schone schijn ophoudend, in stilte lijdend, over haar zus Penelope wakend, wier gereserveerde houding als een soort harnas fungeerde. Ja, ze begreep het allemaal maar al te goed.

'Onze tuin grensde aan de achterkant aan een van de Broads, waar we onze eigen aanlegplaats hadden waar een klein zeilbootje lag. Op een dag, je moeder was negentien en ik zestien, zagen we dat er een vreemde boot lag en vier jongemannen op onze steiger broodjes zaten te eten. Toen we ze daarop aanspraken, zeiden ze dat ze het PRIVÉ-bordje niet hadden gezien en putten zich uit in verontschuldigingen. Het waren aardige jongens, allemaal uit Londen, begin twintig. Maar ook al hadden ze nog zulke goede manieren, instinctief wisten we dat ze niet van het soort waren dat mama zou goedkeuren. Pam en ik vonden ze fantastisch, vooral toen ze gingen dollen en met ons flirtten. Maar vanaf het begin was het overduidelijk dat de knapste van hen een oogje op Pamela had. Je vader was toen zo'n stil, mijmerend type, Isabel, zoals ik me een romantische dichter voorstel.'

Isabel glimlachte. Ze vond het nu moeilijk hem zich voor de geest te halen uit de tijd dat ze klein was, voordat dat stille peinzen veranderde in somberheid. Ze had overwegend de indruk dat hij zachtaardig was.

'Het wordt een beetje fris,' zei haar tante, en ze stond op en gooide haar sigaret in het zand. 'Volgens mij kunnen we beter teruggaan.'

Naast elkaar liepen ze langzaam verder. Penelope was in stilzwijgen vervallen. Isabel vroeg: 'En wat gebeurde er toen? Ik bedoel, ik weet dat ze samen weg zijn gegaan.'

'Ja, dat hebben ze gedaan. Je grootmoeder, daar kon je vergif op innemen, schopte een enorme rel over het feit dat Pamela met Charles omging, maar Pamela was altijd al koppig geweest. Ik heb me vaak afgevraagd of de hele zaak geen natuurlijke dood gestorven was als mama haar mond had gehouden. Maar zoals het nu lag, wilde Pamela hem eenvoudigweg en daarmee basta. Er ontstond een afschuwelijke ruzie en mama zei dat ze haar niet meer wilde zien. Dus Pamela vertrok. Ik vermoed dat ze mama's toestemming moet hebben gekregen, dat weet ik echt niet meer. Ik weet wel dat we niet naar de bruiloft zijn geweest.'

'Toen ze mij kregen, woonden ze toch in Kent?'

'Ze hebben een paar jaar bij familie in Clapham gewoond. Je moeder schreef me altijd vanaf dat adres. Dat was vóór de depressie en je vader had, zo werd me verteld, een goede baan op het postkantoor, maar pas toen hij promotie kreeg konden ze het zich veroorloven om op zichzelf te gaan wonen.'

'Ik werd pas later geboren.'

'Klopt, op 10 februari 1929. Zo, ik weet precies wanneer je jarig bent.'

Isabel glimlachte. 'Daar ben je altijd goed in geweest.'

'Ja, hè?' Penelope bleef even staan en draaide zich om om over de zee uit te kijken. Ze mompelde iets wat klonk als: 'Heb ik tenminste nog íéts goed gedaan in mijn leven.'

Of het nu door deze woorden kwam of door iets wat erop leek, ze klonken ongelooflijk eenzaam. Tante Penelope droeg duidelijk een vreselijke last met zich mee die Isabel nooit eerder bij haar had vermoed. Ze wachtte af, durfde amper iets te zeggen voor het geval haar tante er weer het zwijgen toe zou doen, en dan kreeg ze nooit te horen wat haar zus en zij samen hadden besproken, wat zo'n kloof tussen hen had veroorzaakt.

Na een hele poos riep Penelope Gelert bij zich en gingen ze weer op weg. Isabel raakte steeds meer in de war toen haar tante niet met haar verhaal verderging, maar in plaats daarvan over Berecs vrienden Gregor en Karin praatte. Klaarblijkelijk had Penelope het heldere idee gehad om Stephen te betrekken bij de campagne om te voorkomen dat ze werden uitgezet, en Stephen had een paar welbekende schrijvers weten te mobiliseren om het voor hen op te nemen. Het zag ernaar uit dat de uitzetting van de baan was.

'Stephen is een goeie vent,' zei Penelope zacht.

Isabel herinnerde zich wat Stephen had gezegd, over dat hij Penelope al zo lang kende, en ze dacht aan Berec en hoe die haar aan Stephen had voorgesteld, en daarna moest ze om de een of andere reden aan de envelop met Stephens handschrift denken, die ze al die tijd geleden in haar tantes keuken in Earl's Court had gezien. 'Tante Penelope,' zei ze, 'je weet hoe ik aan mijn baan bij McKinnon & Holt ben gekomen. Heb jij daar de hand in gehad?'

Penelope glimlachte. 'Welnee, liefje, je hebt helemaal in je eentje indruk op hem weten te maken. Hij heeft me alleen maar om een referentie gevraagd, en die heb ik hem maar wat graag gegeven.'

'Gelukkig dat het niet meer was,' zei Isabel opgelucht. 'Dank je wel.'

Ze waren inmiddels bij het strandhuis terug. Binnen wreef Penelope Gelert droog met een handdoek, legde kaas, brood en gerimpelde appels op de keukentafel en schonk voor hen beiden een glas robijnrode port in. De zware warmte van de drank verspreidde zich als vloeibaar vuur door Isabels aderen. Daardoor vond ze de moed om te zeggen: 'Het is heerlijk om zo met je samen te zijn. O, ik wilde dat ik je vroeger, als kind, vaker had gezien.'

Penelope legde wat bestek op tafel en fronste haar wenkbrauwen. 'We hadden zulke verschillende levens, je moeder en ik. En zij was tot in haar puriteinse ziel geschokt toen ik weigerde om nog langer met Jonny opgescheept te zitten. Ik denk dat ze het nog steeds niet begrijpt. Alleen maar omdat zij al die jaren bij je vader is gebleven...'

'Ze houdt van hem,' zei Isabel trouwhartig. 'Wat hem is overkomen, is niet zijn schuld.'

'Nee, dat zal wel niet,' zei Penelope met een zucht. 'En natuurlijk moest ze ook om jou denken.'

'Hebben oom Jonny en jij niet geprobeerd kinderen te krijgen?'

'We wilden ze allebei niet. Hoe dan ook, Jonny was meestal te dronken om veel in die richting klaar te spelen.'

Isabel dacht aan het gesprek dat ze met haar tante had gehad, toen ze had ontdekt dat ze Lorna kreeg en haar tante duistere toespelingen had gemaakt om het kind weg laten halen. Misschien had Penelope toch niet haar eigen ervaringen met haar gedeeld, had ze alleen informatie doorgegeven waarvan ze dacht dat Isabel daar wat aan had.

'Ik kan er nu om lachen. Het is allemaal zo lang geleden,' zei Penelope. 'Het leven gaat door. Maar niet als we niet eten.'

De rest van de dag ging aangenaam voorbij. Ze dronken thee in het dorp en kochten verse haring voor het avondeten, waar een hoop gedoe om was, want geen van beiden had zin in het smerige karweitje om de vis schoon te maken. Ze legden ze op de grill en aten ze met nieuwe aardappels en een fles frisse witte wijn, terwijl Penelope grappige verhalen vertelde over haar leven in Londen, verhalen doorspekt met namen waarvan Isabel vaag wel had gehoord en andere die in de vergetelheid waren weggezakt.

Die avond sliep Isabel beter dan ze in tijden had gedaan. Dit huis voelde als een toevluchtsoord; het kwam vast door iets in het hout en omdat het er zo knus was, achter de duinen beschut tegen de elementen. Op een bepaald moment werd ze in het donker wakker, hoorde de deur van haar tantes kamer open- en dichtgaan, het getik van hondenpoten op de houten planken, maar ze zonk al snel weer weg in een sluimering.

's Ochtends werd ze laat wakker en ze merkte dat ze alleen in huis was. Op de keukentafel lagen een aan haar geadresseerde envelop en een sleutel. Bevreemd opende ze de envelop. Er dwarrelde een vijfpondbiljet op de vloer toen ze de papieren eruit haalde. Ze raapte het op en legde het op de tafel terwijl ze de rest van de inhoud bekeek. Die bestond uit een brief en nog een envelop met haar naam erop. Maar ze begon met het lezen van de brief.

Lieve Isabel,

Ik heb de uitweg van de lafaard genomen en ben naar Londen teruggekeerd. Denk alsjeblieft niet dat ik me niet diep schaam, want dat doe ik wel, maar ik kan uiteindelijk de taak die je moeder me had opgedragen toch niet aan. Ik heb een bloedhekel aan welke confrontatie dan ook en ik kan het niet verdragen je gezicht te zien als je dit nieuws te horen krijgt. Gisteren heb ik de hele dag geprobeerd het je te vertellen, maar ik ben er simpelweg niet toe in staat geweest. Ik weet dat ik je zonder een lift naar huis achterlaat, dus ik hoop dat het bijgevoegde geld genoeg is voor een taxi. Vraag bij Bunwell's naar Eric. Hij is de schoonzoon en ik heb hem altijd heel betrouwbaar gevonden.

Nou, ik maak nu het verhaal af waarmee ik gisteren op het strand ben begonnen. Nadat Pamela met je vader was weggelopen, ben ik bang dat de zaken er voor mij niet beter op werden. Het is een hele last om plotseling niet alleen de enige te zijn op wie een moeder haar hoop en verwachtingen heeft gevestigd, maar ook de enige op wie ze haar frustraties botvierde. Nu ik erop terugkijk, denk ik dat ze een soort zenuwinzinking moet hebben gehad, want ze gaf zich vaak over aan aanvallen van woede of had huilbuien, waar ik doodsbenauwd voor was.

Op mijn achttiende werd ik gedurende een jaar naar de familie van mijn oom in Norwich gestuurd om steno en typen te leren. Je grootmoeder wilde dat ik op een respectabele plek een baan kreeg totdat ik 'een passend iemand' zou tegenkomen, zoals zij het uitdrukte, maar het steeg naar mijn hoofd en ik wilde achter Pamela aan, en ging naar Londen. Ik heb haar verschillende keren geschreven over hoe ik dat wilde aanpakken, en nadat ze me eerst trachtte te ontmoedigen om te komen, zei ze dat ik korte tijd bij haar kon blijven totdat ik ergens een plek had gevonden.

Uiteindelijk ben ik daar nooit aangekomen, omdat ik iemand tegenkwam in de trein. Hij heette Tom, Tom Spencer, en hoewel hij absoluut uit een familie kwam die mijn moeder zou goedkeuren, was hij niet, zoals ze dat uitdrukten, van het trouwlustige soort. Ik vond hem geweldig, zo knap en boeiend, en met goede connecties. Ik weet niet wat hij in me zag. Ik was onmogelijk naïef in die tijd. Moeder had me nooit iets over mannen verteld; ze had die mooie, roze gekleurde herinneringen aan papa en meer wist ze niet. Tom ontfermde zich meteen over me, volgens mij zag hij een soort project in me, zoals Pygmalion. *Hij vond een leuk baantje voor me als typiste bij een literair agent en ik ging op kamers bij wat vrienden van hem, en de drie of vier jaar daarna bestond mijn leven uit één wervelwind van feestjes, cocktails en nachten doorhalen. Zo'n pret, zou je denken, maar tegelijkertijd leek het allemaal niet echt te gebeuren. Niemand nam ook maar iets serieus en je hoefde in de jaren twintig alleen maar met open ogen in Londen rond te kijken om te zien hoe serieus het leven kon zijn. Zelfs Tom kwam daar uiteindelijk achter. Zijn vliegtuig werd in 1940 boven het Kanaal neergeschoten. Hij was een buitengewoon charmante piloot en ik vind het verschrikkelijk te bedenken hoe akelig hij aan zijn einde is gekomen.*

Er kwam een abrupt einde aan al dat feesten toen ik ontdekte dat ik Toms kind kreeg. Het was verbijsterend hoe mijn zogenaamde vrienden me de rug toekeerden. Tom ontkende natuurlijk dat het van hem was. Niemand, zo leek het, kon me helpen. Dus ging ik naar de enige persoon op wie ik kon rekenen. Niet mijn moeder, de schaamte zou haar de das omdoen. Ik ging naar Pamela.

Je werd geboren in een tehuis voor ongehuwde meisjes in Zuid-Londen. De meeste meisjes vonden het verschrikkelijk om hun baby voor adoptie af te staan aan een echtpaar dat ze niet kenden en die nooit meer te zien. Ik had geluk, zo zeiden ze tegen me. Mijn kind zou tenminste in de familie blijven, deel van mijn leven blijven, maar zodra ik je aan Pamela overgaf, had ik een ontstellend gevoel van opluchting. Ik had mijn vrijheid terug, zie je. En Pamela wilde je graag. Zij had zelf geen kind en vreesde dat ze dat nooit zou krijgen. Je leek zo op mijn zus. Ze hield meteen van je. Je had het licht in haar ogen moeten zien toen ze voor het eerst in die van jou keek. En ik? Door jou aan mijn zus weg te geven, verloor ik alle rechten op jou. Het was niet meer dan eerlijk om je achter te laten. Ik ging terug naar mijn baan bij de literair agent, maar ik was niet langer onschuldig. Niet lang daarna ontmoette ik Jonny, en dacht dat ik mijn kans op veiligheid en respect had gevonden. Ik had me niet érger kunnen vergissen.

Je moeder en ik hebben nooit de noodzaak gevoeld om je dit te vertellen. Dat moment deed zich nooit voor. Maar nu is het zover. Ik vind het heel erg dat je nu je dit weet heel verdrietig zult zijn. Ik vind het verschrikkelijk dat ik je een tweede keer compleet in de steek laat,

eerst als moeder, daarna als tante en als vriendin. Niets hiervan is
doelbewust gegaan, deze dingen gebeuren gewoon in het leven.

Je warm toegenegen
Penelope

Isabel zonk op een keukenstoel neer en las de brief nogmaals door. Ze kon nog steeds niet geloven wat er stond. Ten slotte herinnerde ze zich de kleine envelop die op de tafel lag te wachten. Ze maakte hem open. Binnenin bevond zich een vel dik papier en ze vouwde het open. Het was een geboorteakte. Daar stond haar naam: *Isabel Mary*, en die van Penelope: *Penelope Frances Lewis*, zoals ze toen heette, maar onder *Vader* stond simpelweg: *Onbekend*. Haar geboortedatum was nog altijd 10 februari 1929, haar geboorteplaats Wandsworth, Zuid-Londen.

Charles en Pamela moesten haar kort daarna meegenomen hebben naar Kent. Een nieuw begin, veronderstelde ze, waar niemand hen kende. En toen, vier of vijf jaar later, kregen ze het geschenk van een tweeling van henzelf, uiteindelijk gevolgd door Lydia.

Penelope was haar echte moeder. Alles uit de brief en de akte sprak de waarheid. Het was onvergeeflijk dat niemand haar dat eerder had verteld. Haar hele leven was niet wat ze dacht dat het was. Ze wilde niet dat Penelope haar moeder was. De vrouw had nooit voor haar gezorgd, nooit. En nu was ze te bang geweest om het aan Isabel te vertellen, was ze gevlucht om zich voor haar reactie te verstoppen.

Ze bleef een poosje roerloos aan tafel zitten, vouwde de brief opnieuw open om hem een derde keer te lezen, bestudeerde vervolgens het vel stug papier waarop zo duidelijk haar naam stond geschreven: *Isabel Mary*. Onder *Moeder* raakte ze met haar vingers de namen *Penelope Frances Lewis* aan alsof ze misschien oplosten als ze dat maar graag genoeg wilde, maar ze bleven duidelijk en hardnekkig staan.

Ze vond het moeilijk de feiten die zich nu aan haar hadden opgedrongen te accepteren. Haar hoofd wist het, maar haar hart weigerde de moeder die ze altijd als haar moeder had gekend, in een ander licht te zien. Penelope was emotioneel nog verder weg, omdat ze haar tante niet meer was. Zelfs haar vader was, ondanks het feit dat hij niet haar biologische vader was, altijd in alle opzichten haar vader geweest.

En toch... Ten slotte hadden haar moeder en Penelope toch samen besloten dat ze dit grote geheim te horen moest krijgen, nu Pamela zo ziek was. Waarom had ze er nooit iets van gemerkt? In al haar vieren twintig jaren was er nooit een moment van twijfel geweest aan het fundament van haar familie. Haar moeder was altijd onwankelbaar geweest in haar diepe liefde voor haar. Haar vader was een zuurpruim geworden, een potentaat zelfs, maar voor haar evenveel als voor haar broers en zusje, hij had ze allemaal gelijk behandeld, net zozeer hiermee als met al het andere. Als het onmiskenbare, ambtelijke bewijs van dit papier met haar naam en geboortedatum er niet was geweest, dan had ze het wellicht niet eens geloofd.

En toch... Ze voelde zich verraden. Voorgelogen. Haar fundament was onder haar weggeslagen. De wereld was nu een compleet andere plek, alsof hij van gedachten was veranderd en een andere kant op was gaan draaien.

En toch... Wat was er nou wezenlijk veranderd? Niets. Alleen haar eigen perceptie. Ze was niet degene die ze dacht dat ze was. Haar ouders waren leugenaars, of in het gunstigste geval huichelaars. Haar tante had de gelegenheid waarop ze onthulde dat ze Isabels moeder was, gemarkeerd door haar nogmaals compleet in de steek te laten.

Uren verstreken. Ondanks de winterse dag werd haar rug langzamerhand door het warme zonlicht dat door het raam naar binnen viel geliefkoosd, waardoor ze tot zichzelf kwam. Ze stond van tafel op en keek in de kasten tot ze de fles port vond die Penelope de dag tevoren had opengemaakt. Ze zette een groot sherryglas neer en schonk dat doelbewust tot aan de rand toe vol met de gloedvolle, robijnrode vloeistof.

Na de eerste slok leek het of ze in brand stond, maar toen ze het hele glas leeg had, voelde het alsof er gesmolten metaal door haar aderen stroomde dat haar lichaam verdoofde. Hierna voelde ze zich beter. Zo veel beter dat ze een tweede glas inschonk, dat ze mee naar bed nam. Ze dronk het op, ging liggen, wikkelde zich in dekens en viel al snel in een diepe slaap.

Toen ze wakker werd, schemerde het in de kamer en was ze uitgehongerd. Ze had immers geen ontbijt en ook geen lunch gehad. Ze stapte uit bed en liep naar de keuken. In de provisiekast lagen brood en wat restjes: eieren, koude ham, nog bijna een hele vruchtencake. Ze deed de kachel aan in de zitkamer en ging met haar voeten omhoog op de bank zitten eten terwijl de nacht inviel. Het was een troost dat ze geen verantwoordelijkheden had en alleen was met haar gedachten. Ze dacht natuurlijk aan Lorna, maar wist dat zij veilig en wel was, goddank, na haar ziekte. Lorna zou prima een tijdje zonder haar kunnen.

De volgende dag bleef ze en de dag erna ook. Ze bracht de tijd door met lange wandelingen, ingepakt tegen de kou in sjaals en handschoenen van Penelope. Ze vermeed de stad of elk menselijk gezelschap, behalve als ze eten en een paar persoonlijke spulletjes moest kopen. Op haar wandelingen kwam ze bijna niemand tegen, behalve mensen die hun hond uitlieten of vissers die hun netten in de haven aan het boeten waren. Eén man knikte altijd als ze langskwam, een grote, stevige oude zeeman die, wat voor weer het ook was, altijd bezig leek te zijn met het opknappen van een oude sloep, die eruitzag alsof hij het volgende seizoen niet zou halen. Ze knikte terug en liep zonder iets te zeggen verder, maar één keer keek ze achterom en zag dat hij haar nakeek. Niet op een nare manier, maar eerder alsof het hem intrigeerde dat ze daar was.

Op zaterdag, vijf dagen nadat ze van huis was weggegaan, kwam ze van een ochtendwandeling thuis en zag ze een vreemde auto naast het huis geparkeerd staan. Toen ze dichterbij kwam, ging het portier open en tot haar verrassing stapte Stephen uit. Hij glimlachte onzeker naar haar, schoof met zijn hoed in zijn handen heen en weer, en ze staarde hem ontsteld aan, want ze was nu gewend aan haar eigen gezelschap. 'Sorry als ik je stoor,' zei hij.

'Stephen, wat doe jij hier?'

Hij sloeg het autoportier dicht en leunde ertegen, reikte daarna in zijn zak naar zijn sigaretten, kromde zijn handen tegen de wind en stak er een op. 'Laten we zeggen dat ik toevallig langskwam,' zei hij ernstig.

'Ik neem aan dat Penelope je heeft gestuurd.'

'Ze maakte zich zorgen. Toen je niet thuiskwam, heeft Hugh haar gebeld.'

'Dus hij is niet zelf gekomen.'

'Kennelijk niet.'

De tranen prikten in haar ogen en ze wendde haar gezicht af.

'Mannen hebben zo hun trots, Isabel.'

'Dat bespreek ik liever niet met jou, dank je,' zei ze, terwijl ze zich vermande. 'Nu je hier toch bent, kun je maar beter binnenkomen.'

'Moest je trouwens echt in Suffolk zijn?' vroeg ze terwijl ze in de keuken koffie inschonk.

'Herinner je je de schrijver Harold Chisholm nog? Hij woont vlak bij Aldborough. Er staat altijd wel een bed klaar en het is een schitterende plek.' Stephen nam een slokje koffie terwijl hij haar gadesloeg.

Ze lachte even kort en vreugdeloos.

'Ik vind het naar om je zo te zien,' zei hij zachtjes.

'Sorry dat ik er als een puinhoop bij loop,' zei ze, en ze hield haar hoofd schuin om zichzelf te bekijken in de druppelvormige spiegel die Penelope boven de gootsteen had opgehangen. Haar haar was ongekamd, en hoewel haar gezicht rozig was van de koude wind, had ze niet de moeite genomen om make-up op te doen en onder haar ogen zaten donkere schaduwen. Het maakte haar niet uit.

'Je bent geen puinhoop. Je ziet er prachtig uit,' zei hij en ze zweeg, hoorde de vreemde toon in zijn stem. Ze hoorde dat hij zijn kopje neerzette en voelde dat hij dichter bij haar kwam staan. Toen ze zich naar hem toedraaide, ving hij haar in zijn armen op, trok haar naar zich toe en kuste haar. Het was een dringende, hartstochtelijke kus en ze voelde hoe haar mond openging onder die van hem, en ze kuste hem onwillekeurig terug. Hij smaakte rijkelijk naar koffie en tabak. Zijn kaak schaafde over haar wang toen hij haar gezicht en hals kuste, hij knoopte haar vest los om de zachte huid boven haar sleutelbeen te kussen, en ze genoot van de geur van zijn haar en voelde diep vanbinnen dat iets zich ontspande. En binnen een seconde barstte ze in huilen uit, snikte echt, toen al haar opgekropte gevoelens in één grote vloed naar buiten kwamen.

'Liefje toch,' zei hij, 'doe nou niet,' en hij bukte zich, tilde haar op en droeg haar de zitkamer door, waar hij haar op de bank legde en haar nog meer kuste door haar tranen heen.

Ten slotte kwam ze wat bij, ging rechtop zitten en wreef in haar ogen.

Stephen reikte in zijn borstzakje, schudde een zakdoek uit en gaf haar die. Ze staarde ernaar, de herinnering schoot haar weer te binnen. Zij en Hugh in een rokerig café in Brighton, ze had toen gehuild en Hughs zakdoek had vol zand gezeten. Door het gevoel van verlies dat nu door haar heen ging, begon ze opnieuw te huilen.

'Ik vind het zo erg om je zo ongelukkig te zien, liefje,' zei Stephen, toen ze haar neus snoot. 'En sorry, ik kon mezelf niet tegenhouden. Je weet niet hoe lang ik je al wilde. Het heeft lang geduurd voordat ik dat besefte. Dat was toen ik je hier de vorige zomer zag...'

'Dat wist ik niet,' zei ze, hem onderbrekend. 'Ik had geen idee dat je dat voelde. O, ik wilde dat het niet zo was. Dat maakt alles nog ingewikkelder.'

Even zwegen ze allebei, ieder verloren in hun eigen gedachten, daarna boog hij zich naar voren en begon haar opnieuw te kussen. 'We hebben tenminste dit moment,' fluisterde hij tussen het kussen door. Hij verplaatste zijn hand en streelde de blouse over haar borst. Tot haar verbijstering begon haar lichaam te reageren, alsof het helemaal zijn eigen gang ging. Het was zo lang geleden dat Hugh haar zo had aangeraakt, alsof hij haar wanhopig nodig had, en hier was Stephen, lieve, solide, tedere Stephen, aan wie ze altijd had gedacht als een rots in de branding, die haar nu op die manier nodig had. Ze keek toe terwijl hij zijn jasje uittrok, het bovenste knoopje en de manchetten losmaakte, ze zag de goudkleurige haren in zijn nek krullen en voelde een tinteling van verlangen. Ze klemden zich aan elkaar vast alsof de hitte van de hartstocht hun verdriet kon wegbranden.

Maar terwijl zijn handen op onderzoek uitgingen, was ze er steeds minder zeker van dat ze dit wilde. Ze wilde niet dat Stephen dit deed, ze wilde Hugh. Ze kon de een niet zomaar voor de ander verruilen, dat voelde niet goed. Ze duwde zijn hand weg. 'Nee,' zei ze hijgend, en toen krachtiger: 'Nee, alsjeblieft.'

Hij trok zich terug. 'Sorry,' zei hij. 'Ik ga te snel, hè? Vergeef me.'

'Er valt niets te vergeven,' zei ze. 'Ik kan het gewoon niet, dat is alles.' Ze stond van de bank op en trok haar kleren recht. 'Ik meende het toen ik zei dat ik een puinhoop was. Heeft Penelope je alles verteld?'

'Ja,' zei hij. 'Ik hoop dat je het niet erg vindt. Ze heeft me geheimhouding laten zweren. Ik heb haar nog nooit zo van streek gezien.'

'Is zíj van streek?' zei Isabel buiten zichzelf. 'Ik kan met geen mogelijkheid met haar te doen hebben.'

'Misschien als je tijd hebt gehad om erover na te denken...'

'Doe niet zo bevoogdend, Stephen,' riep ze uit, woedend nu. 'Waarom verdedig je haar de hele tijd? Het is alsof je haar loophondje bent. Je komt hier op haar bevel...'

'Ik ben hier omdat ik dat wilde,' zei hij.

'Ik kan het haar nooit vergeven. Nooit. Ze had niet eens de moed om het me in mijn gezicht te zeggen.'

'Isabel, probeer het alsjeblieft te begrijpen. Ik kende haar toen ze lager gevallen was dan welke vrouw ook zou mogen overkomen. Dit is haar manier om te overleven, die afstandelijkheid. Ze geeft wel om je, dat weet ik gewoon.'

Isabel zuchtte. 'Echt, Stephen, je bent veel te fatsoenlijk. Dat is jouw probleem. Je ziet het liefst het beste in de mens. Je had moeten ingrijpen toen Hugh me het hof maakte, me moeten vertellen dat hij niet goed voor me was.'

'Dat heb ik geprobeerd, weet je dat niet meer?'

'O ja? Dan zal ik wel niet geluisterd hebben. Maar van dit alles kan niets goeds komen, want hoewel ik dol op je ben, Stephen, en dat ben ik echt, feit blijft dat ik met Hugh getrouwd ben. En ondanks alles hou ik nog steeds van hem.'

Stephen keek alsof ze hem een klap had gegeven. Ze voelde zich nu sterker, wist nu beter wat ze wilde.

'Ik denk dat het beter is dat je weggaat. Ga maar bij de oude Harold langs, ik durf te wedden dat hij een beetje gezelschap heerlijk vindt.' Ze zei het vriendelijk, probeerde er een grapje van te maken.

'Je hebt waarschijnlijk gelijk,' zei hij nederig. 'Ik moet gaan. Maar als je van gedachten verandert... Nou, je weet nu wat ik voor je voel. Ik zou op je wachten, weet je.'

'Dank je wel, maar doe dat maar niet,' zei ze en ze liep op hem toe om hem nog een kus te geven. Hij hield haar even dicht tegen zich aan, pakte toen zijn jas en was verdwenen.

Ze bleef nog een paar dagen in Penelopes huis. Toen kwamen de stormen uit het noorden en werd de zee in één grote kwelling opgezweept. Ze stond op het klif naar de reusachtige golven te kijken die zich over de pier stortten, tegen de promenade beneden sloegen, haar zo nat sproeiden dat ze doorweekt raakte en uiteindelijk vond ze een vorm van vrede.

Het werd zaterdag en het weer verslechterde nog meer. De wind beukte zo tegen het huis dat het schudde. Laat op de middag nam ze een besluit. Ze had een echtgenoot van wie ze nog steeds hield en een schat van een kindje, en ze verlangde ernaar om ze beiden weer te zien. Misschien was ze nu sterk genoeg om Hugh terug te winnen. Ze was klaar om naar huis te gaan.

Toen de duisternis inviel, zocht ze zich een weg door de storm naar de telefooncel naast de kerk en belde naar Stone House. Toen Hugh opnam, kraakte de lijn en het duurde even voordat ze hem goed kon horen.

'Hugh? Hugh, met mij.'

'Isabel, ben jij dat?' Zijn stem klonk dringend, boos. 'Wel verdomme...? Waar ben je?'

'Ik ben nog in het strandhuis. Hugh vergeef me. Ik zal het uitleggen als ik je zie, maar zou je me kunnen komen ophalen? Alsjeblieft?'

'Ophalen? Nu? Wacht even, wil je?'

Ze was geschokt toen ze op de achtergrond een vrouwenstem hoorde. De lijn was slecht, maar ze kon toch verstaan wat ze zei. Niet vanavond, wacht maar tot morgen.

'Hugh, hallo?'

'Isabel?'

'Hugh, wat doet Jacqueline daar?'

Ze zou nooit te weten komen of hij haar hoorde. 'Isabel, ik kom morgen. Het weer is vanavond te slecht. Als het morgen wat is opgeknapt, ben ik er vroeg in de ochtend.'

'Hugh, alsjeblieft, kun je vanavond niet komen?'

'Isabel, wees redelijk...'

En daarna werd de verbinding verbroken. Toen ze uit de telefooncel strompelde, waren al haar optimistische gevoelens in rook opgegaan.

37

Emily

Het was na negenen op een zaterdagochtend en ze zat in Joels appartement in bed zijn overheerlijke koffie te drinken en te genieten van een beetje alleen zijn. Joel had vroeg weg gemoeten; een uur geleden was hij door een auto opgehaald. Als ze zo meteen de radio aandeed, zou ze kunnen horen dat hij over Hugh Morton werd geïnterviewd. Met de televisieserie in aantocht nam de belangstelling alleen maar toe en toen hij haar de vorige dag had gevraagd of ze het erg vond dat hij erheen ging, had ze hem aangemoedigd om te gaan. Het was tenslotte ook een goede voorpublicatie voor het boek.

Toen de deurbel ging, stommelde ze het bed uit, trok Joels kamerjas aan en deed open. Het was de postbode met een aangetekende brief, waar ze voor tekende. Ze keek naar het handschrift, dat haar vaag bekend voorkwam, en legde hem op een werkblad in de keuken waar Joel hem zou zien.

Het programma! Ze boog zich over het bureau, waar Joel zijn laptop aan had laten staan, en stemde volgens zijn instructies op de juiste zender af. Ze drukte op wat knoppen en ging in zijn stoel zitten om te luisteren. Het interview was al begonnen, maar nog maar net.

'... op onze tv-schermen volgende week, met de schitterende Zara Collins die de beeldende hoofdpersoon Nanna speelt,' zei een vrouw. 'Joel, jij schrijft een boek over de auteur en bent adviseur van de serie, dus geef ons eens wat achtergrondinformatie. In deze serie is Nanna een typische vrouw uit de jaren vijftig van de vorige eeuw die aan het huishouden probeert te ontsnappen. Hoe is Hugh Morton, en van hem kun je toch bepaald niet zeggen dat hij feministisch was, ertoe gekomen om over haar te schrijven?'

'Je moet niet vergeten...' Joels stem kwam warm, vertrouwenwekkend over. Hij was hier goed in, dacht Emily niet voor het eerst. 'Morton heeft het met een mannenblik geschreven. Hij was gefascineerd door Nanna, maar ik denk dat hij haar levenspad, dat tegen de stroom ingaan, steeds zelfdestructiever vond.'

'De roman eindigt met haar dood, hè?'

'Ja, dat klopt. De echtgenoot vertelt haar verhaal terwijl hij in de gevangenis zijn proces afwacht wegens doodslag op haar.'

'Sommigen zeggen dat Morton Nanna's personage gebaseerd heeft op zijn tragische eerste vrouw. Hoe heette ze ook alweer... Isabel?'

Hier luisterde Emily intens.

Joel lachte even. 'Je moet niet zomaar aannemen dat fictieve personages gebaseerd zijn op echt bestaande mensen, zoals u beweert. Isabel heeft Nanna misschien geïnspireerd, er zijn inderdaad parallellen. Morton ontmoette haar toen zijn eerste roman werd gepubliceerd. Sterker nog, zij was zijn redacteur. Nanna is een journaliste, dus de milieus raken aan elkaar.'

'Fascinerend,' zei de interviewer.

Joel vervolgde: 'Maar Nanna is in veel opzichten ook heel anders dan Isabel. Hij realiseert zich al snel dat zijn huwelijk een vergissing was. Na haar dood trouwde hij met een jeugdvriendin, Jacqueline, en zij zijn bijna zestig jaar samen geweest. Het boek is aan haar opgedragen, dus je zou kunnen zeggen dat zij ook een inspiratie is geweest.'

'Dank je wel, Joel. Nou, de kostuums uit de jaren vijftig zijn briljant en we hebben de kostuumontwerper hier in de studio...'

Emily hoorde amper wat de kostuumontwerper te vertellen had. Ze dacht verbijsterd aan Joel. Hij had Isabel in een paar zinnen afgeserveerd. Nadat hij haar memoires had gelezen, na alles wat ze hadden besproken, volgde hij nog altijd Jacquelines spoor: dat Isabel er voor Hugh niet toe deed, een korte, verkeerde omweg in zijn leven, aan wie hij alleen Lorna had overgehouden. Isabel was onbelangrijk.

'*Zombies en Zeemeerminnen*, een nieuwe film van de regisseur van...'
ging de interviewer verder. Emily drukte op een knop en de radio ging
uit. Ze staarde nadenkend naar het bureaublad van de computer en zag
Joels document, dat nu *Hugh Morton biografie* heette.

Deze keer kon ze zich er niet van weerhouden om het te openen. Ze
trok er een stoel bij, bewoog de cursor naar het icoontje en klikte erop.
Even later werd het document geopend.

Ze zag heel snel dat het boek bijna klaar was, zoals Joel haar al had
verzekerd. Hij had de inhoud uitgetypt en toen ze naar de laatste bladzij
van het document ging, zag ze dat hij halverwege een bibliografie was.
Ze keerde terug naar de inhoud, vond een hoofdstuk getiteld 'Thuiskomst' en ging op zoek naar Isabels naam. Daar was hij: *Stephen McKinnon stelde hem aan een jonge vrouw voor, die Isabel Barber heette. Zij zou
zijn redacteur worden, die van grote invloed was op zijn werk en korte tijd
zijn vrouw was.* Het verhaal van Isabel Morton, geboren Isabel Barber,
besloeg twee hoofdstukken. Ze las met een toenemend onbehaaglijk gevoel hoe Isabel door Hugh was 'gefascineerd', dat ze op de glamour uit
was die erbij hoorde als je met een auteur was getrouwd, maar die een
ongeschikte echtgenote bleek te zijn, die de dochter van het stel verwaarloosde en over wie een suggestieve opmerking werd gemaakt bij de
plotse dood van Hughs moeder. Na Isabels dood werd de indruk gewekt
dat Jacqueline de rust in zijn leven had teruggebracht...

De minuten verstreken. Ze was nog altijd aan het lezen toen ze voetstappen op de trap hoorde en Joel hoorde praten met iemand van beneden. Snel klikte ze om het document te sluiten en wachtte een kwellend
lange tijd voordat het van het scherm verdween. Ze liep bij de computer
vandaan op het moment dat Joel de kamer binnenkwam.

'God, wat een tijdverspilling, zeg.' Hij keek haar nieuwsgierig aan,
zoals ze voor hem stond, een onzeker ogende figuur die verdronk in zijn
badstoffen kamerjas. 'Gaat het wel?'

'Ja, natuurlijk,' zei ze vlug, maar dat was niet echt zo. Het was alsof ze
hem voor het eerst zag. Hij zag er anders uit, onbekend, en toch was er
aan zijn fysieke verschijning niets veranderd. Hij zag er nog net zo goed
uit als anders, met diezelfde beheerste uitstraling die ze ooit zo charis-
matisch had gevonden, maar die in het tijdsbestek van zijn korte afwe-

zigheid alle aantrekkingskracht had verloren. Haar gevoelens waren veranderd. Hoe kon dat nou?

'De hele ochtend voor een uitzending van vijf minuten,' ging hij verder. Hij keek naar de envelop op het werkblad en pakte die op.

'Ik heb het natuurlijk gehoord,' zei ze, en ze herstelde zich. 'Je was goed. Nou, behalve dan dat je haar geen recht deed. Isabel, bedoel ik.'

Door haar matte toon legde hij de envelop neer en wilde haar omhelzen, maar ze deed een stap opzij. Ze moest dit voor eens en voor altijd met hem uitpraten.

'Emily,' zei hij vriendelijk. 'Hou toch eens op met je zorgen te maken over Isabel. Het was een interview van vijf minuten. Daarin kan ik moeilijk op de details ingaan, wel? Ze willen kernachtige uitspraken.'

'Dat weet ik wel. Maar het is niet alleen in het radioprogramma, hè?' zei ze met trillende stem. 'Het is het hele boek. Het enige wat ik wilde was dat je de waarheid zou vertellen.'

'Maar ik vertel de waarheid. Zoals ik je steeds al heb uitgelegd, kon ik de autobiografie niet bevestigd krijgen, begrijp je dat dan niet? En al dat gedoe dat Lorna die aan Lydia heeft gegeven, die haar op haar beurt weer via jou aan mij heeft doorgespeeld, dat is een beetje idioot, vind je ook niet?'

'Joel, ik wil een antwoord op de volgende vraag: heb je de memoires echt aan Jacqueline laten zien en om haar mening gevraagd?'

Hij blies luidruchtig zijn adem uit, en zij zei nogmaals: 'Heb je dat gedaan?'

'Nee.' Hij was nu kwaad. 'Nee, dat heb ik niet gedaan. Emily, jij hebt niet met Jacqueline te maken gehad zoals ik. Als het om Isabel gaat, is ze als een blok graniet. We krijgen knallende ruzie als ik haar dat gewauwel laat lezen. Ze zal nooit toestaan dat ik dat gebruik.'

'O, Joel!' riep ze uit. 'Wat moet ik Lydia dan vertellen? Lorna zal in alle staten zijn als haar moeders verhaal niet wordt verteld. Zij heeft toch zeker ook iets in te brengen?'

'Emily, Lorna was nog een baby toen haar moeder wegging. Ze kende Isabel niet zoals Jacqueline haar heeft gekend. En je zou denken dat ze loyaler jegens Jacqueline zou zijn, die haar heeft grootgebracht.'

'Ze heeft geprobeerd om loyaal te zijn, maar ze wordt verscheurd, begrijp je dat dan niet? Je zou in je boek nog steeds dieper op de zaak kunnen ingaan, je kunt Isabels verslag noemen als een inkijkje. Daar heeft Jacqueline toch zeker geen problemen mee?'

'Hoe weet je nou dat ik dat niet heb gedaan?' antwoordde hij stuurs.

'Ik weet dat je dat niet hebt gedaan,' kaatste ze terug.

'Hoe dan?' Hij keek naar zijn laptop, het glanzende scherm vertelde zijn eigen verhaal. 'Bedoel je soms dat je in mijn computer hebt gekeken?'

Ze knikte vlug.

'Zonder het mij te vragen?' Hij staarde haar ongelovig aan toen ze weer knikte. 'Niet te geloven.'

'Ik zou het toch een keer onder ogen krijgen.'

'Ja, op het moment dat het mij het beste uitkwam,' zei hij met stalen stem.

'Ik weet het, sorry. Het was uit frustratie. Ik moest het weten.'

'Je bent te veel bij Isabel betrokken geraakt. Waarom word je zo door haar geobsedeerd, Emily?'

'Dat weet ik niet.' Ze dacht even na. 'Ik vermoed omdat ik het gevoel heb dat ik haar ken. En dat ze een beetje op me lijkt.' Ja, dat was het.

'En ik dan? Doe ik er niet toe? Ik ben degene die dit boek schrijft en ik dacht dat je me vertrouwde.' Hij pakte de envelop weer op en scheurde hem zo driftig open dat het papier dat erin zat op de vloer schoot. Ze wilden het allebei oprapen, maar Emily was hem te vlug af.

Vertrouwen, dacht ze toen ze het opraapte. Dat ontbrak tussen hen. Ze vertrouwde hem niet. En nu vertrouwde hij haar ook niet.

Ze staarde naar het voorwerp in haar hand. Het was een cheque met een kort briefje. En het bedrag op de cheque – ze zette grote ogen op – was tienduizend pond. *Voor de afgesproken levering,* stond er op het briefje. *Met grote dank, Jacqueline Morton.*

'Mag ik dat alsjeblieft hebben?' vroeg Joel op bevelende toon terwijl hij een stap naar voren deed. Zonder een woord te zeggen, gaf ze het aan hem. Dus Jacqueline betaalde hem. Geen wonder dat hij haar niet voor het hoofd wilde stoten door over Isabel te schrijven.

Hij keek naar de cheque en legde die weer op het werkblad. 'Ik weet wat je denkt,' zei hij. 'En ik had het je moeten vertellen. Ze bood aan om het voorschot dat Parchment me heeft betaald op te hogen, meer niet. Ze is dankbaar en wilde aardig zijn.' Alle energie was nu uit hem weggevloeid. Hij zag er verslagen uit. Ze besefte dat ze niets anders meer voor hem voelde dan een soort medelijden.

'Je hebt gelijk,' fluisterde ze terwijl ze zich verloren op de bank liet zakken. 'Je had het me moeten vertellen. Maar nu snap ik het tenminste. Au!'

Ze was met haar hand tegen iets scherps tussen het kussen en de zijkant van de bank gestoten. Ze verschoof om te kijken wat het was, haalde er een voorwerp uit en bekeek dat aandachtig. Het was een grote haarkam met een clip en een roze, veerachtige versiering. Niet iets wat zij ooit zou dragen. Na een ogenblik schoot het haar te binnen dat ze hem eerder had gezien. Hij was van Anna, de blonde vrouw van beneden met de kraan die ze niet dicht kon krijgen.

'Ik vraag me af hoe dit hier komt,' zei ze luchtig. Ze stond op en liet hem aan hem zien. Hij keek er met een verstarde uitdrukking op zijn gezicht naar.

'Ik... Het is niet wat je denkt,' begon hij, maar ze wilde het niet meer horen. Ze legde de kam boven op de cheque.

'Ik kan me maar beter gaan aankleden,' zei ze, en ze deed haar best te zorgen dat haar stem niet trilde. 'Sorry, Joel, maar ik denk dat het beter is dat ik vertrek.'

38

Drie maanden later

Emily

Er was geen twijfel mogelijk dat Jacqueline Morton nu brozer was dan de vorige keer dat Emily bij haar was, bijna een jaar geleden. De oude dame had een kromme rug en moest op een stok leunen toen zij en Emily achter Lorna aan de eetkamer in Stone House binnengingen. Daar troffen ze Joel aan, die een opmerking noteerde in een van de vele paragrafen van het manuscript dat hij om zich heen op de tafel had uitgespreid. Toen hij Emily zag, stond hij op en liep op haar toe om haar te begroeten.

'Hallo,' zei ze zacht en ze schudde hem de hand. Ze beantwoordde zijn nerveuze ogen met een directe, vriendelijke blik en hij keek opgelucht. Het was voor het eerst dat ze elkaar weer persoonlijk ontmoetten sinds de dag dat ze zijn flat uit was gewandeld. Ze hadden in de tussentijd wel contact gehad, dat moest wel vanwege het boek, eerst via sms, daarna via een koel, maar opmerkelijk beschaafd telefoongesprek waarin ze beiden merkten dat ze bereid waren om hun samenwerking voort te zetten. Hij had het manuscript een week geleden per e-mail aan haar toegestuurd.

Ze was verbaasd geweest, maar dankbaar dat ze zo gemakkelijk weer terugschoven in een professionele relatie. Na de breuk was ze natuurlijk van streek geweest, maar niet zo erg als na Matthew. Het was haar nu duidelijk dat deze relatie een reactie was geweest op Matthew en voornamelijk gebaseerd was op fysieke aantrekkingskracht. Ze was gecharmeerd geweest van Joel en de wereld waarin hij zich bewoog. Nu wist ze dat al die dingen onbelangrijk waren omdat ze hem in allerlei opzichten niet kon vertrouwen. Ze vroeg zich af hoe Joel erover dacht. Hij had nooit gezegd dat hij van haar hield, en ze voelde dat hij niet erg gekwetst was, behalve misschien in zijn trots. Over het geheel genomen was dit voor hen allebei het beste. Maar het ergste van alles was dat ze merkte dat het rouwproces rondom Matthew weer op volle kracht op haar afkwam, en dat had ze niet voor mogelijk gehouden. Goddank had ze het momenteel zo druk met haar werk dat ze geen tijd had om stil te staan bij haar ongelukkige privéleven.

'Kom hier bij me zitten,' beval Jacqueline. Emily zat tegenover Joel, met Jacqueline aan het hoofd van de tafel tussen hen in, een positie waarmee ze de controle naar zich toe trok. Maar vandaag was Emily vastbesloten haar niet te laten domineren. Lydia en zij hadden elkaar zoals gepland gesproken en een nieuwe manier bedacht om Jacqueline onder druk te zetten.

'Ik ga koffiezetten,' zei Lorna opgewekt vanuit de deuropening en ze liep naar de keuken.

'Zullen we vast beginnen?' stelde Jacqueline voor.

'Moet Lorna er niet bij zijn?' vroeg Emily allervriendelijkst.

Jacqueline keek Emily even peinzend aan. 'Als je denkt dat dat nodig is, dan zou ik niet weten waarom niet.'

'Ik denk dat zij erbij moet zijn.' Ze was verbaasd dat ze dit eerste deel van Lydia's plan zonder slag of stoot erdoor kreeg. Misschien was Jacqueline inmiddels minder stijfkoppig dan vroeger.

Nadat ze ongeveer een week geleden een gesprek met Lydia had gehad, was Emily hierheen gegaan met het vaste voornemen de teugels in handen te nemen. Niet dat ze grof zou worden of zo, integendeel, ze had besloten dat ze het van charme moest hebben.

'Heel erg bedankt dat je me wilt ontvangen,' zei ze tegen Jacqueline terwijl ze op Lorna wachtten. 'Ik weet dat Joel en jij het manuscript al hebben besproken, dus ik dacht dat het wellicht nuttig was dat ik er nu ook bij ben. Joel, is de versie die we hier hebben dezelfde als de versie die je naar mij hebt gestuurd?' Het was belangrijk dat dat werd vastgesteld.

'Ja, natuurlijk,' zei hij, op zijn hoede.

'Ik heb het nu twee keer gelezen,' zei Jacqueline. 'Ik moet zeggen dat je een fantastische prestatie hebt geleverd.'

Joel glimlachte dankbaar, maar keek nog altijd behoedzaam.

'Ja, het is schitterend,' zei Emily tegen hem. 'En ik stuur jullie beiden een aanvullend verslag van een professor uit Cambridge. Joel, je hebt Hugh Morton niet alleen uitstekend als schrijver neergezet, maar je krijgt ook echt een beeld van hem als man. Niet dat ik hem ooit heb ontmoet,' voegde ze er haastig aan toe. 'Op dat gebied ben jij de expert, Jacqueline.'

Jacqueline schonk haar een elegant, waarderend knikje. 'Je ziet altijd maar één kant van iemand, zelfs als je diegene heel goed kent, maar ik denk dat Hugh er heel blij mee zou zijn geweest. Ja, heel blij. Ik heb een aantal punten met Joel besproken. Ik neem aan dat jij ook wel wat hebt, Emily.'

'Ja, ik heb hier mijn lijstje.' Emily haalde haar kopie van het manuscript uit haar tas samen met wat getypte aantekeningen. 'Volgens mij heeft Joel je ook eerdere versies van het boek laten zien, dus ik hoop dat ik geen dingen ter sprake breng die de revue al zijn gepasseerd.'

Joel keek van de ene vrouw naar de andere en begreep wat Emily bedoelde. Emily kon zich wel eens opnieuw op gevaarlijk terrein begeven. Hij mompelde: 'Jacqueline is zo vriendelijk geweest om me zo nu en dan van advies te dienen.'

'Dat heeft niets met vriendelijkheid te maken, ik heb gevraagd het manuscript te mogen inzien,' zei Jacqueline op haar koninklijkst.

'Goed dan,' zei Emily met een brede glimlach, 'misschien hebben jullie dan niet meer zo veel te bespreken.'

'Ik heb wel een of twee kwesties,' zei Jacqueline, 'maar misschien moeten we het eerst over jouw punten hebben?'

Ze stak een hand uit naar Emily's aantekeningen, maar Emily hield haar tegen. 'Zullen we op Lorna wachten? Ik wil echt horen wat zij ervan vindt.'

Emily had niet alleen met Lydia over deze netelige kwestie gesproken, maar ook met haar baas, Gillian, en had haar verteld dat het haar niet zinde dat Hugh Mortons weduwe zo'n dikke vinger in de pap had bij dit boek. Gillian had daar echter minder last van dan Emily en herinnerde haar eraan dat de biografie werd aangeprezen met de mededeling dat ze door de erven van Morton geautoriseerd was en dat de toestemming om uit Hughs boeken en persoonlijke papieren te mogen citeren volledig afhankelijk was van de instemming van Jacqueline. 'Je moet proberen met haar te onderhandelen, maar als ze er niet blij mee is, komt er helemaal geen boek,' was Gillians mening. Hierdoor werden Emily's angsten enigszins de kop ingedrukt, maar haar gevoel dat ze een missie had, bleef onverminderd overeind.

Daarna had Emily haar over Isabel en haar memoires verteld. Gillian was gefascineerd, vooral wat betreft de connectie met Lydia, die ze slechts oppervlakkig kende. 'Als je Jacqueline en Joel kunt overhalen om meer over Isabel in het boek te krijgen, dan zou dat aanzienlijk bijdragen aan de verkoop van het boek. Hoe is het verder, eigenlijk?'

'Echt goed. Joel schrijft levendig en zijn analyse van de boeken is heel interessant. Isabel komt er alleen zo weinig in voor. Dat is heel frustrerend.'

Emily dacht eraan dat het gesprek ermee was geëindigd dat Gillian had gezegd dat ze binnenkort met haar wilde lunchen omdat ze iets met haar wilde bespreken. Het was typisch iets voor Gillian om de hele kwestie zo onheilspellend te brengen dat ze zich zorgen maakte.

Eindelijk kwam Lorna terug met een zwaar dienblad. Ze schonk koffie in breekbare kopjes.

'Emily wil graag dat je erbij blijft, Lorna,' zei Jacqueline. 'Ze denkt dat je misschien kunt helpen.'

Jacqueline en haar stiefdochter keken elkaar intens aan. 'Dank je wel,' zei Lorna rustig en ze ging naast Emily zitten.

'Nou, als jullie dan hier even naar willen kijken.' Emily deelde kopieën van haar aantekeningen uit. Jacqueline ging met haar vinger langs de eerste bladzijde en opende haar mond om iets te zeggen, maar Emily was haar voor.

'Jacqueline en Lorna, ik had deze opmerkingen naar Joel kunnen mailen met de vraag of hij ze met jullie wilde bespreken, maar aangezien ik een paar gevoelige kwesties ter sprake wil brengen, dacht ik dat het gemakkelijker zou zijn om het er persoonlijk met elkaar over te hebben.'

'Ik weet zeker dat je gelijk hebt,' mompelde Jacqueline. 'Maar dit zijn wel heel kleine puntjes.'

'De opmerkingen op de eerste bladzijde wel,' zei Emily instemmend, 'maar ik wil het over iets gewichtigers hebben. Om te beginnen wil ik nogmaals opmerken dat Joel in mijn ogen een fantastische prestatie heeft geleverd met dit boek.'

'Ik kan niet wachten om het te lezen,' zei Lorna. Joel en Emily keken elkaar verbaasd aan.

'Natuurlijk wil ik ook dat je het leest,' antwoordde Jacqueline snel. 'Maar het was niet de moeite waard dat je de eerdere versies las.'

'Ik wist niet dat je het nog niet had gelezen,' zei Emily. 'Jacqueline, vind je het niet nodig dat Lorna het ook leest? Ze is tenslotte een belanghebbende partij.'

'Ik wilde het aan haar geven als het klaar was.' De hand van de oude vrouw beefde, het kopje rinkelde toen ze het op het schoteltje terugzette.

'Moeder, ik wil het graag nu lezen, alsjeblieft.'

Jacqueline wierp Lorna een blik toe die Emily uitlegde als 'breng me niet in verlegenheid door me in het openbaar tegen te spreken' en ze was geschokt dat Lorna, een vrouw van zestig, op deze manier op de huid werd gezeten.

'Er staat iets in wat voor Lorna specifiek relevant is. Gillian en ik...' zei Emily, in de hoop dat haar baas het niet erg vond dat ze haar gebruikte om haar argument kracht bij te zetten, 'zijn heel verbaasd dat Isabel zo weinig in het boek voorkomt. We hebben nu het gevoel dat de balans weg is, in het licht van wat we nu weten, dat Isabel met Hugh getrouwd was en Lorna's moeder is.'

Zij en Lorna glimlachten naar elkaar.

'En nog iets anders, er lijkt veel bewijs te zijn dat Isabel de directe inspiratiebron was voor het personage van Nanna in *Aan de overkant*, Hughs belangrijkste roman.'

'Wat bedoel je met bewijs?' vroeg Jacqueline, heel erg van haar stuk gebracht. 'Isabel was geen krantenverslaggever, zoals Nanna, ze werkte voor een uitgeverij. En je kunt van Hugh moeilijk beweren dat hij Isabel heeft vermoord.'

'Nee, natuurlijk niet,' zei Emily sussend. 'Maar academici zoals onze deskundige in Cambridge hebben het verband gelegd, zoals hij in zijn rapport naar voren brengt. Isabel gaf haar werk op toen ze echtgenote en moeder werd, en dat vond ze naar verluidt heel frustrerend.'

'Ik denk dat je het haar maar het beste kunt laten zien, Emily,' zei Lorna met zachte stem.

'Me wat laten zien?' zei Jacqueline op bevelende toon.

De tijd leek stil te staan toen Emily in haar tas reikte, er een map uit haalde en Isabels memoires eruit schoof. Die legde ze voor Jacqueline neer.

Joel maakte een ongeduldig soort geluid, leunde achterover in zijn stoel en sloeg zijn armen over elkaar.

Jacqueline bekeek aandachtig de eerste bladzijde en de uitdrukking op haar gezicht veranderde. 'Hoe kom je hieraan?' vroeg ze met trillende stem aan Emily.

'Ik heb het aan haar gegeven, moeder,' zei Lorna.

'Jij?'

'Ik heb het in papa's werkkamer gevonden. Na zijn dood moest ik iets van je opzoeken. Het lag onder een paar brieven in een la.'

'Heb je het weggenomen? Je vaders persoonlijke papieren?'

'Die waren niet alleen van hem, en ze zijn zeer zeker nooit van jou geweest. Ze zijn nu van mij. Jij noch papa heeft me hierin ooit gekend. En het kan me niet schelen als je boos bent, daar heb je geen recht toe. Ik heb ze helemaal gelezen... Ik heb ze inmiddels vele malen gelezen. En daarna heb ik erover nagedacht wat ik ermee moest doen... Ik kende Joel en wist dat hij niet de aangewezen persoon was om ze aan te geven.'

Op Joels gezicht was een verwarrende mengeling van emoties te lezen.

'Dus heb ik een manier bedacht om ervoor te zorgen dat Emily ze kreeg.'

'Lorna!' Jacqueline was verbijsterd. 'Jij... verrader die je bent!' Met haar verzwakte stem klonk het niet zo vernietigend als ze had gewild, maar Lorna raakte er toch door van streek.

'Moeder, alsjeblieft, het gaat niet om partij kiezen. Het gaat om het opschrijven van de waarheid, de waarheid over Isabel. Jij en papa wilden bijna nooit met mij over haar praten en als jullie dat al deden, dan zeiden jullie iets akeligs over haar. Waarom haat je Isabel nog steeds zo?'

'Lorna, ze heeft je in de steek gelaten. Wat voor moeder doet een kind dat aan?'

'Maar waarom? Waarom heeft ze me in de steek gelaten? Dat heeft niemand me ooit uitgelegd. Toen ik die bladzijden las, begon ik het eindelijk te begrijpen.'

'Sorry, hoor, maar ik heb ze ook gelezen, jaren geleden, en ze waren alleen maar een bevestiging van hoe ik over haar dacht. Je vader was zo in de war toen hij ze vond dat ik erop stond dat hij ze mij ook liet zien. Ik wilde ze vernietigen, maar dat stond hij niet toe.'

'Ze verníétigen? Had je dat gedaan als jij ze na zijn dood het eerst had gevonden?'

'Dat weet ik niet,' gaf Jacqueline toe.

'Het is mijn beurt om iets te bekennen,' zei Joel, hen onderbrekend. 'Emily heeft ze me laten zien. Ik had het je moeten vertellen, Jacqueline, maar... ze leken niet van belang.'

Jacqueline wierp hem een ijzige blik toe.

Joel ging haastig verder. 'Emily wist eerst niet waar de memoires vandaan kwamen. Ik had geen mogelijkheid om te controleren of ze waarheidsgetrouw waren.'

'Ik had al verwacht dat hij er zo op zou reageren,' zei Lorna tegen Jacqueline. 'Jij bent altijd zo zwart-wit over Isabel geweest dat hij te zenuwachtig was om er zelfs maar naar te vragen.'

'Zo was het niet...' begon Joel.

'Volgens mij wel,' zei Emily zachtjes. 'Je wilde er helemaal niets mee te maken hebben, wel? Je wist dat het mevrouw Morton niet zou aanstaan. En aangezien ze je voor een deel van dit project betaalt...'

'Doe niet zo belachelijk,' antwoordde Joel. 'Daardoor zou ik me nooit laten beïnvloeden.'

'Alsjeblieft.' Jacqueline zei het op zo'n oprechte toon, dat iedereen zweeg. 'We hoeven geen ruzie te maken. Het is waar dat ik Joel geld heb gegeven. Voorschotten van uitgevers houden niet over, Emily. En het is ook waar dat ik er bepaald niet op gebrand was dat Joel veel woorden aan Isabel vuil zou maken. Ze heeft mijn man en mij heel ongelukkig gemaakt, om het over Lorna nog maar niet te hebben.'

'Ik kan me haar niet herinneren, dus hoe kan ze mij nou ongelukkig hebben gemaakt?' Emily was verbaasd over de passie in Lorna's stem, over de moed dat ze zich eindelijk uitsprak.

'Nee, maar je voelde dat ze er niet was, Lorna. Hoe kon ik nou objectief zijn over Isabel? Ik had het idee dat ik het maar beter helemaal niet over haar moest hebben.' Het was zo duidelijk dat dit haar pijn deed, dat Emily voor het eerst een beetje met haar te doen had.

'Ik veronderstel dat je teleurgesteld in me bent,' zei Jacqueline tegen Emily.

'Niet echt,' loog Emily. 'Ik wil niet tactloos zijn, maar uit Isabels papieren maak ik op dat jij en zij niet erg goed met elkaar overweg konden.'

'Ik heb zo mijn best gedaan met haar, maar ze was zo boos op me.'

'Ze zag je als een indringer, hè?' zei Emily kalm.

Jacqueline zuchtte. Alle hardvochtigheid was verdwenen. 'Ze dacht dat ik tussen haar en Hugh probeerde te komen, maar dat was niet zo. Lorna, ik heb altijd een zwak voor je vader gehad. Al sinds mijn vroegste jeugd. Maar we waren allebei met een ander getrouwd. Hugh besefte pas dat hij van me hield nadat zijn huwelijk mislukt was en Isabel was gestorven.'

Emily vroeg zich af of je wel van een mislukt huwelijk tussen Hugh en Isabel kon spreken, maar dat kon ze bepaald niet tegen Jacqueline zeggen.

Maar Lorna, de zachte, gehoorzame Lorna, nam het woord. 'Hij heeft nooit op dezelfde manier van jou gehouden zoals hij van Isabel hield, hè? Dat heb je nooit kunnen verkroppen.' Emily was geschokt door deze botte beschuldiging. Jacqueline kromp ineen, maar herstelde zich snel.

'Hij hield wel van me,' zei ze, 'maar anders dan hoe hij van Isabel hield. Ik was vastbesloten om sterk te zijn, iemand op wie je kon bouwen, het soort vrouw dat hij nodig had. De vrouw achter de man. Een levensgezel. Dat is Isabel nooit geweest.'

'Misschien was ze dat wel geworden als ze was blijven leven,' volhardde Lorna.

415

'Ik betwijfel het. Ze was te zelfzuchtig.'

'Je bedoelt dat zij ook zichzelf wilde zijn? Je hebt gelezen wat ze heeft geschreven, hoe depressief ze werd, vooral nadat ze moeder werd. En als het om oma gaat, Isabel schildert haar af als een echte tiran.'

'Hughs moeder heeft haar inderdaad nooit gemogen. En uiteraard heeft Hugh altijd het gevoel gehad dat Isabel de avond dat ze stierf de dokter had moeten bellen.'

Joel schraapte zijn keel. 'Dat heb ik allemaal in het hoofdstuk over hun huwelijk opgeschreven.'

'Ja,' zei Emily, 'maar vanuit het standpunt van Hugh. Je hebt Isabels gevoelens achterwege gelaten. Met de informatie uit haar verslag komt er een completer beeld naar voren.'

'Ik heb je al eerder gezegd dat dit boek over Hugh gaat, niet over Isabel. Dus zo verbazingwekkend is het niet dat ik het op deze manier heb weergegeven. Hugh zou niet jouw eenentwintigste-eeuwse invalshoek hebben, Emily. Isabel was voor die tijd een uitzonderlijke jonge vrouw. Hugh heeft zich met haar simpelweg op te glad ijs gewaagd.'

'Ik geloof niet dat ze uitzonderlijk was,' kaatste Emily terug. 'Het is absoluut een feit dat ze niet voldeed aan de verwachtingen die de maatschappij toen van een vrouw had, maar...'

'O, wat een onzin is dit allemaal,' zei Jacqueline, hen onderbrekend. 'Geen van jullie begrijpt het. Het gaat allemaal veel dieper dan dat.' Ze keek nu verdrietig, verdrietig en kleintjes, alsof Lorna's rebellie een bres had geslagen in haar verdediging. 'Ik ben degene die toen leefde en ik herinner me het nog zo duidelijk als was het de dag van gisteren.'

Tot haar verbazing zag Emily dat haar ogen glansden van de tranen. Jacquelines arrogante houding was afgesleten, door leeftijd of verdriet, of beide, en Emily ving eindelijk een glimp op van de kwetsbaarheid die eronder lag.

'Ik wilde dat je dat uitlegde, moeder,' zei Lorna, en ze legde haar handen met de palmen omhoog op tafel. 'Dan begrijpen we het wellicht allemaal. Ik begrijp nog zo veel niet.'

Ze wachtten met z'n allen op Jacquelines antwoord.

Na een hele poos zei ze: 'Ik zal jullie mijn kant van het verhaal vertellen, maar ik wil niet hebben dat dat allemaal in dat boek wordt opgerakeld. Dat wil ik eenvoudigweg niet.'

Ze keek hen stuk voor stuk nijdig aan. Joel, nerveus geworden, schoof met zijn papieren. Lorna wreef vermoeid over haar gezicht. Alleen Emily keek haar rechtstreeks aan en knikte.

Jacqueline sloot haar ogen en begon te praten, eerst aarzelend.

'Hugh en ik zijn achtenvijftig jaar gelukkig getrouwd geweest.' Ze zweeg even en bewoog geluidloos haar lippen, maar toen verzamelde ze moed en ging verder. 'Ik ken hem al sinds mijn jeugd en er was een periode waarin ik moet hebben geweten dat ik van hem hield. Maar ik was niet achterlijk. Als tiener wist ik al dat Hugh mijn gevoelens niet beantwoordde, maar dat weerhield me er niet van te hopen dat dat zou veranderen. Ik verloor korte tijd de hoop, toen hij verliefd werd op Anne. Met haar was hij anders, zo toegewijd. Voor mij was het pijnlijk, alsof ik onzichtbaar voor hem was. Kort daarna ontmoette ik Michael en hij was zo hoffelijk en attent dat ik gevleid was. Niemand had me ooit zo bejegend, weet je, bij hem kreeg ik het gevoel dat ik bijzonder was. En dus trouwde ik met hem. Te laat zag ik wat voor soort man hij was. Er zat geen kwaad bij die man, begrijp me niet verkeerd, maar hij kon niet, laten we zeggen, goed met intimiteit omgaan. Die kant van de zaak was, nou ja, niet succesvol. In de tijd dat Michael naar het front was, had ik meer dan genoeg tijd om hierover na te denken en ik kwam tot de conclusie dat hij was getrouwd omdat hij vond dat hij dat moest doen, dat hij een naam hoog te houden had. Ik vond het niet erg om die rol te spelen en hij was zo vaak weg dat ik het in het begin geen al te groot obstakel vond. Tot het einde van de oorlog, nadat Anne bij een luchtaanval was omgekomen en ik Hugh weer vaker zag. Natuurlijk was ik getrouwd en hoe dan ook zag ik dat zijn gevoelens voor mij nog onveranderd waren. Voor hem was ik gewoon een vriendin, maar ik dacht dat ik er gelukkig mee kon zijn als ik hem zo nu en dan zag.' Ze zweeg even alvorens te zeggen: 'En toen ontmoette hij Isabel.

Vanaf het moment dat ik haar ontmoette, op een feestje dat Hugh gaf in zijn nieuwe flat, wist ik dat ze ongeschikt was voor hem. Ze wilde te graag met de mannen praten. Had de vrouwen daar niets te melden en had amper een woord voor mij over. Maar tegen hem kon ik daar niets over zeggen, hij was duidelijk smoorverliefd op haar. Ik vond haar een van die vrolijke, mooie dametjes die aan niemand anders dachten dan aan zichzelf. Sorry, Lorna, maar nu weet je het. Ik veronderstel dat ik haar met een jaloerse blik bekeek, omdat ik haar aardiger begon te vinden toen ik haar beter leerde kennen, en nadat ze getrouwd waren zag ik best dat ze ongelukkig was, zo gevangen in Stone House terwijl Hughs moeder haar voortdurend boze blikken toewierp. Het was moeilijk dat Isabel me op afstand hield. Ze wist dat ze mijn hulp nodig had met jou, Lorna, maar ze was niet dankbaar, o nee. De arme Hugh. Het enige wat hij wilde was een vredig huishouden zodat hij verder kon met zijn werk, maar vrede was wel het laatste wat ze hem bood.

Ik heb mijn best gedaan om te helpen. Als ik in Londen was en Hugh kwam een paar dagen over, dan deden we wel dingen samen, gewoon voor de gezelligheid, dan gingen we uit eten of naar het theater. Daar stak geen kwaad achter, hoewel sommige mensen er wel iets achter zochten. Ik kan je nogmaals verzekeren dat er niets ongepasts is gebeurd.'

Emily wist niet of ze haar wel moest geloven.

'Ik was niet ongelukkig met die situatie. Ik merkte dat Hugh zich op mij ging verlaten – o, in allerlei opzichten – en ik vond dat een heerlijk gevoel. Op praktisch niveau hield ik voor hem het huishouden draaiende, zie je. Doordat ik daar was, kwam mevrouw Morton ook tot rust. Ik wist kalm te blijven en dat waardeerden ze heel erg. Vooral als Isabel in bed bleef, wat ze soms deed, en niet wilde opstaan om zich om Lorna te bekommeren. Arme Lorna, er waren tijden, liefje, dat ik je met een rood hoofd en uitgeput van het huilen aantrof.'

'Ik geloof niet dat Isabel er iets aan kon doen,' mompelde Emily. Ze was geschokt door de haatdragende toon van Jacqueline, dat ze na zo veel jaar nog zo jaloers op Isabel was, maar de vrouw was nu niet meer te stuiten. Het was alsof ze was vergeten dat er mensen naar haar luisterden.

'In een bepaalde periode had ik verschrikkelijk veel medelijden met haar. Haar moeder was ziek en Hugh was zo boos op haar vanwege de dood van zijn moeder. Wat dat betrof was hij niet voor rede vatbaar, dat kwam door het verdriet, zie je. Maar wat Isabel daarna deed, was onvergeeflijk. Haar tante had daar voor een deel schuld aan, natuurlijk. Die had ideeën in Isabels hoofd geplant, ik zou zeggen, gemene ideeën, vooral over Hugh en mij. Het was Penelope die haar hielp weg te gaan. Zij had dat vakantiehuis aan de kust. We gingen daar vroeger wel naar het strand, Lorna, totdat Isabel stierf. Hoe dan ook, aanvankelijk werd ons verteld dat ze daar de nacht zouden doorbrengen en dat Penelope haar de volgende dag terug zou brengen. Maar toen het zover was, belde ze ergens vanuit de stad om te zeggen dat ze niet naar huis kwam. En dat was het laatste wat we in bijna veertien dagen van haar hoorden. Je was heel erg van streek, Lorna, moet ik zeggen. Je bleef maar naar je mammie vragen en ik had geen idee wat ik tegen je moest zeggen.'

'Ik wilde dat ik me het kon herinneren,' fluisterde Lorna, 'maar dat kan ik niet. Ik keek vroeger altijd naar de foto's in papa's album en dan dacht ik dat ik me haar herinnerde, maar nu besef ik dat de foto's zich in mijn herinneringen nestelden.'

'Wat herinneren we ons nog van mensen die we zijn kwijtgeraakt?' zei Joel plotseling, zo verdrietig dat Emily zich afvroeg of er een kant aan hem was waar ze nog nooit een glimp van had opgevangen. 'Tegenwoordig worden we omringd door foto's en video's om ons te herinneren aan alles wat er gebeurt, maar het is nog altijd moeilijk om toegang te krijgen tot onze feitelijke herinneringen, van hoe mensen die ons dierbaar waren eruitzagen, voelden en klonken.'

Emily's gedachten vlogen naar Matthew. Ze had een heel duidelijk beeld van hem in gedachten, zittend in zijn kamerjas, zijn haar alle kanten op, terwijl hij met een stukje toast zwaaide en iets uitlegde. Door die herinneringen werd ze immens verdrietig en ze miste bijna wat Joel daarna zei.

'Maar jullie hebben nog wel van Isabel gehoord, hè?'

'Nog één keer,' gaf Jacqueline toe. 'Dat was tien dagen later.'

'Op 31 januari 1953. De nacht dat ze stierf,' zei Joel en ze knikte.

'Wat is er gebeurd?' fluisterde Emily.

Jacqueline frummelde met de papieren die voor haar lagen, sloot haar ogen en vervolgde: 'Ik was daar omdat er niemand was om voor Lorna te zorgen en natuurlijk was ik de eerste tot wie Hugh zich wendde. Hoe dan ook, aan het begin van de avond ging de telefoon en zij was het. Hugh nam op. Ik... Onwillekeurig hoorde ik het gesprek. Kennelijk had ze besloten naar huis te komen en ze wilde dat Hugh alles uit zijn handen liet vallen om haar op te halen. We hadden nog niet gegeten en het was vreselijk slecht weer, dus ik werd boos. Waarom moest hij haar altijd op haar wenken bedienen? Ik zag dat hij bereid was om meteen te gaan, maar ik zag niet in waarom ze niet tot de volgende ochtend kon wachten, dus onderbrak ik hem en ik zei dat tegen hem. Onder de omstandigheden was het volkomen redelijk en uiteindelijk was hij het daar ook mee eens. Hij zei tegen haar dat hij haar de volgende ochtend zou komen ophalen, zodra dat kon, en verbrak het gesprek. Dat was de laatste keer dat hij haar ooit heeft gesproken.'

Ze zweeg nogmaals terwijl ze haar gedachten op een rij zette.

Emily vroeg ten slotte: 'Hoe voelde je je, over het feit dat ze terug zou komen, bedoel ik.'

'Hoe ik me voelde? Wat deed dat ertoe? Ik zag dat Hugh gemengde gevoelens had, want hij was de hele avond onrustig. Hij was opgelucht dat ze terug wilde komen, zo bekende hij aan mij, maar hij was ook bezorgd. Bezorgd over hoe ze zou zijn. Toen we die avond naar bed gingen, hadden we geen idee welk onheil ons die volgende dag wachtte.'

Ze zweeg en Joel nam het verhaal van haar over. 'Ik zal het uitleggen. Verschillende natuurfenomenen kwamen op die afschuwelijke avond bij elkaar. Een krachtige noordenwind veroorzaakte een enorme springvloed die vanuit Schotland de Noordzee in stroomde, waardoor er langs de oostkust verbijsterende vloedgolven ontstonden. Een paar honderd mensen zijn omgekomen. Ze verklaarden het tot een nationale ramp.'

'Zoals ik al zei,' ging Jacqueline verder, 'was het weer die hele dag verschrikkelijk geweest. Ik lag naar mijn gevoel uren wakker, luisterde naar de wind die op het huis beukte, aan de ramen ratelde. Uiteindelijk moet ik in slaap zijn gevallen, want toen ik wakker werd, was het licht. De wind was afgenomen, maar er klonken andere geluiden, dierenkreten, en ik stond op om te gaan kijken. Ik zal nooit vergeten wat ik toen zag. De helft van de tuin en de moerassen daarachter stonden blank. Een van de ezels balkte, maar ik kon hem niet zien. Ik deed mijn kamerjas aan en ging Hugh wakker maken, die zich aankleedde om te gaan kijken of hij het arme beest kon redden. Hij riep naar me dat de bijkeuken onder water stond, dus ik ging ook naar beneden. Ik draaide de keukenkraan open om water op te zetten en het water dat daaruit kwam was smerig en zoutig. Toen kwam Hugh terug om te zeggen dat de arme beesten vastzaten op de mesthoop maar dat het water zich aan het terugtrekken was.

Om zeven uur deden we de radio aan. Toen pas kregen we te horen hoe erg het drama was dat zich had voltrokken en Hugh ging in paniek naar de garage om te kijken of hij de auto aan de praat kon krijgen. Dat lukte en hij ging onmiddellijk op weg. Ik zag hem die avond pas weer.'

Lorna maakte een wanhopig geluidje, maar Jacqueline ging verder. Ze had haar ogen weer dicht en Emily kreeg de indruk dat ze die dag van bijna zestig jaar geleden opnieuw beleefde.

'Toen hij terugkwam, had hij die afschuwelijk verwilderde blik in zijn ogen. Zijn schoenen zaten onder de aangekoekte modder en zijn kleren waren een puinhoop. Het duurde even voordat ik hem zo ver kon kalmeren dat ik uit hem kreeg wat er was gebeurd.

De stad, zo zei hij, was ongeveer een eiland geworden. De zee was over de moerassen heen gestroomd en hoewel het ergste voorbij was, kon je nergens komen. De hoofdweg stond onder water en ze stuurden overal het verkeer terug om de hulpdiensten vrije doorgang te geven. Het was een complete chaos, zei hij. Niemand wist wat er aan de hand was of wat ze eraan moesten doen. Er deden verschrikkelijke verhalen de ronde over al die arme mensen die waren verdronken of vermist werden of wier huizen waren weggespoeld, maar geen feitelijke informatie. En aangezien niemand werd doorgelaten, kon je er onmogelijk achter komen.

'Pas in de middag wist hij een lift te krijgen van een tractor en vond hij de hal waar de overlevenden naartoe waren gebracht. Daarna ging hij naar het ziekenhuis – o, ik moet er niet aan denken wat hij daar moet hebben gezien – maar nergens was een spoor van háár te bekennen. Het pad naar het huis was compleet afgesneden en de gebouwen waren allemaal verwoest. Door de blikken die mensen op hem wierpen begreep hij wel dat er niet veel hoop was en dat hij eenvoudigweg niets kon doen. Het werd donker en hij dacht dat het beter was om naar huis terug te keren en er de volgende dag weer heen te gaan.'

Er viel een volslagen stilte in de kamer. Jacqueline opende haar ogen, maar ze leek ver weg met haar gedachten, nog altijd verloren in het verleden.

'Hij was radeloos. Ik kon niets doen om hem te troosten. Hij bleef maar zeggen dat het zijn schuld was. Als hij haar de avond ervoor maar had opgehaald, als hij nou maar niet naar mij had geluisterd. Ik probeerde hem tot rede te brengen, maar dat had totaal geen zin.

De volgende ochtend ging hij weer terug. Ik smeekte om met hem mee te mogen, maar hij liet me stomweg niet in zijn buurt. Het was een afschuwelijke dag, wachten en wachten op nieuws. En dat kwam maar niet. De zoektocht naar overlevenden was een zoektocht naar lijken geworden. Er werden zo veel mensen vermist of ze waren onverklaarbaar zoek, en elke dag kwam de krant met nieuws over sommigen die het niet hadden gered en anderen die veilig bij familie waren teruggevonden, zich niet realiserend dat gevreesd werd dat ze verdronken waren. Maar wij wisten dat Isabel die nacht in het huis was gebleven, en naarmate de tijd zich voortsleepte, hoopte ik uiteindelijk maar dat ze haar snel zouden vinden, zodat we haar konden begraven. Maar dat is nooit gebeurd. Er waren ook anderen die vermist raakten en nooit teruggevonden waren. De zee kan zo vreselijk wreed zijn.

Ik heb mijn best gedaan om Hugh tot steun te zijn in deze periode en we groeiden dichter naar elkaar toe. Het jaar daarop werd *Aan de overkant* gepubliceerd en traden hij en ik in het huwelijk.'

Jacqueline leunde in haar stoel naar achteren, ze was klaar met haar verhaal. Het enige wat in de kamer te horen was, was de tikkende klok op de schoorsteenmantel.

Zoals zij het vertelde was het een ontroerend verhaal, dacht Emily, en ze geloofde duidelijk in haar versie van de gebeurtenissen, maar het was één versie van de waarheid, net zoals die van Isabel dat was. Het was begrijpelijk dat ze een aantal dingen had overgeslagen, zoals het feit dat haar relatie met Hugh al tijdens Isabels leven zo intiem was geweest; Emily had het gevoel dat Isabel terecht achterdochtig was geweest, maar daar kon ze Jacqueline moeilijk naar vragen. Wist ze wat Penelope aan Isabel had verteld, waardoor Isabel zo lang in het strandhuis was gebleven? Misschien nu wel, maar toen waarschijnlijk niet en haar mening over Isabel, dat die zo egoïstisch was en haar man en dochter in de steek had gelaten, zou er zeker niet minder om zijn geworden. De vloedgolf van wraakgevoelens had haar vermogen om redelijk over Isabel na te denken weggespoeld.

Emily vroeg zich af welke andere geheimen nog onverteld bleven. Ze zou er een harde dobber aan hebben om met de oude dame te onderhandelen over het feit of Isabels kant van het verhaal zou worden gepresenteerd. Ze zou gewoon haar best moeten doen.

39

Emily

Wat was er in een jaar veel gebeurd, bepeinsde Emily twee weken later. Na alle opschudding van de laatste paar maanden was het haar beurt om kratten te vullen met boeken en manuscripten, om haar bureaula- den te legen. Aan haar archiefkast, lamp en computer hingen labels zo- dat de verhuizers wisten waar ze naartoe moesten. Alles was bedekt met een laagje fijn stof, doordat een oude, gewatteerde envelop tijdens het inpakken was ontploft.

'Je zult op je nieuwe werkplek niet weten wat je met al die ruimte aan moet,' zei Sarah terwijl ze Emily hielp bij het dragen van de zwarte tas, die ze neerzetten bij twee andere die zouden worden opgehaald.

Emily verhuisde niet ver weg, alleen maar naar de andere kant van de verdieping, naar Georges oude kamer om precies te zijn. Haar eigen ka- mer – ze kon het nog steeds niet geloven – en het was ook fijn om te ho- ren dat George onlangs een baan had gekregen bij haar vroegere baas.

Kort na haar bezoek aan Suffolk had Gillian haar meegenomen voor de alom gevreesde lunch, en ze had haar bij een glas wijn een nieuwe baan op de afdeling aangeboden. Ze gingen een nieuw fonds oprichten, fictie en non-fictie, en ze wilde dat Emily daar de leiding over kreeg. Het kostte Emily tien seconden om de baan te accepteren, maar ze dwong zichzelf het hoofd koel te houden door eerst een hoop vragen te stellen en het salaris zeker te stellen, voordat ze haar besluit aan Gillian mee- deelde. In haar hoofd was ze al bezig met het schetsen van ideeën.

'Iedereen is onder de indruk van de projecten die je onder je hoede hebt,' zei Gillian tegen haar en ze noemde een aantal van haar nieuwe auteurs. 'Het gezoem rondom Tobias' roman wordt steeds luider en het ziet ernaar uit dat Joel Richards een echte ster gaat worden. Wil je nog steeds graag met hem blijven werken? Ik kan het je niet kwalijk nemen als je hem aan iemand anders wilt overdoen, hoor.'

Nadat ze hersteld was van deze tweede schok, zag Emily dat Gillian alleen maar rekening met haar wilde houden. Waarom was ze zo verbaasd dat haar baas wist dat zij en Joel zo dik met elkaar waren geweest? Ze kreeg een kleur.

'Ik heb het zelf meegemaakt,' bekende Gillian en Emily ving plotseling een andere glimp op van deze markante, strenge en machtige vrouw. Misschien had Gillian toch een blanke pit.

De serie *Aan de overkant* werd op primetime rond de kerst uitgezonden. De roman lag in hoge stapels op de prominente plekken van de boekwinkels geflankeerd door een reusachtige foto van Zara en haar tegenspeler Jasper. De publicatie van *Gevangen aan de overkant: een leven van Hugh Morton* stond voor het volgende voorjaar gepland. De publiciteitsmachine draaide al volop.

Aangezien het vrijdag was en de verhuizing in het weekend zou plaatsvinden, kon Emily niet eerder naar huis dan nadat alles was ingepakt. En ze moest nog wat werk afmaken.

Om zeven uur was ze er nog steeds, helemaal in haar eentje, terwijl iedereen al naar huis was. Het was donker buiten. Ze verstuurde een laatste e-mail, zette haar computer uit en vond nog een plekje in een krat voor een laatste dossier. Door het raam zag ze het plein, vol mensen en verkeer, en ze keek er een poosje naar, getroffen door een herinnering. Het was een jaar geleden dat ze hier wachtend op Matthew de nacht in had gekeken. Op die avond had ze het exemplaar van *Thuiskomst* in haar postvakje gevonden, het boek dat het startschot was geweest van de zoektocht naar Isabel.

Ze had *Thuiskomst* aan Lydia teruggegeven en de oude Morton-dossiers waren naar het archief teruggekeerd, die waren niet meer nodig. Uiteindelijk had Jacqueline er wonder boven wonder mee ingestemd dat de hoofdstukken over Isabel werden uitgebreid. Joel had zorgvuldig uit Isabels memoires geciteerd, maar had de jaloersere beweringen over Jacqueline weggelaten, die werden bewaard voor een andere biograaf, die daar in de verre toekomst van mocht maken wat hij wilde. Hughs papieren zouden in de archieven van Duke's College terechtkomen, dat had Joel voor Jacqueline geregeld. Lorna had erop gestaan om Isabels memoires voorlopig te houden, maar uiteindelijk zouden die ook in het archief belanden.

Emily had in het afgelopen jaar het gevoel gehad dat ze dicht bij Isabel stond, terwijl ze haar woorden las en haar leven leerde kennen; ze was ontroerd geweest door het feit dat ze zo jong was gestorven en onder zulke afschuwelijke omstandigheden. Soms vroeg ze zich af wat er zou zijn gebeurd als ze met Hugh herenigd was geweest. Onmogelijk te zeggen, natuurlijk.

Lorna had onlangs contact met haar opgenomen. Ze kwam naar Londen om bij haar nicht te logeren – Lydia's dochter Cassie – en ze had gevraagd of Emily maandag met haar wilde lunchen. Ze had gezegd dat ze haar iets wilde laten zien. Allemaal heel raadselachtig, maar Emily was vrij, dus natuurlijk had ze ja gezegd.

Nu ze uit het raam keek, merkte ze dat ze de langslopende mensen nauwlettender bekeek, alsof ze naar een specifiek iemand zocht, maar ze verwachtte niemand. Het daagde haar dat het Matthew was. Ze zocht naar Matthew. Wat een onzinnig gedoe. Ze wendde zich af, herinnerde zich hoe ongerust ze altijd was als ze op hem wachtte, hoe ergerlijk ze het vond dat hij zo vaak te laat was, maar ze dacht er onwillekeurig ook aan terug hoe mooi hij zijn poëzie voorlas, zijn zachte, melodieuze stem, betoverend, muzikaal. Ze dacht aan zijn passie voor schrijven, herinnerde zich zo veel van hem: de zachte aanraking van zijn vingers, de schone, zeepachtige geur van hem... Er spoelde een intens gevoel van verlies door haar heen. Hij zou nu wel klaar zijn met zijn studie, veronderstelde ze. Hij zou het vast goed hebben gedaan, Tobias gaf altijd hoog van hem op. Ze vroeg zich soms af of ze contact met hem moest opnemen, maar toen bedacht ze dat ze hem die keer had gezien met dat meisje in het witte shirt, en wist niet zeker of dat wel verstandig was.

Ze moest niet zo melodramatisch doen en de boel de boel laten. Na een laatste controle of de planken leeg waren, maakte ze een nette stapel van een hachelijk ogende hoeveelheid papieren in een van de kratten en veegde wat paperclips van haar bureau op. Maandag was voor haar het begin van een nieuw leven. Daarna deed ze de lamp uit, bedacht dat ze best een beetje mocht meehelpen en kroop op de grond om de stekker uit het stopcontact te trekken.

Tegen de achterkant van het bureau, waar die tegen de scheidingswand aan stond, zat een houten paneel waarachter iemands benen verdwenen voor het geval het bureau midden in een ruimte werd geplaatst, en van onder dat paneel piepte een driehoekig stukje papier naar buiten. Ze had eerder moeten controleren of daar misschien iets terecht was gekomen. Ze vergat de stekker, stond op en trok het bureau een paar centimeter naar voren. Toen keek ze er weer onder. Een paar voorwerpen die achter het paneel gevangen hadden gezeten, waren nu op de vloer gevallen, niets belangwekkends: een vuile theelepel, een paar omgekrulde papiertjes en iets wat eruitzag als een wit kaartje, zo groot als een ansichtkaart. Ze reikte ernaar en raapte het op. Het kaartje was dikker dan ze eerst dacht en bleek een envelop te zijn. Haar naam stond erop, in een vloeiend handschrift.

Ze fronste haar voorhoofd toen ze de flap optilde, vroeg zich af hoe lang het daar al lag. Er zat een met de hand gemaakte kaart in, mooi, met een uitgeknipt hart, een valentijnskaart, besefte ze verbaasd. Ze maakte hem open en zag een handschrift dat ze kende, maar geen naam, uiteraard. Even was ze zo verbaasd dat ze geen wijs kon worden uit de woorden. Ze deed het licht weer aan en bekeek de kaart aandachtig. Ja, het was absoluut een valentijnskaart. Er zat ook een opgevouwen vel papier in. Het handschrift op de kaart was van Matthew.

Ik hoop dat je de bloemen mooi vindt, had hij opgeschreven. *Ze spreken voor zich. Mijn brief vertelt de rest.*

Rode rozen. Ze was er nooit achter gekomen wie ze aan haar had gestuurd. Ze had geen moment aan Matthew gedacht; hij had haar nog nooit bloemen gegeven, vond Valentijnsdag iets verachtelijks. Maar dit kaartje had bij de rozen gezeten. Rode rozen, een teken van ware liefde. Een gevoelige pijn stak wreed door haar heen. Met trillende handen vouwde ze de brief open.

Mijn allerliefste Em,
Ik schrijf je in alle nederigheid om je te vertellen dat ik, nu ik tijd heb
gehad om na te denken, besef dat ik me verschrikkelijk heb vergist toen
ik het tussen ons uitmaakte. Em, ik ben eenvoudigweg niet gelukkig
zonder je. Ik mis je de hele tijd, ik mis alles aan je, zelfs je ideeën over
poëzie en je onrust over de rommel in mijn keuken. Ik heb geen ver-
wachtingen – die verdien ik eenvoudigweg niet – maar als je er ten
minste mee wilt instemmen om een keer af te spreken, dan kunnen we
misschien praten.

Met hoop en liefde, vogeltje van me
Voor altijd de jouwe,
Matthew

Eerst voelde ze een enorme opluchting. Matthew had geprobeerd haar
te bereiken. Hij hield toch van haar. Maar toen werd de vrede verstoord
door afgrijzen. Het was te laat, de brief was in februari geschreven, negen maanden geleden! Ze had geen idee gehad wie de bloemen op haar
bureau had afgeleverd, maar de envelop had duidelijk niet goed op het
cellofaan vastgeplakt gezeten. Die was weggegleden en achter het bureau gevallen. En nu was het november. Al die verspilde tijd. Het idee
dat Matthew had zitten wachten en hopen vond ze verschrikkelijk,
terwijl hij al die tijd niet had geweten waarom ze niet had gebeld. Hij
moest haar nu wel haten. Of haar uiteindelijk zijn vergeten. Ze had hem
met dat meisje gezien. Het was te laat. Ze bedekte haar gezicht met haar
handen.

Ze bleef zo een hele tijd zitten, dacht aan redenen en gevolgen, de
grilligheid van het lot, de manier waarop reusachtige gebeurtenissen
konden uitmonden in kleine toevalligheden. Uiteindelijk schoot het
antwoord haar te binnen.

Ze moest haar hart volgen.

Ze verspilde geen tijd. Onderweg naar huis kocht ze een kaartje in
Oxford Street, een reproductie van een prachtige elizabethaanse, lezen-
de jongeling. Het was van vitaal belang dat ze de juiste keus maakte, en
meer nog wat ze opschreef. Ze moest niets zomaar aannemen. Ze kon

eerlijk vertellen dat de kaart was zoekgeraakt, dat ze het verschrikkelijk vond dat ze nooit had geantwoord. Ze ging ervan uit, zo schreef ze, dat het te laat was, maar als hij toch nog wilde afspreken, dan wilde ze dat heel graag. Ze deed de kaart zaterdag op de bus en toen, te laat, vroeg ze zich af of hij nog op hetzelfde adres woonde. Maar na een paniekerig moment besloot ze dat hij uiteindelijk wel bij hem terecht zou komen. De rest van de zaterdag kroop voorbij en die zondag was ze bij haar ouders. Misschien zou hij hem maandag krijgen.

40

Emily

Op maandag bleef Emily op haar weg naar de centrale trap van Fortnum & Mason staan om het tafereel in ogenschouw te nemen. Het was Lorna geweest die had voorgesteld om hier rond theetijd af te spreken. Emily had zelden een reden om hier te komen, maar ze vond de donkere houten panelen prachtig, het gevoel van ouderwetse luxe, de voortreffelijke blikken met koekjes en snoepjes, en overal het rijke aroma van gemalen koffie en chocolade. Aan het plafond van het atrium hing een perpetuum mobile: honderden kleine leeuwtjes en eenhoorns aan oog verblindende koorden. Emily keek omhoog en zag Lorna over de reling van de verdieping boven haar naar haar zwaaien en ze haastte zich de trap op naar haar toe.

'Ik ben hier in geen jaren geweest,' zei Lorna tegen haar nadat ze naar een tafel in de ijscobar waren gebracht. 'Het is nu anders, natuurlijk, maar nog steeds prachtig. Ik heb speciale thee voor moeder gekocht. Ze klaagt altijd dat thee niet meer zo smaakt als vroeger. Van deze hield ze altijd het meest. Maar ze zal nog steeds wel blijven klagen, denk ik.'

'Natuurlijk doet ze dat!' zei Emily instemmend, en ze lachte er met Lorna om. Isabels dochter leek nu anders, levendiger, minder bedeesd. Jacqueline mocht dan krimpen, Lorna was haar ruimte aan het uitbreiden. Deze dag was ze eleganter gekleed, wel nog steeds in een katoenen bloemetjesblouse met een eenvoudig mantelpak, maar mooiere schoenen. Een driedelig parelsnoer glansde zachtjes boven haar sleutelbeen.

Toen de serveerster terugkwam, bestelde Emily pepermuntthee, maar Lorna zei: 'Zou ik me heel erg te buiten gaan als ik ijs bestelde?'

'Natuurlijk niet!' Emily was geamuseerd door de schuldbewuste uitdrukking op haar gezicht. Toen het ijs kwam, rijkelijk besprenkeld met aardbeiensiroop en noten, genoot ze ervan toen ze zag dat Lorna als een klein meisje van haar traktatie at.

'Dat is altijd een zwakheid van me geweest,' verzuchtte Lorna en ze nam nog een lepel vol.

Emily vroeg zich nog steeds af waarom ze hier was uitgenodigd toen Lorna haar lepel neerlegde, op haar horloge keek en vertrouwelijk over de tafel heen leunde.

'Ik hoop dat je het niet erg vindt, maar ik heb Lydia ook uitgenodigd. En ik wil je ook graag aan iemand anders voorstellen.'

'Lydia. Wat leuk, ik heb haar in geen tijden gezien. Maar wie...?'

'Eerst moet ik je iets vertellen. Of liever gezegd, je iets laten zien. Wacht, ik wil niet dat het onder het ijs komt te zitten.' Lorna schoof haar ijscoupe opzij en dook in haar handtas. Ze haalde er een pakje in een witte envelop uit.

'Het is hoogst merkwaardig,' bekende Lorna. 'Ik kan er niet echt wijs uit worden.'

'Wat is het?' vroeg Emily met haar blik op de envelop gericht.

'Ik moet het uitleggen. Je herinnert je mijn oma's oude gloriekot toch nog wel, de kamer achter de rommelkamer die ze altijd op slot hield?'

'Ja.' Emily wist nog dat Isabel zo gefascineerd was geweest door die kamer en wat ze daar had aangetroffen. 'Hangt die nog steeds vol met de kleren van je grootmoeder?'

Lorna schudde haar hoofd. 'Na papa's dood heeft moeder een vintage-kledingexpert laten komen. De vrouw heeft er een aardig sommetje voor neergeteld, omdat ze in zo'n goede staat waren, zei ze. Nee, het gaat om iets anders. Pas geleden zei moeder dat ze een paar dingen van Isabel had gevonden waarvan ze vond dat ik die moest hebben. Deze halsketting zat daarbij.' Ze betastte de parels.

'Ze zijn schitterend.' Emily was een beetje geschokt dat Jacqueline haar niet eerder de parels van Isabel had gegeven. De recente gebeurtenissen hadden ertoe bijgedragen dat de houding van de oude vrouw wat ontdooide.

'Ze gaf me ook dit,' zei Lorna en ze overhandigde de envelop. 'Kijk eens naar de naam op de voorkant.'

Emily nam hem van haar aan en staarde naar het handschrift, dat buitenlands en sierlijk was. Het was niet eenvoudig om de woorden te onderscheiden, los van *Stone House* en onderaan *l'Angleterre*. De postzegel was ook Frans, maar oud, nog in franken in plaats van euro's, en de datum van het postmerk was zo vervaagd dat die onleesbaar was geworden. De naam voorop was moeilijker te lezen: waarschijnlijk *Morton*, mogelijk *Madame*.

'Madame J. Morton,' raadde Emily hardop. 'Of is het een L?'

'Weet jij het ook niet?' zei Lorna en Emily zag haar opluchting. 'Hij is in 1985 verstuurd, vlak na mijn huwelijk, dat zie je als je binnenin kijkt. Moeder beweert dat ze hem per ongeluk heeft geopend. Ik... Ik wist niet zeker of ik haar geloofde, maar als jij er ook niet zeker van bent...'

'Het kan een J zijn,' zei Emily terwijl ze de envelop omdraaide. Er stond een afzender op de flap, in Parijs, *deuxième Arrondissement*. 'Wat zit erin?'

'Dat zal ik je laten zien.' Lorna pakte de envelop terug, haalde er wat papieren en foto's uit en legde die op de tafel.

'Ik weet niet wat ik hiervan moet maken,' zei ze. 'Ik vroeg me af wat jij ervan vindt. Dit is de begeleidende brief.' Ze vouwde het broze papier open. 'Hij is in het Frans, natuurlijk, maar Lydia kan een beetje Frans dus we hebben uitgezocht wat er staat. Hij is van een madame Eleanor Sorel.' Ze legde de brief tussen hen in en ze bogen zich er samen over.

Lorna zei: 'Wij denken dat er staat: "De bijgaande documenten werden tussen de bezittingen gevonden van mijn vriendin mademoiselle Vivienne Stern, van wie ik helaas moet meedelen dat ze onlangs na een kort ziekbed is overleden. We moesten deze opsturen naar mademoiselle Lorna Morton, die wellicht weet wat ze betekenen."'

Emily knikte. Het handschrift was niet heel duidelijk en haar Frans niet al te best, maar Lorna's vertaling leek aannemelijk.

Daarna liet Lorna haar een foto zien. Die was van twee elegant geklede vrouwen, niet meer heel jong, maar jong genoeg, die buiten voor een café zaten. Ze poseerden lachend voor de camera. De kleur was vergeeld, maar de kleinste vrouw kwam Emily absoluut bekend voor. Lorna pakte een andere foto van haar, waarop ze ouder was, mager en ziekelijk, en gearmd met een heel Frans uitziende man in een pak voor een kathedraal stond. Ze zag dat er aan de achterkant in het Engels *Rome, 1976,* op gekrabbeld stond. Er was een ansichtkaart, geadresseerd aan *Lieve V* en ondertekend met *I,* waarop de deugden van het Siciliaanse eten de hemel in werden geprezen en waarin over een 'Raoul' werd gerept, en ten slotte een liturgie, gedateerd op 22 november 1976. Die was voor de begrafenis van 'Isabel Lewis'.

'Isabel,' fluisterde Emily en ze kon haar ogen amper geloven. 'Isabél.'

'Ik weet het,' zei Lorna met grote ernstige ogen. 'Dat was natuurlijk de achternaam van haar moeder en Penelopes meisjesnaam.'

'Maar Isabel stierf... Ik bedoel ze is in 1953 gestorven!'

'Dat hebben we altijd aangenomen, maar we hebben nooit een lichaam gevonden, weet je nog.'

'Nee, maar ik begrijp het nog steeds niet.'

'Ik ook niet, Emily.'

Emily keek weer naar de envelop. 'Jacqueline... Ik zie voor me hoe ze hem heeft opengemaakt, in de veronderstelling dat hij voor haar bestemd was... Maar heeft ze hem aan iemand laten zien?'

'Ze zegt dat ze hem niet eens aan Hugh heeft laten zien. Ik geloof niet dat ze het aankon. Wilde niet opnieuw alles oprakelen. Dat zei ze althans tegen mij. Ergens heeft ze altijd geweigerd het te accepteren. Nadat ze hem had gelezen, stopte ze alles weg en zette het uit haar hoofd.'

'O, mijn hemel! Als Isabel nog leefde, dan zou dat hebben betekend...' Emily zweeg.

'Wat?'

'Nee, dat is tactloos. Sorry.'

'Je bedoelt dat als mijn moeder nog leefde, zou mijn vader een bigamist zijn geweest en zijn huwelijk met Jacqueline ongeldig?'

'Ja.'

'Gek genoeg heeft ze dat niet voor me uitgespeld.' Lorna stopte de spullen weer in de envelop terug. 'We moeten niet vergeten dat Jacqueline nooit het gevoel heeft gehad dat mijn vader net zo van haar hield als van Isabel. O, ze was natuurlijk waardevol voor hem, en hij was heel erg dol op haar, was volkomen van haar afhankelijk. Ik moet er niet aan denken hoe hij het had moeten redden als zij eerder was gestorven dan hij. Maar een diepe, hartstochtelijke liefde? Nee, ik denk dat hij altijd om Isabel heeft gerouwd.'

Emily bedacht dat daar wel wat in zat. Jacqueline was degene tot wie hij zich had gewend toen hij de andere vrouwen van wie hij hield kwijtraakte: zijn bleke eerste liefde, Anne, daarna zijn moeder, toen Isabel. Jacqueline was zijn rots in de branding geweest. Het was een goed huwelijk geweest, maar misschien was Jacqueline nog steeds jaloers op Isabel. Ze dacht terug aan wat Jacqueline had gezegd over Hughs wroeging nadat werd aangenomen dat Isabel dood was. Hij zou niet de eerste man zijn geweest die zijn eerste vrouw die hij had verraden, op een voetstuk plaatste nadat hij haar kwijt was. En nu leek het er opmerkelijk genoeg op dat ze helemaal niet was gestorven.

'Hoe zou je meer te weten kunnen komen?' vroeg ze nu.

'Dat weet ik niet,' antwoordde Lorna. 'Ik moet nog steeds aan het idee wennen. Dit pakje is zevenentwintig jaar geleden verstuurd. Is er nog iemand over die hier iets van weet?' Ze zuchtte en zei toen, enthousiaster: 'Ik heb Vivienne Stern op internet opgezocht. Er is veel over haar te vinden. Ze was een heel succesvol wetenschapper. Ze woonde in Parijs, maar heeft ook veel in Amerika gewerkt. Daardoor ging ik me afvragen hoe Isabel de kost verdiende.'

'Met boeken, durf ik te wedden.'

'Het zou me niet verbazen, weet je,' zei Lorna en ze glimlachten naar elkaar.

Opeens werd Lorna's aandacht getrokken door iets aan de andere kant van de ruimte. 'O, daar zijn ze!' riep ze uit en ze sprong op.

Emily draaide zich om en zag Lydia's elegante figuur naar hen toe lopen met achter zich een pezig meisje met lang donkerrood haar en een roomkleurige huid. Lorna begroette beiden met een enthousiaste omhelzing.

'Emily, wat enig om je weer te zien,' zei Lydia, terwijl ze zich naar haar toe boog om haar te kussen. 'Emily, mag ik je mijn kleindochter Olivia voorstellen?'

'Hallo,' mompelde Olivia en ze keek verlegen van onder haar dikke wimpers omhoog. Het was een heel mooi meisje op de drempel van de volwassenheid.

'Olivia's moeder Cassie is mijn peetdochter,' legde Lorna geestdriftig uit.

'Ik weet het al... Jij bent degene die zo dol is op lezen!' zei Emily, toen ze terugdacht aan die keer dat Lorna de sciencefictionboeken had gekocht.

'Ja, mama noemt me altijd een boekenwurm,' zei Olivia glimlachend.

'Zullen we allemaal gaan zitten?' stelde Lorna voor.

Nadat ze hadden besteld, zei Lorna tegen Lydia: 'Ik heb Emily het pakje uit Parijs laten zien.'

'Wat denk jij daarvan, Emily?' vroeg Lydia ernstig.

'Als het dezelfde Isabel is als die van ons, is het zonder meer buitengewoon,' antwoordde Emily. 'Maar wat begrijp jij uit het feit dat Jacqueline het al die jaren voor jou en Lorna verborgen heeft gehouden?'

'Dat is onvergeeflijk,' gromde Lydia en er trok een schaduw over haar gezicht. 'Nee, sorry, Lorna, maar dat is het echt.'

'Ja, vermoedelijk wel,' zei Lorna. 'Maar volgens mij was ze... Ik weet niet, bang.'

'Ik kan me voorstellen dat de hele toestand haar overviel,' zei Emily. Ze vond het ontroerend dat Lorna zo vergevensgezind was jegens haar stiefmoeder. 'Aangenomen dat ze om te beginnen inzag hoe belangrijk dit materiaal was.'

'Natuurlijk zag ze dat in,' zei Lydia. 'Jacqueline ontging niets.'

Olivia keek van de een naar de ander, in haar grote bruine ogen stond ontzetting te lezen. 'Over wie hebben jullie het?' vroeg ze aan haar oma. Emily vond het moeilijk om Lydia, die onlangs met pensioen was gegaan, als een grootmoeder te zien.

'O, weer over Isabel, liefje,' zei Lydia, en Olivia knikte. Ze was duidelijk gewend aan deze gesprekken. Een telefoon tingelde in haar handtas, ze haalde hem tevoorschijn en begon te sms'en terwijl de volwassenen praatten.

'Om het over Hugh nog maar niet te hebben,' gromde Lydia. 'Die vrouw is onuitstaanbaar.'

'Ze ís ook onuitstaanbaar,' zei Lorna, 'maar ik geloof dat ik haar wel begrijp. Ik heb hier heel veel over nagedacht, Lydia, maar stel dat mijn moeder niet gevonden wílde worden?'

Lydia staarde Lorna even verbijsterd aan, en mompelde toen: 'Daar had ik nog niet aan gedacht. Je kon wel eens gelijk hebben.'

Emily dacht dat Lorna inderdaad gelijk had, maar wilde liever niets zeggen om niet tussen de beide vrouwen te komen, die nog steeds rouwden om het verlies van Isabel al die jaren geleden. Misschien zou het mysterie nooit worden opgelost. Hoe was Isabel om te beginnen aan de vloed ontsnapt? En waardoor was ze van gedachten veranderd en was ze niet naar haar gezin teruggegaan? Er bleven zo veel vragen onbeantwoord.

'We zouden naar Parijs kunnen gaan en haar graf kunnen bezoeken,' zei Lorna nu tegen Lydia. 'Dat wil ik graag. Ik zou boos op haar moeten zijn, weet je, maar om de een of andere reden ben ik dat niet. Misschien omdat ik het gevoel heb dat ik haar begrijp. Maar we moeten ons voorbereiden op het feit dat we misschien nooit alle antwoorden te weten komen.'

'Op een dag zouden jullie tweeën er een boek over moeten schrijven,' zei Olivia opgewekt terwijl ze haar telefoon wegstopte.

'Misschien,' zei Lydia vriendelijk. 'Ah, je ijs komt eraan.'

Terwijl Olivia van haar ijs at en de anderen van hun thee nipten, zei Lydia tegen Emily: 'Ik wilde vooral dat je Olivia zou ontmoeten en zij wil je graag iets vragen.'

'O, ja.' Olivia legde haar lepel neer en likte langs haar lippen. 'Het heeft met school te maken. Ik zit nu in mijn examenjaar en we moeten werkervaring opdoen. Ik wil zo graag iets met boeken doen en lezen en...'

'Zou het heel lastig zijn, Emily,' zei Lydia, haar onderbrekend, 'om haar een week of twee onder je hoede te nemen? Haar de kneepjes van het vak bij te brengen? Ze is heel goed met mensen.'

'Ik doe alles,' riep Olivia met glanzende ogen uit.

Emily, die naar haar keek, glimlachte en dacht aan de miraculeuze draad die de negentienjarige Isabel verbond met de jonge Olivia van nu. Ze wist niet precies hoe het zat met de familierelatie, maar omdat Isabel Penelopes dochter was en Olivia Lydia's kleindochter, moesten ze een soort nichten zijn, en er was iets aan Olivia's uiterlijk dat haar deed denken aan de zwart-witfoto's van Isabel. Die grote ogen, de intelligentie, de gretigheid.

'Ik weet zeker dat we er wel iets op kunnen bedenken,' zei ze glimlachend naar het meisje. 'Maar je moet wel een hoop lezen, weet je.'

'Dat zou geweldig zijn,' fluisterde Olivia en Emily lachte om deze heerlijke, frisse geestdrift.

Diezelfde avond zat Emily op de bus van haar werk naar huis toen haar BlackBerry zachtjes tingelde. Matthews naam verscheen op het schermpje. Een sms'je. Met ingehouden adem opende ze het.

41

Emily

Ze spraken voor de avond daarop af in het café van een boekwinkel op Charing Cross Road, maar hoewel ze er de hele dag aan had gedacht, moest Emily op het laatste moment op kantoor nog een crisis bezweren en als gevolg daarvan haastte ze zich een kwartier te laat de winkel binnen, voor deze ene keer hopend dat Matthew niet op tijd was.

Maar dat was hij wel, hij zat in zijn eentje aan een tafel, met zijn neus in een boek, en even zonk haar de moed in de schoenen. Hij droeg een bril, wat hij vroeger nooit deed, zo eentje met een sullig zwart montuur waardoor hij een serieuze uitstraling kreeg, en zijn haar was korter. Toen wreef hij met zijn hand in een bekend gebaar over zijn nek, en daardoor, en de lyrische concentratie waarmee hij aan het lezen was, alsof de woorden als muziek door zijn gedachten speelden, wist ze dat hij haar eigen dierbare Matthew was, en ze werd vervuld van verlangen. Op dat moment keek hij om zich heen en toen hij haar zag, stond hij te snel op, griste zijn bril af en liet bijna zijn boek op de vloer vallen.

'Em! Hoi! Ik begon me al af te vragen of ik me weer in de tijd had vergist.'

'Nee, het is mijn schuld, sorry,' zei ze, nadat ze haar stem had teruggevonden. En toen omhelsden ze elkaar en was ze zo gelukkig.

Hij haalde koffie, die ze amper aanraakten; in plaats daarvan glimlachten ze en wierpen elkaar verlegen blikken toe.

'Leuk, die bril,' zei ze tegen hem. 'Hij past echt bij je.'

'Alleen om te lezen, hoor,' zei hij terwijl hij er op tafel tegenaan duwde. 'Gevolg van al die late avonden turen naar de computer.'

'Maar dat is nu toch afgelopen?'

'Ja. Ik heb net iets van Tobias gehoord. Je praat nu met Matthew Heaton MA.'

'Dat is geweldig!' riep ze uit. 'Je hebt er zo hard voor gewerkt. O, gefeliciteerd!'

'Dank je wel.' Hij straalde van plezier. 'En Tobias heeft me ook iets over jou verteld, dat je promotie hebt gekregen. Dat is fantastisch, Em.'

'Dank je. Daar heeft Tobias' boek ook bij geholpen, weet je.'

'Ik moet zeggen dat hij verrukt is over hoe alles gaat, althans, dat heb ik gehoord. Pas geleden ben ik nog bij hem langsgegaan om hem om een referentie te vragen. Ik ben aan het solliciteren, zie je.'

Ze babbelden op hun gemak met elkaar. Het voelde allemaal zo natuurlijk aan, zo goed, dacht Emily, maar intussen was ze zich bewust van de diepe poel vol onuitgesproken woorden die tussen hen in lag.

Ten slotte zei hij zacht: 'Het was een hele schok toen ik je kaartje gisteren kreeg.'

'Sorry. Ik voelde me verschrikkelijk. Ik had geen idee dat jij de bloemen had gestuurd. Je moet me hebben gehaat omdat ik niets van me heb laten horen.'

'Ik zou je nooit kunnen haten, Em.' Hij schoof zijn half leeggedronken koffiekopje opzij en wreef vermoeid over zijn gezicht.

Ze schrok van iets in zijn trieste gezichtsuitdrukking. De herinnering aan Matthew en Lola, met de armen om elkaar heen, kwam onwillekeurig in haar op.

'Ik was een keer voor Tobias op je college,' zei ze en ze sloeg hem nauwlettend gade. 'Dat moet in juni geweest zijn. Ik zag je toen, maar je was met iemand, dus ik heb je maar niet gedag gezegd.'

Hij keek haar vragend aan. 'Wie dan?' En toen viel het kwartje.

'Ze is mooi om te zien, Lola. Jullie zagen er samen heel gelukkig uit.'

Ze wachtte af. Alles hing af van zijn antwoord. Ten slotte nam hij het woord.

'We zijn uit elkaar, Em. Lola is een schat, heel lief. We hadden het een tijdje leuk samen, maar meer dan dat is het nooit geweest.'

Ze kreeg een onmetelijk gevoel van opluchting. 'Ik was ook even met iemand,' zei ze, 'maar dat is ook niet gelukt.'

'Ik heb je gemist, Em,' fluisterde hij en hij nam haar hand in de zijne.

'Ik heb jou ook gemist,' wist ze uit te brengen. Hun blikken haakten aan elkaar. 'Hoe hebben we er zo'n puinhoop van kunnen maken?'

'In dat kwartaal kwam er van alles op me af,' zei hij. 'Maar dat was het niet alleen.'

'Het kwam door mij, hè, ik dwong je een kant op die je niet wilde.'

'Een beetje wel,' gaf hij toe. 'Maar als ik niet zo egoïstisch was geweest...'

'En ik ook niet...'

'Niet zo erg als ik. Em... Liefje, ik ben er nu klaar voor. Als je me tenminste terug wilt.'

Geluksgevoelens stroomden door haar heen, maar er was iets waardoor ze aarzelde. 'We moeten het misschien rustiger aan doen,' zei ze ten slotte.

Hij zag meteen wat er mis was. 'Je bent bang, hè? Dat vind ik akelig. Dat is mijn schuld.'

'Het is mijn eigen schuld.' Ze zag nu duidelijker wat er mis was gegaan, hoe ze hem in allerlei kleine opzichten niet genoeg ruimte had gegeven, hem niet de kans had gegeven om in zijn eigen tempo naar haar toe te komen.

'Deze keer moeten we het goed aanpakken,' zei hij en hij pakte haar andere hand vast.

De tijd van zorgen maken was voorbij. Hij boog zich naar voren en stootte bijna een kopje om toen hij haar kuste.

Het café ging dicht, dus ze kuierden hand in hand Soho in op zoek naar een plek om wat te eten, maar vooral om ergens te kunnen zitten en bij elkaar te kunnen zijn.

'Ik weet een brasserie die niet al te duur is,' zei Matthew en hij stak Oxford Street noordwaarts over.

Emily keek naar een straatnaambordje. 'Rathbone Place,' zei ze en toen herinnerde ze het zich. 'Deze kant op,' smeekte ze. 'Ik wil daar iets bekijken.'

'Natuurlijk, als je dat graag wilt,' zei hij nieuwsgierig.

Ze liepen langs restaurants, huizen en kantoren, maar die zag ze amper. En toen kwamen ze bij het kruispunt met Percy Street, waar de weg in een soort elleboog wegliep, en waar de huizen rondom een rustig plein gegroepeerd stonden. Emily had het nooit eerder goed bekeken. Ze herkende de naam van een van de pubs.

Ze keek om zich heen, verwachtte half en half het bord van McKinnon & Holt te zien, maar dat was er natuurlijk niet. Het was een hoekpand geweest, met een paar traptreetjes naar de deur. 'Dit moet het zijn,' fluisterde ze. Er was geen bord of iets anders wat erop wees welk bedrijf er nu gevestigd was, en alleen het licht op de benedenverdieping brandde.

In het zachte lamplicht, waardoor alles wazig werd, had het vandaag net zo goed zestig jaar of langer geleden kunnen zijn geweest.

'Dit was het kantoor waar Isabel werkte,' zei ze tegen Matthew en hij knikte, wist het nog. 'Daar is de Fitzroy Tavern waar ze altijd naartoe gingen en daar moet het café zijn geweest waar ze met Hugh heeft gezeten en zijn boek bespraken.'

Ze zag het allemaal in haar hoofd voor zich, kon zich bijna voorstellen dat de deur van McKinnon & Holt openging en er een klein, elegant figuurtje de trap afkwam, in sherrykleurige jas en hoed, en een tas vol manuscripten in de hand. Wat was er uiteindelijk echt met haar gebeurd? Misschien had Lorna gelijk en zouden ze het nooit weten.

'Ik heb je zo veel te vertellen,' zei ze. 'Een heel verhaal over Isabel.'

'En ik kijk ernaar uit om het aan te horen. Maar nu, vogeltje van me, wil ik eerst iets anders doen.'

En onder de lantaarnpaal trok Matthew, die heel echt en heel levend was, haar in zijn armen en kuste haar, en ze raakten verdwaald in tijd en plaats.

Epiloog

Isabel

Isabel glipte slaperig uit het instortende huis het ijskoude water in, waar ze met een schok wakker werd, naar adem hapte en worstelde om adem te halen. Toen stootte er iets tegen haar nek en ze merkte dat ze werd opgetild en over de rand van een boot werd gesleurd, waar ze door sterke handen in getrokken werd. Ze lag op de bodem van de boot, spartelend en hijgend als een stervende vis. 'Het komt goed met je,' zei een rokerige stem. Ze hoorde het plonzen van roeiriemen. De boeg schoot naar voren. En dat was het enige wat ze nog wist.

Toen ze wakker werd, was het warm en droog in een bed waar een stapel dekens op lag. Haar hoofd deed pijn en toen ze dat met een hand betastte, voelde ze dat er verband om zat. Ze staarde naar haar mouw, ruwe, oranje nylon met kant aan de manchetten, de nachtpon van een oude vrouw, en ze duwde zich overeind. Ze bevond zich in een grote kamer met houten schroten op de wanden, en balken onder het schuine dak. Het rook er naar teer, niet onaangenaam. Er was geen deur, wat merkwaardig was, maar bleek daglicht glansde vertroostend door een klein daklicht boven haar hoofd. Regen kletterde op het dak. Afgezien van het bed stonden er weinig meubels in de kamer, alleen een ladekast, een kledingkast en een stoel. Op de stoel lag een stapeltje netjes opgevouwen kleren. Erbovenop stond een handtas, het enige in de kamer wat haar vertrouwd voorkwam. Ze wist niets, niet wie ze was of waar ze was of hoe ze daar terecht was gekomen, maar ze maakte zich geen zorgen. Integendeel, ze voelde zich vredig en veilig.

Ze ging weer liggen, maar terwijl ze in een sluimering wegzonk, werd er van onder de vloerplanken geklopt, toen ging er naast haar bed een trapluik open en het grijze hoofd van een man kwam tevoorschijn, als een walrus door een ijswak.

'Ah, je bent wakker,' zei hij met een plattelandsaccent. Hij hees zich de kamer in. 'Hoe gaat het met je?'

'Dat weet ik niet,' antwoordde ze. Ze had een vaag gevoel dat ze hem ergens eerder had gezien. Zijn verweerde gezicht stond vriendelijk, als hij lachte verdwenen zijn ogen bijna in zijn rimpels.

'Waar ben ik?' vroeg ze hem.

'Hier woon ik. En hier werk ik. Je zou het een botenhuis kunnen noemen, vermoed ik.'

'Hoe ben ik hier beland?' fluisterde ze.

Hij keek haar vragend aan. 'Er was een overstroming,' zei hij, 'weet je dat niet meer? Ik heb je gered.'

'O ja?' Ze dacht even na. 'Dank u wel,' zei ze eenvoudig. 'Ik ben bang dat ik me dat simpelweg niet kan herinneren.'

De oude man heette Saul en ze bleef een tijdje bij hem, een week, misschien twee; ze hield de tijd die verstreek niet bij. Hij was heel zorgzaam. De nylon nachtpon was van zijn overleden vrouw geweest, Doris, en kraakte statisch. Hij bracht Isabel reusachtige maaltijden die ze niet naar binnen kreeg – vis, dik beboterd brood, flinke plakken cake – en verschoonde het verband op de grote bult op haar slaap. Hij zei niet veel. Ze voelde dat hij blij was dat ze er was, iemand om voor te zorgen. Hij miste Doris duidelijk en het echtpaar was niet gezegend geweest met kinderen.

Na een paar dagen stond ze op en ze trok de kleren aan die hij voor haar had klaargelegd: uitgezakte rokken en blouses en dikke, wollen kousen, ook van Doris. De oude man bekeek haar van top tot teen, de tranen sprongen hem in de ogen. Ze voelde dat hij graag wilde dat ze bleef, maar ook dat hij haar daar niet toe zou dwingen, dus ze was niet bang.

Ze kon zich nog steeds niet veel herinneren. Vaak haalde ze de inhoud uit de handtas en keek alles door, zich verbazend over het feit dat alles het water had overleefd. Er zat aardig wat geld in een portemonnee, er waren een paar brieven, een geboorteakte waardoor ze wist hoe ze heette, Isabel Lewis. Ze bladerde door de blanco bladzijden van de zakagenda, probeerde de lippenstift en de poederdoos, liet een aspirine oplossen tegen haar hoofdpijn, keek hoe die bruiste in het glas.

Terwijl ze haar bezittingen vastpakte en de afspraken in de agenda las, begonnen schimmige herinneringen zich te roeren, als vissen onder het rustige oppervlak van haar geest. Ze was Isabel, maar niet Lewis. Ze had een echtgenoot, Hugh, en een kind, Lorna. Er was een reden waarom ze hen niet kon zien, en hier bleven haar herinneringen steken als een grammofoonnaald in een kras. Ze waren meegenomen, dat was het. De naam Jacqueline weerklonk in haar dromen. Jacqueline had ze meegenomen. Ze merkte dat ze het niet erg vond. Ze waren veilig bij Jacqueline. Nu was ze vrij.

Een van de brieven in haar tas was van een vrouw die in Parijs woonde. Isabel las die steeds weer opnieuw, hield van de manier waarop Vivienne klonk en zag de zin: *Je moet een keer komen en bij me logeren.* Gaandeweg werd duidelijk wat ze wilde gaan doen.

Op een dag zei ze tegen Saul dat het tijd voor haar was om te gaan en ze kon nauwelijks zijn smart verdragen. Ze bedankte hem en omhelsde hem. Hij stond haar verdrietig na te kijken toen de bus wegreed. Vanaf Halesworth moest ze met de trein, zo had hij haar geïnstrueerd.

Toen ze in Ipswich uitstapte, liep ze automatisch met de mensenmassa mee naar de uitgang, voelde de trek om naar huis te gaan, maar ze bleef staan terwijl de menigte zich om haar heen voortbewoog. Een vrouwenstem speelde in haar hoofd: *Ga maar niet, Hugh, lieveling,* zei die, *wacht maar tot morgen.* Hugh en Lorna waren veilig bij Jacqueline, zei ze tegen zichzelf. Nou, welk perron moest ze hebben?

Ze stapte in de trein naar Londen, haar gedachten waren al op de toekomst gericht. Ze was nu Isabel Lewis, ze zou haar oude leven als een dode huid van zich afschudden. Ze moest een paspoort regelen en een ticket naar Parijs, maar eerst – ze keek omlaag naar Doris' oude rok en vest – moest ze hoognodig een paar nieuwe kleren kopen.